성배 탐색

La Queste del Saint Graal

대산세계문학총서
196

성배 탐색

La Queste del Saint Graal

최애리 옮김

문학과지성사

대산세계문학총서 196

성배 탐색

옮긴이 최애리
펴낸이 이광호
주간 이근혜
편집 김은주 정미용
마케팅 이가은 허황 최지애 남미리 맹정현
제작 강병석
펴낸곳 ㈜문학과지성사
등록번호 제1993-000098호
주소 04034 서울 마포구 잔다리로7길 18(서교동 377-20)
전화 02) 338-7224
팩스 02) 323-4180(편집) 02) 338-7221(영업)
전자우편 moonji@moonji.com
홈페이지 www.moonji.com

제1판 1쇄 2025년 7월 31일

ISBN 978-89-320-4429-3 04860
ISBN 978-89-320-1246-9 (세트)

이 책의 판권은 저작권자와 ㈜문학과지성사에 있습니다.
양측의 서면 동의 없는 무단 전재 및 복제를 금합니다.

이 책은 대산문화재단의 외국문학 번역지원사업을 통해 발간되었습니다.
대산문화재단은 大山 愼鏞虎 선생의 뜻에 따라 교보생명의 출연으로 창립되어
우리 문학의 창달과 세계화를 위해 다양한 공익문화사업을 펼치고 있습니다.

차례

1. 출발 7
2. 갈라아드의 모험 40
3. 고뱅의 실수 73
4. 랑슬로의 회심 79
5. 페르스발의 모험 99
6. 랑슬로의 진보 153
7. 고뱅과 엑토르 192
8. 보오르의 모험 211
9. 경이로운 배 256
10. 생명의 나무 276
11. 동지들의 무험 294
12. 코르베닉 성의 랑슬로 318
13. 코르베닉 성의 동지들 338
14. 사라즈 성 352

옮긴이 주註 361
옮긴이 해설 · 지상의 기사도에서 천상의 기사도로
—소설의 영적 독해로서의 소설 399
기획의 말 440

일러두기

1. 이 책은 13세기 프랑스 소설 *La Queste del Saint Graal*(éd., Albert Pauphilet, Paris: Champion, 1923)을 우리말로 옮긴 것이다.
2. 옮긴이의 주석은 미주로 싣는다.

1. 출발

 성령강림절[1] 전날, 원탁의 기사들이 카말로트[2]에 모여 미사를 드린 후, 식탁이 차려지기 시작한 9시과時課[3] 무렵이었다. 한 아름다운 아가씨가 말을 탄 채 홀에 들어섰다. 말이 아직 땀에 젖어 있는 것으로 보아, 전속력으로 달려온 것이 분명했다. 그녀는 말에서 내려 왕에게로 가서 인사했고, 왕은 하느님께서 그녀에게 복 주시기를 빌었다.
 "전하,[4] 청컨대 여기 랑슬로가 있는지 말해주소서." 그녀가 말했다.
 "그러하오, 바로 저기 있소." 왕이 대답하며 가리켜 보였다.
 그녀는 그에게 다가가서 말했다.
 "랑슬로,[5] 펠레스 왕[6]의 분부로 청하오니, 부디 저와 함께 숲으로 가주십시오."
 그는 그녀에게 누구의 수하에 있는지 물었다.
 "방금 말씀드린 그분 아래 있습니다."
 "그런데 무슨 일로 나를 부르는 거요?"

"가보시면 압니다." 그녀가 대답했다.

"하느님 뜻이라면 기꺼이 따라가리다."

그는 종자[7]에게 자기 말에 안장을 얹고 무장武裝을 가져오라 일렀고, 즉시 명대로 되었다. 왕과 왕궁에 있던 모든 사람이 그것을 보고 몹시 애석해했다. 하지만 랑슬로가 머물지 않을 것을 알고, 다들 더 만류하지 않았다. 왕비가 그에게 말했다.

"대체 무슨 일이오, 랑슬로? 이렇게 큰 축일에 우리를 두고 가시려오?"

"마마, 내일 저녁 시간 전에는 반드시 돌아올 것입니다." 아가씨가 말했다.

"그렇다면 다녀오시오! 하지만 만일 내일 돌아올 게 아니라면, 선선히 보내드리지 않을 것이오." 왕비가 말했다.

랑슬로는 말에 올랐고, 아가씨도 그렇게 했다. 두 사람은 더 이상 작별 인사를 나누느라 지체하지 않고 곧바로 떠났다. 아가씨와 함께 왔던 종자 하나 말고는 다른 일행을 데려가지 않았다. 카말로트를 나선 그들은 한동안 말을 달려 숲속으로 들어섰다. 널따란 자갈길을 따라 반 마장[8]쯤 간 후에 어느 골짜기에 이르자 길 저편에 수녀원이 보였다. 가까이 다가가서, 아가씨는 그쪽으로 방향을 돌렸다. 그들이 문에 이르자, 종자가 소리쳐 불렀고 안에서 문을 열어주었다. 그들은 말에서 내려 안으로 들어갔다. 집 안에 있던 이들은 랑슬로가 온 것을 알자 모두 나와 맞이하며 크게 기뻐했다. 그러고는 그를 한 방으로 데려갔는데, 그가 무장을 풀고 보니 그곳에는 그의 사촌들인 보오르와 리오넬[9]이 각기 침상에서 자고 있었다. 그는 놀라고 반가워서 그들을 깨웠고, 그들은 그를 보자 얼싸안고 입을 맞추었다. 사촌들은 서로 만난 것을 기뻐하며 회포를 풀기 시작했다.

"그런데 형님께서 어쩐 일로 여기까지 오셨습니까? 카말로트에서 뵙게 될 줄 알았는데." 보오르가 물었다.

랑슬로는 어떻게 아가씨가 자기를 거기까지 데려왔는지 이야기하고는, 자기도 영문을 모르겠다고 말했다. 그들이 그렇게 이야기를 나누고 있노라니, 수녀 셋이 갈라아드를 앞세우고 들어왔다. 그는 세상에 둘도 없을 만큼 수려하고 체격이 늠름한 소년[10]이었다. 수녀들 중에서 가장 나이 많은 이가 그의 손을 잡고 데려오며 뜨거운 눈물을 흘렸다. 그녀는 랑슬로 앞으로 다가와 말했다.

"기사님, 저희가 키운 이 아이를 당신께 데리고 왔습니다. 저희의 기쁨이요 위안이며 희망인 이 아이를 당신께서 기사로 만들어주시도록 말입니다. 저희 생각에는, 당신이야말로 이 아이에게 기사 서품을 줄 최고의 기사니까요."

그는 소년을 바라보았다. 소년은 모든 아름다움을 놀랍도록 갖추어, 실로 그는 그 나이에 그토록 준수한 인물은 본 적이 없었다. 그리고 소박한 태도에서 어찌나 훌륭한 천품이 엿보이는지, 그런 소년을 기사로 만드는 것이 그도 무척 기뻤다. 그는 수녀들에게 그 요청을 거절하지 않고 그녀들이 바라는 대로 기꺼이 그를 기사로 만들겠노라고 대답했다.

"기사님, 오늘 밤이나 내일 그렇게 해주시면 좋겠습니다." 소년을 데려온 수녀가 말했다.

"하느님 뜻이라면, 여러분이 원하시는 대로 될 것입니다." 그가 대답했다.

그날 밤 랑슬로는 수도원에 머물렀고, 소년에게 예배당에서 밤샘을 하게 했다.[11] 이튿날 1시과 때에, 그는 그를 기사로 서임해주었다. 랑슬로가 자기 박차 하나를 그에게 주었고, 다른 한쪽 박차는 보오르가 주었다. 그런 다음 랑슬로는 그에게 검을 채우고, 날을 누인 검으로 어깨를 가볍게 치며,[12] 하느님께서 그를 용모뿐 아니라 덕망도 갖춘 기사로 만들어주시기를 바란다고 말했다. 그렇듯 새로운 기사에게 필요한 모든 일을 해준 다음 그는 말했다.

"이보게, 나와 함께 내 주군이신 아더 왕의 궁정으로 가지 않겠나?"

"아니오, 함께 가지 않겠습니다." 갈라아드가 대답했다.

그래서 랑슬로는 수녀원장에게 말했다.

"원장님, 새로 된 기사가 우리 주군이신 왕의 궁정에 함께 가게 해주십시오. 여기서 여러분과 함께 지내는 것보다 거기서 지내는 것이 더 유익할 것입니다."

"기사님, 지금은 가지 않겠지만, 그럴 만한 계제가 되면 곧 보내겠습니다." 수녀원장이 대답했다.

그래서 랑슬로는 사촌들과 함께 길을 떠났다. 함께 말을 달려 3시과 무렵 카말로트에 도착해 보니, 왕은 귀인들을 다 거느리고 미사를 드리러 예배당에 가 있었다. 세 사람은 안뜰에서 말에서 내려 홀hall로 올라갔다. 그들은 랑슬로가 기사로 서임한 그 소년에 대해 이야기하기 시작했고, 보오르는 랑슬로와 그토록 닮은 사람은 본 적이 없다고 말했다.

"내 생각에 그 아이는 분명히 부자 어부漁夫왕[13]의 딸이 낳은 갈라아드일 겁니다.[14] 그 집안과 우리 집안의 생김새를 놀랄 만큼 닮았습니다."

"정말이지 내 생각도 그렇다네. 우리 주군[15]과 꼭 닮았더구먼." 리오넬도 말했다.

그들은 한참을 그렇게 떠들며 랑슬로의 입에서 뭔가 끌어내 보려고 했지만, 그들이 그 일에 대해 하는 말에 그는 한마디도 대꾸하지 않았다.

그래서 그들은 그 얘기를 그만두고, 원탁의 좌석들을 둘러보다가 좌석마다 '여기에는 모모某某가 앉아야 한다'라는 식의 글이 적혀 있는 것을 발견했다. 마침내 사람들이 위험한 좌석[16]이라고 부르던 큰 의자에 이르렀는데, 거기에는 금방 쓴 것으로 보이는 이런 글이 적혀 있었다.

예수 그리스도의 수난 후 454년[17]이 지난 성령강림절에 이 의자는 주인을 찾으리라.

그 글을 보고 그들은 서로서로 말했다.
"세상에, 그야말로 신기한 모험[18]이로군!"
"정녕 우리 주님의 부활 이후 지금까지의 햇수를 제대로 따져보면 이 자리가 오늘 채워질 것을 알 수 있겠군. 오늘이 바로 454년 후의 성령강림절이니 말일세. 이 모험의 당사자가 오기 전에는 이 글이 아무의 눈에도 띄지 말았으면 좋겠는데." 랑슬로가 말했다.

다른 두 사람은 아무도 보지 못하게 하겠다고 대답하고는, 비단보를 가져다 의자에 씌워 글자를 덮었다.

왕은 예배당에서 돌아와, 랑슬로가 돌아왔고 보오르와 리오넬까지 데려온 것을 보고 크게 기뻐하며 환영했다. 크고 경이로운 잔치가 시작되었다. 원탁의 동지들은 두 형제가 돌아온 것을 아주 기뻐했다. 고뱅 경은 그들에게 궁정을 떠난 후에 어떻게 지냈는지 물었다. 그들은 말했다.

"하느님께 감사하게도, 잘 지냈습니다."

실제로 그들은 아주 원기왕성했다.

"그 말을 들으니 기쁘구려." 고뱅 경이 말했다.

온 궁정이 보오르와 리오넬을 크게 환대했으니, 무척 오랜만에 보는 것이었기 때문이다.

왕은 식사할 시간이 된 것 같으니 상보를 펴라고 명했다. 그러자 집사장 쾨가 말했다.

"전하, 제 생각에는 지금 식탁에 앉으신다면 오랜 관습을 어기게 될 것 같습니다. 큰 축일에는 전하의 궁정에 기사들이 다 모인 가운데 뭔가 모험이 찾아오기 전에는 식탁에 앉는 일이 없었으니까요."[19]

"그대 말이 옳소, 쾨. 나는 항상 이 관습을 지켜왔고, 할 수 있다면 그럴 셈이오. 그런데 랑슬로와 그의 사촌들이 무사히 돌아온 것을 보고 기쁜 나머지 그만 잊고 말았소." 왕이 대답했다.

"그럼 이제 기억하소서!" 쾨가 말했다.

그들이 그렇게 말하는 동안 시동 하나가 들어와 왕에게 말했다.

"전하, 아주 신기한 소식을 가져왔습니다."

"어떤 소식인가? 어서 말해보게." 왕이 말했다.

"전하, 궁정 아래쪽 물 위에 큰 석단石段[20]이 떠다니는 것을 보았습니다. 와서 보십시오. 신기한 모험이 분명합니다."

왕은 그 신기한 일을 보러 내려갔고, 다른 사람들도 모두 그 뒤를 따랐다. 물가에 이르러 보니 붉은 대리석 석단이 물 위에 떠 있고, 그 석단에는 아름답고 호화로운 검이 박혀 있는데, 검두劍頭는 보석으로 되어 있고 그 위에 금문자가 정교하게 새겨져 있었다. 기사들이 그 글자들을 자세히 보니 이런 내용이었다.

나를 옆구리에 찰 자를 제외하고는, 아무도 나를 여기서 뽑지 못하리라. 그는 세상에서 가장 훌륭한 기사이리라.[21]

왕은 그 글을 보자 랑슬로에게 말했다.

"경이여, 이 검은 의당 그대 것이겠구려. 그대야말로 세상에서 가장 훌륭한 기사라는 것은 나도 잘 아는 바요."

랑슬로는 당황해서 대답했다.

"전하, 그 검은 제 것이 아닙니다. 저는 감히 손도 대지 못하겠습니다. 저는 그것을 찰 자격이 없으니까요. 그러니 손대기를 사양하겠습니다. 제가 감히 나선다면 미친 짓이 될 겁니다."

"그래도 그대가 검을 뽑을 수 있을지 시도는 해보시구려."

"전하, 저는 결코 그러지 않겠습니다. 섣불리 손을 댔다가 실패하는 날에는 큰 화를 입을 것입니다."

"그대가 그걸 어떻게 아시오?"

"전하, 저는 잘 압니다. 또 다른 일도 말씀드리겠습니다. 오늘에야말로 성배聖杯의 위대한 모험과 이사異事들이 시작되리라는 것을 아시기 바랍니다."[22]

랑슬로가 전혀 나설 뜻이 없음을 보자, 왕은 고뱅 경에게 말했다.

"조카님, 한번 해보시게!"

"전하, 괜찮으시다면, 저도 하지 않겠습니다. 랑슬로 경이 나서지 않는 터에 제가 손을 대보았자 허사입니다. 그가 저보다 훨씬 훌륭한 기사라는 것은 전하도 잘 아시니까요."

"그래도 한번 해보시게나. 검을 가지려는 것이 아니라 보고 싶어서 그러는 것이야."

고뱅은 손을 내밀어 검 자루를 잡아당겼지만, 뽑을 수가 없었다. 그러자 왕이 말했다.

"조카님, 이제 됐소! 어떻든 내 명에 따랐으니."

"고뱅 경," 랑슬로가 말했다. "이 검은 그대를 겨누게 될 터이니, 그대는 성 하나를 통째로 준다고 해도 이 검을 갖고 싶지 않게 될 거요."

"경이여," 고뱅이 대답했다. "어쩔 수 없는 일이오. 설령 내가 이 일 때문에 죽게 된다고 해도, 나로서는 내 주군의 뜻을 수행하기 위해 그렇게 했을 거요."

왕은 그 말을 듣자, 고뱅에게 그런 일을 시킨 것이 후회되었다. 그래서 그는 페르스발에게 한번 시험해보라고 말했다. 페르스발은 고뱅 경과 함께하기 위해 기꺼이 그렇게 하겠노라고 대답했다. 그는 손을 내밀어 검을 잡아당겼지만, 뽑을 수가 없었다. 그래서 모두들 랑슬로의 말이 옳았으며 검두에 새겨진 글이 진실이리라고 생각하여, 아무도 감히 손을 대려고 하지 않았다. 그러자 쾨가 왕에게 말했다.

"전하, 전하, 이제 원하시면 언제든지 식탁에 앉으실 수 있습니다. 어떻든 식사 전에 모험이 찾아온 것 같으니 말입니다."

"가세나," 왕이 말했다. "이제 시간도 충분히 되었으니!"

그래서 기사들은 석단을 물가에 둔 채 모두 자리를 떴다. 왕은 뿔나팔을 불어 손 씻을 물을 가져오게 하고, 높은 단상의 식탁에 앉았으며, 원탁의 기사들도 각기 자기 자리에 앉았다.[23] 그날은 왕관 쓴 왕 네 명이 식사 시중을 들었으며, 수많은 귀인들이 거들어 장관을 이루었다. 그날 왕은 높은 단상의 식탁에 앉았고 허다한 대제후들이 그의 식사 시중을 들었다.[24] 모두 자리에 앉고 보니, 원탁의 기사들은 한 사람도 빠짐없이 모여 위험한 좌석이라고 부르는 한 자리만 빼고는 모든 자리가 다 찼다.

첫번째 음식을 들고 나자, 그들에게 경이로운 모험이 일어났다. 그들이 식사를 하고 있던 방의 모든 문과 창문이 아무도 손을 대지 않았는데 저절로 닫혔고, 그런데도 방 안은 전혀 어두워지지 않았다.[25] 그래서 현명한 자나 어리석은 자나 모두 얼떨떨해 있었다. 그러자 아더 왕이 먼저 말문을 열었다.

"경들이여, 오늘은 물가에서뿐 아니라 여기서도 신기한 일들을 보게 되는구려. 하지만 이 저녁에는 더 큰 일들을 보게 될 것 같소."

왕이 그렇게 말하는 가운데 새하얀 수도복 차림의 연로하고 점잖은 노인이 하나 나타났다. 하지만 대체 그가 어디로 들어왔는지 아무도 알 수가 없었다. 그는 걸어서 왔으며, 한 손으로는 붉은 갑옷을 입은, 하지만 검도 방패도 지니지 않은 기사를 인도하고 있었다. 그는 방 한복판에 이르자 말했다.

"평화가 그대들과 함께 있기를."

그러더니 왕을 향해 말을 이었다.

"아더 왕이여, 내 그대에게 대망待望의 기사를 데리고 왔소이다. 다윗 왕과 아리마대 요셉의 고귀한 가문에서 태어난 자요,[26] 이 나라와 이방 땅들에서 이사를 종식시킬 자, 바로 이 사람이오."

왕은 그 소식을 듣자 크게 기뻐하며 노인에게 대답했다.

"그 말씀대로라면 대환영이오. 기사님도 잘 오셨소! 우리가 성배의 모험을 완수하기 위해 기다리던 바로 그 사람이라면, 다른 누구보다도 환대할 것이오. 그가 누구든 간에, 노인장께서 말씀하신 사람이든 다른 누구이든 간에, 그처럼 고귀한 혈통에서 났다니 그에게 복 있기를."

"정녕 이제 곧 모험의 아름다운 전조들을 보시게 될 거외다." 노인이 대답했다.

그러더니 기사에게 붉은 비단 웃옷만 남기고 무장을 풀게 하고는, 붉은 외투를 건네주었다. 안에 새하얀 담비 모피를 대고 온통 금란金襴으로 만들어진 그 외투를 기사는 어깨에 걸쳤다.

기사에게 그렇게 복장을 갖추어준 다음, 노인은 말했다.

"기사님, 날 따라오시오."

노인은 그를 곧장 위험한 좌석, 즉 랑슬로의 옆 좌석으로 데려갔고, 사촌들이 덮어두었던 비단보를 걷었다. 그러자 의자에는 이렇게 새긴 글이 나타났다.

　　이것은 갈라아드의 좌석이다.

노인은 방금 새겨진 듯한 그 글자들을 보았고 이름을 알아보았다. 그는 모두가 들을 수 있도록 큰 소리로 말했다.
"기사님, 여기 앉으시오, 여기가 당신의 자리요."
기사는 주저 없이 자리에 앉아 노인에게 말했다.
"이제 소임을 마치셨으니 돌아가셔도 됩니다. 저 대신 그 거룩한 집의 모든 분께, 숙부이신 펠레스 왕과 조부이신 부자 어부왕[27]께 인사드려주십시오. 제가 가능한 한 속히, 틈이 나는 대로 찾아가 뵙겠다고 전해주십시오."
노인은 떠나가면서 아더 왕과 모든 사람에게 작별을 고했다. 그들은 그가 대체 누구인지 알고자 했으나, 그는 그들에게 대답하는 대신, 지금은 말하지 않겠지만 때가 되어 물으면 알게 되리라고 공언했다. 그는 닫혀 있는 정문으로 가서 문을 열고 안뜰로 내려갔다. 그와 함께 온 열다섯 명의 기사와 종자들이 거기서 그를 기다리고 있었다. 그는 말에 올라 멀어져갔고, 이번에는 그에 대해 더 이상 알 길이 없었다.
방 안에 있던 이들은 그토록 많은 덕인[28]들이 두려워했고 그토록 많은 신기한 일들이 이미 일어났던 자리에 앉아 있는 기사를 보고 크게 놀랐다. 왜냐하면 그는 너무나 어렸으므로, 우리 주님의 뜻이 아니고서는 그토록 큰 은혜가 달리 어디서 왔을지 알 수 없었기 때문이다. 큰 잔치가 시작되었다. 모두 앞다투어 그 기사에게 경의를 표했으니, 그야말로 성배의 경이로운 모험을 완수할 자라고 생각했기 때문이다. 아무도 감히 앉을 수 없었던, 거기 앉기만 하면 어떤 식으로든 탈이 나던 그 위험한 좌석에 그가 아무 탈 없이 앉아 있는 것만 보더라도 알 수 있었다. 그래서 그들은 그를 원탁의 기사들 중 주재主宰요 주장主將으로 여기고 최선을 다해 그를 대접하며 예우했다.

놀라움 어린 눈길로 그를 바라보던 랑슬로는 자기가 바로 그날 새로운 기사로 만들어준 소년임을 알아보고 무척 기뻤다. 그래서 그에게 최대한 경의를 표하고 여러 가지 주제에 관해 물으며 그가 자기 신상에 대해 뭔가 말해주기를 바랐다. 젊은 기사는 그를 알아보았고, 굳이 사양하지 않으며 여러 가지 질문에 대답했다. 하지만 보오르는 다른 누구보다도 기뻐하며 그가 바로 랑슬로의 아들 갈라아드요 모험을 완수할 자임을 알고는 형 리오넬에게 말했다.

"형님, 저기 위험한 좌석에 앉은 기사가 누구인지 알겠습니까?"

"잘 모르겠는데." 리오넬이 대답했다. "오늘 랑슬로 경이 손수 기사로 서임해준 소년이라는 것밖에는. 자네와 내가 온종일 이야기했던 대로, 그는 랑슬로 경이 부자 어부왕의 딸에게서 낳은 아들이지."

"맞습니다." 보오르가 다시 말했다. "바로 그입니다. 우리 피붙이지요. 기뻐할 일입니다. 그는 일찍이 어떤 기사보다도 더 큰 일들을 이룰 것이 확실하고 또 벌써 시작한 것 같으니 말입니다."

두 형제는 그렇게 갈라아드에 대해 이야기했고, 좌중의 다른 모든 사람도 마찬가지였다. 소식은 사방팔방 퍼져나가 마침내 자신의 별실에서 식사를 하던 왕비도 한 시동이 이렇게 말하는 것을 들었다.

"왕비마마, 신기한 일들이 일어났다고 합니다."

"뭐라고?" 왕비가 대답했다. "어디 말해보아라."

"마마, 한 기사가 궁정에 나타나서, 위험한 좌석의 모험을 완수했다고 합니다. 그런데 어찌나 어린 기사인지, 다들 어디서 그에게 그런 힘이 나왔을까 신기해한답니다."

"정말로 그렇다는 말이냐?"

"그렇습니다, 정말로 그렇다고 합니다."

"정녕 잘 왔구나. 그 자리에 앉으려던 이는 미처 앉아보기도 전에 죽거나 다치기 일쑤였는데 말이다."

"오, 하느님!" 왕비와 함께 있던 귀부인들이 외쳤다. "그 기사는 고귀한 운명을 타고났군요. 아무리 용감한 기사라고 해도 그가 이룬 일을 이룰 수는 없어요. 이 모험만 보더라도, 이 기사야말로 브리튼[29]의 모험들을 종식시키고 불수不隨의 왕[30]을 치유할 자임에 틀림없어요."

"애야," 왕비가 시동에게 물었다. "그는 어떻게 생겼더냐?"

"마마, 정녕 그는 세상에서 가장 수려한 기사 중 한 사람입니다. 하지만 놀랄 만큼 어리고, 랑슬로를 위시하여 방 왕의 친족들과 많이 닮았기 때문에 다들 그 집안 출신일 거라고들 합니다."

그러자 왕비는 한층 더 그가 보고 싶어졌다. 왜냐하면 그렇게 닮았다는 말을 듣자, 그녀는 그가 랑슬로의 아들, 부자 어부왕의 딸에게서 낳은 갈라아드일 거라고 생각했기 때문이다. 랑슬로가 어떻게 속아 그를 잉태시켰던가 하는 이야기는 숱하게 들어온 터였다. 그리고 그것은 그녀가 랑슬로에게, 마치 잘못이 그에게 있기나 한 것처럼 가장 못마땅해하는 일이었다.

왕과 원탁의 기사들은 식사를 마치고 일어났다. 왕은 친히 위험한 좌석에 가서 비단보를 들추고 갈라아드의 이름을 보았다. 그는 그 이름을 알고 싶었던 것이다. 그는 그것을 고뱅 경에게 보여주며 말했다.

"조카님, 우리와 원탁의 동지들이 그토록 보고 싶어 하던 선하고 완전한 기사 갈라아드가 마침내 왔구려. 그가 우리와 함께 있는 동안 정성을 다해 대접합시다. 내가 알거니와, 이제 곧 성배의 모험이 시작되면 그는 오래 머물지 못할 것 같으니 말이오. 랑슬로도 오늘 우리에게 그렇게 말했으니, 그가 뭔가 알고 있지 않다면 그렇게 말했을 리가 없소."

"전하," 고뱅 경이 말했다. "우리 모두 그를 하느님께서 우리에게 보내신 자, 이 나라에 오래전부터 그토록 자주 닥치던 큰 이사들과 기이한 모험들로부터 우리를 구원하기 위해 보내신 자로 섬겨야 하겠습니다."

왕은 갈라아드에게 다가가 말했다.

"기사님, 잘 오셨소. 우리 모두 그대를 무척 보고 싶었다오. 이렇게 와주었으니 하느님께, 또 그대에게 감사드리오."

"전하," 그가 대답했다. "저는 와야 했기 때문에 온 것입니다.

이제 곧 시작될 성배 탐색의 모든 동지들이 여기서 출발해야 하니까요."

"기사님," 왕이 말했다. "우리는 여러 가지 이유로 그대가 오기를 기다렸다오. 이 땅의 이사들을 종식시키는 것은 물론이고, 오늘 당장 여기서 일어난 모험, 여기 있는 사람들이 모두 실패했던 모험을 완수하기 위해서도 말이오. 그대는 다른 사람들이 실패할 모험을 완수할 자답게, 이 일에도 실패하지 않으리라 생각하오. 하느님께서는 다른 사람들이 결코 완수할 수 없는 모험들을 완수하도록 그대를 보내셨으니 말이오."

"전하," 갈라아드가 말했다. "말씀하신 그 모험은 어디 있습니까? 기꺼이 가서 보겠습니다."

"직접 가서 보여드리리다." 왕이 말했다.

그는 기사의 손을 잡고 궁전에서 내려갔고, 석단의 모험이 어떻게 완수될지 보려는 모든 제후가 그 뒤를 따랐다. 모두들 그렇게 몰려나가는 바람에, 궁 안에는 기사가 단 한 사람도 남지 않았다.

그 소식이 왕비에게까지 들어갔다. 소식을 듣자마자 그녀는 즉시 식탁을 치우게 하고, 함께 있던 지체 높은 귀부인 네 명에게 말했다.

"여러분, 모두 함께 물가로 가보아요. 이 모험이 완수되는 것을 놓치고 싶지 않으니, 제때 가기만 한다면 볼 수 있을 것이야."

그래서 왕비는 귀부인들과 아가씨들의 큰 무리를 이끌고 궁전에서 내려갔다.

그녀들이 물가에 이르자, 기사들이 외쳤다.

"봐라! 왕비께서 납신다!"

그러자 명망 높은 기사들도 물러서서 그녀에게 길을 터주었다. 왕은 갈라아드에게 말했다.

"기사님, 여기 아까 말했던 모험이 있소. 내 집에서 손꼽히는 기사들 중 아무도 오늘 이 석단에서 검을 뽑지 못했다오."

"전하," 갈라아드가 말했다. "이상한 일이 아닙니다. 왜냐하면 이 모험은 제 것이지 그들 것이 아니니까요. 보시다시피 제가 검을 가져오지 않은 것은 이 검을 얻을 생각이었기 때문입니다."

그는 손을 내밀어 마치 석단에 박혀 있지도 않았던 것처럼 쉽게 검을 뽑아서 검집에 넣어 옆구리에 차고는 왕에게 말했다.

"전하, 아까보다 잘 갖추어졌군요. 이제 방패만 있으면 됩니다."

"기사님," 왕이 대답했다. "하느님께서 검을 주셨듯이, 방패도 보내주실 것이오."

강 하류 쪽을 향해 눈을 든 그들은 흰 의장마를 탄 한 아가씨가 전속력으로 다가오는 것을 보았다. 그들 앞에 당도하자 그녀는 왕과 일행 모두에게 인사한 후 랑슬로가 거기 있느냐고 물었다. 그는 마침 그녀 앞에 있던 터라 대뜸 대답했다.

"아가씨, 여기 있소이다."

그러자 그녀는 그를 알아보고는 눈물을 흘리며 말했다.

"아, 랑슬로, 어제 아침 이후로 당신의 운명이 얼마나 달라졌는지요!"

그는 되물었다.

"어떻게 말입니까, 아가씨? 좀 들어봅시다."

"맹세코, 여러분 모두 계신 데서 말씀드리지요. 어제 아침까지만 해도 당신은 세상에서 가장 훌륭한 기사였고, 누가 당신을 최고의 기사 랑슬로라고 부른다면 진실을 말한 것이었겠지요. 실제로 당신은 그러했으니까요. 하지만 이제 그렇게 말하는 이는 거짓말쟁이로 여겨질 터이니, 당신보다 더 나은 기사가 나타났기 때문입니다. 그 증거가 당신은 손도 대지 못한 이 검의 모험이지요. 당신의 명성이 그처럼 달라졌으니 이후로는 당신이 세상에서 가장 훌륭한 기사라고 생각하지 않게끔 상기시켜드린 것입니다."[31]

그는 절대로 그렇게 생각하지 않겠다, 그 모험을 보자 그런 생각이 깨끗이 가셨다고 대답했다. 그러자 아가씨는 왕을 향해 돌아서서 말했다.

"아더 왕이여, 은자 나시앵[32]이 저를 통해 전하는바, 일찍이 브리튼의 기사에게 일어났던 어떤 일보다 영예로운 일이 오늘 당신에게 닥칠 것입니다. 하지만 그것은 당신이 아니라 다른 이를 위한 것입니다. 제가 무엇을 두고 하는 말인지 아시겠습니까? 성배를 말하는 것입니다. 성배가 오늘 당신의 궁정에 나타나 원탁의 동지들에게 양식을 가져다줄 것입니다."

그녀는 그 말을 마치고는 왔던 길로 다시 떠나갔다. 그녀를 붙들고 대체 누구이며 어디서 왔는지 알아보려는 제후며 기사도 적지 않았지만, 그녀는 그들이 아무리 간청해도 더 머물려 하지 않았다.

이윽고 왕이 제후들에게 말했다.

"경들이여, 이처럼 성배 탐색의 분명한 징조가 나타났으니 경들은 조만간 탐색에 들어가게 되겠구려. 내 지금처럼 경들을 모두 한자리에서 볼 날이 다시 올 것 같지 않으니, 카말로트 들판에서 성대한 무술시합을 열어 우리가 죽은 후에도 후세 사람들이 기억하게 하면 좋겠소."

모두 그 말에 찬성했다. 그래서 성내로 돌아가 어떤 이들은 좀더 든든히 시합에 임할 수 있도록 무장을 했고, 어떤 이들은 마의馬衣와 방패밖에는 준비하지 않았으니, 그들 중 상당수가 자기 무예를 자신하고 있었기 때문이다. 하지만 왕이 그처럼 일을 벌인 것은 단지 갈라아드의 무예를 조금이나마 보고 싶어서였다. 그가 일단 떠난 후에는 오래도록 궁정에 돌아오지 않으리라고 생각했던 것이다.

큰 자도 작은 자도 모두가 카말로트 들판에 모였다. 갈라아드는 왕과 왕비의 청에 따라 사슬갑옷을 입고 머리에는 투구를 썼지만, 무슨 말을 해도 방패만은 받으려 하지 않았다. 고뱅 경은 크게 기뻐하면서 그와 창을 겨루어보겠노라고 말했고, 이뱅 경과 보오르 드 곤 경도 그렇게 말했다. 왕비는 수많은 귀부인과 아가씨들을 대동하고서 성벽 위에 올라가 있었다. 갈라아드는 다른 이들과 함께 들판으로 나가 창을 겨루기 시작했는데, 그 힘찬 기백에 그를 보고 놀랍게 여기지 않는 이가 없었다. 그는 잠깐 사이에 얼마나 잘 싸웠던지 남녀를 막론하고 그의 무예를 보고 놀랍게 여기며 그를 최고로 여기지 않는 이가 없었다. 전에 그를 본 적 없는 이들도 그가 당당히 기사도에 들어섰으며,

그날 그가 실력을 보인 바로는 장차 다른 모든 기사를 거뜬히 능가할 것이 확실하다고들 말했다. 시합이 끝나자, 그날 무기를 든 모든 원탁의 기사 중 그가 이기지 못한 기사는 단 두 사람밖에 없음이 드러났다. 즉 랑슬로와 페르스발이었다.

시합은 9시과 너머까지 계속되다가 끝났다. 마침내 분기憤氣가 일어날까 우려한 왕이 기사들을 해산시켰고, 갈라아드에게 투구를 벗게 하고 보오르 드 곤에게 그것을 맡기고는, 모든 사람이 그를 확실히 볼 수 있도록 얼굴을 드러내게 한 채 들판에서부터 카말로트 시내까지 큰길로 해서 데리고 돌아갔다. 왕비는 그를 유심히 바라보고는 정말로 랑슬로가 낳은 아들이라고 중얼거렸다. 그 두 사람처럼 그렇게 빼닮은 이들은 없었기 때문이다. 그러니 그가 그처럼 뛰어난 기사의 자질을 갖춘 것도 놀라운 일이 아니었다. 만일 그렇지 않았다면 혈통에 심히 위배되는 일이 되었을 터이다. 왕비의 말을 언뜻 들은 한 귀부인이 이렇게 되받았다.

"마마, 그러면 저분은 마마의 말씀처럼 나면서부터 그토록 훌륭한 기사인가요?"

왕비가 대답했다.

"그렇고말고. 어느 모로 보나 그는 최고의 가문에서, 세상에서 가장 훌륭한 기사들로부터 태어났으니까."

귀부인들은 큰 날을 기리는 만과晚課를 드리러 내려갔다.[33] 왕은 예배당을 나서자 궁전으로 올라와 상을 차리라고 명했고 기사들은 아침처럼 각자 제자리로 돌아갔다. 모두 자리에 앉고 조용해졌을 때, 엄청난 우레 소리가 들려오는 바람에 다들 궁전이 무너지는 줄만 알았다. 그러고는 한 줄기 햇빛이 비쳐 들어 온 방을 아까보다 일곱 배는 더 밝게 만들었다.[34] 그 자리에 있던 이들은 마치 성령의 은혜로 조명되는 것만 같았고, 서로서로 마주 보기 시작했다. 대체 어찌 된 일인지 알 수 없었기 때문이다. 감히 입 밖에 말을 낼 수 있는 이가 없었고, 큰 자도 작은 자도 모두 벙어리가 되었다. 한참 동안이나 아무도 입을 열지 못한 채 말 못 하는 짐승처럼 마주 보기만 하고 있던 그때, 흰 비단에 싸인 성배가 나타났다. 하지만 그것을 들고 있는 이는 보이지 않았다. 그것은 궁전의 정문을 통해 들어왔는데, 그것이 들어오자마자 온 궁전이 향기로 가득 차는 것이 마치 지상의 모든 향료를 쏟아놓은 것만 같았다. 그것은 온 궁전을 누비며 이쪽저쪽 식탁들을 돌아다녔고, 그것이 식탁 앞을 지날 때면 자리마다 각자 원하는 음식으로 채워졌다. 그리고 모두 음식을 받자 성배는 어느새 사라져 아무도 그것이 어떻게 되었는지 어느 쪽으로 가버렸는지 알지 못했다. 한마디도 말할 수 없던 이들은 그제야 말할 수 있게 되었다. 그들은 자신들을 거룩한 그릇[35]의 은혜로 먹이시는 그토록 큰 영예를 베풀어주신 데 대해 주님께 감사드렸다. 하지만 그 자리에 있던 모든 사람 중에서도 아더 왕이 가장 기뻐했으니, 주님께서 일찍이 어떤 왕에게 보이신 것보다 더 큰 호의를 보여주신 때문이었다.

궁 안 사람들이나 손님들이나 주님께서 그토록 큰 호의를 보이시다니 자기들을 잊지 않으셨다고 생각하여 크게 기뻐했다. 그래서 식사하는 동안 내내 그 일을 이야기했다. 왕 자신도 주위에 앉은 이들에게 이렇게 말했다.

"경들이여, 성령강림절처럼 큰 날에 주님께서 은혜로 우리를 먹이실 만큼 큰 사랑의 징표를 보여주신 데 대해 기뻐하고 또 기뻐해야 하오."

그러자 고뱅 경이 말했다.

"전하, 전하께서 아직 모르시는 것이 또 한 가지 있습니다. 여기 있는 사람 중 자신이 원하고 생각했던 것을 받지 못한 이가 없다는 것입니다.[36] 이는 불수의 왕의 궁정에서가 아니고서는 어떤 궁정에서도 없었던 일입니다.[37] 하지만 다들 눈이 어두워진 나머지 그것을 분명히 보지 못했고, 그 진정한 모습이 그들에게 가려졌습니다. 그러므로 저는 이제 맹세합니다. 아침이 되면 지체 없이 탐색에 들어가 한 해하고도 하루 동안, 그리고 필요하다면 그 이상이라도 탐색을 계속하겠다고 말입니다. 여기서 제가 본 것보다 더 분명히 보기 전에는 어떤 일이 있더라도 궁정에 돌아오지 않겠습니다. 제가 그것을 보는 것이 허락되기만 한다면 말입니다. 만일 그렇지 못하다면 돌아오겠습니다."[38]

원탁의 기사들은 그 말을 듣자 다들 자리에서 일어나 고뱅 경이 한 것과 똑같은 맹세를 했고, 방금 자신들이 맛본 것처럼 감미로운 양식이 날마다 차려지는 고귀한 식탁에 앉기 전에는 편력[39]을 그만두지 않겠다고 말했다. 왕은 그들이 그런 맹세를 하는 것을 보자 그들을 만류할 수 없으리라는 것을 아는 터라 큰 슬픔에 빠졌다. 그래서 그는 고뱅 경에게 말했다.

"아, 고뱅, 그대는 방금 한 맹세로 나를 죽이는구려. 내 일찍이 찾아낸 가장 훌륭하고 충성스러운 동지들, 원탁의 동지들을 내게서 빼앗았으니 말이오. 언제가 되든 이들이 내게서 떠나가면 절대로 모두 다 돌아오지는 않을 거요. 상당수가 그 탐색에 머무를 테고, 탐색은 그대가 생각하듯 그렇게 일찍 끝나지는 않을 테니까. 그러니 내 마음이 어찌 무겁지 않겠소. 내 있는 힘을 다해 이들을 키우고 가르쳤으며 항상 아들처럼 아우처럼 사랑했고 또 사랑하는 터인데. 이들이 떠나는 것은 내게 너무나 큰 고통이오. 나는 그들을 시시때때로 보고 함께 지내는 것이 버릇이 되어, 이제 어떻게 견딜 수 있을지 도무지 모르겠소."

왕은 그렇게 말하고는 침울하게 생각에 잠겼고, 그의 눈에 눈물이 고이는 것을 다들 알아차렸다. 이윽고 입을 연 그는 목청 높여 말했으므로 좌중 모두에게 분명히 들렸다.

"고맹, 고맹, 그대는 내 마음에 너무나 큰 시름을 안겼소. 이 탐색의 결말이 어떠할지 참으로 알기 전에는 내 다시는 즐거워 할 수 없을 것 같구려. 내 골육 같은 벗들이 행여 돌아오지 못할까 두려워서 말이오."[40]

"아, 전하, 그게 무슨 말씀이십니까?" 랑슬로가 말했다. "전하 같은 분은 마음에 두려움이 아니라 정의와 담대함을 품으시고 밝은 희망을 가지셔야지요. 기운을 내십시오. 만일 이 탐색에서 우리 모두가 죽는다고 해도, 그것은 다른 어디서 죽는 것보다도 훨씬 큰 명예가 될 겁니다."

왕이 대답했다. "랑슬로, 내 이들을 아끼는 나머지 그렇게 말할 수밖에 없었소. 이들의 출행에 내가 마음 아파하는 것은 당연한 일이지. 그리스도교 세계의 어떤 왕도 자기 상에 다 불러 모을 수 없을 만큼 많은 훌륭한 기사와 덕망 높은 이들이 오늘 여기 모였는데, 이들이 떠나고 나면 다시는 이렇게 모인 것을 보지 못할 테니 내 어찌 슬프지 않겠소."

이 말에 고뱅은 아무 대답도 할 수 없었으니, 왕의 말대로인 것을 알기 때문이었다. 감히 그럴 수만 있다면 아까 한 말을 철회하고 싶었지만, 공공연히 한 말이라 그럴 수가 없었다.

성배 탐색이 시작되었으며 탐색에 참가할 이들이 이튿날 출발한다는 소식이 궁내의 모든 방에 알려졌다. 많은 사람이 이를 기뻐하기보다는 슬퍼했으니, 원탁 기사들의 용맹함 덕분에 아더 왕의 궁정은 다른 어떤 궁정보다 위세를 떨치던 터였기 때문이다. 왕비의 별실에서 저녁 식탁에 둘러앉아 있던 귀부인들과 아가씨들에게 그 소식이 전해지자 슬퍼하며 애통해하는 이들이 많았고, 원탁 기사들의 아내나 애인인 이들은 특히 더했다. 놀랄 일도 아닌 것이, 그녀들을 숭배하고 사모하던 기사들이 이제 이 탐색에서 행여 목숨을 잃을까 두려웠기 때문이다. 그래서 그녀들은 크게 근심하며 탄식하기 시작했다. 왕비는 자기 앞에 있던 시동에게 물었다.

"얘야, 다들 탐색을 맹세할 때 너도 거기 있었느냐?"

"예, 마마."

"고뱅 경과 호수의 랑슬로 경도 탐색에 나선다더냐?"

"그럼요. 맨 처음에 고뱅 경이 맹세했고, 그다음에 랑슬로, 그다음에 다른 기사들이 모두 나서서, 원탁의 기사 중에 탐색에 끼지 않은 이가 아무도 없습니다."

왕비는 그 소식을 듣자 랑슬로 때문에 너무나 근심이 되어서 죽을 것만 같았다. 눈물을 억제하지 못하며 그녀는 한참 만에야 괴로운 심정으로 대답했다.

"참으로 애석한 일이야. 이 탐색은 수많은 덕인이 죽지 않고는 끝나지 않을 거야, 현명하신 전하께서 어떻게 그걸 허락하셨는지 모르겠구나. 전하의 기사들 중 가장 훌륭한 이들이 가버릴 테고, 남은 이들은 별 도움이 되지 못할 텐데."

그녀는 슬피 울기 시작했고, 곁에 있던 여인들 모두 함께 울었다.

그렇듯 온 궁정이 출행 소식으로 소란했다. 홀과 별실들에서 식탁들이 치워지고 여인들이 기사들과 함께 모이자 비탄은 한층 더 커졌다. 귀부인들과 아가씨들은 기사의 아내이든 애인이든 간에 저마다 자기 기사에게 자기도 탐색에 함께 가겠노라고 말했다. 그래서 개중에는 경솔하게 이를 허락하거나 기꺼이 환영할 이도 있었을 것이다. 만일 저녁 식사 후에 새하얀 수도복 차림의 점잖은 노인이 나타나지 않았더라면 말이다. 그는 왕 앞에 나아가 좌중에 다 들릴 만큼 큰 소리로 말했다.

"잘 들으시오, 성배 탐색을 맹세한 원탁의 기사들이여! 은자 나시앵이 나를 통해 여러분께 전하는 바이오. 이 탐색에는 아무도 부인이나 아가씨를 데려갈 수 없으니, 그런 자는 대죄를 짓는 것이오. 또한 아무도 고해를 하고 죄 사함을 받지 않고서는 이 탐색에 나설 수 없으니, 모든 패역함과 죄악에서 씻김을 받고 정결해지기 전에는 아무도 그처럼 고귀한 과업을 수행할 수 없기 때문이오. 이 탐색은 지상의 것들이 아니라 우리 주님의 위대한 비밀과 신비를 찾는 일이 될 것이오. 높으신 주님께서는 모든 지상의 기사들 중에서 자신의 종으로 택하신 복된 기사에게 그 신비를 밝히 보이실 터이니, 그에게는 성배의 크나큰 신비를 보여주시며 인간의 마음으로 생각할 수 없고 인간의 혀로 말할 수 없는[41] 것을 보게 하실 것이오."

이 말에 아무도 아내나 애인을 함께 데려가려는 자가 없게 되었다. 왕은 노인을 극진히 대접하게 하고 그의 신상에 대해 여러 가지로 물었으나, 노인은 왕이 아닌 다른 것을 생각하느라 별로 대답하지 않았다.

왕비는 갈라아드에게 다가가 그 옆에 앉아서 그가 어디서 왔는지, 어느 고장의 어떤 가문 출신인지 묻기 시작했다. 그는 자신이 아는 대로 대답했으나, 자신이 랑슬로의 아들이라는 점에 대해서는 한마디도 하지 않았다. 그렇지만 왕비는 그에게서 들은 말만으로도 그가 랑슬로의 아들이며 이미 수차 들어온 대로 랑슬로가 펠레스 왕의 딸에게서 낳은 자식임을 알 수 있었다. 그래도 그녀는 그 자신의 입으로 그렇게 말하는 것을 듣고 싶었기 때문에 그에게 아버지가 누구냐고 물었다. 그러자 그는 자신이 누구의 아들인지 잘 알지 못한다고 대답했다.

"아, 기사님, 내게 숨기는군요. 왜 그러나요? 하느님께 맹세코, 당신은 아버지 이름 대기를 부끄러워하지 않아도 될 텐데요. 그는 세상에서 가장 훌륭한 기사요, 왕들과 왕비들의 가문, 일찍이 알려진 가장 고귀한 가문에서 났으니까요. 그는 지금까지 모든 기사 중 가장 뛰어난 기사라는 평판을 누려왔어요. 그러니 당신도 지상의 모든 기사를 능가하겠지요. 당신은 그를 너무나 빼닮아서 아무리 어리숙한 사람이라도 눈여겨보기만 한다면 그 점을 모를 수가 없어요."

그 말에 갈라아드는 당황하여 대답했다.

"마마, 그처럼 확실히 알고 계시니 제게 말씀하실 수 있겠지요. 만일 그분이 제가 아버지로 여기는 이라면, 마마의 말씀을 인정하겠습니다. 그렇지 않다면 아무리 말씀하셔도 저로서는 믿을 수 없을 것입니다."

"정녕 그의 이름을 말하고 싶지 않다면 내가 말하지요." 왕비가 말했다. "당신의 아버지는 바로 호수의 랑슬로 경, 가장 수려하고 가장 뛰어나고 가장 너그러운 기사, 누구나 보고 싶어 하는 기사, 이 시대에 태어난 가장 사랑받는 기사랍니다. 그러니 당신은 내게나 다른 누구에게나 그분을 숨길 필요가 없을 것 같은데요. 그보다 더 고귀한 기사에게서 태어날 수는 없을 테니까요."

그가 대답했다.

"마마, 그처럼 잘 알고 계시니 왜 굳이 제가 말씀드리겠습니까? 때가 되면 다 알게 될 것입니다."

갈라아드와 왕비가 그렇게 이야기를 나누다 보니 어느새 밤이 되었다. 자러 갈 시간이 되자 왕은 갈라아드를 자신의 침실로 데려가 평소 자신이 자는 침대에 자게 함으로써 그의 고귀한 사명에 경의를 표했다. 그러고는 왕과 랑슬로와 다른 제후들도 잠자리에 들었다. 그러나 그날 밤 왕은 마음이 편치 않았고, 자신이 그토록 사랑하던 기사들이 다음 날이면 떠나 아마도 쉬이 돌아오지 않을 곳으로 가버린다는 생각으로 시름에 잠겼다. 그들이 오래 떠나 있으리라는 데 대해서는 그렇게까지 상심하지 않았으나, 그 탐색에서 죽는 이들이 많으리라고 생각하면 마음이 괴로웠다. 그날 밤 내내, 그곳에 있던 제후들과 온 로그르 왕국⁴²의 제후들도 비슷한 괴로움을 겪었다.

우리 주님의 뜻대로 밤의 어둠이 잦아들고 동이 터오자, 그런 일들로 근심과 상념에 빠져 있던 기사들이 모두 일어나 옷을 입고 준비를 했다. 이윽고 날이 밝자 왕도 침상에서 일어났고, 옷을 갖춰 입고서 고뱅 경과 랑슬로 경이 묵고 있는 방으로 갔다. 왕이 가 보니 그들은 이미 옷을 입고 미사에 갈 채비를 갖추고 있었다. 왕은 그들을 친자식처럼 사랑하는 터라 서둘러 다가가 인사를 건넸고, 그들은 일어나 그를 맞이했다. 왕은 그들을 도로 앉히고는 자신도 그들과 함께 앉았다. 그러고는 고뱅 경을 바라보며 말했다.

"고뱅, 고뱅, 그대가 나를 배반했구려! 내 궁정은 그대로 인해 유익을 얻은 이상으로 큰 손실을 입었으니 말이오. 이 궁정은 그대가 이 소동을 일으켜 앗아가는 기사들만큼 고귀하고 용맹한 무리를 다시는 자랑하지 못할 거요. 그렇다고 해도 그들 모두보다도 그대들 두 사람을 잃는 것이 더 마음 아프오. 나는 그대들을 한 인간이 다른 인간을 사랑할 수 있는 최대한의 사랑으로 사랑했으니까. 이제 와서 새삼스레 그런 것이 아니라 처음 그대들 안에 있는 훌륭한 천품을 알아본 때부터 줄곧 그러했다오."

그렇게 말한 다음 왕은 입을 다물고 수심에 잠겼고, 온 얼굴에 눈물이 흐르기 시작했다. 그 모습을 본 그들은 말로 할 수 없을 만큼 마음이 아팠고, 그가 그처럼 슬퍼하는 것을 보니 감히 대답할 수가 없었다. 왕은 한참이나 그렇게 슬픔에 잠겨 있더니 이윽고 침통한 어조로 말했다.

"오, 하느님! 운명이 내게 보내준 이 동지들과 헤어지게 되리라고는 결코 생각지도 못했는데!"

그러고는 랑슬로를 향해 말했다.

"랑슬로, 그대와 나 사이의 신의와 맹세에 걸고, 내게 이 일에 대해 권고해주기 바라오."

"전하, 어떻게 도와드려야 할지 말씀해주소서."

"나는 가능하다면 이 탐색을 중지시키고 싶소."

"전하, 제가 본 바로는 워낙 많은 기사가 탐색을 맹세한 터라 도저히 포기할 것 같지 않습니다. 만일 그런다면 모두 변절자가 될 테니, 그런 일을 요구한다면 아주 신의 없는 일이 될 겁니다."

"그대 말이 옳다는 것은 나도 잘 아오. 하지만 그대들이나 또 다른 기사들에 대한 내 마음이 지극하다 보니 그렇게 말하고 말았소. 만일 그것이 온당하고 합당한 일이라면 내 주저 없이 그리할 것이오. 이 출행은 나를 너무나 슬프게 하는구려."

그렇게 이야기를 나누는 동안 날이 환히 밝았고 햇볕에 이슬이 스러질 무렵에는 궁전의 홀이 왕국의 제후들로 채워지기 시작했다. 이미 일어나 있던 왕비가 왕을 찾아와 말했다.

"전하, 기사들이 미사에 가려고 아래서 전하를 기다리고 있습니다."

그는 일어나서, 만나는 사람이 자신의 괴로운 심정을 알아채지 못하도록 눈가를 닦았다. 고뱅 경은 무장을 가져오라고 일렀고, 랑슬로도 그렇게 했다. 방패만을 제외한 모든 무장을 갖추고는, 그들은 홀로 가서 역시 떠날 채비를 갖춘 동지들과 합류했다. 모두 예배당으로 가서 무장한 채로 미사를 드리고는 궁전으로 돌아왔다. 탐색의 모든 동지가 모여 앉았다.

"전하," 보드마귀 왕이 말을 꺼냈다. "이 일은 그토록 고상하게 시작된 만큼 그만둘 수 없으니, 성유물을 가져오는 것이 좋겠습니다. 그러면 동지들이 탐색에 떠날 자들이 하는 선서를 할 것입니다."

"그대들이 원한다면 기꺼이 그리하리다." 아더 왕이 말했다. "달리 어쩔 수도 없으니 말이오."

그래서 궁내의 성직자들이 궁정의 선서를 하는 성유물을 단상의 왕 앞으로 가져왔다. 왕은 고뱅 경을 불러 말했다.

"그대가 맨 먼저 이 탐색을 제안했으니, 앞으로 나와 이 탐색에 떠나는 자들이 해야 할 선서도 먼저 하시오."

"전하," 보드마귀 왕이 말했다. "감히 말씀드려도 된다면, 맨 먼저 선서를 할 사람은 그가 아니라 저희가 원탁의 주재요 주장으로 모셔야 할 자, 바로 갈라아드 경입니다. 그가 선서를 한 다음에 저희 모두 그와 같은 선서를 하겠습니다. 마땅히 그리해야 할 줄로 압니다."

그래서 갈라아드가 불려 왔고, 그는 앞으로 나가 성유물 앞에 무릎을 꿇고는 충성스러운 기사로서 한 해하고도 하루, 그리고 필요하다면 그보다 더 오랫동안이라도 탐색을 계속하겠으며 성배의 진실을—그것을 어떻게든 아는 것이 가능하다면—알기 전에는 궁정으로 돌아오지 않겠노라고 선서했다. 이어 랑슬로가 같은 선서를 했고, 뒤이어 고뱅, 페르스발, 보오르, 리오넬, 엘랭르 블랑, 그리고 원탁의 모든 동지가 차례로 선서했다. 모두 선서를 마치자, 이를 기록한 자들은 일행이 도합 150명[43]으로 모두 용맹하여 단 한 명의 비겁자도 없음을 발견했다. 그런 다음 그들은 왕을 기쁘게 하기 위해 그가 청하는 대로 약간의 식사를 했다. 그러고는 머리에 투구를 썼으니, 더 이상 머무를 수 없음이 분명해졌다. 그들은 눈물을 흘리며 왕비에게 신의 가호가 있기를 빌었다.

그녀는 그들이 막 떠나려는 것을 보고, 더 이상 지체할 수 없는 것을 깨닫자, 마치 그들 모두가 죽은 것을 보기나 한 것처럼 큰 비탄에 빠졌다. 자신의 슬픔을 보이지 않으려고 그녀는 침실에 들어가 침대에 쓰러졌는데, 어찌나 애통해하는지 아무리 목석 같은 사람이라도 동정 없이는 바라볼 수 없었을 것이다. 랑슬로는 말에 오를 준비가 되었으나, 다른 누구보다도 왕비의 비탄에 마음이 쓰였던 터라 그녀가 들어가는 것을 본 침실로 찾아갔다. 그가 무장을 갖춘 것을 보자 그녀는 울기 시작했다.

"아, 랑슬로! 그대는 나를 배신하고 다 죽게 만들었어요. 내 주군 왕의 집을 버리고 낯선 땅으로 가다니. 우리 주님께서 돌아오게 하시기 전에는 돌아오지 못하겠지요."

"마마, 하느님께서 허락하신다면 정녕 돌아올 것입니다. 마마께서 생각하시는 것보다 훨씬 일찍 돌아올 것입니다."

"오, 하느님! 내 마음은 내게 그리 말하지 않아요. 내 마음은 나를 세상의 온갖 고뇌와 일찍이 여인이 남정네를 위해 품었던 온갖 두려움 속으로 몰아넣어요."

"마마," 랑슬로가 대답했다. "마마께서 가라 하실 때 가겠습니다."

"내 허락이 있어야만 한다면, 그대는 결코 떠날 수 없어요."

왕비가 말했다. "하지만 그대는 가야만 하니 부디 신의 가호가 있기를 빌어요. 인류를 영원한 죽음에서 구원하기 위해 지극히 거룩하고 참된 십자가 위에서 고난당하신 그분께서 그대를 구해주시고 어디서든 그대를 지켜주시기를."

"마마, 자비하신 하느님께서 부디 그리하시기를 빕니다!"

랑슬로는 왕비를 떠나 안뜰로 내려갔다. 동지들은 이미 말에 올라 그가 오기만 하면 출발하려고 기다리고 있었다. 그도 말에 올랐다. 갈라아드가 방패도 없이 탐색에 나서려는 것을 본 왕이 그에게 다가가 말했다.

"경이여, 그대는 동지들처럼 여기서 방패를 가져가지 않다니 준비가 미비한 것 같소."

"전하," 갈라아드가 대답했다. "제가 여기서 방패를 취한다면 잘못하는 일이 될 겁니다. 모험이 제게 가져다주기 전에는 아무 방패도 들지 않겠습니다."

"하느님께서 그대를 보호해주시기를." 왕이 말했다. "달리 어쩔 수 없으니 더는 그 얘기를 하지 않으리다."

제후들과 기사들은 말에 올라 차례로 궁정을 빠져나갔고 도성을 벗어났다. 성내 사람들이 성배 탐색을 떠나는 원탁의 동지들을 보았을 때의 비탄과 눈물보다 더 애처로운 것은 일찍이 아무도 본 적이 없었다. 뒤에 남는 자들은 제후이든 부자이든 가난뱅이이든 뜨거운 눈물을 흘리지 않는 이가 없었다. 다들 그 출행을 너무나 애통해했다. 그러나 떠나는 이들은 전혀 슬픈 기색이 없었고, 만일 누가 그들을 본다면 모두 기뻐한다고 생각할 것이었다. 그리고 실제로 그러했다.

그들은 바강 성 인근의 숲에 이르러 한 십자가에서 행보를 멈추었다. 고뱅 경이 왕에게 말했다.

"전하, 멀리까지 함께 오셨습니다. 이제 돌아가시는 것이 좋겠습니다. 저희와 함께 가실 수는 없으니까요."

"돌아가는 길은 왔던 길보다 더 고될 거요. 그대들과 헤어지기가 이토록 아쉬우니. 하지만 그래야 한다는 것은 나도 잘 아니, 이만 돌아가리다."

고뱅 경은 투구를 벗었고, 다른 이들도 그렇게 했으며, 왕은 달려가 자기 기사들 한 사람 한 사람을 포옹했다. 다시 투구 끈을 묶은 그들은 뜨거운 눈물을 흘리며 서로 신의 가호를 빌었다. 그런 다음 헤어져, 왕은 카말로트로, 동지들은 숲으로 들어갔다. 그러고는 한참을 가서 바강 성에 당도했다.

이 바강은 올바르게 살아가는 덕인으로, 젊은 시절에는 세상에서 가장 훌륭한 기사 중 한 사람이었다. 그는 기사들이 자기 성을 통과해 지나가는 것을 보자 모든 성문을 닫아걸게 하고, 하느님께서 그들을 자기 영내에 맞이하는 명예를 주셨으니 자기가 할 수 있는 한 그들을 대접하기 전에는 보낼 수 없다고 말했다. 그는 그들을 그렇게 강제로 붙들어 무장을 풀게 하고는 어찌나 융숭히 대접했던지 대체 그 모든 것이 어디서 왔는지 의아할 지경이었다.

그날 밤, 그들은 자신들이 어떻게 하면 좋을지 의논한 끝에, 다음 날은 서로 헤어져 각기 제 갈 길을 가기로 결정했다. 모두 함께 다니다 보면 아름답지 못한 일이 될 우려가 있었기 때문이다. 이튿날 날이 새자 동지들은 일어나 무장을 하고 성 안의 예배당에서 미사를 드렸다. 그런 다음 각기 말에 올라 성주에게 신의 가호를 빌어주며 자신들을 환대해준 데 대해 감사했다. 그러고는 성에서 나와 간밤에 의논한 대로 뿔뿔이 흩어져 숲으로 들어가서 제각기 가장 울창하고 길이라고는 보이지 않는 곳으로 나아갔다. 그렇게 헤어질 때에는 가장 냉정하고 오만한 자들도 눈물을 보였다. 하지만 이제 이야기는 그들에 대해서는 접어두고 갈라아드에 대해 말한다. 애초에 그로 인해 시작된 탐색이니 말이다.[44]

2. 갈라아드의 모험

 이야기는 말하기를, 갈라아드가 동지들과 헤어져 사나흘가량 길을 가는 동안은 딱히 이야기할 만한 모험을 만나지 못했다고 한다. 그런데 닷새째 되던 날 만과 때를 지나, 그의 길은 어느 흰 수도원[45]에 이르게 되었다. 그가 그곳에 당도하여 문을 두드리자 안에 있던 수도사들이 나와 그가 편력하는 기사임을 보고는 친절하게 그를 말에서 내려주었다. 어떤 이들은 그의 말을 끌고 가고, 어떤 이들은 그를 아래층 방으로 데려가 무장을 풀어주었다. 그렇게 무장을 풀고 난 그는 원탁의 동지 중 두 사람을 발견했다. 한 사람은 보드마귀 왕, 다른 한 사람은 이뱅 리 아볼트르[46]였다. 그들은 그를 알아보고는 팔 벌리고 달려와 기뻐하며 맞이했다. 그를 다시 만나 몹시 기뻤던 것이다. 그러고는 그에게 자신들이 누구인지 알렸고, 그도 그들을 알아보고는 형제와 동지로 여겨야 할 이들에게 마땅한 경의와 기쁨을 표했다.

 저녁이 되어 식사를 한 다음 그들은 수도원 안의 아름다운 풀밭으로 쉬러 나가 나무 아래 앉았다. 갈라아드는 어떤 모험이 그들을 그곳으로 인도했는지 물어보았다.

"사실은 사람들에게서 들은 아주 경이로운 모험을 보려고 왔습니다." 그들이 대답했다. "이 수도원에는 아무도 목에 걸 수 없는 방패[47]가 있다고 합니다. 그걸 걸고 가려는 자에게는 불운이 닥쳐 첫날이나 다음 날쯤에는 죽거나 다치거나 불구가 된다는 겁니다. 그래서 그 말이 정말인지 보러 왔지요."

이어 보드마귀 왕이 말했다.

"내일 아침 저는 그걸 걸고 나가볼 작정입니다. 그러면 그 모험이 사람들 말대로인지 알게 되겠지요."

갈라아드가 대답했다.

"정녕 그 방패가 말씀하신 대로라면 놀라운 이야기로군요. 만일 당신이 그걸 걸지 못한다면 제가 걸어보겠습니다. 저는 방패가 없기도 하니까요."

그러자 그들이 말했다.

"경이여, 그렇다면 이 모험은 당신께 맡기겠습니다. 당신은 모험에 실패하지 않을 테니까요."

"하지만 사람들이 한 말이 사실인지 경께서 먼저 시험해보시면 좋겠습니다."

두 사람 다 이에 동의했다. 그날 밤 동지들은 그곳에서 제공할 수 있는 최고의 대접을 받았다. 다른 두 기사가 갈라아드를 높이는 것을 듣고는 수도사들도 그를 극진히 대했고, 그와 같은 사람에게 마땅한 가장 좋은 침상을 마련했다. 그 옆에 보드마귀 왕과 그의 동지가 누웠다.

이튿날 미사를 드린 후, 보드마귀 왕은 수도사 중 한 사람에게 인근에 그처럼 소문이 자자한 방패가 어디 있는지 물었다.

"기사님, 그건 왜 물으십니까?" 수도사가 말했다.

"정말로 사람들이 말하는 대로인지 제가 직접 걸어보려고 그럽니다."

"그걸 여기서 가지고 나가시는 건 권하지 않습니다. 수치만 당하실 겁니다."

"그렇다 하더라도 저는 그것이 어디 있는지, 어떻게 생겼는지 알고 싶습니다."

그러자 수도사는 그를 제단 뒤로 데려가 붉은 십자가가 그려진 흰 방패[48]를 보여주었다.

"자, 여기 말씀하신 방패가 있습니다."

그들은 그것을 보고는 이제껏 보아온 가장 아름답고 화려한 방패라고 말했다. 거기서는 세상의 모든 향료를 쏟아붓기나 한 것처럼 좋은 향기가 났다. 그것을 보자 이뱅 리 아볼트르가 말했다.

"정녕 이것이 최고의 기사가 아니고서는 아무도 목에 걸 수 없다는 방패로군요. 그러니 제 목에 걸어질 것은 아닙니다. 저는 이걸 목에 걸 만큼 그렇게 용맹하지도 덕망이 뛰어나지도 못하니까요."

반면 보드마귀 왕은 말했다.

"하느님께 맹세코, 제게 무슨 일이 닥치든 간에 저는 저걸 가져가렵니다."

그래서 그는 방패를 목에 걸고 예배당에서 나갔다. 그는 말 있는 데 이르자 갈라아드에게 말했다.

"경께서 여기서 저를 기다려주시면 좋겠습니다. 이 모험에서 제게 무슨 일이 일어날지 당신에게 말할 수 있을 때까지 말입니다. 제게 불행한 일이 닥칠 경우 당신이 이 방패를 걸어주면 기쁘겠습니다. 당신은 이 모험을 쉽게 성취하리라는 것을 알고 있으니까요."

"기꺼이 기다리겠습니다." 갈라아드가 말했다.

보드마귀 왕은 말에 올랐고, 수도사들은 그에게 종자를 한 명 딸려 보냈다. 만약의 경우 방패를 도로 가져오게 하기 위해서였다.

그리하여 갈라아드는 사태의 진전을 알게 될 때까지 이뱅과 함께 남았다. 보드마귀 왕은 종자와 둘이 길을 나서서 두 마장 남짓 간 끝에 어느 골짜기에 있는 외딴 암자[49] 앞에 이르렀다. 그 암자 쪽을 바라보노라니 그쪽에서 새하얀 무장을 갖춘 한 기사가 다가오는 것이 보였다. 기사는 그를 향해 창을 겨눈 채 전속력으로 다가와 곧장 달려들었다. 그는 기사를 보자 즉시 반격에 나서 창을 겨누었고 창이 부서져 사방으로 날아갔다. 백기사는 그가 무기를 잃은 것을 보고는 사슬갑옷의 사슬들이 부서질 만큼 세차게 내리쳤고, 왼쪽 어깨에 창촉을 들이박았다. 그러고는 기백 있는 기사답게 몰아붙여 그를 말에서 떨어뜨렸다. 그가 낙마하자 기사는 그의 목에서 방패를 벗겨내고는 그뿐 아니라 종자에게까지 똑똑히 들릴 만큼 큰 소리로 말했다.

"기사여, 그대 목에 이 방패를 걸다니 주제넘고 어리석소. 이 방패를 목에 거는 것은 세상에서 가장 훌륭한 기사가 아니고서는 어떤 자에게도 허락되지 않는 일이오. 그대가 지은 죄로 인해 우리 주님께서 나를 보내 응분의 대갚음을 하시는 것이오."

그렇게 말하더니 종자에게 다가와 말했다.

"자, 이제 이 방패를 네가 방금 떠나온 수도원에 있는 예수 그리스도의 종, 곧 갈라아드라 불리는 선한 기사에게 가져가거라. 그리고 전하라. 높으신 주님께서 그에게 이걸 걸라 하셨다고. 이 방패는 항상 지금처럼 온전하고 산뜻할 것이며, 따라서 아주 소중히 해야 한다고 말이다. 그리고 그를 만나는 즉시 내 인사를 전해라."

시동이 그에게 물었다.

"기사님, 존함이 어떻게 되십니까? 제가 그에게 가서 누구시라 전할까요?"

"내 이름은 네가 알 것 없다. 너나 다른 어떤 인간에게도 알려져서는 안 된다. 그러니 너는 이 정도로 만족하고 내가 명한 일이나 해라."

"기사님," 하고 시동이 다시 말했다. "존함을 알려주지 않으시니, 기사님께서 세상에서 가장 아끼시는 것에 걸고 이 방패의 진실을 알려주시기를 간곡히 부탁드립니다. 이 방패가 어떻게 이곳에 오게 되었는지, 또 어찌하여 이것으로 인해 그토록 많은 이상한 일이 일어났는지요. 오늘날 어떤 인간도 이것을 목에 걸었다가는 화를 면할 수 없으니 말입니다."

"네가 그토록 청하니 말해주마." 기사가 말했다. "하지만 이것은 너 혼자 들을 말이 아니니, 네가 방패를 전할 그 기사를 데려오너라."

시동은 그렇게 하겠노라고 말했다. "하지만 이리로 와서 어떻게 당신을 찾지요?"

"바로 여기서 나를 만날 것이다."

시동은 보드마귀 왕에게 가서 많이 다쳤는지 물었다.

"그렇다마다." 왕은 말했다. "너무 심하게 다쳐서 살지 못할 것 같네."

"말은 타실 수 있겠습니까?"

왕은 해보겠노라고 말하고는 몸을 일으켰고, 비록 다친 몸이지만 시동의 도움을 받아 자기가 떨어졌던 말 쪽으로 갔다. 그리하여 왕이 앞에, 시동이 뒤에 타고 그의 옆구리를 붙들었다. 그러지 않으면 분명 말에서 떨어질 것만 같았기 때문이다.

그런 식으로 그들은 왕이 부상을 당한 곳을 떠나 자신들이 출발했던 수도원에 당도했다. 안에 있던 이들은 그들이 돌아오는 것을 알고는 달려 나가 맞이했다. 보드마귀 왕을 말에서 내려 방으로 옮기고는 그의 상처를 보살피는데, 상처가 아주 깊고 심했다. 갈라아드는 왕을 돌보는 수도사 중 한 사람에게 물었다.

"수사님, 왕이 나을 수 있으리라 보십니까? 만일 그가 이번 일로 죽는다면 너무나 큰 손실이 될 것 같아서 말입니다."

"기사님," 수도사가 대답했다. "하느님 뜻이면 살아나겠지요. 하지만 워낙 심하게 다쳤고, 또 불평할 처지도 못 되지요. 우리는 그에게 분명히 말했으니까요. 그 방패를 걸고 나갔다가는 화를 당할 거라고요. 그런데도 우리의 만류를 뿌리치고 그걸 걸고 나갔으니, 자신의 어리석음을 탓할 수밖에요."

이윽고 수도원 사람들이 할 수 있는 일을 마치자, 시동은 좌중이 다 듣는 데서 갈라아드에게 말했다.

"기사님, 흰 갑옷의 선한 기사, 보드마귀 왕에게 부상을 입힌 그 기사가 당신께 인사를 전하고 이 방패를 보내며 높으신 주님의 이름으로 이제부터 이것을 걸라고 합니다. 그의 말로는 오늘날 당신밖에는 이 방패를 지닐 자가 없다고 합니다. 그래서 저를 통해 이걸 보냈습니다. 그리고 왜 그처럼 모험들이 일어났던 가를 알고 싶다면 저와 함께 오라고, 그러면 말해주겠다고 합니다. 그가 제게 그렇게 약속했습니다."

수도사들은 그 말을 듣고는 갈라아드에게 경의를 표하며 그를 그곳으로 인도한 행운에 감사했다. 위태로운 모험이 종지부를 찍게 될 것을 알았기 때문이다. 이뱅 리 아볼트르가 말했다.

"갈라아드 경, 이 방패를 목에 거십시오. 이것은 오직 당신을 위한 것입니다. 그러면 제 소원도 이루어질 터이니, 저는 이 방패의 주인이 될 선한 기사를 아는 것보다 더 간절히 바라는 일이 없습니다."

갈라아드는 자신에게 보내진 방패이니 걸도록 하겠다고 대답했지만, 먼저 자신의 무장을 가져다줄 것을 청했고, 그렇게 되었다. 그는 무장을 갖추고 말에 올라 방패를 목에 걸고는 수도사들에게 작별을 고했다. 그러자 이뱅 리 아볼트르도 무장을 갖추고 말에 올라 갈라아드와 동행하겠노라고 말했다. 하지만 갈라아드는 그럴 수 없노라고, 시동과 단둘이 가야만 한다고 대답했다. 그리하여 각기 제 갈 길로 가게 되었다.

이뱅은 어느 숲속으로 떠나갔고, 갈라아드와 시동은 계속 길을 가다가 시동이 전에 만났던 흰 무장의 기사를 발견했다. 그는 갈라아드가 오는 것을 보자 다가와 인사를 건넸고, 갈라아드도 그에게 최상의 예우를 갖추어 인사했다. 그렇게 서로 만나 말문을 트게 되자 갈라아드가 기사에게 말했다.

"기사님, 제가 걸고 있는 이 방패로 인해 이 고장에 이상한 일이 많이 일어났다고 들었습니다. 경애함과 충심으로 청하오니 부디 그 모든 일이 왜 어떻게 일어났는지 진실을 말해주시기 바랍니다. 당신은 필시 아시리라고 생각합니다."

"그 말이 옳소이다. 내 그 진실을 아니 기꺼이 말해드리리다. 잘 들으시오, 갈라아드." 기사가 말했다.[50]

"예수 그리스도의 수난이 있은 지 42년 후, 우리 주님을 거룩하고 참된 십자가에서 내려드렸던 고귀한 기사 아리마대의 요셉은 자기 친족의 큰 무리를 이끌고 예루살렘 성을 떠나게 되었소.[51] 우리 주님의 명령으로 길을 떠난 지 한참 만에 그들은 사라즈라는 도성에 이르렀는데, 그곳은 당시 이교도였던 에발락 왕이 다스리는 곳이었소. 요셉이 사라즈에 당도할 무렵 에발락은 이웃나라의 부강한 왕과 전쟁 중이었는데, 그의 땅을 침략한 이 왕은 톨로메르라는 이름이었소. 에발락이 자기 땅을 요구하는 톨로메르와 싸우러 나갈 채비를 갖추자, 요셉의 아들인 요세페[52]가 말했소. 만일 그렇듯 준비 없이 전투에 나간다면 필시 적에게 패하여 수치를 당하게 되리라는 거였소. '그러면 내가 어쩌면 좋겠소?' 에발락이 물었소. '내 알려드리리다.' 요세페가 말했소. 그러고는 새로운 법[53]을 설명하고 복음의 진리에 대해 말하기 시작하여 우리 주님의 십자가 수난과 부활의 진리에 대해 말한 다음, 방패를 하나 가져오게 하여 거기에 붉은 비단으로 십자가를 만들고는 이렇게 말했소. '에발락 왕이여, 어떻게 하면 당신이 십자가에서 죽으신 이의 힘과 능력을 맛볼 수 있을지 분명히 보여드리겠소. 저 비열한 톨로메르가 사흘 밤낮 동안 당신을 이기어 죽음의 공포까지 몰고 갈 것이 사실이오. 그러나 당신이 피할 길이 있을 것 같지 않을 때, 이 십자가를 내보이며 말하시오. '귀하신 주여, 당신 죽음의 징표를 제가 들고 있으니, 저를 이 위험에서 건지시고 무사히 이끄시어 당신에 대한 믿음과 신앙을 받아들이게 하소서.'

그렇게 조언을 받은 왕은 톨로메르와 싸우러 나갔소. 모든 일이 요세페가 말해준 대로 되었다오. 큰 위험에 처해 정말로 죽는구나 생각되었을 때, 방패를 꺼내 그 한복판에서 십자가에 못 박혀 피 흘리는 이[54]를 발견했소. 그래서 요세페가 가르쳐준 대로 말했고, 그 덕분에 그는 원수의 손에서 벗어나 승리와 영예를 얻고 톨로메르와 그 부하들을 물리치게 되었소. 마침내 사라즈 도성에 돌아왔을 때, 그는 온 백성에게 자신이 요세페에게서 들은 진리를 말하고 십자가에 못 박히신 이를 열심히 증거했으므로, 나시앵[55]이 세례를 받았소. 그가 세례 받을 때, 한 남자가 손목 잘린 손을 다른 손으로 든 채 그들 앞을 지나갔소. 그러자 요세페가 그를 불렀고, 그가 다가와 방패에 있는 십자가를 만지자마자 잘린 손목이 치유되었소. 뿐만 아니라 아주 놀라운 일이 일어났다오. 방패에 있던 십자가가 그 남자의 팔에 가서 붙어버려 방패에서는 보이지 않게 된 것이었소. 그리하여 에발락도 세례를 받고 예수 그리스도의 종이 되었으며, 이후로 예수 그리스도를 극진히 사랑하고 경외하며 방패를 소중히 간직하게 했소.

그 후 요세페는 아버지와 함께 사라즈를 떠나 브리튼으로 가서,⁵⁶ 악하고 잔인한 왕을 만나게 되었고 그 왕은 두 사람과 그 밖에 많은 그리스도인을 옥에 가두었소. 요세페가 옥에 갇히자 그 소식이 멀리까지 퍼졌으니, 당시 세상에는 그보다 더 명성 높은 이가 없었기 때문이오. 그리하여 모르드랭⁵⁷ 왕도 그 소식을 듣게 되었소. 그는 처남인 나시앵과 함께 자기 제후들과 군사들을 소집하여 브리튼으로 가서 요세페를 옥에 가둔 자를 무찌르고 폐위했으며, 그 나라 사람들을 굴복시켜 온 나라에 거룩한 그리스도교가 전파되게 했소. 그들은 요세페를 너무나 사랑하여 그 나라에서 떠나지 않고 그와 함께 머물렀으며 그가 어디에 가든 그를 따랐다오. 요세페가 죽음의 침상에 눕게 되자 에발락은 그가 세상을 떠나리라는 것을 알고는 그의 앞에 가서 몹시 울며 말했소. '이제 나를 두고 떠나시면 나는 이 나라에 홀로 남게 될 것입니다. 당신을 위해 정든 내 땅과 내 백성을 두고 온 내가 아닙니까. 당신이 세상을 떠나셔야 한다면, 부디 내게 당신을 기념할 만한 것을 남겨주소서.' 요세페가 말했소. '왕이여, 반드시 그리하리다.'

그래서 그는 무엇을 남길 수 있을지 생각하기 시작했소. 한참을 생각한 끝에 그는 말했소. '에발락 왕이여, 당신이 톨로메르와 싸우러 나갈 때 빌려드린 방패를 내게 가져오게 하시오.' 그래서 왕은 기꺼이 그러겠노라고 말했소. 방패는 가까이 있었으니, 그가 어디에 가든 그것을 지니고 다녔기 때문이오. 그래서 방패를 요세페 앞에 가져오게 했소. 방패가 요세페 앞에 놓이는 순간, 그의 코에서는 심하게 피가 나서 멈추지 않았다오. 그러자 그는 방패를 집어 들고 자신의 피로 여기 보이는 이 십자가를 그렸소. 이것이 바로 내가 이야기하는 그 방패라는 것을 명심하시오. 이 십자가를 그린 다음 그는 말했소. '이 방패를 당신에게 내 기념으로 남기는 바이오. 당신은 이 십자가가 내 피로 된 것임을 잘 아는 만큼, 이 방패를 볼 때마다 당신은 나를 기억하게 될 거요. 내 피는 지금 당신이 보는 바와 같이 언제까지나 선명하게 붉을 터이니, 이 방패가 남아 있는 한 그러할 거외다. 아무도, 설령 기사라 할지라도, 이것을 자기 목에 걸었다가는 후회를 면치 못하리니, 나시앵의 마지막 후손[58]인 선한 기사 갈라아드가 이것을 자기 목에 걸기까지 그러할 터이기 때문이오. 그러니 하느님께서 정하신 자가 아니고서는 아무도 이것을 목에 걸 만큼 무모한 자가 없게 하시오. 이 방패가 다른 어떤 방패보다 큰 이적들을 보였듯이, 그는 다른 어떤 기사보다 놀라운 무예와 거룩한 삶을 보이게 될 거요.' 왕이 말했소. '이처럼 당신의 훌륭한 기념물을 남겨주시니, 제가 이 방패를 어디에 두면 좋을지 말해주소서. 저도 그 선한 기사가 이것을 발견할 만한 곳에 두기를 원하나이다.' 요세페가 대답했소. '당신이 행할 바를 말하리다. 나시앵이 자기 시신을 묻으라 명할 곳에 방패를 두시오. 선한 기사가 기사 서임을 받은 지 닷새째 되는 날 그리로 올 것이오.'

그리하여 모든 것이 그가 말한 대로 되었소. 당신이 기사가 된 지 닷새째 되는 날, 나시앵이 묻혀 있는 그 수도원에 온 거요. 자, 이제 당신에게 다 설명했소. 당신 말고는 아무에게도 허락되지 않은 방패를 감히 취하려고 했던 겁 없이 어리석은 자들에게 그토록 기이한 일이 일어났던 이유를 말이오."

그는 이야기를 마치자 사라져버려, 갈라아드는 그가 어떻게 되었는지, 어디로 가버렸는지 알 수 없었다. 거기 있던 시동은 그 이야기를 듣자 자기 말에서 내려와 갈라아드의 발 앞에 엎어져서 눈물을 흘리며 간청했다. 갈라아드가 방패에 그 표식을 지닌 우리 구주를 위하여, 부디 자기를 종자로 동행하게 하고 기사로 만들어달라는 것이었다.

"물론, 내가 동행을 갖기 원한다면 거절하지 않겠소만." 갈라아드가 말했다.

"기사님, 제발 비오니 저를 기사로 만들어주소서. 하느님께서 허락하시면 저도 기사도를 위해 힘껏 봉사하겠나이다."

갈라아드는 그처럼 애원하는 시동을 보고는 마음이 움직여 그의 소청을 허락했다.

"기사님, 그럼 왔던 곳으로 돌아가십시다. 저는 거기서 무장과 말을 얻을 것입니다. 또, 저를 위해서만이 아니라도 그렇게 하셔야 할 것이, 그곳에는 아무도 해결하지 못한 모험이 있기 때문입니다. 기사님께서 그 모험을 완수하실 것을 저는 잘 압니다."

그래서 그는 기꺼이 그러겠노라고 말했다.

그리하여 그들은 수도원으로 돌아왔다. 수도원 사람들은 그가 돌아오는 것을 보자 크게 기뻐하며 시동에게 왜 기사가 돌아왔는지 물었다.

"저를 기사로 만들어주시기 위해서지요." 그는 말했고, 그들은 크게 기뻐했다.

선한 기사는 그 모험이 어디 있는지 물었다.

"기사님, 그것이 어떤 모험인지 아십니까?" 수도사들이 말했다.

"아니오."

"그렇다면 알아두십시오. 그것은 저희 묘지에 있는 무덤 중 하나에서 나오는 음성입니다. 어찌나 괴악한 음성인지, 그 소리를 듣고 나면 한동안 몸져눕지 않는 이가 없습니다."

"그게 누구의 음성인지 아십니까?" 갈라아드가 물었다.

"아니오. 원수의 음성이 아니고서야."

"어디 한번 가봅시다. 몹시 알고 싶으니 말입니다."

"그렇다면 함께 가시지요."

그들은 투구만을 제외하고는 여전히 무장한 채인 그를 수도원 맨 안쪽으로 데려갔다. 수도사 중 한 사람이 그에게 말했다.

"기사님, 저 큰 나무와 그 아래 무덤이 보이십니까?"

"예."

"그러면 이제 어떻게 하실지 말씀드리겠습니다. 저 무덤으로 가서 묘석[59]을 들추십시오. 그러면 그 밑에서 크고 놀라운 일을 보시게 될 겁니다."

갈라아드는 그쪽으로 다가갔다. 그러자 한 음성이 놀랄 만큼 고통스러운 비명을 지르며 사방에 다 들리도록 큰 소리로 말했다.

"아, 갈라아드, 예수 그리스도의 종이여, 내게 더는 다가오지 말라. 너는 내가 이렇게 오래 있었던 곳에서 나를 쫓아내려느냐."

갈라아드는 그 소리를 듣고도 전혀 동요하지 않은 채 무덤으로 갔다. 그가 묘석 가장자리를 들추려고 하자 연기가 새어 나오고 불길이 뒤따르더니 인간의 형상을 한 가장 추악한 모습이 나타났다. 갈라아드는 그것이 원수임을 알고 성호聖號를 그었다. 그러자 그에게 말하는 음성이 들렸다.

"아, 갈라아드, 거룩한 자여, 너는 그렇게 천사들에 둘러싸여 있으니 내 힘으로는 네게 맞서지 못하겠구나. 이곳을 네게 넘긴다."

갈라아드는 그 소리를 듣자 성호를 그으며 우리 주님께 감사드렸다. 그러고는 묘석을 들어 올렸고, 그 밑에 무장을 갖춘 시신이 누워 있는 것과 그 곁에 놓인 검이며 기사에게 필요한 장비들을 발견했다. 그는 그것을 보자 수도사들을 불러 말했다.

"오셔서 제가 발견한 것을 보시고 제가 할 일을 알려주십시오. 제가 더 해야 할 일이 있다면 기꺼이 하겠습니다."

수도사들은 구덩이에 누워 있는 시신을 보자 말했다.

"기사님, 이미 하신 이상으로 더 하실 일은 없습니다. 저희 생각에, 여기 있는 시신은 굳이 옮길 필요가 없을 테니까요."

"아니, 있고말고." 갈라아드에게 그 모험에 대해 이야기해주었던 노인이 말했다. "그 시신을 이 묘지에서 꺼내 밖에 던져버려야 하오. 이 땅은 거룩하게 성별되었으니, 악하고 거짓된 그리스도인의 시신이 여기 있어서는 안 되오."

그러고는 거기 있던 하인들에게 그것을 구덩이에서 꺼내 묘지 밖에 버리라고 명했고, 그들은 그렇게 했다. 갈라아드는 노인에게 말했다.

"어르신, 이 모험에서 제가 해야 할 일은 다 했습니까?"

2. 갈라아드의 모험

"그렇소." 노인은 대답했다. "그토록 많은 불행을 가져왔던 음성이 다시는 들리지 않을 것이오."

"그런데 왜 그로 인해 그토록 이상한 일들이 일어났는지 아십니까?" 갈라아드가 물었다.

"기사님, 잘 들으시오. 기꺼이 말씀드리리다. 이 일에는 큰 뜻이 있으니 당신도 알아두어야 할 거요."

그들은 묘지를 떠나 수도원으로 돌아왔다. 갈라아드는 시동에게 예배당에서 밤샘을 해야 한다고, 이튿날 격식대로 기사로 만들어주겠노라고 말했다. 시동은 바라는 바이라고 대답했고, 자신이 그토록 원하던 고귀한 기사도의 서임을 받기 위해 사람들이 가르쳐주는 대로 채비를 갖추었다. 노인은 갈라아드를 한 방으로 데려가 무장을 풀게 한 다음 자리에 앉히고는 말했다.

"기사님, 당신은 내게 좀 전에 완수하신 모험의 의미를 물으셨소이다. 내 기꺼이 말씀드리지요. 이 모험에는 크게 힘든 일이 세 가지 있었습니다. 들어 올리기에 가볍지 않은 묘석, 꺼내서 던져버려야 할 기사의 시신, 그리고 들으면 누구나 힘이 빠지고 혼이 나가버리는 음성 말입니다. 이 세 가지의 뜻을 말씀드리리다.

망자를 덮고 있던 묘석은 우리 주님께서 지상에 오셨을 때 보셨던 세상의 완악함을 뜻합니다. 주님께서는 세상에 완악함뿐인 것을 보셨지요. 아들은 아비를, 아비는 자식을 사랑하지 않았으니 말이오. 그래서 원수는 그들을 모조리 지옥으로 끌고 갔지요. 천부께서는 지상에 완악함이 넘쳐 아무도 다른 사람을 알지도 믿지도 못하고 선지자들이 하는 말도 믿지 못하며 만날 새로운 신을 만들어내는 것을 보시고는, 그 완악함을 고치시고 죄인들의 마음을 부드럽고 새롭게 하시기 위해 자기 아들을 이 땅에 보내셨습니다. 그런데 성자께서 이 땅에 오셔서 보니 사람들이 얼마나 죽을죄로 마음이 굳어져 있는지 그들의 마음을 녹이느니 바윗돌을 녹이기가 쉬울 정도였습니다. 그래서 그분은 선지자 다윗의 입을 통해 말씀하셨습니다. "내가 죽기까지 외롭다"라고 말입니다.[60] 즉 "아버지여 제가 죽기 전에는 이 백성의 적은 무리밖에 돌이키시지 못할 것입니다" 하는 말씀이지요. 그런데 천부께서 자기 백성을 구원하시려고 자기 아들을 이 땅에 보내신 것과 비슷한 일이 오늘 재연되었습니다. 그분의 오심으로 죄와 허물이 달아나고 진리가 나타나 분명해졌듯이, 우리 주님께서는 다른 모든 기사보다 당신을 택하사 이방 땅에 보내어 험난한 모험들을 이겨내고 그 모험들이 어떻게 하여 일어난 것인가를 알게 하시려는 것입니다. 그러니 당신이 온 것은 예수 그리스도의 오심에 견줄 만합니다. 그 위대함에서는 아니라고 해도 모양이 비슷하다는 거지요. 예수 그리스도의 오심보다 훨씬 이전에 선지자들이 예수 그리스도의 오심을 예언하며 그분이 자기 백성을 지옥의 속박에서 구원하시리라고 말했듯이, 20년 이상 전부터 은자들과 성인들이 당신이 올 것을 예고해왔습니다. 다들 말하기를 로그르 왕국의 모험들은 당신이 오기 전에는 그치지 않으리라고 했지요. 그래서 당신을 고대해왔는데, 감사하게도 이제 당신이 온 겁니다."

"그럼 그 시신은 무엇을 뜻하는지 말씀해주십시오." 갈라아드가 말했다. "묘석에 대해서는 이제 잘 알겠습니다."

"말씀드리지요. 그 시신은 너무나 오래 완악함 아래 머무른 나머지 날마다 지은 죄의 무게로 인해 죽고 눈먼 백성을 뜻합니다. 그들이 그렇게 눈멀었다는 것은 예수 그리스도께서 오셨을 때 분명해졌지요. 왕중왕이신 세상의 구원자가 자기들 가운데 오셨는데도, 그들은 그를 죄인으로 여기고 자신들과 같은 줄로만 생각했으니까요. 그들은 그분보다 오히려 원수를 믿고, 노상 자기들 귀에 속살거리며 마음속에 들어와 있던 악마의 궤계에 넘어가 그분을 죽게 했지요. 그렇게 해서 저지른 짓 때문에 베스파시아누스[61]는 그들이 배역한 선지자가 누구인지 알자 그들의 땅을 몰수하고 파괴했습니다. 그들은 원수와 그 궤계 때문에 망한 거지요.

이 비유와 아까의 비유가 어떻게 일치하는지 보아야 합니다. 묘석은 예수께서 유대인들에게서 보신 완악함을, 시신은 죄로 인해 죽은 그들과 그 후손들을 뜻합니다. 그들은 그 죄를 벗어 버릴 수가 없었지요. 그리고 무덤에서 나오는 음성은 그들이 빌라도 총독에게 "그 피를 우리와 우리 자손에게 돌리시오!"[62]라고 했던 그 불행한 말을 뜻합니다. 그 말 때문에 그들은 저주를 당해 가진 것을 다 잃고 말았지요. 그러니 이 모험에서는 예수 그리스도의 수난의 상징과 동시에 그분의 오심의 표지를 볼 수 있습니다. 그런데 이로 인해 또 다른 일도 일어났지요. 편력하는 기사들이 이곳에 이르러 무덤에 다가갈 때면 원수는 그들이 악하고 더러운 죄인인 것을 알고 또 음욕과 불의로 뒤덮인 것을 보고는 그 무시무시한 음성으로 어찌나 겁을 주었던지 다들 혼비백산했답니다. 만일 하느님께서 당신을 이리로 보내 모험을 종식시키게 하지 않았더라면, 이 모험은 끝나지 않았을 테고 죄인들은 계속 걸려들었을 겁니다. 하지만 당신이 오자마자 악마는 당신이 이 땅의 인간으로서는 더 이상 그럴 수 없을 만큼 순결하고 모든 죄에서 깨끗한 것을 알고는 감히 당신을 마주하지 못하고 달아났으니, 당신이 온 덕분에 악마는 모든 힘을 잃어버린 것이지요. 그리하여 수많은 고명한 기사들이 시도했던 모험이 종식되었습니다. 자, 이제 이 일의 진상을 말씀드렸습니다."

갈라아드는 과연 자신이 생각했던 이상으로 큰 뜻이 있었다고 말했다.

그날 밤 갈라아드는 수도사들의 극진한 대접을 받았다. 그리고 아침이 되자 당시의 관습에 따라 시동을 기사로 만들어주었다. 필요한 절차를 마친 다음 그의 이름을 물었더니, 그는 자신이 덴마크 왕의 아들 멜리앙이라고 대답했다.

"벗이여," 갈라아드가 말했다. "당신은 기사이고 왕과 왕비의 고귀한 가문에 속하니, 당신 가문의 명예를 보전하도록 기사도가 그대 안에서 잘 사용되게 하시오. 왕의 아들이 기사도를 받으면, 태양 빛이 별들을 능가하듯이 다른 모든 기사보다 더욱 덕망이 뛰어나야 하니 말이오."

그러자 멜리앙은 하느님께서 허락하시는 한 기사도의 명예를 잘 보전하겠노라고, 어떤 역경을 겪더라도 물러서지 않겠다고 대답했다. 갈라아드는 더 이상 지체하지 않고 자신의 무장을 가져오게 했고, 멜리앙은 그에게 말했다.

"기사님, 저를 기사로 만들어주셔서 감사합니다. 어찌나 기쁜지 이루 말할 수 없을 정도입니다. 그런데 관례상 누군가를 기사로 만들어준 이는 그의 첫번째 소청을 무리한 것이 아닌 한 거절해서는 안 된다는 것을 알고 계시지요?"

"그 말이 맞소." 갈라아드가 말했다. "그런데 왜 그런 말을 하시오?"

"왜냐하면 저도 당신께 한 가지 소청이 있기 때문입니다. 그리고 그 일로 인해 당신께 폐가 되지는 않을 터이니 부디 들어주시기 바랍니다."

"그렇다면 허락하리다." 갈라아드가 말했다. "설령 그로 인해 해를 입는다고 하더라도 말이오."

"대단히 감사합니다." 멜리앙이 말했다. "그렇다면 이 탐색에서 모험이 우리를 갈라놓기까지 당신과 동행하도록 허락해주십시오. 그리고 후에도 모험이 다시 우리를 만나게 한다면, 다른 동행을 택하여 저를 물리치지 말아주십시오."

그는 갈라아드와 함께 갈 수 있도록 말을 가져오라고 명했다. 그러고는 무장을 하고 말에 올라 갈라아드와 함께 출발했다. 그들은 그렇게 하루 종일, 일주일 내내 길을 갔다. 어느 화요일 아침에 그들은 길을 두 갈래로 나누는 한 십자가에 당도했다. 십자가에 다가가 보니 나무에 이런 말이 새겨져 있었다.

오, 그대, 모험을 찾아가는 기사여, 이 두 길을 보라. 한 길은 오른쪽, 다른 길은 왼쪽이다. 왼쪽 길을 그대에게 금하노니, 그 길에 들어선 자가 거기서 나오고자 한다면 크나큰 덕망을 갖추어야 하기 때문이다. 만일 그대가 오른쪽 길로 간다면, 곧 죽을 수도 있으리라.

멜리앙은 그 글을 보자 갈라아드에게 말했다.

"기사님, 부디 제가 이 왼쪽 길로 가게 해주십시오. 거기서 제 힘을 시험해보고 제가 기사도의 명예를 얻을 만한 용기와 담대함이 있는지 알 수 있을 것입니다."

"괜찮다면 내가 가게 해주시오. 내가 당신보다 잘 헤쳐 나갈 것 같으니 말이오."

그러나 멜리앙은 굳이 자기가 가겠다고 우겼다. 그래서 그들은 서로 헤어져 각기 제 갈 길로 갔다. 그러나 이제 이야기는 갈라아드를 놓아주고 멜리앙의 모험을 따라간다.

이야기가 전하는바, 멜리앙은 갈라아드와 헤어져 길을 가다가 아주 오래된 숲을 만났다고 한다. 이틀 족히 걸려 그 숲을 지난 다음 날 1시과 무렵에 그는 한 초원에 이르렀다. 그런데 길 한복판에 아름답고 호화로운 의자가 있고, 그 위에는 찬란한 금관이 놓였으며, 그 앞에는 진수성찬이 차려진 식탁들이 여럿 있었다. 이 모험을 보자 멜리앙은 오로지 아름다운 금관밖에는 아무 것도 탐나지 않았고, 사람들 앞에서 그 금관을 머리에 쓰는 자는 복되리라고 생각했다. 그래서 그는 그것을 가져가려고 집어 들어 오른팔 밑에 낀 채 숲으로 돌아갔다. 얼마 가기도 전에 커다란 전투마를 탄 기사가 뒤쫓아 오며 말했다.

"기사여, 그 금관을 내려놓으시오. 그건 당신 것이 아니니, 가져갔다가는 불행이 닥칠 거요."

멜리앙은 그 말을 듣자 한판 붙어야 할 것을 깨닫고 뒤돌아섰다. 그러고는 성호를 그으며 말했다.

"하느님, 당신의 새로 된 기사를 보우하소서!"

그러나 기사가 다가와 어찌나 세차게 공격을 가했던지 창이 방패와 갑옷을 뚫고 옆구리를 찔렀으며, 그 기세에 그는 옆구리에 창촉과 자루가 상당 부분 박힌 채 말에서 떨어지고 말았다. 기사는 다가와 그의 팔에서 금관을 빼앗으며 말했다.

"이 금관을 내놓으시오. 당신은 이 금관에 대해 아무 권리도 없소."

그러고는 왔던 곳으로 되돌아갔다. 멜리앙은 일어날 힘이 없어서 이대로 죽는구나 생각하며, 갈라아드의 말을 믿지 않아 그처럼 불운을 당한 것을 후회했다.

그가 그렇게 고통 중에 있을 때, 갈라아드는 자기 길이 이끄는 대로 가다가 그곳에 이르게 되었다. 멜리앙이 부상을 입고 땅바닥에 쓰러져 있는 것을 보자 그가 크게 다친 줄 알고 통분했다. 그래서 다가가 말했다.

"아, 멜리앙! 누가 당신에게 이런 짓을 했소? 일어날 수 있겠소?"

그는 그 말을 듣자 갈라아드를 알아보고는 말했다.

"아, 기사님, 저를 이 숲속에서 죽도록 내버려두지 마소서! 부디 어느 수도원에라도 데려가 제가 성례[63]를 받고 선한 그리스도인으로 죽게 해주소서!"

"아니, 멜리앙," 갈라아드가 말했다. "죽을 만큼 심하게 다쳤단 말이오?"

"그렇습니다."

갈라아드는 크게 통분하며 그에게 그런 짓을 한 자들이 어디 있느냐고 물었다.

그러자 멜리앙에게 상처를 입힌 기사가 숲에서 나와 갈라아드에게 말했다.

"기사여, 조심하시오! 단단히 맛을 보여줄 테니!"

"아, 기사님," 멜리앙이 말했다. "제게 치명상을 입힌 것이 바로 저자입니다. 부디 조심하십시오."

갈라아드는 아무 대꾸도 하지 않고, 자신을 향해 돌진해 오는 기사를 향해 달려 나갔다. 기사는 어찌나 냅다 달려들었던지 빗나가버렸고, 갈라아드는 그의 어깨에 창을 박아 기사와 말을 한꺼번에 거꾸러뜨리는 바람에 창이 부러져버렸다. 그 기세로 내처 달려 나갔다가 공격을 계속하려고 돌아오는데, 숲에서 한 무장한 기사가 나오며 외쳤다.

"기사여, ㄱ 밀을 내놓아라!"

그러더니 창을 겨누고 달려와 방패를 힘껏 들이박았지만, 갈라아드는 안장에서 끄떡도 하지 않았고, 오히려 검을 들어 상대방의 왼쪽 손목을 베어버렸다. 그자는 그렇게 부상을 입자 죽을까 두려워 도망쳐 사라졌다. 갈라아드는 더 이상 그 뒤를 쫓지 않았으니, 더 이상 해를 입힐 마음이 없었기 때문이다. 그래서 멜리앙에게 돌아갔고 자신이 거꾸러뜨린 기사 쪽은 돌아보지도 않았다.

그는 할 수 있는 한 도와주려고 멜리앙에게 자신이 어떻게 해주기를 바라는지 물었다.

"기사님, 제가 말을 탈 수만 있다면 저를 당신 앞에 태우고 이 근처 수도원으로 데려가주십시오. 수도원에 가기만 하면 사람들이 저를 낫게 하기 위해 할 수 있는 일을 다 해줄 것입니다."

그래서 그는 기꺼이 그러겠노라고 대답했다.

"하지만 그 전에 이 창촉을 뽑는 것이 좋을 것 같소만."

"아! 기사님, 제가 고해를 하기 전에는 그런 모험을 무릅쓸 수 없습니다. 그걸 뽑다가 죽을 것만 같습니다. 그저 저를 여기서 데려가주십시오."

그래서 그는 가능한 한 조심스럽게 그를 안아 들고 자기 앞에 태운 다음, 그가 힘이 없어 말에서 떨어지지 않도록 잘 붙들었다. 그렇게 한참을 간 끝에 그들은 어느 수도원에 당도했다.

그들은 문에 다가가 사람을 불렀다. 그러자 선량한 수도사들이 그들을 친절하게 맞이하고, 멜리앙을 조용한 방으로 옮겨주었다. 투구를 벗은 그는 성체 배령을 청했고, 사람들이 성체를 가져왔다. 그는 선한 그리스도인답게 참회를 하고 자비를 구한 다음 성체를 받았다. 성체 배령을 마친 그는 갈라아드에게 말했다.

"기사님, 이제 죽음이 와도 좋습니다. 맞이할 준비가 되었습니다. 그러니 제 몸에서 창촉을 빼셔도 됩니다."

그래서 갈라아드는 창촉을 자루째 잡아 뽑았고, 멜리앙은 고통으로 실신했다. 갈라아드는 기사의 상처를 돌볼 만한 사람이 있는지 물었다.

"예, 있습니다."

그들이 대답하고는 한때 기사였던 나이 많은 수도사를 불러 상처를 보여주었다. 그는 상처를 보자 한 달이면 낫게 하겠다고 말했다. 그 말에 갈라아드는 크게 기뻐하며 자신의 무장도 풀게 하고는 다음 날까지 머물며 멜리앙이 나을 수 있을지 보겠다고 말했다.

그리하여 사흘을 그곳에서 머무른 다음, 멜리앙에게 어떠한지 물었다. 그는 자신이 회복세로 돌아섰다고 말했다.

"그럼 나는 내일이면 떠날 수 있겠소." 갈라아드가 말했다.

그러자 멜리앙은 애석해하며 말했다.

"아, 갈라아드 경, 저를 여기 두고 가시렵니까? 저는 당신과 함께 다닐 수 있기를 누구보다 간절히 바랐는데요."

"기사님," 갈라아드가 대답했다. "나는 여기서 당신에게 아무 도움도 못 되오. 우두커니 쉬기보다 더 중요한 일을 해야지요. 나로 인해 시작된 성배 탐색을 계속해야 하오."

그러자 수도사 중 한 사람이 외쳤다. "뭐라고요, 성배 탐색이 시작되었다고요?"

"그렇습니다." 갈라아드가 대답했다. "저희 두 사람 다 그 탐색의 일원입니다."

"그렇다면 말씀드리는데, 부상을 당하신 기사님, 당신의 불행은 당신의 죄 때문에 닥친 것입니다. 탐색이 시작된 이후 당신이 해온 일을 말씀해주시면, 어떤 죄 때문에 이런 불행이 일어났는지 알려드리겠습니다."

"수도사님, 다 말씀드리겠습니다." 멜리앙이 말했다.

멜리앙은 갈라아드가 자신을 기사로 만들어준 일부터 십자가에서 읽은 글귀, 즉 왼쪽 길을 금지하는 글귀를 읽고도 그 길로 들어선 것, 그리고 그 후에 닥친 일을 다 얘기했다. 거룩한 삶을

살아온 학식 높은 수도사는 그에게 말했다.[64]

"기사님, 이 일은 성배의 모험인 것이 분명합니다. 당신이 말한 것에는 다 깊은 뜻이 있으니, 말씀드리지요.

당신은 기사가 되기 전에 참회를 했으며, 그래서 당신이 물들었던 모든 죄와 더러움에서 깨끗해진 상태로 기사도의 길에 들어섰고, 바른 마음으로 성배 탐색에 나섰습니다. 하지만 악마는 그것을 보자 화가 나서 틈만 나면 당신을 공격하려고 별렀지요. 그리고 그런 틈이 생겼으니, 그것이 언제였는지 알려드릴까요. 당신이 기사 서임을 받은 그 수도원을 떠나 처음 만난 것이 거룩한 십자가 표지였습니다. 그것은 기사가 무엇보다도 의뢰해야 할 표지지요. 그뿐이 아닙니다. 두 갈래 길, 즉 오른쪽 길과 왼쪽 길을 설명해주는 글귀도 있었습니다. 오른쪽 길은 예수 그리스도의 길, 우리 주님의 기사가 밤이고 낮이고—영혼을 따라갈 때는 낮이고, 육신을 따라갈 때는 밤이지요—가야 하는 애덕의 길입니다. 반면 왼쪽 길은 죄인의 길이니, 그리로 들어서는 자에게는 큰 위험이 닥치게 마련입니다. 그 길은 오른쪽 길만큼 확실하지 않기 때문에, 다른 누구보다 덕망이 뛰어난 자가 아니면 들어서지 말라는 글귀가 붙어 있었던 것입니다. 즉 예수 그리스도의 사랑에 굳건히 터가 잡혀 어떤 경우에도 죄에 빠지지 않을 자라야 한다는 말입니다. 그런데 그 글귀를 본 당신은 그게 무슨 뜻일까 하며 현혹되었고, 바로 그때 원수가 당신에게 화살을 날린 거지요. 어떤 화살인지 아십니까? 교만의 화살입니다. 당신은 당신의 무예로써 그 길을 지나갈 수 있다고 생각했으니까요. 그런데 당신의 착각이었습니다. 그 글귀는 천상의 기사도에 대해 말하는데, 당신은 지상의 기사도로 알아들었으니까요. 그래서 당신은 교만에 들어섰고, 치명적인 죄에 빠지고 말았습니다.

당신이 갈라아드와 헤어지자, 원수는 당신이 허술해진 틈을 타서 당신과 동행하며, 당신을 또 다른 죄에 빠뜨려 죄에서 죄로 지옥까지 이끌지 못한다면 무슨 소용이랴 생각했지요. 그래서 당신 앞에 금관을 차려놓아 당신이 그걸 보자마자 탐심에 빠지게 만들었습니다. 그걸 집는 순간 당신은 두 가지 죄, 곧 교만과 탐심에 빠지고 만 겁니다. 당신이 탐심에 빠져 금관을 가져가려고 하자, 원수는 이미 자기 것이었던 죄 많은 기사를 악행으로 몰아가 당신을 죽일 마음을 먹게 만들었습니다. 그래서 그자가 당신에게 창을 겨누고 달려들어 죽이려고 했지만, 당신이 그은 성호가 당신을 지켜주었습니다. 그렇지만 당신이 우리 주님을 섬기는 길에서 벗어났던 것을 벌하시기 위해, 주님께서는 당신을 죽음의 공포에까지 이르게 하셨습니다. 앞으로는 당신 자신의 힘보다 우리 주님의 도우심에 더욱 의지하게 하시기 위해서 말입니다. 그리고 당신이 속히 도움을 받을 수 있도록, 거룩한 기사 갈라아드를 보내, 당신 안에 거하던 두 가지 죄악을 뜻하는 두 명의 기사를 물리치게 하셨지요. 그에게는 죄가 없었기 때문에, 그들은 그를 해치지 못한 겁니다. 자, 이와 같은 것이 당신에게 닥친 모험의 의미입니다."

그들은 그 뜻이 아름답고 경이롭다고 말했다.

그날 밤 그 수도사와 두 기사는 성배의 모험에 대해 한참을 이야기했다. 이윽고 갈라아드는 멜리앙에게 언제든 떠나도 좋다는 허락을 해주기를 간곡히 청했고, 멜리앙이 허락하자 더 이상 지체하지 않겠다고 말했다. 이튿날 갈라아드는 미사를 드린 직후 무장을 갖추고 멜리앙에게 작별을 고하고는 길을 떠났다.

여러 날 동안 그는 이야기할 만한 모험을 만나지 못했다. 그러던 어느 날 그는 한 배신陪臣[65]의 집에서 묵은 후 미사를 드리지 못한 채 떠났고, 높은 산에 이르러 오래된 예배당을 발견하게 되었다. 그는 하루라도 하느님께 예배를 드리지 못하고는 마음이 편치 않았으므로, 미사를 드리려고 그쪽을 향했다. 다가가 보니 인기척이라고는 없고 모든 것이 황무했다.[66] 그래도 그는 무릎을 꿇고 우리 주님께서 인도해주시기를 기도했다. 기도를 마치고 나자 한 음성이 들려왔다.

"그대, 모험을 찾는 기사여, 처녀들의 성으로 곧장 가서 그곳의 악습을 철폐하라."

그는 우리 주님께서 그렇게 말씀을 보내주신 데 대해 감사드린 후, 곧장 말을 타고 길을 떠났다. 이윽고 멀리 한 골짜기에 터를 잘 잡은 굳건한 성이 보였다. 그 곁에는 사베른[67]이라 불리는 넓고 물살 빠른 강이 흐르고 있었다. 그는 그쪽을 향했고 얼마 안 가 허름한 차림새의 노인과 마주쳤다. 노인은 그에게 정중히 인사했고 갈라아드 역시 인사하며 그 성의 이름을 물었다.

"기사님, 저것은 처녀들의 성이라고 합니다. 저주받은 성이지요. 저기 사는 사람들은 모두 저주받았답니다. 동정심이라고는 사라졌고 완악함만 남았어요."

"왜 그렇습니까?" 갈라아드가 물었다.

"저곳을 지나가는 모든 사람을 욕보이니까요. 그러니 기사님, 부디 돌아가십시오. 계속 갔다가는 수치만 당하실 겁니다."

"하느님께서 어르신을 지켜주시기를 빕니다." 갈라아드가 말했다. "하지만 저는 돌아서지 않겠습니다."

그러고는 자기 무장에 허술한 데가 없는지 점검한 다음, 성을 향해 말을 달렸다.

이윽고 그는 화려한 말을 탄 일곱 처녀를 만났고, 그녀들은 말했다.

"기사님, 경계선을 넘으셨습니다!"

그는 어떤 경계선도 자신이 성에 가는 것을 막지 못하리라고 말했다. 그러고는 계속 나아가다가 한 시동을 만났다. 시동은 그에게 성 사람들이 그가 무엇을 원하는지 알기 전에는 더 이상 나아가는 것을 금한다고 말했다.

"나는 단지 저 성의 모험을 치르고자 할 뿐이다." 갈라아드가 대답했다.

"어림도 없는 것을 바라시는군요. 당신에게 닥칠 일은 어떤 기사도 감당할 수 없었던 것입니다. 하여간 여기서 기다리십시오. 원하던 바를 만나실 겁니다."

"어서 가보게. 나는 한시바삐 내 할 일을 해야 하니까." 갈라아드가 말했다.

시동은 성으로 돌아갔고, 얼마 지나지 않아 갈라아드는 일곱 명의 기사가 성에서 나오는 것을 보았다. 형제간인 그들은 갈라아드를 향해 외쳤다.

"기사여, 조심하시오. 우리가 당신에게 보장하는 것은 죽음뿐이니까!"

"뭐라고? 당신들 모두 한꺼번에 나와 싸우겠다는 거요?"

"그렇소, 그것이 이곳 관습이고 모험이니까!"

그는 그 말을 듣자 창을 겨누고 돌진하여 첫번째 기사를 쳐서 말에서 떨어뜨렸고 거의 목을 부러뜨리다시피 했다. 그러자 상대편에서는 모두 한꺼번에 그의 방패를 치고 들어왔지만, 그를 안장에서 떨어뜨리지는 못했다. 그래도 그 창들의 기세 때문에 말은 달리기를 멈추었고, 갈라아드도 하마터면 말에서 떨어질 뻔했다. 그 돌격에서 모든 창이 부서졌고, 갈라아드도 창으로 세 명을 거꾸러뜨렸다. 그러고는 검을 들고 자기 앞에 있는 자들을 공격했고 그들 또한 그에게 덤벼들었다. 그리하여 그들 사이에 일대 접전이 시작되었다. 그사이에 쓰러졌던 자들은 다시 말에 올라탔고 싸움은 한층 더 치열해졌다. 그러나 모든 기사 중 가장 뛰어난 기사인 갈라아드는 힘껏 싸운 끝에 적들을 모두 달아나게 만들었을 뿐 아니라, 날카로운 검으로 그들을 몰아세웠으므로 갑옷조차도 그들의 몸에서 피가 솟구치는 것을 막을 수가 없었다. 그는 어찌나 날쌔고 힘이 셌던지 그들은 그가 이 세상 사람이라고는 믿을 수 없을 정도였다. 그가 당한 공격의 절반이라도 견뎌낼 사람이 없을 것이었다. 그래서 그들은 그가 끄떡도 하지 않는 데다 처음보다 힘이 전혀 줄어들지 않는 것을 보고 심히 놀랐다. 성배의 이야기가 증언하는바,[68] 그는 기사도의 일로 지치는 법이 없었던 것이다.

싸움은 그런 식으로 정오까지 계속되었다. 일곱 형제도 무술이 대단한 자들이었지만, 그때쯤 되자 너무 지치고 다쳐서 더 이상 자기 몸을 방어할 힘이 남지 않았다. 그러자 결코 지칠 줄 모르는 자가 그들을 말에서 거꾸러뜨리기 시작했다. 그들은 자신들이 더는 버티지 못할 것을 알고는 뒤돌아 달아나기 시작했다. 그는 이를 보자 더 이상 뒤쫓지 않고 성으로 들어가는 다리에 이르렀다. 그러자 수도복 차림의 백발노인이 나타나 그에게 성의 열쇠들을 주며 말했다.

"기사님, 이 열쇠들을 받으십시오. 이 성과 여기 있는 자들을 처분에 맡깁니다. 잘 싸우신 덕분에 이 성은 이제 당신 것입니다."

그는 열쇠를 받아 성으로 들어갔다. 안에 들어가자마자 그는 무수히 많은 처녀들이 길에 나와 있는 것을 보았다. 모두들 그에게 말했다.

"기사님, 잘 오셨습니다. 저희는 구원되기를 고대해왔습니다. 당신을 이곳으로 인도하신 하느님께 감사를 드립니다. 당신이 오시지 않았다면 저희는 이 불행한 성에서 결코 벗어나지 못했을 겁니다."

그는 하느님께서 그녀들을 축복해주시기를 바란다고 대답했다. 그녀들은 그의 말고삐를 잡고 성의 본관으로 인도했고, 그가 아직 유숙할 때가 아니라고 하는데도, 거의 억지로 무장을 풀게 했다. 한 아가씨가 그에게 말했다.

"기사님, 무슨 말씀을 하십니까! 만일 그렇게 가버리신다면, 당신의 무예 때문에 도망 가버린 자들이 오늘 밤 당장 다시 나타나 이 성에서 그토록 오래 계속되어온 악습을 재연하게 될 겁니다. 그러면 당신은 헛수고를 한 셈이 되겠지요."

"그럼 제가 어떻게 하면 좋겠습니까? 저는 기꺼이 여러분의 뜻을 따르겠습니다. 그것이 선한 일이기만 하다면 말입니다."

"저희가 바라는 것은 당신이 이 근처의 기사들과 배신들을 모두 소집하시는 것입니다. 그들은 이 성으로부터 봉토를 받고 있으니까요. 그런 다음 그들과 이 성의 모든 사람으로부터 다시는 그런 관습을 시행하지 않겠다는 맹세를 받아주시기 바랍니다."

그는 이를 허락했다. 그녀들은 그를 성관까지 데려갔으며, 그는 말에서 내려 투구를 벗고 홀로 올라갔다. 그러자 한 방에서 화려한 금 손잡이가 달린 상아 나팔[69]을 든 아가씨가 방에서 나오는 것이 보였다. 그녀는 갈라아드에게 나팔을 내밀며 말했다.

"기사님, 이 땅을 당신으로부터 받을 자들을 부르시고자 한다면, 이 나팔을 부십시오. 사방 열 마장까지 잘 들릴 것입니다."

그는 기꺼이 그러마 하고, 나팔을 자기 앞에 있는 기사에게 건넸다. 기사가 나팔을 받아 불자 인근 각처에서 그 소리를 들을 수 있었다. 그런 다음 모두가 갈라아드를 둘러싸고 앉았다. 그는 자기에게 열쇠를 준 노인에게 성직자냐고 물었다. 그는 그렇다고 대답했다.

"그렇다면 이 모든 아가씨가 붙들려 있는 이곳 관습에 대해 말씀해주십시오."

"기꺼이 들려드리리다." 노인이 말했다.

"당신이 무찌른 그 일곱 기사가 우연히 이 성에 온 지도 10년이 되었습니다. 이 고장 전체의 주인이요 덕망 높은 분이시던 리노르 공작이 그들을 유숙시켰지요. 그런데 식사를 마친 후, 일곱 형제와 공작 사이에 싸움이 벌어졌습니다. 그들이 그의 딸

중 하나를 겁탈하려고 했던 것입니다. 그래서 공작과 그의 아들 중 하나가 죽었고, 싸움의 원인이 되었던 딸은 포로가 되고 말았습니다. 그런 다음 일곱 형제는 성 안의 모든 보물을 탈취하고 기사들과 종사[70]들을 부리며 인근 영주들과 전쟁을 하여 그들을 자기들의 봉신으로 삼았지요. 공작의 딸은 이를 보자 분통해하며 수수께끼 같은 말을 했습니다. '기사들이여, 지금 당신들이 이 성을 차지한다고 해도 우리는 아쉬울 것이 없소. 왜냐하면 당신들이 한 여자로 인해 이 성을 차지했듯이, 또 한 여자로 인해 빼앗기게 될 테니 말이오. 당신들 일곱 명은 단 한 명 기사의 손에 나가떨어질 거요.'[71] 그들은 이 말에 잔뜩 화가 나서, 그녀의 말이 그러하니 자기들을 물리칠 기사가 나타나기까지 이 성 앞을 지나가는 아가씨는 모두 잡아들이겠다고 말했습니다. 그래서 지금까지 그렇게 해왔기 때문에, 이 성은 처녀들의 성이라고 불리게 된 것입니다."

"그 싸움의 원인이 된 아가씨는 아직 여기 있습니까?" 갈라아드가 물었다.

"아니오, 죽었습니다. 하지만 그분의 여동생은 여기 있습니다."

"잡힌 아가씨들은 어떻게 되었습니까?"

"아, 갖은 고초를 겪어왔지요."

"이제 거기서 해방입니다." 갈라아드가 말했다.

9시과 때가 되자 성이 정복되었다는 소식을 들은 이들이 성에 모여들기 시작했다. 그들은 갈라아드에게 마치 그가 주군이기나 한 듯 예를 표했다. 그는 공작의 딸에게 성과 성에 딸린 모든 것을 되돌려주었고, 그리하여 인근의 모든 기사는 그녀의 봉신이 되었다. 그는 그들에게 그런 관습을 더 이상 계속하지 않겠다고 맹세하게 했다. 그런 다음 아가씨들은 각기 고향으로 돌아갔다.

갈라아드는 온종일 성에 머물렀고 사람들은 그에게 예를 표했다. 이튿날 일곱 형제가 죽었다는 소식이 전해져 왔다.

"누가 그들을 죽였습니까?" 갈라아드가 물었다.

"기사님," 시동 하나가 대답했다. "그들은 기사님과 헤어진 후 언덕 위에서 고뱅 경과 그분의 형제인 가에리에트,[72] 그리고 이뱅 경과 마주쳤습니다. 서로 싸움이 벌어져 일곱 형제가 패하고 말았지요."

그는 그 모험에 놀랐다. 그러고는 무장을 가져오게 했다. 이윽고 무장을 갖추고 성을 떠나니, 사람들은 멀리까지 그를 배웅했다. 그는 그들을 돌려보내고 혼자서 길을 갔다. 하지만 이제 이야기는 그와 헤어져 고뱅 경에게로 돌아간다.

3. 고뱅의 실수

 이야기는 말하기를, 고뱅 경은 동지들과 헤어져 여러 날 길을 가는 동안 이야기할 만한 모험을 만나지 못했다고 한다. 그러다가 그는 갈라아드가 붉은 십자가가 그려진 흰 방패를 얻은 수도원에 이르렀고, 그가 성취한 모험들에 대해 들었다. 그는 갈라아드가 어느 쪽으로 갔는지 물었고, 사람들이 가르쳐주자 그 뒤를 따라간 끝에 멜리앙이 다쳐서 누워 있는 곳에 이르게 되었다. 멜리앙은 고뱅 경을 알아보고는 갈라아드가 그날 아침 떠났다는 소식을 말해주었다.

 "이럴 수가!" 고뱅 경이 말했다. "나는 정말 운이 없구려! 그를 이토록 가까이 뒤따르면서 만날 수 없다니, 나야말로 세상에서 가장 불운한 기사가 아니겠소! 하느님께서 그를 만날 수 있게만 해주신다면, 내 결코 그 곁을 떠나지 않을 터인데. 내가 그의 동행을 기뻐하는 만큼 그가 나의 동행을 기꺼워하기만 한다면 말이오."

수도사 중 한 사람이 그 말을 듣고는 고뱅 경에게 대답했다.

"기사님, 확실히 두 분의 동행은 어울리지 않습니다. 왜냐하면 당신은 악하고 불충한 기사인데, 그는 기사라면 마땅히 그래야 하는 바대로의 기사이니까요."

"형제님," 고뱅이 대꾸했다. "하시는 말씀을 들으니 저를 잘 아시는 모양입니다."

"알다마다요." 수도사가 말했다. "당신이 생각하는 것보다 훨씬 더 잘 알지요."

"형제님, 그렇다면 부디 말씀해주십시오. 제가 어떤 점에서 형제님이 비난하시는 그런 기사라는 겁니까?"

"말하지 않겠습니다. 하지만 때가 되면 기사님께 말씀드릴 사람이 나타날 겁니다."

그들이 그렇게 이야기를 나누는 동안, 무장한 기사 하나가 수도원에 당도해 안뜰에서 말에서 내렸다. 수도사들이 달려 나가 그의 무장을 풀어주고 고뱅 경이 있는 방으로 안내했다. 무장을 푼 그를 고뱅 경이 보니 자신의 동생 가에리에트이므로, 팔 벌리고 달려 나가 끌어안으며 크게 기뻐했다. 그러고는 무사하냐 건강하냐 물었고, 그는 "예, 하느님 덕분에"라고 대답했다.

그날 밤 그들은 수도사들의 융숭한 대접을 받았고, 이튿날 동이 트자마자 투구만을 제외하고는 무장을 한 채 미사를 드렸다. 그러고는 준비를 다 갖추고 말에 올라 수도원을 떠났다. 1시과쯤에 보니 그들 앞에 이뱅 경이 혼자 가는 것이 보였다. 그의 무장으로 알아보았던 것이다. 그래서 그들은 소리쳐 그를 불러 세웠다. 그는 자기 이름이 불리는 것을 듣고 돌아보며 멈춰 섰고,

음성으로 그들을 알아보았다. 그들은 서로 크게 기뻐했고, 헤어진 후의 일을 물었다. 그러자 그는 아무 일도 없었으며 마음이 동할 만한 모험이라고는 만나지 못했다고 대답했다.

"그럼 다 함께 가봅시다." 가에리에트가 말했다. "하느님께서 우리에게 모험을 보내주실 때까지 말입니다."[73]

그래서 다들 찬성하고는 셋이 함께 길을 갔다. 한참을 가다가 그들은 처녀들의 성 근방에 이르렀는데, 마침 그 성이 정복된 날이었다. 일곱 형제는 세 사람을 보자 서로 말했다.

"가서 다 죽여버리자. 저들은 우리를 몰아낸 자와 한패이니, 모험을 찾는 기사들이다."

그들은 세 사람을 향해 돌진하며 다 죽은 줄 알라고 고함쳤다. 세 사람은 그 말을 듣고는 그쪽으로 말머리를 돌렸다. 첫번째 대결에서 일곱 형제 중 세 명이 죽었으니, 고뱅 경이 한 명, 이뱅 경이 한 명, 그리고 가에리에트가 또 한 명을 죽인 까닭이었다. 그러고는 검을 빼어 들고 남은 자들을 공격하니, 그들은 있는 힘을 다해 방어했지만 그날 갈라아드와 워낙 큰 접전을 벌인 뒤에 지치고 곤비했던 터라 그리 잘 싸우지 못했다. 반면 고뱅 일행은 무예가 뛰어난 노련한 기사들이라 그들을 단숨에 해치워버렸다. 그러고는 죽은 자들을 그 자리에 내버려둔 채, 운이 이끄는 대로[74] 가던 길을 계속 갔다.

그들은 처녀들의 성 쪽으로 가지 않고 줄곧 오른쪽으로 갔으므로 갈라아드와 만나지 못했다. 그러다 만과 때가 되자 헤어져 각기 제 갈 길을 갔다. 고뱅 경은 한 은자의 암자에 이르렀는데, 은자는 예배당에서 성모님께 만과를 드리고 있었다. 그는 말에서 내려 미사에 참례한 다음, 거룩한 자비의 이름으로 묵게 해줄 것을 청했다. 그러자 은자는 선선히 이를 허락했다.

그날 저녁 은자는 고뱅 경에게 어디서 오는 길이냐고 물었다. 고뱅은 사실대로 말했고, 자신이 어떤 탐색에 나섰는지도 말했다. 은자는 그가 고뱅 경이라는 말을 듣자 이렇게 말했다.

"기사님, 괜찮으시다면, 당신이 살아온 이야기를 듣고 싶소이다."

은자는 그에게 고해에 대해 말하기 시작했고, 복음서의 아름다운 예들을 들어가며 고해할 것을 권했다. 그러면 힘닿는 한 조언을 해주겠다는 것이었다.

"은자님," 고뱅이 말했다. "일전에 제가 들은 말을 설명해주시겠다면 제 얘기를 다 해드리겠습니다. 제가 보기에 덕망 높은 성직자이신 것 같으니 말입니다."

그러자 은자는 힘닿는 한 조언해주겠다고 다짐해주었다. 고뱅은 그가 나이도 많고 인자한 것을 보고는 그에게 고해를 할 마음이 들었다. 그래서 자신이 우리 주님을 향해 가장 죄를 지었다고 생각되는 것들을 이야기했고, 전날 수도사가 했던 말도 빠뜨리지 않고 고했다. 은자는 그가 고해를 하지 않은 지 4년이나 된 것을 알고는 이렇게 말했다.

"기사님, 악하고 불충한 기사라고 불릴 만도 합니다. 당신이 기사도에 들어선 것은 원수의 종이 되기 위해서가 아니라 창조주를 섬기고 거룩한 교회를 수호하며 하느님께서 당신에게 지키라 명하신 보물, 곧 당신의 영혼을 하느님께 바치기 위해서가 아니었습니까.[75] 그러기 위해 기사가 된 것인데, 당신은 기사도를 잘못 사용했습니다. 당신은 내내 원수의 종노릇을 하며 창조주를 버리고 일찍이 어떤 기사보다도 악하고 타락한 삶을 살아왔지요. 이제 아시겠습니까. 당신을 악하고 불충한 기사라고 부른 이는 당신을 아주 잘 알고 있었던 것입니다. 그리고 만일 당신이 지금처럼 죄악에 물들지 않았더라면, 그 일곱 형제는 당신과 당신을 도운 자들에게 죽임당하는 대신, 아직 살아서 자기들이 처녀들의 성에서 행했던 악한 관습에 대해 참회하고 하느님과 화해했을 것입니다.[76] 당신이 찾는 선한 기사 갈라아드는 그렇게 하지 않았지요. 그는 그들과 싸워 이겼지만 죽이지는 않았습니다. 게다가 그 일곱 기사가 성에서 행했던 관습, 즉 이 고장을 지나는 모든 처녀를 옳건 그르건 간에 잡아들였다는 것에도 실은 깊은 뜻이 있습니다."

"아! 은자님," 고뱅 경이 말했다. "부디 그 뜻을 말씀해주십시오. 제가 궁정에 돌아가면 이야기할 수 있도록 말입니다."[77]

"기꺼이 그러리다." 은자가 대답했다. "처녀들의 성이라는 것은 지옥이요, 처녀들은 예수 그리스도의 수난 이전에 부당하게 지옥에 갇혀 있던 선한 영혼들이라고 이해해야 합니다. 일곱 기사는 당시 세상에 횡행하여 정의라고는 찾아볼 수 없게 했던 일곱 가지 죄악[78]을 말하지요. 영혼이 육신을 떠나기만 하면, 선하든 악하든 곧장 지옥으로 가서 그 처녀들처럼 갇혀버렸던 것입니다. 천부께서는 자신이 지으신 바가 그토록 망해가는 것을 보시고는, 선한 처녀들, 즉 선한 영혼들을 구하기 위해 자기 아들을 세상에 보내셨습니다. 그리고 창세 이전에 함께 계셨던 아들을 보내셨듯이 이제 갈라아드를 자신의 선택된 종이요 기사로 보내셔서, 선한 처녀들을 성에서 구하게 하신 겁니다. 낮의 열기에 시들지 않은 백합처럼 순결하고 깨끗한 처녀들을 말입니다."

그는 이 말을 듣자 할 말이 없었다. 은자가 다시 말했다.

"고뱅, 고뱅, 당신이 그토록 오래 영위해온 그 악한 삶을 버리고자 한다면, 아직은 우리 주님과 화해할 수 있습니다. 성경에 이르기를 아무리 죄인이라도 우리 주님께 진심으로 구하기만 한다면 그분의 긍휼을 얻지 못할 자가 없다고 하니까요. 그러니 당신의 잘못에 대해 참회할 것을 충심으로 권하는 바입니다."

그러나 고뱅은 참회의 고역을 견딜 수 없다고 말했다. 그러자 은자는 자신의 권면이 허사인 것을 깨닫고, 더 이상 말하지 않고 내버려두었다.

아침이 되자 고뱅 경은 그곳을 나와 길을 가다가 아글로발[79]과 도Do의 아들 지르플레[80]를 만났다. 그들은 함께 나흘 꼬박 헤맸지만 이렇다 할 모험을 만나지 못했고, 닷새째 되는 날은 헤어져 각기 제 갈 길로 갔다. 여기서 이야기는 그들을 버려두고 갈라아드에게로 돌아간다.

4. 랑슬로의 회심

 이야기는 말하기를, 갈라아드는 처녀들의 성에서 떠나 여러 날 동안 길을 간 끝에 황무한 숲[81]에 이르렀다고 한다. 어느 날 그는 랑슬로와 페르스발이 함께 가는 것을 보았으나, 그들은 그를 알아보지 못했다. 그가 그런 무장을 한 것을 본 적이 없었기 때문이다. 랑슬로가 먼저 공격에 나서 창으로 그의 가슴파을 겨누었으나 창자루가 부러져나갔다. 그러자 갈라아드가 그를 가격하여 그와 말을 한꺼번에 쓰러뜨렸으나, 그 이상의 해는 가하지 않았다. 그러고는 창이 부러졌으므로 검을 빼어 들고 페르스발을 어찌나 호되게 내리쳤던지 투구와 쇠로 된 사슬두건[82]까지 베어버렸다. 만일 검이 손에서 헛돌지 않았더라면, 필시 죽이고 말았을 것이었다. 그러나 페르스발은 안장에서 버틸 힘이 없어서 낙마하고 말았다. 받은 타격으로 인해 어찌나 기운이 빠지고 넋이 나갔던지 낮인지 밤인지도 알 수가 없었다. 이 대결은 한 암자 앞에서 벌어졌으며, 그곳에는 한 은둔수녀가 살고 있었다. 그녀는 갈라아드가 가는 것을 보고 말했다.

"하느님께서 당신을 인도하시기를! 만일 이 사람들이 내가 당신을 알 듯이 알았더라면, 감히 당신을 공격하지 못했을 거요."

갈라아드는 그 말을 듣자 자신의 정체가 알려질까 우려한 나머지, 말에 박차를 가해 전속력으로 달려가버렸다. 그들은 그가 가는 것을 보고 서둘러 다시 말에 올랐지만, 따라잡을 수 없으리라는 것을 알고는 되돌아왔다. 어찌나 애석하고 분통했던지 자기 목숨이 혐오스러워 그 자리에서 죽어버리고 싶을 정도였다. 그런 상태로 그들은 황무한 숲으로 돌아갔다.

황무한 숲으로 돌아온 랑슬로는 그 기사를 놓친 것을 애석하고 분통히 여기며 페르스발에게 말했다.

"이제 어찌 하면 좋겠소?"

페르스발은 자기도 묘안이 없다고 대답했다. 그 기사는 워낙 빠른 속도로 가버려 그들로서는 따라잡을 수가 없었기 때문이다.

"게다가 이런 곳에서 날이 저물었으니 모험이 우리를 여기서 꺼내주지 않는 한 빠져나갈 수 없겠습니다. 그러니 제 생각에는 왔던 길로 돌아가는 것이 좋겠습니다. 만일 여기서 길을 잃기 시작하면 다시 길을 찾는 데 한참 걸릴 것입니다. 그렇더라도 경께서는 의향대로 하십시오. 저로서는 더 가기보다 돌아가는 편이 우리에게 이득일 것 같습니다."

하지만 랑슬로는 돌아가는 것은 내키지 않으며 흰 방패를 든 기사를 따라가겠노라고, 그가 누구인지 알기 전에는 마음이 편치 않을 것 같다고 대답했다.

"그래도 내일 날이 밝기까지는 기다리실 수 있지요. 그런 다음 함께 기사를 따라가십시다."

랑슬로는 결코 그럴 수 없다고 말했다.

"그렇다면 하느님께서 인도해주시기를." 페르스발이 말했다. "저는 오늘은 더 멀리 가지 않고, 그 기사를 잘 안다던 은둔수녀에게 가보겠습니다."

그래서 동지들은 헤어졌고, 페르스발은 은둔수녀에게로 돌아갔다.

랑슬로는 그 기사를 뒤쫓아 깊은 숲을 가로질러서 길도 자취도 없이 모험이 이끄는 대로 나아갔다. 캄캄한 밤이라 먼 데도 가까운 데도 보이지 않았으므로 길을 찾기가 몹시 힘이 들었다. 그래도 뚫고 나아간 끝에 그는 황야에서 길이 두 갈래로 나뉘는 곳에 서 있는 돌 십자가에 이르렀다. 다가가 보니 그 옆에는 대리석으로 된 석단이 있고 그 위에 글이 쓰여 있는 듯했다. 하지만 날이 너무 어두워 무슨 말인지 읽을 수가 없었다. 십자가를 향해 눈을 드니 아주 오래된 예배당이 보였으므로, 아마 사람이 있으리라 생각하고 그쪽으로 말머리를 향했다. 가까이 다가가 말에서 내려 말을 떡갈나무에 묶고는 목에서 방패를 벗어 나무에 걸었다. 그런 다음 예배당에 들어가 보니 황폐하게 버려진 곳이었다. 안으로 들어서자 입구에는 함부로 들어갈 수 없도록 촘촘한 철책이 둘러져 있었다. 철책 사이로 들여다보니 비단 천이며 그 밖의 것들로 호화롭게 장식된 제단이 보였고, 그 앞에는 커다란 은촛대로 받쳐진 여섯 개의 초가 환한 빛을 내고 있었다. 그는 그 광경을 보자 그곳에 누가 사는지 궁금해서 한층 더 안으로 들어가고 싶어졌다. 그렇게 외진 곳에 그렇게 아름다운 것들이 있다니 의외였기 때문이다. 그는 철책 안을 자세히 들여다보았지만 도저히 안으로 들어갈 수 없을 것을 알고는 애석해하며 예배당에서 나와 말 있는 데로 가서 고삐를 끌고 십자가까지 갔다. 그러고는 말에게서 안장과 고삐를 풀어주고 풀을 뜯게 한 다음, 자신도 십자가 앞에서 투구를 벗어 앞에 놓고 검도 풀어놓고는 방패에 기대 누웠다. 지친 나머지 가벼운 잠이 들었지만, 흰 방패를 지닌 선한 기사를 잊을 수는 없었다.

정신이 든 지 얼마쯤 지났을 때, 그는 의장마 두 필 사이에 메운 가마에 고통스럽게 신음하는 한 병든 기사가 실려 오는 것을 보았다. 기사는 랑슬로에게 다가와 멈춰 서더니 그가 잠들었다고 생각한 듯 아무 말 없이 내려다보았다. 랑슬로 역시 잠들지도 깨지도 않은 반수 상태였던 터라 아무 말 하지 않았다. 십자가 앞에서 멈춰 선 가마 안의 기사는 비통하게 탄식하기 시작했다.

"오 하느님, 제게서 이 고통은 영 끝나지 않으려는지요? 오 하느님, 이 심한 고통을 가라앉힐 거룩한 그릇은 언제나 오려는지요? 오 하느님, 그처럼 작은 과오로 저처럼 큰 고통을 당하는 자가 또 있겠나이까?"

기사는 그런 말로 오래 탄식하며 하느님께 자신의 불행과 고통에 대해 하소연했다. 랑슬로는 마치 마비되기라도 한 것처럼 꼼짝도 할 수 없고 말도 할 수 없었지만, 그 모든 말을 똑똑히 들었고 또 보았다.

기사가 오랫동안 그렇게 기다리는 동안, 랑슬로가 주위를 둘러보니 예배당으로부터 아까 보았던 은촛대와 촛불들이 나오는 것이 보였다. 그는 촛대가 십자가 쪽으로 오는 것은 보았지만,

그것을 든 자는 보이지 않았으므로 기이하게 여겼다. 뒤이어 은 탁자 위에 놓인 거룩한 그릇이 다가오는 것이 보였다. 오래전에 그가 어부왕의 궁전에서 보았던,[83] 사람들이 성배라 부르는 바로 그것이었다. 병든 기사는 그것이 다가오는 것을 보자 가마 위에서 몸을 떨쳐 땅으로 내려와 두 손을 모으며 말했다.

"오 하느님, 저기 다가오는 저 거룩한 그릇으로 이 고장에서나 다른 데서나 그토록 아름다운 기적들을 베푸셨사오니, 아버지여, 저를 불쌍히 여기사 제가 당하는 이 고통이 속히 가라앉아 저도 다른 기사들과 같이 탐색에 참가하게 해주시옵소서."

그는 팔 힘으로 몸을 끌고 탁자와 거룩한 그릇이 놓인 석단까지 다가갔고, 양손으로 몸을 일으켜 은탁자에 입 맞추고는 자신의 눈을 갖다 댔다. 그러자 모든 고통이 사라지는 것을 느끼고, 큰 소리로 외쳤다.

"오 하느님, 제가 나았나이다!"

그러고는 즉시 잠들어버렸다. 거룩한 그릇은 잠시 거기 머물러 있더니, 촛대가 예배당으로 돌아갔고 잔도 그 뒤를 따랐는데, 랑슬로는 그것이 올 때나 갈 때나 누가 그것을 들고 있는지 알 수 없었다. 하여간 그는 지친 나머지 몸이 무거웠던 탓인지 아니면 죄에 사로잡힌 탓인지, 성배가 다가왔을 때 꼼짝할 수 없었고 아무 반응도 할 수가 없었다. 이로 인해 이후로 그는 탐색에서 큰 수치를 당하고 많은 불운을 만나게 되었다.

성배가 십자가를 떠나 예배당으로 들어간 후, 가마의 기사는 온전하고 튼튼한 몸으로 일어나 십자가에 입 맞추었다. 그러자 화려하고 아름다운 무장을 든 종자가 나타났고, 기사한테 가서 어떻게 되었느냐고 물었다.

"정녕 하느님 은혜로, 성배가 내게 나타나자마자 깨끗이 나았다네. 하지만 저기 잠든 기사는 성배가 나타나도 잠이 깨지 않았으니 이상한 일이야."

"필시 큰 죄악 가운데 머물러 회개하지 않은 기사겠지요." 종자가 말했다. "그 죄 때문에 우리 주님을 거스른 나머지 그 아름다운 모험을 보는 것이 허락되지 않았을 것입니다."

"하여간 저자가 누구든 간에 운이 없구나. 내 생각엔 아마도 성배 탐색에 나선 원탁의 기사 중 한 사람 같은데."

"기사님, 당신의 무장을 가져왔으니, 좋으실 때 입으소서."

기사는 그거야말로 원하던 바라고 대답했고, 쇠로 된 각의脚衣와 사슬갑옷을 입고 무장을 갖추었다. 종자는 랑슬로의 검을 가져다 그에게 주었고 투구 또한 그렇게 했으며 랑슬로의 말에 다가가 안장을 놓고 고삐를 매었다. 그렇게 채비를 한 그는 자기 주인에게 말했다.

"기사님, 말에 오르시지요. 이제 좋은 말도 좋은 검도 다 갖추셨습니다. 제가 드린 것들은 저기 누운 악한 기사보다 당신이 훨씬 더 잘 사용하실 것입니다."

자정이 지난 터라 달이 환하고 아름답게 떴다. 기사가 종자에게 좋은 검인지 어떻게 아느냐고 묻자, 그는 그것이 아름다운 것을 보니 알겠다고 대답했다. 검집에서 검을 뽑아 보니 너무나 아름다워서 탐이 났다는 것이었다. 이윽고 기사는 무장을 갖추고 랑슬로의 말에 오르더니, 예배당을 향해 손을 들고서 하느님과 성인들이 돕는 한 편력을 멈추지 않겠다고 맹세했다. 즉 어찌하여 성배가 로그르 왕국의 곳곳에 나타났으며, 누가 무슨 목적으로 그것을 잉글랜드[84]로 가져왔는지, 그 진실을 다른 사람이 먼저 알아내지 않는다면 자신이 알아내고야 말겠다고 말이다.

"정녕 잘 말씀하셨습니다." 종자가 말했다. "부디 하느님께서 당신에게 이 탐색을 명예롭게 마치게 해 주시고 영혼을 구원해 주시기를! 이 탐색은 목숨을 걸지 않고는 해나갈 수 없을 테니 말입니다."

"만일 내가 이 탐색에서 죽는다면 그것은 내 수치가 아니라 영광이 될 게다. 덕이 있는 자라면 살든지 죽든지 이 탐색에 나서지 않을 수 없으니까."

기사는 그렇게 말하고는 종자를 데리고 십자가를 떠나, 랑슬로의 무기를 지닌 채 모험이 이끄는 대로 나아갔다.

그가 반 마장 이상 멀어져갔을 직해서야 랑슬루는 갓 깨어난 사람처럼 일어나 앉았다. 자신이 본 것이 꿈이었는지 사실이었는지 자문하기 시작했으니, 자신이 성배를 정말로 본 것인지 꿈을 꾼 것인지 알 수 없었기 때문이다. 그래서 그는 일어나 제단 앞의 촛대를 바라보았으나, 자신이 정말로 보고 싶은 것, 할 수만 있다면 그 진실을 알고 싶었던, 성배는 보이지 않았다.

랑슬로가 그처럼 원하는 것을 조금이라도 볼 수 있을까 하여 철책 앞에서 한참을 바라보고 있노라니, 이렇게 말하는 음성이 들려왔다.

"랑슬로, 돌보다 딱딱하고 나무둥치보다 쓰고 무화과나무보다 헐벗고 열매 없는 자여, 네 어찌 감히 성배가 머무는 곳에 들어왔느냐? 썩 나가거라. 네가 여기 있는 것만으로도 악취가 난다."

그는 그 말을 듣고는 너무나 비통하여 어찌할 바를 몰랐다. 그래서 그곳에서 나와 마음으로 탄식하고 눈에서는 눈물을 흘리며 자신이 태어난 시각을 저주했다. 성배의 진실을 아는 데 실패했으니 이제 결코 영예를 누릴 수 없게 되었음을 너무나 잘 알기 때문이었다. 그는 자신을 일컫던 세 가지 말을 잊을 수 없었고 살아 있는 한 잊지 못할 터였으니, 자신이 왜 그런 말로 일컬어졌는지 알기 전에는 도무지 마음이 편치 않을 것이었다. 십자가로 돌아간 그는 투구도 검도 말도 찾을 수 없었고, 그제야 자신이 본 것이 사실이었음을 깨달았다. 그는 크게 애통해하며 자신의 비참함을 탄식했다.

"오 하느님, 제 죄와 악한 삶이 드러났나이다. 무엇보다도 제 나약함이 저를 실족케 한 것을 알겠나이다. 제 악을 고쳐야 했을 때에 원수가 저를 멸망케 하여 제 눈을 멀게 하므로 하느님께 속한 것을 볼 수 없었나이다. 이제 제가 밝히 보지 못한다고 해도 이상하지 않으니, 제가 처음 기사가 된 이래로 치명적인 죄의 어둠으로 덮이지 않은 날이 없었으며, 날마다 다른 누구보다도 이 세상의 음욕과 패역 가운데 살았나이다."

랑슬로는 그렇듯 자신을 심히 부끄러워하고 책망하며 밤새도록 괴로워했다. 어느덧 날이 환히 밝아오고 숲속에서 새들이 노래하며 나무들 사이로 햇빛이 비쳐들기 시작하자, 그는 그 화창한 날씨를 보고 이전에 그토록 즐거워하던 새들의 노래를 들으며, 이제 자신이 모든 것을, 무기와 말까지 잃은 것을 상기하고는 진실로 우리 주님께서 그에게 노하신 것을 알 수 있었다. 다시는 이 세상에서 기쁨을 되찾을 날이 오지 않으리라 생각되었다. 그가 기쁨과 지상의 모든 영예를 찾으리라 생각했던 곳,[85] 즉 성배의 모험에서 실패하고 말았으니 낙담할 수밖에 없었다.

그렇게 한참을 탄식하고 신음하며 자신의 불행을 한탄하다가, 그는 십자가를 떠나 숲속으로 걸어 들어갔다. 투구도 검도 방패도 지니고 있지 않았다. 수수께끼 같은 세 마디 말을 들은 예배당으로 돌아가지 않고, 오솔길을 돌아 1시과 때쯤 언덕 위의 한 암자에 당도했다. 그곳의 은자는 막 미사를 드리려고 거룩한 교회의 예복을 갖춰 입은 터였다. 랑슬로는 더없이 낙심하여 침울하고 생각에 잠긴 채 예배당에 들어섰다. 내진內陣 한복판에서 무릎을 꿇고 가슴을 치며 우리 주님께 자신이 세상에서 지은 악행들에 대해 자비를 구했다. 그러고는 은자와 그의 복사服事가 드리는 미사를 들었다. 미사를 드리고 나자 은자는 우리 주님의 갑주[86]를 벗었고, 랑슬로는 그를 한옆으로 불러내어 하느님의 이름으로 조언을 청했다. 은자는 그에게 어디서 오는 길이냐고 물었고, 그가 아더 왕의 궁정에 속하는 원탁의 기사라고 대답하자 이렇게 물었다.

"무슨 일에 대한 조언을 원하시오? 고해를 하시려오?"

"예, 그렇습니다."

"그렇다면 주님의 이름으로 들어오시오." 은자가 말했다.

그러고는 그를 제단 앞으로 데려가 함께 앉았다. 은자는 그에게 이름을 물었고, 그는 자신이 호수의 기사 랑슬로이며 방 드 베노익 왕의 아들이라고 대답했다. 은자는 그가 호수의 기사 랑슬로, 세상 사람들이 칭송해 마지않는 바로 그 사람이라는 말을 듣자, 그가 그처럼 비통해하는 데 놀라며 이렇게 말했다.

"기사님, 당신은 하느님께서 당신을 세상에 둘도 없는 준수하고 용맹한 기사로 만들어주신 데 대해 큰 감사를 드려야 합니다. 당신의 지성과 총기도 하느님께서 주신 것이지요. 그러니 당신은 그것들을 선용하여 그분의 사랑을 보전해야 합니다. 그분이 아낌없이 베풀어주신 선물을 악마가 이용하지 못하도록 말입니다. 그러니 있는 힘을 다해 그분을 섬기고 그분의 계명을 준행하십시오. 그분이 주신 은사로 그분의 원수인 악마를 섬기지 마십시오. 그분이 다른 누구보다 후한 은사를 베풀어주신 당신에게서 그것을 잃게 되신다면, 당신은 비난받아 마땅할 테니까요.

그러니 복음서에서 말하는 악한 종처럼 되지 마십시오. 복음서 기자 중 한 분이 전하는바, 한 부자가 세 명의 종에게 금을 나누어주었다고 하지요.[87] 한 종에게는 금화[88] 하나, 또 다른 종에게는 금화 둘, 그리고 세번째 종에게는 금화 다섯을 주었답니다. 금화 다섯을 받은 종은 그것을 늘려 주인 앞에 회계할 때가 되자 '주인님, 제게 금화 다섯을 주셨으니, 여기 그 다섯 개와 제가 번 다섯 개가 있나이다'라고 고했지요. 주인은 그 말을 듣고 '이리로 나아오라, 착하고 충성된 종아, 내가 너를 내 집에 맞이하리라'라고 말했습니다. 그다음에는 금화 둘을 받은 종이 와서 주인에게 자기도 그것으로 금화 두 개를 더 벌었노라고 말했고, 주인은 아까의 종에게 한 것과 같은 대답을 했습니다. 그러나 금화를 하나밖에 받지 못한 종은 그것을 땅에 묻어두었었고, 주인의 얼굴에서 멀찍이 서서 감히 다가오지 못했습니다. 그자는 악한 종이요 은혜를 돈으로 바꾸는 자요 심령에 성령의 불이 임해본 적 없는 위선자였지요. 그러므로 우리 주님의 사랑으로 뜨거워질 수도 없고 거룩한 말씀을 전파하여 사람들의 심령을 불붙게 할 수도 없는 것입니다. 성경이 말하듯, '불타지 않는 자는 불붙일 수 없다,' 즉 '복음을 전하는 자가 성령의 불로 뜨거워지지 않으면 듣는 자도 결코 불붙거나 뜨거워질 수 없다'는 말입니다.[89]

제가 당신에게 이 비유를 말씀드리는 것은 우리 주님께서 당신에게 큰 은사를 주셨기 때문입니다. 그분께서 당신을 다른 누구보다 수려하고 탁월하게 만드셨다는 것은 겉모습만 보아도 알겠습니다. 그런데 만일 당신이 그분께 받은 이 은사를 가지고서 그분의 원수가 된다면, 그분은 얼마 안 가 당신을 없이하실 것입니다. 당신이 속히 그분께 진심으로 참회하고 자비를 구하며 마음으로 뉘우치고 삶을 고치지 않는다면 말입니다. 당신이 그렇게 자비를 구한다면 그분은 너그러우셔서 죄인이 멸망하는 것보다 진정 뉘우치는 것을 기뻐하시므로, 당신을 일으키사 이전보다 더욱 강건하게 만들어주실 것입니다."

"은자님," 랑슬로가 말했다. "방금 들려주신 그 비유, 금화를 받은 세 명의 종에 대한 비유가 다른 어떤 말씀보다도 제 마음을 찌릅니다. 저도 어린 시절부터 예수 그리스도께서 제게 사람이 가질 수 있는 온갖 은사들을 베풀어주신 것을 잘 아니까요. 그분은 제게 그처럼 후히 베풀어주셨는데 저는 그분께 받은 것을 도무지 돌려드리지 못했으니, 저도 금화를 땅에 묻은 악한 종처럼 심판받으리라는 것을 알겠습니다. 저는 평생 그분의 원수를 섬겼고, 저의 죄로 그분과 싸웠으니까요. 처음에는 그토록 넓고 즐거워 보이던 길을 따라 멸망에 이르렀으니,[90] 그 길이야말로 죄의 시작이었습니다. 악마는 제게 안일과 쾌락을 보여주었을 뿐, 그 길로 가는 자가 당하게 될 영원한 고통은 보여주지 않았습니다."

은자는 그 말을 듣자 눈물을 흘리며 랑슬로에게 말했다.

"기사님, 말씀하신 그 길로 가다가 영원한 멸망에 이르지 않은 자가 없습니다. 하지만 잠들었을 때는 혹시 제 길에서 벗어났다가도 잠이 깨자마자 돌아오는 일도 있듯이, 치명적인 죄에 빠져 잠든 나머지 바른 길에서 떠났던 죄인이 자신의 길, 곧 자신의 창조주에게로 돌이켜 '나는 길이요 진리요 생명이다'[91]라고 말씀하신 높으신 주님께로 돌아오는 일도 있습니다."

그러더니 그는 주위를 둘러보고는 참되신 십자가가 그려진 십자가가 눈에 띄자, 랑슬로에게 그것을 가리켜 보이며 말했다.

"기사님, 저 십자가가 보이십니까?"

"예."

"그렇다면 저 형상이 팔을 벌린 것은 모든 사람을 받아들이기 위해서임을 아십시오. 마찬가지로, 우리 주님께서는 모든 죄인을 받아들이려고 팔 벌리고 계십니다. 당신과 또 그분께 나아가는 모든 자들을 말입니다. '오라, 오라!'라고 외치고 계십니다. 그분은 너그러우셔서 그분께 돌아오는 모든 사람을 항상 기꺼이 받아주십니다.[92] 이미 말씀드린 대로 당신이 입으로 참된 고해를 드리고 마음으로 뉘우치며 행실을 고침으로써 당신 자신을 그분께 드린다면, 그분은 결코 당신을 내치지 않으실 것입니다. 그러니 제가 듣는 앞에서 그분께 당신의 심중을 고하십시오. 그러면 저도 힘닿는 대로 돕고 할 수 있는 한 조언해드리겠습니다."

랑슬로는 잠시 주저했다. 그는 자신과 왕비의 일을 아무에게도 말한 적이 없었고, 살아 있는 한 말하지 않을 것이었다. 아주 강력한 권면이 있지 않고서는 말이다. 그래서 그는 깊은 한숨을 뱉었지만 입에서는 한마디도 나오지 않았다. 다 말하고 싶으면서도 감히 말이 나오지 않는 것은 담대함보다 두려움이 앞섰기 때문이다. 하지만 은자는 그에게 죄를 고하고 완전히 버릴 것을 간곡히 권했다. 그렇게 하지 않으면 영벌을 받을 터이니, 죄를 회개하면 영생이요 감추면 지옥이리라는 것이었다. 그렇듯 선한 말과 예화로 권면했으므로, 랑슬로는 마침내 입을 열었다.

"은자님, 저는 평생 사랑해온 한 여인으로 인해 죽을죄를 지었습니다. 바로 그니에브르 왕비, 아더 왕의 아내입니다. 제가 가난한 기사들에게 나눠주곤 하던 금은보화는 그분이 제게 하사하신 것이지요. 제가 지금과 같은 지위와 호사를 누리는 것은 그분 덕입니다. 세상에 회자되는 제 무훈들을 성취한 것도 그분에 대한 사랑을 위해서였습니다. 저를 궁핍에서 부요함으로, 역경에서 지상의 온갖 복락으로 인도한 것도 그분입니다.[93] 하지만 바로 이 죄 때문에 우리 주님께서 어젯밤에 보여주셨듯이 제게 노하셨다는 것을 잘 알고 있습니다."

그러고는 자기가 성배를 보았던 이야기를 했다. 어찌하여 자신이 성배에 대한 경외심이나 우리 주님에 대한 사랑에도 불구하고 꼼짝할 수 없었던가 하는 이야기였다. 그는 은자에게 자신이 살아온 이 모든 이야기를 한 다음, 부디 조언해줄 것을 청했다.

"기사님," 은자가 말했다. "당신이 다시는 그 죄에 빠지지 않겠다고 하느님께 약속드리지 않는 한, 어떤 조언도 도움이 되지 않을 것입니다. 하지만 당신이 그 모든 것에서 떠나 자비를 구하고 진심으로 뉘우치고자 한다면, 우리 주님께서는 당신을 자신의 종으로 다시 받아주시고 당신에게 천국의 문이 열리게 해주실 것입니다. 그 문 안에 들어가는 자들에게는 영생이 예비되어 있지요. 하지만 지금 당신의 상황으로는 어떤 조언도 도움이 되지 않을 것입니다. 그것은 마치 나쁜 기초 위에 크고 강한 탑을 지으려는 자와도 같을 터이니, 한참 쌓아 올린 끝에 그 모든 것이 한꺼번에 무너지게 됩니다.[94] 마찬가지로 당신이 진심으로 받아들여 실천하지 않는다면 우리의 노력이 허사가 될 것입니다. 그것은 마치 바위에 뿌린 씨앗과도 같아서 새들이 쪼아 먹어버리므로 아무 유익도 되지 못합니다."[95]

"은자님, 하느님께서 저를 살려만 주신다면, 당신이 명하시는 어떤 말씀에라도 순종하겠습니다."

"그렇다면 왕비하고든 다른 어떤 여성하고든 죄를 지어 당신의 창조주를 거역하지 않겠다고, 그분을 노하시게 할 어떤 일도 하지 않겠다고 약속해주시오."

그래서 그는 신실한 기사로서 약속했다.

"자, 그러면 성배를 보았을 때 당신에게 일어난 일에 대해 좀 더 얘기해보시오."

그래서 그는 예배당 안에서 들은 음성이 자신을 돌과 나무둥치와 무화과나무로 일컫던 것을 이야기했다.

"부디 그 세 가지가 무엇을 뜻하는지 가르쳐주십시오. 이제껏 그렇게 궁금한 말은 들어본 적이 없습니다. 당신은 필시 그 뜻을 아실 터이니 제게 밝히 말씀해주십시오."

은자는 한참이나 생각에 잠긴 끝에 입을 열었다.

"정녕코, 랑슬로, 당신이 그 세 마디 말로 일컬어진 것도 무리가 아닙니다. 당신은 지금껏 세상에서 가장 훌륭한 기사였으니, 다른 누구보다도 기이한 말을 들었다고 해도 놀랄 일이 못 되지요. 당신이 그처럼 진상을 알고 싶어 하니, 내 기꺼이 말씀드리리다. 잘 들으십시오.

당신은 '랑슬로, 돌보다 딱딱하고 나무둥치보다 쓰고 무화과나무보다 헐벗고 열매 없는 자여, 썩 나가거라'라는 말을 들었다고 했지요. 당신이 돌보다 딱딱하다는 것은 의미심장한 말입니다. 왜냐하면 돌이란 본래 딱딱한 것이지만, 개중에는 다른 돌보다 더 딱딱한 돌도 있으니까요. 그런데 딱딱한 돌이란 죄인을 뜻하는 것이니, 죄인은 죄 가운데 잠들어 굳어진 나머지 마음이 너무나 딱딱하게 굳어져서 물로도 불로도 부드럽게 만들 수가 없습니다.[96] 불로 부드럽게 만들 수 없다는 것은 성령의 불이 들어가 거할 곳이 없다는 말이니, 날마다 쌓아온 묵은 죄로 인해 그릇이 더럽혀진 때문입니다. 물로 부드럽게 만들 수 없다는 것은 단물이요 단비인 성령의 말씀이 그 마음에 받아들여질 수 없다는 말입니다. 우리 주님께서는 원수가 있는 곳에는 거하시지 않으며, 자신이 내려와 머무시는 곳이 깨끗하고 모든 악과 더러움이 제거되기를 원하시니까요. 그러므로 죄인은 우리 주님께서 그 마음에서 발견하시는 딱딱함 때문에 돌이라 일컬어지는 것입니다. 그런데 어째서 당신이 돌보다 더 딱딱하다는 것인지, 다시 말해 당신이 다른 어떤 죄인보다 더 큰 죄인이라는 것인지 알아봐야 합니다."

이렇게 말한 다음 그는 좀더 생각하더니 말을 이었다.

"어째서 당신이 다른 죄인보다 더 큰 죄인인지 말씀드리리다. 당신은 부자가 세 명의 종에게 금화를 주어 불리게 했다는 이야기를 들었지요. 더 많이 받은 두 사람은 착하고 충실한 종으로 지혜롭게 앞날을 내다볼 줄 알았습니다. 그렇지만 적게 받은 자는 어리석고 악한 종이었습니다. 당신이 우리 주님께서 금화 다섯 개를 주신 종에 속하는지 생각해보십시오. 제 생각에 주님께서는 당신에게 그 이상을 주신 것 같습니다. 지상의 기사들 중에 우리 주님께서 당신에게 주신 것만큼 큰 은사를 베풀어주신 자는 없는 것 같으니 말입니다. 주님께서는 당신을 남달리 준수하게 지으셨고, 선과 악을 알 만한 지성과 분별을 주셨으며, 용기와 담대함을 주셨습니다. 그 위에 넉넉한 행운까지 더하여 당신이 무슨 일을 시작하든 이루게 하셨습니다. 우리 주님께서 당신에게 그 모든 것을 주신 것은 당신을 그분의 기사요 종으로 삼기 위해서였습니다. 그 모든 것이 당신 안에서 탕진되기 위해서가 아니라 더욱 진작되기 위해서였다는 말입니다. 그런데 당신은 악하고 불충한 종이 되어 그분을 버리고 원수를 섬겼으며, 항상 그분과 다투어왔습니다. 당신은 급료를 받자마자 주인을 버리고 원수를 도우러 가는 악한 군병이었습니다. 당신은 우리 주님께 꼭 그렇게 처신했지요. 그분이 당신에게 후히 베푸시자마자 당신은 그분을 버리고 항상 그분과 다투는 원수를 섬겼으니까요. 내가 아는 한 그분께서 당신한테처럼 후히 베풀어주신 사람은 없습니다. 그러니 당신은 돌보다 더 딱딱하며 다른 어떤 죄인보다 더 큰 죄인이라는 것을 분명히 알겠지요.

또한, 돌이라는 것은 다르게도 해석할 수 있습니다. 홍해를 건너 이스라엘 백성이 오랫동안 머물렀던 광야에서는 돌에서 단물이 나는 것을 본 사람들도 있습니다. 백성이 목이 말라 서로 불평하자, 모세가 단단한 반석에 가서 있을 수 없는 일이기나 한 듯 '우리가 이 돌에서 물을 낼 수 없겠는가?'라고 말하는 것을 그들은 분명히 보았지요.[97] 그러자 바위에서 물이 어찌나 많이 솟아났던지 온 백성이 마시고 불평을 그쳤으며 갈증을 해소했던 것입니다. 그렇듯 돌에서도 단물이 나건만, 당신한테서는 그런 것이 전혀 없으니, 당신이 돌보다 더 딱딱하다는 것을 분명히 알 수 있을 것입니다."

"은자님, 그러면 제가 왜 나무둥치보다 더 쓰다는 것인지 말씀해주십시오."

"그러리다. 잘 들으시오. 당신의 마음이 얼마나 딱딱한지는 방금 말한 대로요. 그런데 그토록 딱딱한 데서는 어떤 달고 순한 맛도 날 수 없으므로, 쓴맛밖에 남지 않는다고 생각하지 않을 수 없습니다. 당신 안에서 마땅히 달고 순한 맛이 나야 하는 그만큼 쓴맛이 나는 것이지요. 그래서 당신은 죽어 썩은 나무둥치, 쓴맛만이 남은 나무둥치와도 같다는 것입니다. 자, 이제 당신이 어찌하여 돌보다 딱딱하고 나무둥치보다 쓰디쓴지 말씀드렸습니다.

세번째로 보여드릴 것은 어째서 당신이 무화과나무보다 헐벗고 열매가 없느냐 하는 것입니다. 여기서 얘기하는 무화과나무는 복음서에 나오는 것으로,[98] 종려주일 즉 우리 주님께서 나귀새끼를 타고 예루살렘에 입성하시던 날, 히브리 자손들이 기쁜 노래로 그의 오심을 노래하던 날의 이야기입니다. 거룩한 교회는 매년 그 노래를 기리며 그날을 꽃의 날이라 부르지요. 그날 높으신 주±요 선지자이신 우리 주님께서는 예루살렘 성에서 마음이 완악한 자들에게 가르치셨습니다. 온종일 힘들게 설교를 마치셨건만, 온 성내에 그분을 유하시게 하려는 자가 없어 성에서 나가셨답니다. 성 밖에 나가 보니 길가에 무화과나무 한 그루가 있는데, 잎과 가지가 무성하여 아주 보기 좋았지만 열매라고는 없는 나무였지요. 우리 주님께서는 나무에 다가가 열매가 없는 것을 보시고는 노하셨던 듯 다시는 열매를 맺지 못하리라고 저주하셨습니다. 예루살렘 성 밖에 있던 그 무화과나무는 정말로 그렇게 되었습니다. 그러니 당신도 그와 같지 않은지, 오히려 더 헐벗고 열매가 없지는 않은지 돌아보십시오. 높으신 주님께서 나무에 다가가셨을 때는 원하신다면 취하실 잎이라도 있었지만, 성배가 당신이 있는 곳에 나타났을 때는 당신 안에서 선한 생각이나 선한 뜻이라고는 찾을 수 없이 악하고 더럽고 음욕에 물든 것을 보셨을 뿐입니다. 잎사귀도 꽃도 없다는 것은 아무 선행이 없다는 뜻입니다. 그러므로 당신이 들은 음성이 '랑슬로, 돌보다 딱딱하고 나무둥치보다 쓰고 무화과나무보다 헐벗고 열매 없는 자여, 썩 나가거라'라고 한 것도 무리가 아닙니다."

"그렇게 분명히 알려주시니, 제가 돌이요 나무둥치요 무화과 나무로 불려 마땅하다는 것을 잘 알겠습니다. 은자님께서 말씀하신 그 모든 죄가 제 안에 있었으니까요. 하지만 제가 죽을죄에 다시 빠지지 않기로 한다면 돌이킬 수 없을 만큼 멀리 간 것은 아니라고 하시니, 먼저는 하느님께, 그리고 당신께 약속드리겠습니다. 그토록 오랫동안 해온 생활로 다시는 돌아가지 않고 정결하여 제 몸을 가능한 한 깨끗이 지키겠습니다. 하지만 지금처럼 사지가 멀쩡한 한, 기사도를 따르며 무술을 행하는 것은 그만둘 수가 없습니다."

은자는 그 말을 듣자 크게 기뻐하며 랑슬로에게 말했다.

"장담컨대 당신이 왕비와의 죄를 버리기만 한다면, 우리 주님께서는 여전히 당신을 사랑하사 당신을 도와주시고 당신을 불쌍히 여기시어 당신이 죄악 때문에 이룰 수 없었던 많은 것을 이룰 힘을 주실 것입니다."

"은자님, 왕비님이나 다른 어떤 여성과도 다시는 그런 죄를 짓지 않겠습니다."

은자는 그 말을 듣고는 랑슬로에게 그가 할 수 있을 만한 보속補贖을 명한 다음 죄를 사면하고 축복해주었다. 그러고는 그날은 거기서 유할 것을 권했다. 랑슬로는 자기는 말도 방패도 창도 검도 없으니 그러는 것이 좋겠다고 대답했다.

"그 점에서는 제가 도와드리지요." 은자가 말했다. "하지만 내일 저녁에요. 이 근방에 내 형제 중 한 사람인 기사가 사는데, 그가 말과 무기와 그밖에 필요한 것들을 내가 청하는 즉시 보내

줄 겁니다."

 랑슬로는 그렇다면 기꺼이 유하겠다고 대답했고, 은자는 크게 기뻐했다.

 그리하여 랑슬로는 은자와 함께 유했고, 은자는 그에게 여러 가지 선한 조언을 해주었다. 은자가 좋은 말을 많이 해주었으므로, 랑슬로는 자신이 오랜 세월 살아온 삶을 몹시 뉘우쳤다. 만일 그대로 죽으면 영혼을 잃게 될 테고, 육신 또한 그런 상태로 기습을 당하면 멸망하리라는 것을 분명히 깨달았다. 그래서 그는 왕비에 대한 그릇된 사랑을 품고 세월을 낭비한 것을 참회했다. 그래서 자책하고 통회하며, 다시는 그 죄로 돌아가지 않으리라고 마음속에서부터 맹세했다. 하지만 그에 대한 얘기는 이쯤 해두고, 이야기는 페르스발에게로 돌아간다.

5. 페르스발의 모험

 이야기는 말하기를, 페르스발은 랑슬로와 헤어진 다음, 자기들이 놓친 기사에 대해 들을 수 있을까 해서 은둔수녀의 집 쪽으로 돌아갔다고 한다. 하지만 막상 돌아가다 보니 곧장 그 집으로 가는 길을 찾을 수가 없었다. 그래도 가능한 한 옳다고 생각되는 쪽을 향해 최선을 다해 나아갔다. 예배당에 이르러 은둔수녀의 작은 창문을 두드리자 그녀는 아직 자고 있지 않았던 듯 창문을 열었다. 그러더니 머리를 한껏 내밀고는 누구냐고 물었다. 그는 자신이 아더 왕의 궁정에서 온 페르스발 르 갈루아[99]라고 대답했다. 그녀는 그의 이름을 듣자 크게 기뻐했으니, 그는 그녀의 조카였던 만큼 그럴 만도 했다. 그녀는 온 집 안의 사람들을 불러 밖에 있는 기사에게 문을 열어주고 그가 원한다면 먹을 것을 주며 할 수 있는 한 도우라고, 그는 자기가 세상에서 가장 아끼는 사람이라고 일렀다. 사람들은 명령받은 대로 문간에 나가 빗장을 열고 기사를 맞아들인 후, 그의 무장을 풀어주고 먹을 것을 주었다. 그는 그날 저녁 은둔수녀와 이야기를 나눌 수 있는지 물었다.

"기사님, 그건 안 됩니다. 하지만 내일 아침 미사 후에는 말씀 나누실 수 있을 겁니다."

그는 그 정도로 만족하기로 하고, 사람들이 만들어준 잠자리에 누웠다. 그러고는 지치고 고단한 나머지 밤새도록 잤다.

이튿날 날이 새자 페르스발은 일어나서 그곳 사람들이 드리는 미사에 참례했다. 그러고는 무장을 갖춘 다음 은둔수녀에게 가서 말했다.

"부인, 어제 이곳을 지나간 기사에 대해 부디 말씀해주십시오. 당신은 그를 잘 안다고 말씀하셨는데, 저는 그가 누구인지 알고 싶어 견딜 수 없습니다."

그녀는 그 말을 듣자, 왜 그것을 알고자 하느냐고 물었다.

"그를 꼭 다시 만나 겨루어보려고 그럽니다. 어찌나 호된 타격을 입었던지, 이대로는 영 창피해서 말입니다."

"아, 페르스발," 그녀는 탄식했다. "대체 무슨 말을 하는 거요? 그와 겨루고 싶다고? 만용 때문에 목숨을 잃은 형들처럼 죽고 싶소? 만일 그대가 그런 식으로 죽는다면 큰 손실이고 온 가족에게 큰 수치가 될 거요. 그대가 그 기사와 싸울 경우 무엇을 잃게 될지 아시오? 말해드리리다. 성배 탐색이 시작된 것이 사실이고, 내 알기로는 그대도 그 일원이니 그 일은 하느님 뜻에 합한다면 조만간 성취될 거요. 그대는 그 기사와 싸우는 것만 삼간다면, 스스로 생각하는 것보다 훨씬 큰 영예를 얻게 될 거요. 이 고장에나 다른 많은 고장에나 널리 알려져 있는바, 마지막에는 세 명의 탁월한 기사가 다른 기사들을 제치고 탐색의 영광과 상을 얻게 될 텐데, 그중 두 명은 동정童貞이고 다른 한 명은 정결한 자요. 동정인 두 기사가 바로 그대가 찾는 기사와 그대 자신이고, 세번째 기사가 보오르 드 곤이라오. 이 세 명의 기사가 탐색을 완수할 거요. 하느님께서 그대에게 그런 영광을 예비하고 계신 터에, 그대가 그 전에 죽음을 자청한다면 애석한 일이오. 그런데 그대가 찾는 기사와 싸운다면 죽음을 재촉하는 일이 될 거요. 그는 그대보다, 아니 세상 어느 누구보다도 훨씬 더 훌륭한 기사이니 말이오."

"그런데 부인, 제 형님들에 대해 말씀하시는 것을 보니 제가 누구인지 잘 아시나 봅니다."

"알다마다. 잘 알 수밖에. 나는 그대의 백모이고 그대는 내 조카라오. 내가 이렇게 궁벽한 곳에 있다고 해서 이상하게 생각하지 마오. 나는 한때 황무한 땅의 여왕[100]이라고 불리던 몸이라오. 그대는 지금과 사뭇 다른 상황에서 날 만난 적이 있지. 그때는 내가 세상에서 가장 부유한 왕비 중 한 사람이었으니까. 하지만 그 부유함도 지금 이곳에서 내가 처한 가난함만큼 달갑지도 즐겁지도 않았다오."

페르스발은 그 말을 듣자 감동하여 눈물이 났다. 곰곰이 기억을 더듬어보니 그녀가 자신의 백모라는 것이 생각났다. 그래서 그녀 앞에 앉아 어머니와 가족의 소식을 물었다.

"아니, 조카님, 어머니 소식을 전혀 모른다는 말이오?"

"어머니가 살아 계신지 아닌지도 모릅니다. 하지만 제 꿈속에 자주 나타나 저를 칭찬하기보다 꾸짖을 일이 더 많다고 말씀하셨습니다. 저는 어머니를 버리다시피 했으니 말입니다."

은둔수녀는 그 말을 듣자 처연한 말투로 대답했다.

"확실히 꿈속에서가 아니고서는 그대 어머니를 뵈올 수 없을 거요. 그녀는 그대가 아더 왕의 궁정으로 떠나자마자 죽었으니까."

"대체 그게 무슨 말씀입니까?"

"그대 어머니는 그대가 떠나자 너무나 상심한 나머지, 바로 그날로 고해를 마치고는 죽어버렸다오."

"하느님께서 부디 그 영혼에 자비를 베풀어주시기를." 그가 말했다. "정녕 애통할 소식입니다. 하지만 이미 벌어진 일이니 참고 견디는 수밖에요. 결국 누구나 죽게 마련이니까요. 저는 정말이지 아무 소식도 듣지 못했습니다. 그런데 제가 찾는 그 기사가 누구이며 어디서 왔는지 아시는지요? 붉은 무장을 하고 궁정에 왔던 그 기사인지요?"

"그렇다오." 그녀가 대답했다. "맹세코 그렇다오. 그는 마땅히 가야 할 곳에 갔던 것이라오. 그게 다 무슨 뜻인지 가르쳐드리리다.

그대도 알다시피 예수 그리스도께서 오신 후 세상에는 세 개의 중요한 식탁이 있었지요.[101] 그 첫번째는 예수 그리스도께서 사도들과 함께 수차 식사하셨던 식탁으로, 천상의 양식으로 영혼과 육신을 지탱해주는 식탁이었소. 그 식탁에는 마음과 영혼으로 하나 된 형제들이 앉았지요. 선지자 다윗은 자기 책에서 그 식탁에 대해 놀라운 말을 했어요. '형제들이 한뜻으로 함께 일하며 사는 것이 아름답다'[102]라고 말이오. 그 식탁에 앉는 형제들 사이에는 평화와 화합과 인내가 있었고, 그들에게서는 모든 선한 행실을 볼 수 있었다오. 이 식탁은 우리의 대속代贖을 위해 희생되신 흠 없는 어린 양이 만드신 것이오.

그 식탁 다음에는 그것과 비슷하며 그것을 기리는 또 다른 식탁이 만들어졌으니, 그것이 성배의 식탁이오. 이 나라에 그리스도교가 전파된 초창기인 아리마대 요셉의 시대에 그로 인해 많은 기적이 일어났으니, 신자나 불신자나 그 기적을 기억해야 할 것이오. 아리마대 요셉은 적어도 4천 명은 되는 큰 무리를 이끌고 이 나라에 왔는데[103] 모두 가난했지. 이 나라에 왔을 때 그들은 워낙 큰 무리였기 때문에 식량이 모자라지나 않을지 몹시 걱정했다오. 어느 날 숲속을 헤매던 그들은 먹을 것도 사람도 만나지 못했고, 그런 궁핍을 알지 못했던 터라 몹시 낙심했소. 온종일 굶고 그다음 날도 사방을 뒤진 끝에야 화덕에 구운 빵 열두 개를 가진 한 노파를 만나 그것들을 샀지. 그런데 그것을 나누려다 그들 사이에 다툼이 일어났으니, 서로 뜻이 맞지 않았기 때문이오. 이 일이 요셉에게 알려졌고, 사태를 안 그는 몹시 노했다오. 그래서 빵을 자기 앞으로 가져오라 명해 빵이 날라져 왔고, 빵을 산 사람들도 왔지요. 그래서 그는 서로 뜻이 맞지 않는 사람들이 제각기 하는 말을 듣고는, 모든 사람에게 마지막 만찬 때처럼 앉으라고 명했소. 그러고는 빵을 쪼개 나누었고 식탁 머리에 성배를 놓자, 그로 인해 빵 열두 개가 불어나서 4천 명이나 되는 큰 무리가 기적적으로 배불리 먹었다오. 그들은 이를 보고 우리 주님께서 그처럼 분명히 자신들을 도와주신 데 대해 감사드렸지요.[104]

그 식탁에는 아리마대 요셉의 아들인 요세페가 앉을 자리가 있었소. 그 자리는 그들의 스승이요 목자인 자가 앉도록 만들어진 것으로, 다른 사람에게는 허락되지 않았지요. 전해오는 이야기에 따르면, 요세페는 우리 주님의 손으로 친히 성별되어 축성되었으며, 모든 신도를 다스릴 직분을 받았다는 거요. 우리 주님께서는 그를 그 자리에 앉히셨고, 그래서 감히 거기 앉으려는 자가 없었다오. 그 자리는 최후의 만찬 때 우리 주님께서 자신의 사도들과 함께 그들의 목자이자 스승으로서 앉으셨던 자리를 본떠 만들어진 것이었으니까. 그분이 모든 사도의 주군이자 스승이셨듯이, 요세페도 성배의 식탁에 앉는 모든 자를 인도해야 했지요. 즉 그는 그들의 스승이자 주군이라야 했던 거요. 하지만 그들이 이 나라에 도착하여 낯선 땅을 한참 헤맨 뒤 요세페의 친족이던 형제 둘이 우리 주님께서 그를 그들보다 높이시고 무리의 우두머리로 삼으신 것을 시기하게 되었소. 그래서 자기들끼리 말하기를 그가 자기들의 스승이 되는 것을 참을 수 없다고 했소. 자기들도 그 못지않게 고귀한 가문 출신이니 그의 제자가 아니며 그를 스승이라 부르지도 않겠다는 것이었소. 이튿날 무리가 큰 언덕에 올라가 식탁을 차리고 다들 요세페를 가장 높은 자리에 앉히려 하자, 두 형제가 이에 반대했고 모두가 보는 데서 그중 한 사람이 거기 앉았소. 그러자 기적이 일어나 그 자리에 앉은 자를 삼켜버렸소.[105] 이 기적이 온 나라에 알려져, 그 자리는 이후로 위험한 좌석이라 불리게 되었다오. 이후로 우리 주님께서 그 자리에 앉도록 택하신 자가 아니고서는 아무도 감히 거기 앉으려는 자가 없었소.

그 식탁 다음이 메를랭의 권고에 따라 만들어진 원탁인데, 이 또한 깊은 뜻 없이 제정된 것이 아니라오. 그것이 원탁이라 불리는 것은 둥근 세상과 궁창의 행성들이며 천체들의 운행을 나타내기 때문이지.[106] 궁창의 운행이 별들과 다른 많은 것을 보여주듯이, 원탁은 세상을 잘 나타내고 있다고 할 수 있소. 그래서 원탁은 세상의 축도라는 거요. 기사도가 있는 곳이라면 그리스도교 세계이든 이방 땅이든 어디서나 기사들이 원탁으로 모여드는 것은 그대도 잘 알 거요. 그 때문에 하느님께서 원탁의 동지가 되는 것을 허락해주시기만 하면 그들은 온 세상을 얻은 것보다 더 영예롭게 여기며 이를 위해 부모와 처자식까지 버리게 마련이오. 그대 자신도 그런 일을 겪었으니 잘 알겠지. 그대도 어머니를 떠나 원탁의 기사가 되자, 다시 돌아갈 마음이 없었고, 원탁의 동지들 사이에 있게 마련인 친밀함과 형제애에 붙들리고 말았으니까.

메를랭은 원탁을 제정하면서 그 동지가 될 자들에 의해 성배의 진실이 알려지리라고 말한 바 있소.[107] 메를랭의 시대에는 성배가 아직 나타나지도 않았지만 말이오. 그래서 어떻게 하면 누가 가장 뛰어난 기사인지 알 수 있을지 물었더니 이렇게 대답했다고 하오. '세 사람이 그 일을 완수하리니, 둘은 동정, 세번째는 정결한 기사이다. 셋 중 한 명은 자기 아버지를 앞지를 터이니, 사자가 힘이나 대담함에서 표범을 능가함 같을 것이다. 이 사람이 다른 모든 기사의 스승이요 목자로 여겨질 터이니, 우리 주님께서 기적적인 방식으로 그를 보내주시기까지 원탁의 동지들은 허구한 날 성배를 찾아 헤맬 것이다.'[108] 그 말을 듣자 사람들은 이렇게 말했다오. '메를랭, 그 기사가 당신이 말하듯 그렇게 뛰어난 자라니, 그 기사만이 앉을 수 있는 자리를 만들어야 겠소. 누구나 알아볼 수 있도록 다른 자리보다 더 크게 말이오.' 그러자 메를랭은 '그리하리다' 대답하고는 다른 자리들보다 크고 놀라운 좌석을 만들었지. 그러고는 그 자리에 입 맞추며 장차 거기 앉을 선한 기사를 위해 그렇게 했다고 말했다는 거요. 그들이 다시 물었지. '메를랭, 이 자리에서 어떤 일이 일어나겠소?' '정녕 놀라운 일이 많이 일어날 거요. 참된 기사가 여기 앉기까지는 여기 앉는 자는 죽거나 불구가 되고 말 거요.' '그렇다면 거기 앉으려는 자는 큰 위험을 무릅써야 하겠구려?' '그럴 거요. 이 자리는 그로 인해 닥칠 위험 때문에 위험한 좌석이라 불리게 될 거요.'

조카님, 원탁이 어떤 연유로 만들어졌는지, 수많은 기사가 섣불리 앉았다가 목숨을 잃은 위험한 좌석이 왜 만들어졌는지는 지금까지 말한 대로요. 이제 어찌하여 그 기사가 붉은 무장을 갖추고 궁정에 나타났는지 알려드리겠소. 예수 그리스도께서 사도들의 목자요 스승으로서 최후의 만찬 식탁을 주재하셨다는 것은 알 거요. 그 후 성배의 식탁은 요세페를 통해, 원탁은 선한 기사를 통해 그 의미를 갖게 되었고 말이오. 우리 주님께서는 수난당하시기 전에 제자들에게 그들을 다시 찾아오시겠다고 약속하셨고, 그들은 슬프고 불안한 가운데서도 그 약속을 기다렸다오. 그리하여 오순절[109]에 모두 한자리에 있을 때, 문이 다 닫혀 있는데도 성령께서 그들 가운데 불길처럼 오셔서 그들을 위로하시고 그들이 의심하는 점을 안심시켜주셨소. 그러고는 그들을 온 땅에 보내시어 거룩한 복음을 온 세상에 가르치게 하셨소. 그 오순절에 우리 주님께서 제자들에게 찾아오셔서 위로해주셨듯이, 그대들이 스승이요 목자로 섬겨야 할 기사도 꼭 그런 모양으로 그대들에게 왔다고 생각되오. 우리 주님께서 불처럼 오셨듯이, 그 기사도 불과 같은 빛깔인 붉은 무장을 하고 온 거요. 우리 주님께서 오실 때 제자들이 모여 있던 집의 문들이 닫혀 있었듯이, 선한 기사가 오기 전에도 궁전의 문들이 닫혀 있었지요. 그리하여 그는 그대들 가운데 갑자기 나타났으므로, 아무리 똑똑한 자라도 그가 어디서 왔는지 알 수 없었던 거요.[110] 그리고 바로 그날 성배 탐색이 시작되었소. 이 탐색은 성배의, 그리고 창[111]의 진실을 알기 전에는 중단되지 않을 터이니, 이 나라에 그토록 많은 모험들이 일어난 것은 그 때문이오. 자, 그대가 그 기사와 싸우지 않도록, 그 기사에 관한 진실을 알려드렸소. 그대는 결코 그와 싸워서는 안 될 것이, 그대는 그와 원탁의 동지애로 맺어진 형제간인 데다가, 그는 그대보다 월등히 뛰어난 기사이므로 그대가 오래 맞싸울 수 없을 터이기 때문이오."

"백모님께서 그렇게 말씀하시니, 절대로 그와 싸우지 않겠습니다. 하지만 제가 무엇을 할 수 있을지, 또 어떻게 해야 그를 찾을 수 있을지 부디 가르쳐주십시오. 만일 그와 함께 길을 갈 수만 있다면, 제가 그를 따를 수 있는 한 절대로 그의 곁을 떠나지 않겠습니다."

"그렇다면 내 힘껏 조언해드리리다. 지금으로서는 그가 어디 있는지 말할 수 없지만, 최대한 빨리 그를 찾을 수 있을 표지들을 알려드리지요. 그를 찾게 되면 가능한 한 그와 함께 가시오. 여기서 고트라는 성으로 가면, 그의 친사촌 누이[112]가 사는데,

아마도 그녀와의 우애 때문에 엊저녁에는 그곳에서 묵었을 거요. 만일 그녀가 당신에게 그가 어느 쪽으로 갔는지 가르쳐준다면, 최대한 서둘러 그를 따라가시오. 만일 그녀가 말해주지 않는다면, 곧장 코르베닉[113] 성으로 가시오. 불수의 왕이 사는 곳이라오. 거기서 그를 만나지 못한다 해도, 많은 걸 알게 될 거요."

페르스발과 은둔수녀가 그렇게 선한 기사에 대해 말하던 중 오정이 되었다. 그녀는 페르스발에게 말했다.

"조카님, 오늘 밤은 여기서 유하기 바라오. 그대를 본 지 하도 오래된 터라, 금방 또 떠나면 서운할 거요."

"백모님, 저는 할 일이 너무 많아서 오늘 여기 묵지는 못할 것 같습니다. 그러니 부디 보내주시기 바랍니다."

"꼭 오늘 가야겠다면 내 허락은 못 받을 거요. 하지만 내일은 미사만 드리고 나면 기꺼이 보내드리리다."

그래서 그도 그렇다면 묵어가겠노라고 말했다. 그러고는 무장을 풀었고, 식탁이 차려지자 그녀가 준비하게 한 것을 함께 먹었다.

그날 밤 페르스발은 백모의 집에 묵었다. 선한 기사며 그 밖의 여러 가지 것에 대해 이야기를 나누던 끝에, 그녀가 말했다.

"조카님, 그대는 지금까지 자신을 잘 지켜 동정을 더럽히지 않았고, 육체적 결합이 무엇인지도 알지 못하니 잘한 일이오. 만일 그대가 죄의 타락으로 육신을 더럽혔더라면, 탐색의 동지들 중 주축이 되지 못했을 거요. 육신의 정욕과 악한 음욕으로 인해, 지금 다른 모든 동지가 정진하는 목표를 달성하는 데 이미 실패한 랑슬로처럼 말이오. 그러므로 그대에게 바라노니 그대의 육신을 우리 주님께서 그대를 기사로 만들어주셨을 때나 다름없이 깨끗하게 지키시오. 순결하고 흠 없는 몸으로 성배 앞에 나설 수 있도록 말이오. 그것은 기사가 이룩할 수 있는 가장 아름다운 위업 중 하나가 될 거요. 원탁의 모든 기사들 중 그대와, 지금껏 이야기했던 선한 기사 갈라아드 말고는 동정을 더럽히지 않은 자가 단 한 명도 없으니 말이오."

그래서 그는 하느님 뜻이라면 자기도 마땅히 해야 하는바 자신을 지키겠노라고 말했다.

페르스발이 그곳에 머무는 내내 백모는 그에게 바른 길을 가르치고 권면했다. 그렇지만 무엇보다도 그녀가 그에게 부탁한 것은 자신의 몸을 순결하게 지키라는 것이었고, 그는 그러겠노라고 약속했다. 선한 기사와 아더 왕의 궁정에 대해 이야기하다가, 페르스발은 그녀에게 어떤 연유로 자신의 영지를 버리고 그렇게 외딴 곳에 살게 되었느냐고 물었다.

"내가 여기로 피신한 것은 죽음이 두려웠기 때문이오. 그대도 잘 알겠지만, 그대가 궁정에 가던 무렵 내 주군 왕[114]께서는 리브랑 왕과 전쟁 중이셨는데, 내 주군이 돌아가시자 나는 약한 여자의 몸으로 원수의 손에 잡히면 죽임을 당할 것이 두려웠소. 그래서 재산의 상당 부분을 가지고 아무도 날 찾을 수 없도록 외딴 곳으로 피신한 거요. 그리하여 보다시피 암자를 짓고 사제와 식솔을 들여 은둔 생활을 시작했지. 하느님께서 허락하신다면 내 생전 이곳에서 나가지 않고 우리 주님을 섬기며 여생을 보내다 죽을 작정이라오."

"정말이지 대단한 일을 겪으셨습니다." 페르스발이 말했다.

"그런데 아드님이신 디아비오스는 어찌 되었는지요. 그가 어떻게 되었는지 무척 궁금합니다."

"그는 기사가 되려고 그대의 친척인 펠레스[115] 왕에게 갔고, 왕이 그를 기사로 만들어주었다고 들었소. 하지만 보지 못한 지 2년이나 되었다오. 그는 무술시합을 따라 온 브리튼을 다니고 있다니까. 아마 코르베닉에 가면 거기서 그를 만날 거요."

"그를 만나기 위해서라도 꼭 그곳에 가겠습니다. 꼭 그와 함께하고 싶으니까요."

"부디 만나게 되길 비오. 그대들이 함께한다면 나는 정말 기쁠 거요."

그리하여 페르스발은 그날 백모의 집에 묵었고, 이튿날 미사를 드리자마자 무장을 한 후 그곳을 떠나 온종일 말을 타고 숲속을 지나갔다. 그 숲은 어찌나 드넓은지 인적이라고는 없었다. 만과 때가 지나서야 오른쪽에서 종 치는 소리가 들려왔다. 그는 그쪽에 수도원이나 암자가 있으리라 생각하고 말머리를 돌렸다. 조금 가자 정말로 수도원이 나타났는데, 높은 담장과 깊은 해자로 둘러싸여 있었다. 그가 다가가 문간에서 소리쳐 부르자 문이 열렸다. 안에 있던 이들은 그가 무장한 것을 보자 대번에 그가 편력기사임을 알아보았고, 그의 무장을 풀어주며 반갑게 맞이해주었다. 그러고는 그의 말을 마구간으로 데려가 여물을 넉넉히 주었다. 수도사 중 한 사람이 그를 방으로 데려가 쉬게 하고, 편히 묵어가게 해주었다. 아침이 되자 그는 1시과 전에 잠이 깨어 수도원으로 미사를 드리러 갔다.

그는 수도원에 들어서자마자 오른쪽에 철책이 있고 그 너머에서 우리 주님의 갑주를 차려입은 한 사제가 미사를 드리려 하는 것을 보았다. 그는 미사에 참례하고자 그쪽을 향해 철책으로 다가가서 안으로 들어가려 했으나, 입구를 찾지 못해 그럴 수 없음을 깨달았다. 그래서 하는 수 없이 그 바깥에서 무릎을 꿇고, 사제의 등 뒤에서 바라보니 비단이며 다른 장식들로 호화롭게 치장한 침대가 보였다. 온통 새하얀 것뿐이었다. 페르스발이 보니 그 안에 남자인지 여자인지가 누워 있다는 것은 알겠으나 얼굴에 희고 얇은 천이 덮여 있어 분명히 보이지 않았으므로 어느 쪽인지는 알 수 없었다. 궁리해봤자 헛일임을 깨닫고 그는 더 들여다보기를 그만두고 사제가 시작한 미사에 집중했다. 사제가 성체를 거양하는 순간이 오자, 침대에 누워 있던 이가 몸을 일으키며 얼굴을 드러냈다. 그는 백발이 성성한 상노인으로 머리에는 금관을 썼으나 어깨에는 아무것도 두르지 않고 가슴팍을 배꼽까지 드러낸 채였다. 자세히 보니 온몸과 손바닥, 팔, 얼굴이 상처투성이였다. 사제가 성체를 들어 보이자, 그는 손을 내뻗치며 외치기 시작했다.

"자비하신 아버지여, 제 분깃을 잊지 마소서."

그러고는 도로 눕지 않고 계속 기도했다. 여전히 머리에는 금관을 쓰고 자기를 지으신 이를 향해 손을 뻗친 채였다. 페르스발은 침대에 있는 이를 오랫동안 바라보았다. 그는 온몸의 상처로 고통스러워 보였으며, 어찌나 늙었는지 3백 살이나 그 이상은 된 것 같았다. 페르스발은 그 광경이 너무 놀라워 눈을 뗄 수가 없었다. 미사가 끝나자 사제는 성체를 손에 받쳐 들고 침대에 있는 이에게 가져가 배령하게 했다. 그는 성체를 받은 후 머리에서 관을 벗어 제단 위에 놓게 하고는 아까처럼 다시 침대에 누웠고, 온몸이 보이지 않도록 덮어씌워졌다. 그러자 사제는 미사를 마친 듯 예복을 벗었다.

페르스발은 이 모든 일을 본 다음 예배당에서 나와 자신이 묵었던 방으로 돌아와서 수도사 한 사람을 불러 말했다.

"형제님, 부디 제가 묻는 말에 대답해주십시오. 당신은 필시 사정을 알 터이니 말입니다."

"기사님, 무슨 일인지 말씀해보십시오. 만일 제가 아는 일이라면 기꺼이 말씀드리겠습니다. 제게 허락되는 일이라면 말입니다."

"그렇다면 제가 본 것을 말씀드리겠습니다. 방금 이곳 예배당의 미사에 참례했습니다. 그런데 철책 안 제단 앞에 있는 침대에 아주 나이가 많은 노인이 누워 있더군요. 머리에는 금관을 쓰고요. 그리고 몸을 일으켰을 때 보니 온몸이 상처투성이였습니다. 미사를 마친 후 사제가 그에게 성체를 가져갔습니다. 성체를 배령하고 나자 그는 다시 누웠고 머리에서 관을 벗었습니다. 형제님, 여기에는 깊은 뜻이 있는 것 같습니다. 그러니 가능하다면 알고 싶어서, 부디 말씀해주시기를 청하는 것입니다."

"기꺼이 말씀드리겠습니다." 수도사가 대답했다. "이미 여러 사람에게서 들으셨겠지만, 참된 기사요 덕인이었던 아리마대 요셉은 우리 주님의 보내심을 받아 이 땅에 처음으로 거룩한 그리스도교를 전파하고 가르치기 위해 왔습니다. 그는 이곳에 와서 복음의 원수가 가하는 많은 박해와 역경을 겪었지요. 그 시대에 이 나라에는 이방인뿐이었으니까요. 이 땅에는 크뤼델이라는 왕이 있었는데, 세상에서 가장 패역하고 잔인하며 무자비한 자였습니다. 그는 자기 땅에 그리스도인들이 왔는데 그들이 가지고 온 진귀한 그릇에 놀라운 힘이 있어 거의 모두가 그 은혜로만 산다는 말을 듣고는, 지어낸 얘기라고 여겼습니다. 그런데 사람들이 계속 그렇게 말하고 그것이 사실이라고들 했으므로, 그는 당장 알아보겠노라고 했지요. 그래서 요셉의 아들 요세페와 그의 조카 두 명, 그리고 그가 백성의 우두머리요 목자로 뽑았던 자들 중 백 명가량을 잡아다 옥에 가두었습니다. 투옥될 때 그들은 거룩한 그릇을 가지고 있었고, 그래서 육신의 양식에 대해 아무 염려도 하지 않았습니다. 왕은 그들을 40일 동안 옥에 가둔 채 먹을 것도 마실 것도 주지 않았고 그 기한 내에는 아무도 감히 그들을 돕지 못하게 했습니다.

크뤼델 왕이 요세페와 많은 그리스도인을 옥에 가두었다는 소식은 그들이 지나온 모든 나라로 퍼져나갔고, 예루살렘 인근 사라즈 시에 있던 모르드랭 왕의 귀에도 들어갔습니다. 모르드랭은 일찍이 요세페의 말과 그의 가르침 덕분에 회심했던 터라, 그 소식에 크게 상심했습니다. 그는 요세페의 조언 덕분에 톨로메르가 빼앗아가려고 했던 땅을 되찾았기 때문입니다. 만일 요세페의 조언과 처남 세라프의 도움이 없었다면 그대로 빼앗기고 말았겠지요. 모르드랭 왕은 요세페가 옥에 갇힌 것을 알고는 있는 힘을 다해 그를 구해내겠다고 말했습니다. 그러고는 서둘러 모을 수 있는 한 군대를 소집해 무기와 말을 싣고서 출항했고, 오랜 항해 끝에 이 나라에 이르렀습니다. 자기 군대와 함께 상륙한 그는 크뤼델 왕에게 만일 요세페를 돌려주지 않으면 그의 땅을 빼앗고 왕위에서 폐하겠다는 전언을 보냈습니다. 크뤼델 왕은 그런 것쯤 대수롭지 않게 여기고 오히려 군대를 거느리고 대항하러 나왔고요. 그래서 양측 군대가 맞붙었지요. 결국 우리 주님의 뜻대로 그리스도인들이 승리를 거두었고 크뤼델 왕과 그의 군대는 죽임을 당했습니다. 모르드랭 왕은, 그리스도인이 되기 전에는 에발락이라는 이름이었는데, 어찌나 용맹하게 싸웠던지 모든 사람이 감탄했습니다. 그의 무장을 풀자 온몸이 다른 사람이었다면 벌써 죽었을 만큼 상처투성이였습니다. 그래서 어떠냐고 묻자 그는 아프지도 않고 상처 입은 것도 느껴지지 않는다고 말했습니다. 이윽고 요세페가 옥에서 풀려났고, 모르드랭을 보자 크게 기뻐했으니, 그를 극진히 아끼는 까닭이었습니다. 요세페는 그에게 어쩐 일로 여기까지 왔느냐고 물었고, 그는 그를 구하러 왔다고 말했습니다.

이튿날 그리스도인들이 성배의 식탁 앞에 모여 기도를 하게 되었습니다. 식탁의 주재였던 요세페가 성배 앞에 나아가기 위해 예복을 입고 예식을 거행하려 할 때, 모르드랭 왕은 성배를 밝히 보는 것이 소원이었던 터라 마땅히 허락된 바 이상으로 가까이 다가갔습니다. 그러자 한 음성이 그들 가운데 내려와 말했습니다. '왕이여, 더는 다가오지 말라. 그러면 아니 되느니라.' 그러나 그는 이미 필멸의 혀로는 말할 수 없고 지상의 마음으로는 생각할 수 없을 만큼 다가가 있었고,[116] 보고 싶은 마음이 너무나 간절하여 계속 더 다가갔습니다. 그러자 그의 앞에 구름이 내려와 그의 시야를 가리고 온몸의 기운을 앗아가 그는 아무것도 보이지 않고 옴짝달싹도 할 수 없게 되었습니다. 그가 명령을 어긴 데 대해 우리 주님께서 그토록 노하신 것을 보자, 그는 온 백성에게 들리도록 말했습니다. '자비하신 주 예수 그리스도여, 당신의 명을 어기는 것이 어리석음을 이처럼 보여주셨나이다. 당신이 제게 내리신 이 징벌을 정녕 달게 받겠사오니 제 섬김에 대한 상으로 허락해주소서. 제 혈통의 9대손이 될 선한 기사, 성배의 비밀을 밝히 보게 될 그가 나를 찾아오는 그날까지 죽지 않아서 그를 끌어안고 입 맞추게 해주소서.'[117] 왕이 주 하느님께 이 소청을 드리자, 음성이 그에게 말했습니다. '왕이여, 두려워 말라, 우리 주께서 네 기도를 들으셨으니, 이 일에 대한 네 소원이 이루어지리라. 너는 네가 말하는 그 기사가 찾아오기까지 죽지 않으리니, 그가 너를 찾아오는 날에는 네 눈의 빛이 돌아와 그를 밝히 보게 되며, 또한 그때까지 아물지 않을 네 몸의 상처들이 마침내 아물어지리라.'

음성은 왕에게 그렇게 말하며 왕이 그처럼 소망하는 기사의 도래를 보게 되리라고 약속해주었습니다. 그리고 어느 모로 보나 그 말이 사실이었던 것 같습니다. 왜냐하면 그 일이 있은 지 4백 년이 지났는데, 그는 여전히 보지 못하며 상처도 아물지 않고 전혀 움직이지도 못하니 말입니다. 그런데 듣자 하니 그 기사, 이 모험을 완수할 기사가 이미 나타났다고 합니다. 지금까지의 징조로 보아 저희는 그가 곧 앞을 보게 되고 사지의 기력을 되찾으리라고 생각하고 있습니다. 하지만 그러고 나면 오래 살지는 못하겠지요.

이상 말씀드린 것이 모르드랭 왕에게 일어난 일입니다. 그리고 기사님이 오늘 보신 그 노인이 바로 그입니다. 그는 그 후 4백 년 동안 어찌나 거룩하게 살았던지, 미사에서 사제가 거양하는 성체 말고는 지상의 음식을 입에 대지 않았습니다.[118] 그 장면은 당신도 오늘 보셨을 것입니다. 사제는 미사를 드린 직후 왕에게 성체를 가져가 배령하게 합니다. 왕은 요세페의 시대 이후로 오늘날까지 그토록 보고자 하는 그 기사의 도래를 기다려 온 것입니다. 우리 주님께서 부모에게 안겨 성전에 가셨을 때 그의 오심을 고대하던 노인 시므온이 아기를 받아 안고 약속이 성취된 것을 기뻐했던 것처럼 말입니다. 시므온도 성령께서 알게 하셨던바 예수 그리스도를 보기 전에는 죽지 않을 것을 알고 있었던 것이지요. 그리하여 그분을 보자 선지자 다윗이 예언했던 대로 은혜로운 찬미를 드렸지요.[119] 시므온이 지고하신 선지자요 목자이신 성자 예수 그리스도의 오심을 고대했듯이, 왕도 선하고 완전한 기사인 갈라아드가 오기를 기다리고 있습니다.

자, 당신이 제게 물으신 일에 대해 사실대로 말씀드렸습니다. 그 대신 당신도 누구신지 말씀해주시기를 부탁드립니다."

그래서 그는 자신이 아더 왕의 궁정에 속한 원탁의 기사이며 이름은 페르스발 르 갈루아라고 말했다. 수도사는 그 이름을 듣자 크게 기뻐했으니, 익히 듣던 이름이었기 때문이다. 그는 페르스발에게 하루 더 유하기를 청하며, 수도사들이 다들 환대하리라고 말했다. 그러나 그는 할 일이 많아서 도저히 더 유할 수 없으며 곧 떠나야겠다고 말했다. 그래서 자신의 무장을 갖다달라고 청했고, 무장을 차린 후 작별을 하고는 그곳을 떠나 오정이 되기까지 숲속을 뚫고 나아갔다.

오정 때에 그의 길은 어느 골짜기에 이르렀다. 그는 스무 명 가량의 무장한 사람들이 죽임당한 지 얼마 안 된 기사를 말이 끄는 들것에 실어 나르는 광경과 마주쳤다. 그들은 그를 보자 어디서 오는 길이냐고 물었다. 그가 아더 왕의 궁정 출신이라고 하자, 그들은 일제히 "저놈 잡아라!"고 외쳤다. 그는 할 수 있는 한 방어할 채비를 갖춘 다음 선두에서 달려드는 자를 향했고, 힘껏 가격하여 말이 사람 위에 쓰러지게 만들었다. 그러고는 공격을 계속하려 했으나 그럴 수 없었으니, 일곱 명 이상이 그의 방패를 박격했고 나머지 사람들은 그의 말을 죽이는 바람에 그는 낙마하고 말았다. 그는 용맹한 자답게 다시 일어나 검을 뽑아 들고 방어 태세를 갖추었지만, 적들이 어찌나 맹렬히 달려드는지 저항해도 소용없었다. 그들은 그의 방패와 투구에 어찌나 공격을 퍼부었던지, 그는 더 버티지 못하고 넘어져 한쪽 무릎을 땅에 꿇었다. 그러자 그들은 그를 마구 치고 두들겨 팼으며 머리에서 투구마저 벗긴 채 상처를 입혔으니, 만일 그때 우연히 그곳을 지나가던 붉은 갑옷의 기사가 아니었다면, 그를 죽이고 말았을 것이다. 붉은 기사는 말(馬)도 없는 단 한 명의 기사가 그를 죽이려 하는 많은 적에 둘러싸인 것을 보자, 전속력으로 말을 달려오며 외쳤다.

"그 기사를 가만두어라!"

그러고는 창을 겨눈 채 무리 가운데로 돌격하여 처음 마주친 자를 대번에 낙마시켰다. 창이 부러지자 손에 검을 빼어 들고 사방의 적을 놀랍도록 처부셨으니, 하나같이 그의 정공을 받고 나가떨어졌다. 아주 짧은 시간에 막강한 힘과 엄청난 속도로 해치운 일이라, 아무도 감히 덤비려는 자가 없었고 뿔뿔이 도망가버렸다. 워낙 넓은 숲이라 다들 그렇게 흩어져버리자 적은 세 명밖에 남지 않았으니, 그중 한 명은 페르스발에 의해, 나머지 두 명은 갈라아드에 의해 거꾸러진 자들이었다. 모두 떠나고 페르스발이 위기에서 벗어난 것을 보자, 그는 다시 울창한 숲속으로 발길을 돌리는 품이, 아무도 자기를 따라오는 것을 원치 않는 듯했다.

페르스발은 그가 그렇게 서둘러 가버리는 것을 보고는 있는 힘을 다해 소리쳤다.

"아! 기사님! 잠깐만 멈추시고 말씀 좀 하십시다!"

선한 기사는 페르스발의 말을 못 들었는지 뒤도 돌아보지 않고 내처 가버렸다. 페르스발은 말이 적들의 손에 죽어버린 터라 있는 힘을 다해 달려서 따라갔다. 그러다 한 종자가 튼튼하고 날쌔고 잘 달리게 생긴 조랑말을 타고서, 크고 검은 전투마를 끌고 오는 것을 보았다. 페르스발은 어찌하면 좋을지 알 수 없었다. 마음 같아서는 그 말을 타고 기사를 따라가고 싶었고 무슨 대가를 치르고서라도 말을 손에 넣고 싶었지만, 종자가 동의하는 한에서였다. 부득이한 경우가 아닌 한 억지로 말을 빼앗을 수는 없었으니, 악당으로 여겨지고 싶지 않았기 때문이다. 그래서 그는 종자가 가까이 오자 인사를 건넸고, 종자도 그에게 답례했다.

"이보게," 페르스발이 말을 걸었다. "자네가 무슨 대가를 요구하더라도 들어줄 터이니, 그리고 원한다면 언제든 자네의 기사가 되어줄 테니, 내가 저기 가는 저 기사를 따라잡을 수 있도록 그 말을 좀 빌려주겠나?"

"기사님," 종자가 대답했다. "절대로 그럴 수 없습니다. 말 주인에게 말을 데려가지 않으면 제 몸이 성치 못할 겁니다."

"이보게, 내 부탁대로 해주게. 만일 내가 말이 없어 저 기사를 놓친다면 그보다 더 불행한 일은 없을 걸세."

"하지만 저로서는 달리 어쩔 도리가 없습니다. 제가 말을 맡은 이상 순순히 데려가실 수는 없을 겁니다. 강제로 데려갈 테면 데려가보세요."

그는 그 말을 듣자 너무나 괴로워서 정신이 나가버릴 것만 같았다. 그로서는 종자를 다치게 할 수 없었지만, 그렇듯 멀어져 가는 선한 기사를 놓친다면, 다시는 마음이 편치 못할 것이었다. 그 두 가지가 그의 마음에 너무나 심한 번민을 일으킨 나머지 그는 더 이상 서 있지 못하고 나무 아래 주저앉아버렸다. 가슴이 무너져 안색이 창백해지고 온몸의 힘이 다 빠져나갔다. 너무나 괴로워서 죽어버리고만 싶었다. 그래서 그는 투구를 벗고 검을 들며 종자에게 말했다.

"이보게, 죽지 않고는 벗어날 수 없는 이 괴로운 처지에서 나를 구해주지 않겠다니, 차라리 이 검을 받아 날 죽여주게. 그래야 내 괴로움이 끝날 것 같네. 내가 찾아다니던 선한 기사가 자기 때문에 내가 죽었다는 말을 들으면 우리 주님께서 내 영혼을 불쌍히 여겨주시도록 기도해주겠지."

"맙소사! 절대로 그럴 수 없어요. 당신은 제게 그럴 만한 짓이라곤 하지 않은걸요!"

그러더니 종자는 서둘러 가버렸고, 페르스발은 혼자 남아 너무나 괴로워서 그대로 죽어버릴 것만 같았다. 종자도 다른 아무도 보이지 않게 되자 그는 크게 탄식하며 자신을 한심하고 딱하다고 자책했다.

"아! 이런 비겁하고 운도 없는 놈! 기껏 찾아 헤맨 그를 놓치고 말았구나! 그를 만날 이런 기회는 다시 오지 않을 텐데!"

페르스발이 그렇듯 탄식하고 있는데, 요란하게 다가오는 말발굽 소리가 들렸다. 눈을 떠 보니 한 무장한 기사가 숲 사이로 난 길을 지나가는데, 아까 그 종자가 데리고 가던 말을 타고 있었다. 페르스발의 눈에 익은 말이었지만, 그는 그 기사가 말을 강제로 빼앗았으리라고는 미처 생각하지 못했다. 기사가 사라지자 그는 다시금 자기 처지를 한탄하기 시작했으나, 얼마 안 있어 조랑말을 탄 종자가 울며불며 되돌아왔다. 그는 페르스발을 보자 물었다.

"기사님, 혹시 아까 제게 달라시던 말을 타고 가는 무장한 기사를 보셨습니까?"

"보았지. 그런데 왜 그걸 묻나?"

"그가 제게서 강제로 말을 빼앗아갔어요. 저는 이제 죽은 목숨이에요. 이 일로 제 주인은 저를 찾아내기만 하면 죽일 거예요."

"그렇다 한들 내가 뭘 해주길 바라나? 난 탈 것이 없으니 자네한테 말을 찾아줄 수가 없어. 내게 말만 있다면 금방 찾아다 줄 텐데."

"기사님, 그렇다면 제 말을 타세요. 그리고 만일 그 말을 되찾기만 한다면 기사님 겁니다."

"그렇다면 자네 말은? 내가 그 말을 되찾는다면 자네 말은 어떻게 되찾을 셈인가?"

"저는 도보로 뒤따라가겠습니다. 기사님께서 그 기사를 이기시면 저는 제 말을 되찾고, 아까 그 말은 기사님이 가지십시오."

페르스발은 더 바랄 나위 없다고 대답했다.

그래서 페르스발은 투구 끈을 다시 매고 조랑말에 올라 방패를 들고는 말이 달릴 수 있는 한 서둘러 기사를 뒤쫓았다. 한참을 간 끝에 작은 빈터에 이르렀는데, 그 숲에는 그런 빈터가 꽤 많았다. 앞을 보니 그 기사가 말을 타고 빠른 속도로 가고 있었다. 그는 기사를 보자마자 멀리서부터 외쳤다.

"거기 기사님, 돌아오시오. 종자한테서 부당하게 빼앗은 말을 돌려주시오."

그 기사는 자신을 향해 외치는 소리를 듣자 창을 겨누고 달려왔고, 페르스발은 싸움이 시작되려는 것을 알고 검을 빼어 들었다. 그러나 기사는 그를 단번에 처치할 요량으로 말을 있는 힘껏 몰아 그 기세로 페르스발이 탄 말의 가슴팍을 꿰뚫었다. 그 바람에 말은 대번에 쓰러져 죽고 페르스발은 말 머리 너머로 나가떨어졌다. 기사는 자신의 타격이 제대로 맞은 것을 보고는 다시금 말에 박차를 가해 빈터를 가로질러 울창한 숲속으로 질주해 갔다. 이를 본 페르스발은 너무나 괴로워서 무엇을 할지 무슨 말을 할지 알지 못했다. 그래서 멀어져가는 자를 향해 소리쳤다.

"이 비겁하고 용기도 없는 놈! 돌아와라! 너는 말을 탔고 나는 발로 섰으니, 어디 한번 싸워보자!"

그러나 기사는 그가 하는 말에 아랑곳하지 않은 채 올 때만큼이나 순식간에 숲속으로 사라져버렸다. 페르스발은 그가 보이지 않게 되자 비통한 나머지 방패와 검을 땅에 던지고 머리에서 투구를 벗어버리고는 아까보다 한층 더 한탄하기 시작했다. 큰 소리로 탄식하고 자신을 한심하고 운도 없는 놈, 모든 기사 중 가장 딱하고 불행한 놈이라고 자책하며 이렇게 말했다.

"이제 내 바라던 모든 것이 끝장이구나!"

거기서 온종일 페르스발이 애통해하며 비탄에 빠져 있는 동안 아무도 그에게 다가와 위로해주는 이가 없었다. 밤이 다가오자 그는 너무나 지치고 힘이 없어서 사지가 다 풀어지는 것만 같았다. 졸음이 몰려왔고, 그래서 잠이 들었다가 한밤중에야 깨어났다. 정신이 들어 앞을 보니 웬 여자가 그에게 두려운 음성으로[120] 물었다.

"페르스발, 여기서 뭘 하는 거요?"

그는 선악 간에 이도저도 하는 게 아니라고, 말만 있다면 그곳을 떠나겠다고 말했다.

"내가 당신을 부를 때 내 뜻대로 하겠다고 약속한다면, 당장이라도 당신이 원하는 데로 실어갈 말을 드리겠소."

그는 이 말을 듣고 너무나 기쁜 나머지 자신과 말하는 상대가 누구인지도 주의하지 않았다. 그는 자신과 말하는 상대가 여자라고 생각했지만, 실제로는 그렇지 않았으니 그를 속여 영혼을 영영 잃어버릴 지경으로 끌고 가려고 노리는 원수였다. 그는 자신이 가장 바라던 바를 약속해주는 음성을 듣고는, 반드시 그녀가 바라는 대로 하겠노라고, 만일 그녀가 자기에게 정말로 말을 준다면 그녀가 청하는 것은 힘닿는 한 행하겠노라고 대답했다.

"그럼 신실한 기사답게 내게 약속하겠소?" 그녀가 물었다.

"그러고말고요!" 그가 대답했다.

"그럼 기다리시오. 곧 다시 돌아올 테니까."

그러고는 숲속으로 들어가더니 크고 근사한 말을 끌고 돌아왔다. 어찌나 새까만 말인지 보기에 놀라웠다.

페르스발은 말을 보자 섬뜩한 기분이 들었다. 그래도 담대하게 말에 올랐으니, 원수의 간계쯤은 아랑곳하지 않는 태도였다. 그가 말에 올라 방패와 창을 들자, 그의 앞에 있던 여자가 말했다.

"페르스발, 가는 거요? 내 소청을 한 가지 들어주어야 한다는 걸 기억하시오!"

그는 그러겠노라고 대답했다. 그러고는 전속력으로 말을 달려 숲을 가로질러 갔다. 달이 밝게 빛나고 있었다. 그러나 그를 태운 말은 어찌나 빠른지 금방 숲 밖으로 그를 실어가 사흘 길 이상을 떨어뜨려놓았다. 그렇게 계속 달려가다 보니 세찬 강물이 흐르는 골짜기가 보였다. 말은 곧장 그리로 가서 강물에 뛰어들려 했다. 페르스발은 큰 강을 보자 건널 엄두가 나지 않았다. 밤인 데다 다리도 널도 보이지 않았기 때문이다. 그래서 손을 들어 이마에 십자 성호를 그었다. 원수는 십자 성호의 무게를 느끼자 버겁고 고통스러운 나머지 몸을 크게 떨어 페르스발을 떨쳐버리고는, 크게 힝힝대고 울부짖으며 물속으로 뛰어들어 세상에서 가장 끔찍한 종말을 맞이했다. 수면 곳곳에 불과 불길이 솟구쳐 마치 강물이 불타는 것만 같았다.

페르스발은 그 광경을 보는 순간 원수가 그를 속여 육신과 영혼을 멸망시키려고 거기까지 끌고 온 것임을 깨달았다. 그래서 성호를 그어 자신을 하느님께 맡기며 우리 주님께서 그가 시험에 들어 천상의 기사도에서 벗어나지 않게 해주시기를 기도했다. 그러고는 하늘을 향해 손을 내뻗으며 우리 주님께서 그 위급한 순간에 자신을 도와주신 데 대해 진심으로 감사드렸다. 말은 필시 그를 물속에 떨어뜨렸을 터이고, 그랬다면 그는 물에 빠져 죽음으로써 육신과 영혼을 모두 잃었을 터이기 때문이다. 그는 여전히 원수의 공격을 우려하여 물가에서 물러선 후 동쪽을 향해 무릎을 꿇고서 자기가 아는 대로 기도를 드렸다. 그러고는 자신이 대체 어디 있는지 알 수 있도록 어서 날이 밝기를 기다렸다. 원수는 필시 그를 어제 모르드랭 왕을 본 수도원에서 아주 멀리 옮겨놓았으리라 생각되었기 때문이다.

페르스발은 날이 새기까지 기도하면서 태양이 궁창을 돌아 세상에 나타나기를 기다렸다. 태양이 아름답고 환하게 떠올라 이슬을 걷어가자 페르스발은 주위를 둘러보고 자신이 크고 놀라운 아주 황량한 산에 있는 것을 알았다. 가까이든 멀리든 땅이라고는 보이지 않는 드넓은 바다로 둘러싸인 산이었다. 그제야 자신이 섬으로 실려 왔다는 것을 깨달았으나, 어느 섬인지는 알 수 없었다. 몹시 궁금했지만 사람이 살 만한 성도 요새도 은신처도 집도 가까이 없었기 때문에 알 길이 없을 듯했다. 하지만 그렇다고 곰이나 사자, 표범이나 날아다니는 뱀[121] 같은 야생동물들마저 보이지 않을 만큼 혼자는 아니었다. 그는 자신이 그런 곳에 있는 것을 알고는 마음이 편치 않았으니, 야생동물들이 두려웠기 때문이다. 놈들은 그를 가만히 두지 않고 그가 자신을 방어하지 못한다면 죽이고 말 것이었다. 하지만 요나를 물고기 뱃속에서 건지시고 다니엘을 사자 굴에서 건지신 이가 그에게 방패와 보호가 되어주신다면, 그 무엇이 보이든 두려워할 것이 없었다. 그는 자신의 검보다도 그분의 도우심과 구원하심을 믿었으니, 만일 우리 주님께서 도와주시지 않는다면 지상의 기사도의 무예로는 벗어나지 못할 것을 너무나 잘 알고 있었기 때문이다. 주위를 둘러보니 섬 한복판에 아주 높직하고 기묘한 바위산이 하나 있어서 거기 올라가면 어떤 짐승도 두려워할 필요가 없을 것 같았다. 그는 여전히 무장한 채로 그쪽을 향해 갔다. 가면서 보니 뱀 한 마리가 새끼 사자의 목덜미를 이빨로 물고서 산꼭대기에 내려앉는 것이 보였다. 그 뱀을 사자 한 마리가 어찌나 고통스럽게 울부짖으며 뒤따라가는지, 페르스발이 보기에 사자는 뱀이 물어가 버린 새끼 때문에 우짖는 듯했다

페르스발은 그 광경을 보자 전속력으로 산 쪽으로 달려갔다. 하지만 사자가 훨씬 더 날랜 터라 그를 앞질렀고 그가 미처 당도하기도 전에 뱀과 싸우기 시작했다. 그래도 바위산에 올라가 두 짐승을 본 페르스발은 사자가 뱀보다 더 자연스럽고 고상한 동물이니 사자를 도와야겠다고 생각했다.[122] 그래서 검을 빼어 들고 불길에 다치지 않도록 방패로 얼굴을 가리고는 뱀을 공격하여 두 귀 사이를 힘껏 내리쳤다. 그러자 놈은 불을 뿜어 그의 방패와 사슬갑옷 앞부분을 태워버렸고, 그러고도 더 덤빌 기세였다. 페르스발은 빠르고 날래게 피해 불똥만 튀는 정도였고 불길을 정면으로 받지는 않았으므로 크게 다치지는 않았다. 그 불

에 독이 들었을지도 모른다는 생각에 두려웠지만, 그래도 뱀에게 다시 달려들어 되는대로 내리쳤다. 그러다가 그가 처음 공격했을 때 내리쳤던 바로 그곳을 다시 치게 되었다. 가볍고 좋은 검이었으므로, 가죽이 이미 갈라지고 뼈도 단단하지 않은 뱀의 머리를 가볍게 뚫고 들어갔고, 놈은 그 자리에서 죽어버렸다.

사자는 기사의 도움으로 뱀에게서 벗어난 것을 보자 그를 공격할 기미를 보이는 대신 그의 앞에 다가와 머리를 숙이며 할 수 있는 한 큰 기쁨을 표했다. 페르스발도 사자가 자신을 해칠 뜻이 없음을 알고는 검을 다시 검집에 넣고 온통 불길에 그은 방패를 던져버리고는 머리에서 투구를 벗고 바람을 쐬었다. 뱀 때문에 무척 더웠던 것이다. 사자는 연신 그의 뒤를 따라다니며 꼬리를 흔들어 기쁨을 표했고, 이를 본 그는 목덜미와 머리와 어깨를 쓰다듬어주었다. 우리 주님께서 그에게 그 짐승을 보내시어 벗하게 하신 것이었으니, 아주 멋진 일이라고 생각되었다. 사자는 말 못 하는 짐승이 사람에게 할 수 있는 한 기쁨을 나타내며 9시과 무렵까지 종일 그의 곁에 머물렀다. 하지만 9시과 때가 지나자 바위 아래로 내려가 새끼 사자의 목덜미를 가볍게 물어 들고는 자기 굴로 돌아가버렸다. 그가 그토록 높고 외딴 바위섬에 벗도 없이 남게 되었을 때 불안하지 않았던가는 굳이 물을 필요도 없을 것이다. 만일 그가 창조주에게 소망을 두지 않았더라면 한층 더 불안했을 것이다. 그는 우리 주님을 가장 신뢰하는 세상 기사들 중 한 사람이었기 때문이다. 하지만 이는 당시 세상 관습과는 반대되는 것이었으니, 그 시절 웨일스 왕국[123] 사람들은 어찌나 탈선하고 몰지각했던지, 만일 아들이 아버지가 병들어 침대에 누운 것을 보면 머리든 팔이든 붙잡아 끌어내 단번에 죽여버릴 정도였으니, 만일 아버지가 침대에서 죽으면 경멸받게 마련이었다. 반대로 아들이 아버지를, 혹은 아버지가 아들을 죽이게 되어 온 친족이 칼에 죽으면 그 나라 사람들은 그들이 고귀한 혈통이라고 말하는 것이었다.[124]

온종일 페르스발은 바위 위에 머물며, 혹시나 지나가는 배가 보일까 해서 먼 바다를 바라보았다. 하지만 그날은 아무리 기다려도 아무것도 보이지 않았다. 그래도 그는 마음을 다잡으며 우리 주님 안에서 용기를 내어, 악마의 간계나 악한 생각으로 시험에 떨어지지 않도록, 아비가 아들을 지키고 돌보며 먹이듯 주께서 그를 보호해주시기를 빌었다. 그는 하늘을 향해 손을 내뻗치며 말했다.

"은혜로우신 하느님, 저를 기사라는 고귀한 지위에 오르게 하시고, 자격 없는 저를 당신의 종으로 택하셨으니, 자비를 베푸사 제가 당신을 섬기기를 그만두지 아니하고, 주께 거역하는 자에 맞서 주님의 대의를 수호하는 선하고 미더운 기사로 삼아주소서. 자비하신 주여, 그리하여 제가 당신의 소유인 제 영혼을 부당하게 차지하려는 자로부터 지킬 수 있게 해주소서. 자비하신 아버지여, 복음서에서 친히 말씀하시기를 '나는 선한 목자라 선한 목자는 자기 양을 위하여 목숨을 내놓으나 악한 목자는 그리하지 않으며 자기 양을 지키지 않아 이리가 와서 죽이고 잡아먹는다'[125]라고 하셨사오니, 주여, 제 목자요 보호자요 인도자가 되시어 저를 당신의 양으로 삼아주소서. 좋으신 하느님, 제가 아흔아홉 마리에서 떠나간 어리석고 약한 백번째 양[126]이 된다면, 저를 불쌍히 여기사 광야에 버려두지 마시고 저를 당신의 집으로, 거룩한 교회와 거룩한 믿음으로, 선한 양들이 있는 곳, 참된 사람들, 곧 선한 그리스도인들이 있는 곳으로 돌아가게 해주소서. 그리하여 제 영혼을 노리는 원수가 저를 무방비한 채로 발견하지 못하게 해주소서."

그렇게 기도를 마친 페르스발은 자신이 뱀과 싸워 구해준 사자가 자기 쪽으로 오는 것을 보았다. 사자는 해칠 기미라고는 없었고 오히려 그를 반기며 다가왔다. 이를 본 페르스발은 사자를 불렀고, 다가가서 목덜미와 머리를 쓰다듬어주었다. 그러자 사자는 세상에서 가장 양순한 짐승처럼 그의 앞에 엎드렸다. 페르스발은 그 곁에 누워 그의 어깨에 머리를 기댄 채 캄캄한 밤이 오기를 기다렸고, 이윽고 사자 옆에서 잠이 들었다. 배는 전혀 고프지 않았으니, 생각이 다른 데 가 있었기 때문이다.

페르스발이 잠들었을 때, 놀라운 모험이 닥쳤다. 자는 동안 그는 자기 앞에 두 여자가 나타나는 것을 보았다. 한 여자는 아주 늙었고 다른 여자는 그리 나이가 많지 않고 아름다웠다. 두 여자는 걸어오는 대신 각기 다른 짐승을 타고 있었으니, 한 여자는 사자를, 다른 여자는 뱀을 타고 있었다. 그는 그녀들이 그 두 짐승을 그렇듯 부릴 수 있다는 데 놀라며 바라보았다. 젊은 여자가 앞으로 나서며 페르스발에게 말했다.

"페르스발, 내 주군께서 인사를 전하시며 네게 최선을 다해 방비를 갖추라고 하신다. 왜냐하면 내일 너는 세상에서 가장 두려운 적수와 싸워야 할 터이기 때문이다. 만일 네가 진다면 팔다리 중 하나를 잃는 정도로는 벗어나지 못할 것이며 너무나 호되게 당해 영영 수치가 될 것이다."

"부인, 당신의 주군이 누구십니까?"

"진실로 세상에서 가장 부요한 분이시다. 굳세고 용감하여 이 싸움에서 영예를 거두도록 하라."

그러더니 갑자기 사라져버려서 페르스발은 그녀가 어떻게 되었는지 알 수 없었다.

그러자 또 다른 여자, 뱀을 탄 여자가 나서며 페르스발에게 말했다.

"페르스발, 나는 그대에게 원한이 크오. 그대는 나와 내게 속한 자에게 부당히 해를 입혔소."

그는 그 말을 듣자 놀라서 물었다.

"부인, 당신이나 또 세상 어느 부인에게도 저는 아무런 해를 입힌 적이 없습니다. 그러니 제가 무슨 일로 당신에게 해를 입혔는지 말해주십시오. 만일 제가 보상할 수만 있다면, 원하시는 대로 기꺼이 보상해드리겠습니다."

"기꺼이 말하리다. 어떤 일로 내게 해를 입혔는지. 나는 내 성에서 뱀이라 불리는 짐승을 키웠는데, 나를 아주 잘 섬기는 녀석이었소. 그런데 어제 이 녀석이 어쩌다 이 산까지 날아와 새끼 사자를 발견하고는 이 바위 위로 날아 왔다오. 그런데 그대가 검을 들고 쫓아와 녀석을 죽여버린 거요. 녀석이 그대에게 아무 잘못도 한 적이 없는데도 말이오. 그러니 대체 왜 녀석을 죽였는지 말해보시오. 그대가 녀석을 죽일 만큼 내가 그대에게 해를 입힌 적이 있소? 그 사자가 그대의 것이거나 그대를 섬기는 짐승이라 그를 위해 싸워야 했던 거요? 공중의 짐승들이 그렇게 하찮아서 아무 이유 없이도 죽여야 하는 거요?"

페르스발은 그녀가 하는 말을 듣고 이렇게 대답했다.

"부인, 제가 아는 한 당신은 제게 해를 입힌 적이 없고, 사자도 제 것이 아니며, 공중의 짐승들이 하찮다고도 생각지 않습니다. 하지만 사자는 뱀보다 성정이 더 온순하고 더 고상하기 때문에, 그리고 사자가 뱀보다 덜 해롭다고 여겨졌기 때문에 뱀을 죽인 것입니다. 그러니 당신이 말씀하시듯 당신에게 그다지 해를 입힌 것 같지는 않습니다."

여자는 그 대답을 듣자 이렇게 말했다. "페르스발, 내게 할 말이 그게 다요?"

"부인, 제가 당신에게 무엇을 해주기를 원하십니까?"

"내 뱀에 대한 보상으로 내 신하가 되어주기 바라오."

그는 그렇게는 하지 않겠다고 대답했다.

"아니라고? 그대는 이미 내 신하였는데? 그대가 그대의 주군에게 충성을 맹세하기 전에는 내 신하였지. 원래 내 신하였으니 나는 그대에 대한 권한을 포기하지 않겠소. 그러니 그대가 어디서든 틈을 보이기만 하면 본래 내 것이었던 자로 되찾고 말 테니 명심하시오."

그렇게 말을 마치더니 여자는 사라졌다. 페르스발은 그 꿈 때문에 심히 혼란스러운 채 다시 잠들었다. 깊이 잠들어서 밤새도록 깨지 않았다. 이튿날 날이 밝고 태양이 떠올라 햇볕에 머리가 따끈해질 때에야 페르스발은 눈을 떠 날이 밝은 것을 보았다. 일어나 앉아서 손을 들어 성호를 그으며, 그는 우리 주님께서 그의 영혼에 도움이 될 조언을 보내주시기를 기도했다. 어차

피 그 바위섬에서 벗어날 수 있으리라고는 생각할 수 없는 터라, 몸은 평소만큼 중요치 않았기 때문이다. 주위를 둘러보았지만, 전날 함께 있어준 사자도 그가 죽인 뱀도, 아무것도 보이지 않았다. 그는 그 짐승들이 어떻게 된 것인지 의아스러웠다.

페르스발이 그런 것들을 생각하면서 먼 바다를 바라보노라니, 돛을 팽팽히 부풀린 배 한 척이 페르스발이 있는 곳으로 곧장 다가오는 것이 보였다. 그는 하느님께서 뭔가 좋은 모험을 보내주시려나 하고 기다리던 터였다. 배는 뒤에서 미는 바람을 받아 빠른 속력으로 다가왔고, 곧장 그를 향해 다가와 암벽 아래에 닿았다. 바위 위에 있던 페르스발은 이것을 보자 크게 기뻐했으니, 배 안에 사람이 많을 줄로 생각했기 때문이다. 그래서 그는 일어나 무구를 챙겼다. 무장을 갖추고는 배 안에 어떤 사람들이 있는지 알아보려고 바위산을 내려갔다. 가까이 가 보니 배는 안팎이 흰 비단으로 씌워져 있었고 온통 흰 것밖에 보이지 않았다. 뱃전에 다가간 그는 사제처럼 희고 긴 옷에 중백의를 걸친, 그리고 머리에는 손가락 두 개 정도 폭의 흰 비단 관을 쓰고 있는 한 노인을 보았다. 그 관에는 우리 주님의 거룩하신 이름을 높이는 말들이 쓰여 있었다. 페르스발은 노인을 보고 놀라며 다가가 인사를 했다.

"어르신, 어서 오십시오. 하느님의 가호가 있으시기를!"

"벗이여, 그대는 뉘시오?" 노인이 물었다.

"저는 아더 왕의 궁정에 속한 자입니다."

"그런데 어쩐 일로 여기까지 오셨소?"

"어르신, 저도 어떻게 여기 오게 되었는지 모르겠습니다."

"무엇을 원하시오?"

"어르신, 우리 주님 뜻이라면, 여기서 나가 성배 탐색에 나선 원탁의 동지들에게 가고 싶습니다. 오직 그 목표를 위해 제 주군이신 왕의 궁정을 떠나온 것이니까요."

"하느님께서 뜻하시는 때에 그대는 여기서 나가게 될 거요. 그분께서는 원하시면 대번에 내보내실 수 있으니까요. 만일 그분께서 그대를 종으로 삼으시고 그대가 이곳보다 다른 곳에서 그분을 잘 섬길 수 있다고 생각하신다면, 당장이라도 보내주시리라는 걸 알아두시오. 하지만 지금은 그대가 과연 기사도가 요구하는 만큼 그분의 충성된 종이며 신실한 기사인지 알아보시기 위해 시련과 시험을 겪게 하시는 거요. 그대는 그렇듯 높은 단계까지 올라왔으니, 그대의 마음은 지상의 위험이나 두려움 때문에 낮아져서는 안 되오. 기사의 마음은 자기 주군의 원수에 대해 굳세고 단호해서 그 무엇에도 굽히지 말아야 하기 때문이오. 만일 두려움에 굴복한다면 참된 기사도 참된 수호자도 아니니, 참된 기사요 수호자라면 주군의 명예를 지키지 못할 바에야 그 자리에서 죽음을 택할 것이오."

페르스발이 그에게 어디 출신이며 어느 나라에서 왔느냐고 묻자, 그는 먼 나라에서 왔다고 대답했다.

"그런데 어쩐 일로 이렇게 험하고 외진 곳까지 오셨습니까?" 페르스발이 물었다.

"그대를 만나 격려하려고, 그리고 그대의 사정 얘기를 들으려고 왔다오. 그대가 조언이 필요한 일에 대해 내게 말만 한다면, 누구보다 더 잘 조언해줄 수 있소."

"놀라운 말씀을 하시는군요. 제게 조언해주러 오셨다니요. 하지만 어떻게 그런 일이 가능한지 모르겠습니다. 제가 이 바위섬에 있다는 것은 하느님과 저밖에는 모르는 일인데요. 그리고 설령 어르신께서 그걸 아셨다고 해도, 제 이름까지 아시지는 않겠지요. 제가 알기로는 저를 보신 적도 없으니까요. 그러니 지금 하시는 말씀이 제게는 놀랍기만 합니다."

"아, 페르스발!" 노인이 말했다. "나는 그대가 생각하는 이상으로 그대를 잘 안다오. 이미 오래전부터 그대가 하는 일치고 내가 그대 자신보다 더 잘 알지 못하는 것은 없소."

페르스발은 노인이 자기 이름을 부르는 것을 듣고 크게 놀랐다. 그래서 자신이 한 말을 뉘우치며 용서를 구했다.

"아, 어르신! 부디 제가 한 말을 용서해주십시오. 어르신께서 저를 모르시는 줄만 알았는데, 이제 보니 제가 어르신을 아는 것보다 훨씬 더 잘 저를 아시는군요. 제가 바보요 어르신이 현명하십니다."

그리하여 페르스발은 뱃전에 팔꿈치를 괴고서 노인의 말에 귀를 기울였고, 두 사람은 함께 많은 이야기를 나누었다. 페르스발은 노인이 모든 일에 얼마나 지혜로운가를 보고는 대체 누구일까 궁금해졌다. 그는 노인과 함께 있는 것이 너무나 즐거워서 만일 줄곧 그와 함께 지낸다면 먹고 마시고 싶은 생각조차 들지 않을 것만 같았다. 노인의 말은 그처럼 다정하고 듣기 좋았다. 한참 동안 그렇게 이야기를 나눈 다음, 페르스발이 그에게 말했다.

"어르신, 그런데 제가 밤에 잘 때 본 일에 대해 저를 좀 깨우쳐주십시오. 하도 이상해서 그 의미를 알기 전에는 마음이 편치 않을 것 같습니다."

"말해보시오." 노인이 말했다. "그러면 그대가 그 의미를 밝히 알 수 있도록 확실히 설명해드리리다."

"그럼 말씀드리겠습니다. 밤에 자는데 제 앞에 두 여자가 나타났습니다. 한 여자는 사자를, 다른 여자는 뱀을 타고 있었습니다. 사자를 탄 여자는 젊은 여자고 뱀을 탄 여자는 늙었는데, 젊은 여자가 먼저 제게 말을 걸었습니다."

그렇게 이야기를 시작하여 그는 자면서 들은 말을, 아직 하나도 잊지 않은 터라, 들은 대로 고스란히 털어놓았다. 꿈 이야기를 마친 그는 노인에게 그 뜻을 말해달라고 부탁했다. 그러자 노인은 기꺼이 그러겠노라며 이렇게 말하기 시작했다.

"페르스발, 그대가 본 여자들, 특이하게도 한 명은 사자, 다른 한 명은 뱀이라는 짐승을 탄 그 여자들은 놀라운 의미를 지녔으니, 그 뜻을 말하리다. 사자를 탄 여자는 새로운 법을 의미하는 바, 새로운 법은 사자, 곧 예수 그리스도에 터 잡고 그리스도에 의해 세워져서 온 그리스도교 세계에 나타나며, 그리하여 삼위일체께 마음을 둔 모든 자에게 거울이요 참 빛이 되는 거요. 사자를 탄 여자는 예수 그리스도에 터 잡은 믿음과 소망과 신앙과 세례라오. 그 여자는 예수 그리스도께서 거룩한 교회를 그 위에 세우겠다고, '이 반석 위에 내가 내 교회를 세우리라'[127]고 말씀하신 바로 그 반석이오. 사자를 탄 그 여자는 새로운 법, 우리 주님께서 아비가 자식을 붙들어주듯 힘과 권능으로 붙드시는 새로운 법이라고 이해해야 하오. 그녀가 다른 여자보다 더 젊어

보였다는 것도 무리가 아니니, 그녀는 다른 여자만큼 그렇게 나이가 많지 않지. 왜냐하면 다른 여자는 아주 오래전부터 이 땅에 군림해왔지만, 그녀는 예수 그리스도의 수난과 부활과 더불어 태어났으니까. 그녀는 그대에게 어미가 아들에게 하듯 말하러 왔으니, 모든 선한 그리스도인은 그녀의 아들인바, 그녀는 그대의 어미 됨을 잘 보여주었소. 왜냐하면 그대를 걱정한 나머지 그대에게 닥칠 일을 미리 알려주러 왔으니까. 그녀는 자신의 주군이신 예수 그리스도의 이름으로, 그대에게 싸울 준비를 하라고 말하러 왔지. 정녕코, 그녀가 그대를 사랑하지 않았다면 그대에게 말하러 오지도 않았을 터이니, 그대가 진다고 해도 그녀가 아쉬울 까닭이 없을 것이기 때문이오. 그런데 그대가 좀더 준비를 갖추고 싸움에 임하도록 미리 와준 거요. 누구와 싸우느냐고? 세상에서 가장 무서운 적수와의 싸움이지. 세상에서 가장 두려운 적수, 그로 인해 에녹과 엘리야처럼 경건한 이들이 이 땅에서 들려 하늘로 올라가게 된 자 말이오. 그들은 심판 날에야 돌아와 그 가공할 자와 싸우게 될 터이니,[128] 그 적수란 바로 원수, 인간을 죽을죄로 이끌어 지옥에 빠뜨리기 위해 잠시도 쉬지 않는 자요. 바로 그자가 그대가 싸우게 될 적수인데, 그 여자가 말했듯이 만일 그대가 패한다면 지체 중 하나를 잃는 정도로는 벗어날 수 없을 것이고, 영영 수치를 당하게 될 거요. 이 말이 진실인지는 그대가 직접 보게 될 거요. 만일 원수가 이긴다면, 그자는 그대의 영혼과 육체를 모두 멸망케 하여 그대를 어두운 집, 곧 지옥으로 끌고 갈 거요. 거기서 그대는 수치와 고통으로 괴로워하며 예수 그리스도의 권세가 이어지는 한 고통을 겪게 될 거요.

 이상이 그대가 꿈에서 본, 사자를 탄 여자가 의미하는 바요. 내가 말한 것을 통해 그대는 다른 여자가 누구인지 알 수 있을 거요."

 "어르신, 말씀해주신 한 여자에 대해서는 의미를 잘 알겠습니다. 그러니 뱀을 타고 있던 다른 여자에 대해서도 말씀해주십시오. 이 여자에 대해서도 어르신께서 말씀해주시지 않으면 저는 그 뜻을 알지 못하겠습니다."

 "그렇다면 말해드리리다. 잘 들으시오. 뱀을 타고 있던 여자는 유대의 회당이요 첫 율법, 예수 그리스도께서 새로운 법을 가져오시자마자 뒷전으로 물려진 옛 율법이라오. 그녀를 태우고 있던 뱀이란 잘못 이해되고 잘못 해석된 성경이니, 위선이고 이단이며 패역이고 죽을죄요 원수 그 자신이지. 교만 때문에 낙원에서 내쳐진 바로 그 뱀이라오. 아담과 그의 아내에게 '만일 이 실과를 먹으면 하느님처럼 되리라'라고 말한, 그리고 이 말로 그들의 마음에 탐심을 심어준 바로 그 뱀 말이오. 그래서 그들은 자신들의 본래 지위보다 더 높아지기를 원했고, 그 결과 원수의 꾐에 넘어가 죄를 짓고는 낙원에서 내쫓겨 추방당한 거요. 이 죄악에 모든 후손이 가담했고 날마다 그 대가를 치르고 있소. 그 여자가 그대 앞에 나타나서 그대가 자기 뱀을 죽였다고 비난했다니, 대체 어떤 뱀을 말하는 건지 알겠소? 그녀는 그대가 어제 죽인 뱀이 아니라 자기가 타고 있던 뱀, 곧 원수를 말한 거였소. 그대가 언제 그 원수에게 그런 해를 입혔느냐고? 원수가 그대를 이 바위 위로 실어 오는 동안, 그대가 십자가 성호를 그었을 때였소. 그대가 성호를 긋자 원수는 도저히 버틸 수 없어서 죽을 것처럼 겁을 냈지. 그래서 그대와 함께 있지 못하고 서둘러 달아난 거요. 그렇게 해서 그대는 그 뱀에게 치명타를 입혔고 그에게서 권능과 지배력을 빼앗은 거라오. 그것도 그가 그대를 손에 넣었다고 생각했을 때 말이오. 그녀가 그대에게 원한을 갖는 것은 바로 그 점이오. 그리고 그녀가 묻는 바에 대해 그대가 최선을 다해 잘 대답하자, 그녀는 그대가 자기한테 입힌 피해에 대한 보상으로 자기 신하가 되라고 요구했고, 그대는 그럴 수 없다고 말했지. 그녀는 그대가 그대의 주군에게 충성을 맹세하기 전에는 자기 신하였다고 했고. 그대는 그 말에 대해 의아해했는데, 그것도 제대로 알아야 하오. 분명 그대가 세례를 받고 그리스도인이 되기 전에는 원수의 손아귀에 있었지. 하지만 그대가 예수 그리스도의 인印을 받자마자―그것이 성유聖油이고 기록힌 도유塗油인데―그대는 원수와 연을 끊고 그 권세에서 벗어난 거요. 그대는 창조주에게 충성을 맹세했으니까. 자, 이렇게 해서 두 여자의 뜻을 모두 말했으니 이제 그만 가봐야겠소. 할 일이 많으니까. 그대는 여기 머물러 그대가 치러야 할 싸움을 잘 생각해보시오. 만일 그대가 지면 그대에게 예언된 대로 되고 말 것이오."

"어르신," 페르스발이 말했다. "왜 그렇게 서둘러 가십니까? 어르신 말씀이나 어르신과 함께하는 시간이 제게는 너무 복되어 보내드리고 싶지 않습니다. 부디, 가능하다면, 조금 더 저와 함께 머물러주십시오. 지금까지 해주신 말씀만으로도 저는 평생 더 나은 인간이 될 것 같습니다."

"나는 가야 하오." 노인이 말했다. "나를 기다리는 사람들이 많소. 그리고 그대는 여기 머물러야 하오. 그대가 싸워야 할 적에 대해 방비를 늦추지 마시오. 조금이라도 틈을 보였다가는 크게 낭패할 거요."

그는 그렇게 말하고 가버렸다. 바람이 돛폭을 부풀려 배를 어찌나 빨리 몰아가는지 눈으로 뒤쫓기 힘들 정도였다. 어느새 아득히 멀어져 페르스발에게는 잘 분간이 되지 않았다. 배가 완전히 시야에서 사라져버리자 그는 여전히 무장을 한 채 바위 위로 다시 올라갔다. 그곳에서 그는 전날 그와 함께 있어준 사자를 발견했다. 사자가 자기를 반기는 것을 보자 그는 다시 사자를 쓰다듬기 시작했다. 정오경까지 그곳에 있었는데, 바다 멀리서 또 한 척의 배가 물살을 가르며 다가오는 것이 보였다. 마치 온 세상의 바람이 밀어대는 듯한 기세로, 배 앞에는 물보라가 일며 바다가 요동하고 파도가 사방으로 치솟았다. 그는 그것을 보자 대체 무엇일까 하고 놀랍게 여겼다. 물보라가 하도 일어 배가 보이지 않았기 때문이다. 그래도 그것은 계속 다가와 형체를 확실히 드러냈고, 비단인지 삼베인지 모르지만 온통 검은 천으로 덮인 배임을 알 수 있었다. 배가 다가오자 그는 무슨 배인지 보려고 아래로 내려갔다. 아까 이야기를 나누던 노인이었으면 하고 바라는 마음으로 내려간 것이다. 하느님 뜻인지 아니면 다른 무엇 때문인지, 산에는 감히 그에게 접근하거나 공격할 만큼 사나운 짐승이 없었다. 그는 가능한 한 서둘러 언덕을 내려와 배로 다가갔다. 뱃전에 이르러 보니 빼어나게 아름다운 한 아가씨가 더할 나위 없이 화려한 차림으로 앉아 있었다.

그녀는 페르스발이 오는 것을 보자 일어나 맞이하며 인사도 건네지 않고 대뜸 말했다.

"페르스발, 여기서 뭘 하시나요? 누가 당신을 이런 산으로 데려왔지요? 이곳은 너무나 외딴 곳이라 요행이 아니고서야 구조될 수 없고 먹을 것도 없어서, 당신이 여기 있는 줄 누가 알기도 전에 굶고 고생하다 죽고 말 거예요."

"아가씨," 그가 말했다. "만일 제가 굶어 죽는다면, 충성스러운 종은 못 될 겁니다. 제가 섬기는 분처럼 귀한 분을 섬기는 자라면, 진심으로 충성스럽게 섬기기만 한다면, 구하는 것마다 받지 못함이 없을 것입니다. 그분께서 친히 말씀하시기를 자신의 문은 찾아오는 자 아무에게도 닫혀 있지 않으며 문을 두드리고 들어와 구하면 얻으리라[129]고 하셨으니까요. 누가 그분을 찾으면 그분은 숨지 않고 쉽게 만나주십니다."

그녀는 그가 복음서에 대해 언급하는 것을 듣자 그 말에는 대꾸하지 않고 다른 얘기를 꺼내 이렇게 말했다.

"페르스발, 제가 어디서 오는지 아세요?"

"아가씨, 어떻게 제 이름을 아십니까?"

"잘 알지요. 당신이 생각하는 것보다 훨씬 더 잘 당신을 알아요."

"당신은 어디서 오는 길입니까?"

"그야 황무한 숲에서지요. 저는 거기서 선한 기사의 더없이 경이로운 모험을 보았답니다."

"아, 아가씨, 제게 선한 기사에 대해 좀 들려주십시오. 당신이 세상에서 가장 사랑하는 것에 대한 믿음에 걸고서 말입니다."

"제가 아는 것을 한마디도 하지 않겠어요. 당신이 기사도에 걸고 언제든 제가 요청할 때 제 뜻대로 해주겠다고 맹세하기 전에는 말이에요."

그래서 그는 할 수만 있다면 그렇게 하겠노라고 말했다.

"그러면 됐어요. 사실대로 말씀드리지요. 저는 얼마 전에 황무한 숲의 한복판, 마르쿠아즈라는 큰 강이 흐르는 곳에 있었어요. 거기서 선한 기사가 오는 것을 보았지요. 그는 다른 기사 둘을 추격하며 죽이려 하고 있었어요. 이 기사들은 죽기가 두려워 물속으로 뛰어들었는데, 다행히 맞은편으로 건너갔어요. 하지만 그에게는 불운이 닥쳤지요. 그의 말이 물에 빠졌고 그 자신도 즉시 물에서 나오지 않았더라면 빠져 죽었을 거예요. 돌아선 덕분에 겨우 목숨은 건졌지요. 자, 이상이 당신이 듣고자 한 기사의 모험이에요. 그러니 이제 당신이 어쩌다 이 외딴 섬에 오게 되었는지 들어봅시다. 여기 그대로 있다가는 당신도 얼마 못 갈 것 같은데요. 잘 알겠지만 당신을 도와줄 사람이라고는 오지 않으니, 여기서 나가든지 죽든지 해야 할 테니까요. 그러니 죽고 싶지 않다면 당신을 여기서 나가게 해줄 누군가와 계약을 맺어야 할 거예요. 그런데 제 도움이 없이는 당신이 여기서 나갈 수 있을 것 같지 않으니, 당신이 제정신이라면, 제게 여기서 꺼내달라고 애원해야 할 거예요. 자신을 도울 수 있는데 그러지 않는 것보다 더 나쁜 것은 없으니까요."

"아가씨, 만일 제가 여기서 나가는 것이 우리 주님 뜻이라는 판단이 서면, 가능한 한 나가도록 하겠습니다. 하지만 그렇지 않다면 나가고 싶지 않습니다. 왜냐하면 그분의 뜻에 맞는다고 생각되지 않는 한 제가 하고 싶은 일이란 이 세상에 없으니까요. 만일 그분의 뜻을 거스르는 데 사용된다면 제가 기사도를 받은 것이 오히려 불행이겠지요."

"자, 그런 얘긴 그만두고 오늘 뭐라도 좀 먹었는지 말해보세요."

"물론 지상의 음식이라고는 먹지 않았습니다. 하지만 조금 전 한 어르신이 저를 위로하러 오셔서 좋은 말씀으로 넉넉히 채워주셨기 때문에, 그분만 생각하면 전혀 먹고 마실 필요가 없을 것만 같습니다."

"그가 누구인지 아시나요?" 그녀가 물었다. "그는 마법사이고 한 마디를 백 마디로 부풀리는 허풍선이 말쟁이로 참된 것이라고는 말하지 않을걸요. 그를 믿었다가는 수치를 당할 테니, 이 바위섬에서 절대 나가지 못하고 굶어 죽든지 들짐승에 먹히든지 힐 거예요. 이미 그런 조짐이 보이는걸요. 당신은 벌써 이틀 밤낮을 여기 있었고 오늘도 벌써 한참 지났는데, 당신이 말하는 그 사람은 당신에게 먹을 거라곤 갖다 주지 않은 채 당신을 여기 내버려두었고 아마도 계속 내버려둘 테니, 그 사람한테서는 아무 도움도 받지 못할 거예요. 당신이 여기서 죽는다면 참 애석한 일이에요. 당신은 이렇게 젊고 훌륭한 기사이니, 여기서 나가기만 한다면 저한테나 다른 사람들한테 큰 힘이 될 텐데요. 그러니 만일 당신이 원한다면 내가 당신을 여기서 나가게 해드린다는 거예요."

페르스발은 그녀가 제안하는 것을 듣고 이렇게 말했다.

"아가씨, 당신은 누구기에 내가 원하기만 한다면 나를 여기서 꺼내주겠다는 겁니까?"

"저는 폐적廢嫡당한 여자예요. 제 유업을 빼앗기지만 않았더라면 세상에서 가장 부유한 여자가 되었을 텐데요."

"폐적당한 아가씨, 누가 당신의 유업을 빼앗았는지 말해주십시오. 당신에게 부쩍 동정심이 생기는군요."

"그렇다면 말씀드리지요. 옛날에 한 부유한 사람이 저를 자기 집에 두고 자기를 섬기게 했지요. 그는 세상에서 가장 부유한 왕이었답니다. 저는 아주 아름답고 찬란해서 제 아름다움을 보고는 감탄하지 않는 이가 없었지요. 저는 그 무엇보다도 아름다웠으니까요. 그런데 그 아름다움 때문에 저는 제 분수보다 조금 더 교만해졌고, 그분의 마음에 들지 않는 말을 하고 말았어요. 제가 그 말을 하자마자 그는 제게 진노하여 더 이상 저를 면전에 두려 하지 않고 빈손으로 내쫓고는 제 유업을 빼앗고 말았어요. 주인은 저도 제 편을 드는 이들도 불쌍히 여기지 않았지요. 그 부자는 저와 제 권속들을 내쫓고 저를 황량한 곳으로 추방했어요. 그는 저를 제대로 궁지에 몰아넣었다고 생각했고 만일 제가 뛰어난 총기로 그에 맞서 전쟁을 시작하지 않았더라면 정말로 그렇게 되었을 거예요. 제가 유리해져 이기기도 많이 했어요. 그의 신하 중 일부를 빼앗기도 했으니까요. 이들은 제가 환대해주는 것을 알고는 그를 버리고 제게 왔지요. 이들이 제게 원하는 것이라면 저는 무엇이든 주었고 그 이상으로 주었으니까요. 그래서 저는 저를 폐적시킨 이와 밤낮으로 전쟁 중이랍니다. 저는 기사와 종사와 온갖 부류의 사람들을 모았고, 세상의 어떤 기사도 덕인도 제 편으로 만들기 위해 명예를 제공해왔어요. 내가 여기 온 것은 당신도 훌륭한 기사이고 덕인이라고 알기 때문에 당신이 나를 도왔으면 해서예요. 당신은 원탁의 기사이니 마땅히 그래야지요. 원탁의 기사 중에는 폐적당한 아가씨가 도움을 청했는데 실망시킨 이가 없잖아요. 그게 사실이라는 건 당신도 잘 알겠지요. 당신은 아더 왕의 원탁에 앉았을 때, 첫 번째 서약으로 맹세했으니까요. 당신에게 도움을 청하는 아가씨에게 결코 도움을 거절하지 않겠다고요."

그는 확실히 자신이 그런 서약을 했다고, 그러니 그녀가 요청한다면 기꺼이 돕겠다고 말했다. 그녀는 그에게 열렬히 감사를 표했다.

그렇게 한참 이야기하다 보니 정오가 지나 9시과 때가 다가왔다. 태양이 뜨겁게 이글거리자, 아가씨는 페르스발에게 권했다.

"페르스발, 이 배에는 당신이 이제껏 본 것보다 훨씬 더 호화로운 비단 장막이 있답니다. 만일 괜찮다면 그걸 꺼내다 여기 치겠어요. 햇볕이 당신 얼굴을 상하게 하지 않게요."

그는 선선히 동의했고, 그녀는 배 안으로 들어가더니 하인 둘을 시켜 물가에 장막을 치게 했다. 이들이 최선을 다해 장막을 치자 아가씨는 페르스발에게 말했다.

"이리 와 앉아서 밤이 올 때까지 쉬어요. 너무 더운 것 같아 뵈는데, 볕을 좀 피해요."

그는 장막에 들어가 곧 잠이 들었다. 그녀는 미리 그의 투구와 갑옷과 검을 풀어놓게 했고, 그가 그렇게 맨몸이 되자, 잠들도록 내버려두었다.

한참을 잔 뒤 그는 일어나 먹을 것을 청했다. 그러자 그녀는 식탁을 차리라고 명했고 그 말대로 되었다. 그는 식탁이 놀랍도록 풍성한 음식들로 차려지는 것을 보았다. 그는 그녀와 더불어 먹었고, 마실 것을 청하자 내온 것은 일찍이 마셔본 가장 맛있고 독한 술이라 대체 어디서 왔을지 놀라웠다. 당시 브리튼에는 아주 부잣집이 아니고는 포도주라고는 없고 대체로 보리술[130]이나 그 밖의 음료를 만들어 마셨기 때문이다. 그렇게 마시다 보니 그는 정도 이상으로 취기에 달아올랐다. 아가씨를 바라보니 어찌나 아름다운지 그런 미인은 본 적이 없는 것만 같았다. 그녀의 상냥한 태도와 달콤한 말이 어찌나 마음에 들고 아름답게 생각되었던지, 그는 그녀에 대해서도 정도 이상으로 달아올랐다. 그래서 이런저런 이야기를 하다가 결국 그녀의 사랑을 요구하며 그녀가 자기 것이 되고 자기는 그녀의 것이 되기를 청했다. 그녀는 그가 한층 더 욕망으로 달아오르게끔 짐짓 그를 뿌리쳤고, 그는 그녀에게 청하기를 그치지 않았다. 마침내 그가 잔뜩 달아오른 것을 본 그녀는 말했다.

"페르스발, 잘 알아두어요. 만일 당신이 내게 이제부터 내 사람이 되어 내 어떤 적과도 싸우고 오직 내가 명령하는 것만 하겠다고 맹세하지 않으면, 나는 당신이 원하는 것을 절대로 하지 않으리라는 걸 말이에요."

그는 기꺼이 그러겠노라고 말했다.

"신실한 기사답게 맹세하세요."

"그러지요." 그가 말했다.

"그럼 당신이 원하는 대로 할게요. 하지만 당신이 나를 갖기를 원한 것보다 내가 당신을 한층 더 원했다는 걸 알아두어요. 당신은 내가 세상에서 가장 원하는 기사 중 한 사람이니까요."

그러더니 하인들에게 장막 안에 가장 아름답고 호화로운 침상을 만들라고 명했고, 그들은 분부대로 하겠다고 말했다. 그리하여 즉시 침상을 만들고는 그녀의 신을 벗기고 침상에 눕혔고, 페르스발도 함께 누웠다. 그는 아가씨 곁에 누워 이불을 덮으려다가 우연히 그들이 그에게서 풀어놓은 검이 바닥에 놓여 있는 것을 보았다. 손을 뻗어 그것을 집어 침대에 기대놓으려는 순간, 검 자루에 붉은 십자가가 새겨져 있는 것이 눈에 띄었다. 그는 그것을 보자 제정신이 들었다. 그래서 이마에 십자가 성호를 그었고, 그러자 즉시 장막이 뒤집히더니 연기와 구름이 그를 휘감아 아무것도 보이지 않게 되었다. 사방에서 어찌나 악취가 나는지 지옥에 있는 것만 같았다. 그제야 그는 소리 높여 외쳤다.

"은혜로우신 아버지 예수 그리스도여,[131] 제가 여기서 멸망하게 내버려두지 마시고, 당신의 은혜로 구해주소서. 그리하지 않으시면 저는 죽은 자입니다!"

이렇게 말하고 눈을 떠 보니 자신이 방금 누워 있던 장막이 보이지 않았다. 물가를 바라보니 아까 본 것과 같은 배와 아가씨가 보였다. 그녀는 말했다.

"페르스발! 나를 배신하다니!"

그러더니 곧장 바다로 나가버렸고, 큰 폭풍우가 그 뒤를 따르는 것이 배를 뒤엎을 듯한 기세였다. 온 바다에 금방 불길이 가득해져서 마치 세상의 모든 불이 타는 것만 같았다. 배는 어찌나 요란하게 나아가는지 어떤 바람도 그렇게 빠르지 않을 듯했다.

이를 보자 페르스발은 자신에게 일어난 일에 어찌나 괴로웠던지 죽을 것만 같았다. 그는 배가 보이는 한 노려보면서 불운과 역병이 닥치기를 빌었다. 마침내 배가 보이지 않게 되자 그는 말했다.

"아, 나는 끝장이다!"

너무나 괴로워서 죽고만 싶었다. 그래서 검집에서 검을 빼어 자신의 왼쪽 넓적다리에 힘껏 내리꽂았고, 피가 사방으로 튀었다. 그것을 바라보며 그는 말했다.

"은혜로우신 주 하느님, 이것은 제가 당신께 저지른 잘못에 대한 보상입니다."

그러고는 자신을 돌아보니 속바지 말고는 아무것도 입지 않은 채, 옷은 한쪽에 무기는 다른 쪽에 있는 터라, 그는 탄식하기 시작했다.

"아, 이런! 한심할 데가! 그토록 쉽게 넘어가 되찾을 수 없는 것을 잃을 뻔하다니, 나는 얼마나 비열하고 악한 자인가! 순결은 한번 잃으면 되찾을 수 없는 것인데!"

그는 검을 거둬들여 검집에 도로 꽂았다. 상처가 난 것보다도 하느님께서 그에게 노하셨으리라는 생각에 한층 더 괴로웠다. 그는 속옷과 겉옷을 할 수 있는 한 단정히 차려입고는 바위 위에 누워 우리 주님께 어떻게 하면 주의 자비와 은혜를 되찾을 수 있을지 알려주시기를 빌었다. 그분께 너무나 큰 잘못을 저질렀으므로 그분의 자비가 아니고서는 평화를 얻지 못하리라 생각했기 때문이다. 페르스발은 상처 때문에 앞으로도 뒤로도 가지 못한 채 온종일 그렇게 물가에 누워서, 우리 주님께서 부디 도와주시기를, 그의 영혼에 유익이 될 조언을 보내주시기만을 빌며 다른 어떤 것도 구하지 않았다.

"당신의 뜻이 아니라면 죽든지 살든지 여기서 벗어나기를 구하지 않겠나이다." 그는 말했다.

페르스발은 온종일 바위 위에 머물렀고 상처 때문에 많은 피를 잃었다. 그러나 밤이 다가와 온 세상에 어둠이 덮이는 것을 보자 갑옷 쪽으로 몸을 끌고 가 그 위에 머리를 얹고는 이마에 참되신 십자가의 성호를 긋고 우리 주님께서 부디 은혜로 그를 지키사 원수 마귀가 그에게 힘을 행사하여 유혹에 빠뜨리지 못하도록 지켜주시기를 빌었다. 기도를 마치고는 몸을 일으켜 셔츠 자락을 잘라 피가 너무 나지 않도록 상처를 싸맸다. 그러고는 자신이 아는 여러 가지 기도를 드리며 날이 새기를 기다렸다. 우리 주님께서 온 땅에 낯빛을 떠뜨리기를 기뻐하사 태양이 페르스발이 누워 있는 곳까지 빛을 비추자, 그는 주위를 둘러보았고 한쪽에는 바다가, 다른 쪽에는 암벽이 있는 것을 보았다. 그는 전날 아가씨의 모습으로 원수가 그를 사로잡았던 것을 기억하고는—그는 그것이 원수였음을 믿어 의심치 않았다—크게 비통해하며 만일 성령의 은혜가 위로해주시지 않는다면 자신은 정말이지 죽은 목숨이라고 탄식했다.

그렇듯 혼잣말을 하던 그는 바다 멀리 동쪽을 바라보다가 전날 보았던 배, 사제 차림의 노인이 타고 있던, 흰 비단으로 덮인 배가 오는 것을 보았다. 그는 배를 알아보고는 지난번에 노인이 해주었던 선한 말들과 그 가운데 드러나던 지혜를 기억하고는 안심이 되었다. 배가 뭍에 닿자 그는 노인이 타고 있는 것을 보았고, 할 수 있는 한 몸을 일으키며 그를 환영했다. 노인은 배에서 내려 다가와서 바위 위에 앉아 페르스발에게 말했다.

"어떻게 지냈는가?"

"어르신, 형편없습니다. 하마터면 한 아가씨가 저를 죽을죄에 빠뜨릴 뻔했습니다."

그러고는 자신에게 일어났던 일에 대해 이야기했다.

노인이 물었다. "그녀를 아는가?"

"아니요, 전혀. 하지만 원수가 저를 속이고 망하게 하기 위해 그녀를 보냈다는 건 압니다. 만일 십자가가 아니었다면 저는 정말로 망했을 겁니다. 십자가 덕분에 정신을 차리고 기억을 되찾았지요. 제가 십자가 성호를 긋자마자 아가씨는 대번에 사라져버렸고 다시는 보이지 않았습니다. 그러니 부디 제가 어떻게 하면 좋을지 조언해주십시오. 지금처럼 충고가 절실히 필요했던 적이 없습니다."

"아, 페르스발!" 노인이 말했다. "그대는 언제까지 그리 어리숙하겠는가![132] 성호 덕분에 살아났다면서도 그대를 죽을죄에 빠뜨리려 한 그 여자가 누군지 모르겠는가?"

"정말 모르는 여자였습니다. 그녀가 누구이며 어느 나라 출신인지, 그녀를 폐적시켰다는, 그래서 그녀가 제게 자기를 도와 싸워달라던 그 부자가 누구인지 부디 말씀해주십시오."

"기꺼이 말해주겠네. 그대가 분명히 알 수 있도록 말해줄 테니, 잘 듣게." 노인이 말했다.

"그대와 이야기를 나눈 아가씨는 원수요 지옥의 주인으로 다른 모든 마귀를 지배하는 권세를 가진 자라네. 전에 그녀가 하늘에서 천사들의 반열에 들었다는 것도 사실이야. 아름답고 찬란한 나머지 아름다움 때문에 교만해져서[133] 삼위일체와 맞먹으려고 '내가 높이 오르리라, 하느님처럼 되리라'고 말했다네.[134] 하지만 우리 주님께서는 그 말을 들으시자 그분의 집이 교만의 독으로 더럽혀지는 것을 원치 않으셨으므로, 그를 앉히셨던 높은 보좌에서 내치시고 지옥이라 불리는 어두운 집으로 보내버리셨지. 그는 자기가 높은 보좌와 지금껏 누리던 큰 권세에서 실추되어 영원한 어둠 속에 처하게 된 것을 보자, 자기를 내쫓은 이와 있는 힘을 다해 싸우려고 했어. 하지만 그럴 방도가 쉽게 보이지 않자, 마침내 아담의 아내, 인류의 첫 조상이 된 여자에게 접근했지. 그녀를 엿보고 구슬린 끝에 자신이 하늘 영광에서 쫓겨난 죄, 즉 탐심의 죄에 물들게 만들었다네. 그는 그녀의 그릇된 욕망을 부추겨 창조주께서 친히 금하신 나무로부터 치명적인 과실을 따 먹게 한 거야. 그녀는 그것을 따 먹고는 남편인 아담에게도 먹으라고 주었고, 그래서 그 모든 후손이 그 치명적인 영향을 받게 되었지. 이를 획책한 원수가 바로 어제 그대가 본, 늙은 여자가 타고 있던 뱀이고, 또 엊저녁 그대를 찾아왔던 아가씨라네. 그녀가 밤낮으로 싸우고 있다고 말한 것은 사실이니, 그대도 그 점은 잘 알 걸세. 그녀는 예수 그리스도의 기사와 덕인들, 그리고 성령께서 내주하시는 종들을 엿보지 않는 때가 없으니까.

그녀는 거짓말과 속임수로 그대와 타협한 후, 장막을 펼쳐 그대를 쉬게 하고는 '페르스발, 와서 앉아요. 밤이 올 때까지 쉬면서 너무 뜨거운 햇볕을 피해요'라고 했는데, 이 말도 깊은 의미가 없지 않다네. 그대가 이해한 것과는 전혀 다른 뜻이었으니까. 장막은 세상과 마찬가지로 둥근 것이니 명백히 세상을 의미하는 것으로, 세상에는 죄가 없을 수 없지. 거기에는 항상 죄가 거하므로, 그녀는 그대가 장막 밖에 있는 것을 원치 않았던 걸세. 그게 장막을 친 이유일세. 그녀는 그대를 불러 '페르스발 와서 앉아 밤이 되도록 쉬어요'라고 했는데, 앉아서 쉬라는 것은 그대에게 게으름을 부리고 지상의 음식과 탐식으로 육신을 살찌우라는 뜻이야. 그녀는 그대가 이 세상에서 일하고 씨를 뿌릴 것을, 의인들이 수확할 날, 큰 심판의 날에 대비하여 씨 뿌릴 것을 권하지 않았어. 그녀는 그대에게 밤이 오기까지 쉬라고 했지. 즉 죽음이 그대를 덮칠 때까지 말이야. 죽을죄에 빠진 인간을 덮치는 죽음은 실로 밤이라고 할 만하다네. 그녀는 그대를 불러 태양이 너무 뜨거우니 피하라고 했는데, 그녀가 태양을 두려워하는 것도 이상한 일이 아니야. 왜냐하면 태양, 곧 참 빛이신 예수 그리스도께서 성령의 불로 죄인을 덥히시면, 그가 마음을 드높은 태양에 두는 한, 원수의 냉기와 얼음도 별 해를 입히지 못하니까. 자, 이제 그 여자에 대해 충분히 말했으니, 그녀가 누구이며 그녀가 그대를 찾아온 것이 그대를 위해서가 아니라 해치기 위해서였다는 것을 잘 알겠지."

"어르신, 그녀에 대해 그처럼 말씀해주시니 그녀야말로 제가 싸워야 했던 적수임을 잘 알겠습니다."

"그렇다마다, 그대 말대로일세. 그대가 어떻게 싸웠는지 생각해보게."

"어르신, 잘 싸우지 못했습니다. 만일 제가 망하도록 내버려 두지 않으신 성령의 은혜가 아니었다면 저는 패하고 말았을 테니까요."

"이번에는 어떻게 되었든 앞으로는 조심하게나. 만일 또다시 실족하면, 이번만큼 쉽게 다시 일으켜 세워줄 이를 만나지 못할 걸세."

노인은 페르스발과 오래 이야기했고 선한 길로 가도록 권면하면서 하느님께서 그를 잊지 않으시고 곧 도움을 보내주시리라고 말했다. 그러면서 상처는 어떻게 되었느냐고 물었다.

"정말이지 어르신께서 오신 후로는 전혀 아프지 않습니다. 다친 적이 없는 것만 같습니다. 어르신께서 제게 말씀하시는 동안은 전혀 고통이 없고, 어르신의 말씀이나 눈길이 어찌나 인자하고 제 온몸의 힘을 북돋우는지, 어르신은 세상 사람이 아니라 신령한 분인 것만 같습니다. 만일 어르신께서 온종일 저와 함께 계셔주신다면, 배고픔도 목마름도 없을 것입니다. 감히 말씀드리자면, 어르신은 하늘에서 내려온 생명의 빵이라고 하겠습니다. 이 빵을 먹는 자로 영원히 살지 못할 자가 없을 것입니다."[135]

그가 그 말을 하자마자, 노인은 사라져 어디로 갔는지 알 수 없었다. 한 음성이 들려왔다.

"페르스발, 너는 이겨냈고 구원되었느니라.[136] 저 배에 들어가 모험이 이끄는 대로 가거라. 앞으로 보게 될 일에 놀라지 말 것은 네가 어디에 가든 하느님께서 너를 이끄실 것임이라. 많은 일을 잘 겪어냈으니, 동지들인 보오르와 갈라아드, 네가 가장 만나고자 하는 자들을 곧 만나게 되리라."

그 말을 들은 그는 더없이 기뻐하며 하늘을 향해 손을 들고 우리 주님께서 그처럼 인도해주신 데 대해 감사드렸다. 그러고는 무장을 갖춘 다음 배 안으로 들어가 바다로 나아가니 바람이 돛을 부풀려 배는 금방 바위섬에서 멀어졌다. 하지만 이야기는 이제 그의 이야기를 접고, 랑슬로에게로 돌아간다. 그는 예배당에서 음성이 말해준 세 마디 말의 의미를 풀어준 은자의 집에 묵고 있었다.

6. 랑슬로의 진보

 이제 이야기가 전하는바, 은자는 랑슬로를 사흘 동안 자신과 함께 머물게 했다고 한다. 함께 있는 동안 날마다 은자는 그를 훈계하고 바르게 행하도록 권면하며 이렇게 말했다.
 "랑슬로, 만일 당신이 죽을죄에서 돌이키고 속된 생각과 세상의 쾌락으로부터 마음을 지키고자 하지 않는다면, 이 탐색을 계속해봐야 헛일입니다. 왜냐하면 이 탐색에서는, 당신이 만나는 모든 모험 가운데 성령께서 인도해주시지 않는다면, 당신의 기사도가 아무 가치가 없기 때문입니다. 당신도 잘 알듯이 이 탐색은 성배의 신비를 조금이라도 알기 위해 시작되었으니, 이는 우리 주님께서 참된 기사, 즉 선함에서나 기사도에서나 이전에 있었던 그리고 이후에 나타날 모든 기사를 능가할 기사에게 약속해주신 것이지요. 당신은 그 기사가 성령강림절에 원탁의 위험한 좌석에 앉는 것을 보았거니와, 그 자리는 함부로 앉았다가는 목숨을 잃게 되는 자리로, 그런 일이 실제로 일어나는 것을 당신 자신도 본 적이 있지요. 그 기사는 생전에 지상 기사도의 귀감이 될 위대한 인물입니다. 그가 수행 끝에 더 이상 이 땅에 매이지 않고 영을 따르게 되면, 지상의 옷을 벗어던지고 천상의 기사도로 들어가게 될 겁니다. 장래 일을 잘 아는 메를랭이 그대가 본 기사에 대해 말한 바가 그러합니다. 하지만 그 기사가 남다른 용기와 담대함을 지녔다는 것이 사실이라 해도, 만일 그 또한 죽을죄에 이른다면—우리 주님께서 그를 지켜주시기를!—이 탐색에서 일개 평범한 기사보다 더 나아가지 못할 겁니다. 왜냐하면 당신이 참가한 이 과업은 지상의 일이 아니라 천상의 일에 속하기 때문입니다. 그러므로 이 일에 참가하여 조금이라도 성취에 이르고자 하는 자는 먼저 모든 지상의 더러움에서 자신을 깨끗하게 씻어 원수가 조금도 틈타지 못하게 해야 합니다. 그렇게 해서 원수를 완전히 거부하고 모든 죽을죄에서 깨끗하게 되면, 비로소 이 고귀한 탐색, 이 고귀한 과업에 나설 수 있을 겁니다. 만일 그가 믿음이 적고 약하여 우리 주님의 은혜보다 자신의 기사도를 더 의지한다면, 그는 반드시 수치를 당할 테고 결국 자신이 구하는 것을 얻지 못할 겁니다."

은자는 랑슬로에게 그렇게 말하며 사흘 동안 그를 자신과 함께 유하게 했다. 랑슬로는 하느님께서 자신을 그곳으로 인도하사 평생 도움이 될 가르침을 줄 은자를 만나게 해주신 데 대해 깊이 감사드렸다.

나흘째가 되자, 은자는 형제에게 전갈을 보내 자신과 함께 유하고 있는 기사에게 무장과 말을 보내달라고 청했고, 그 요청은 흔쾌히 받아들여졌다. 닷새째 되던 날, 랑슬로는 미사를 드린 후 무장을 하고 말에 올랐고, 은자에게 눈물로 작별을 고하며 그에게 자기를 위해 기도해달라고, 우리 주님께서 자기를 기억하사 다시는 이전의 죄에 빠지지 않게 해주시기를 기도해달라고 부탁했다. 은자는 그렇게 하겠노라고 약속했고, 랑슬로는 길을 떠났다.

은자와 헤어진 후 그는 1시과 무렵까지 숲속을 가로질러 가다가, 한 시동을 만났다. 시동이 그에게 물었다.

"기사님, 어디 분이십니까?"

"아더 왕 궁정 소속이라네."

"성함이 어떻게 되시는지요?"

그는 자기가 호수의 랑슬로라 불린다고 대답했다.

"랑슬로, 정말이지 당신만은 만나고 싶지 않았는데요. 당신은 세상에서 가장 불운한 기사 중 한 사람이니까요."

"이보게, 자네가 그걸 어찌 아는가?"

"알다마다요. 당신은 성배가 나타나 기적을 밝히 행하는 것을 보면서도, 불신자만큼이나 꼼짝도 하지 않았던 그 사람이 아닙니까?"

"확실히 보기는 했으나 움직일 수 없었지. 나 역시 그 일로 괴롭다네."

"괴로워하는 것이 마땅하지요. 당신은 자신이 덕인도 참된 기사도 아니요 불충하고 패역하다는 것을 입증했으니까요. 당신은 성배에 경의를 표하고자 하지 않았으니, 다른 덕인들과 함께 참가한 이 탐색에서 수치를 당하게 된다 해도 놀랄 일이 못 됩니다. 악하고 비겁한 이여, 한때는 세상에서 가장 훌륭한 기사로 여겨졌지만, 이제 가장 악하고 불충한 자로 여겨지게 되었으니 통탄할 일이지요!"

그는 이런 말을 들으면서도 대답할 말이 없었으니, 시동이 그를 비난하는 바에 대해 스스로도 죄책감을 느꼈기 때문이다. 그래서 이렇게 말했다.

"이보게, 자네가 말하고 싶은 대로 말하게. 내 다 듣겠네. 기사는 시동이 하는 말에 대해, 부당한 욕이 아닌 한, 성을 내어서는 안 되니까."

"당신은 그저 듣는 수밖에요. 당신한테 달리 더 나은 수가 있겠어요. 그런데도 당신이 세상 기사도의 꽃이었다니! 딱하기도 해라! 당신은 당신을 사랑하지도 귀히 여기지도 않는 여자에게 넘어가버렸지요. 그녀가 당신을 홀린 나머지 당신은 하늘의 기쁨과 천사들의 왕래와 모든 지상의 영예를 잃어버리고 온갖 수치를 당하게 되고 말았어요."[137]

그는 감히 대답하지 못한 채, 너무나 괴로워서 죽고만 싶었다. 시동은 계속 그를 욕하고 저주하며 할 수 있는 한 최대의 모욕을 퍼부었다. 그래도 그는 잠자코 듣기만 했고, 너무나 무안하여 상대를 마주 보지도 못했다. 하고 싶은 말을 다 쏟아낸 시동은 랑슬로가 한마디도 대꾸하지 않으리라는 것을 알자 제 갈 길로 가버렸다. 랑슬로는 그쪽에는 눈길도 주지 않은 채 가던 길을 계속 가며, 우리 주님께서 그의 영혼에 유익한 길로 인도해주시기를 눈물로 기도했다. 그는 이 세상에서 너무 큰 죄를 지었고 자신의 창조주를 거역했으므로, 우리 주님의 자비가 그토록 크지 않다면 결코 용서받지 못하리라는 것을 잘 알고 있었기 때문이다. 그리하여 그는 이전의 길보다 이 길이 훨씬 더 달갑게 느껴지게 되었다.

정오 무렵까지 계속하여 길을 가던 그는 앞쪽 길에서 조금 떨어져 있는 작은 집을 보았다. 그는 그것이 암자이리라 생각하고 그쪽으로 말 머리를 돌렸다. 가까이 가면서 보니 작은 예배당과 작은 집이 있고, 그 입구에 수도사처럼 흰옷을 입은 노인이 앉아서 몹시 애통해하며 이렇게 부르짖고 있었다.

"은혜로우신 주 하느님, 왜 이런 일을 허락하십니까? 그는 당신을 그토록 오래 섬겼고 당신을 섬기느라 그토록 수고했는데!"

랑슬로는 노인이 그토록 애절하게 우는 것을 보자 동정심이 일어 인사를 건네며 말했다.

"어르신, 하느님께서 지켜주시기를 빕니다!"

"부디 그리하시기를! 기사님. 그분께서 저를 지켜주지 않으신다면 원수가 대번에 나를 덮칠 것이 분명하니 말이오. 하느님께서 당신 또한 죄에서 건져주시기를! 보아하니 당신은 내가 아는 어떤 기사보다도 딱한 처지인 것 같구려."

랑슬로는 은자의 말을 듣자 말에서 내리며 오늘은 더 이상 가지 않고 그에게 조언을 구하리라 생각했다. 그가 하는 말로 보아 자신을 잘 아는 듯했기 때문이다. 그래서 말을 나무에 매어 둔 후 그쪽으로 다가가 보니, 예배당 입구 안쪽에 희고 부드러운 옷을 입은 백발노인이 죽어 누워 있고 그 옆에는 거칠고 뻣뻣한 말총속옷이 놓여 있었다. 그 광경을 본 랑슬로는 노인의 죽음에 크게 놀랐다. 그래서 자리에 앉으며 그가 대체 어떻게 죽었느냐고 물었다. 그러자 은자가 말했다.

"그야 나도 모르오. 하지만 하느님 안에서나 계율 안에서 죽지 않은 것은 확실하오. 왜냐하면 이 사람은 계율을 깨지 않고는 보시는 바와 같은 옷을 입고 죽을 수가 없으니 말이오. 그러니 필시 원수의 공격을 받고 죽었을 거요. 참으로 유감스러운 일이오. 이 사람은 30년 이상 우리 주님을 섬겨왔으니 말이오."

"정녕 유감스러운 일입니다. 그렇게 섬긴 것을 잃고 그 나이에 원수의 공격을 받았다니요."

이윽고 은자는 예배당으로 들어가 책 한 권과 영대領帶를 꺼내 그것을 목에 걸치고는 밖으로 나와 원수를 쫓기 시작했다. 한참이나 독경과 축사逐邪를 한 후, 눈을 들어 보니 그의 앞에 원수가 세상 어떤 사람이라도 겁먹지 않을 수 없을 만큼 추악한 몰골로 나타나 있었다.

"정말 귀찮게 하는구나. 자, 이렇게 왔으니, 나한테 원하는 게 뭐냐?"

"여기 내 동료가 어떻게 죽었는지, 멸망했는지 구원받았는지 말해주기 바란다."

그러자 원수는 끔찍하고 소름 끼치는 음성으로 은자에게 말했다.

"멸망하지 않고, 구원받았다."

"어떻게 그럴 수 있지? 거짓말을 하는 게 아니냐? 우리 계율은 그렇게 가르치지 않으니, 고운 베옷 입는 것을 엄중히 금하고 있으며, 이런 옷을 입는 자는 계율을 어기는 것이다. 그리고 계율을 어기고 죽는 자는 끝이 좋을 수가 없다."

"그가 어떻게 되었는지 말해주마." 원수가 말했다. "너도 알다시피 그는 고귀한 가문 출신[138]으로 아직도 이 고장에 조카들이 있지. 얼마 전 그중 아가랑이라는 조카에게 발Val 백작이 전쟁을 걸었다. 전쟁이 시작되고 열세에 몰린 아가랑은 어찌 할 바를 몰라서 여기 이 숙부에게 조언을 구하러 왔고, 그가 하도 애원하는 바람에 이 사람도 백작을 물리치기 위해 암자를 떠나 그와 함께 갔던 거다. 그렇게 하여 이 사람은 이전으로 돌아가 무기를 들었다. 친척들과 힘을 합친 그가 무예를 발휘한 덕분에 사흘째 되는 날 백작은 포로가 되었고, 백작과 아가랑 사이에 화약이 맺어져 백작은 다시는 아가랑을 공격하지 않겠다고 맹세했지.

전쟁이 끝나자 이 사람은 암자로 돌아와 오랜 세월 동안 하던 일을 계속했다. 하지만 백작은 자신이 그 때문에 패한 것을 알고는 자기 조카 둘에게 그 앙갚음을 해달라고 청했고, 그들은 이를 수락했지. 그래서 그들은 이곳으로 와서 이 예배당 앞에서 말을 내려 이 사람이 미사를 드리고 있는 것을 발견했는데, 감히 그런 때에 그를 죽일 수가 없어서 그가 나오기를 기다리기로 하고 이 앞에 장막을 쳤다. 그가 미사를 마치고 예배당에서 나오자, 그들은 그를 죽이려고 덤벼들어 검을 뽑아 들었지. 그러고는 대번에 목을 베려고 했는데, 그가 평생 섬겨온 이가 그에게 기적을 행하여 그들은 아무리 검을 휘둘러도 그를 해칠 수가 없었다. 그는 수도복만 입고 있었는데도, 그들의 검은 마치 모루 위를 내리치기라도 하는 것처럼 튕겨나고 날이 상하기만 했지. 그들은 검이 다 망가지도록 내리치다가 제풀에 지쳐버렸는데도, 그에게 피 한 방울 날 만한 상처도 입힐 수가 없었다.

그들은 이를 보자 너무나 화가 나고 분통이 터져서 부시와 불쏘시개를 가져다가 이 앞에서 불을 붙이고는 그를 태워 죽이겠다고 말했다. 그도 불은 버텨내지 못할 테니까. 그래서 그의 옷을 벗기고 여기 보이는 이 말총속옷도 벗겨버린 거다. 그는 자신이 벌거벗은 것에 수치스러워서 아무 옷이라도 빌려달라고, 그렇게 수치스러운 꼴은 당하게 하지 말아달라고 빌었지. 그자들은 악하고 잔인하여 그에게 베옷도 털옷도 입지 못한 채 그대로 죽을 거라고 말했으나, 그는 그 말을 듣자 빙그레 웃으며 대답했다. '뭐라고, 너희는 날 위해 이 불을 피웠다만 내가 이 불에 죽을 거라고 생각하느냐?' 그들이 대답했다. '죽지 않고 별수 있겠느냐?' 그가 말했다. '물론 우리 주님께서 내가 죽기를 바라신다면 기꺼이 죽을 것이다. 하지만 만일 내가 죽는다면 이 불이 아니라 우리 주님의 뜻에 의해서일 것이다. 이 불은 내 터럭 하나 태우지 못할 것이고, 세상에서 가장 고운 셔츠를 입고 불 속에 들어간다고 해도 옷이 전혀 그을거나 타지 않을 것이다.' 그들은 그 말을 듣자 그가 하는 말이 다 지어낸 얘기인 줄로만 여겼지만, 그중 한 사람은 그게 정말인지 당장 알아보자고 말했지. 그래서 자기 셔츠를 벗어 그에게 입히고 그를 불 속에 던진 다음, 불을 크게 지펴 어제 아침부터 저녁 늦게까지 타게 한 거다. 그런데 불이 꺼지고 보니, 노인이 죽기는 했으나 보다시피 살은 전혀 상한 데 없이 깨끗했고 그가 입은 셔츠도 보다시피 전혀 그을린 데가 없었다. 그들은 이를 보자 큰 두려움에 사로잡혀 그를 잿더미에서 꺼내 여기 이 자리로 날라다 놓고, 그의 말총속옷을 그 곁에 둔 다음 달아나버렸다. 그가 그토록 섬긴 이가 그를 위해 행한 이 기적을 보면, 그가 멸망하지 않고 구원받았음을 너도 알 수 있겠지. 자, 네가 의심하던 일에 대해 다 설명했으니, 나는 이만 가보겠다."

그렇게 말을 마친 원수는 자기 앞의 나무들을 쓰러뜨리며 떠나가 버렸는데, 어찌나 큰 폭풍을 일으켰던지 마치 지옥의 모든 원수가 숲을 휘젓고 가는 것만 같았다.

은자는 그 이야기를 듣고 무척 기뻐했다. 그는 책과 영대를 치우고 시신 곁으로 가서 그에게 입 맞추고는 랑슬로에게 말했다.

"기사님, 정녕 우리 주님께서는 이 사람에게 기적을 베푸셨구려. 나는 그가 죽을죄 가운데서 죽은 줄로만 여겼는데. 그런데 감사하게도 그게 아니라 구원받았다오. 기사님도 들으셨듯이 말이오."

"어르신, 어르신과 그렇게 오래 이야기한 자는 대체 누구입니까? 모습은 보이지 않지만 말소리는 제게도 들렸는데, 그것만으로도 어찌나 끔찍하고 소름 끼치던지 두렵지 않을 자가 없겠습니다."

"기사님, 두려워하는 것이 마땅하오. 그자만큼 두려워할 자가 없으니, 그는 인간을 영육 간에 멸망케 한 바로 그자이니 말이오."

랑슬로는 그게 누구인가를 깨달았다. 은자는 그에게 거룩한 시신을 지키는 일에 함께해주기를, 그리고 다음 날 매장하는 일을 도와주기를 청했다. 그는 기꺼이 그러겠노라고 말했고, 하느님께서 그런 덕인의 장례를 돕도록 인도해주신 것을 크게 기뻐했다.

그는 무장을 벗어 예배당 안에 두고 말에게로 가서 안장과 멍에를 풀어준 다음 은자와 함께 있어주려고 갔다. 함께 앉은 다음, 은자가 그에게 묻기 시작했다.

"기사님, 당신은 호수의 랑슬로가 아니오?"

그는 그렇다고 말했다.

"그런데 그렇게 무장을 하고 무엇을 찾아다니는 거요?"

"어르신, 저는 다른 동료들과 함께 성배의 모험을 찾아다니고 있습니다."

"그야 찾아다닐 수는 있겠지만, 찾지는 못했을 거요. 성배가 당신 앞에 나타난다고 해도, 당신은 장님이 눈앞의 검을 보지 못하는 만큼이나 그것을 볼 수 없었을 테니 말이오. 하지만 많은 사람이 오랫동안 죄의 어둠과 암흑 속에 머물러 있었다고 해도, 우리 주님께서는 그들이 마음을 그분께 향하는 것을 보시기만 하면 그들을 참된 빛으로 이끌어주시지요. 우리 주님께서는 죄인을 구원하는 데 더디지 않으셔서, 죄인이 마음으로나 생각으로나 선한 행실로나 그분을 향해 돌아설 때면 속히 그를 찾아와주신다오. 만일 죄인이 마땅히 해야 하는 대로 자기 집을 깨끗이 하면 그에게 오셔서 함께 머무시며, 죄인이 내쫓지 않는 한 그분이 먼저 떠나실까 두려워할 필요가 없소. 하지만 만일 죄인이 그분을 거스르는 자를 불러들인다면, 그분은 더 이상 그곳에 머물 수 없어 떠나신다오. 그렇게 불러들인 자가 항상 그분을 거스르는 까닭이오.

랑슬로, 이런 예를 말하는 것은 당신이 죄에 빠진 후로, 그러니까 기사도를 받은 후로, 오랫동안 영위해온 삶 때문이오. 왜냐하면 당신이 기사가 되기 전에는, 모든 선한 덕이 당신 안에 너무나 자연스럽게 거하고 있었기 때문에 당신에게 견줄 만한 젊은이가 없을 정도였소.[139] 무엇보다도 당신은 천성이 순결하여 생각으로나 행실로나 순결을 더럽힌 적이 없었소. 생각만으로도 그런 적이 없었으니, 당신은 순결을 더럽히는 육신의 죄가 얼마나 끔찍한가를 생각만 해도 역겨워서 침 뱉으며 결코 그런 불운에 빠지지 않으리라고 말하곤 했소. 그리고 순결을 지키며 음욕을 피해 자신의 몸을 깨끗이 지키는 것보다 더 고귀한 기사도는 없다고 단언하곤 했소.

그처럼 고귀한 덕목 다음으로, 당신에게는 겸손이 있었소. 겸손은 온유하고 순하게, 고개를 숙이고 행한다오. 겸손은 성전에서 '하느님이여, 제가 제 이웃들처럼 악하지도 불충하지도 않다는 데 대해 감시를 드리나이다'라고 기도했던 바리새인[140]처럼 행하지 않소. 당신은 그와 같지 않았고, 자신이 너무 죄가 많아 하느님의 진노를 살까 봐 감히 성상[141]을 바라보지 못하고 제단에서 멀찍이 떨어져 서서 가슴을 치며 '예수 그리스도여, 이 죄인을 불쌍히 여기소서'라고 했던 세리와 같았소. 겸손을 제대로 행하고자 하는 자는 마땅히 그런 태도를 지녀야 하오. 당신이 아직 소년이었을 때는 그러했으니, 창조주를 다른 무엇보다 사랑하고 믿으며 지상의 어떤 것도 두려워할 것 없다고, 영혼과 육신을 모두 멸망시키고 지옥에 빠뜨릴 수 있는 이를 두려워해야 한다고[142] 말하곤 했소.

방금 말한 두 가지 덕목 외에도 당신은 인내심을 가지고 있었소. 인내심이란 항상 푸른 에메랄드와도 같소. 인내심이란 아무리 심한 시험을 당해도 꺾이지 않고 항상 푸르고 한결같은 힘을 가지며, 그 무엇이 덤벼도 항상 승리와 명예를 거두는 것이오. 원수를 이기는 데는 인내심만 한 것이 없다오. 겉으로는 어떤 죄를 지어왔다고 해도, 당신은 이 덕목을 타고난 것을 마음속으로는 잘 알고 있을 거요.

그다음으로 당신은 타고난 듯 자연스럽게 또 다른 덕목을 지니고 있었으니, 그것은 정의심이오. 정의심이란 워낙 굳센 품성이라, 모든 것이 그로 인해 제자리를 지키며 흔들리지 않고 각 사람에게 정당한 제 몫을 갖게 하는 것이라오. 정의심은 아무에게도 사랑한다고 해서 더 주지 않고 미워한다고 해서 빼앗지 않으며, 벗이나 친족을 가리지 않고 항상 올곧은 선을 따라 행하므로 어떤 일이 닥친다고 해도 바른 길에서 벗어나지 않는 것이오.

이 덕목 다음으로 당신에게는 감탄할 만한 애덕愛德[143]이 있었소, 당신은 세상의 모든 부귀를 지니고 있었다고 해도 창조주에 대한 사랑을 위해서라면 기꺼이 내놓았을 거요. 그 시절엔 성령의 불이 당신 안에 뜨겁게 불타서, 당신은 이런 덕목들이 당신에게 빌려준 것을 간직하는 데 심혈을 기울였소.

그처럼 지상의 모든 선함과 모든 미덕을 갖추고서 당신은 기사도에 입문했던 거요. 하지만 애초에 인간을 죄 짓게 하고 타락하게 했던 원수는 당신이 그처럼 모든 방비를 갖춘 것을 보자, 도저히 당신을 덮칠 수 없을 것을 우려했소. 그는 만일 당신을 그런 미덕 중 어느 한 가지에서라도 실족시킬 수만 있다면 자기에게 아주 유리해지리라는 것을 분명히 알고 있었소. 또,

당신이 우리 주님의 종이 되기로 선택되었고 워낙 높은 수준에 올랐으므로 웬만해서는 원수를 섬길 만큼 타락할 리 없다는 것도 알고 있었지. 그래서 당신을 공격해보았자 자기 노력이 허사가 되리라고 생각하여 주저하고 있었소. 그러면서, 어떻게 해야 당신을 속일 수 있을지 여러 가지로 궁리했다오. 그러다 마침내 다른 무엇보다도 여자를 통하면 당신을 죽을죄에 이르게 할 수 있으리라고 생각한 거요. 인류 최초의 조상도 여자에게 속았으며, 모든 인간 중 가장 현명했던 솔로몬이나 가장 힘이 세었던 삼손, 그리고 다윗 왕의 아들로 세상에서 가장 수려한 인물이었던 압살롬이 다 그러했으니까. '그 모든 이가 여자의 간계에 속아 망했으니, 이 애송이도 오래 버티지는 못할 걸' 하고 말이오.

그래서 그는 그니에브르 왕비에게로 들어갔소. 그녀는 결혼한 이래 제대로 고해를 한 적이 없었던 터라, 당신이 기사가 된 그 날 그녀의 집에 머물 때, 원수는 그녀를 부추겨 당신을 바라보게 했소. 그녀가 당신을 바라보는 것을 깨달은 순간 당신은 그녀를 생각했고, 그 순간 원수는 자기 화살을 어찌나 세차게 날렸던지 당신은 비틀거렸소.[144] 원수는 당신을 어찌나 비틀거리게 했던지, 당신으로 하여금 바른 길에서 벗어나 전혀 알지 못하던 길로 들어서게 만들었소. 그것이 음욕의 길이었으니, 그것이 영혼과 육신을 얼마나 놀랍도록 망가뜨리는지는 그 길에 들어서 본 자가 아니면 알 수 없을 거요. 그때부터 원수는 당신의 눈을 멀게 만들었소. 당신의 눈이 음욕의 불길로 달아오르자마자 겸손이 달아났고 교만이 들어왔으며, 당신은 사자처럼 당당히 고개를 쳐들고 다니게 되었소. 그러면서 당신은 당신의 눈에 그쳐럼 아름답게 보이는 여인을 뜻대로 할 수 없다면 세상 그 무엇도 아무 가치가 없다고 내심 뇌까리게 되었소. 원수는 이 모든 말이 발설되기가 무섭게 알아듣고는 당신이 생각으로나 마음으로나 죽을죄를 지은 것을 알고는 당신 안에 냉큼 들어서서 당신이 오랫동안 모시고 있던 이를 내쫓아버렸소.

그리하여 당신은 우리 주님을 저버리고 말았소. 당신을 양육하고 기르고 모든 아름다운 덕을 갖추어주신 이, 당신을 높이시어 그분을 섬기게 해주셨던 이를 말이오. 그분께서 당신이 그분의 종이 되어 그분께서 베풀어주신 좋은 것들로 그분을 섬기리라고 생각하셨던 그때에 당신은 그분을 버렸으니, 당신은 예수 그리스도의 종이 되어야 했을 때에 마귀의 종이 되었고, 우리 주님께서 자신의 성품들을 주셨던 만큼이나 원수의 성품들을 들여놓았소. 순결과 정결 대신에 당신은 음욕을 맞이했으니, 그것은 순결과 정결을 모두 파괴하는 것이오. 또한 겸손 대신 교만을 맞아들여, 자기만 한 인간이 없는 듯이 여겼소. 지금껏 말했던 다른 모든 덕목을 쫓아버리고 그 반대되는 것들을 맞아들였지. 그래도 우리 주님께서는 당신에게 워낙 풍성히 베푸셨던 터라 그 풍성한 데서 얼마간은 남지 않을 수 없었으니, 주님께서 당신에게 남겨주신 것으로 당신은 낯선 땅에서 큰 무예를 발휘했고, 그에 대해서는 온 세상이 떠드는 바요. 하지만 만일 당신이 우리 주님께서 주신 그 모든 덕목을 고스란히 간직했더라면 얼마나 더 큰 일을 행할 수 있었을지 생각해보시오. 지금 다른 모든 사람이 진력하고 있는 성배의 모험을 완수하는 데에도 실패하지 않았을 것이고, 참된 기사만을 제외하고는 아무도 이룰 수 없을 목표에 이르렀을 거요. 우리 주님의 면전에서 눈이 멀지도 않았을 테고, 그분을 밝히 보았을 거요.[145] 내가 이 모든 이야기를 하는 것은 당신이 그토록 타락한 나머지 어디에 가도 명예를 얻지 못하고, 탐색에서 당신에게 일어난 일에 관한 진상을 알게 될 모든 자에게 모욕을 당할 것이 마음 아프기 때문이오.

하지만 당신은 용서를 얻지 못할 정도로 그렇게 탈선한 것은 아니오. 당신을 그처럼 탁월하게 지으시고 섬기도록 불러주셨던 그분께 진심으로 자비를 구하기만 한다면 말이오. 하지만 만일 당신이 진심으로 그렇게 하지 않는다면, 나는 당신이 이 탐색을 더 이상 계속하는 것을 권하지 않겠소. 누구라도 진심으로 참회하지 않고서 이 탐색에 나섰다가는 반드시 치욕을 당하리라는 것을 알아두시오. 왜냐하면 이 탐색은 이 땅의 일이 아니라 천상의 일이기 때문이오. 더럽고 추한 채 하늘에 들어가려는 자는 심히 실족하여 평생 그 상처를 지니게 될 것이오. 누구든 지상의 악덕으로 더럽혀진 채 이 탐색에 들어가는 자도 마찬가지요. 그들은 길을 찾지 못하고 낯선 땅에서 미친 짓을 하고 다니게 될 거요. 복음서가 말하는 이런 예화대로요.

'옛날에 한 부자가 혼인 잔치를 준비하고 친구와 친척과 이웃들을 청했다. 잔칫상이 차려지자 청한 자들에게 전갈을 보내, 다 준비되었으니 오라고 했다. 그러나 이들은 늑장을 부리며 지체하여 부자를 노하게 했다. 그는 청한 자들이 오지 않으리라는 것을 알자 하인들에게 일렀다. "가서 큰 길 작은 길 다니며 아는 이나 모르는 이나 가난뱅이나 부자나 다 와서 먹으라고 해라.

잔칫상이 다 차려져 준비되었으니." 하인들은 주인의 명대로 했고, 집이 가득 찰 정도로 사람들을 불러왔다. 모두 자리에 앉자 주인은 사람들 중 예복을 입지 않은 자를 보고 다가가 물었다. "벗이여, 누가 그대를 여기에 청했는가?" "주여, 저도 다른 사람들과 같이 이곳에 왔나이다." "정녕 그렇지 아니하다. 그들은 모두 기뻐하며 혼인 잔치에 오는 사람처럼 차려입었으나, 그대는 혼인 잔치에 맞는 차림이라고는 하지 않았다." 그리하여 그를 집 밖으로 내쫓은 다음 자리에 앉은 모두에게 들리도록 말했다. 혼인 잔치에 온 사람들보다 열 배는 더 많은 사람을 불렀다고. 그러므로 진정 청함을 받은 자는 많으나 택함을 받은 자는 적다고 할 것이다.'[146]

복음서가 말하는 이 예화를 우리는 이 탐색에서도 볼 수 있소. 그가 알리는 혼인 잔치란 성배의 식탁이라고 이해할 수 있으니, 거기에서는 덕인, 곧 참된 기사들이 먹게 될 것이요. 이들이 혼인잔치 예복을 입고서 우리 주님 앞에 나타날 자들이니, 이 예복이란 하느님께서 당신을 섬기는 자들에게 갖추어주시는 은혜와 미덕들이라오. 하지만 참된 고해와 선행을 갖추지 못한 벌거벗은 자들을 그분은 받지 않으시고 다른 사람들과의 동석에서 내쫓으실 것이니, 그리하여 그들은 다른 사람들이 영광을 누리는 만큼이나 모욕과 수치를 당하게 될 거요."

이윽고 그는 말을 멈추고 랑슬로를 바라보았다. 랑슬로는 마치 세상에서 가장 사랑하는 것이 눈앞에 죽어 있기나 한 것처럼 심히 우는 것이, 너무나 괴로워 어찌 할 바를 알지 못하는 자 같았다. 은자는 그를 한참이나 바라보다가, 탐색에 나선 후에 고

해를 했느냐고 물었다. 그러자 그는 들릴락 말락 한 소리로 그렇다고 대답했다. 그러고는 자신이 겪은 모든 일과 자신이 들은 세 마디 말, 그리고 그에 대한 해석을 이야기했다. 은자는 그가 하는 말을 듣더니 이렇게 말했다.

"랑슬로, 당신이 지닌 신앙심과 당신이 오래전에 받은 기사도에 걸고 청하노니, 이전에 살던 삶과, 새로이 시작한 삶 중에서 어떤 삶이 당신에게 더 즐거운지 말해보시오."

"어르신, 창조주께 걸고 말씀드립니다. 이 새로운 삶이 이전의 다른 삶보다 백배는 더 좋습니다. 앞으로는 평생 어떤 일이 있어도 이 삶에서 떠나지 않겠습니다."

"그렇다면 두려워하지 마시오." 은자가 말했다. "우리 주님께서는 당신이 진심으로 용서를 구하는 것을 보셨으니, 은혜를 베푸사 당신을 그분의 성전이 되게 하시고[147] 당신 안에 거하실 거요."

그들은 그렇게 이야기를 나누며 그날을 보냈다. 밤이 오자 암자 안에 있던 빵을 먹고 보리술을 마셨다. 그러고는 시신 앞에 가서 누웠지만, 별로 잠이 오지 않았다. 이 땅의 것들보다 하늘에 속하는 것들에 생각이 가 있었기 때문이다. 이튿날 아침 은자는 시신을 제단 앞에 묻고 암자에 들어와 평생 그곳을 떠나지 않고 하늘의 주님을 섬기겠다고 말했다. 랑슬로가 무장을 갖추려는 것을 보자 그는 이렇게 말했다.

"랑슬로, 거룩한 참회의 이름으로 당신에게 명하노니, 이제부터 이 거룩한 망자의 말총속옷을 입도록 하시오. 그러면 당신에게 큰 유익이 되어 이것을 입고 있는 한 죽을죄를 짓지 않을 터이니, 이것이 당신에게 든든한 보장이 되어줄 것이오. 또한 명하노니, 이 탐색을 하는 동안에는 고기를 먹지도 포도주를 마시지도 말며, 그럴 만한 장소에 있기만 하다면 항상 예배당에 가서 우리 주님께 예배드리시오."

랑슬로는 이 명령을 속죄를 위한 보속으로 받아들이고, 은자가 보는 앞에서 훈계를 달게 받아들여 옷을 벗었다. 그러고는 따갑게 찌르는 말총속옷을 걸친 다음 그 위에 옷을 입었다. 그렇게 차려입은 다음 무장을 하고 말에 올라 은자에게 작별을 청했다. 은자는 그를 선선히 보내며 부디 잘 처신하라고 당부했다. 원수가 해를 끼치지 못하도록, 무슨 일이 있어도 매주 참회하는 것을 거르지 말라는 것이었다. 랑슬로는 그러겠노라고 말했다. 그러고는 그곳을 떠나 종일 숲속을 갔지만, 만과 무렵까지 이렇다 할 모험을 만나지 못했다.

만과 때가 지난 후 그는 한 아가씨가 흰 의장마를 타고 빠른 걸음으로 다가오는 것을 보았다. 그녀는 랑슬로를 보자 인사를 건네며 말했다.

"기사님, 어디로 가시는지요?"

"아가씨, 나도 모르오. 모험이 이끄는 대로 나아갈 뿐이오. 어느 쪽으로 가야 내가 찾는 것을 만날 수 있을지 모르니 말이오."

"저는 당신이 무엇을 찾는지 알아요. 한때 당신은 그 목표에 지금보다 훨씬 더 가까이 있었지만, 또 한편으로는 이전 어느 때보다 지금 더 가까이 있기도 하지요. 만일 당신이 시작한 것을 굳게 붙든다면요."

"아가씨, 지금 말하는 그 두 가지는 서로 반대되는 것이 아니오?"

"괘념치 마세요. 언젠가는 지금 보는 것보다 훨씬 더 분명히 보게 되겠지만, 지금 제가 말씀드리는 것을 아직은 다 이해하지 못하실 거예요."[148]

그녀는 그렇게 말하고는 가려고 했다. 그는 그녀에게 어디서 묵을 수 있을지 물어보았다.

"오늘 밤 숙소는 찾을 수 없을 거예요. 하지만 내일은 당신의 필요에 맞는 숙소를 찾게 될 테고, 지금 당신이 염려하는 것에 대해서도 도움을 받게 될 거예요."

그는 그녀에게, 그녀는 그에게, 작별을 고하고 서로 헤어졌다. 그는 계속하여 숲속을 가다가 두 갈래 길이 만나는 곳에서 밤을 맞이했다. 그곳에는 길이 나뉘는 곳에 나무 십자가가 하나 서 있었다. 그는 십자가를 보자 크게 기뻐하며, 그날 밤은 그곳에서 묵으리라고 말했다. 그래서 그 앞에 절하고는 말에서 내려 말의 고삐와 안장을 풀어주고 풀을 뜯게 했다. 그러고는 목에 걸었던 방패를 내리고 투구 끈을 풀어 머리에서 벗은 다음, 십자가 앞에 무릎을 꿇고 기도하기 시작했다. 십자가에 달리셨던 그분, 이 십자가를 세워 기리는 그분께서 그를 지켜주사 죽을죄에 빠지지 않게 해주시기를 빌었다. 그에게는 다시 죄에 빠지는 것 이상으로 두려운 것이 없었기 때문이다.

그는 우리 주님께 한참 동안 기도한 다음 십자가 앞에 있는 돌 위에 몸을 기댔다. 밤샘과 금식으로 지치고 고단해서 졸음이 밀려왔으므로, 돌 위에 기대자마자 잠이 들었다. 그렇게 잠들었을 때, 그는 자기 앞에 한 사람이 나타나는 것을 보았다. 그는 온통 별들로 둘러싸였고, 일곱 왕과 기사 둘을 데리고 있었으며 머리에는 금관을 쓰고 있었다. 그들은 랑슬로 앞에 와서 멈춰 서더니 십자가에 경배하며 무릎을 꿇었다. 그렇게 한참 동안 꿇어 엎드렸던 그들은 이윽고 일어나 앉아서 하늘을 향해 손을 들고 소리 높여 말했다.

"하늘 아버지여, 저희에게 오소서! 각 사람에게 마땅한 대로 갚아주시고, 저희를 당신 집에, 저희가 그토록 사모하는 집에 들어가게 해주소서!"

그들은 그렇게 말하고 모두 입을 다물었다. 랑슬로가 하늘을 바라보니 구름이 열리면서 천사들의 무리를 거느린 한 사람이 나타나 그들 위로 내려와서 각 사람을 축복하고 그들을 착하고 충성된 종이라 부르며 이렇게 말했다.

"내 집이 너희 모두를 위해 준비되어 있으니, 영원한 기쁨 가운데로 들어오라."

그는 그렇게 말하고는 두 명의 기사 중 나이 든 자에게 다가가 말했다.

"너는 여기서 썩 물러가라. 내가 네 안에 두었던 것을 다 잃어버렸으니, 너는 내 자식이 아니라 후레자식이며 내 벗이 아니라 원수였다. 네가 내 보물을 돌려주지 않으면 너를 진멸하리라."

그는 이 말을 듣자 다른 사람들에게서 떠나가며 애처롭게 자비를 구했다. 그러자 그 사람이 그에게 말했다.

"만일 네가 원한다면 너를 사랑할 것이오, 네가 원한다면 너를 미워할 것이다."

그자는 무리에서 떠나갔다. 하늘에서 내려온 사람은 무리 중 가장 젊은 기사에게 가서 그를 사자의 모양으로 바꾸고는[149] 날개를 주며 말했다.

"아들아, 너는 온 세상을 다니며 모든 기사 위를 날 수 있으리라."

그 기사는 날기 시작했고, 그의 날개는 어찌나 크고 놀라운지 온 세상이 그 날개들로 덮였다. 그는 온 세상이 놀라는 가운데 한참을 날다가 구름 사이로 사라져버렸다. 그러자 하늘이 열려 그를 맞아들였고 그는 지체 없이 그 안으로 들어갔다.

랑슬로는 자면서 이런 환상을 보게 되었다. 날이 샌 것을 보자 그는 손을 들어 이마에 십자 성호를 그으며 우리 주님께 자신을 맡겼다.

"은혜로우신 아버지 예수 그리스도여, 진심으로 당신을 구하는 모든 이에게 참 구원자요 위로가 되시는 주여, 당신의 크나큰 자비가 아니었다면 제가 마땅히 받아야 했을 수치와 곤욕에서 저를 구해주셨사오니, 당신께 경배하며 감사를 드리나이다. 주여 저는 당신의 피조물이오니, 제 영혼이 지옥에 떨어져 영원한 멸망을 당하게 되었을 때에 당신께서 큰 사랑을 보이사 당신의 긍휼로 저를 거기서 이끌어내시고 저를 돌이키사 당신을 알고 두려워하게 하셨나이다. 주여, 은혜를 베푸사 제가 바른 길에서 벗어나지 않게 하시고, 저를 가까이서 지켜주사 저를 속이려 엿보는 원수가 저를 당신 손 밖에서 발견하지 못하게 하소서."

그는 그렇게 기도한 다음 몸을 일으켜 말에게로 가서 안장을 얹고 고삐를 물렸다. 그러고는 투구 끈을 묶고 방패와 창을 든 다음 말에 올라 전날처럼 길을 가면서, 간밤의 꿈에 본 것이 대체 무슨 뜻일까 하고 생각했다. 그로서는 도무지 그 뜻을 헤아릴 수 없었고, 알 수만 있다면 알고 싶었다. 정오경까지 가다 보니 날이 몹시 더워지고 길은 어느 골짜기에 이르는데, 이틀 전 자신의 무기를 가져간 기사가 보였다. 그 기사는 랑슬로가 오는 것을 보자 인사는커녕 이렇게 말하는 것이었다.

"조심해라, 랑슬로! 만일 내 공격을 막아내지 못하면 죽은 목숨인 줄 알아라."

그러더니 창을 꼬나들고 달려들어 어찌나 세게 들이박았는지, 방패와 사슬갑옷이 뚫렸고, 살만 다치지 않았다. 랑슬로 역시 있는 힘을 다해 가격하여 기사와 말을 한꺼번에 쓰러뜨렸으므로, 하마터면 기사의 목이 부러질 뻔했다. 랑슬로는 내쳐 달리다가 뒤로 돌이켜 말이 다시 일어나려고 하는 것을 보았다. 그는 말고삐를 잡고는 한 나무로 끌어다가, 기사가 다시 일어나면 말을 발견할 수 있도록 매어두었다. 그런 다음 다시 가던 길을 가다가 저녁이 되었다. 그는 그날도 전날도 온종일 먹지 않은 데다 이틀 내내 말을 달리느라 지치고 고단했다.

그렇게 가다가 마침내 산속에 있는 한 암자에 이르렀다. 그는 암자 문 앞에 한 은자가 앉아 있는 것을 보았다. 아주 연로한 노인이었다. 그는 크게 기뻐하며 인사했고, 은자도 그에게 정중히 인사를 건넸다.

"어르신, 편력하는 기사를 묵어가게 해주시겠습니까?"

"기사님, 원하신다면 내 힘닿는 대로 잠자리를 준비하고, 하느님께서 내게 주신 것으로 대접하리다."

랑슬로는 더 바랄 나위가 없다고 대답했고, 노인은 말을 끌고 집 앞에 있는 헛간으로 데려가 안장과 고삐를 손수 벗기고는 헛간 안에 넉넉히 있는 건초를 주었다. 그러고는 랑슬로의 방패와 창을 받아 집 안으로 가져갔다. 랑슬로는 이미 투구 끈을 풀고 면갑[150]을 내리고 있던 터라, 사슬갑옷을 벗어 들고 집 안으로 들어갔다. 그가 무장을 모두 풀자, 은자는 그에게 만과를 드렸는지 물었다. 랑슬로는 정오경에 만난 한 사람 말고는 온종일 남자도 여자도 집도 오두막도 만나지 못했다고 대답했다. 그러자 은자는 자기 예배당에 들어가 복사를 부르더니 그날의 만과와 성모 미사를 드리기 시작했다. 그렇게 성무를 마친 은자는 예배당에서 나와 랑슬로에게 그가 누구이며 어디 출신인지 물었다. 그는 자신의 신원을 밝히고 성배와 관련하여 자신에게 일어난 일을 조금도 숨기지 않았다. 은자는 그 이야기를 듣자 랑슬로를 측은하게 여겼다. 그가 성배의 모험을 이야기할 때부터 울기 시작하는 것을 보았기 때문이다. 그는 거룩하신 마리아와 거룩한 신앙의 이름으로 랑슬로에게 고해할 것을 요청했다. 랑슬로는 바라던 바이며 기꺼이 그러겠노라 대답했다. 그러자 은자는 그를 다시 예배당으로 데려갔고, 랑슬로는 전에 이야기했던 바와 같이 자신이 살아온 내력을 이야기하며 부디 조언해줄 것을 청했다.

은자는 그의 고해와 그가 살아온 이야기를 듣고 그를 위로하며 안심시켰고, 좋은 말을 많이 해주어서 랑슬로는 이전보다 훨씬 마음이 편해졌다. 그래서 그는 은자에게 말했다.

"어르신, 제가 묻는 것에 대해 혹시 아시면 조언해주십시오."
"말해보시오. 무엇이든 힘닿는 데까지 조언해드리리다."
"어르신, 밤에 자는데 제 앞에 온통 별들로 둘러싸인 한 사람이 일곱 왕과 기사 둘을 데리고 있는 것이 보였습니다."

그러고는 자신이 본 대로 낱낱이 이야기했다.

은자는 그 이야기를 듣자 이렇게 말했다.

"아, 랑슬로. 당신은 당신의 가문이 얼마나 고귀한지, 당신이 어떤 사람들의 후손인지 보았던 거요. 거기에는 못사람들이 생각하는 것보다 훨씬 더 큰 의미가 있음을 알아두시오. 원한다면 내 당신 가문의 시작에 대해 말해줄 테니 들어보시오. 하지만 아주 멀리까지 거슬러가야 할 것 같소.

예수 그리스도의 수난 후 42년이 지났을 때, 참된 기사인 덕인 아리마대 요셉이 우리 주님의 명으로 새로운 법의 진리와 복음의 계명을 가르치고 알리기 위해 예루살렘을 떠났소. 그는 사라즈 도성에 이르렀을 때 한 이교도 왕을 만났는데, 에발락이라는 이름의 이 왕은 부강한 이웃 왕과 전쟁 중이었소. 요셉의 조언 덕분에[151] 왕은 하느님의 도우심으로 적을 이기고 전쟁에서 승리했고, 도성으로 돌아온 왕은 요셉의 아들 요세페의 손에 세례를 받았다오. 그에게는 세라프라는 이름의 처남이 있었는데, 이 사람도 자기 종교를 버리고 나시앵이라는 이름을 갖게 되었지. 이 기사는 그리스도교로 개종한 다음 하느님을 잘 믿고 자기 창조주를 사랑하여 신앙의 지주요 기초가 되었다오. 그가 신실하고 바른 사람이라는 것은 우리 주님께서 그에게 성배의 큰 비밀과 신비를 보여주셨다는 데서 잘 드러나는 바요. 그것은 당시에는 요셉 말고는 어떤 기사도 본 적이 없었고, 그 이후의 기사들도 꿈속에서처럼 어렴풋하게밖에 보지 못했소.

그 무렵 에발락 왕은 환상을 보았는데, 자신의 조카, 곧 나시앵의 아들에게서 큰 호수가 나오는데 마치 배〔腹〕에서 나오는 듯했다오. 그리고 그 호수에서 아홉 줄기 강이 나오는데, 그중 여덟은 폭과 깊이가 비슷했소. 그러나 마지막 것은 다른 것들보다 폭도 깊이도 훨씬 더한 데다 물살이 빠르고 세차서 아무것도 그것을 막아낼 수 없었소. 이 강은 처음에는 탁하고 진창처럼 뻑뻑했지만[152] 중간쯤 가서는 맑고 깨끗해졌고 마지막에는 한층 더해져서 처음보다 백배는 더 아름답고 맑았으며 어찌나 시원한지 아무리 마셔도 물리지 않을 정도였소. 아홉 줄기 강이 그와 같았다오. 에발락 왕이 또 보니 하늘에서부터 한 사람이 오는데, 우리 주님의 징표와 표지를 지니고 있었소. 그는 호수에 이르러 거기에서 손발을 씻었고, 각각의 강에서도 그렇게 했소. 아홉번째 강에 이르러서는 손과 발과 온몸을 씻는 것이었소.

모르드랭[153] 왕은 자면서 그런 환상을 보았으니, 이제 당신에게 그 의미를, 그것이 무엇을 말하는지를 보여드리겠소. 모르드랭 왕의 조카, 호수가 그로부터 발원한 이는 우리 주님께서 불신자들을 쳐부수기 위해 이 나라에 보내신 나시앵의 아들 셀리두안이라오. 그는 진실로 예수 그리스도의 종이었으며, 하느님의 기사였소. 그는 별들과 행성들의 운행이며 천구天球의 법칙들을 철학자들이 아는 이상으로 알고 있었소. 그는 과학이며 기술에 그처럼 통달했기 때문에 당신 앞에 별들에 둘러싸인 모습으로 나타난 거요. 그는 스코틀랜드 왕국을 다스린 최초의 그리스도인 왕이었소. 그는 진실로 과학과 기술의 호수였으니, 그에게서 신성의 힘과 이치를 얼마든지 길어낼 수 있었소. 이 호수에서 아홉 줄기 강이 발원했으니, 이는 그에게서 나온 아홉 사람이오. 그의 자손 전부가 아니라, 아들에서 아들로 이어지는 직계 후손들 말이오. 이 아홉 중에서 일곱은 왕이고 둘은 기사요. 셀리두안에게서 나온 첫번째 왕은 나르퓌스라는 이름이었는데, 덕망 높은 사람으로 거룩한 교회를 지극히 사랑했소. 두번째는 고조부를 기려 나시앵이라는 이름이었는데, 우리 주님께서 그에게 놀랍도록 내주內住하시어 그의 시대에 가장 덕망 높은 사람이었소. 세번째 왕은 엘리앙 르 그로라는 이름으로, 창조주를 거스르느니 차라리 죽기를 택할 정도였소. 네번째는 이자이라는 이름으로, 덕망 높고 충성된 자로, 우리 주님을 그 무엇보다 경외했으며 자신이 아는 한 천상의 주군을 결코 노하시게 한 적이 없었소. 다섯번째는 조나앙이라는 이름으로,[154] 선한 기사였고 어떤 사람보다도 충성되고 담대했으며, 짐짓 주님을 거스른 일이 없었소. 그는 그 나라를 떠나 골[프랑스]에 가서 마로넥스의 딸을 취했고, 그의 왕국을 물려받았소. 이 사람에게서 당신의 조부인 랑슬로 왕이 나왔으니,[155] 그는 골을 떠나 이 나라[브리튼]에 와서 머물며 아일랜드 왕의 딸을 아내로 취했소. 그는 당신이 두 마리 사자가 지키는 샘에서 그의 시신을 발견할 때[156] 들었던 것처럼 아주 덕이 높은 사람이었소. 이 사람에게서 당신의 부친인 방Ban 왕이 나왔으니, 그는 뭇사람들이 생각하는 것보다 훨씬 더 유덕하고 거룩한 삶을 살았소. 사람들은 그가 영토를 잃은 것을 상심한 나머지 죽었다고 생각하지만, 사실은 그렇지 않소. 그는 평생 날마다 우리 주님께 자신이 청하는 때에 이 땅에서 떠나게 해주시기를 기도했소. 우리 주님께서는 그의 기도를 들으셨음을 분명히 보여주셨으니, 그는 육신의 죽음을 청하자마자 얻었고 영혼의 삶을 발견했다오.[157]

지금까지 말한 이 일곱 사람, 당신 가문의 조상들인 이들이 당신의 꿈에 나타난 일곱 왕이고, 모르드랭 왕이 자면서 본 호수에서 나온 일곱 강이오. 이 일곱 강에서 우리 주님께서는 손과 발을 씻으셨소. 이제 그들과 함께 있던 기사 두 명에 대해 말해야겠구려. 그들을 따르던, 즉 그들에게서 나온 두 사람 중 나이 든 자가 바로 당신이오. 당신은 그 일곱 왕 중 마지막인 방 왕에게서 나왔으니까. 그들은 당신 앞에 모두 모여 이렇게 말했소. '하늘 아버지시여, 저희에게 오소서! 각 사람에게 마땅한 대로 갚아주시고 저희를 당신 집에 들어가게 해주소서!' 그들이 '저희에게 오소서!'라고 말한 것은 당신을 자기들 무리 가운데 받아들이고 우리 주님께 자기들과 당신에게 와주시기를 기도한 거요. 그들은 당신의 시작이요 뿌리이니까. 또한 '각 사람에게 마땅한 대로 갚아달라'고 한 것은 그들이 워낙 정의로운 자들이라 당신을 아무리 사랑하더라도 우리 주님께 그들이 마땅히 구해야 할 것, 즉 각 사람에게 마땅한 바를 갚아달라는 것밖에는 구하고자 하지 않았기 때문이오. 그들이 그렇게 말하자 하늘로부터 천사들의 큰 무리를 거느린 사람이 그들 위로 내려와 각 사람을 축복하는 것을 당신은 보았소. 그리고 모든 것이 당신의 꿈속에 일어난 것처럼 실제로 일어났으니, 그들 중에 천사들의 무리 가운데 받아들여지지 않은 이가 없소.

그 사람은 두 기사 중 나이 든 자에게 말하고는—그분이 하신 말씀을 당신은 잘 기억할 테니, 당신에 관해 그리고 당신을 위해 하신 말씀으로 잘 간직해야 하오. 그 말씀이 가리키는 자가 바로 당신이니까—당신에게서 나온 어린 기사, 당신이 어부왕의 딸에게서 낳은 자에게로 가서 그를 사자의 형상으로 만들었으니, 이는 그분이 그를 지상의 모든 인간보다 더 높이셔서 담대함이나 힘에서 그에게 비길 자가 없게 하신 것이오. 그분은 그에게 날개를 주셨으니 아무도 그처럼 날래고 빠르지 못하게 하기 위함이요, 또 아무도 무예나 다른 어떤 것에서도 그보다 더 높아지지 못하게 하기 위함이었소. 그분은 그에게 말씀하시기를 '아들아, 이제 온 세상을 날아다니며 이 땅의 모든 기사도를 능가하라'라고 하시었소. 그러자 그는 곧 날기 시작했고, 그의 날개는 놀랍도록 커져서 온 세상이 그 날개에 덮였소. 당신이 본 그 모든 일이 이미 갈라아드에게 일어났소. 당신의 아들인 그 기사 말이오. 그는 놀랍도록 거룩한 삶을 살고 있으니, 어떤 인간도, 당신도 다른 누구도, 그의 기사도에 필적할 수 없소. 그는 아무도 뒤따를 수 없을 만큼 높이 올랐으니, 우리 주님께서 그에게 다른 모든 사람 위로 날아오를 날개를 주셨다고 할 것이오. 그가 바로 모르드랭 왕이 꿈에서 본 아홉번째 강, 다른 모든 강보다 넓고 깊은 강임을 알 수 있소. 자, 이제 당신이 꿈에서 본 일곱 왕이 누구인지, 그들의 무리에서 떨어져 나온 기사가 누구인지, 그리고 우리 주님께서 크나큰 은혜를 베푸사 다른 모든 사람 위로 날아오르게 하신 마지막 사람이 누구인지 다 말했소."

"어르신, 그 선한 기사가 제 아들이라고 말씀하시니 참 놀랍습니다."

"놀랄 것도 이상할 것도 없소. 당신은 펠레스 왕의 딸을 육신으로 알았고 그리하여 갈라아드가 태어났다는 것을 누구이 들어 잘 아는 바이니까. 당신이 그 아가씨에게서 낳은 이 갈라아드가 성령강림절에 위험한 좌석에 앉았던 바로 그 기사이고, 당신이 찾고 있는 기사이기도 하오. 내가 당신에게 이 말을 하여 알게 하는 것은 당신이 그에게 싸움을 걸지 않기를 바라기 때문이오. 그랬다가는 그로 하여금 당신의 육신을 상하게 함으로써 죽을죄를 범하게 할 테니 말이오. 만일 당신이 그에게 싸움을 건다면, 당신은 끝장이라는 것을 알아둬야 할 거요. 어떤 무예도 그의 무예와는 겨룰 수 없으니까."

"어르신, 말씀하신 것이 제게 큰 위로가 됩니다. 왜냐하면 우리 주님께서는 그런 열매가 제게서 나오는 것을 허락하셨으니, 그처럼 덕이 높은 기사는 자기 아비가 어떤 자라 하더라도 멸망하도록 내버려두지 않고 우리 주님께서 은혜를 베푸사 저를 제가 그처럼 오래 빠져 있던 악한 삶에서 건져주시기를 밤낮으로 기도할 터이니 말입니다."

"실상을 말씀드리리다." 은자가 말했다. "죽을죄에 관한 한 아비는 자기 짐을, 아들은 자기 짐을 지게 마련이오. 아들이 아비의 죄악을 떠맡지도 않고 아비가 아들의 죄악을 떠맡지도 않으니, 각자 자신이 행한 대로 삯을 받을 뿐이오.[158] 그러니 당신은 소망을 아들에게 두지 말고, 오직 하느님께 두시오. 만일 당신이 하느님께 도우심을 청하면, 그분은 당신을 곤경에서 구해주실 것이오."

"예수 그리스도 외에는 아무도 제게 힘도 도움도 되지 못한다니, 부디 그분께서 제게 힘을 주시고 도와주셔서 제가 원수의 손에 떨어지지 않게 해주시기를, 그리하여 그분께서 제게 요구하시는 보물, 곧 제 영혼을 그분께 돌려드릴 수 있게 해주시기를 빕니다. 그분께서 악인들에게는 '저주받은 자들아 내게서 떠나 영원한 불 속에 들어가라' 하시고, 선인들에게는 '이리 오너라 내 아버지의 복된 상속자요 아들인 너희들아, 영원히 다함없는 기쁨 안으로 들어오너라'[159]라고 하시는 그 두려운 날에 말입니다."

은자와 랑슬로는 오랫동안 함께 이야기했고, 식사 시간이 되자 예배당에서 나와 은자의 집에 앉아서 빵을 먹고 보리술을 마셨다. 식사를 마친 후 은자는 다른 침대가 없었으므로 랑슬로를 풀밭에서 자게 했다. 랑슬로는 지치고 고단한 나머지 달게 잤고 이전에 으레 누리던 세상의 안락함에 연연하지 않았다. 만일 그가 그런 것에 연연했다면 땅이 너무 딱딱하고 말총속옷이 살을 찔러대는 통에 도무지 잠들 수 없었을 것이다. 하지만 그는 이제 그런 불편과 거칠음이 오히려 달갑고 마음에 들게 되어 그보다 더 흡족할 수가 없었다. 그래서 그런 상황을 전혀 마다하지 않았다.

그날 밤 랑슬로는 은자의 집에서 자고 쉬었다. 날이 새자 그는 일어나 우리 주님께 예배를 드렸다. 은자가 미사를 마치자 랑슬로는 무장을 갖추고 말에 올라 주인에게 작별을 고했다. 은자는 그에게 이제 시작한 것을 굳게 붙들라고 간곡히 권면했다.

그는 하느님께서 힘을 주시는 한 꼭 그리하겠노라고 대답했다. 이윽고 그는 그곳에서 떠나 온종일 숲속을 갔지만 생각에 잠긴 나머지 길은 안중에도 없었다. 그는 자신의 삶과 처지를 생각하며 자신이 지은 크나큰 죄, 그로 인해 꿈속에 본 그 고귀한 무리로부터 내쳐지게 되었던 죄를 뉘우쳤다. 그 때문에 그는 너무나 상심한 나머지 절망에 빠질 것이 두려웠다. 하지만 그는 모든 소망을 예수 그리스도께 두었으므로, 아직은 자신이 내쳐졌던 그 자리로 돌아가 자신이 본래 속해 있던 무리와 함께할 수 있으리라고 생각했다.

정오경까지 길을 가던 그는 숲 가운데 있는 큰 빈터에 이르렀는데, 저만치 앞쪽에 성벽과 해자들로 둘러싸인, 터를 잘 잡은 성이 하나 보였다. 그 성 앞의 풀밭에는 색색의 비단 천을 드리운 장막들이 100개는 서 있었다. 그리고 장막 앞에는 500명 이상의 기사들이 당당한 전투마를 타고 경이로운 무술시합을 벌이고 있었다. 한 편은 흰 무장을 하고 상대편은 검은 무장을 했으며, 그 중간의 다른 빛깔 무장은 없었다. 흰 무장을 한 이들이 숲 쪽에 서고, 검은 무장을 한 이들이 성 쪽에 섰는데, 시합이 이미 시작되어 쓰러진 기사가 놀랄 만큼 많았다. 그는 한참이나 시합을 바라보다가 성 쪽의 기사들이 상대편보다 수가 더 많은데도 열세에 처해 패하기 시작한 것을 알아차렸다. 이를 본 그는 그들을 힘닿는 한 도우려고 그쪽을 향했다. 그는 창을 겨누고 말을 달려 맨 앞사람을 힘껏 가격하여 말과 기수를 땅바닥에 쓰러뜨렸고, 내처 달려 또 다른 기수를 치느라 창은 부러졌지만 그래도 그를 말에서 떨어뜨렸다. 그는 검을 손에 들고 시합 한 복판에 뛰어들어 놀라운 솜씨로 전후좌우를 공격하기 시작했으며, 얼마 지나지 않아 그를 본 모든 이가 그를 시합의 승리자로 인정하게 되었다. 그러나 그는 아무리 애를 써도 자신에게 맞서는 자들을 결판 낼 수 없었으니, 놀랄 만큼 끈질긴 자들이었다. 그는 나무둥치에게라도 하듯 맹렬히 검을 휘두르며 싸웠지만, 그들은 전혀 타격을 느끼지 않는 듯했고 전혀 물러서지 않았으며 계속 그를 공격해왔다. 그들은 잠깐 사이에 그를 어찌나 몰아세웠던지 그는 더 이상 검을 들고 있을 수조차 없었으며, 너무나 지쳐서 더는 무기를 들 힘조차 없다고 생각되었다. 그들은 그를 붙잡아 숲속으로 끌고 가서 놓아주었다. 그가 더 이상 도울 수 없게 되자 그의 편은 패배했고, 랑슬로를 끌고 가던 이들은 그에게 말했다.

"랑슬로, 이제 우리 수중에 들어왔으니, 만일 가고 싶다면 우리 뜻대로 해야 하오."

그는 그들에게 약속했고, 그들을 숲에 둔 채 다시 길을 떠나 아까 가던 길과는 다른 길에 들어서게 되었다.

그를 사로잡았던 자들로부터 한참 멀어지자 그는 전에는 결코 있을 수 없었던 처지에 이르렀다고 생각했다. 즉 그는 지금껏 무술시합에서 이기지 못한 적이 없었고, 시합에서 포로가 된 적도 없었던 것이다. 그 사실을 생각하자 그는 크게 애통해하며 자신이 다른 누구보다 큰 죄인임을 알겠다고 말했다. 그의 죄와 불운이 그에게서 시력과 체력을 모두 앗아간 때문이었다. 눈이 멀었다는 것은 성배가 나타났는데도 볼 수 없었다는 데서 증명되었다. 몸에 힘이 빠졌다는 것도 증명되었으니, 전에 그는 이 시합에서처럼 많은 사람 가운데 있다고 해도 지치거나 기세가 꺾이지 않고 적들이 원하든 원치 않든 모조리 쫓아버릴 수 있었던 것이다. 그래서 괴롭고 암담한 심정으로 길을 가다가, 그는 깊고 너른 골짜기에서 밤을 만나게 되었다. 산까지 갈 수 없겠다고 생각한 그는 큰 포플러나무 아래서 말에서 내려 말의 안장과 고삐를 풀어주고, 자신도 투구와 사슬갑옷을 벗고 면갑을 내렸다. 그러고는 풀밭에 누워 이내 가벼운 잠이 들었다. 근래 어느 때보다도 더 지치고 고단했던 탓이다.

잠든 그에게 하늘로부터 덕인 같은 이가 내려오더니 노기를 띠고 다가와 이렇게 말했다.

"아! 믿음이 적고 신실치 못한 자여, 어찌하여 네 의지는 그토록 가볍게 변하여 원수에게로 기울어지는가? 정신 차리지 않으면 그가 너를 아무도 되돌이올 수 없는 깊은 우물에 빠뜨리리라."

그는 그렇게 말하고는 이내 사라져버려서 랑슬로는 그가 어떻게 되었는지 알 수 없었다. 그 말에 몹시 불안하기는 했으나, 그렇다고 잠이 깨지는 않았고, 다음 날 아침 날이 환히 새기까지 잠들지도 깨지도 않은 상태로 있었다. 날이 새자 그는 일어나 이마에 성호를 긋고 우리 주님께 자신을 맡긴 다음 주위를 둘러보았으나 말이 보이지 않았다. 한참을 찾아 헤맨 끝에야 말을 찾아 안장을 얹고 준비가 되자 곧 말에 올랐다.

그대로 떠나려다 문득 길 오른쪽을 보니 활로 쏘아 닿을 만한 거리에 예배당이 하나 보였다. 그곳에는 인근에서 가장 존경받는 여성들 중 하나인 한 은둔수녀가 살고 있었다. 그는 예배당을 보자 자신이 실로 불운하다는 것을, 죄로 인해 모든 좋은 것에서 멀어지고 있다는 것을 깨달았다. 왜냐하면 전날 저녁 그가 그곳에 도착한 시간이면, 날 저물기 전에 거기까지 가서 자신의 처지에 대해 조언을 구할 수 있었을 터였기 때문이다. 그는 그쪽으로 가서 입구에서 내려 말을 나무에 매어둔 다음 방패와 투구와 검을 벗어 문 앞에 놓았다. 그러고는 안에 들어가 보니 제단 위에 거룩한 교회의 예복이 준비되어 있고 제단 앞에서는 한 사제가 무릎을 꿇고 기도하고 있었다. 곧이어 사제는 예복을 가져다 옷차림을 갖추고 영광스러운 성모님의 미사를 시작했다.

사제가 미사를 마치고 예복을 벗자, 작은 창구를 통해 제단을 바라보던[160] 은둔수녀가 랑슬로를 불렀다. 그가 편력하는 기사로 조언이 필요한 듯이 보였기 때문이다. 그가 다가가자, 그녀는 그에게 그가 누구이며 어디에서 왔고 무엇을 찾는지 물었다. 그는 그녀가 묻는 대로 하나하나 다 대답했다. 그렇게 묻는 말에 대답한 다음, 그는 그녀에게 전날 겪은 무술시합에 대해, 흰 무장을 한 자들이 자신을 포로로 잡았던 것과 그들이 한 말에 대해 이야기했다. 그런 다음 자면서 본 환상에 대해서도 이야기했다. 그는 자신의 처지에 관해 모든 것을 이야기한 다음, 그녀에게 힘닿는 대로 조언해달라고 청했다. 그러자 그녀는 대뜸 말했다.

"랑슬로, 랑슬로, 당신은 지상의 기사도에 의한 기사였을 때 세상에서 가장 뛰어난 자요 가장 모험에 담대한 자였습니다. 그러니 우선, 당신이 천상의 기사도에 들어서자마자 이상한 모험들이 닥친다고 해도 놀라지 말아야 합니다. 당신이 본 이 무술시합에 대해서는 제가 그 뜻을 말씀드리지요. 당신이 본 모든 것은 예수 그리스도의 표징에 다름 아니니까요. 그것은 틀림없이 그리고 오해의 여지 없이 지상의 기사들 사이에 벌어진 무술시합이었지만, 그들 자신도 알지 못하는 더 큰 뜻이 있었던 것입니다.[161] 먼저 왜 그 시합이 벌어졌는지, 그 기사들은 누구였는지부터 말씀드리겠습니다. 그 시합은 펠레스 왕의 아들 엘리에제르[162]와 에를랑 왕의 아들 아르귀스트 중 누가 더 많은 기사를 거느릴 것인지를 알아보기 위해 벌인 것입니다. 그리고 서로 상대를 구별할 수 있도록 엘리에제르는 자기 부하들에게 흰 무장을 하게 했지요. 맞붙어 싸운 결과, 검은 편이 패배했지요. 당신도 그들을 도왔고, 당신 편이 더 수가 많았지만 말입니다.

이제 이 일의 의미를 말씀드리지요. 얼마 전 성령강림절에 지상의 기사들과 천상의 기사들이 모여 시합을 벌였습니다. 즉 모두 함께 탐색을 시작한 것입니다. 죄에 빠진 기사 즉 지상의 기사들과, 참된 기사 즉 죄로 더럽혀지지 않은 의인들인 천상의 기사들이 다 같이 성배 탐색을 시작했지요. 그것이 그들이 벌인 무술시합입니다. 지상의 기사들, 즉 눈에도 마음에도 이 땅의 것뿐인 기사들은 검고 추한 죄에 물든 자들이므로 검은 무장을 했습니다. 상대편인 천상의 기사들은 아무 흠결도 없는 순결함과 정결함을 나타내는 흰 무장을 했고요. 시합이 시작되었을 때, 즉 탐색이 시작되었을 때, 당신은 죄인들과 의인들을 바라보았습니다. 그러고는 죄인들이 패배하고 있다고 생각했고, 당신 또한 죄인들 편이었으므로, 다시 말해 당신도 죄에 물들어 있었으므로, 그들의 편이 되어 의인들과 싸운 것입니다. 그렇게 싸우다 당신 아들 갈라아드와 겨루려 했던 것이지요. 그가 당신의 말과 페르스발의 말을 함께 쓰러뜨린 그날 말입니다. 당신이 시합에 참가한 지 한참 되어 지친 나머지 도울 수 없게 되자, 의인들이 당신을 사로잡아 숲으로 데려갔습니다. 얼마 전 탐색에 나선 당신에게 성배가 나타났을 때, 당신은 자신이 얼마나 패역하고 죄에 물들어 있는지를 깨닫고 다시는 무기를 들 수 없으리라고 생각했습니다. 즉 당신은 너무나 악하고 죄로 물들어서 우리 주님께서 당신을 그분의 기사요 종으로 삼으시리라고 생각할 수 없었던 것입니다. 하지만 의인들이 당신을 사로잡았고, 은자들과 수도사들이 당신을 예수 그리스도의 길로 인도했으니, 이 길은 마치 이 숲과도 같이 녹음과 생명으로 가득합니다. 그들은 당신의 영혼에 유익한 것을 권면해주었지요. 그래서 그들과 헤어진 후 당신은 이전에 가던 길로 돌아가지 않았으니, 이전에 짓던 죄로 돌아가지 않았다는 뜻입니다. 그렇지만 당신은 이 세상의 헛된 영광과 당신이 누리던 교만을 기억하고는 당신이 승리하지 못한 데 대해 괴로워했으므로, 우리 주님께서 노하실 만했지요. 그래서 그분은 당신이 잘 때 꿈에 나타나셔서 당신의 믿음 없고 신실치 못함에 대해 말씀하시고, 만일 당신이 정신 차리지 않으면 원수가 당신을 깊은 우물, 곧 지옥에 빠뜨리리라고 경고하신 것입니다. 자, 이렇게 무술시합과 당신의 꿈이 뜻하는 바를 설명해드렸습니다. 당신이 헛된 영광이나 다른 어떤 동기로 인해 진리의 길에서 떠나지 않도록 말입니다. 당신은 지금껏 창조주를 거슬러 너무나 방황했기 때문에, 만일 당신이 그분께 대하여 하지 말아야 할 일을 한다면 그분은 당신이 죄에서 죄로 헤매다가 영원한 징벌, 곧 지옥에 빠지도록 내버려 두실 것입니다."

이윽고 은둔수녀는 입을 다물었고 랑슬로가 대답했다.

"수녀님께서 그처럼 말씀하시니, 그리고 또 전에 이야기를 나누었던 은자님도 말씀하셨으니, 만일 제가 죽을죄에 빠진다면 저는 다른 어떤 죄인보다 비난받아야 할 것 같습니다."

"하느님이 도우사 당신이 다시는 그런 죄에 빠지지 않게 해주시기를!"

수녀는 말했다. 그러고는 이렇게 덧붙였다.

"랑슬로, 이 숲은 아주 크고 길을 잃기 쉽습니다. 온종일 말을 타고 가도 집도 쉴 만한 곳도 없어요. 그러니 오늘 식사는 했는지 말해주기 바라요. 만일 먹지 못했다면 하느님께서 우리에게 허락해주신 음식은 드릴 수 있습니다."

그는 그날도 전날도 먹지 못했다고[163] 말했다. 그러자 그녀는 빵과 물을 가져오게 했다. 그는 사제의 집에 들어가 하느님께서 그에게 보내주시는 자비를 받아들였다. 식사를 마친 그는 은둔수녀에게 작별을 고하고 온종일 길을 가다 저녁을 맞이했다.

하느님 말고는 아무 동행 없이 높은 바위에서 밤을 보내게 된 그는 한참을 기도한 후 오래 잤다. 이튿날 날이 새는 것을 본 그는 이마에 십자 성호를 긋고는 동쪽을 향해 꿇어 엎드려 전날과 같은 기도를 드렸다. 그러고는 말에게로 가서 안장을 얹고 고삐를 물린 후 말에 올라, 가던 길을 계속 갔다. 마침내 크고 놀라운 바위산 사이의 드넓고 아름다운 골짜기에 이르렀을 때, 그는 자신의 처지를 곰곰이 생각하기 시작했다. 앞을 보니 마르쿠아즈강[164]이 숲을 둘로 나누며 흐르고 있었다. 이를 본 그는 어찌할 바를 몰랐다. 그처럼 깊고 위험한 물을 건너서 가야 한다는 것은 명백했지만, 몹시 두려운 일이었기 때문이다. 하지만 그래도 그는 하느님께 소망을 두고 그분만을 믿으며 모든 생각을 떨쳐버리고 하느님의 도우심으로 건너리라고 말했다.

그가 그렇게 생각하고 있을 때, 놀라운 일이 일어났다. 물에서 오디보다 더 검은 빛깔의 갑옷을 입은 기사가 역시 검은 말을 타고 나오는 것이었다. 기사는 랑슬로를 보자 한마디 말도 없이 창을 겨누고는 그의 말을 세차게 가격하여 그 자리에서 죽여버렸지만[165] 랑슬로는 건드리지 않았다. 그러고는 어찌나 급히 가버렸는지, 금방 보이지 않게 되었다. 타고 있던 말이 죽은 것을 본 그는 다시 일어났고 우리 주님 뜻대로 일어난 일이라고 생각하여 별로 슬퍼하지 않았다. 그는 말 쪽은 돌아보지 않고 무장한 그대로 나아갔다. 물가에 이르자 어떻게 건너야 할지 알 수 없어서, 걸음을 멈추고 투구와 방패를 벗고 검과 창을 내려놓은 채 바위 곁에 누워 우리 주님께서 도움을 보내주실 때까지 거기서 기다리기로 했다.

랑슬로는 그렇듯 삼면이 포위되어 있었으니, 한쪽은 물, 다른 쪽은 암벽, 또 다른 쪽은 숲이었다. 그 세 방향 어느 쪽을 보아도 이 세상에서 얻을 만한 도움은 보이지 않았다. 만일 암벽 위에 올라가 배가 고파진다면, 우리 주님께서 보내주시지 않는 한 먹을 것이 없을 터였다. 만일 숲속으로 들어간다면, 그것은 일찍이 본 가장 길 없는 숲이었으므로, 길을 잃고 헤매며 도와줄 이를 오래도록 만나지 못할 수도 있었다. 그리고 만일 물로 나아간다면, 어떻게 무사히 건널 수 있을지 알 수 없었다. 물은 깊고 검어서 바닥에 발이 닿지 않을 것이었다. 그 세 가지 때문에 그는 더 나아가지 못한 채 물가에서 우리 주님께 기도했다. 주께서 부디 은혜를 베푸시어 그를 찾아와 위로해주시기를, 그리고 그가 악마의 간계로 원수의 시험에 들거나 절망에 빠지지 않도록 인도해주시기를 기도했다. 하지만 이제 이야기는 그와 헤어져, 고뱅 경에게로 돌아간다.

7. 고뱅과 엑토르

　이야기가 전하는바, 고뱅 경은 동지들과 헤어져 여러 날 동안 이리저리 다녔지만 딱히 이야기할 만한 모험을 만나지 못했다고 한다. 다른 동지들 또한 그러했으니, 그들도 평소의 10분의 1만큼도 모험을 만나지 못했고, 그래서 탐색이 지겨워졌다. 고뱅 경은 성령강림절부터 막달라 축일까지[166] 이렇다 할 모험을 만나지 못한 것을 이상히 여겼다. 왜냐하면 성배의 탐색에서는 다른 어떤 일에서보다 크고 놀라운 모험들이 속히 나타나리라고 생각했기 때문이다. 어느 날 그는 엑토르 데 마르[167]가 혼자 길을 가고 있는 것을 보았다. 그들은 서로 금방 알아보았고 크게 반가워했다. 고뱅 경은 엑토르에게 사정을 물었고, 그는 사지 멀쩡하지만 자기가 지나온 곳에서는 모험이라고는 만나지 못한 지 한참되었다고 대답했다.
　"정녕 나도 그 점이 유감이오." 고뱅 경이 말했다. "하느님께 맹세코, 카말로트를 떠난 후로 모험이라고는 만나지 못했소. 도대체 어찌 된 영문인지 모르겠소. 낯선 고장 먼 나라를 다니고 밤낮으로 길 가는 것이 부족했던 것도 아니니 말이오. 당신을 내 동지로 믿고 하는 말이오만, 다른 아무 할 일 없이 그저 이렇게 다니기만 하면서도 벌써 열 명 이상을 죽였는데, 다들 상당히 용맹한 자였지만, 하여간 모험이라고는 만나지 못했다오."

그러자 엑토르가 참으로 놀라운 일이라며 성호를 그었다.

"자, 어디 말해보시오." 고뱅 경이 말했다. "당신은 우리 동지 중 누구라도 만나보았소?"

"예, 지난 보름 동안 스무 명 이상을 만났는데 모험을 만날 수 없다고 불평하지 않는 이가 없더이다."

"정녕 놀라운 일이오. 근자에 랑슬로 경에 대해서도 들어보았소?"

"아니, 전혀 소식이 없습니다. 심연으로 꺼져버리기라도 한 듯, 아무도 그의 소식을 말하는 이가 없었습니다. 그래서 그가 몹시 걱정이 되어 어디 감옥에라도 갇혔는지 두렵습니다."

"갈라아드와 페르스발, 보오르의 소식은 들으셨소?"

"전혀 듣지 못했습니다." 엑토르가 말했다. "그 네 사람은 너무나 감쪽같이 사라져버려서 전혀 소식을 알 수가 없습니다."

"그들이 어디 있든 하느님께서 그들을 인도해주시기를!" 고뱅 경이 말했다. "만일 그들이 성배의 모험에 실패한다면 다른 사람들은 성공할 리가 없으니 말이오. 그리고 그들은 탐색에 나선 가장 훌륭한 이들이니, 성공하리라 생각하오."

그렇게 한참 이야기하다가, 엑토르가 말했다.

"고뱅 경, 경께서도 오랫동안 혼자 길을 오셨고 저 또한 그러한데 아무것도 만나지 못했습니다. 그러니 함께 가봅시다. 각자 혼자 다니는 것보다 모험을 만날 가능성이 더 있을지 알아봅시다."

"정녕 경의 말이 옳소. 그렇게 하리다. 함께 갑시다. 부디 하느님께서 우리를 인도하사 우리가 찾아다니는 것을 조금이라도 만날 만한 곳으로 이끌어주시기를!"

"고뱅 경, 제가 지나온 이쪽에는 아무것도 없을 것 같고, 경께서 지나오신 그쪽도 그럴 것 같습니다."

고뱅은 그도 그렇겠다고 대답했다.

"그러니 지금까지 온 길과는 다른 길로 가보는 것이 어떻겠습니까?"

고뱅은 찬성했고, 엑토르는 자신들이 마주쳤던 들판을 가로질러 가는 오솔길을 택하여 큰길에서 벗어났다.

그들은 그렇게 꼬박 여드레를 갔지만, 아무 모험도 만나지 못하여 몹시 낙심했다. 어느 날 그들은 크고 낯선 숲속을 지나가면서 사람이라고는 만나지 못하다가, 저녁이 되어서야 어느 산속 두 암벽 사이에 오래된 예배당이 있는 것을 보았다. 어찌나 황량한지 사람이라고는 없는 듯했다. 그들은 그곳에 이르자 말에서 내려 방패와 창을 벗어서 예배당 바깥벽에 기대놓았다. 말도 안장과 고삐를 풀어 산속에서 풀을 뜯도록 놓아주었다. 그러고는 검을 풀어 내려놓고 제단 앞에 가서 선한 그리스도인이 마땅히 해야 하는 대로 기도를 드렸다. 기도를 마친 뒤 그들은 내진의 좌석에 가서 앉아 이런저런 이야기를 나누었다. 하지만 먹을 것에 대해서는 말하지 않았으니, 그 상황에서는 아쉬워해봤자 소용이 없었기 때문이다. 등불도 촛불도 켜 있지 않았으므로 실내는 아주 어두웠다. 그들은 잠시 깨어 있다가 각기 잘 자리를 찾아 잠이 들었다.

그들은 자면서 각기 놀랍고 잊을 수 없는 꿈을 꾸었는데, 거기에는 큰 의미가 있으므로 이 이야기에 기록해둘 만하다. 고뱅 경이 자면서 본 것은, 자신이 푸른 풀이 지천이고 꽃들이 만발한 초원에 있는 것이었다. 그 초원에는 꼴 시렁이 하나 있어 150마리의 황소가 여물을 먹고 있었다. 소들은 하나같이 오만했으며, 단 세 마리만 빼고는 모두 얼룩이 져 있었다. 그 세 마리 중 한 마리는 얼룩이 졌다고도 지지 않았다고도 할 수 없었으니 얼룩의 흔적이 남아 있었지만, 다른 두 마리는 더할 나위 없이 희고 아름다웠다. 그 세 마리는 아주 튼튼한 하나의 멍에로 엮어져 있었다. 황소들은 모두 "여기보다 더 좋은 풀밭을 찾으러 가자"고 했고, 그래서 그곳을 떠나 초원이 아닌 황야로 가서 오랫동안 그곳에 머물렀다. 돌아올 때는 그중 여럿이 없었고, 돌아온 소들도 어찌나 여위고 지쳤던지 제대로 서 있지도 못했다. 얼룩지지 않은 세 마리 중에서는 한 마리만 돌아오고 다른 두 마리는 돌아오지 않았다. 다들 꼴 시렁으로 돌아오자 그들 사이에 큰 다툼이 일어난 나머지 식량이 부족해져서 뿔뿔이 흩어져야 하게 되었다.

고뱅 경의 꿈은 그러했다. 엑토르는 그와 전혀 다른 꿈을 꾸었다. 그와 랑슬로는 어떤 높은 자리에서 내려와 큰 말 두 마리에 타면서 이렇게 말했다. "자, 우리가 결코 찾을 수 없을 것을 찾으러 가보세." 그렇게 출발하여 그들은 여러 날 동안 헤매다가, 마침내 랑슬로가 말에서 떨어졌고, 그를 낙마시킨 자는 그의 무장을 다 벗겨버렸다. 그러고는 가시투성이 옷을 입혀 나귀에 태웠다. 랑슬로는 나귀를 타고 한참을 가다가 어느 샘에 이르렀는데, 일찍이 본 가장 아름다운 샘이었다. 그러나 그가 물을 마시려고 몸을 굽히자 샘은 물러나 사라져버렸다. 전혀 마실 수 없는 것을 보자, 그는 떠나왔던 곳으로 돌아갔다. 엑토르는 말에서 내리지 않고 이리저리 헤매다가 혼인 잔치가 한창인 어느 부자의 집에 이르렀다. 그는 문을 두드리며 말했다. "열어주시오! 열어주시오." 그러자 주인이 나와 그에게 말했다. "기사님, 다른 숙소를 찾아보십시오. 당신처럼 높이 올라탄 사람은 이곳에 들어올 수 없습니다." 그래서 그는 더없이 낙심하여 돌아가서, 두고 왔던 높은 의자에 다시 앉았다.

엑토르는 이 꿈이 어찌나 불편했던지 근심하다가 잠이 깼고, 다시 잠을 이루지 못해 뒤척이기 시작했다. 고뱅 경 역시 꿈 때문에 잠이 깨어 있던 터라, 엑토르가 그렇게 뒤척이는 소리를 듣고는 말을 걸었다.

"경, 주무시오?"

"아닙니다. 이상한 꿈 때문에 잠이 깼습니다."

"정녕 말씀대로요." 고뱅이 말했다. "나도 아주 이상한 꿈을 꾸고 잠이 깼다오. 그 진실을 알기 전에는 결코 마음이 편치 않을 것 같소."

"저도 그렇습니다." 엑토르가 말했다. "저도 제 형님 랑슬로 경이 어떻게 되었는지 알기 전에는 편치 못할 것 같습니다."

그들이 그렇게 말하는데, 예배당 문틈으로 웬 손이 나타나는 것이 보였다. 팔뚝까지 나타난 그 손은 붉은 주단으로 덮여 있었고, 손목에는 별로 화려하지 않은 고삐가 걸려 있었으며, 손에는 밝게 빛나는 커다란 촛불이 들려 있었다. 손은 그들 앞을 지나 내진까지 들어가서 사라져버렸으며, 그러고는 어떻게 되었는지 알 수 없었다. 이윽고 그들에게 말하는 음성이 들려왔다.

"믿음이 적고 신실치 못한 기사들이여, 그대들이 방금 본 세 가지가 그대들에게 없느니라. 그러므로 그대들은 성배의 모험을 달성하지 못하리라."

그들은 이 말을 듣고 아연했다. 한동안 잠자코 있다가, 고뱅 경이 먼저 입을 열어 엑토르에게 말했다.

"방금 저 말을 알아들었소?"

"아니오, 하지만 확실히 들리기는 했습니다."

"정녕코 이 밤에는 자면서도 깨어서도 하도 많은 것을 보았으니, 내 생각에는 어디 은자라도 찾아가서 우리 꿈이나 방금 들은 것의 의미를 물어보는 것이 좋을 듯하오. 그리고 그가 권하는 대로 합시다. 그러지 않으면 지금까지 해온 것처럼 헛걸음만 할 것 같으니 말이오."

엑토르도 그러는 것이 좋겠다고 말했다. 그래서 두 기사는 그날 밤 내내 예배당에 머물렀으며, 그렇게 잠이 깬 후 다시 잠들지 못하고 각자 자신이 꿈에 본 것에 대해 골똘히 생각에 잠겼다.

날이 새자 그들은 말을 두었던 곳으로 갔고, 말들을 찾아내어 안장을 얹고 고삐를 맨 다음 무장을 갖추고 말에 올라 그 산을 떠났다. 골짜기로 들어섰을 때 조랑말을 타고 혼자서 길을 가는 한 소년을 만났다. 그들은 그에게 인사를 건넸고, 그도 그들에게 인사했다.

"이보게," 고뱅 경이 말했다. "이 근처의 수도원이나 암자를 알려주겠나?"

"예, 기사님." 소년은 오른쪽 작은 오솔길을 가리키며 말했다. "이 길로 똑바로 가면 작은 산에 있는 암자가 나올 겁니다. 하지만 산이 너무 가팔라서 말을 타고는 갈 수 없고, 내려서 걸어가셔야 합니다. 그곳에 가면 은자를 만나실 수 있습니다. 이 고장에서 가장 덕망이 높고 거룩한 삶을 사시는 분입니다."

"아주 도움이 되는 말을 해주었네. 하느님께서 부디 자네를 지켜주시기를."

소년은 제 갈 길로 가고, 그들도 길을 찾아갔다. 조금 가다 보니 골짜기에서 무장을 갖춘 기사 하나가 그들을 보자마자 "한판 겨루자!"고 멀리서부터 소리쳐댔다.

"정녕 카말로트를 떠난 후로는 아무도 내게 무술을 겨루자는 이가 없더니, 이제야 임자가 나타났구려."

고뱅이 그렇게 말하자 엑토르가 나섰다. "괜찮으시다면 제가 가게 해주십시오."

"안 될 말이오." 고뱅이 대답했다. "하지만 내가 거꾸러진다면, 경이 나 대신 그를 무찔러도 상관없소."

그는 창을 창받침[168]에 받치고 방패를 팔에 꿴 다음 기사를 향해 말을 달렸다. 상대방 기사 역시 있는 힘껏 말을 달려 돌진해 왔다. 그러고는 어찌나 맹렬한 싸움이 벌어졌던지 방패는 뚫리고 사슬갑옷은 끊어져나갔으며 기사들은 둘 다 부상을 입었다. 고뱅 경은 왼쪽 옆구리를 다쳤지만, 심하지는 않았다. 하지만 상대방 기사는 창에 꿰어 찔린 상태였다. 둘 다 안장에서 떨어지면서 창이 부러지고 말았다. 기사는 창이 박힌 채 치명상을 입고 일어나지 못했다.

고뱅 경은 말에서 떨어지자 재빨리 일어나 손에 검을 들고 방패로 얼굴을 가리며 한바탕 무술 시범이라도 보일 듯한 태세였다. 무술이라면 이미 완벽하게 갖춘 터였으니까. 하지만 기사가 일어나지 못하는 것을 보자 그가 치명상을 입은 것을 알고 이렇게 말했다.

"기사여, 계속 싸우시오. 아니면 내 손에 죽을 거요."

"아! 기사님, 저는 이미 죽었다는 걸 모르시겠습니까. 그래서 청을 드리니 부디 들어주시기 바랍니다."

그래서 고뱅은 할 수만 있다면 기꺼이 그렇게 하겠노라고 말했다.

"기사님, 제발 부탁이니 저를 이 근처 수도원으로 옮겨주시고, 기사에게 걸맞은 종부성사를 받게 해주십시오."

"하지만 나는 이 근처의 수도원이라고는 모르오."

"아, 그럼 저를 당신 말에 태워주십시오. 그러면 제가 아는 수도원으로 안내하지요. 여기서 얼마 멀지 않은 곳입니다."

그래서 고뱅 경은 자기 방패를 엑토르에게 넘겨주고 그 기사를 자기 앞에 태우고는 그가 말에서 떨어질세라 옆구리를 붙들고 갔다. 기사는 말을 그 근처 어느 골짜기에 있는 수도원으로 곧장 인도했다.

그들이 문간에 당도하여 사람을 부르자 안에 있던 이들이 그 소리를 듣고 나와 문을 열고 그들을 반가이 맞이하고는 부상당한 기사를 말에서 내려 가능한 한 편히 눕혔다. 그는 자리에 눕자마자 성체 배령을 청했고, 성체를 가져오는 것을 보자 통곡하기 시작했다. 그리고 성체를 향해 손을 뻗치며 거기 있는 모든 사람 앞에서 자신이 창조주를 거슬러 지은 모든 죄를 고백하며 자비를 구했다. 그가 기억하는 모든 죄를 고한 다음, 사제가 그에게 성체를 건넸고, 그는 극히 경건하게 그것을 받았다. 그렇게 성체 배령을 마친 후, 그는 고뱅에게 자기 가슴팍에서 창 조각을 빼달라고 부탁했다. 고뱅은 그에게 어디 출신의 누구인지 물었다.

"기사님, 저는 아더 왕의 궁정에 속하는 원탁의 기사입니다. 제 이름은 이뱅 리 아볼트르, 위리앵 왕의 아들입니다. 다른 동지들과 함께 성배 탐색에 나섰지만, 이렇게 당신 손에 죽게 된 것은 하느님 뜻이거나 제 죄 때문이겠지요. 그러니 당신을 용서해드리겠습니다. 하느님께서도 당신을 용서해주시기를!"

고뱅 경은 이 말을 듣자 크게 슬퍼하며 가슴을 쳤다.

"오 하느님! 이런 불행한 일이! 아, 이뱅, 그대 일로 내 가슴이 찢어지는 것만 같소!"

"기사님, 대체 누구신지요?"

"나는 아더 왕의 조카 고뱅이오."

"당신처럼 훌륭한 기사의 손에 죽는다면 여한이 없습니다. 궁정에 돌아가시면 살아남은 동지들에게 저 대신 인사를 전해주십시오. 아무래도 이 탐색에서는 많은 동지가 죽게 될 것 같으니 말입니다. 그리고 그들과 저 사이에 있는 우의를 걸고 부탁해주십시오. 그들이 기도할 때 저를 기억하여 우리 주님께서 제 영혼을 불쌍히 여겨주시도록 간구해달라고 말입니다."

그 말에 고뱅과 엑토르는 울기 시작했다. 고뱅 경은 이뱅의 가슴에 박힌 창 조각에 손을 댔고, 그것을 잡아 빼자 이뱅은 너무나 큰 고통으로 실신했다. 이윽고 영혼이 육신을 떠났고, 그는 엑토르의 품에서 숨을 거두었다. 고뱅 경은 비통해했고, 엑토르도 마찬가지였다. 그들은 그의 빼어난 무용을 보아온 터였기 때문이다. 그들은 수도사들이 그가 왕의 아들인 것을 알고 가져온 비단 천으로 그를 호화롭게 감싼 다음 망자에게 걸맞은 장례를 치러주었다. 그러고는 수도원 예배당의 주主제단 앞에 묻고, 그 위에 그의 이름과 그를 죽인 자의 이름을 새긴 아름다운 묘석을 덮었다.

수도원을 떠난 고뱅 경과 엑토르는 자신들에게 닥쳤던 그 불운 때문에 몹시 언짢고 괴로웠다. 그것은 분명 불길한 일이라고 생각되었기 때문이다. 그들은 한참이나 길을 가다가 은자암이 있는 언덕 발치에 이르렀다. 그들은 그쪽으로 가서 각기 떡갈나무에 말을 매어놓고 언덕 위로 오르는 좁다란 오솔길로 접어들었는데, 길이 어찌나 가파르고 험한지 꼭대기에 이르기도 전에 지치고 말았다. 마침내 정상에 오르니 은자암이 보였다. 그곳은 나시앵[169]이라는 이름의 은자가 사는 곳으로, 조촐한 살림집과 작은 예배당으로 이루어져 있었다. 다가가 보니, 예배당에 딸린 작은 뜰에서 한 노인이 먹을거리로 쐐기풀을 뜯고 있었는데, 오래전부터 다른 음식이라고는 입에 대지 않은 듯했다. 그는 무장한 그들을 보자 성배 탐색에 나선 편력 기사임을 알아보았다. 그도 얼마 전에 그 소문을 들은 터였기 때문이다. 그래서 하던 일을 내려놓고 그들을 맞이하러 나왔고, 그들도 그에게 절하며 예를 갖추었다.

"기사님들, 무슨 일로 여기까지 오셨습니까?"

"어르신, 간절히 말씀을 듣고자 하여 왔습니다. 저희가 잘못 든 길을 바로잡아주시고 저희가 몽매한 가운데 있는 일들에 대해 밝히 가르쳐주시기 바랍니다."

은자는 고뱅이 그렇게 말하는 것을 듣자 그가 세상 예법에 밝은 사람이라고 생각하며 이렇게 대답했다.

"기사님, 제가 아는 일이나 할 수 있는 일이라면 얼마든지 도와드리겠습니다."

그는 두 사람을 예배당으로 데리고 가며 그들이 누구인지 물었고, 그들은 각기 자신의 이름과 신상에 대해 자세히 말했으므로, 그는 그들에 대해 잘 알게 되었다. 그는 그들에게 무슨 일로 곤경에 처했는지 알려주면 최선을 다해 돕겠노라고 말했다. 그러자 고뱅 경이 말했다.

"어르신, 어제 저와 여기 있는 제 동료는 온종일 숲을 지나는 동안 사람이라고는 만나지 못하다가 산속에서 예배당을 발견했습니다. 그래서 노천에서 자느니 그 안에 들어가서 자려고 말에서 내렸습니다. 무장을 벗고 안에 들어가 제각기 자리를 잡고 잠이 들었지요. 그런데 자는 동안 놀라운 꿈을 꾸었습니다."

그는 그 꿈을 이야기했고, 그가 이야기를 마치자 엑토르가 자기 꿈을 이야기했다. 그러고는 그들이 잠에서 깨었을 때 본 손과 들려온 음성에 대해서도 이야기했다. 그들은 이야기를 마친 다음 그에게 부디 그 의미를 말해달라고 청했다. 특별한 의미가 있지 않고서야 그런 꿈을 꿀 리가 없다는 것이었다.

은자는 그들이 자신을 찾아온 까닭을 모두 듣고는 고뱅에게 대답했다.

"기사님, 초원에서 꿀 시렁을 보셨다고 했지요. 그 꿀 시렁은 원탁이라고 이해해야 합니다. 꿀 시렁이 칸칸이 막대기로 나뉘어 있듯이, 원탁에도 좌석들을 구분하는 기둥들이 있지요. 초원이란 항상 생생히 살아 있는 겸손과 인내심이라고 이해해야 합니다. 겸손과 인내심은 결코 패할 수 없는 것이므로 원탁은 그 위에 기초해 있으며, 기사도는 그들 사이에 있는 우정과 형제애 때문에 그처럼 강하고 무적이었던 것입니다. 그래서 기사도의 기초는 겸손과 인내심이라고 하지요. 꿀 시렁에서는 150마리의 황소가 꿀을 먹고 있었습니다. 그들은 거기서 꿀을 먹을 뿐 초원에는 나가지 않았지요. 초원에 있었더라면 그들의 마음은 겸손과 인내를 간직할 수 있었을 텐데요. 하지만 황소들은 세 마리만 제외하고는 모두가 오만하고 얼룩져 있었다고 하셨지요. 이 황소들은 원탁의 동지들이라고 보아야 합니다. 음욕과 교만 때문에 죽을죄에 빠진 나머지, 죄가 마음속에만 머물지 못하고 밖으로 드러나 그 황소들처럼 얼룩덜룩 지저분하고 보기 흉하게 되었던 것입니다.

그 황소들 중에 세 마리는 얼룩지지 않았다고 하셨는데, 그것은 그들에게는 죄가 없다는 뜻입니다. 두 마리는 순백으로 아름답고 세번째 소는 얼룩의 흔적이 있다고요. 새하얗고 아름다운 두 마리 소는 갈라아드와 페르스발로, 그들은 다른 누구보다도 희고 아름답습니다. 그들은 참으로 아름다우니 모든 덕목을 갖추었기 때문이요, 더러움도 얼룩도 없이 희니 아무도 어떤 오점도 찾아낼 수 없을 것입니다. 얼룩의 흔적이 있는 세번째는 보오르입니다. 그는 전에 동정을 잃었지요.[170] 하지만 그 후로 정결함을 굳게 지켜 그 과오를 완전히 용서받았습니다. 이 세 마리 소는 함께 멍에를 매었으니, 그것은 마음속에 순결함이 깊이 뿌리내린 나머지 감히 머리를 쳐들지 못한다, 즉 그들에게는 교만이 들어설 여지가 없다는 뜻입니다.

황소들은 '다른 데 가서 더 좋은 풀을 뜯자'고 말했다고요. 원탁의 기사들도 성령강림절에 그렇게 말했지요. '성배 탐색에 나서자, 그리하여 세상의 명예를 얻고 성령이 성배의 식탁에 앉은 자들에게 보내주시는 천상의 음식으로 배불리자.[171] 거기 좋은 풀밭이 있다. 여기를 버리고 그리로 가자.' 그들은 궁정을 떠나 초원이 아니라 황야로 나섰지요. 궁정을 떠날 때 그들은 우리 주님을 섬기는 자들이 마땅히 해야 하는바 고해성사도 하지 않았습니다.[172] 초원이 뜻하는바 겸손과 인내심으로 행하지 않고, 황야로, 늪지로, 꽃도 열매도 자라지 않는 길로 갔지요. 그것은 지옥, 합당치 못한 모든 것이 황폐해지는 길입니다. 그들이 돌아왔을 때 상당수가 없었다는 것은 모두 다 돌아가지는 못한다는 것, 대다수는 죽으리라는 것입니다. 돌아온 자들도 볼품없이 여위어서 제대로 서 있지도 못했다는 것은 돌아가는 자들은 죄에 물든 나머지 서로서로 죽이고 말리라는 것입니다. 제대로 서지도 못한다는 것은 사람을 지탱하여 지옥에 떨어지지 않게 해줄 덕목이라고는 없이 온갖 더러움과 죽을죄로 칠갑을 했다는 뜻이지요.

얼룩지지 않은 세 마리 중 두 마리는 남고 한 마리만 돌아간 다는 것은, 세 기사 중 한 사람은 궁정에 돌아가되 꼴 시렁의 먹이를 위해서가 아니라 죽을죄에 빠진 자들이 잃어버린 좋은 풀밭이 있다는 것을 알리기 위해서입니다. 다른 둘은 남을 터이니, 그들은 성배에서 얻는 양식이 하도 감미로워 그것을 맛본 후로는 결코 거기서 떠날 수 없기 때문입니다.

당신 꿈의 마지막 부분[173]은 제가 말씀드리지 않겠습니다. 왜냐하면 제가 말씀드려도 덕 될 것이 없고, 오히려 당신을 오도할 수도 있기 때문입니다."

"그러시다면 그것으로 참겠습니다." 고뱅이 말했다. "마땅히 그래야 할 것이, 제가 당혹해하던 것에 대해 확실히 설명해주셔서 제 꿈의 참뜻을 밝히 알게 되었으니까요."

은자는 이제 엑토르에게 말했다.

"엑토르, 당신과 랑슬로 두 사람이 높은 자리에서 내려오는 것을 보았다고 했지요. 그 높은 자리는 권능과 주권을 뜻합니다. 당신들이 거기서 내려왔다는 자리는 당신들이 원탁에서 누리던 명예와 존경이지요. 그러니까 당신들은 아더 왕의 궁정을 떠날 때 그 명예와 존경을 잃어버렸다는 말입니다. 당신 두 사람은 큰 말 두 마리에 탔다니, 그것은 오만과 허영의 말, 원수의 두 마리 말입니다. 그러면서 '우리가 찾지 못할 것을 찾으러 가자'고 했다니, 그것이 바로 성배요 우리 주님의 신비지요. 하지만 당신들에게는 결코 보이지 않을 터이니, 당신들은 볼 자격이 없기 때문입니다. 당신들은 서로 헤어져 가다가, 랑슬로는 말에서 떨어졌다고요. 그것은 그가 교만을 버리고 겸손을 취했다는 뜻입니다. 누가 그를 교만에서 끌어내렸는지 아십니까? 하늘에서 교만을 추방하신 분, 예수 그리스도께서 랑슬로를 낮추시어 헐벗게 하셨습니다. 그에게서 죄를 벗겨내시자, 그는 자신이 그리스도인이라면 가져야 할 선한 덕목이라고는 없이 벌거벗은 것을 보고, 자비를 빌었습니다. 그러자 우리 주님께서 그에게 옷을 입혀주셨지요. 무슨 옷이냐고요? 겸손과 인내의 옷이지요. 그것이 주님께서 그에게 주신 옷입니다. 가시투성이인, 호랑가시처럼 거친 말총속옷입니다. 그러고는 그를 나귀에 태우셨습니다. 나귀는 겸손한 짐승이니까요. 우리 주님께서 예루살렘에 입성하실 때 나귀를 타신 데서도 알 수 있듯이 말입니다. 왕 중왕이시고 모든 부요를 지니신 그분께서는 전투마나 의장마를 타려 하지 않으시고, 가장 천하고 보잘것없는 나귀를 타셨으니, 이는 부자나 가난한 자나 모두 본받게 하시려는 것이었지요. 당신은 꿈에서 랑슬로가 바로 그런 짐승을 타고 가는 것을 본 것입니다.

그가 한참을 그렇게 가다가 일찍이 본 가장 아름다운 샘터에 이르러 그 물을 마시려고 말에서 내렸는데, 그가 몸을 굽히자 샘은 사라져버리고 자신이 결코 그 물을 마실 수 없다는 것을 알자 그는 전에 떠났던 높은 자리로 돌아갔다고요. 이 샘은 결코 마르지 않으며, 아무도 그 물을 다 길어낼 수 없습니다. 그것은 바로 성배, 곧 성령의 은혜입니다. 그 샘은 감미로운 비요 복음의 감미로운 말씀입니다. 진실로 회개하는 자의 마음은 거기서 큰 은혜를 누리며, 그 물을 맛보면 맛볼수록 더욱더 원하게 됩니다. 그것이 성배의 은혜입니다. 그것은 널리 퍼져 넘쳐흐를

수록 더욱 풍부해지니 샘이라 할 만하지요. 랑슬로가 그 샘 앞에서 말에서 내렸다는 것은 그가 성배 앞에서 자신을 낮추리라는 것, 한때 죄에 빠졌다는 것 때문에 자신을 인간으로도 여기지 않으리라는 뜻입니다. 하지만 그가 자신을 낮출 때, 즉 물을 마시고 그 큰 은혜를 얻으려고 무릎을 꿇을 때 샘, 곧 성배는 사라질 것입니다. 그는 성배 앞에서 눈이 멀고 말 터이니, 지상의 더러운 것들을 바라보느라 눈을 더럽힌 탓이지요. 그리고 온몸의 기운이 다 빠져버릴 터이니, 그 몸으로 오랫동안 원수를 섬겼기 때문이지요. 그 벌은 스무나흘 동안 계속될 것입니다. 그 동안 그는 먹지도 마시지도 말하지도 손발 하나 까딱하지도 못하겠지만, 그 자신은 눈이 멀었을 때 누리던 것과 같은 복락을 언제까지나 누릴 것처럼 여길 것입니다. 그러고는 자신이 본 것의 일부를 말하게 될 테고, 그쯤에서 그는 그 고장을 떠나 카말로트로 돌아가게 됩니다.

하지만 당신은 여전히 큰 말을 타고 가게 될 터이니, 그것은 당신이 여전히 죽을죄와 교만과 탐욕과 수많은 다른 죄악에 빠져서 이리저리 헤매어 다니리라는 뜻입니다. 그러다 어부왕의 집에 가게 되며, 그곳에서는 덕인들과 참된 기사들이 자신들의 귀한 발견에 대해 잔치를 하고 있을 것입니다. 당신이 그곳에 당도하여 들어가려 하면, 왕은 당신처럼 높이 말 탄 자, 즉 죽을죄와 교만에 빠진 사람은 들어올 수 없다고 말할 겁니다. 당신은 그 말을 듣고 카말로트로 돌아갈 것입니다. 탐색에서 아무 유익도 얻지 못한 채로요. 자, 이렇게 해서 당신에게 닥칠 일의 일부를 말씀드렸습니다.

그런데 촛불과 고삐를 들고 당신들 앞을 지나갔다는 그 손이나 당신들에게 세 가지 부족한 것이 있다고 말한 음성에 대해 분명히 아셔야 합니다. 당신들이 본 손은 애덕을 말하며, 손을 덮고 있던 붉은 주단은 애덕의 불을 일구는 성령의 은혜를 말합니다. 애덕을 지닌 자는 하늘에 계신 우리 주 예수 그리스도에 대한 사랑으로 열렬히 타오를 것입니다. 고삐는 절제를 뜻합니다. 사람이 고삐로 자기 말을 어거하여 자신이 원하는 데로 끌고 가듯이, 절제도 그렇습니다. 그리스도인의 마음속에서 절제는 아주 확고하므로, 그는 죄에 탐닉할 수 없으며 선한 일을 위해서가 아니고서는 자기 뜻대로 다닐 수 없습니다. 그 손에 들린 촛불은 복음의 진리라고 이해해야 합니다. 예수 그리스도께서는 죄에서 떠나 그분의 길로 돌아오는 모든 자에게 빛과 지각을 주십니다. 그러니까 애덕과 절제와 진리, 이 세 가지가 예배당 안에서 당신들 앞에 나타났다는 것은 우리 주님께서 예배당 곧 자신의 집에 오셨다는 것인데, 그 집은 더러운 죄인들을 들이기 위해서가 아니라 진리를 선포하기 위해 지으신 집이므로, 당신들이 그곳에 머무름으로써 그곳을 더럽히는 것을 보시자 그곳을 떠나시면서 말씀하신 것입니다. '믿음이 적고 신실치 못한 기사들이여, 그대들에게는 이 세 가지, 즉 애덕과 절제와 진리가 없다. 그러므로 성배의 모험을 달성하지 못할 것이다'라고 말입니다. 자, 이렇게 당신들의 꿈과 당신들이 본 손의 의미를 말씀드렸습니다."

"이렇게 분명히 설명해주시니 이제야 알겠습니다." 고뱅이 말했다. "그런데 부탁이오니, 어째서 저희가 예전처럼 모험을 만나지 못하는지도 말씀해주시겠습니까?"

"어째서 그런지 말씀드리리다. 이제 닥쳐오는 모험들은 성배의 표지이고 현현이므로, 죄인들이나 죄에 깊이 빠져 있는 자들에게는 성배의 표지가 나타나지 않는 것입니다. 당신들에게는 결코 그런 표지가 나타나지 않을 터이니, 당신들은 너무나 불충한 죄인들이기 때문입니다. 이제 일어나는 모험들은 인명을 해치고 기사를 죽이는 것이 아니라, 영적인 일이며, 훨씬 더 고귀하고 가치 있는 것입니다."

"은자님," 고뱅이 다시 말했다. "하시는 말씀을 들어보니, 저희는 죄인들이라 이 탐색을 더 계속해보아야 헛일일 것 같습니다. 아무것도 성취하지 못할 것 같습니다."

"확실히 그렇습니다. 이 탐색에서 수치밖에는 얻지 못할 이들이 많습니다."

"은자님," 이빈에는 엑토르가 말했다. "말씀대로라면, 저희는 카말로트로 돌아가야 할까요?"

"그렇게 권하고 싶습니다. 다시 말씀드리지만, 죽을죄에 빠져 있는 한, 이 탐색에서 무슨 일을 해도 영예를 얻지는 못할 것입니다."

그가 그렇게 말하자, 그들은 그곳을 떠났다. 그들이 얼마쯤 가는데, 은자가 고뱅 경을 불렀다. 그가 되돌아가자, 은자는 그에게 말했다.

"고뱅, 당신은 기사가 된 지 오래되었는데, 그 후로 창조주를 제대로 섬긴 적이 없습니다. 당신은 잎사귀도 열매도 없는 고목과도 같습니다. 원수가 꽃과 열매를 가져갔으니, 적어도 나무의 고갱이와 껍질만은 우리 주님께 드리도록 유념하십시오."

"은자님," 고뱅이 대답했다. "한가롭게 말씀 나눌 겨를이 있다면 기꺼이 그렇게 하겠습니다만. 저기 제 동료가 벌써 언덕을 내려가고 있으니 저도 어서 따라가야 합니다. 하지만 기회가 되는 대로 곧 돌아오겠습니다. 저도 은자님과 따로 말씀 나누고 싶은 마음 간절하니까요."

그러고는 그들은 헤어졌다. 두 기사는 언덕을 내려가 다시 말을 타고 날이 저물기까지 행보를 계속했다. 그날 밤은 한 숲지기의 집에서 묵으며 극진한 대접을 받았다. 이튿날 다시 길을 떠나 별로 말할 만한 모험을 만나지 못한 채 마냥 행보를 계속했다. 여기서 이야기는 그들에 대해 더는 말하지 않고, 보오르드 곤 경에게로 돌아간다.

8. 보오르의 모험

 이야기는 말하기를, 보오르는 앞에서 이야기한 대로 랑슬로와 헤어져[174] 9시과 무렵까지 행보를 계속했다고 한다. 그는 한 파파노인이 수도복 차림으로 나귀를 타고 하인도 시동도 다른 아무 동행도 없이 길 가는 것을 보았다. 보오르는 노인에게 인사하며 말했다.
 "어르신께 하느님의 가호가 있으시기를!"
 그러자 노인은 그가 편력 기사임을 알아보고는 같은 인사로 답했다. 보오르는 노인에게 어디서 그렇게 혼자 오는 길이냐고 물었다.
 "제 시중을 들어주던 하인 하나가 병들어 보고 오는 길이올시다. 기사님은 누구시며 어디로 가시는 길이오?"
 "저는 탐색에 나선 편력 기사 중 한 사람입니다. 우리 주님께서 인도해주시기만을 바라고 있습니다. 이제 시작된 것은 더없이 고귀한 탐색, 성배의 탐색이니까요. 이 탐색을 완수하는 자는 인간의 마음으로는 생각할 수도 없는 크나큰 영예를 얻게 될 겁니다."

"확실히 그 말이 맞소이다. 그는 큰 영예를 얻게 될 거외다. 놀랄 일도 아닌 것이, 그는 이 탐색의 가장 충성되고 진실한 종이 될 테니 말이오. 그는 죄로 더럽혀진 채 이 탐색에 나서지 않을 터이니, 이 탐색은 우리 주님을 섬기는 일이기 때문이오. 행실을 고치지도 않고 이 탐색에 나선 뻔뻔한 죄인들은 얼마나 어리석은지! 고해라는 정결함의 문을 통하지 않고는 아무도 창조주께 나아갈 수 없다는 것을 그들도 수없이 들어 잘 알 텐데 말이오. 참된 고해가 찾아오지 않는 한 아무도 정결케 씻어질 수 없다오. 사람은 고해를 통해 원수를 떨쳐버리는 거요. 기사이든 다른 어떤 사람이든 죽을죄를 지었을 때는 원수를 받아들이고 먹으며 원수가 날마다 자기 안에 거하는 것을 막을 수 없소. 그런데 원수가 그렇게 10년, 20년, 또는 더 오래 머물렀다고 해도, 사람이 고해의 자리로 나아가면 자기 속에서 원수를 토해내고 그 대신 영광의 주 예수 그리스도를 모셔 들이게 되오.

주님께서는 오랫동안 지상의 기사도에 육신의 양식을 제공해 주셨지만, 이제 한층 더 크고 풍성한 은혜를 허락하사 성배의 양식을 주실 터인데, 그것은 영혼을 만족시키는 동시에 육신을 북돋아준다오. 이 양식은 광야에서 오랜 세월 동안 이스라엘 백성을 먹여 살린 바로 그 양식이지요. 하느님께서는 자기 백성에게 더 풍성한 은혜를 보이사, 전에는 동銅을 얻던 곳에서 금金을 약속해주신 거요. 이렇게 지상의 양식이 천상의 것으로 변했듯이, 지금까지 지상에 속해 있던 자들, 다시 말해 지금까지 죄인이던 자들도 죄와 더러움을 버리고 고해와 회개의 자리로 나아

옴으로써 천상에 속하여 예수 그리스도의 기사가 되며 그분의 방패, 곧 인내와 겸손의 방패를 드는 것이 마땅한 일이오. 그분도 자신의 기사들을 지옥의 사망과 그들이 처해 있던 예속에서 해방시키기 위해 십자가에서 죽으심으로 원수를 물리치실 때, 다른 방패를 드시지 않았으니 말이오.

그러므로 이 탐색에 나서기 위해서는 고해라는 문을 통과해야 하오. 그러지 않고는 아무도 예수 그리스도께 나아갈 수 없다오. 달라진 양식을 받기 위해서는 사람이 달라져야 하는 거요. 다른 문으로 들어가고자 하는 자, 즉 먼저 고해를 거치지 않고 제 힘으로 애쓰는 자는 자신이 찾는 것을 발견하지 못할 테고 약속된 양식을 맛보지 못한 채 돌아오고 말 거외다. 뿐만 아니라 더 나쁜 일도 닥칠 터이니, 그들은 천상의 기사를 자임하지만 실제로는 아니기 때문에, 즉 탐색의 동지로 나서지만 실제로는 아니고 감히 생각할 수도 없을 만큼 더럽고 악하기 때문에, 어떤 이는 간통을, 어떤 이는 음행을, 어떤 이는 살인을 저지르고 말 거요. 그리하여 자신들의 죄와 악마의 간계로 인해 조롱과 수치를 당한 후에, 마침내 그들은 원수가 자기를 섬기는 자들에게 주는 것, 즉 수치와 불명예 말고는 아무것도 발견하지 못한 채 궁정으로 돌아가게 될 거요. 그런 것이라면 돌아가기 전에 얼마든지 얻게 되겠지요. 기사님, 이 모든 말씀을 드리는 것은, 기사님도 성배 탐색에 나섰다고 했기 때문이오. 기사님이 마땅히 갖추어야 할 바를 갖추지 못했다면, 더 이상 이 탐색에서 수고하는 것을 결코 권하지 않겠소."

"어르신, 하시는 말씀을 들어보니, 모든 기사가 이 탐색에 나서겠지만 그들 뜻대로 되는 일은 아닐 것 같습니다. 이 탐색은 예수 그리스도 바로 그분을 섬기는 고귀한 일이라, 고해를 통하지 않고는 아무도 참여할 수 없을 테니까요. 달리 이 탐색에 끼어든다면, 그토록 귀한 보배를 찾는 일에 성공하지 못할 것입니다."

"지당한 말씀이오." 노인이 말했다.

보오르는 그에게 사제냐고 물었다.

"그렇소." 노인이 대답했다.

"그러시다면 거룩한 자비의 이름으로 청하오니, 아버지가 아들에게 권고하듯이, 고해하고자 하는 이 죄인에게 권고해주시기를 부탁드립니다. 사제는 모든 믿는 자에게 아버지가 되어주시는 예수 그리스도의 자리에 있는 분이니 말입니다. 청하오니, 제 영혼의 유익을 위해, 그리고 기사도의 영예를 위해, 부디 권고해주십시오."

"정녕 너무 큰 부탁이구려." 노인이 말했다. "하지만 만일 거절한다면, 그리하여 당신이 죽을죄나 과오에 빠진다면, 당신은 최후의 심판 날 예수 그리스도의 면전에서 나를 비난하겠지요. 그러니 할 수 있는 한 권고해드리리다."

그래서 사제는 그에게 이름을 물었고, 그는 자신이 보오르 왕의 아들 보오르 드 곤이며, 호수의 기사 랑슬로의 사촌이라고 대답했다.

노인은 그 말을 듣자 대답했다.

"보오르, 복음서의 말씀이 당신 안에 살아 있다면, 당신은 선하고 진실한 기사일 거요. 우리 주님께서도 '선한 나무는 선한 열매를 맺는다'[175]라고 하셨듯이, 당신은 지극히 선한 나무에서 난 열매이니 필시 선할 거외다. 선친이신 보오르 왕은 내 일찍이 본 가장 선한 사람 중 하나로 경건하고 겸손한 왕이었고, 모친이신 에벤느 왕비 역시 내가 만나본 가장 선한 여인 중 하나였소. 그 두 분이 결혼으로 맺어져 하나의 나무, 하나의 몸이 되었고 당신은 거기에서 난 열매이니, 나무가 선한 만큼 당신도 선할 거외다."

"어르신, 사람은 나쁜 나무에서, 그러니까 나쁜 아버지와 나쁜 어머니에게서 나더라도, 거룩한 기름 부으심을 받게 되면 그 쓴맛이 단맛으로 바뀔 수 있겠지요. 그러므로 제 생각에는 사람이 선하냐 악하냐는 아버지나 어머니에 달린 것이 아니라 자신의 마음에 달린 것 같습니다. 사람의 마음은 배의 노와도 같아서, 항구로든 위험한 지경으로든 자기가 원하는 대로 인도하지요."

"노에는 그것을 쥐고 자신이 원하는 방향으로 가게 하는 주인이 있는 법이오. 사람의 마음도 그와 같소. 마음이 선한 일을 하는 것은 성령의 은혜와 인도에서 오는 것이고, 악한 일을 하는 것은 원수의 부추김에서 오는 거요."

두 사람은 그런 이야기를 하며, 은자의 암자가 보이는 곳에 이르렀다. 노인은 그쪽으로 걸음을 옮기며 보오르에게도 함께 가자고 권했다. 그날 밤 거기서 묵은 다음, 아침이 되면 그가 청했던 권고를 해주겠다는 것이었다. 보오르는 기꺼이 초대에 응했다. 암자에 당도해 말에서 내리자, 수사 한 사람이 나와 보오르의 말에서 안장과 고삐를 풀고 돌보아준 다음, 보오르가 무장을 푸는 것을 도와주었다. 그가 무장을 풀자, 노인은 만과를 드리러 가자고 권했다. 보오르는 "기꺼이" 그러겠노라고 대답했고, 그들은 함께 예배당에 가서 만과를 드렸다. 그런 다음 노인은 식탁을 차리게 하고는 보오르에게 빵과 물을 주며 이렇게 말했다.

"기사님, 천상의 기사는 사람을 음욕과 죽을죄로 이끄는 속된 음식이 아니라 이런 양식을 육신에 먹여야 한다오. 하느님이 보우하사, 당신이 내 청을 한 가지 들어주겠다면, 부탁드리고 싶소이다."

보오르는 그것이 무엇인지 물었다.

"당신의 영혼에 유익을 주는 한편 육신의 필요도 채워줄 무엇이외다."

그래서 보오르는 그의 청을 듣겠노라고 말했다.

"대단히 감사하오." 은자는 말했다. "당신이 내게 무엇을 허락했는지 아시오? 성배의 식탁에 앉기 전에는 이와 다른 음식은 입에도 대지 않겠다는 약속이라오."

"제가 그 자리에 앉게 될지 어떨지 어떻게 아십니까?"

"알다마다요. 당신은 원탁의 세 동지 중 세번째 사람이 될 거외다."

"그렇다면 기사의 신의를 걸고 맹세하겠습니다. 말씀하신 그 식탁에 앉을 때까지 빵과 물 외에 다른 것은 먹지 않겠다고 말입니다."

그러자 은자는 그가 십자가에 달리신 분을 위해 그렇게 절제하기로 한 데 대해 감사를 표했다.

그날 밤 보오르는 사제가 예배당 밖에서 베어 온 푸른 풀 위에서 잠들었다. 이튿날 날이 새자마자 그는 일어났고, 그러자 은자가 다가와 말했다.

"기사님, 이리 와서 당신이 셔츠 대신 입을 흰 옷옷을 보이오. 이 옷은 참회의 표지가 될 것이며 육체를 징계하는 효과가 있을 것이오."

그래서 그는 자신의 셔츠와 긴 옷을 벗고 노인이 주는 옷을 입은 다음 그 위에 붉은 천[176]으로 된 긴 옷을 입었다. 그러고는 성호를 긋고 노인과 함께 예배당에 들어가 자신이 창조주에 대해 지었다고 느끼는 모든 죄를 고백했다. 은자는 그가 선하고 경건한 삶을 살아온 것에 감탄했으며, 그가 엘랭 르 블랑을 낳았을 때를 제외하고는 육신의 죄를 지은 적이 없음을 알았다. 그래서 그 점에 대해 주님께 큰 감사를 드렸다. 은자가 그에게 사죄를 선언하고 걸맞은 보속을 정해주자, 보오르는 성체 배령을 정했다. 그럼으로써 이는 곳에 가든지 더욱 확실한 보호를 받으리라는 생각이었다. 왜냐하면 자신이 이 탐색에서 죽을지 살아남을지 알 수 없었기 때문이다. 그러자 은자는 그에게 미사를 드릴 때까지 기다리라고 말했고, 그는 그러겠노라고 대답했다.

이윽고 은자는 조과[177]를 시작했다. 조과를 마친 후 예복으로 갈아입고 미사를 시작했다. 축도 후에 그는 성체를 들며 보오르에게 앞으로 나오라고 손짓했다. 그가 다가가자, 은자는 말했다.

"보오르, 내가 들고 있는 것이 보이시오?"

"어르신, 보입니다. 저를 대속하신 주님을 빵의 형태로 들고 계신 것이 보입니다. 이 땅에 속하여 영적인 것들을 볼 수 없는 제 눈에는 그렇게만 보일 뿐, 참된 모습이 보이지 않습니다만,

그것이 참된 살이요 참된 사람이며 온전한 신성임을 의심치 않습니다."

그렇게 말하며 그는 몹시 울기 시작했으므로, 은자는 이렇게 말했다.

"당신이 이제 말한 것처럼 거룩한 것을 받고서 살아가는 날들 내내 충성스럽게 섬기지 않는다면, 당신은 아주 어리석은 자가 될 거요."

"그렇습니다. 제가 살아 있는 한 저는 오로지 그분의 종이 되어, 그분의 명령을 어기지 않겠습니다."

이에 은자는 그에게 성체를 주었고, 그는 지극히 숭경하는 마음으로 그것을 받았다. 그러고 나자 어찌나 기쁘고 즐겁던지 어떤 일이 닥쳐도 낙심하지 않을 것만 같았다.

그는 성체를 배령하고 한참 동안 무릎을 꿇은 채로 있다가, 은자에게 가서 이제 그만 가보겠노라고, 이미 충분히 머물렀노라고 말했다. 그러자 은자는 이제 천상의 기사답게 무장을 갖추어 원수를 대항할 준비가 되었으니 언제든지 내킬 때 가도 된다고 대답했다. 그래서 그는 무장을 두었던 곳으로 돌아가 무구를 갖추었다. 무장을 갖추자, 그는 그곳을 떠나며 은자에게 작별을 고했다. 그러자 은자는 그가 성배 앞에 나아가게 되면 자신을 위해 하느님께 기도해달라고 부탁했다. 보오르는 자신이 원수의 유혹으로 죽을죄에 빠져 모험에 실패하지 않도록 우리 주님께 기도해달라고 청했다. 은자는 자신이 할 수 있는 모든 방식으로 그를 생각하겠노라고 대답했다.

이윽고 보오르는 길을 떠나 9시과 무렵까지 말을 달렸다. 9시과 때가 조금 지났을 때, 그가 공중을 쳐다보니 큰 새 한 마리가 잎도 열매도 없는 고목 주위를 빙빙 돌고 있었다. 한참을 그렇게 돌더니 나무에 내려앉았는데, 그 나무에는 새끼들이 몇 마리인지 모두 죽어 있었다. 새는 그 위에 내려앉아 모두 죽은 것을 보고는 부리로 자기 가슴을 쪼아 피가 솟게 했다. 아직 더운 그 피에 닿자, 새끼들은 모두 되살아났다. 하지만 새는 그들 가운데서 죽어갔으니, 어린 새들은 큰 새의 피로 인해 생명을 되찾은 것이었다. 보오르는 그 광경을 보자 대체 무슨 뜻일지 궁금했다. 하지만 거기에 대단히 놀라운 의미가 있으리라는 것은 알 수 있었다. 그래서 큰 새가 다시 일어나려는지 한참을 지켜보았으나, 새는 이미 죽었고, 그런 일은 일어나지 않았다. 이를 확인하자, 그는 다시금 길을 떠나 만과 무렵까지 말을 달렸다.

저녁 무렵에 그는 모험이 이끄는 대로 높고 튼튼한 탑에 당도하여 숙박을 청했고, 흔쾌한 허락을 얻었다. 그곳 사람들은 그를 한 방으로 데려가 무장을 풀게 한 다음, 위층 홀로 안내했는데, 그곳에는 젊고 아름다운, 하지만 초라한 차림의 여女성주가 있었다. 그녀는 보오르가 들어오는 것을 보자 달려 나와 그를 맞이하며 잘 오셨다고 말했다. 그는 그녀에게 예를 갖추었고, 그녀는 그를 환대하며 자기 곁에 앉히고 극진히 대접해주었다. 식사 때가 되자 그녀는 보오르를 옆자리에 앉혔고, 사람들은 갖가지 고기 요리를 차려놓았다. 그는 그것을 보자 그런 음식은 먹지 않겠다고 생각하여 한 시동에게 물을 가져다달라고 청했다. 시동은 은잔에 담긴 물을 갖다주었고, 보오르는 그것을 자기 앞에 놓고 빵을 세 조각 적셔 먹었다. 이를 본 여성주가 그에게 물었다.

"기사님, 혹시 방금 가져온 음식들이 입에 맞지 않으십니까?"

"부인,[178] 그런 게 아닙니다. 하지만 오늘은 이것밖에 먹지 않겠습니다."

그러자 그녀는 그의 기분을 상하게 할까 저어하는 듯 더 이상 권하지 않았다. 식사를 마치고 식탁이 치워지자 다들 일어나 창가로 갔고, 보오르는 여성주 옆에 앉았다.

그들이 그렇게 대화를 나누고 있노라니 한 시동이 다가와 여성주에게 말했다.

"아씨, 좋지 않은 소식입니다. 언니 되시는 분께서 아씨의 성 두 개와 아씨의 가신들을 탈취하고는 아씨께 전갈을 보내왔습니다. 내일 1시과 때까지 자신의 주군인 흑기사 프리아당과 맞서 싸울 기사를 찾아내지 못한다면 그 땅을 한 치도 내놓지 않겠다고 합니다."

여성주는 그 말을 듣자 크게 탄식하며 말했다.

"오, 하느님! 이렇게 부당하게 빼앗길 바에야 왜 제게 영지를 다스리게 하셨나요!"

오가는 말을 듣던 보오르는 여성주에게 그게 무슨 뜻이냐고 물었다.

"기사님, 이건 세상에서 가장 이상한 일이랍니다."

"괜찮으시다면, 말씀해주십시오." 그가 말했다.

"그러지요." 그녀가 선선히 대답했다.

"이 땅 전체는 물론이고 그 너머까지 다스리던 아망 왕이 한

때 저보다 나이 많은 제 언니를 사랑하여 땅과 사람들에 대한 권한을 준 것은 사실이에요. 왕과 가까웠던 시절에 제 언니는 불의하고 가증스러운 악습들을 도입하여 많은 사람을 죽게 했지요. 왕은 그녀가 그처럼 악하게 행하는 것을 보고는 그 땅에서 그녀를 내쫓고 대신에 저로 하여금 그분이 가진 모든 것을 다스리게 했답니다. 하지만 왕이 죽자마자, 그녀는 제게 싸움을 걸어 제 땅의 상당 부분을 빼앗고 제 가신들 중 상당수를 자기 편으로 만들었어요. 그러고도 성이 차지 않아 제게서 모든 것을 빼앗겠다는 거지요. 하도 기세 좋게 밀고 들어와 지금 제게는 이 탑밖에 남지 않았고, 내일 저를 위해 언니 편인 흑기사 프리아당과 싸워줄 기사를 찾지 못한다면 그나마도 빼앗길 형편입니다."

"그 프리아당이라는 자는 대체 누굽니까?"

"이 고장에서는 가장 위세 등등한 기사로, 무술이 대단히 뛰어납니다."

"그리고 그 싸움이 내일이라고요?"

"예, 그래요."

"그렇다면 언니분과 그 프리아당이라는 자에게 전해주시겠습니까? 당신을 위해 싸울 기사를 찾았다고요. 그리고 이 땅은 아망 왕이 당신에게 준 것이며, 그녀는 주군인 왕으로부터 내쫓긴 터이므로 이 땅에 대해 아무 권리도 없다고 말입니다."

여성주는 그 말을 듣자 크게 기뻐하며 말했다.

"기사님, 이곳에 정말 잘 오셨습니다! 지금 그 약속으로 제게 크나큰 기쁨을 주셨습니다. 하느님께서 기사님께 이 싸움을 잘 싸울 힘과 능력을 주시어, 제 정당한 권리를 주장해주시기를! 그 이상은 바라지 않겠습니다."

그는 그녀를 안심시키며, 자신의 사지가 멀쩡한 한 그녀가 정당한 권리를 빼앗길 염려는 없다고 말해주었다. 그녀는 언니에게 사람을 보내어 내일 자신의 기사가 그 땅의 기사들이 정하는 바대로 싸울 준비가 되었다고 알리게 했다. 그리하여 몇 차례 말이 오간 후, 대결은 이튿날로 정해졌다.

그날 저녁 보오르를 위해 큰 잔치가 열렸고, 여성주는 그를 위해 호화로운 침상을 준비하게 했다. 자러 갈 시간이 되자 그들은 그의 신을 벗긴 다음 크고 아름다운 침실로 데려갔다. 그는 그곳에서 사람들이 마련해둔 침상을 보자 다들 나가줄 것을 청했고, 그들은 그가 원하는 대로 해주었다. 그러자 그는 서둘러 촛불들을 끄고는 딱딱한 바닥에 누워 작은 궤를 베고는 기도를 드렸다. 정의와 신의를 위하고 불의한 폭력을 물리치고자 하니, 하느님께서 긍휼을 베푸사 자신이 그 기사와 잘 싸우도록 도와주시기를 기도했다.

그렇게 기도를 마친 다음 그는 잠이 들었다. 그런데 잠이 들자마자, 그의 앞에 새 두 마리가 나타났다. 한 마리는 백조처럼 희고 큰 새로, 정말이지 백조 비슷했다. 다른 한 마리는 놀랄 만큼 새까맣고 별로 크지 않았다. 자세히 보니 작은 까마귀 비슷했는데, 그 검은 것이 매우 아름다웠다. 흰 새가 그에게 다가와 말했다.

"만일 네가 나를 섬긴다면, 나는 네게 세상의 모든 부귀를 주고 너를 나처럼 희고 아름답게 만들어주마."

그가 대체 누구냐고 묻자, 새는 대답했다.

"내가 누구인지 모른다는 말이냐? 나는 이처럼 희고 아름다우며 네가 생각하는 것보다 훨씬 더 큰 권세를 갖고 있다."

그가 아무 대꾸도 하지 않자, 흰 새는 떠나갔다. 그러자 검은 새가 다가와 말했다.

"너는 내일 내 편에서 싸워야 한다. 내가 검다고 해서 나쁘게 생각하면 안 된다.[179] 내 검정색은 저쪽의 흰색보다 낫다는 것을 알아두어라."

그렇게 말하고는 가버려서, 흰 새도 검은 새도 더는 보이지 않았다.

그 꿈에 이어, 또 다른 놀라운 꿈이 찾아왔다. 그는 자신이 아름답고 큰, 예배당 비슷한 집에 당도하는 것을 보았다. 그쪽으로 다가간 그는 한 노인이 의자에 앉아 있는 것을 보았다. 그에게서 지민치 왼쪽으로 나무둥치기 희니 보였는데, 많이 썩고 벌레 먹어서, 버티기 어려울 정도였다. 오른쪽에는 백합꽃 두 송이가 있었는데, 그중 한 송이가 다른 송이에게 다가가 그 흰빛을 빼앗으려고 했다. 하지만 노인이 그들을 떼어놓았고, 그래서 서로 건드릴 수 없게 되자, 얼마 안 있어 각각의 꽃으로부터 열매가 많이 달린 나무가 나왔다. 그러자 노인은 보오르에게 말했다.

"보오르, 저 썩은 나무가 땅에 쓰러지지 않게 하느라 이 꽃들이 망가지게 내버려둔다면 어리석은 일이 아니겠소?"

"예, 그렇습니다. 제가 보기에 저 나무둥치는 아무 가치가 없고, 꽃들은 제가 생각했던 것보다 더 놀라운 것 같습니다."

"그러니 유념하시오. 그대에게 저런 모험이 닥칠 경우, 나무 둥치를 구하기 위해 꽃들이 망가지게 내버려두지 않도록 말이오. 너무 뜨거운 열기가 닥치면 꽃들은 영 시들어버릴 수도 있다오."

그래서 그는 그런 상황을 만나면 반드시 그 점을 유념하겠노라고 말했다.

그날 밤 그는 그 두 가지 꿈을 꾸고 대체 어떻게 생각해야 할지 몰라 당혹스러웠다. 그래서 답답해하다가 잠이 깨었고, 이마에 성호를 그어 우리 주님께 자신을 맡기고는 날이 새기를 기다렸다. 이윽고 날이 새자, 그는 침대에 들어가 이리저리 뒤척여 거기서 자지 않은 것이 표 나지 않게 해놓았다. 여성주가 찾아와 인사하자, 그는 하느님께서 그녀에게 복 주시기를 빌었다. 그녀는 그를 성 안의 예배당으로 데려갔고, 거기서 조과에 참례한 후 그날의 예배를 드렸다.

1시과 조금 전에 그는 예배당에서 나와 많은 기사와 종사들이 모여 있는 홀로 갔다. 곧 있을 대결에 참관하도록 여성주가 불러 모은 사람들이었다. 그가 들어서자 그녀는 무장을 갖추기 전에 식사를 하라고, 그러면 한층 더 힘이 날 거라고 말했다. 하지만 그는 싸움을 마치기 전에는 먹지 않겠노라고 말했다. 그러자 사람들이 말했다.

"그렇다면 이제 무장을 갖추는 일밖에 남지 않았습니다. 프리아당은 이미 무장하고서 대결 장소에 나와 있을 것입니다."

그래서 그는 무구를 갖다달라고 청했고, 즉시 가져온 무구를 하나도 빠짐없이 차려입은 다음 말에 올라, 여성주와 그녀의 수행들도 말을 타고 함께 그 대결이 벌어질 곳으로 데려가달라고 말했다. 그러자 그녀와 수행들도 말을 타고 성을 떠나 골짜기에 있는 초원에 이르렀다. 그 골짜기에는 많은 사람이 모여 보오르와 그가 수호할 여성주를 기다리고 있었다. 일행은 언덕을 내려갔고, 대결 장소에 이르자 두 귀부인은 서로 마주 보았다. 그러자 보오르가 수호하려는 젊은 여성주가 말했다.

"언니, 저는 정당한 이유로 당신에게 항의하는 바입니다. 당신은 아망 왕께서 제게 주신 권리와 유산을 빼앗았습니다. 당신은 아무것도 되찾을 권리가 없으니, 왕께서 친히 당신의 상속권을 박탈하셨기 때문입니다."

그러자 상대방은 자신이 결코 상속권을 빼앗긴 적이 없다면서, 그 점을 증명할 테니 맞설 테면 맞서보라고 말했다. 달리 빠져나갈 길이 없음을 보자 동생 되는 여성주는 보오르에게 말했다.

"기사님, 저쪽의 주장을 어떻게 생각하시는지요?"

"제가 보기에는 언니 되시는 분이 부인께 부당하게 싸움을 걸고 있으며, 그녀를 돕는 자들도 마찬가지로 억지인 것 같습니다. 부인이나 다른 여러분으로부터 들은 바로, 저는 부인이 옳고 언니 되시는 분이 틀렸다는 것을 잘 압니다. 그러니 그녀가 옳다고 주장하는 기사가 있다면, 저는 당장이라도 그를 물리칠 준비가 되어 있습니다."

그러자 상대 기사가 앞으로 나서며 그런 위협쯤은 털끝만큼도 두렵지 않으며 자기가 수호하는 부인을 위해 싸울 준비가 되어 있다고 말했다. 이에 보오르가 대답했다.

"나도 준비가 되었소. 나를 여기 데려온 부인을 위해, 이 땅에 대한 권리는 왕으로부터 물려받은 그녀에게 있으며, 상대방 부인은 마땅히 땅을 내놓아야 한다고 주장하는 바이오."

그 말에 그곳에 있던 사람들은 이쪽저쪽으로 흩어져 싸움이 벌어질 장소를 비웠다. 두 기사는 각기 뒤로 물러나 멀찍이 거리를 둔 다음 서로를 향해 달려들었는데, 어찌나 맹렬한 기세로 말을 달려 맞붙었던지 방패가 뚫리고 사슬갑옷이 끊어져나갔다. 창자루들이 산산조각 나지 않았더라면, 두 기사는 서로 죽이고 말았을 것이다. 그들은 힘껏 몸과 방패를 부딪쳐 서로를 말에서 떨어뜨렸다. 하지만 두 사람 다 용맹한 기사답게 벌떡 일어나 방패로 머리를 가리고서 검을 뽑아 들고는 상대방에게 가장 큰 상처를 입힐 만한 곳에 타격을 가했다. 서로 방패를 위아래로 찍어대어 큼직한 조각들이 떨어져나갔으며, 사슬갑옷의 팔과 옆구리 부분을 끊어뜨리고 크고 깊은 상처를 내어 날카롭게 번득이는 칼날에서는 피가 흘렀다. 보오르는 상대 기사가 예상보다 강한 것을 알아차렸지만, 그래도 자신이 정당한 싸움을 하고 있다고 확신했고, 그것이 그에게 자신감을 주었다. 그래서 그는 상대방이 자주 공격하도록 내버려두고 자신을 방어하면서 상대가 제풀에 지치기를 기다렸다. 한참을 그렇게 버틴 다음, 상대 기사가 거친 숨을 쉬는 것을 보자 지금껏 맞붙은 적이 없었던 듯 빠르고 힘찬 공격에 나섰다. 그는 검을 휘둘러 삽시간에 상대를 수세로 몰아넣었고, 상대는 그런 공세에 피를 흘리며 더 이상 버틸 힘을 잃었다. 보오르는 상대가 지친 것을 보자 더욱 몰아붙였고, 상대는 비틀거리다 뒤로 넘어졌다. 보오르는 그의 투구를 잡아당겨 벗겨서 내던지고는 검두로 머리를 내리쳤으며, 그러자 피가 솟고 사슬두건의 사슬[180]이 살 속으로 파고들었다. 패배를 인정하지 않으면 죽여버리겠다면서, 그는 머리를 베려는 시늉을 했다. 그러자 상대는 자기 머리 위로 쳐들린 칼날을 보고는 죽을까 겁이 난 나머지 자비를 빌며 말했다.

"아, 기사님, 부디 자비를 베푸시어 죽이지는 말아주십시오. 내 평생 다시는 동생 되시는 아씨께 싸움을 걸지 않고 조용히 있겠습니다."

그래서 보오르는 그를 놓아주었다. 언니 되는 부인은 자신의 기사가 패한 것을 보자 수치스러운 나머지 서둘러 자리를 떠났다. 보오르는 그녀로부터 땅을 받은 봉신들에게 다가가 그녀에 대한 충성을 버리지 않으면 모두 죽여버리겠노라고 말했다. 그러자 젊은 여성주에게 충성을 서약하는 이들도 많았고, 그러지 않는 자들은 죽임을 당하거나 영지를 몰수당하고 추방되었다. 그리하여 보오르의 용맹함 덕분에 여성주는 왕이 물려준 지위를 되찾을 수 있었다. 그래도 여전히 언니 되는 이는 평생 동생을 시기하여 할 수 있는 한 싸움을 걸어왔다.

그렇듯 온 고장이 평정되어 젊은 여성주의 적들이 감히 머리도 들지 못하게 되자, 보오르는 그곳을 떠나 숲속을 지나며 전날 꿈에서 본 것을 생각했다. 그 뜻을 알아낼 수 있을 만한 곳으로 하느님께서 자신을 인도해주시기를 빌었다. 첫날 저녁은 한 과부의 집에서 묵었는데, 그를 기꺼이 맞이해준 부인은 그가 누구인지 알고는 크게 기뻐하며 융숭히 대접해주었다.

8. 보오르의 모험

이튿날 동이 트자마자 그는 그곳을 떠나 숲속의 큰길로 들어섰다. 정오가 조금 지났을 때, 그에게는 놀라운 모험이 닥쳤다. 두 갈래 길이 만나는 곳에서 그는 웬 기사 둘이 그의 형 리오넬을 크고 힘센 짐바리 말에 태워 끌고 가는 것을 보았다. 리오넬은 웃통이 벗겨진 채 두 손은 가슴 앞쪽으로 묶여 있었고, 기사들은 각기 날카로운 가시풀을 한 움큼씩 들고 그를 마구 내리쳐 그의 등에서는 100군데 이상 피가 흘렀으며 온몸이 피투성이였다. 그런데도 그는 대범하게 한마디도 하지 않고 아무것도 느끼지 못하는 듯이 그들이 자행하는 모든 것을 견뎌내고 있었다. 그를 구해내려고 주위를 둘러보던 보오르는 한 무장한 기사가 아름다운 아가씨를 강제로 끌고 가는 것을 보았다. 누가 뒤따라와 그녀를 구하려 한다고 해도 찾아내기 어렵도록 울창한 숲속으로 끌고 가려는 것이었다. 아가씨는 겁에 질려 외치고 있었다.

"성모님, 당신의 딸을 구해주소서!"

그녀는 보오르가 혼자 가는 것을 보자 성배 탐색에 나선 편력 기사라고 생각하고는 그를 향해 있는 힘껏 소리쳤다.

"아, 기사님, 당신이 충성을 맹세하고 섬기는 그분께 대한 믿음을 걸고 청하오니, 부디 저를 도와주시어, 저를 강제로 끌고 가는 이 기사에게 욕보도록 내버려두지 마소서!"

보오르는 그렇듯 자기가 충성을 맹세한 분을 걸고 청하는 말을 듣고는 어찌할 바를 몰라 고민에 빠졌다. 만일 형이 잡혀가도록 내버려둔다면 다시는 온전히 성한 그를 볼 수 없을 것만 같았고, 또 만일 저 처녀를 구하지 않는다면 그녀는 당장이라도 순결을 잃고 치욕을 당하게 될 것만 같았다. 그래서 그는 하늘을 우러르며 눈물로 간구했다.

"은혜로우신 아버지 예수 그리스도여, 저는 당신께 충성을 맹세한 자이오니, 저를 위해 제 형제를 지켜주사 저 기사들이 그를 죽이지 못하게 지켜주소서. 저는 당신에 대한 사랑에서 긍휼한 마음으로 저 처녀를 돕고자 하나이다. 저 기사는 필시 그녀를 욕보일 것만 같습니다."

그러고는 그 기사가 아가씨를 끌고 간 곳을 향해, 말 옆구리에서 피가 나도록 세차게 박차를 가했다. 이윽고 가까워지자 그는 고함을 쳤다.

"거기 기사님, 그 아가씨를 내버려두시오. 그러지 않으면 당신은 죽은 목숨이오!"

기사는 그 말을 듣자 아가씨를 내려놓았다. 그는 창을 제외한 모든 무구를 갖추고 있었으므로, 방패를 들고는 검을 뽑아 보오르를 공격해 왔다. 하지만 보오르는 창으로 한 차례 타격을 가해 방패와 갑옷을 뚫어버렸다. 상대 기사는 충격으로 기절하고 말았다. 보오르는 아가씨에게 다가가 말했다.

"아가씨, 이제 이 기사로부터 풀려난 것 같습니다. 제가 더 해드릴 일이 있습니까?"

"기사님, 제가 명예를 잃고 수치를 당하지 않게 해주셨으니, 부디 이 기사가 저를 잡아온 그곳으로 데려다주시기 바랍니다."

그는 기꺼이 그러겠노라고 말했다. 그래서 부상당한 기사의 말을 끌어와 아가씨를 태우고 그녀가 가리키는 길로 갔다. 그곳에서 어느 정도 멀어지자 그녀가 말했다.

"기사님, 당신은 저를 구해주심으로써 생각보다 훨씬 큰일을 하셨습니다. 만일 그 기사가 저를 욕보였더라면 그 때문에 죽었을 500명의 목숨을 구하신 셈이니까요."

그는 그 기사가 누구였느냐고 물었다. 그녀는 말했다.

"사실 그는 제 친사촌 중 한 사람이에요. 그런데 대체 무슨 악마의 부추김으로 음욕이 동했던지, 제 아버지의 집에서 저를 몰래 납치하여 숲속으로 끌고 가서 욕보이려 했던 것이지요. 만일 그랬더라면 그는 죄로 인해 죽고 시신은 능욕당했을 것이고, 저는 영영 수치를 당하고 말았을 거예요."

그렇게 말하며 가던 그들은 아가씨를 찾아 온 숲을 뒤지고 다니던 열두 명의 무장한 기사와 마주쳤다. 그들은 그녀를 보자 이루 말로 할 수 없을 만큼 기뻐했다. 그녀는 그들에게 하느님의 도우심으로 자기를 구해준 이 기사를 환대하고 함께 있게 해달라고 청했다. 그들은 그의 말고삐를 잡으며 말했다.

"기사님, 함께 가십시다. 의당 그러셔야지요. 저희는 기사님께 다 보답할 수 없는 큰 도움을 받은 터라, 간곡히 부탁드리는 바입니다."

"친애하는 기사님들, 저는 도저히 갈 수 없습니다. 다른 데서 해야 할 일이 있으므로 지체할 수가 없습니다. 나쁘게 생각지 말아주시기 바랍니다. 기꺼이 가고 싶지만, 제가 꼭 있어야 하는 일이고, 만일 지체했다가는 하느님 말고는 아무도 돌이킬 수 없는 불상사가 생기고 말 것입니다."

사정이 그처럼 급박한 것을 알고는 그들도 더 이상 그를 붙들지 못하고 작별을 고했다. 아가씨는 그에게 틈이 나면 꼭 보러 오라면서 자기가 있을 곳을 알려주었다. 그는 모험이 자신을 그쪽으로 이끌면 그 초대를 기억하겠노라고 대답했다. 그리하여 그는 그들과 헤어졌고, 그들은 그녀를 안전히 데리고 돌아갔다.

보오르는 형 리오넬을 보았던 곳으로 말 머리를 돌렸다. 리오넬이 끌려가던 곳에 이르러 숲속으로 보이는 데까지 멀리 이쪽 저쪽을 내다보며 무슨 소리라도 들리지 않나 귀를 기울여보았다. 하지만 형을 찾으리라는 희망을 가질 만한 것이라고는 없었으므로, 그는 그들이 가는 것을 보았던 길을 따라갔다. 그렇게 한참을 가다가 수도복 차림의 한 남자를 따라잡았는데, 그는 오디 열매보다 더 새까만 말을 타고 있었다. 수도사는 보오르가 뒤따라오는 것을 보자 그를 향해 소리쳐 부르며 말했다.

"기사님, 누구를 찾으시오?"

"수도사님, 제 형을 찾고 있습니다. 기사 두 명이 제 형을 마구 때리며 끌고 가는 것을 보았습니디."

"아, 보오르! 당신이 너무 애통하여 절망에 빠지지만 않는다면, 제가 아는 바를 말씀드리고 당신 형님을 보여드리겠습니다만."

보오르는 그 말을 듣자 그 두 기사가 리오넬을 이미 죽였나 보다고 생각했다. 그래서 크나큰 비탄에 빠졌고, 겨우 말할 수 있게 되자 이렇게 말했다.

"아, 수도사님, 그가 죽었다면 시신을 보여주십시오. 왕의 아들에게 걸맞은 장례를 치러주어야지요. 그는 정녕 고귀한 분들의 아들이었으니까요."

"자, 저기를 보십시오." 남자가 말했다. "그러면 보일 겁니다."

그래서 둘러보니 땅바닥에 방금 죽임당한 피투성이의 시신이 누워 있는 것이 보였다. 그는 그것이 자기 형이라고 생각했다. 그래서 하도 애통한 나머지 말 위에서 몸을 지탱하지 못하고 땅에 떨어져 정신을 잃고는 한참이나 기절해 있었다. 겨우 정신을 차려 일어난 그는 말했다.

"아, 형님, 대체 누가 당신에게 이런 짓을 했습니까? 모든 환란과 고난 가운데서 죄인들을 찾아주시는 이가 저를 위로하시지 않는다면 결코 위로받을 수 없을 것만 같습니다. 이제 형님과의 동행이 끝났으니, 제가 동반자요 주인으로 삼은 그분이 저를 인도하여 모든 위험 가운데서 건져주시기를! 형님이 세상을 떠났으니, 이제 제게는 제 영혼밖에 염려할 것이 없습니다."

그렇게 말하고는, 그는 시신을 들어 올려 아무 무게도 나가지 않는 것만 같다고 생각하며 안장에 싣고는 아직 거기 있던 남자에게 말했다.

"수도사님, 부디 제게 이 근처에 이 기사를 묻을 만한 수도원이나 예배당이 있는지 알려주십시오."

"그러지요. 이 근처, 탑 앞에 예배당이 하나 있습니다. 그곳에 잘 묻을 수 있을 겁니다."

"부디 저를 그리로 안내해주십시오."

"기꺼이 그러지요. 따라오십시오."

그래서 보오르는 자기 형의 시신이라 생각되는 것을 앞에 싣고서 말에 올랐다. 얼마 가지 않아 그들 앞에는 높고 튼튼한 탑이 나타났으며, 그 앞에는 예배당으로 보이는 낡고 황폐한 집이 한 채 있었다. 그들은 입구 문 앞에서 말을 내려 집 안으로 들어

가서 그 한복판에 있는 커다란 대리석 묘석 위에 시신을 내려놓았다. 보오르는 이리저리 찾아보았지만, 성수도 십자가도 예수 그리스도를 상징하는 다른 아무 표지도 보이지 않았다.

"그럼 그를 여기 두고 저 탑에 가서 하룻밤 묵으십시다. 내일 다시 와서 당신 형님을 위한 예식을 올려드리겠습니다."

"뭐라고요, 당신은 사제입니까?" 보오르가 물었다.

"예, 그렇습니다."

"그렇다면 제가 꾸었던 꿈의 의미와 또 한 가지 제가 의문을 품고 있는 일에 대해 알려주십사고 청해도 되겠습니까?"

"말씀해보십시오."

그래서 그는 한 마리는 희고 한 마리는 검은 새들에 대해, 그리고 썩은 나무등치와 흰 꽃들에 대해 들려주었다.

"일부는 지금 말씀드리고, 다른 한 가지는 내일 설명해드리지요." 사제가 말했다.

"백조의 모습으로 당신을 찾아온 새는 오래전부터 당신을 사랑해왔고 당신을 사랑할 아가씨를 뜻합니다. 이제 곧 그녀가 당신을 찾아와 애인이 되어달라고 청할 것입니다. 그런데 당신이 그 새의 청에 응하기를 원치 않았다는 것은 당신이 그녀를 거절하리라는 뜻이지요. 만일 당신이 그녀를 불쌍히 여기지 않는다면 그녀는 그 길로 돌아가 슬퍼서 죽어버릴 것입니다. 검은 새는 당신으로 하여금 그녀를 거절하게 만들 큰 죄를 뜻합니다. 당신이 그녀를 거절하는 것은 당신이 선하거나 하느님을 두려워해서가 아니라 사람들로부터 정결하다고 여겨지기 위해, 즉 세상의 칭찬과 헛된 영광을 얻기 위해서이니 말입니다. 이 정결함이라는 것은 큰 불행을 낳을 터이니, 당신의 사촌인 랑슬로는 그 아가씨의 친족의 손에 죽을 것이고, 아가씨는 거절당한 것을 애통해하다가 죽을 겁니다. 그러니까 당신은 그 두 사람을 모두 죽인 셈이 되겠지요. 당신 형은 물론이고 말입니다. 당신은 마음만 먹으면 쉽사리 그를 구할 수 있었을 텐데, 그를 버려두고 생판 남인 아가씨를 구하러 갔지요. 그녀가 순결을 잃는 것과 세상에서 가장 훌륭한 기사 중 한 사람인 당신 형이 죽임을 당하는 것, 대체 어느 편이 더 큰 손실이었겠는지 생각해보십시오. 그가 죽임을 당하느니 차라리 세상 모든 처녀가 순결을 잃는 편이 낫지 않았겠습니까."

보오르는 그처럼 선한 삶을 살았으리라고 생각되는 이로부터 자신이 아가씨를 위해 한 일에 대한 비난을 듣자 할 말을 잃었다. 사제는 그에게 물었다.

"이제 당신이 꾼 꿈의 의미를 알았습니까?"

"예, 사제님." 보오르가 대답했다.

"당신 사촌 랑슬로의 운명은 당신에게 달렸습니다. 당신이 원한다면 그를 죽음으로부터 구할 수도 있고, 또 원한다면 그를 죽일 수도 있습니다. 다 당신에게 달렸으니, 당신이 원하는 대로 이루어질 것입니다."

"정녕코, 랑슬로 경을 죽게 하느니 무슨 일이라도 할 것입니다."

"두고 보면 알겠지요." 사제가 말했다.

그러고는 그를 데리고 탑으로 갔다. 그가 들어서자, 그곳에 있던 기사들과 부인들과 아가씨들이 모두 그를 환영해주었다.

"보오르, 잘 오셨습니다!"

그러고는 그를 홀로 데려가 무장을 풀어주고 담비 털로 속을 댄 호화로운 겉옷을 가져다 걸쳐준 다음, 새하얀 침상 위에 앉히고는 그를 위로하고 기쁘게 해주었으므로, 그도 슬픈 마음이 다소 가셨다. 다들 그렇게 그의 기운을 돋워주려고 애쓰는 가운데 한 아가씨가 나타났는데, 어찌나 아름답고 우아한지 지상의 모든 아름다움을 지닌 것만 같았다. 그리고 세상의 모든 아름다운 옷 중에서 고르기나 한 듯 호화로운 차림이었다.

"기사님," 한 기사가 말했다. "저기 우리가 섬기는 성주 아씨를 보십시오. 세상에서 가장 아름답고 부유한 귀부인으로, 당신을 누구보다도 사랑하는 분입니다. 아씨께서는 오래전부터 당신을 기다려왔고, 당신이 아니면 어떤 기사도 애인으로 삼으려고 하지 않았답니다."

그는 그런 말을 듣자 당혹스러웠다. 그는 그녀가 다가오는 것을 보자 인사를 했고, 그녀는 역시 그에게 인사를 건네고는 그의 곁에 앉았다. 이런저런 이야기를 나누다가, 그녀는 그에게 애인이 되어달라고 청했다. 자기는 세상의 어떤 남자보다도 그를 사랑하며, 만일 자기에게 사랑을 허락해준다면 그를 그의 가문의 누구보다도 부요한 사람으로 만들어주겠다는 것이었다.

보오르는 그런 제안에 몹시 거북해졌다. 그는 무슨 일이 있어도 자신의 정결을 깨뜨리고 싶지 않았기 때문이다. 그래서 대답을 못 하고 있자, 그녀가 다시 말했다.

"왜 그러시나요, 보오르? 제 청을 들어주지 않을 건가요?"

"부인, 세상에 아무리 지위가 높은 분에게라도 그런 청은 들어드릴 수가 없습니다. 더구나 지금 제 처지를 보아서는 그런 청을 하셔서도 안 될 것입니다. 저기 제 형이 죽어 누워 있으니 말입니다. 바로 어제, 영문도 모르게 죽임을 당했습니다."

"아, 보오르! 그런 일은 생각하지 마세요. 당신은 제가 청하는 대로 하셔야만 해요. 일찍이 어떤 여자가 남자를 사랑했던 것보다 더욱 제가 당신을 사랑하지 않는다면, 이런 청을 드리지도 않을 거예요. 아무리 사랑한다고 해도, 여자가 남자보다 먼저 청한다는 것은 관습에도 범절에도 어긋나는 일이니까요. 하지만 오래전부터 당신에 대해 품었던 동경이 제 마음을 움직여 제가 내내 비밀로 간직해온 것을 말하게 만드네요. 그러니 아름답고 다정하신 기사님, 부디 제 청을 허락하여 이 밤을 저와 함께 보내주세요."

그는 결코 그럴 수 없노라고 대답했다. 그녀는 그 말을 듣자 비탄의 몸짓을 보였으므로 그는 그녀가 울며 크게 슬퍼하나 보다고 생각했지만, 그래도 그의 결심을 바꿀 수는 없었다.

그녀는 어떻게 해도 그를 설복할 수 없음을 깨닫자 이렇게 말했다.

"보오르, 당신은 나를 거절하여 궁지에 몰아넣었으니 나는 지금 당신이 보는 앞에서 죽어버리겠어요."

그러더니 그의 손을 잡고 성관의 문으로 이끌며 말했다.

"여기 계세요. 제가 당신에 대한 사랑 때문에 어떻게 죽는지를 보게 되실 거예요."

"결단코 저는 그런 것을 보지 않겠습니다."

그러자 그녀는 사람들에게 그를 붙들고 있으라고 명령했고,

그들은 그러겠노라고 답했다. 그녀는 열두 명의 아가씨를 거느리고 성벽 위로 높이 올라갔다. 그 위로 올라가자, 여성주가 아닌 다른 한 아가씨가 말했다.

"아, 보오르! 저희 모두를 불쌍히 여겨, 아씨의 청을 들어주세요! 만일 그러지 않으면, 저희는 아씨와 함께 지금 당장 이 탑에서 모두 떨어져버릴 테니까요. 저희는 아씨가 죽는 것을 차마 볼 수 없으니 말이에요. 이렇게 사소한 일로 저희를 다 죽게 내버려둔다면, 어떤 기사도 하지 않을 신의 없는 짓이 될 거예요."

그는 그녀들을 바라보며 그녀들이 정말로 지체 높은 부인이며 아가씨들인 줄로만 알고 매우 애석히 여겼다. 하지만 그녀들 모두의 영혼이 멸망하는 것보다 자신의 영혼이 멸망하는 것이 낫다고는 결코 생각할 수가 없었다. 그래서 그는 그녀들이 죽든 살든 자신은 그런 청은 듣지 않겠노라고 말했다. 그러자 그녀들은 높은 집 꼭대기에서 땅으로 몸을 던졌다. 그 광경을 본 그는 경악한 나머지 손을 들어 성호를 그었다. 그러자 그의 주위에서 굉음과 고함 소리가 났으니, 마치 지옥의 모든 원수들이라도 둘러친 듯했고 필시 그중 몇몇은 거기 있었을 것이다. 그는 주위를 둘러보았지만 탑도, 그에게 애인이 되어달라던 귀부인도, 조금 전까지 보이던 아무것도 보이지 않았고, 그가 입고 왔던 무장과 형의 시신을 두었다고 생각한 집밖에 없었다.

그제야 그는 원수가 그의 영혼과 육신을 모두 멸망시키기 위해 그런 함정을 놓았던 것임을, 하지만 우리 주님 덕분에 그 함정에서 벗어났음을 깨달았다. 그래서 하늘을 향해 두 손을 들며 이렇게 말했다.

"자비하신 아버지 예수 그리스도여, 제게 원수를 물리칠 힘과 능력을 주시어 이 싸움에서 이기게 하신 당신을 송축합니다."

그러고는 형의 시신을 두었다고 생각한 곳으로 가 보니, 아무것도 보이지 않았다. 그래서 그는 한결 마음이 가벼워졌다. 리오넬도 분명 죽지 않았으며 자기가 본 것은 헛것이었으리라고 확신했기 때문이다. 그래서 그는 무구가 있는 데로 가서 무장을 갖추고는 그곳을 떠났다. 원수의 소굴에 더 머물고 싶지 않았던 것이다.

그리하여 말을 타고 한참을 가다 보니, 왼쪽에서 종소리가 들려왔다. 그는 크게 기뻐하며 그쪽으로 방향을 돌렸고, 얼마 지나지 않아 든든한 벽에 둘러싸인, 흰 수도사[181]들이 사는 수도원에 이르렀다. 문으로 다가가 두드린 끝에 문이 열렸다. 수도사들은 무장한 그를 보자 성배 탐색에 나선 기사임을 곧 알아보았다. 그래서 그를 말에서 내려주고 방으로 데려가 무장을 풀어주고는 힘닿는 대로 대접해주었다. 그는 사제로 보이는 한 수도사에게 말했다.

"형제님, 부디 저를 이곳에서 가장 덕망 높은 수도사님께 데려가주십시오. 오늘 저는 아주 이상한 일들을 만났으므로, 하느님과 그 수도사님께 깨우침을 얻기를 원합니다."

"기사님, 그러시다면 저희 원장님께 가보십시오. 그분은 이곳에서 가장 덕망과 학식이 높고 거룩하게 사시는 분입니다."

"형제님, 저를 그분께 안내해주십시오."

그러자 수도사는 기꺼이 응하여 그를 수도원장이 있는 예배당으로 데리고 가서, 그를 가리켜 보이고는 돌아갔다. 보오르는 그에게 다가가서 예를 갖추었고, 수도원장 역시 답례하며 누구시냐고 물었다. 보오르는 자신이 편력하는 기사라고 말했다. 그러고는 그날 자신에게 일어났던 일들을 이야기했다. 그가 이야기를 마치자, 수도원장은 이렇게 말했다.

"기사님, 저는 당신이 누구신지 모릅니다만, 당신 나이의 기사가 당신만큼 우리 주님의 은혜 안에 굳게 선 예를 보지 못했습니다. 당신은 당신이 겪은 일을 들려주셨습니다만, 오늘은 이미 늦었으므로 제가 바라는 만큼 조언해드릴 수가 없습니다. 하지만 오늘 밤 여기서 묵으시면, 아침에 제가 할 수 있는 한 조언해드리도록 하겠습니다."

보오르는 수도원장에게 인사를 하고 물러나왔다. 수도원장은 예배당에 남아 그에게서 들은 일을 곰곰이 생각하는 한편, 수도사들에게 그가 생각보다 귀한 인물이니 융숭히 대접하라고 일렀다. 그날 밤 보오르는 더 바랄 나위 없이 훌륭한 대접을 받았으니, 그의 앞에는 고기와 생선이 차려졌다. 하지만 그는 그런 것은 조금도 입에 대지 않았고, 물과 빵만을 필요한 만큼만 먹었다. 음식이나 잠자리, 그밖에 무엇에서든 자신에게 부과된 보속을 결코 어기지 않으려는 자답게 다른 음식은 입에 대지 않았다. 아침이 되어 조과와 미사를 드리고 나자, 그를 잊지 않았던 수도원장이 그에게 다가와 하느님께서 좋은 하루를 주시기 바란다며 인사를 건넸다. 보오르 역시 같은 인사로 답했다. 수도원장은 그를 다른 수도사들로부터 멀찍이 제단 앞으로 데려가서, 성배 탐색 동안에 일어난 일들을 다 이야기해보라고 말했다. 그래서 그는 자신이 꿈에나 생시에나 보고 들은 모든 것을 낱낱이 이야기하고는, 그 모든 것의 의미를 말해달라고 청했다. 그러자 수도원장은 잠시 생각하더니, 기꺼이 그러겠노라며 입을 열었다.

"보오르, 당신은 높으신 주님이자 높으신 동행이신 분, 즉 성체를 배령한 후, 우리 주님께서 예수 그리스도의 기사들, 곧 탐색의 참된 덕인들에게 허락될 거룩한 발견을 얻게 해주실지 알고자 하여 길을 떠났습니다. 당신이 그리 멀리 가지 않았을 때, 우리 주님께서는 새의 모습으로 당신 앞에 나타나 그분께서 우리를 위해 당하신 고통과 고뇌를 보여주셨지요. 새가 잎도 열매도 없는 나무에 와서 새끼들을 들여다보니 아무도 살아 있지 않았습니다. 그래서 새는 그들 가운데 자리 잡고 자기 가슴을 부리로 쪼아 피를 쏟으며 죽었고, 새끼 새들은 그 피에서 생명을 얻는 것을 당신은 보았습니다. 이제 그 의미를 말씀드리겠습니다.

그 새는 우리의 창조주를 의미합니다. 그분은 자기 형상대로 인간을 지으셨지요. 인간은 자신의 죄과로 낙원에서 쫓겨났을 때, 이 땅에 와서 죽음을 발견했습니다. 이 땅에는 생명이 전혀 없었으니까요. 잎도 열매도 없는 나무란 분명히 이 세상을 뜻하니, 이 세상에는 불운한 일과 가난과 고통밖에는 없었습니다. 어린 새들은 인간의 후손들을 뜻합니다. 그들은 타락한 나머지 선인이나 악인이나 공덕에서 다르지 않아 모두 지옥에 가게 되어 있었습니다. 그 광경을 본 성자께서는 나무, 즉 십자가에 오르시어 거기서 부리로, 즉 창끝으로 오른쪽 옆구리를 찔려 피 흘리셨습니다. 그 피에서 어린 새들, 즉 그분의 일을 한 새들은 생명을 얻었지요. 온통 죽음뿐이고 생명이라고는 찾아볼 수 없는 지옥으로부터 그분은 그들을 이끌어내신 것입니다. 하느님께서는 그분이 이 세상에, 곧 당신과 저와 모든 죄인에게 베푸신 이 은혜를 당신에게 새의 모습으로 보여주셨습니다. 그분이 당신을 위해 죽으신 것처럼 당신도 그분을 위해 죽기를 두려워하지 않았으니까요.[182]

그러고서 그분은 당신을 아망 왕이 자기 땅을 위탁한 여인의 집으로 인도하셨습니다. 아망 왕은 다름 아닌 예수 그리스도 그분이라고 이해해야 합니다. 그분은 세상의 왕이시요 누구보다 사랑하시는[183] 분입니다. 그분은 이 땅의 인간에게서는 찾아볼 수 없는 온유함과 동정심을 지니시고 계시지요. 아망 왕의 왕국에서 쫓겨난 다른 여인은 있는 수단을 다 동원해서 그녀에게 싸움을 걸었습니다. 당신은 그 싸움을 싸워 이겼지요. 그러니 당신에게 그 뜻을 밀씀드리겠습니다.

우리 주님께서 당신에게 그분이 당신을 위해 피를 쏟으신 것을 보여주시자마자, 당신은 그분을 위해 싸우게 된 것입니다. 당신은 그 여인을 위해 싸움으로써 그분을 위해 싸운 것이니, 그녀는 거룩한 그리스도교 세계를 바른 믿음과 바른 신앙 안에 지키는 거룩한 교회를 뜻하기 때문입니다. 제 분깃을 잃고 그녀에게 싸움을 거는 다른 여인은 옛 율법, 곧 거룩한 교회와 그 권속에게 싸움을 거는 원수를 뜻합니다. 젊은 여인이 당신에게 다른 여인이 싸움을 거는 이유를 설명했을 때, 당신은 마땅히 해야 하는 바대로 싸움에 나섰습니다. 당신은 예수 그리스도의 기사이므로, 거룩한 교회를 수호해야만 했던 것입니다. 밤에, 거룩한 교회는 슬프고 당황한, 부당하게 분깃을 빼앗길 위험에 처한 여인의 모습으로 당신을 찾아왔습니다. 그녀는 기쁨과 희락의 옷이 아니라 슬픔과 애통의 옷, 즉 검은 옷을 입고 찾아왔습니다. 그리고 자신의 아들들이 그녀에게 일으킨 분노로 인해 슬프고 검게 보였으니, 그 아들들이란 마땅히 아들이 되어야 함에도 사생자가 되고 만 죄 많은 그리스도인들입니다. 그들은 마땅히 어머니인 그녀를 지켜야 하건만, 그러기는커녕 밤낮으로 슬프게 하는 것이지요. 그러므로 그녀는 슬프고 애통해하는 여인의 모습으로 당신을 찾아와 당신이 그녀의 곤경에 한층 더 연민을 느끼게끔 한 것입니다.

당신이 본 검은 새는 거룩한 교회를 나타내는바, "나는 검지만 아름답다. 다른 이의 흰빛보다 내 검은빛이 더 낫다는 것을 알아두라"고 했습니다. 반면, 백조처럼 보이는 흰 새는 원수라고 이해해야 합니다. 어째서인지 말씀드리지요. 백조는 겉은 희고 속은 검으니, 위선자입니다. 위선자는 노랗고 창백하여 겉보기에는 예수 그리스도의 종처럼 보이지만, 안은 검고 온갖 죄와 오물로 더럽혀져 있어서 세상을 크게 미혹하고 있습니다. 그 새는 당신이 잠들었을 때뿐 아니라 깨어 있을 때도 나타났는데, 어디서였는지 아십니까? 원수가 사제의 모습으로 나타나 당신이 형제를 죽게 내버려두었다고 비난했을 때입니다. 그 점에서 그는 당신을 속였습니다. 당신 형은 죽지 않았고 아직 살아 있습니다. 하지만 원수는 당신이 허탄한 말을 듣고 절망하여 음욕에 빠지게 하기 위해 그런 말을 한 것입니다. 그렇게 해서 당신이 대죄에 빠졌다면, 당신은 성배의 모험에서 낙오할 수도 있었겠지요. 자, 이렇게 당신에게 누가 흰 새이고 누가 검은 새인지, 당신이 어느 쪽 여인을 위해 싸우고 어느 쪽 여인에 맞서야 하는지 말씀드렸습니다.

이제 썩은 나무둥치와 꽃의 의미에 대해 말씀드리겠습니다. 힘도 생명력도 없는 나무둥치는 당신 형 리오넬을 뜻합니다. 그에게는 그를 버텨줄 우리 주님의 힘이 전혀 없습니다. 그 썩음은 그가 자신 안에 나날이 쌓아 늘린 많은 죄를 뜻하지요. 그런 점에서 그를 썩고 벌레 먹은 나무둥치라 보아야 합니다. 오른쪽에 있던 두 송이 꽃은 동정 남녀를 가리킵니다. 한 송이는 당신이 어제 상처 입힌 기사이고, 다른 한 송이는 당신이 구해준 아가씨입니다. 한 송이 꽃이 다른 한 송이를 향해 기울어졌다는 것은 그 기사가 아가씨를 강제로 욕보여 그 순결함을 빼앗으려 했다는 뜻입니다. 하지만 덕인이 그들을 갈라놓았다니, 이는 우리 주님께서 그 순결함이 그렇게 상실되는 것을 원치 않으시어 당신을 거기로 인도하셔서 당신으로 하여금 그들을 갈라놓아 각기 순결을 지키게 하신 것입니다. 그분은 당신에게 말씀하셨지요. '보오르, 저 썩은 나무둥치를 구하느라 이 꽃들을 저버리는 것은 어리석은 일이다. 네가 그런 모험을 보거들랑, 썩은 나무둥치를 구하려고 꽃들이 망가지게 내버려두지 않도록 주의해라.' 그분은 당신에게 그렇게 명하셨고, 당신은 그 명대로 행하여 그분을 아주 기쁘시게 했습니다. 당신은 두 명의 기사에게 끌려가는 당신 형을 보았고, 동시에 기사에게 납치당해 가는 아가씨를 보았지요. 그녀는 당신에게 애원했고, 당신은 긍휼한 마음이 들어 육친에 대한 사랑보다 예수 그리스도에 대한 사랑을 따랐습니다. 그래서 당신은 그 아가씨를 구하러 가고 당신 형을 위험 가운데 버려두었지요. 하지만 당신이 섬긴 그분께서 당신 대신 그와 함께 가시어, 당신이 하늘의 왕에게 보인 사랑을 위해 기적을 베푸셨으므로, 당신 형을 끌고 가던 기사들은 죽었고 그는 결박을 끊고서 그중 한 사람의 무기를 들고 말에 올라 다른 사람들의 뒤를 따라 탐색 길에 다시 나섰습니다. 이 일에 대해서는 당신도 곧 듣게 될 것입니다.

당신이 그 꽃들에서 잎과 열매가 나오는 것을 보았다는 것은 그 기사로부터 위대한 가문이 시작되리라는 뜻입니다. 그 가문에서는 덕인들과 참된 기사들이 나올 터이니 이들이 열매이지요. 그 아가씨로부터도 마찬가지입니다. 그런데 그녀가 그렇게 역겨운 죄로 동정을 잃어버렸다면, 우리 주님께서는 몹시 슬퍼하셨을 것입니다. 그들은 둘 다 급사하여 영혼과 육신을 잃었을 테니까요. 당신은 그런 사태를 막았으니, 예수 그리스도의 선하고 충성된 종이라고 해도 좋을 것입니다. 정녕코 당신이 지상의 기사도에만 속했다면, 우리 주님을 믿는 자들의 육신을 지상의 고난으로부터, 그리고 영혼을 지옥의 고통으로부터 구해내는 그처럼 고귀한 모험이 당신을 찾아오지 않았을 것입니다. 자, 이렇게 성배 탐색에서 당신에게 닥친 모험들의 의미를 설명드렸습니다."

"어르신, 모두 귀하신 말씀입니다. 워낙 잘 설명해주셔서 제 평생 도움이 될 것입니다."

"청컨대 저를 위해서 기도해주십시오. 정녕 하느님께서는 저보다는 당신의 기도를 더 잘 들어주실 것 같으니 말입니다."

보오르는 수도원장이 자기를 그렇게 덕망 높은 이로 여기는 것이 부끄러워 아무 대답도 하지 못했다.

그렇게 한참을 이야기한 후, 보오르는 떠날 채비를 하고 수도원장에게 작별을 고했다. 무장을 갖추고 길을 떠난 그는 저녁 무렵까지 길을 가다가 한 과부의 집에서 묵었다. 날이 밝자 그는 또다시 길을 떠나, 어느 골짜기에 있는 튀벨이라는 작은 성에 이르렀다. 성을 향해 다가가다가 그는 한 소년이 숲 쪽으로 달려오는 것을 보았다. 그는 다가가서 무슨 소식이 있느냐고 물었다.

"그렇습니다. 내일 이 성 앞에서 아주 큰 무술시합이 열릴 겁니다."

"어떤 사람들이 겨루는가?"

"플랭 백작의 사람들과 이곳 성주이신 과부 미넘외 사람들입니다."

보오르는 그 소식을 듣고는 자기도 그곳에 머물기로 했다. 탐색의 동료들을 만날 수 있을지도 모르고, 형의 소식을 말해줄 사람이나 아니면 형이 그 근처에 있고 건강하다면 형 자신이 올지도 몰랐기 때문이다. 그래서 그는 숲 어귀에 있는 한 암자로 향했고, 그곳 예배당 입구에 무장을 하지 않은 채 앉아 있는 형 리오넬을 발견했다. 리오넬도 이튿날 그 초원에서 열릴 시합에 참가하기 위해 그곳에 묵고 있는 터였다. 보오르는 형을 보자 이루 다 말할 수 없을 만큼 기뻤다. 그래서 말에서 뛰어내리며 말을 걸었다.

"형님, 언제 이곳에 오셨습니까?"

리오넬은 그 말을 듣고 그를 알아보았지만 꼼짝도 않은 채 이렇게 대꾸했다.

"보오르, 보오르, 일전에는 네 잘못으로 하마터면 죽을 뻔했다. 기사 둘이 나를 때리며 끌고 가는데도 너는 나를 그대로 끌려가게 내버려두고, 나를 돕는 대신 웬 기사에게 납치당해 가는 아가씨를 구하러 갔지. 나를 죽음의 위기 속에 내버려두고 말이다. 일찍이 형제라는 자가 그런 신의 없는 일을 한 적은 없으니, 이 배신에 대해 나는 네게 죽음을 약속하마. 너는 죽어 마땅한 짓을 했고말고. 그러니 어디 나를 막아보아라. 내가 무장을 갖추기만 하면 어디서 너를 만나든 네가 내게서 바랄 것은 죽음밖에 없다는 것을 알아두어라."

보오르는 그 말을 듣자, 형이 자기한테 성나 있는 것을 알고는 몹시 괴로웠다. 그래서 그의 앞 땅바닥에 무릎을 꿇고서 두 손을 모아 자비를 구하며 부디 용서해달라고 애원했다. 하지만 리오넬은 결코 그럴 수 없으며, 하느님이 도우사 그를 이길 수만 있다면 죽여버리겠다고 대답했다. 그러고는 더 이상 들으려고도 하지 않고 자기 무구를 두었던 은자의 집 안으로 들어가 서둘러 무장을 갖추었다. 그렇게 무장을 하고 말 있는 데로 가서 올라타고는 보오르에게 말했다.

"자, 조심해라! 하느님이 도우사 내가 너를 이길 수 있다면, 비열한 배신자가 받아 마땅한 벌을 내린 것이 되겠지. 너도 나도 보오르 왕의 자식이지만, 그처럼 덕망 높은 이에게서 난 자 중에 너야말로 가장 신의 없는 자이니 말이다. 자, 말에 타라.

그러는 편이 더 어울리니까. 만일 그러지 않으면, 네가 서 있는 그대로 죽여주마. 그러면 수치는 내 몫이요 피해는 네 몫이 되겠지만, 그런 수치쯤은 개의치 않을 터이니, 네가 받아 마땅한 벌을 받지 않는 것보다는 내가 수많은 사람들로부터 비난을 당하고 수치를 맛보는 편이 낫고말고."

보오르는 싸울 수밖에 없는 처지에 몰린 것을 알고는 어찌할 바를 몰랐다. 친형제와 싸운다는 것은 도저히 받아들일 수 없는 일이었기 때문이다. 그렇더라도 안전을 위해서는 말에 타야겠지만, 한 번 더 자비를 구해보리라고 생각했다. 그래서 형의 말 앞 땅바닥에 무릎을 꿇고서 눈물을 흘리며 애원했다.

"형님, 부디 제게 자비를 베풀어주십시오! 저의 잘못을 용서하시어 저를 죽이지 마시고 형님과 저 사이에 있어야 할 큰 우애를 돌이켜보십시오!"

보오르가 무슨 말을 해도 리오넬은 끄떡하지 않았다. 원수의 부추김으로 분노가 극에 달한 그는 동생을 죽이고 싶다는 생각뿐이었다. 그래도 보오르는 그의 앞에 무릎 꿇고서 두 손 모아 자비를 빌었다. 리오넬은 자기가 무슨 말을 해도 그를 일어나게 할 수 없으리라는 것을 알고는 말에 박차를 가해 말 가슴팍으로 그를 냅다 들이받아 자빠뜨렸다. 보오르는 나가떨어지면서 크게 다쳤는데, 리오넬은 그의 몸 위로 말을 달려 짓밟았다. 보오르는 으스러지는 고통에 정신을 잃으며, 고해도 못 하고 이대로 죽는구나 생각했다. 리오넬은 그를 그렇게 거꾸러뜨려 일어나지도 못하게 해놓고는, 목을 베려고 땅에 내려섰다.

그가 말에서 내려 보오르의 머리에서 투구를 벗기려는 순간,

은자가 달려왔다. 그는 아주 나이가 많은 사람으로, 형제간에 오가는 말을 다 들은 터였다. 그는 리오넬이 보오르의 목을 베려 하는 것을 보자 자기 몸을 던져 보오르를 감싸면서 리오넬에게 말했다.

"아! 고귀한 기사여, 부디 그대와 그대의 동생을 불쌍히 여기시오! 만일 그대가 그를 죽인다면, 그대는 죄로 죽을 것이고, 그에게도 엄청난 손실이 될 거요. 그는 세상에서 가장 덕망 높고 가장 훌륭한 기사 중 하나이니 말이오."

"하느님께 맹세코, 그에게서 비키지 않는다면, 당신도 내 손에 죽을 테고, 그 또한 면치 못할 거요."

"정녕 그를 죽이기보다는 나를 죽이기 바라오. 내 죽음은 그의 죽음만큼 크나큰 손실이 되지는 않을 테니 말이오. 그가 죽느니 차라리 내가 죽기 바라오."

은자는 그렇게 말하고는 보오르를 온몸으로 덮으며 어깨를 얼싸안았다. 이를 본 리오넬은 검집에서 검을 빼어 들고는 은자의 목덜미를 뒤에서 내리쳤다. 은자는 죽음의 고통에 사로잡혀 나가뻗었다.

리오넬은 그러고서도 분이 풀리지 않아 동생의 목을 베기 위해 투구를 벗기려고 끈을 풀었다. 만일 그때 우리 주님의 뜻으로 아더 왕 궁정의 기사이자 원탁의 동지 중 한 사람인 칼로그르낭[184]이 나타나지 않았더라면, 그 당장 해치우고 말았을 것이었다. 칼로그르낭은 은자가 죽은 것을 보고는 대체 어찌 된 일인지 크게 놀랐다. 그래서 눈을 들어 리오넬이 상대를 죽이려고 이미 투구를 다 벗긴 것을 보았고, 그 상대가 자신이 친애하던 보오르인 것을 알아보았다. 이에 그는 말에서 뛰어내려 리오넬의 어깨를 붙들어 젖히며 소리쳤다.

"대체 어찌 된 거요, 리오넬? 친동생을 죽이려고 하다니, 정신이 나갔소? 그는 세상이 다 아는 가장 훌륭한 기사 중 한 사람인데? 하느님께 맹세코, 어떤 기사도 이런 일은 용인하지 않을 거요."

"뭐라고? 그를 돕겠다는 거요? 만일 당신이 계속 끼어든다면, 그보다 먼저 당신부터 해치워버리겠소."

칼로그르낭은 아연실색하여 그를 바라보며 말했다.

"뭐라고요, 리오넬? 정말로 그를 죽일 셈이오?"

"죽이다마다. 반드시 죽여버리겠소. 당신도 다른 누구도 나를 말릴 수 없소. 그는 내게 못할 짓을 했으니 죽어 마땅하오."

그러고는 다시 보오르에게 달려들어 목을 베려 했다. 이에 칼로그르낭이 두 사람 사이에 끼어들며 만일 더 이상 혈기를 부려 보오르에게 손을 댄다면 자기가 싸우겠노라고 말했다.

리오넬은 그 말을 듣자 방패를 들고는 칼로그르낭에게 누구냐고 물었다. 그가 자기 이름을 대자, 리오넬은 그에게 정식으로 도전하며 검을 뽑아 들고 공격을 개시했고, 있는 힘을 다해 큰 타격을 가했다. 칼로그르낭은 싸움이 벌어진 것을 깨닫고는 달려가 방패를 들고 검을 뽑았다. 그는 훌륭한 기사요 힘도 세었으므로 용감하게 자신을 방어했다. 그렇게 싸움이 계속되는 동안 보오르는 일어나 앉았지만, 너무나 고통스러워서 우리 주님께서 도와주시지 않는다면 몇 달이 가도 힘을 되찾을 것 같지 않았다. 그는 칼로그르낭이 자기 형과 싸우는 것을 보자 마음이 괴로웠다. 만일 자기가 보는 앞에서 칼로그르낭이 형을 죽인 다면 평생 다시는 기쁠 일이 없을 것만 같았고, 반대로 형이 칼로그르낭을 죽인다면 그것은 자신의 수치가 될 터이니, 칼로그르낭은 오로지 그를 위해 싸움을 시작한 것이기 때문이었다. 그런 갈등 때문에 그는 몹시 괴로웠다. 할 수만 있다면 기꺼이 뛰어들어 말리겠지만, 고통이 너무 심해서 방어도 공격도 할 힘이 없었다. 한참을 지켜보고 있노라니, 칼로그르낭이 수세에 몰린 것이 보였다. 리오넬은 무술이 뛰어나고 용맹했으므로, 상대의 방패와 투구를 조각조각 내고 죽음밖에 바랄 수 없는 궁지로 몰아넣었다. 칼로그르낭은 이미 피를 너무 많이 쏟아서 버티고 있는 것만도 신기할 정도였다. 그는 자신이 수세에 몰린 것을 깨닫고는 죽음의 공포에 사로잡혀 보오르 쪽을 돌아보고는 그가 일어나 앉은 것을 보자 도움을 청했다.

"아! 보오르, 와서 나를 도와 죽음의 위기에서 구해주시오. 아까 당신은 지금 나보다도 더 긴박한 위기에 몰려 있었기에, 나는 당신을 도우려다 이 지경이 된 거요. 정녕코, 내가 지금 죽는다면, 온 세상이 당신을 비난할 거요."

리오넬이 대꾸했다. "그래봤자 소용없소. 당신은 함부로 끼어든 탓에 죽을 테고, 내가 당신들 두 사람을 이 칼로 죽이는 것을 아무도 가로막지 못할 거요."

이 말을 듣자 보오르는 두려움에 사로잡혔다. 만일 칼로그르낭이 죽임을 당한다면, 자신도 무사하지 못할 터였다. 그래서 그는 온 힘을 다해 일어나서 투구를 찾아 썼다. 그러고는 은자가 죽은 것을 보고 크게 슬퍼하며 우리 주님께 그를 불쌍히 여겨주시기를 빌었다. 어떤 덕인도 그렇게 하찮은 일로 죽은 일은 일찍이 없었기 때문이다. 그때 칼로그르낭이 그를 향해 외쳤다.

"아, 보오르! 내가 이대로 죽게 놔둘 거요? 당신 뜻이 그렇다면 내 기꺼이 죽으리다. 당신보다 더 훌륭한 사람을 구하기 위해 죽을 수는 없을 테니까."

그렇게 말하는데 리오넬이 검으로 치는 바람에 그의 머리에서 투구가 벗겨져 날아갔다. 그는 맨머리가 드러난 것을 느끼자 더 이상 피할 수 없음을 깨닫고 말했다.

"아, 제가 당신을 섬기는 것을 받아주신 은혜로우신 아버지 예수 그리스도여! 제가 마땅히 그래야 하는 만큼 잘 섬기지는 못했지만, 제 영혼을 불쌍히 여겨주소서. 제가 하고자 했던 선행과 자선 대신 이제 겪게 될 고통이 제 참회이자 영혼의 위로가 되게 하소서."

그가 그렇게 말할 때 리오넬이 그를 힘껏 내리쳐 거꾸러뜨렸고, 그의 몸은 고통으로 뻣뻣해졌다.

그는 칼로그르낭을 죽인 것으로 만족하지 않고, 자기 동생에게 달려들어 그가 비틀거릴 정도로 타격을 가했다. 하지만 천성이 겸손한 보오르는 제발 싸움을 그만두어달라고 빌었다.

"왜냐하면 형님, 제가 형님 손에 죽든 형님이 제 손에 죽든, 우리는 죄 가운데 죽게 될 테니 말입니다."

"만일 내가 네게 자비를 베풀어 네 목숨이 내 손에 있는데도 널 죽이지 않는다면, 하느님께서 나를 돕지 마시기를! 내가 지금까지 살아 있는 것은 네 덕분이 아니니 말이다."

이에 보오르는 검을 뽑아 들고는, 눈물을 흘리며 말했다.

"은혜로우신 아버지 예수 그리스도여! 제가 형에게 맞서 제 목숨을 지킨다고 해도 제게 죄를 묻지 마옵소서."

그러고는 검을 치켜들고 막 내리치려는 순간, 이렇게 말하는 음성이 들려왔다.

"달아나라, 보오르. 그를 건드리지 말라. 그를 죽이게 될 것이니라."

그러더니 하늘로부터 번개 같은 불덩이가 두 사람 사이에 내려왔고 거기서 놀라운 불길이 치솟는 바람에 방패들이 다 그을고 두 사람은 겁에 질려 땅바닥에 엎어져서 기절하고 말았다. 한참 만에야 몸을 일으킨 두 사람은 서로 마주 보았고, 두 사람 사이의 땅이 불길로 붉게 그을린 것을 보았다. 하지만 보오르는 형이 전혀 다치지 않은 것을 보고는 하늘을 향해 두 손을 들고 하느님께 진심으로 감사드렸다. 그러자 그에게 말하는 음성이 들려왔다.

"보오르, 일어나 여기서 떠나라. 더 이상 네 형과 함께하지 말고, 바다를 향해 가거라. 그곳에 당도하기 전까지 지체하지 말 것이니, 페르스발이 거기서 너를 기다리느니라."

그 말을 듣자 그는 무릎을 꿇고 하늘을 향해 두 손을 들고서 말했다.

"하늘 아버지여, 저를 불러 당신을 섬기게 해주시니 감사합니다!"

그러고는 여전히 얼떨떨해 있는 리오넬에게 다가가 이렇게 말했다.

"형님, 당신이 우리의 동지인 이 기사와 이 은자를 죽인 것은 잘못입니다. 부디 시신들을 매장하고 합당한 장례를 치르기 전에는 이곳을 떠나지 마십시오."

"그러면 너는?" 리오넬이 물었다. "그들이 매장되기까지 기다릴 테냐?"

"아니오. 하느님의 음성이 제게 명하신 대로, 페르스발이 저를 기다리고 있는 바닷가로 갈 것입니다."

그리하여 그는 그곳을 떠나 바다로 가는 길로 접어들었다. 여러 날 동안 말을 달려 바닷가에 자리 잡은 한 수도원에 이르렀다. 그날 밤 그곳에서 묵었는데, 그가 자는 동안 또 음성이 들려왔다.

"보오르, 일어나 곧장 바다로 가라. 페르스발이 바닷가에서 너를 기다리고 있느니라."

그 말을 들은 그는 벌떡 일어나 이마에 십자가 성호를 긋고는 우리 주님께서 인도해주시기를 빌었다. 그는 무구들을 두었던 곳으로 가서 무장을 갖추고는 말을 찾아 안장을 얹고 고삐를 물렸다. 그렇게 채비를 갖춘 그는 자신이 그런 시간에 떠나는 것을 수도원 사람들에게 알리고 싶지 않았으므로 이리저리 출구를 찾아다니다가 뒤쪽 담장에 틈이 나 있는 것을 발견했다. 그래서 그는 말을 타고 그 담장 틈을 지나 밖으로 나갔다.

그렇게 그는 아무도 모르게 그곳을 떠났다. 줄곧 말을 달려 바다에 이르러 보니, 물가에 새하얀 비단으로 덮인 배가 한 척 있었다. 그는 말에서 내려 배 안으로 들어가며 예수 그리스도께 자신을 맡겼다. 그가 들어서자마자 배가 물가를 떠나는 것이 보였다. 바람이 돛에 불어닥쳐 배를 어찌나 빨리 몰고 가는지 마치 파도 위를 날아가는 것만 같았다. 그는 말을 데리고 오지 않은 것을 깨달았지만, 단념하고 받아들였다. 배 안을 둘러보니 온통 캄캄하고 어두워서 잘 보이지 않았다. 그는 뱃전으로 가서 팔꿈치를 괸 채 예수 그리스도께 부디 자기 영혼이 구원받을 수 있는 곳으로 인도해주시기를 기도했다. 기도를 마치고는 새벽까지 잤다.

잠에서 깨어 보니 배 안에 웬 기사가 있었다. 무장을 빠짐없이 갖추되, 투구는 쓰지 않고 앞에 놔둔 채였다. 그는 기사를 잠시 바라보다가, 페르스발 르 갈루아임을 알아보았다. 그래서 달려가 얼싸안으며 기뻐했다. 페르스발은 자기 앞에 있는 이를 보자 대체 그가 어떻게 거기 나타났는지 알 수 없어 몹시 놀랐다. 그래서 그는 누구냐고 물었다.

"아니, 나를 몰라보겠소?" 보오르가 말했다.

"전혀 모르겠습니다. 당신이 어떻게 여기 들어올 수 있었는지 놀라고 있습니다. 우리 주님께서 인도하시지 않았다면 말입니다."

보오르는 그 대답에 빙그레 웃으며 투구를 벗었다. 그러자 페르스발도 그를 알아보았다. 그들이 서로 얼마나 기뻐하며 반겼는지를 다 말하기란 어려운 일이 될 것이다. 보오르는 그에게 자신이 어떻게 배에 오게 되었는지, 어떤 인도를 받았는지를 이야기했다. 페르스발은 그에게 자신이 있던 바위섬에서 일어난 일들, 즉 원수가 여자의 모습으로 나타나 자신을 죽을죄에 빠뜨리려고 했던 일을 이야기했다. 그렇게 두 친구는 우리 주님께서 그들을 위해 예비하신 대로 다시 만났다. 그들이 주님께서 보내주실 모험들을 기다리는 동안 배는 때로는 앞으로 때로는 뒤로, 바람이 부는 대로 떠돌았고, 그들은 수많은 이야기를 나누며 서로를 격려했다. 페르스발은 이제 갈라아드만 있으면 자기가 받은 약속이 이루어지는 것이라고 말했다. 그러고는 보오르에게 자기가 어떤 약속을 받았는가를 이야기했다. 하지만 이제 이야기는 그들에 대해 말하기를 그치고, 선한 기사에게로 돌아간다.

9. 경이로운 배

 이야기는 말하기를, 선한 기사는 페르스발을 스무 명의 기사로부터 구한 다음 그와 헤어져서, 황무한 숲의 큰길로 접어들어 여러 날 동안 모험이 이끄는 대로 이리저리 돌아다녔다고 한다. 그는 많은 모험을 만나 종식시켰지만, 일일이 전하자면 너무 길어질 터이므로 이야기는 그 모든 것에 대해 언급하지 않는다. 선한 기사는 로그르 왕국을 두루 다니며 모험이 있다고 들은 모든 곳을 지나왔고, 마침내 그 모든 곳을 떠나 바닷가를 향해 내키는 대로 말을 달렸다. 그리하여 그는 어느 성 앞을 지나게 되었는데, 그곳에서는 경이로운 무술시합이 열리고 있었다. 그런데 성 밖 기사들이 워낙 잘 싸웠으므로, 성 안 기사들은 달아나는 수밖에 없었다. 성 밖 기사들이 수도 더 많고 훨씬 강했기 때문이다.
 갈라아드는 성 안 기사들이 그렇게 수세에 몰려 성문 앞에서 죽임을 당하는 것을 보자, 그들을 향해 기수를 돌리며 도와주어야겠다고 생각했다. 그래서 창을 겨누고 말에 박차를 가하여 마주친 첫 상대를 단번에 나가떨어지게 만들었고, 창은 산산조각이 났다. 그러자 그는 능숙하게 검을 뽑아 들고는 싸움이 가장 치열한 곳으로 뛰어들어 기사와 말들을 무찌르기 시작했는데 어찌나 놀라운 솜씨였던지 그를 보고 감탄하지 않는 이가 없었다. 그 무술시합에 와 있던 고뱅과 엑토르는 성 밖 기사들을 돕고 있었지만, 흰 방패와 붉은 십자가를 보자마자 서로 이렇게 말했다.

"선한 기사가 나타났구려! 바보가 아닌 다음에야 저 칼을 기다릴 수 없지. 어떤 갑옷으로도 막아낼 수 없을 거요."

그들이 그렇게 말하는 사이에 선한 기사는 모험이 이끄는 대로 고뱅에게 바짝 가까이 다가왔다. 그러고는 어찌나 호된 공격을 가했던지 투구와 그 밑의 사슬두건까지 베어버렸다. 고뱅 경은 그 타격으로 죽는구나 생각하며 안장에서 나가떨어졌다. 갈라아드는 내친 기세를 거두어들이지 못해 말안장 앞쪽을 내리쳐 어깨 부분을 동강 내고 말았다. 말은 고뱅 경 곁에 죽어 넘어졌다.

엑토르는 고뱅 경이 낙마한 것을 보자 물러섰다. 그런 강적에 맞서는 것은 미친 짓일 뿐 아니라 그는 자신이 지키고 사랑해야 할 조카[185]였기 때문이다. 갈라아드는 이리저리 말을 달리며 얼마 되지 않는 동안에 어찌나 많은 일을 했던지, 수세에 몰렸던 성 안 기사들은 힘을 되찾았고, 성 밖 기사들은 뿔뿔이 흩어져 안전하게 피할 곳을 찾았다. 그는 그들을 한참 추격하다가 그들이 더 이상 돌아오지 않으리라는 확신이 들자 조용히 떠났으므로, 아무도 그가 어디로 갔는지 알 수가 없었다. 하지만 양편 모두 이 무술시합의 상과 영광을 그에게 돌렸다. 고뱅 경은 그에게서 받은 타격으로 고통이 너무 심해 이겨낼 수 있을 것 같지 않아서, 자기 앞에 있던 엑토르에게 말했다.

"정녕 성령강림절에 석단에 박혀 있던 검에 내가 손을 댔을 때 들은 말이 이루어졌나 보오. 이 해가 지나기 전에 내가 그 검으로 큰 타격을 입을 것이고, 온 성을 준대도 그 타격만은 입지 않았기를 바랄 거라고 했던 것 말이오. 정녕 저 기사가 나를 내리친 검이 그 검이었던 모양이오. 그러니 내게 예언되었던 일이 그대로 일어난 셈이오."

"그 기사가 입힌 부상이 그렇게 심합니까?"

"그렇다마다. 하느님께서 도와주시지 않으면, 무사히 회복되지 못할 것만 같소."

"그럼 어떻게 할까요? 경께서 그렇게 다치셨으니, 우리 탐색은 이제 끝이 난 것 같습니다."

"아니, 내 탐색은 끝났지만 당신 탐색은 아직 끝나지 않았으니, 하느님께서 허락하시는 한 당신을 따라가겠소."

그들이 그렇게 말하는 동안 성의 기사들이 모여들었다. 그들은 고뱅 경을 알아보았고, 그가 그렇게 다친 것을 보고는 몹시 슬퍼했다. 정말이지 그는 외부 사람들에게도 가장 사랑받는 사람이었다.[186] 그들은 그를 성 안으로 실어 날랐고, 무장을 풀어준 다음 인적 드문 조용한 방에 뉘였다. 그러고는 의사를 불러 그의 상처를 살펴보게 한 다음, 그가 낫겠는지 물었다. 의사는 한 달 안에 그를 회복시켜 다시 무장하고 말을 탈 수 있을 만큼 튼튼하게 만들어놓겠노라고 장담했다. 그들은 만일 그가 그렇게만

해준다면 평생 부자로 지낼 만한 보답을 하겠노라고 약속했다. 그리하여 고뱅 경은 그곳에 남았고, 엑토르 역시 그가 낫기 전에는 떠나지 않겠다고 하여 함께 남았다.

선한 기사는 무술시합에서 떠난 후 모험이 이끄는 대로 길을 가다가 날이 저물 무렵 코르베닉에서 두 마장쯤 되는 곳에 이르렀다. 한 암자 앞을 지나다 밤을 맞게 된 그는 말에서 내려 문을 두드렸다. 나와서 문을 열어준 은자는 그가 편력 기사임을 보자 반가이 맞아주었다. 그러고는 말을 돌보고 그의 무장을 풀어주고는, 하느님께서 허락해주신 대로 그에게 음식을 베풀었다. 그는 온종일 아무것도 먹지 못했으므로 감사히 음식을 먹고는 집 안에 있던 건초 더미에 누워 잠이 들었다.

그들이 자고 있는데, 한 아가씨가 문을 두드리며 갈라아드를 찾았다. 은자가 일어나 문간에 가서 이런 시간에 문을 두드리다니 대체 누구냐고 물었다.

"윌팽 어르신, 저는 안에 계신 기사님께 말씀드리고자 왔습니다. 그분께 중요한 용무가 있습니다."

은자는 그를 깨우며 말했다.

"이보시오, 기사님. 웬 아가씨가 와서 기사님을 보자는구려. 저 밖에 와 있는데, 도움이 필요한 모양이오."

갈라아드는 일어나 그녀에게 가서 무슨 일이냐고 물었다.

"갈라아드, 어서 무장을 하고 말을 타고 저를 따라오시기 바랍니다. 그러면 일찍이 어떤 기사도 만난 적이 없는 가장 고귀한 모험을 보여드리겠습니다."

그 말을 듣자 갈라아드는 곧 무장을 갖추고 말에 안장을 얹어 올라탄 다음 은자에게 작별 인사를 했다. 그러고는 그녀에게 말했다.

"자, 원하시는 곳으로 안내해주십시오. 어디든 따라가겠습니다."

그러자 그녀는 의장마가 달릴 수 있는 한 전속력으로 달리기 시작했고, 그는 즉시 그 뒤를 따랐다. 그렇게 한참을 달리노라니 날이 밝아왔다. 날이 환히 밝았을 때, 그들은 바다까지 이어져 있는, 셀리브라는 숲 속으로 들어섰고 온종일 먹지도 마시지도 않고 숲속 길을 달렸다.

만과 때가 지난 저녁에야 그들은 어느 골짜기에 있는 성에 도착했다. 그 성은 모든 것이 잘 갖추어져 있고, 강과 든든한 성벽, 깊은 해자로 둘러싸여 있었다. 아가씨는 내처 달려 나가 성 안으로 들어갔고, 갈라아드도 그 뒤를 따랐다. 그곳 사람들은 그녀를 보자 말했다.

"아씨, 잘 오셨습니다."

그들은 자신들의 성주인 그녀를 환영하며 맞이했다. 그녀는 그들에게 이 기사야말로 일찍이 무기를 든 가장 훌륭한 기사이니 잘 대접하라고 명했다. 그러자 그들은 그를 말에서 내리고 즉시 무장을 풀어주었다. 그는 아가씨에게 말했다.

"오늘 저녁은 이곳에서 묵게 됩니까?"

"아니, 그렇지 않아요. 식사를 하고 조금 잔 다음 다시 떠날 거예요."

그들은 곧 식사를 하고 가서 쉬었다. 그녀는 잠깐 자고 난 다음, 갈라아드를 깨웠다.

"기사님, 일어나세요!"

그는 일어났고, 사람들은 그가 무장을 갖출 수 있도록 촛불과 횃불들을 가져왔다. 그는 말에 올랐고, 아가씨도 대단히 아름답고 호화로운 함函을 가져다가 앞에 놓고 말을 탔다.

그렇게 성을 떠난 그들은 전속력으로 말을 달렸고, 밤새도록 달린 끝에 바다에 이르렀다. 그곳에는 보오르와 페르스발이 탄 배가 있었고, 그들은 잠도 자지 않고 뱃전에서 기다리고 있다가 멀리서부터 갈라아드를 알아보고 소리쳤다.

"기사님, 어서 오십시오! 오시기를 고대하고 있었는데, 마침내 오셨군요! 하느님 감사합니다! 어서 올라오십시오. 이제 하느님께서 우리를 위해 예비하신 고귀한 모험에 나서기만 하면 됩니다."

그는 그 말을 듣자, 그들이 대체 누구이며 왜 자기를 기다렸다고 하는지 물었다. 그리고 아가씨에게 그녀도 말에서 내리려는지 물었다.

"기사님, 그렇습니다. 말은 여기 두시면 됩니다. 저도 그렇게 할 것입니다."

그는 말에서 내린 다음 안장과 고삐를 풀어주었고, 아가씨의 의장마도 그렇게 했다. 그러고는 이마에 성호를 그으며 우리 주님께 자신을 맡긴 후 배에 올랐고, 아가씨도 그 뒤를 따랐다. 배 안에 있던 두 동지가 더없이 기뻐하며 그들을 맞이했다. 이윽고 강한 바람이 불어와 배는 바다를 가르며 전속력으로 나아가기 시작했고, 얼마 안 가 가까이도 멀리도 뭍이라고는 보이지 않게 되었다. 그때쯤 날이 밝아왔으므로 그들은 서로를 알아보았고 세 사람 모두 그렇게 다시 만난 데 대해 기쁨의 눈물을 흘렸다.

보오르는 투구를 벗었고, 갈라아드 역시 투구를 벗고 검을 풀어놓았지만, 사슬갑옷은 벗으려 하지 않았다. 배의 안팎이 무척 아름다운 것을 보자, 그는 두 동지에게 그처럼 아름다운 배가 어디서 왔는지 아느냐고 물었다. 보오르는 전혀 모르겠다고 말했다. 페르스발은 자신이 아는 대로, 자신이 바위섬에서 겪은 일과 사제처럼 보이는 이가 배에 타라고 했다는 이야기를 들려주었다.

"그리고 그분이 말하기를 얼마 안 가 당신들을 동지로 만나게 되리라고 했습니다. 하지만 이 아가씨에 대해서는 아무 말도 하지 않았습니다."

"정말이지 그녀의 인도가 없었다면, 저는 이쪽으로는 오지 않았을 겁니다. 제가 여기 온 것은 그녀 덕분입니다. 저는 이쪽 길로는 와본 적이 없었고, 당신들 두 분의 소식을 이처럼 낯선 곳에서 듣게 되리라고는 생각지도 못했습니다."

그 말에 모두 웃기 시작했다.

이윽고 서로서로 자신이 겪은 일을 이야기했고, 보오르는 갈라아드에게 말했다.

"부친이신 랑슬로 경만 여기 계시다면, 부족한 게 없을 것 같습니다."

그러자 갈라아드는 우리 주님의 뜻이 아니므로 그럴 수 없다고 대답했다.

그렇게 이야기를 나누다 보니 어느새 9시과 때가 되었다. 배는 밤새도록 그리고 온종일 돛을 활짝 편 채 나아갔으므로, 로그르 왕국에서 상당히 멀어졌을 터였다. 그들은 두 암벽 사이 외딴 섬에 이르렀다. 섬은 작은 물길 안에 놀랍도록 잘 감추어져 있었다. 섬에 닿고 보니, 그들 앞쪽 바위 너머에 또 다른 배가 보였다. 그 배에는 걸어서가 아니고는 갈 수 없었다.

"기사님들," 아가씨가 말했다. "저 배에 있는 모험을 위해 우리 주님께서는 당신들을 한데 모으셨습니다. 그러니 이 배에서 나가 그리로 가야 합니다."

그래서 그들은 기꺼이 그렇게 하겠노라고 대답하고는, 배 밖으로 뛰어내린 다음 아가씨도 배에서 내려주었다. 그러고는 배가 물살에 떠내려가지 않도록 잘 묶어두었다. 모두 바위 위에 내려서서 배가 보이는 쪽을 향해 줄지어 갔다. 그곳에 당도해 보니 그 배는 그들이 방금 내린 배보다 한층 더 호화로웠지만, 배 안에 사람이 아무도 없는 것이 신기했다. 그들은 뭔가 보일까 해서 더 가까이 다가갔다. 그러자 뱃전에 칼데아[187] 말로 새겨진 문구가 보였다. 그것은 배에 타려는 모든 이에게 엄중히 경고하는 말을 담고 있었다.

들으라, 그대, 내 안에 들어오고자 하는 자여. 그대가 누구이든 간에, 자신이 믿음으로 충만한지 살펴볼지어다. 왜냐하면 나는 오직 믿음이기 때문이다. 그러므로 들어오기 전에 그대가 죄로 더럽혀지지 않았는지 잘 살피라. 왜냐하면 나는 오직 믿음이요 신앙이기 때문이다. 그대가 신앙을 저버리는 즉시 나도 그대를 저버리리니, 그대는 내게서 아무 도움도 지지

9. 경이로운 배

도 얻지 못하리라. 아무리 사소한 데서라도 그대의 불신이 드러나면, 나는 모든 일에서 그대를 버릴 것이다.

그들은 그 문구를 읽고는 서로서로 마주 보았다. 아가씨가 페르스발에게 말했다.

"당신은 제가 누구인지 아시나요?"

"아니, 모릅니다. 제가 알기로는 만난 적이 없습니다."

"저는 당신의 누이이며, 펠르앙[188] 왕의 딸입니다. 왜 제가 당신에게 이를 알리는지 아시나요? 이제부터 제가 드리려는 말씀을 믿으시게 하기 위해서입니다. 당신은 제게 가장 소중한 분인 만큼, 우선 말씀드릴 것은, 만일 당신이 전적으로 예수 그리스도를 믿지 않는다면 결코 이 배에 타지 말아야 한다는 사실입니다. 그랬다가는 즉시 죽을 것입니다. 이 배는 너무나 거룩한 것이라 죄로 더럽혀진 이는 결코 저 안에 무사히 머무를 수 없습니다."

페르스발은 그 말을 듣고서야 그녀를 찬찬히 바라보고는 자신의 누이임을 알아보았다. 그는 크게 기뻐하며 말했다.

"누이여, 나는 정녕 이 배에 들어가려오. 왜 그런지 알겠소? 왜냐하면, 만일 내가 참된 신자가 아니라면 불충한 자로 죽어 마땅하고, 만일 기사로서 의당 그래야 하듯 믿음으로 충만하다면 무사할 것이기 때문이오."

"그렇다면 들어가세요. 우리 주님께서 당신을 지켜주시기를!"

그녀가 그렇게 말하는 동안, 앞에 있던 갈라아드는 손을 들어 성호를 긋고는 안으로 들어갔다. 그가 들어가 이리저리 둘러보는 동안, 아가씨도 그 뒤를 따라 성호를 그은 후 배에 올랐다. 이를 본 다른 사람들도 더 지체하지 않고 안으로 들어갔다. 그들은 위아래로 둘러보며 뭍에서도 물에서도 그처럼 아름답고 호화로운 배는 본 적이 없는 것 같다고들 말했다. 그렇게 둘러본 끝에 그들은 배 한복판에 호화로운 천이 휘장처럼 드리워진 것과 그 안에 아주 크고 호화로운 침대가 있는 것을 발견했다.

갈라아드가 다가가서 휘장을 걷고 그 안을 들여다보니, 일찍이 본 가장 아름다운 침대가 나타났다. 크고 호화로운 침대였는데, 머리맡에는 호화로운 금관이, 발치에는 매우 아름답고 광이 나는 검이 검집에서 반 자 정도 빼어진 채 침대를 가로질러 놓여 있었다.

그 검은 아주 신기하게 만들어져 있었다. 검두劍頭는 하나의 돌로 되어 있었는데, 그 안에는 이 땅의 모든 색이 들어 있었다. 한층 더 특이한 점은 그 각각의 색이 특별한 효능을 지니고 있다는 것이었다. 또한, 이야기에 따르면 검의 자루는 두 개의 늑골로 되어 있었는데, 그 늑골들은 각기 다른 짐승에서 나온 것이었다. 첫번째는 세상 어느 곳보다도 칼레도니아에 많이 사는 일종의 뱀에서 나온 것으로, 파팔뤼스트라고 불리는 이 뱀의 늑골이나 다른 어떤 뼈라도 가진 사람은 더위를 별로 느끼지 않는다고 했다. 첫번째 늑골에는 그런 효능이 있었다. 다른 하나는 그다지 크지 않은 물고기의 늑골로, 이 물고기는 유프라테스강에만 모여 사는데, 오르트낙스라는 이름이었다. 그 늑골에는 그것을 가진 자는 자신이 그 뼈를 갖게 된 이유만을 제외하고는 모든 기쁨과 슬픔을 잊어버리게 된다는 효능이 있었다. 하지만 그 뼈를 내려놓으면, 보통 사람처럼 평소와 같이 생각하게 되었다. 검 자루에 있는 두 개의 늑골에는 그런 효능이 있었으며, 그것들을 덮고 있는 호화로운 붉은 천에는 다음과 같은 말이 적혀 있었다.

나는 보기에도 알기에도 경이롭도다. 단 한 사람을 제외하고는 아무도, 아무리 손이 큰 자라도, 나를 쥐지 못했고 못할 것이니라. 이 사람은 자기 일에서 그보다 전에 있었던, 그리고 그보다 나중에 올 모든 자들을 능가할 것이니라.

검 자루에 새겨진 글은 그러했다. 그 글을 읽고 이해한 그들은 서로 마주 보며 말했다. "정녕 여기서는 경이로운 일들을 보게 됩니다."

페르스발이 말했다. "하느님께 맹세코, 제가 이 검을 쥘 수 있는지 보겠습니다." 그러고는 손을 갖다 댔지만, 검 자루를 쥘 수 없었다. 그는 말했다. "정녕 여기 쓰인 대로입니다."

그러자 보오르가 손을 대보았지만, 역시 아무 소용이 없었다. 이에 그들은 갈라아드에게 말했다.

"기사님, 이 검을 시험해보시지요. 우리는 둘 다 실패했지만, 당신이라면 이 모험을 완수할 겁니다."

하지만 갈라아드는 그러지 않겠노라고 말했다.

"왜냐하면 이것은 지금껏 보아온 것보다 훨씬 더 놀라운 모험이기 때문입니다."

그러고는 검신檢身을 유심히 바라보았다. 검신은 좀 전에 말했듯이 검집에서 반 자 정도 빼어져 있었다. 거기에는 피처럼 붉은 또 다른 글자들이 새겨져 있는 것이 눈에 띄었다.

결단코 다른 누구보다도 용감한 자가 아니라면 아무도 나를 검집에서 빼지 말지어다. 그렇지 못한 자가 나를 빼면, 죽거나 치명상을 입고 말 터이니 명심하라. 이는 전에도 입증된 바이니라.

갈라아드는 이를 보고 말했다.
"정말이지 저도 이 검을 빼보고 싶지만, 이렇게 엄중히 경계하고 있으니 손대지 않겠습니다."
페르스발과 보오르도 같은 말을 했다.
"기사님들," 아가씨가 말했다. "이 검을 빼는 것은 한 사람을 제외하고는 모든 사람에게 금지되어 있습니다. 그리 멀지 않은 옛날 이 검에 일어난 일을 이야기해드리지요.
이 배가 로그르 왕국에 왔을 당시 랑바르 왕과 바를랑 왕 사이에는 치명적인 전쟁이 벌어지고 있었지요. 랑바르 왕은 흔히 불수의 왕이라고 불리는 왕의 부친이고, 바를랑 왕은 평생 이슬람교도이다가 그리스도인이 되어 세상에서 가장 덕망 높은 이 중 하나로 여겨지는 사람입니다. 어느 날 랑바르 왕과 바를랑 왕이 바닷가에서 접전을 벌이던 중, 바를랑 왕이 수세에 몰리게 되었습니다. 그는 자기편이 패하고 군사들이 죽임당한 것을 보고는 자기도 죽을까 봐 두려워졌습니다. 그래서 마침 그곳에 정박해 있던 이 배에 뛰어들었지요. 그는 이 검을 발견하자 검집에서 뽑아 들고 밖으로 나갔습니다. 거기에는 그리스도교 세계에서 가장 큰 믿음을 가졌으며 우리 주님께 가장 헌신된 사람인 랑바르 왕이 기다리고 있었습니다. 바를랑 왕은 랑바르 왕을 보자 검을 들어 투구를 내리쳤습니다. 어찌나 세찬 타격이었던지, 사람과 말을 가르고 땅바닥까지 곧장 내리쳤지요. 그것이 로그르 왕국에서 행해진 이 검의 최초의 일격이었습니다. 그 일로 인해 두 왕국에는 역병과 재앙이 일어나 땅은 일하는 자들에게 노동의 대가를 주지 않게 되었습니다. 밀도 아무것도 자라지 않았고, 나무에는 열매가 열리지 않았으며, 물에서는 물고기의 씨가 마르다시피 했지요. 그래서 두 왕국의 땅을 황무한 땅이라고 부르게 되었답니다. 그 고통스러운 일격이 그 땅을 황무하게 만들어버린 것입니다.[189]

바를랑 왕은 검이 그렇게 잘 드는 것을 보자 검집을 가지러 가야겠다고 생각했습니다. 그래서 배 안으로 돌아가 검을 검집에 넣었지만, 그러자마자 이 침대 앞에 쓰러져 죽었습니다. 이 검을 꺼내는 자는 죽든지 치명상을 입으리라는 말이 입증된 것이지요. 왕의 시신은 한 처녀가 그것을 밖으로 던져버리기까지 침대 앞에 그대로 남아 있었습니다. 뱃전에 새겨진 경고의 문구를 보고는 감히 배 안에 들어오려는 사람이 없었기 때문이지요."

"정녕 놀라운 모험입니다." 갈라아드가 말했다. "그런 일이 일어났다는 것을 믿습니다. 이 검은 다른 어떤 검보다도 경이로운 것임을 믿어 의심치 않으니까요."

그러고는 다가가 검을 뽑으려고 했다. 그러자 아가씨가 말했다.

"아, 갈라아드, 여기 있는 놀라운 일들을 다 살펴보기까지 잠시만 기다려요."

그래서 그는 검을 그대로 두었고, 그들은 검집을 살펴보기 시작했다. 하지만 그들은 그것이 뱀 가죽이 아니라면 무엇으로 만들어졌는지 알 수 없었다. 하여간 그것은 장미 꽃잎처럼 붉었고, 그 위에 금색과 청색으로 글자들이 새겨져 있었다. 하지만 그들을 가장 놀라게 한 것은 검집에 달린 검대劍帶였다. 검대는 그처럼 귀중한 검에는 어울리지 않게도 거친 삼[麻]줄 같은 값싼 재료로 만들어져서, 어찌나 약해 보이는지 단 한 시간도 검을 지탱하지 못하고 끊어져버릴 것만 같았다. 검집에는 이런 문구가 새겨져 있었다.

나를 지니는 자는 다른 누구보다 높은 덕망과 용기를 갖추게 될 터이다. 단, 그는 마땅히 그러해야 하는바 정결하게 나를 지녀야 할 터이니, 왜냐하면 나는 더러움과 죄가 있는 곳에 들어가서는 안 되기 때문이다. 나를 그런 곳에 두는 자는 이내 후회하게 될 것임을 알라. 그러나 정결하게 나를 지닌다면, 어디든지 두려움 없이 갈 수 있을 것이다. 왜냐하면 나를 지닌 자의 몸은 내가 달려 있는 이 검대를 띠고 있는 한 수치를 당하지 않을 것이기 때문이다. 아무도 어떤 이유에서도 이 검대를 떼어내는 만용을 부리지 말지어다. 그 일은 지금 있는 자에게도 장차 올 자에게도 허락되지 않으리라. 이 검대는 왕과 왕비의 딸인 여자의 손으로만 떼어낼 수 있느니라. 그녀는 이것을 자신에게 가장 소중한 것으로 만들어진 다른 검대로 바꾸리라. 그녀는 평생 의지에서나 행위에서나 동정이어야 한다. 만일 그녀가 순결을 잃는다면, 그녀는 다른 어떤 여자보다도 수치스러운 죽음을 당하리라. 그녀는 이 검을 그 참된 이름으로, 또 나를 내 참된 이름으로 부르리라. 그 이전에는 우리를 우리의 참된 이름으로 부를 수 있는 자가 없으리라.

그들은 그 문구를 읽고는 보기에도 듣기에도 이상한 말이라며 웃기 시작했다.
"기사님들," 페르스발이 말했다. "이 검[190]을 뒤집어봅시다. 반대편에도 무슨 말이 있는지."
그가 검을 뒤집자, 반대편과 마찬가지로 피처럼 붉은 바탕에 다음과 같은 글이 새겨진 것이 드러났다.

나를 가장 높이 평가하는 자가 전혀 가장 필요한 때에 의외로 나를 원망하게 될 것이다. 내가 가장 너그럽게 대해야 할 자에게 나는 가장 잔인할 것이다. 이 일은 단 한 번밖에 일어나지 않으리니, 그렇게 정해져 있기 때문이니라.[191]

검의 반대편에는 그런 글이 새겨져 있었다. 그들은 그것을 보자 아까보다 더욱 놀랐다.
"하느님께 맹세코," 페르스발이 갈라아드에게 말했다. "나는 당신에게 이 검을 취하라고 권하려 했는데요. 하지만 여기 새겨진 바에 따르면 이 검은 가장 필요할 때 기대를 저버리고 가장 너그럽게 대해야 할 자에게 잔인하게 굴 거라니, 당신에게 이 검을 취하라고 권할 수가 없습니다. 이 검은 단번에 당신을 재난에 빠뜨릴지도 모르는데, 그렇게 되면 너무나 큰 손해이니 말입니다."

아가씨는 그 말을 듣자 페르스발에게 이렇게 말했다.

"오라버니, 그 두 가지 일은 이미 일어났습니다. 그게 언제였는지, 어떤 사람들에게 일어났는지 말씀드리지요. 그러니 이제 이 검을 취할 자격이 있는 사람은 겁낼 필요가 없답니다.

옛날, 예수 그리스도의 수난 후 40년이 지났을 때입니다. 모르드랭 왕의 처남인 나시앵이 우리 주님의 명으로 구름에 실려 자기 나라에서 보름도 더 걸리는 곳에 있는 서방의 어느 섬에 간 적이 있습니다. 그 섬의 이름은 투르누아양[192]이라고 합니다. 그는 한 바위 어귀에서 우리가 타고 있는 이 배를 발견하게 되었습니다. 배 안에 들어간 그는 여러분이 보시는 바와 같은 침대와 검을 발견했고, 한참을 바라보는 동안 그 검을 심히 탐내게 되었습니다. 하지만 그 검을 뽑아 들 만큼 대담하지는 못했으므로, 그것을 가지고 싶다는 욕망에 빠지고 말았지요. 그렇게 여드레 동안이나 거의 먹지도 마시지도 않은 채 배 안에 머물렀습니다. 아흐레째 되던 날 강하고 놀라운 바람이 그를 사로잡아 투르누아양섬에서 훨씬 더 먼 서쪽 섬으로 데려갔고, 그는 곧장 어느 바위 앞에 당도했습니다. 땅에 내려선 그는 세상에서 가장 크고 놀라운 거인이 너는 죽었다고 외치는 것을 발견했습니다. 그 악마가 자신을 향해 달려오는 것을 보자 그는 죽을 것만 같았습니다. 그래서 주위를 둘러보았지만, 자신을 방어할 만한 것이라고는 보이지 않았습니다. 그래서 죽음의 고뇌와 두려움에 내물린 나머지 그는 예의 검으로 달려가 검집에서 뽑아 들었습니다. 검을 빼어 들고 보니 더할 나위 없이 훌륭했습니다. 그래서 허공에 검을 휘둘러보는데, 댓바람에 검이 두 동강 나고 말았습니다. 그래서 그는 자신이 세상에서 가장 높이 평가했던 것이 가장 원망할 만한 것이 되고 말았다고 말했습니다. 그도 그럴 것이 그 검은 가장 필요한 순간에 그를 저버렸으니까요.

그래서 동강 난 검을 도로 침대 위에 갖다 두고 배 밖으로 나가서, 거인과 싸워 무찌른 다음 배 안으로 돌아왔습니다. 그러고는 바람 부는 대로 바다 위를 떠돌다가 또 다른 배를 만났는데, 마침 모르드랭 왕의 배였습니다. 왕은 포르 페리외[193] 바위에서 원수와 싸우고 물리친 다음이었습니다. 그들은 서로를 알아보고는 크게 기뻐하며, 어떻게 지냈는지, 어떤 모험을 겪었는지 서로 물었습니다. 그러다가 나시앵이 말했습니다.

'전하께서는 세상에서 겪은 어떤 모험을 들려주실지 모르겠으나, 전하를 마지막으로 뵈온 후 제게는 세상에서 가장 이상한, 제가 알기로는 어떤 사람에게도 일어난 적이 없는 모험이 닥쳤습니다.'

그러고는 그 호화로운 검이 그것으로 거인을 죽이려고 했던, 가장 필요한 순간에 어떻게 부러져버렸는지 이야기했습니다.

'정녕 놀라운 이야기로구려. 그런데 그 검을 어찌하였소?'

'전하, 가져왔던 곳에 도로 갖다 두었습니다. 원하신다면 직접 보실 수 있습니다. 이 안에 있으니까요.'

그래서 모르드랭 왕은 자기 배에서 내려 나시앵의 배에 올라 침대로 다가갔습니다. 그는 거기에서 부러진 검의 조각들을 보고는 일찍이 본 어떤 것보다도 높이 평가했습니다. 그리고 그 부러진 것은 검이 나쁘다거나 다른 어떤 결함이 있어서가 아니라, 뭔가 숨겨진 의미나 나시앵의 죄 때문이리라고 말했습니다. 그러고는 두 동강 난 것을 다시 맞붙였습니다. 두 쇠붙이는 서로 닿자마자 하나가 되어, 검은 한 번도 부러진 적이 없는 것처럼 말끔하게 되었습니다. 그는 이를 보자 미소하며 말했습니다.

'정녕 예수 그리스도의 공덕이 놀랍소이다. 생각도 못 할 만큼 간단히 검을 부러뜨리기도 도로 붙이기도 하니 말이오.'

그러고는 검을 도로 검집에 넣어 여기 이 침대 위에 놓았습니다. 그러자 한 음성이 그에게 이렇게 말했습니다.

'이 배에서 나가 다른 배에 오르라. 그대들이 이 안에 있는 동안 조금이라도 죄를 짓거나 죄 지은 상태로 발견된다면, 몸 성히 살아 나가지 못하리라.'

그래서 그들은 그 배를 떠나 다른 배에 올랐습니다. 나시앵이 그렇게 배를 갈아타려는데, 검이 날아들어 그의 어깨를 호되게 내리치는 바람에 나가떨어지고 말았습니다. 나가떨어지면서, 그는 이렇게 말했습니다.

'오 하느님, 심하게 다쳤나이다!'

그러자 한 음성이 그에게 말했습니다.

'이는 네가 검을 뽑아 든 죄 때문이니라. 너는 그 검을 들 자격이 없으므로 감히 만져서는 안 되느니라. 앞으로는 네 창조주를 거스르지 않도록 조심하여라.'

이와 같이 하여 여기 새겨진 대로 '나를 가장 높이 평가하는 자가 가장 필요한 때에 나를 원망하게 되리라'는 말씀이 실현되었습니다. 이 검을 가장 높이 평가한 자는 나시앵이었는데, 방금 말씀드린 바와 같이 그가 그것을 가장 필요로 하는 때에 검은 그를 저버렸으니까요."

"정녕코, 이 일에 대해 잘 설명해주셨습니다. 또 한 가지 예언은 어떻게 되었는지도 말씀해주십시오." 갈라아드가 말했다.

"기꺼이 그러지요." 그녀가 말했다.

"일명 불수의 왕이라고도 하는 파를랑 왕은 말을 탈 수 있었을 때는[194] 그리스도교를 높이고 누구보다도 가난한 자들을 돌보기를 누구보다도 힘쓰며 선한 삶을 살았으므로 그리스도교 세계 안에서 아무도 그와 견줄 사람이 없었습니다. 그런데 어느 날 그는 바다까지 펼쳐져 있는 숲속에서 사냥을 하다가 사냥개와 사냥꾼들, 기사들을 모두 잃어버리고, 친사촌간인 기사와 단둘이 남게 되었습니다. 일행을 잃어버린 것을 깨닫자 그는 어찌할 바를 몰랐습니다. 숲속으로 너무 깊이 들어와 있었으므로, 길을 모르는 그는 어떻게 거기서 나갈지 알 수 없었습니다. 그래서 그는 사촌과 함께 헤매다가, 아일랜드와 마주한 바닷가에 이르게 되었습니다. 그곳에 당도한 그는, 우리가 지금 타고 있는 이 배를 발견했습니다. 그래서 배에 올랐고, 여러분이 보신 글귀들을 보았지요. 그는 전혀 동요하지 않았으니, 자신은 지상의 기사가 가질 수 있는 모든 미덕을 갖추어 예수 그리스도 앞에서도 떳떳하다고 여겼기 때문입니다. 그의 동행인 기사는 감히 들어갈 엄두를 내지 못했으므로, 그는 혼자 배에 올랐습니다. 그리고 이 검을 보자, 검집에서 빼내려고 했습니다. 여기 보시는 만큼을—그 전에는 검신이 전혀 드러나 있지 않았으니까요―빼냈고, 지체 없이 다 빼내고 말았겠지요. 만일 그 순간 창이 날아와 허벅지를 꿰뚫지 않았더라면 말입니다.[195] 상처가 어찌나 깊었던지 그는 불수의 몸이 되어 오늘날까지도 치유받지 못했고, 여러분이 그를 찾아가기까지 그러할 것입니다. 말하자면 그는 만용의 죄로 인해 불수의 몸이 된 것이지요. 그 징벌 때문에, 이 검은 너그럽게 대해야 할 자에게 잔인했다고 하는 것입니다. 그는 당시의 가장 훌륭한 기사요 덕망 높은 사람이었으니까요."

"당신 말을 들으니 이제 이 글귀 때문에 이 검을 취하기를 꺼리지 않아도 된다는 것을 잘 알겠습니다." 그들은 말했다.

그들은 침대를 살펴보았고, 그것이 나무로만 되어 있고 편히 누울 만한 것이 아님을 보았다. 정면 한 중간에는 침대의 세로틀에 방추 모양의 목간木竿[196]이 위쪽을 향해 똑바로 박혀 있고, 맞은편 세로틀에도 그런 목간이 똑바로 박혀 있으며, 두 개의 목간은 침대 폭만큼 떨어져 있었다. 그리고 이 두 목간 위에 가늘고 네모진 또 하나의 목간이 이쪽에 또 저쪽에 쐐기 박혀 있었다. 앞쪽에 박힌 목간은 갓 내린 눈보다 희고, 뒤쪽 것은 핏방울만큼이나 붉었으며, 이 둘을 가로지르는 것은 에메랄드 같은 녹색이었다. 침대 위 목간들은 이 세 가지 색깔이었는데, 어떤 필멸의 인간이 칠한 것이 아니라 자연 그대로의 색깔이었다. 어떻게 그런 일이 있을 수 있는지 제대로 듣지 않으면 많은 사람이 이를 거짓으로 여길 터이므로, 이야기는 본줄기에서 조금 벗어나 이 세 개의 목간이 세 가지 다른 색을 띠게 된 사연을 말하기로 한다.

10. 생명의 나무

　여기서 성배의 이야기는 첫번째 여자였던 이브가 치명적인 원수, 곧 악마의 충고에 귀를 기울였을 때—그는 그때부터 인류를 속이고 미혹하기 시작했는데—그가 어떻게 그녀로 하여금 탐심이라는 죄를 짓도록 부추겼던가를 이야기한다. 악마 자신도 탐심으로 인해 낙원에서 추방되어 하늘의 영광으로부터 실추당했거니와, 그는 그녀의 죄 된 욕망을 부추겨 그녀로 하여금 나무의 치명적인 열매를 따게 했던 것이다. 그런데 그때 그녀는, 사람이 열매를 딸 때 종종 그러듯, 열매에 붙은 잔가지를 함께 꺾었다.[197] 그녀가 남편 아담에게 그것을 가져가 권하자, 아담은 가지에서 열매를 떼어내 먹었고, 이 일로 인해 그에게도 우리에게도 고통과 파멸이 닥치게 되었다. 그가 열매를 떼어낸 가지는 아내의 손에 그대로 남아 있었으니, 이따금 사람이 손에 무엇을 들고도 미처 깨닫지 못하는 것과도 같았다. 그들이 죽음의 열매—그것은 그렇게 불려 마땅한 것이, 그로 인해 그 두 사람에게, 그리고 이후의 다른 사람들에게도 죽음이 닥치게 되었기 때문이다―를 먹자마자, 이전의 모든 품성이 바뀌어, 그들은 자신들이 육신이요 벌거벗었다는 것을 깨달았으니, 이전에 그들은 몸을 가졌으되 영적인 존재였었다. 물론 이야기는 그들이 완전히 영적이었다고는 말하지 않는다. 왜냐하면 흙처럼 저급한 질료로 이루어진 존재가 완전히 순수할 수는 없기 때문이다. 하지만 그들이 죄를 짓지 않는 한 영원히 살도록 만들어졌다는 점에서는 영적인 존재나 마찬가지였다. 그런데 이제 그들은 서로 마주하여 자신들이 벗은 것을 보았고, 수치스러운 지체들을 알아보고는 피차 부끄러워졌으니, 이미 죄의 결과를 느낀 때문이었다. 그래서 그들은 각기 손바닥으로 자신의 가장 추한 부분을 덮어 가렸다. 이브는 여전히 열매가 붙어 있던 가지를 손에 들고 있었으며, 이전에도 이후에도 그것을 손에서 놓지 않았다.

모든 생각과 마음을 아시는 그분께서는 그들이 그렇게 죄 지은 것을 아시고는 그들에게 오셔서 먼저 아담을 부르셨다. 그가 아내보다 더 비난받아 마땅하니, 여자는 남자의 갈빗대로 만들어진 더 약한 존재이기 때문이다. 따라서 남자가 여자에게 순종하는 것이 아니라 여자가 남자에게 순종하는 것이 옳다. 그러므로 그분께서는 아담을 먼저 부르셨다. 하지만 그분께서는 그에게 "네가 땀을 흘려야 빵을 먹을 것이다"라고 무서운 말씀을 하시는 한편, 여자도 무죄 방면하시지 않고 "네가 고통과 슬픔 가운데 해산하리라"고 하셨다. 그런 다음 두 사람을 낙원, 곧 성경에서 기쁨의 동산이라 부르는 곳에서 쫓아내셨다. 그들이 그렇게 쫓겨났을 때에도 이브는 여전히 나뭇가지를 손에 들고 있었으나 깨닫지 못한 채였다. 하지만 자신을 돌아보다 가지가 눈에 띄자, 그녀는 그것이 막 꺾었을 때처럼 여전히 푸르른 것을 보았고, 그 가지를 꺾은 나무가 자신의 추방과 비참의 원인이었음을 깨달았다. 그래서 그 나무를 통해 닥쳤던 크나큰 상실을 기념하기 위해, 그녀는 그 나뭇가지를 되도록 오래 간직하여 그것을 볼 때마다 자신에게 닥쳤던 불행을 기억하겠노라고 말했다.

그녀는 그 나뭇가지를 담아둘 상자도 통도 없다는 데 생각이 미쳤다. 당시에는 그런 것이 아직 없었기 때문이다. 그래서 그녀는 그것을 똑바로 세워 땅에 꽂아두고는, 그러면 눈에 잘 뜨이리라고 말했다. 그렇게 땅에 꽂힌 가지는, 만물을 순종케 하시는 창조주의 뜻으로, 땅에 뿌리를 내리고 자라게 되었다.

최초의 죄인인 여자가 낙원에서 가져온 그 나뭇가지에는 크나큰 의미가 있었다. 그녀가 그것을 손에 들고 있었다는 것은 큰 기쁨을 의미했으니, 마치 그녀가 장차 태어날 후손들에게―그녀는 아직 동정이었다―이 가지를 통해 이렇게 말하는 것과도 같았다.

"우리가 우리의 유업을 잃었다고 해도 놀라고 낙심하지 마세요. 왜냐하면 영원히 잃어버린 것은 아니니까요. 이 나뭇가지는 우리가 언젠가는 그곳에 돌아가리라는 표식이에요."

남자가 여자보다 우월한 존재인데 낙원에서 나뭇가지를 가지고 나온 것이 왜 남자가 아니라 여자였는지 묻는 이에게 이 책은 대답하노니, 그 가지를 가져오는 것은 남자가 아니라 여자의 일이었다. 왜냐하면 그것을 가지고 나온 것이 여자라는 사실은, 생명이 여자에 의해 상실되었다가 여자에 의해 회복됨을 의미하기 때문이다. 즉, 그때에 잃었던 유업이 동정녀 마리아를 통해 되찾아지리라는 뜻이다.

이야기는 땅에 심어진 가지로 돌아가, 그것이 자라고 무성해져서 얼마 안 가 큰 나무가 되었다고 말한다. 그것이 자라 그늘을 드리우게 되었을 때, 둥치와 가지와 잎이 모두 눈처럼 희었다. 이것은 순결의 상징이니, 순결이란 육신을 깨끗하게, 영혼을 결백하게 지켜주는 미덕이다. 이 나무가 온통 희었다는 것은 그것을 심은 이가 아직 순결했음을 뜻한다. 왜냐하면 낙원에서 쫓겨났을 때 이브와 아담은 일체의 음욕에 물들지 않아 깨끗하고 순결했기 때문이다. 순결과 육체적 동정[198]은 같은 것이 아니며, 그 둘 사이에는 큰 사이가 있음을 알라. 육체적 동정은 순결에 견줄 수 없는 것이니, 그 이유를 말해주겠다. 육체적 동정은 육체적 접촉을 갖지 않은 모든 남녀가 가질 수 있는 덕목이지만, 순결은 그보다 훨씬 고귀한 덕목이다. 남자든 여자든 육체적 결합에 대한 욕망을 가진 적이 있는 자는 순결을 지킬 수 없다. 그런데 이브는 낙원과 그 복락으로부터 쫓겨날 당시 그러한 순결을 지니고 있었고, 그 가지를 심을 때에도 여전히 순결을 잃지 않은 채였다. 하지만 그 후에 하느님께서 아담에게 아내를 알도록, 즉 그녀와 육신적으로 결합하도록 명하사, 자연이 요구하는 바 남자는 아내와 결합하고 아내는 자기 주인과 결합하게끔 된다. 그리하여 이브는 순결을 잃고, 이후로 그들은 육체적 결합을 갖게 된다.

낙원으로부터 추방된 후,[199] 두 사람은 그 나무 아래 앉게 되었다. 아담은 그녀를 바라보며 자신의 고통과 추방에 대해 탄식하기 시작했고, 두 사람 다 서로를 위해 비통하게 울기에 이르렸다. 그때 이브가, 자신들이 그곳에서 고통과 슬픔을 기억하는 것은 놀라운 일이 아니라고 말했다. 나무는 그들의 불행을 간직하고 있으니 그 아래 앉으면 아무리 기뻐하다가도 괴로워졌다. 괴로워질 수밖에 없는 것이, 그 나무는 죽음의 나무이기 때문이었다. 그녀가 그 말을 하자마자 한 음성이 그들에게 이렇게 말했다.

"아, 가련한 자들이여, 어찌하여 그대들은 스스로 판단하여 서로에게 죽음을 고하는가? 더는 아무것도 절망으로 판단하지 말고, 서로 위로하라. 이 나무에는 죽음보다는 생명이 담겨 있으니."

음성은 불행한 두 사람에게 그렇게 말했고, 그들은 큰 위로를 얻어 그때부터 그 나무를 생명의 나무[200]라고 불렀으며, 거기서 얻은 기쁨으로 그 나무에서 나온 다른 나무들을 많이 심었다. 그들이 나뭇가지를 꺾어 땅에 심을 때마다, 그것은 금세 뿌리를 내렸고, 여전히 원 나무와 같은 흰 빛깔을 띠었다.

나무는 나날이 자라며 아름다워졌다. 아담과 이브는 전보다 더 기꺼운 마음으로 그곳에 앉게 되었다. 그러던 어느 날—참된 이야기는 그것이 금요일이었다고 말한다—그들이 또 함께 앉아 있노라니, 그들에게 말하는 음성이 들려왔다. 음성은 그들에게 육체적으로 결합할 것을 명했다. 두 사람 다 너무나 수치스러워서 자신들이 그렇게 욕된 일을 하는 것을 차마 볼 수 없었다. 남자도 여자 못지않게 수치심을 느꼈다. 하지만 그들은 차마 우리 주님의 명령을 거역할 수 없었으니, 그들은 첫번째 명령을 어긴 데 대한 징벌을 받고 있었기 때문이다. 그래서 그들은 서로 수치스러운 눈길로 바라볼 뿐이었다. 그러자 우리 주님께서는 그들의 수치를 보시고 불쌍히 여기셨다. 하지만 그분의 명령이 거역되어서는 안 될 뿐 아니라 그분의 뜻은 일찍이 교만으로 인해 하늘에서 떨어진 천사들의 열번째 군단을 재건하기 위해 인류를 일으키는 것이었으므로,[201] 이를 위해 그분은 그들의 수치를 가려주셨다. 즉 두 사람 사이에 깊은 어둠을 두시어 그들이 서로 볼 수 없게 하신 것이다. 그래서 그들은 왜 갑자기 어둠이 닥쳤는지 크게 놀라서, 서로 부르며 서로 보이지 않는 채 더듬어 찾았다. 그리하여 모든 일이 우리 주님의 명령대로 이루어져서, 두 사람은 참되신 아버지께서 서로에게 명하신 대로 육체적인 결합을 이루었다. 그들은 동침했고, 새로운 씨를 맺어 그 안에서 그들의 큰 죄가 경감되었으니, 아담과 이브는 의인 아벨을 낳았던 것이다. 아벨은 창조주에게 10분의 1을 충성되게 바치며 섬긴 첫번째 사람이었다.[202]

이렇게 의인 아벨이 금요일에 생명의 나무 밑에서 잉태되었다는 것은 여러분이 들은 대로이다. 그 후 어둠은 사라지고 그들은 다시 전처럼 서로를 볼 수 있게 되었다. 그들은 우리 주님께서 그들의 수치를 덮어주시기 위해 하신 일을 깨닫고, 매우 기뻤다. 그리고 또한 놀라운 일이 일어났으니, 전에는 온통 새하얗던 나무가 들판의 풀처럼 푸르러졌고, 그들이 결합한 후 거기서 돋아난 모든 것은 둥치도 잎사귀도 껍질도 전부 녹색이 되었다.

그리하여 나무는 흰색에서 녹색으로 변했다. 하지만 이미 거기서 자라났던 흰 나무들은 처음의 색깔이 바뀌지 않았고, 그 한 그루를 제외하고는 어떤 나무에서도 녹색은 보이지 않았다.

하지만 원래의 나무는 밑동에서 우듬지까지 온통 녹색으로 덮였고, 이후로는 꽃피고 열매 맺기 시작했으니, 전에는 꽃이 핀 적도 열매를 맺은 적도 없던 터였다. 그 나무가 흰색을 잃고 녹색을 띠었다는 것은 그것을 심은 여자가 지녔던 순결이 사라졌음을 뜻하며, 그것이 띤 녹색과 꽃과 열매는 그 아래서 뿌려진 씨앗의 상징으로 그것이 우리 주님 안에서 항상 푸르리라는 것, 즉 창조주를 향해 선한 생각과 사랑으로 싱싱하리라는 것을 의미했다. 꽃은 그 나무 아래서 잉태된 피조물이 정결하고 깨끗하고 순수한 몸을 지니리라는 것을 의미했다. 열매는 그 피조물이 선한 일에 열심을 내며 이 땅에서 하는 모든 일에서 믿음과 선함의 본보기를 보이리라는 것을 의미했다.

나무는 오랫동안 녹색으로 있었고, 거기서 돋아난 모든 나무 또한 최초의 결합 이후 아벨이 장성하기까지 그러했다. 아벨은 창조주께 순종하고 그분을 사랑하며 처음 난 것과 자신이 가진 가장 좋은 것의 10분의 1을 그분께 바쳤다. 그러나 그의 형 카인은 그렇게 하지 않았고, 자신이 가진 가장 못생기고 볼품없는 것을 창조주께 바쳤다. 우리 주님께서는 훌륭한 십일조를 드린 자에게 훌륭한 것을 주셨으므로, 아벨이 언덕에 올라가 우리 주님께서 명하신 대로 그의 제물을 불사를 때면 연기가 똑바로 하늘로 올라갔다. 하지만 그의 형 카인이 드리는 제물의 연기는 그렇지 않았으니 들판으로 흩어지는 것이 시커멓고 보기 흉하며 냄새가 역했다. 아벨의 제물에서 나는 연기는 희고 좋은 냄새가 났다. 카인은 우리 주님께서 아우 아벨의 제사를 자신의 제사보다 더욱 기쁘게 받으시는 것을 보자 악심을 품고 자기 아우를 맹렬히, 도에 지나칠 만큼 미워하게 되었다. 그래서 어떻게 앙갚음을 할까 궁리하기 시작했고, 마침내 그를 죽이기로 결심했다. 달리 앙갚음을 할 방도를 알지 못했던 것이다.

카인은 오랫동안 증오심을 마음속에 품고, 얼굴로나 태도로나 드러내지 않았으므로, 악의라고는 없었던 그의 아우는 전혀 눈치채지 못했다. 증오심이 그렇게 숨겨져 있던 어느 날, 아벨은 아버지 집에서 멀리 떨어진 들판으로 나가 그 나무 앞에서 양을 지키고 있었다. 날이 덥고 햇볕이 뜨거워서 아벨은 열기를 견디지 못하고 나무 아래로 가서 앉았고, 졸음이 와서 누워 졸기 시작했다. 오래전부터 복수를 다짐해오던 카인은 그를 엿보다가 그가 나무 아래로 가는 것을 보았다. 그래서 그 뒤를 따라가 그가 미처 알지도 못하는 사이에 그를 죽이려고 했다. 하지만 아벨은 그가 오는 소리를 들었고, 형인 것을 알고는 일어나 그를 맞이했다. 그는 형을 진심으로 사랑했기 때문이다. 그래서 "어서 오십시오, 형님" 하고 말했다. 그러자 카인은 인사에 답하며 그를 앉게 한 다음, 갖고 있던 굽은 칼[203]을 꺼내 아우의 가슴을 찔렀다.

그렇듯 아벨은 자신이 잉태되었던 그 자리에서, 신의 없는 형의 손에 죽임을 당했다. 그리고 참되신 입이 증언하는바 그는 금요일에 잉태되었듯이, 죽임을 당한 것도 금요일이었다.[204] 이 땅에 남자가 세 명밖에 없던 그때에 아벨이 당한 죽음은 참으로 십자가에 달리신 그리스도의 죽음을 상징하는 것이었으니, 아벨은 그리스도를, 카인은 유다를 나타낸다. 카인이 아벨에게 인사한 다음 죽였듯이, 유다도 그의 주님께 인사한 다음 그분을 죽음으로 몰고 갔던 것이다. 이 두 죽음은 그 고귀함에서는 아니라도 뜻에 있어서는 상응한다. 카인이 아벨을 금요일에 죽였듯이, 유다도 그의 주님을 금요일에 죽였으니, 제 손으로는 아니라도 혀로 죽인 셈이었다. 카인은 여러 가지 점에서 유다를 상징했다. 왜냐하면 유다는 예수 그리스도에게서 미워할 만한 구실을 찾을 수 없었기 때문이다. 다만 옳지 않은 구실은 있었으니, 그는 그에게서 본 악함 때문이 아니라 선함밖에는 볼 수 없었기 때문에 미워했다. 모든 악한 자들은 선한 사람들을 시기하고 미워하게 마련이기 때문이다. 불충하고 패역한 유다가 예수 그리스도에게서 자기 자신에게서와 같은 불충함과 패역함을 보았더라면 그도 자신과 같다고 느껴 그를 미워하지 않고 사랑했을 터이다. 카인이 자기 형제 아벨을 그처럼 배신한 일에 대하여 우리 주님께서는 「시편」에서 다윗 왕의 입을 통해 말씀하셨으니, 그는 자신이 왜 그렇게 말하는지도 모르는 채 마치 카인에게 하듯 거친 말을 쏟아놓았다.

"너는 네 형제에 대하여 악을 꾀하며 네 어미의 아들에 대하여 함정을 파는도다. 네가 이 일을 행하여도 내가 잠잠하였더니 네가 나를 너와 같은 줄로 생각하였도다. 그러나 나는 그렇지 아니하니 너를 호되게 경책하고 응징하리라."[205]

이 응징은 다윗 왕이 말하기 전에 이미 이루어졌으니, 우리 주님께서는 카인에게 오시어 말씀하셨다.

"카인아, 네 아우가 어디 있느냐?"

그러자 그는 자신이 저지른 배신에 죄책감을 느끼고 아우가 발견되지 않도록 그 나무의 잎사귀로 덮어놓은 자답게, 아우가 어디 있느냐는 주님의 물음에 이렇게 대답했다.

"주여, 알지 못하나이다. 제가 제 아우를 지키는 자니이까?"

이에 우리 주님께서는 그에게 말씀하셨다.

"네가 무슨 짓을 하였느냐? 네가 아우 아벨의 피를 뿌린 곳에서 그 피가 내게 호소하느니라. 네가 이 일을 행하였으므로 너는 땅에서 저주를 받을 것이며, 땅은 네가 배역하여 뿌린 네 형제의 피를 받아들였으므로, 네가 하는 모든 일에서 땅이 저주를 받으리라."[206]

우리 주님께서는 그렇게 땅을 저주하셨지만, 아벨이 그 아래서 죽임을 당한 나무와 거기서 나온 다른 나무들, 그리고 그 후에 당신의 뜻에 따라 땅 위에 자라난 나무들은 저주하지 않으셨다. 원 나무에는 놀라운 일이 일어났다. 아벨이 그 나무 아래서 죽자마자 나무는 녹색을 잃고 온통 붉어졌으니, 이는 거기에 뿌려진 피를 기념함이었다. 또한 그 나무에서는 다른 나무가 나지 않았고, 가지를 꺾어 심으면 다 말라죽고 살지 못했다. 하지만 그 나무는 자라고 놀랍도록 무성해져서, 일찍이 없던 아름답고 보기 좋은 나무가 되었다.

그 나무는 오랫동안 그런 빛깔과 그런 아름다움을 지녔으며, 늙지도 마르지도 않았지만 아벨의 피가 뿌려진 그 시간부터 꽃도 열매도 맺지 못했다. 하지만 전에 그 나무에서 나왔던 다른 나무들은 나무의 본성대로 꽃피고 열매를 맺었다. 그런 채로 세월이 흘러 세상에 사람들이 많아졌다. 아담과 이브에게서 나온 모든 후손은 그 나무를 경외했고, 존귀하게 여겼으며 자신들의 최초의 어머니가 어떻게 하여 그것을 심었던가 하는 이야기를 대대로 전했다. 그리하여 늙은이나 젊은이나 그 나무에서 위로를 받았고 힘든 일이 있으면 그리로 가서 힘을 얻었다. 그래서 그 나무는 생명의 나무라 불렸으니, 그들에게 기쁨을 기억하게 해주었기 때문이다. 나무는 계속 자라 아름다워졌고, 거기서 나온 모든 다른 나무들도 그러했으니, 온통 하얀 나무들과 온통 녹색인 나무들이었다. 세상의 어떤 이도 감히 그 가지나 잎사귀를 꺾지 못했다.

이 나무로부터 또 한 가지 놀라운 일이 일어났다. 우리 주님께서 이 땅에 홍수를 보내어 악인들을 멸하시자, 땅의 열매들과 숲과 경작지가 모두 호되게 값을 치러 이전과 같은 좋은 맛을 잃어버리고 모든 것이 쓴맛을 내게 되었다. 하지만 생명의 나무에서 나온 나무들은 맛이 나빠지지 않았고 열매도 이전의 빛깔이 변하지 않았다.

그 나무가 그대로인 채 세월이 흘러 다윗 왕의 아들 솔로몬이 아버지 뒤를 이어 땅을 다스렸다. 이 솔로몬은 아주 지혜로워서 인간의 마음이 알 수 있는 모든 선한 학식을 갖추었고 모든 보석의 힘과 풀들의 효능을 알고 있었으며 천체와 별들의 운행을 알아, 하느님 말고는 아무도 그보다 더 잘 알 수 없을 정도였다. 하지만 그 모든 지혜에도 불구하고 그도 자기 아내의 영리함은 이기지 못했으니, 그녀는 원한다면 얼마든지 그를 속일 수 있었다. 이는 놀랄 일도 아닌 것이, 여자가 머리와 마음을 쏟아 꾀를 내면 어떤 남자의 총기도 당하지 못할 것이기 때문이다. 이는 우리 때가 아니라 우리 최초의 어머니 때부터 그래왔던 것이다.

솔로몬은 자신이 아내의 영리함에 맞서지 못할 것을 알고는 대체 어찌하여 그런지 놀라기도 하고 역정이 나기도 했지만, 어쩔 도리가 없었다. 그래서 『우의서』라 불리는 책에서 이렇게 말한 바 있다.[207]

"내가 온 세상을 다니며 필멸의 인간으로서 찾을 수 있는 한 찾아보았으나, 그 모든 모색에도 불구하고 단 한 명의 선한 여인을 찾지 못하였도다."

솔로몬이 이렇게 말한 것은 자기 아내를 이길 수 없기 때문에 역정이 나서였다. 그는 그녀를 바꿔보려고 여러 가지로 애썼지만, 소용이 없었다. 그래서 그는 대체 왜 여자는 남자를 그토록 역정 나게 하는지 자문하기 시작했다. 그가 생각하고 있노라니, 그 질문에 대하여 한 음성이 이렇게 답했다.

"솔로몬아, 솔로몬아, 여자로부터 남자에게 슬픔이 왔고 또 지금도 온다고 해도 괘념치 말라. 장차 한 여자로부터 남자들에게 현재의 슬픔보다 훨씬 더 큰 기쁨이 올 터이기 때문이다. 이 여자가 네 혈통에서 나리라."[208]

솔로몬은 이 말을 듣고는 자신이 아내를 못마땅하게 여겼던 것을 뉘우쳤다. 그리고 자기 주위에 일어나는 일들을 통해 자기 혈통의 마지막에 대해 좀더 알고자 자나 깨나 생각하기 시작했다. 그처럼 찾고 구한 끝에 성령께서 그에게 영광스러운 동정녀의 오심을 보여주셨고, 한 음성이 장차 도래할 일에 대해 부분적으로나마 말해주었다. 그 말을 들은 솔로몬은 그것이 자기 혈통의 마지막이 되느냐고 물었다. 그러자 음성이 말했다.

"아니, 그렇지 않다. 한 동정남이 그 마지막이 될 터이니, 저 동정녀가 네 아내를 능가하듯이, 그는 네 매제 여호수아[209]보다

10. 생명의 나무   287

더 뛰어난 기사가 될 것이다. 네가 궁금해하던 일을 내가 이와 같이 확증하였노라."

그 말을 들은 솔로몬은 자기 혈통의 마지막이 그토록 고귀한 덕망과 기사도를 지닌 인물이라니 더없이 기뻤다. 그래서 그는 그 마지막 사람에게 그보다 오래전에 살았던 자신이 그가 올 것을 알고 있었음을 알릴 방도를 생각하기 시작했다. 그는 아주 오랫동안 그 일을 생각하고 또 궁리했다. 그로서는 어떻게 해야 그렇게 오랜 세월 뒤에 올 사람에게 자신이 그에 대해 알고 있었음을 알릴 수 있을지 알 수가 없었다. 그의 아내는 그가 뭔가 해결할 수 없는 일로 씨름하고 있음을 알아차렸다. 그녀는 나름대로 그를 사랑했으며—그녀보다 더 자기 남편을 사랑하는 여자들도 많겠지만—아주 눈치가 빨랐다. 그래서 곧바로 그에게 묻지 않고 때를 기다려, 어느 날 저녁 그가 유쾌하고 그녀에 대해서도 기분이 좋은 것을 보고는, 자기가 묻는 것을 말해달라고 청했다. 그는 그녀가 그런 일에 대해 물을 줄은 생각지도 못하고, 기꺼이 그러마고 대답했다. 그러자 그녀는 이렇게 말했다.

"전하, 전하께서는 이번 주에도 지난주에도, 아니 아주 오래전부터, 줄곧 생각에 잠겨 떨쳐버리지 못하시는군요. 보아하니 전하께서는 해결할 수 없는 문제를 생각하시는 것 같습니다. 그래서 그게 무슨 일인지 알았으면 합니다. 전하의 지혜와 제 꾀를 합치면 해결할 수 없는 문제가 없을 테니까요."

솔로몬은 그 말을 듣고 실로 그 일에 관해 조언을 해줄 사람이 있다면 바로 그녀이리라고 생각했다. 그는 그녀의 총기를 익히 보아온 터라, 이 세상에 그 일을 그녀보다 더 잘 해결할 사람이 있으리라고는 생각할 수 없었다. 그래서 그는 그녀에게 속내를 털어놓고 싶은 마음이 들었고, 모든 것을 사실대로 말했다. 그가 말을 마치자, 그녀는 잠시 생각하더니 이렇게 대답했다.

"그러니까 어떻게 하면 그 기사에게 전하께서 그에 대해 알고 계셨음을 알리느냐 하는 문제로 고심하고 계신 건가요?"

"그렇소이다. 지금부터 그때까지는 너무나 오랜 세월이 흐를 터라, 어떻게 하면 그럴 수 있을지 모르겠구려."

"전하께서 모르시겠다니, 제가 알려드리지요. 하지만 전하께서 생각하시기에 얼마나 오랜 세월이 흐를지 먼저 말씀해주세요."

그래서 그는 2천 년 이상이 걸릴 것 같다고 말했다.

"그렇다면 어떻게 하셔야 할지 말씀드리지요. 구할 수 있는 가장 좋은 목재로 배를 만드세요. 물에도 다른 어떤 것에도 썩지 않을 만큼 견고한 것으로요."

그는 그렇게 하겠노라고 대답했다.

이튿날 솔로몬은 자기 땅의 모든 목수를 소집하여 결코 썩지 않을 목재로 일찍이 없던 신기한 배를 만들라고 명했다. 그들은 그의 명령대로 하겠다고 대답했다. 그들이 재목을 구해 작업에 착수하자 솔로몬의 아내는 그에게 말했다.

"전하께서 말씀하신 그 기사는 자기보다 앞선 이들이나 뒤에 올 이들보다 기사도에서 뛰어날 터이니, 그가 다른 모든 기사들을 능가하듯 모든 무기를 능가하는 무기를 마련해두면 그에게 경의를 표할 수 있을 것입니다."

솔로몬이 어디서 그런 무기를 구할지 모르겠다고 하자, 그녀는 또 말했다.

"제가 알려드리지요. 당신이 주님을 위해 지은 성전에 선대왕이신 다윗 왕의 검이 있습니다. 그것은 일찍이 기사의 손에 들렸던 가장 예리하고 경이로운 검입니다. 그것을 가져다가 검두와 검 자루를 떼어내고 검신만 남게 하세요. 그리고 당신은 모든 돌이 각기 지닌 힘과 약초들의 효능, 그밖에도 이 땅 모든 것의 속성을 아시니, 보석들을 정교하게 이어 당신 이후의 어떤 사람도 이음매를 알아차리지 못하고 그저 한 덩어리로만 보게 될 그런 검두를 만드는 겁니다. 그리고 세상에 둘도 없이 놀라운 효능을 갖춘 검 자루를 만들고, 어느 모로 보나 검에 걸맞은 검집을 만드세요. 그런 다음 제가 제 식대로 검대를 만들어드리지요."

그는 그녀가 말한 모든 것을 하되, 검두는 단 한 개의 돌로 만들었는데, 그 안에는 알려진 모든 빛깔이 다 들어 있었다. 그리고 앞에서 묘사된 바와 같은 놀라운 검 자루를 만들었다.

배가 완성되고 바다에 띄워지자, 왕비는 거기에 크고 경이로운 침상을 갖다 놓고 여러 겹의 이불을 덮어 화려하게 꾸미게 했다. 왕은 자기 왕관을 그 머리맡에 놓고 흰 비단 수건으로 덮었다. 그는 아내가 검대를 달도록 검을 내주었던 터라, 그녀에게 말했다.

"자, 검을 가져오시오. 내 그것을 침대 발치에 두리다."

그녀가 가져온 검에 거친 삼줄로 엮은 띠가 달려 있는 것을 보고 왕이 역정을 내자 그녀는 말했다.

"전하, 제게는 이처럼 고귀한 검에 걸맞은 검대를 만들 고귀한 재료가 없습니다."

"그럼 어찌하면 좋겠소?" 그가 물었다.

"그대로 두십시오. 검대를 다는 것은 우리가 할 일이 아니니까요. 한 처자의 일인데, 그것이 어느 때일지는 저도 모릅니다."

그래서 왕은 검을 그대로 둔 채, 물에도 다른 무엇에도 썩지 않을 비단 천으로 배를 덮게 했다. 일을 모두 마친 다음 그녀는 침상을 바라보며 아직 부족한 것이 있다고 말했다.

그녀는 목수 두 명을 데리고 아벨이 그 아래서 죽임을 당한 나무로 갔다. 나무에 이르자, 그녀는 목수들에게 말했다.

"이 나무에서 목간을 하나 만들 만큼 찍어내라."[210]

"아, 왕비 전하, 감히 그럴 수 없습니다. 이것은 우리의 최초의 어머니께서 심은 나무인 것을 모르십니까?"

"시키는 대로 하지 않으면 사형에 처하리라!"

그래서 그들은 궁지에 몰린 나머지 목숨을 잃는 것보다야 악행을 저지르는 것이 나으리라 여기며 그렇게 하겠노라고 말했다. 그래서 나무를 내리치기 시작했다. 하지만 얼마 안 가 그들은 겁에 질리고 말았다. 나무에서는 장미처럼 붉은 피가 흘러나오는 것을 똑똑히 보았기 때문이다. 그래서 그들은 도끼질을 그만두고 싶었지만, 그녀는 그들이 원하든 원치 않든 계속하게 했다. 그래서 마침내 목간 하나를 만들 수 있을 만큼의 가지를 찍어냈다. 그러고 나자 그녀는 그들에게 그 나무에서 나왔던 녹색 나무 중 하나에서도, 그러고는 온통 하얀 나무 중 하나에서도 그만큼씩 찍어내게 했다.

그리하여 그들은 알록달록한 세 가지 목재를 얻어 가지고 배로 돌아갔다. 그녀는 그들을 데리고 배 안으로 들어가서 말했다.

"그 목재로 방추 모양 목간 세 개를 만들어주기 바라오. 하나는 이 침대의 옆구리에, 다른 하나는 반대쪽 옆구리에, 그리고 세번째 것은 그 위를 가로질러 양쪽에 고정되게 만들어야 하오."

그들은 그녀가 명한 대로 시행하여, 목간들을 침대에 박았으며, 이후로 배가 건재하는 한 그 목간들은 색깔이 변하지 않았다. 그들이 일을 다 마치자, 솔로몬이 배를 보며 아내에게 말했다.

"놀라운 일을 해냈구려. 세상 모든 사람이 여기 있다고 해도, 배를 만든 당사자인 당신조차도, 우리 주님께서 가르쳐주시지 않으면 이 배가 무슨 뜻인지 아는 이가 없을 거요. 또한 당신이 만든 이 놀라운 작품에도 불구하고, 우리 주님께서 가르쳐주시지 않으면, 그 기사도 내가 그의 소식을 들었음을 알 수 없을 거요."

"그냥 이대로 두기로 해요. 당신이 생각하는 것과는 또 다른 소식을 곧 듣게 될 거예요."

그날 밤 솔로몬은 배 앞에 친 장막에서 몇몇 수행과 함께 자리에 들었다. 잠이 든 그는 하늘로부터 한 남자가 천사들의 큰 무리와 함께 배를 향해 내려오는 것을 보았다. 그는 배에 들어가 천사 중 하나가 은동이에 가지고 온 물을 배 전체에 뿌리고는 검을 향해 다가가 검 자루와 검두에 뭔가 글자를 써넣은 다음 뱃전으로 가서 거기에도 글자를 써넣었다. 그러고는 침상에 누웠는데, 그다음에는 어떻게 되었는지 알 수 없지만, 그도 천사들의 무리도 사라져버렸다.

이튿날 새벽 솔로몬은 잠이 깨자마자 배로 가서 뱃전에 이런 글자들이 적혀 있는 것을 발견했다.

들으라, 그대, 내 안에 들어오고자 하는 자여, 그대가 믿음으로 충만하지 않다면 들어오지 않도록 하라. 왜냐하면 나는 오직 믿음이요 신앙이기 때문이다. 그대가 신앙을 저버리는 즉시 나도 그대를 저버리리니, 그대는 내게서 아무 도움도 지지도 얻지 못하리라. 그대가 불신에 물드는 순간 나는 그대가 망하도록 내버려두리라.[211]

솔로몬은 그 글을 보고 놀라서 감히 안으로 들어가지 못하고 물러섰다. 이제 배는 바다로 나가 순풍을 받으며 순식간에 시야에서 사라져갔다. 그는 물가에 앉아 그 일에 대해 생각하기 시작했다. 그러자 한 음성이 내려와 그에게 말했다.

"솔로몬아, 네 혈통의 마지막 기사는 네가 만든 이 침상에서 쉬며, 너에 대해 알게 되리라."

이에 솔로몬은 크게 기뻐하며 아내와 수행들을 깨워 방금 일어난 일에 대해 말하고, 자신이 해결할 수 없었던 일을 아내가 어떻게 이루었던가를 널리 알리게 했다.

책이 당신들에게 말한 이런 이유로, 이야기는 배가 어떻게 해서 만들어졌는지, 침상의 목간들이 어떻게 채색하지 않고도 흰색, 녹색, 붉은색인지 설명했다. 이제 이야기는 그 일은 그쯤 해두고 또 다른 이야기로 넘어간다.[212]

11. 동지들의 모험

이야기가 전하는바, 세 동지는 그 침상과 목간들을 들여다본 끝에, 그것들이 채색되지 않은 천연의 빛깔임을 알고 어떻게 그럴 수 있는지 크게 감탄했다. 한참이나 그렇게 들여다보다가 머리맡의 수건을 들춰 보니 금관이 놓여 있고, 금관 밑에는 아주 호화로워 보이는 염낭이 하나 있었다. 페르스발이 염낭을 열어 보니 서찰이 들어 있었다. 다른 사람들은 이를 보자, 하느님이 허락하시면, 배가 어디서 왔는지 또 누가 그것을 지었는지, 그 서찰이 알려주리라고 말했다. 페르스발은 서찰에 쓰인 것을 읽기 시작했고, 이 이야기가 지금까지 전한 바와 같은 배와 목간들의 내력을 들려주었다. 이를 들으며 다들 눈물을 흘렸으니, 그것은 그들에게 거룩한 역사와 고귀한 가문에 대해 생각하게 했기 때문이다.

페르스발이 읽기를 마치자, 갈라아드가 말했다.

"기사님들, 이제 이 검대를 다른 검대로 바꿔 달아줄 아가씨를 찾으러 가야겠습니다. 그러지 않고는 아무도 이 검을 여기서 가져갈 수가 없으니까요."

그들은 그런 아가씨를 어디서 찾을 수 있을지 모르겠다면서 이렇게 말했다.

"그래도 기꺼이 찾으러 가고말고요. 마땅히 그래야지요."

그들이 그렇게 의논하는 것을 듣자, 페르스발의 누이가 그들에게 말했다.

"기사님들, 염려하지 마십시오. 하느님이 허락하시면, 우리가 출발하기 전에 이 검에는 그에 걸맞은 훌륭한 검대가 달릴 것입니다."

그녀는 자신이 지니고 온 함函을 열고 금과 비단과 머릿단으로 호화롭게 엮은 띠를 꺼냈다. 그 머리칼은 금실과 구분할 수 없을 만큼 아름답게 반짝였다. 또한 그 띠에는 귀한 보석들이 박혀 있었으며, 세상에 둘도 없으리만큼 호화로운 황금 고리 두 개가 달려 있었다.

"기사님들," 그녀는 말했다. "그 검에 어울릴 만한 검대가 여기 있습니다. 제가 지닌 가장 값진 것, 즉 제 머릿단으로 이것을 만들었습니다. 제가 제 머릿단을 소중히 여겼다고 해도 이상하지 않은 것이, 당신이 기사가 된 성령강림절에, 저는 세상 그 누구보다도 아름다운 머릿단을 지니고 있었기 때문입니다. 하지만 제가 이 모험에 나서게 될 것과 이를 위해 제가 해야 할 바를 알고는, 즉시 머리를 깎고 그것으로 여기 보시는 이 띠를 만들었습니다."

"정녕 잘 와주셨습니다." 보오르가 말했다. "지금 하신 말씀이 아니었다면 정말 곤란했을 텐데, 당신이 우리를 곤경에서 구했습니다."

그녀는 검에 다가가 거친 삼줄로 된 검대를 떼어내고 새로운 검대를 달았다. 평생 그 일을 해온 것 같은 능숙한 솜씨였다. 그런 다음 그녀는 세 동지에게 말했다.

"이 검의 이름을 아시는지요?"

"아니, 모릅니다." 그들이 대답했다. "하지만 여기 적힌 바에 따르면 당신이 이름을 지어야 합니다."

"이 검은 '이상한 검대의 검'[213]이라고 합니다. 그리고 이 검집은 '피의 기억'이라고 하는데, 왜냐하면 지각 있는 자라면 누구든 이 검집에서 생명의 나무로 만들어진 부분을 보면 아벨의 피를 기억할 터이기 때문입니다."[214]

그들은 그 말을 듣자 갈라아드에게 말했다.

"기사님, 우리 주 예수 그리스도의 이름으로 청하오니, 모든 기사도에 영광이 되도록, 이 이상한 검대의 검을 취하십시오. 사도들이 우리 주님을 고대하는 이상으로 로그르 왕국은 이 검을 고대해왔습니다."

그들은 그 검으로 인해 성배의 이사異事들이나 날마다 그들에게 닥치는 위험한 모험이 그치리라고 생각했던 것이다.

"그럼 제가 먼저 시험해보겠습니다." 갈라아드가 대답했다. "왜냐하면 아시다시피 이 검을 쥘 수 없는 자는 그것을 가질 수 없을 테니까요. 만일 제가 실패하면 제 것이 아님을 알 수 있을 것입니다."

그들은 그 말대로라고 말했다. 그는 검의 자루에 손을 댔고, 그러자 그의 손가락들은 넉넉히 자루를 쥐고 포개졌.

"기사님," 동지들이 말했다. "이제 그 검이 당신 것임을 확실히 알겠습니다. 당신이 그것을 차는 것을 아무도 말릴 수 없습니다."

그가 검집에서 검을 꺼내 들자 칼날이 어찌나 맑은지 거기 얼굴을 비춰 볼 수 있을 정도였다. 세상 그 무엇보다도 값진 검이었다. 그는 그것을 검집에 도로 넣었고, 아가씨는 그가 차고 있던 검 대신 새로운 검대가 달린 검을 채워주었다. 그러고는 그에게 말했다.

"기사님, 이제 저는 언제 죽어도 좋습니다. 왜냐하면 저는 세상에서 가장 훌륭한 남자를 기사로 만든, 세상에서 가장 행복한 처자이니까요. 당신은 세상에서 오직 당신만을 위해 만들어진 이 검을 차기 전까지는 완전한 기사가 아니었답니다."

"아가씨," 갈라아드가 말했다. "당신이 이처럼 해주셨으니, 저는 언제까시나 당신의 기사가 되겠습니다. 당신이 이 검에 대해 해주신 말씀에도 감사드립니다."

"이제 여기서 떠나도 되겠어요." 그녀가 말했다. "다른 모험을 찾아가야지요."

그들은 배에서 나와 바위섬으로 돌아 올랐다. 페르스발이 갈라아드에게 말했다.

"정말이지 저는 방금 본 것과 같은 고귀한 모험이 완수되는 것을 보게 해주신 데 대해 우리 주님께 하루도 감사하지 않는 날이 없을 것입니다. 저는 이보다 더 놀라운 일을 본 적이 없습니다."

그들이 다시 자신들의 배에 오르자 람이 돛에 불어닥쳐, 그들은 이내 바위섬에서 멀어졌다. 밤이 되자 그들은 자신들이 뭍에 가까이 있는지 서로서로 물었지만, 저마다 모르겠다는 대답이었다. 그들은 밤새도록 바다 위에서 아무것도 먹지도 마시지도 못했으니, 식량을 갖고 있지 않았기 때문이다. 이튿날 그들은 한 성에 이르렀는데, 카르슬루아라는 이름의 그 성은 스코틀랜드와의 접경지대에 있었다. 그들은 자신들을 무사히 검의 모험으로 인도하시고 또 돌아오게 해주신 데 대해 우리 주님께 감사드린 후, 성으로 들어갔다. 문을 지나자마자 아가씨가 그들에게 말했다.

"기사님들, 이곳에 잘못 온 것 같습니다. 우리가 아더 왕의 궁정에서 온 것을 알면, 사람들이 우리를 공격할 것입니다. 이곳 사람들은 아더 왕을 누구보다도 미워하니까요."

"두려워하지 마십시오, 아가씨." 보오르가 말했다. "우리를 바위섬에서 건지신 이가 이곳에서도 건져주실 것입니다."

그들이 그렇게 말하고 있자니, 시동 하나가 다가와 그들에게 물었다.

"기사님들, 당신들은 누구십니까?"

그들이 대답했다. "아더 왕의 궁정에서 왔습니다."

"그렇다면 맹세코 잘못 오셨습니다!"

그는 성관으로 돌아갔고, 얼마 안 가 온 성에 뿔나팔 소리가 울려 퍼졌다. 이번에는 한 아가씨가 다가와 그들에게 어디서 오는 길이냐고 물었다. 그들이 대답하자, 그녀는 외쳤다.

"아! 하느님 맙소사! 기사님들, 돌아갈 수만 있다면 어서 돌아가세요. 여기 계시면 목숨이 위험합니다. 이곳 사람들이 당신들을 덮치기 전에 이곳을 떠나시라고 충고드립니다."

그들은 결코 그러지 않겠노라고 대답했다.

"죽고 싶다는 말입니까?" 그녀가 말했다.

"두려워하지 마십시오." 그들이 대꾸했다. "우리가 섬기는 분께서 우리를 인도하실 것입니다."

그렇게 말하는데, 무장한 기사 여남은 명이 큰길을 따라오면서, 항복하지 않으면 죽여버리겠다고 외치는 것이 보였다. 하지만 그들은 거부했다. "너희는 죽었다!"고 외치며 기사들은 말에 박차를 가했다. 하지만 세 동지는 적들이 수도 많고 말을 탄 데 비해 자신들은 말도 타지 않았음에도 불구하고 전혀 두려워하지 않고 검을 빼 들었다. 페르스발이 한 명을 땅에 떨어뜨리고 말을 포획하여 올라탔다. 갈라아드도 그렇게 했다. 그러고는 적을 처부수기 시작했고, 보오르에게도 말 한 마리를 건넸다. 다른 적들은 상대가 되지 않을 것을 알고는 달아나기 시작했고, 세 동지는 그들을 추격해 성관 안으로 들어갔다.

홀hall로 올라가 보니 기사들과 종사들이 성내에서 들려오는 아우성에 놀라 무장을 갖추고 있었다. 달아나는 자들을 뒤쫓아 말을 탄 채 들어선 세 동지는 무장하던 이들을 보자 칼을 뽑아 들고 공격하여 말 못 하는 짐승처럼 거꾸러뜨렸다. 저마다 할 수 있는 한 저항했지만, 결국 등 돌려 달아나는 수밖에 없었다. 갈라아드의 손에 죽은 이가 너무 많아서 그들은 그가 사람이 아니라 자기들을 몰살시키려고 뛰어든 악마라고 생각할 정도였다. 마침내 도저히 더 버틸 수 없음을 깨닫고, 어떤 이들은 문으로, 어떤 이들은 창문으로, 달아나다가 목이며 다리며 팔이 부러졌다.

세 동지는 성이 평정된 것을 보자 시체들이 널브러진 것을 둘러보며 자신들이 그렇게 많은 사람을 죽인 데 대해 죄책감을 느꼈다.

"정말이지 우리 주님께서는 이 사람들을 기뻐하지 않으셨던 것 같습니다." 보오르가 말했다. "이렇게 도륙을 당하다니 말입니다. 아마 이들은 패역한 불신자들로 우리 주님께 큰 죄를 지었나 봅니다. 그러기에 주님께서는 이들을 더 이상 살려두지 않으시려고 우리를 보내 멸망시키신 것이겠지요."

"그 말씀은 썩 옳지 않습니다." 갈라아드가 말했다. "이 사람들이 우리 주님께 죄를 지었다면, 그 응징은 우리가 아니라 죄인들이 죄를 깨닫기를 그토록 기다리시는 그분께서 하실 일이지요. 우리 주님께서 허락하사, 우리가 한 일의 참뜻을 알기 전에는 마음이 편할 것 같지 않습니다."

그들이 그렇게 말하고 있노라니, 안쪽 방에서 한 사람이 나왔다. 그는 흰옷을 입은 사제로, 성작聖爵[215]에 성체를 담아 들고 있었다. 그는 그렇게 많은 사람이 죽은 것을 보고는 깜짝 놀라 물러서며 어찌할 바를 몰랐다. 갈라아드는 그가 성체를 들고 있는 것을 보자 투구를 벗었다. 그리고 그가 두려워하는 것을 알고는 동지들을 가만있게 한 다음 그에게 다가가 이렇게 말을 걸었다.

"어르신, 왜 그러십니까? 저희를 두려워하지 마십시오."

"당신들은 누구시오?" 사제가 물었다. 갈라아드는 자신들이 아더 왕 궁정에서 왔다고 대답했고, 사제는 그 말을 듣자 안심하며 자리에 앉아 그 기사들이 어떻게 죽었는지 말해달라고 했다. 갈라아드는 그에게 자기들 세 사람은 성배 탐색에 나선 기사로, 그곳에 당도해 공격을 당했지만 싸움이 역전되었고, 보다시피 공격자들이 참패를 당했노라고 설명해주었다. 그러자 사제는 말했다.

"기사님, 당신은 일찍이 어떤 기사도 행한 적이 없는 가장 훌륭한 일을 하셨습니다. 당신이 이 세상 끝날까지 산다고 해도, 이만한 공적은 다시 세울 수 없을 겁니다. 우리 주님께서 이 일을 위해 당신들을 보내신 것이 분명합니다. 이 성을 장악하고 있던 세 형제만큼 우리 주님을 미워하는 자는 이 세상에 없었을 겁니다. 그들은 패역하여 이곳 사람들을 사라센인들보다 더 악하게 만들었으니, 이들은 하느님과 거룩한 교회를 거스르는 일 밖에 하지 않았습니다."

"어르신," 갈라아드가 말했다. "저는 그들이 그리스도인이라고 생각하여 그들을 죽이고 만 것을 자책하고 있었습니다만."

"자책하지 마십시오." 사제가 말했다. "오히려 칭찬받을 일입니다! 우리 주님께서는 당신들이 이자들을 죽인 것을 고맙게 여기실 것입니다. 그들은 그리스도인이 아니라 가장 불충한 자들이었으니까요. 제가 그걸 어떻게 아는지 말씀드리겠습니다.

이 성은 1년 전까지만 해도 에르누 백작의 소유였습니다. 그에게는 세 아들이 있었는데, 모두 무술이 뛰어난 기사였고, 한 분 있는 따님은 이 고장에서 가장 아름다운 분이었지요. 세 형제는 누이를 잘못된 사랑으로 사랑하여 욕정에 불탄 나머지 욕

보였답니다. 그리고 그녀가 겁 없이 아버지에게 가서 이를 고하자, 그녀를 죽여버렸습니다. 백작은 그들의 악행을 보고 추방하려고 했지만, 오히려 그들이 그를 옥에 가두고 잔인하게 다루었습니다. 만일 백작의 형제 중 한 사람이 그를 도우러 오지 않았더라면, 그들은 그를 죽이고 말았을 것입니다. 그러고는 성직자와 사제와 수도사와 수도원장을 죽이고 성 안에 있는 예배당 두 개를 때려 부수는 등 온갖 악행을 일삼았습니다. 그들의 범죄가 워낙 커서 오래전에 망하지 않은 것이 놀라울 정도입니다.

오늘 아침, 그들의 부친이 병석에서 아마도 죽음을 앞두었는지 저를 부르러 보냈습니다. 보시다시피 우리 주님의 무장을 하고[216] 자기를 만나러 와달라고 말입니다. 백작은 저를 무척 아껴주셨던 터라, 기꺼이 왔지요. 하지만 이곳에 와 보니, 그들은 사라센인들이 저를 포로로 잡았다고 해도 하지 않을 모욕을 제게 퍼부었습니다. 저는 그들이 주님을 미워하여 그렇게 하는 것이므로, 주님의 사랑을 생각하고 참았습니다. 그런데 백작이 갇혀 있는 곳에 가서 그들이 제게 가한 모욕을 고하니 그가 이렇게 대답하더군요. '괘념치 마시오. 나나 당신의 치욕은 예수 그리스도의 종 세 사람이 갚아줄 거요. 높으신 주님께서 내게 그 일을 알게 해주셨소이다.' 이 말만 들어보더라도 우리 주님께서 당신들이 한 일에 대해 노하시기는커녕 바로 그 일을 위해 당신들을 보내셨다는 것을 알 수 있습니다. 오늘 좀더 분명한 징표를 보게 될 겁니다."

갈라아드는 동지들을 불러 사제가 말해준 것, 즉 자신들이 죽인 그곳 사람들은 세상에서 가장 불충한 자들이었다는 것과 그들이 옥에 가둔 아버지의 일에 대해 말해주었다. 보오르는 그 말을 듣자 대답했다.

"갈라아드 경, 제가 그러지 않았습니까. 우리 주님께서 이들의 악행을 벌하시려고 우리를 보내신 것이라고 말입니다. 만일 우리 주님 뜻이 아니었다면, 우리 셋이서 그렇게 많은 적을 그렇게 단시간에 쳐부술 수 없었을 겁니다."

그들은 에르누 백작을 갇힌 데서 나오게 하여 성관의 홀로 옮겼고, 그가 임종 때가 된 것을 보았다. 하지만 백작은 갈라아드를 보자마자 그가 누구인지 알아보았다. 전에 본 적이 있어서가 아니라, 우리 주님께서 그럴 능력을 주셨기 때문이다. 백작은 그를 보자 감격하여 눈물을 흘리며 말했다.

"기사님, 우리는 당신을 오랫동안 기다려왔습니다. 하느님 감사하게도, 이렇게 오셨군요! 부디 저를 포옹해주십시오. 제 영혼이 당신처럼 거룩한 분의 품에서 육신이 죽는 것을 보고 기뻐할 수 있도록 말입니다."

갈라아드는 기꺼이 그렇게 했고, 백작은 그의 품에 안기자 이제 막 숨을 거두려는 듯 고개를 떨구며 말했다.

"거룩하신 하늘 아버지여 당신 손에 제 영과 혼을 바치나이다!"

그러고는 고개를 완전히 떨군 채 움직이지 않았으므로 다들 그가 죽은 줄로만 알았다. 하지만 그는 잠시 후 다시 말했다.

"갈라아드, 높으신 주님께서 당신에게 전하라 하십니다. 당신은 오늘 그분을 위해 그분의 원수들과 잘 싸워주었으므로, 하늘의 만군이 기뻐한다고요. 이제 당신은 가능한 한 서둘러 불수의 왕에게로 가야 합니다. 그가 오래전부터 기다려왔던 치유를 얻도록 말입니다. 당신이 가면 그는 치유될 겁니다. 되도록 빨리 출발하십시오."[217]

그러고는 입을 다물었고, 영혼이 몸을 떠났다. 아직 살아 있던 성 안 사람들은 자신들이 그토록 사랑했던 백작이 죽은 것을 알고 크게 슬퍼했다. 그처럼 고귀한 신분의 사람에게 걸맞은 예를 갖추어 시신을 수습한 다음, 소식을 두루 알렸다. 인근의 모든 수도사들이 그의 시신을 가져다가 한 암자에 묻었다.

이튿날, 세 동지는 다시 길을 떠났고, 페르스발의 누이도 그들과 함께 갔다. 그들은 한참이나 말을 타고 가다가, 황무한 숲에 이르렀다. 숲에 들어서서 앞쪽을 보니, 흰 사슴 한 마리가 사자 네 마리를 거느리고 가는 것이 보였다. 전에 페르스발이 본 대로였다.[218]

"갈라아드 경," 페르스발이 말했다. "저기 놀라운 광경이 있습니다. 저는 이보다 더 놀라운 모험을 본 적이 없습니다. 정말이지 저 사자들은 사슴을 호위하는 것만 같습니다. 대체 어찌 된 일인지 알기까지는 제 마음이 편할 것 같지 않습니다."

"정녕코 저도 알고 싶습니다." 갈라아드가 대답했다. "은신처가 어딘지 따라가 봅시다. 이 모험도 하느님께서 보내신 것 같으니 말입니다."

그들은 기꺼이 동의했다. 그들은 사슴을 따라간 끝에 어느 골짜기에 이르렀고, 거기에는 작은 수풀 속에 나이 든 은자가 사는 암자가 있었다. 사슴은 그 안으로 들어갔고, 사자 네 마리도 그 뒤를 따랐다. 뒤따라가던 기사들은 암자 앞에 이르자 말에서 내렸다. 예배당에 들어가 보니 우리 주님의 무장을 갖춘 노인이 성령 미사[219]를 시작하려던 참이었다. 이를 본 동지들은 마침 때맞춰 왔다고 말하며 은자가 드리는 미사에 참례했다. 봉헌 기도[220]에 이르렀을 때, 그들은 한층 더 놀랐다. 왜냐하면 그들에게는, 사슴이 사람으로 변하여 제단 위쪽의 아름답고 호화로운 좌석에 앉고 사자 네 마리 중 한 마리는 사람으로, 또 한 마리는 독수리로, 세번째는 사자로, 네번째는 황소로 변하는 것이 보이는 성싶었기 때문이다. 네 생물 모두 날개를 지니고 있어 우리 주님의 뜻대로 날 수 있었다. 그들은 사슴이 앉아 있는 좌석을 들었는데, 그중 둘은 사슴이 앉은 좌석의 발치를, 다른 둘은 머리 쪽을 잡았으니, 실로 왕좌와도 같았다. 그들은 그곳에 있는 채색창을 통해 드나드는데 유리가 깨지지도 부서지지도 않았다. 그늘이 보이지 않게 되자, 한 음성이 내려와 동지들에게 말했다.

"하느님의 아들은 이와 같은 방식으로 복되신 동정녀 마리아의 태중에 들어가시되, 그분의 순결에 저촉하지 않으셨느니라."

그 말에, 동지들은 머리를 땅에 대고 엎드렸다. 왜냐하면 그 음성에서 어찌나 놀라운 광채와 뇌성이 나오던지 예배당이 무너질 것만 같았기 때문이다. 그들이 정신을 차리고 보니, 사제는 미사를 마친 듯 예복을 벗고 있었다. 그들은 그에게 다가가 자신들이 본 것의 뜻을 말해달라고 청했다.

"대체 무엇을 보셨습니까?" 사제가 물었다.

"사슴 한 마리가 사람이 되고, 사자 네 마리가 각기 다른 형태로 변하는 것을 보았습니다." 그들이 대답했다.

그 말을 듣자 사제는 말했다.

"아, 기사님들, 잘 오셨습니다! 그 말을 들으니, 당신들은 성배 탐색을 무사히 완수할, 그러기 위해 고생과 수고를 겪게 될 참된 기사들인 것을 알겠습니다. 당신들은 우리 주님께서 자신의 비밀과 신비를 보여주기로 택하신 자들입니다. 당신들은 좀 전에 그 일부를 보았지요. 사슴을 이 땅의 인간이 아니라 천상의 인간으로 변화시키심으로써, 그분은 당신들에게 자신이 십자가 위에서 이루신 변신을 보여주신 것입니다. 그때 그분은 지상의 옷, 즉 죽을 육신을 입고 계셨지만 죽으심으로써 죽음을 정복하시고 영원한 생명을 회복시키셨지요. 사슴은 이를 잘 나타냅니다. 사슴이 자신의 가죽과 털 일부를 벗어버림으로써 젊음을 되찾듯이, 우리 주님께서는 지상의 옷, 즉 복되신 동정녀의 태중에서 입으셨던바 죽을 육신을 벗어버림으로써 죽음에서 생명에 이르신 것입니다. 동정녀 안에는 어떤 지상의 죄도 없었으므로, 그분은 오점 없이 새하얀 사슴의 형상으로 나타나신 것이지요. 그를 호위한 자들은 네 사람의 복음서 기자라고 보아야 합니다.[221] 예수 그리스도의 업적, 즉 그분이 우리 중 한 사람으로 이 땅에 계셨을 때 행하신 일들을 일부나마 글로 적은 복된 자들이지요. 그런데 알아두십시오. 일찍이 어떤 기사도 그분을 실상대로 본 적은 없습니다. 복되시고 높으신 하느님께서는 이 나라와 또 많은 나라에서, 그분을 네 마리 사자의 호위를 받는 사슴의 모습으로 기사들과 덕인들에게 나타내사 그들이 그를 보고 본받도록 하셨습니다. 하지만 이후로는 아무도 그분을 그런 모습으로는 볼 수 없을 것입니다."

그 말을 듣고 그들은 기쁨의 눈물을 흘리며 우리 주님께서 자신들에게 그와 같은 신비를 밝히 보여주신 데 대해 감사드렸다. 그들은 그날 은자의 집에 머물렀다. 이튿날 미사를 드린 후 떠날 차비를 하던 중 페르스발은 갈라아드가 떼어놓은 검을 들며 앞으로는 자신이 그 검을 차겠노라고 말했다. 자신의 검은 은자의 집에 두었다.

그곳을 떠나 오정이 지나도록 말을 타고 간 끝에, 그들은 튼튼하게 터를 잘 잡은 성 근처에 이르렀다. 하지만 들어가지는 않았으니, 그들의 길은 다른 데로 나 있었기 때문이다. 그들이 성의 정문에서 얼마쯤 멀어졌을 때, 한 기사가 그들을 뒤따라와 말했다.

"기사님들, 당신들과 동행하는 저 아가씨는 처녀요?"

"물론이오." 보오르가 대답했다.

그 말을 듣자 기사는 아가씨의 말고삐를 잡으며 말했다.

"거룩한 십자가에 걸고, 당신은 이 성의 관습을 따르기 전에는 내게서 빠져나갈 수 없소!"

페르스발은 자신의 누이를 그 기사가 그런 식으로 붙드는 것을 보자 몹시 화가 나서 말했다.

"이보시오, 그런 말을 하다니 제정신이 아닌 모양이오. 왜냐하면 젊은 처자는 어느 곳에 가더라도 모든 관습에서 자유로운 법이고, 게다가 여기 이 아가씨는 왕과 왕비의 딸이란 말이오."

그렇게 말이 오가는 동안, 성에서 무장한 기사 열 명이 한 아가씨와 함께 나왔으며, 그녀는 손에 은대접을 들고 있었다. 그들은 세 동지에게 말했다.

"기사님들, 당신들과 동행하는 이 아가씨는 반드시 이곳 관습에 따라야만 합니다."

갈라아드는 대체 어떤 관습이냐고 물었다.

"기사님," 한 기사가 대답했다. "이곳을 지나가는 모든 처녀는 자신의 오른팔에서 피를 내어 이 대접을 채워야만 합니다. 그러지 않고는 아무도 제 길을 갈 수 없습니다."

"이따위 관습을 만든 가짜 기사는 저주를 받아 마땅하오. 실로 악하고 못된 관습이오." 갈라아드가 말했다. "하느님이 보우하사, 당신들은 그녀에게 그런 짓을 할 수 없소. 내가 살아 있는 한, 그리고 이 아가씨가 내 말을 듣는 한, 그녀는 당신들이 요구하는 것을 내놓지 않을 거요."

"하느님이 허락하신다면, 차라리 내 목숨을 내놓겠소!" 페르스발이 말했다.

"나도 마찬가지요!" 보오르도 말했다.

"그렇다면 당신들 셋 다 죽은 목숨이오. 당신들이 설령 세상에서 가장 뛰어난 기사라고 해도 살아남지 못할 거요." 그 기사가 말했다.

이에 양편 다 무기를 빼 들었다. 세 동지는 열 명의 기사가 미처 창 자루를 부러뜨리기도 전에[222] 거꾸러뜨렸다. 그리고는 검을 휘둘러 그들을 짐승처럼 죽여버렸다. 그들은 전혀 어려움 없이 이길 수 있었을 것이다. 성에서 60명의 무장한 기사가 그들을 도우러 달려 나오고, 그 맨 앞에 선 노인이 그들에게 이렇게 말하지 않았다면 말이다.

"기사님들, 부디 자신들을 소중히 여기시고 개죽음을 당하지 마십시오. 당신들처럼 훌륭한 기사들에게는 애석한 일이 될 테니 말입니다. 그러니 부디 우리가 청하는 것을 허락해주시기 바랍니다."

"더 말해봤자 소용없소." 갈라아드가 말했다. "결코 허락할 수 없는 일이오."

"그렇다면 죽고 싶다는 말입니까?" 노인이 물었다.

"그런 말이 아니오." 갈라아드가 말했다. "하지만 그런 치욕을 당하느니 차라리 죽는 편이 낫소."

접전이 시작되었고, 맹렬한 싸움판에서 동지들은 사방으로 공격을 당했다. 하지만 갈라아드는 이상한 검대의 검을 들고 좌우의 적들을 닥치는 대로 무찔렀으므로, 보는 자들에게는 그가 지상의 인간이 아니라 무슨 괴물처럼 생각되었다. 그는 한 발도 물러서지 않고 곧장 앞으로 나아가며 적들을 무찔렀고, 그의 양 옆에서는 동지들이 그를 보호했으므로 적들은 그를 정면으로 공격할 수밖에 없었다.

싸움은 그렇게 9시과 때를 지나서까지 계속되었지만, 동지들은 단 한순간도 두려워하지 않았고 한발도 물러서지 않았다. 하지만 어둡고 캄캄한 밤이 찾아와 그들을 갈라놓았으므로, 성에서 온 자들은 그만 싸움을 중지해야겠다고 말했다. 앞서 담판하러 왔던 노인이 다시금 세 동지에게 다가와 말했다.

"기사님들, 우의와 예로써 청하오니, 오늘 밤 저희 성에서 유하시기 바랍니다. 내일 여러분을 오늘 있는 바로 이 자리, 이 상태로 돌아오게 해드릴 것을 약속드립니다. 왜 이렇게 말씀드리는지 아십니까? 왜냐하면 여러분이 사실을 아시면 아가씨께서 저희가 청하는 것을 주시도록 허락하시리라 생각하기 때문입니다."

"기사님들," 아가씨가 말했다. "이렇게 청하시니 받아들이세요."

그래서 그들은 동의하고 휴전을 선포한 다음 함께 성 안으로 들어갔다. 그곳 사람들은 세 동지를 더없이 환대하며, 말에서 내려주고 무장을 풀어주었다. 식사를 마치자, 그들은 대체 그 성의 관습이 어찌하여 생겨난 것인지 물었다. 그러자 성의 기사 중 한 사람이 대답했다.

"사정을 설명해드리겠습니다. 이 성과 다른 여러 성의 성주이신 아가씨가 계십니다. 저희도 이 고장 모든 사람도 그분께 속해 있지요. 그런데 2년 전에 우리 주님의 뜻으로 아가씨는 병이 들었습니다. 병이 영 낫지 않아 잘 진찰해 보니, 이른바 나병이라는 것이 밝혀졌습니다. 저희는 원근 각지의 모든 의사를 청해왔지만, 아무도 그녀의 병에 대해 이렇다 할 치료책을 내놓지 못했습니다. 마침내 한 현명한 자가 말하기를, 만일 마음으로나 행동으로나 순결한 처녀, 왕과 왕비의 딸이요 동정 기사 페르스발의 누이인 처녀의 피를 한 대접 가득 얻어 그 피를 바르면 즉시 병이 나으리라는 것이었습니다. 그래서 저희는 이곳을 지나는 어떤 아가씨든 처녀이기만 하다면 그녀에게서 피를 한 대접 얻지 않고는 보내지 않기로 하고, 지나가는 모든 아가씨를 붙잡기 위해 성문에 보초를 세웠습니다. 저희 관습이란 그렇게 해서 생겨났습니다. 자, 이제 사정을 들으셨으니, 좋으실 대로 하십시오."

그러자 아가씨는 세 동지를 불러 말했다.

"기사님들, 이곳 성주 아가씨가 병들었는데, 제가 원하면 낫게 할 수 있지만 그러지 않으면 나을 수 없다는 거지요. 제가 어떻게 하면 좋을지 말씀해주세요."

"하느님께 맹세코, 당신은 너무 어리고 연약해서 그런 일을 했다가는 목숨을 잃고 말 것입니다." 갈라아드가 말했다.

"정녕 제가 이 치유를 위해 죽는다면 저나 제 친족에게 영광이 될 것입니다." 그녀가 말했다. "여러분뿐 아니라 그들을 위해서도 그렇게 해야겠습니다. 그러지 않으면 내일도 오늘처럼 싸움을 해야 할 테고, 제가 죽는 것보다 더 큰 살상이 일어날 수밖에 없겠지요. 그러니 저는 그들이 원하는 대로 하여, 이 싸움을 그치게 하겠습니다. 그러니 부디 제게 그 일을 허락해주시기 바랍니다."

그들은 마지못해 그녀에게 동의했다. 그러자 아가씨는 성의 사람들을 불러 말했다.

"기뻐하십시오. 여러분은 내일 싸우지 않아도 됩니다. 저도 다른 아가씨들처럼 하겠다고 약속드립니다."

그 말을 듣자 그들은 그녀에게 크게 감사했고, 아까보다 더 큰 잔치가 벌어졌다. 그들은 최선을 다해 동지들을 환대하고 할 수 있는 한 가장 좋은 잠자리를 마련해주었다. 그날 밤 세 동지는 극진한 대접을 받았고, 만일 사양하지 않았다면 한층 더한 대접도 받았을 것이다.

이튿날 미사를 마치자 아가씨는 성관으로 돌아와 자기 피로 치유를 얻어야 할 병든 이를 데려오라고 말했다. 그들은 기꺼이 그러겠노라고 말하고는, 병자가 있는 방으로 그녀를 데리러 갔다. 동지들은 그녀를 보고 크게 놀랐다. 그녀의 얼굴은 나병으로 너무나 보기 흉하게 곪고 문드러져서 어떻게 그런 고통을 지니고 살 수 있었을지 알 수 없을 정도였다. 그들은 일어나 맞이하며 그녀를 자신들 곁에 앉혔다. 그녀는 처녀에게 약속한 것을 달라고 했고, 처녀는 기꺼이 그러겠노라고 말했다. 처녀는 대접을 가져오라고 했고, 대접을 가져오자 팔을 내밀어 면도날처럼 잘 드는 작은 단도로 자신의 핏줄을 그었다. 피가 솟구쳤다. 그녀는 성호를 긋고는 우리 주님께 자신을 맡기며 병든 이에게 말했다.

"당신의 치유를 위해 저는 목숨을 내놓습니다. 부디 제 영혼을 위해 기도해주세요. 이제 저는 끝이니까요."

그녀가 그렇게 말하는 동안 심장이 멎었다. 대접이 가득 찰 정도로 피를 흘린 탓이었다. 동지들은 그녀를 부축하고 피를 멎게 했다. 한참 동안이나 혼절해 있던 그녀는 페르스발에게 간신히 이렇게 말할 수 있었다.

"아, 페르스발 오라버니! 저는 이분의 치유를 위해 죽습니다. 부디 제 시신을 이 고장에 묻지 마시고, 제가 죽는 즉시 저를 여기서 가장 가까운 포구에서 작은 배에 실어 모험이 이끄는 대로 띄워 보내주세요. 그리고 또 말씀드리오니, 오라버니는 성배를 찾으러 사라즈 도성[223]에 가자마자 저를 탑 아래서 발견할 것입니다. 그러니 제 명예를 위해, 저를 거룩한 궁전에 묻어주세요. 왜 이런 청을 드리는지 아세요? 왜냐하면 갈라아드도 거기 묻힐 테고, 오라버니 역시 그 옆에 묻힐 테니까요."

그 말을 듣자 페르스발은 온통 눈물에 젖어 그녀의 청을 수락하며 기꺼이 그렇게 하겠노라고 말했다. 그녀는 그들에게 말했다.

"내일 출발하세요. 그리고 각자 자신의 길을 가세요. 모험이 여러분을 불수의 왕의 집에서 다시 만나게 할 때까지. 높으신 주님께서 그렇게 뜻하셨고, 저를 통해 여러분께 명하십니다."

그들은 그러겠노라고 말했고, 그녀는 영성체를 청했다. 그들은 성 근처 숲속에 사는 현명한 은자를 불러오게 했다. 그는 사태가 급박한 것을 알고 서둘러 왔다. 그가 오는 것을 보자 아가씨는 성체를 향해 두 손을 내밀어 경건한 자세로 받아 들었다. 그러고는 이 세상을 하직했다. 동지들은 너무나 슬퍼서 도저히 위로받을 수 있을 것 같지 않았다.

바로 그날, 성주 아가씨는 병이 나았다. 거룩한 처녀의 피를 바르자마자, 나병이 씻은 듯 나아서, 온통 검고 보기 흉했던 살이 다시 아름답게 되었다. 세 동지도 그곳 사람들도 모두 크게 기뻐했다. 그들은 아가씨의 시신을 그녀가 청했던 대로 수습했다. 내장과 그밖에 비워야 할 모든 것을 비운 다음 황제의 시신이나 되는 것처럼 값진 향으로 채웠다. 그러고는 배를 한 척 짓게 하여 호화로운 비단 천으로 덮고, 아름다운 침상을 마련했다. 그렇게 그들이 할 수 있는 한 호화롭게 배가 준비되자, 거기에 시신을 뉘어 바다로 띄워 보냈다. 보오르는 페르스발에게 시신 곁에 그녀가 누구이며 어떤 연유로 죽었는지 알리는 서찰을 한 통 남길 걸 그랬다고 말했다. 하지만 페르스발이 말했다.

"제가 그녀의 머리맡에 그녀가 누구이며 어떻게 죽었는지, 그리고 그녀가 우리를 도와 완수했던 모험들을 적은 서찰을 남겨 두었습니다. 만일 낯선 땅에서 발견된다고 해도, 그녀가 누구인지 알 수 있을 것입니다."

갈라아드는 그에게 잘했다고 말했다.

"누가 시신을 발견하든 그녀와 그녀의 삶에 대해 알면 한층 더 경의를 표할 수 있을 테니 말입니다."

그곳 사람들은 배가 시야에서 사라질 때까지 물가에 서 있었고, 알지도 못하는 여인을 위해 목숨을 내놓은 그 아가씨의 고귀한 너그러움을 생각하며 뜨거운 눈물을 흘렸다. 모두들 일찍이 어떤 처녀도 그보다 더 고귀한 행동은 할 수 없었으리라고 말했다. 배가 시야에서 사라지자 그들은 성으로 돌아갔지만, 세 동지는 그곳에서 목숨을 잃은 아가씨를 생각하여 성 안에는 들어가지 않겠다고 말했다. 그들은 밖에서 기다리며 자신들의 무구를 갖다달라고 청했다.

그들이 말에 올라 떠날 준비를 갖추자 날씨가 어두워지면서 비구름이 몰려왔다. 그들은 길가에 있는 예배당으로 비를 피해 들어가, 바깥 헛간에 말을 매어놓았다. 날씨는 더욱 험해져서 천둥이 치기 시작하더니 빗줄기만큼이나 무성한 번개가 온 성을 내리쳤다. 폭풍우는 온종일 계속되었고, 어찌나 심했던지 성벽의 절반은 무너져 내렸다. 세 동지는 어안이 벙벙했다. 성의 외관으로 보아, 1년 내내 비가 온다고 해도 그렇게 심한 피해를 입을 수 있으리라고 생각할 수 없을 지경이었기 때문이다.

만과 후에야 하늘이 개었고, 세 동지는 심한 부상을 입은 기사 한 명이 자신들 쪽으로 도망쳐 오는 것을 보았다. 그는 연신

"오, 하느님, 도와주소서! 저를 구해주소서!" 하고 외치고 있었다. 또 한 명의 기사와 난쟁이[224]가 그를 추격하며 멀리서부터 소리쳤다.

"너는 죽었다. 달아나지 못한다."

그러자 앞선 기사는 하늘을 향해 두 팔을 쳐들고 말했다.

"하느님, 저를 구해주소서! 제 목숨이 이처럼 큰 환란으로 스러지도록 내버려두지 마옵소서!"

동지들은 우리 주님을 찾는 그 기사를 불쌍히 여겼고, 갈라아드는 자신이 가서 돕겠노라고 말했다.

"아닙니다." 보오르가 말했다. "제가 가겠습니다. 단 한 명의 기사를 굳이 당신이 상대하지 않아도 됩니다."

갈라아드는 그러라고 했다. 보오르는 말에 올라 동지들에게 말했다.

"기사님들, 제가 돌아오지 않는다고 해도 탐색을 그치지 마시고, 날이 새면 다시 길을 떠나십시오. 각자 제 길을 가다가 우리 주님께서 허락하시면 불수의 왕의 집에서 다시 만납시다."

그들은 그에게 주님의 가호를 빌어주었고, 자신들도 이튿날 헤어질 거라고 말했다. 보오르는 그들과 헤어져 기사의 뒤를 따라갔다. 곤경에 빠져 우리 주님께 애원하는 그 기사를 구하기 위해서였다. 하지만 이야기는 여기서 그에 대해 말하기를 그치고, 예배당에 남은 두 동지에게로 돌아간다.

이제 이야기는 말한다. 갈라아드와 페르스발은 밤새도록 예배당에서 우리 주님께 보오르가 어디에 가든지 그를 지켜주시기를 기도했다. 아침이 되자 날이 화창하게 개었고 폭풍우가 그치고 조용해졌으므로, 그들은 말에 올라 성 안 사람들에게 무슨 일이 일어났는지 보러 갔다. 문간에 당도한 그들은 모든 것이 불타고 벽들이 다 무너진 것을 보았다. 안에 들어가 보니 남녀를 막론하고 죽지 않은 자가 없어 더욱 놀랐다. 그들은 사방을 둘러보며 참화의 규모와 사상자 수에 놀랐다. 성관에 가 보니 안팎의 벽들이 무너지고 기사들이 곳곳에 죽어 있는 것이, 마치 우리 주님께서 그들의 악한 삶에 벼락을 내리신 것만 같았다. 그것을 본 동지들은 필시 하늘의 응징이리라고 말했다.

"창조주의 진노를 가라앉히기 위함이 아니고서야 이런 일이 일어날 리가 없을 거요."

그들이 그렇게 이야기를 나누고 있노라니, 한 음성이 그들에게 말했다.

"이는 이곳에서 죄 많은 여인의 육신을 치유하기 위해 뿌려진 수많은 선한 처녀들의 피에 대한 응징이니라."

그 말을 듣자, 동지들은 우리 주님의 응징이 그토록 크시니 살든 죽든 그분의 뜻에 거스른다는 것은 정말 어리석은 일이라고 서로 말했다.

두 동지는 한참 동안 성 안을 돌아다니며 참사를 둘러보다가 예배당 후진後陣 쪽에서 묘지를 하나 발견했다. 잡목이 우거지고 푸른 풀로 뒤덮인 그곳에는 아름다운 묘석들이 그득했는데, 60개가량은 되는 것 같았다. 그곳은 아주 아늑하고 폭풍우의 흔적이라고는 없었다. 그곳에 묻힌 시신들은 여성주를 위해 희생된 처녀들이었기 때문이다. 동지들은 말을 탄 채 묘지에 들어가 묘석들에 다가가 보았다. 묘석마다 거기 묻힌 처녀들의 이름이 적혀 있었다. 그 이름들을 읽으며, 그들은 왕의 딸과 고귀한 가문 출신의 아가씨도 열두 명이나 있는 것을 알았다. 그 광경을 본 그들은 그렇듯 귀한 가문들이 딸들의 죽음으로 피해를 입다니, 그 성에서 시행되어온 관습은 정말로 악한 것이었고 그로 인해 그 고장 사람들이 너무나 오래 고초를 겪었다고 말했다.

두 동지는 1시과 때까지 거기에 머무르며 둘러본 다음, 그곳을 떠나 가다가 어느 숲에 이르렀다. 숲의 어귀에서 페르스발이 갈라아드에게 말했다.

"기사님, 이제 그만 헤어져 각자 갈 길을 가야 할 날이 왔습니다. 주님의 가호를 빕니다. 주님께서 부디 우리를 곧 다시 만나게 해주시기를! 당신과 함께 지낸 때만큼 기뻤던 때가 없었습니다. 저로서는 이렇게 헤어지는 것이 당신이 생각하는 것보다 훨씬 더 힘듭니다. 하지만 우리 주님 뜻이시니 그렇게 해야지요."

그는 투구를 벗었고, 갈라아드도 그렇게 했다. 그러고는 서로 입 맞추었다. 두 사람은 크나큰 사랑으로 서로 아끼고 있었기 때문이다. 그들의 죽음이 이를 입증하는바, 그들은 상대방보다 오래 살아남기를 원치 않았다. 그리하여 그들은 그 고장 사람들이 오브[225]라고 부르는 숲의 입구에서 헤어져 각기 제 갈 길을 갔다. 하지만 이야기는 여기서 그들에 대해 말하기를 그치고, 랑슬로에게로 돌아간다. 그에 대해 말한 지가 한참 되었기 때문이다.

12. 코르베닉 성의 랑슬로

이제 이야기가 전하는바, 랑슬로는 마르쿠아즈강에 이르러 세 가지 달갑잖은 것에 갇히게 되었다. 즉 한쪽에는 길이 보이지 않는 거대한 숲, 다른 한쪽에는 두 개의 높고 고색창연한 암벽, 나머지 한쪽에는 깊고 검은 강이 있었다. 이 세 가지 때문에 그는 거기서 꼼짝하지 않고 우리 주님의 은혜를 기다리기로 결심하고는, 밤이 되도록 거기 머물렀다. 어둠이 내려 날빛에 섞여들자 그는 무장을 풀고 그 곁에 누워 주님께 자신을 맡기며 일찍이 배운 대로 기도를 드렸다. 주님께서 그를 잊지 마시고, 그의 영혼과 육신이 필요로 하는 도움을 보내주시기를 빌었다. 그렇게 기도를 마치고는 이 세상 것들보다 우리 주님을 더욱 사모하는 마음으로 잠이 들었다. 꿈속에서 그는 한 음성이 이렇게 말하는 것을 들었다.

"랑슬로, 일어나라, 무기를 들고, 네가 만나는 첫번째 배에 오르라."

그 말에 온몸을 떨며 눈을 떠 보니 사방이 어찌나 환한지 날이 샌 줄로만 알았다. 하지만 그 빛은 이내 종적 없이 사라졌다. 그는 손을 들어 성호를 그으며 자신을 우리 주님께 맡긴 후 무장을 갖추었다. 무장을 다 갖추고 검을 찬 다음 물가에서 바라보니, 돛도 노도 없는 배 한 척이 보였다. 그는 그곳으로 가서, 배에 올랐다. 배에 들어서자마자 세상의 모든 향기가 나는 듯하더니, 이 땅의 인간이 맛볼 수 있는 온갖 좋은 음식을 먹은 듯 충족감이 들었다. 그는 전보다 백배는 더 기쁜 마음으로, 마침내 일생에 바라는 모든 것을 얻은 듯하여 우리 주님께 감사드렸다. 배 안에서 무릎을 꿇고, 그는 말했다.

"자비하신 아버지 예수 그리스도여, 이 모든 것은 당신으로부터가 아니고서는 올 수 없습니다. 제 마음이 어찌나 기쁘고 황홀한지 지상에 있는지 지상 낙원에 있는지 모르겠습니다."

그는 뱃전에 기댄 채 큰 기쁨 가운데 잠이 들었다.

온밤 내내 그는 어찌나 달게 잤던지 자신이 더 이상 전과 같지 않고 달라진 듯한 기분이 들었다. 아침이 되어 잠이 깨자, 그는 주위를 둘러보다가 배 한복판에 아름답고 호화로운 침상이 있는 것을 보았다. 침상에는 한 처녀의 시신이 얼굴만 드러나게 감싸인 채 뉘여 있었다. 그는 그녀를 보자 다가가 성호를 긋고는 그런 동행을 주신 데 대해 우리 주님께 감사드렸다. 그러고는 그녀가 누구이며 어떤 가문 출신인지 알려고 가까이 다가갔다. 그리고 이리저리 둘러보다가 머리맡에서 서찰을 발견하고는 펼쳐 읽어보았다.

"이 아가씨는 페르스발 르 갈루아의 누이로, 마음으로나 행실로나 순결하였다. 오늘날 호수의 기사 랑슬로의 아들 갈라아드가 차고 있는 '이상한 검대의 검'의 검대는 그녀가 달아준 것이다."

뒤이어 처녀의 생애와 죽음의 경위, 그리고 갈라아드, 보오르, 페르스발의 세 동지가 그녀의 시신을 그렇듯 수습하여 신령한 음성이 명하는 대로 이 배에 실었다는 사연이 적혀 있었다. 랑슬로는 그 모든 것을 알게 되자 한층 더 기뻐했다. 보오르와 갈라아드가 한데 모였다는 것이 무척 기뻤기 때문이다. 그는 서찰을 제자리에 놓고 뱃전으로 돌아가 우리 주님께서 이 탐색이 끝나기 전에 아들 갈라아드를 다시 만나게 해주시기를, 그를 만나 이야기하며 회포를 풀 수 있게 해주시기를 빌었다.

랑슬로가 그렇게 기도하는 동안 배는 풍상에 깎인 어느 바위 해안에 닿았고, 그 근처에는 작은 예배당이 있었다. 새하얀 노인이 문간에 앉아 있었다. 랑슬로는 다가가며 멀리서부터 들리도록 그에게 인사했고, 노인은 랑슬로가 예상했던 것보다 훨씬 힘찬 목소리로 인사에 답했다. 그러고는 앉아 있던 곳에서 일어나 배 쪽으로 다가와 둔덕 위에 앉아서는 랑슬로에게 어떤 모험 끝에 거기까지 오게 되었는지 물었다. 랑슬로는 그에게 우연이 자신을 전에 와본 적 없는 이 물가로 이끌었노라고 사실대로 말했다. 그러자 노인은 그에게 누구냐고 물었고, 그는 자신의 이름을 말했다. 노인은 그가 호수의 기사 랑슬로임을 알고는 어떻게 그가 그 배에 있는지 놀라며 누가 함께 있는지 물었다. 랑슬로가 말했다.

"어르신, 와서 보십시오."

노인은 배에 올라와 아가씨와 서찰을 발견했다. 그는 서찰을 꼼꼼히 읽더니, '이상한 검대의 검'에 대한 이야기에 이르자 이렇게 말했다.

"아, 랑슬로! 나는 이 검의 이름을 알게 될 만큼 오래 살리라고는 생각지 않았소이다. 당신으로 말하자면, 운이 없다고 할 수 있으니, 전에 당신보다 무용이 못하다고 여겨졌던 세 기사는 그 고귀한 모험이 완수되는 자리에 있었건만, 당신은 그 자리에 있지 못했으니 말이오. 이제 그들이야말로 당신보다 훨씬 더 하느님의 참된 기사요 덕인들인 것이 분명해졌소. 하지만 당신의 지나간 잘못이 어떠했든 간에, 앞으로는 당신도 창조주를 거슬러 죄 짓기를 피하면, 그분의 자비를 얻을 수 있을 것이오. 그분은 긍휼이 풍부하사 당신을 진리의 길로 다시 불러주셨으니 말이오. 하여간 어떻게 이 배에 오르게 되었는지 말해보시오."

랑슬로는 그에게 사실대로 말했고, 그러자 노인은 눈물을 흘리며 말했다.

"랑슬로, 우리 주님께서는 당신에게 이 고귀하고 거룩한 처녀와의 동행을 허락하심으로써 크나큰 은혜를 보여주셨소. 이후로는 당신도 생각으로나 행동으로나 정결하여, 당신의 정결함이 그녀의 순결함에 어울리게 하시오. 그러면 그 곁에 머물 수 있을 것이오."

랑슬로는 창조주를 거스르는 죄라 생각되는 어떤 행동도 하지 않겠노라고 기꺼이 약속했다.

"그러면 이제 가보시오, 더 지체하지 말고. 만일 하느님께서 허락하시면, 당신도 이제 곧 당신이 그토록 원하는 집에 이르게 될 것이오."

"그럼 어르신께서는 계속 이곳에 계시렵니까?"

"그렇소. 나는 이곳에 머물러야 하오."

그들이 그렇게 말하는 동안 바람이 배를 밀어 바위 해안에서 떼어놓았다. 그들은 서로 멀어지는 것을 보자 상대방을 위해 하느님의 가호를 빌었고, 노인은 예배당을 향해 돌아섰다. 하지만 물가를 떠나기에 앞서 그는 소리쳤다.

"아, 랑슬로, 예수 그리스도의 종 된 이여, 부디 나를 잊지 말고, 이제 곧 함께하게 될 참된 기사 갈라아드에게 부탁해주시오. 우리 주님께서 나를 긍휼히 여겨주시도록 기도해달라고 말이오."

노인은 랑슬로에게 그렇게 외쳤고, 랑슬로는 곧 갈라아드를 만나게 되리라는 말에 크게 기뻤다. 그는 뱃전에 꿇어 엎드려 우리 주님을 기쁘시게 할 만한 일을 할 수 있을 곳으로 인도해주시기를 기도했다.

랑슬로는 그렇게 한 달 가까이 배에서 내리지 않은 채 지냈다. 배에 아무 식량도 없었는데 그가 그동안 어떻게 살 수 있었느냐고 묻는다면, 이야기는 대답하겠다. 일찍이 광야에서 이스라엘 백성에게 만나를 먹이시고 바위에서 물을 내어 마시게 하신 높으신 하느님께서 아침마다 랑슬로에게 양식을 주셨다고. 왜냐하면 매일 아침 기도 가운데 우리 주님께서 그를 잊지 마시고 아버지가 아들에게 하듯 양식을 주시기를 구하고 나면, 그는 항상 성령의 은혜로 충만해져서 세상의 모든 좋은 음식을 맛본 듯 흡족해졌기 때문이다.

그가 그렇게 배에서 내리지 않고 지낸 지도 오래되었던 어느 날 밤 그는 어느 숲의 가장자리에 이르렀다. 귀를 기울여보니 한 기사가 숲을 가로질러 전속력으로 질주해 오는 소리가 들렸다. 기사는 숲에서 나와 배를 보자, 말에서 내리더니 안장과 고삐를 풀고 말을 갈 데로 가라고 보냈다. 그러더니 배로 다가와 성호를 긋고는 무장한 채로 배에 올랐다.

랑슬로는 기사가 다가오는 것을 보고도 무기를 가지러 달려가지 않았다. 왜냐하면 이는 노인이 갈라아드에 대해 한 예언, 즉 그가 한동안 자신과 함께 지내게 되리라던 예언이 이루어지는 것이리라고 생각했기 때문이다. 그래서 그저 일어나며 그에게 말했다.

"기사님, 어서 오시오."

기사는 그의 말을 듣자 배 안에 누가 있으리라고 생각지 않았던 듯 놀라며 대답했다.

"기사님께도 신의 가호를 빕니다. 하오나, 당신이 누구신지 말씀해주십시오."

랑슬로는 자기 이름을 말했다. 호수의 기사 랑슬로라고.

"아, 어르신, 반갑습니다. 정녕코 저는 당신과 만나고 싶었고, 다른 누구보다도 당신과 함께 있고 싶었습니다. 그도 그럴 것이, 저는 당신에게서 났기 때문입니다."

그는 그렇게 말하며 투구를 벗어 배에 내려놓았다. 랑슬로가 그에게 물었다.

"아, 갈라아드, 자네인가?"

"그렇습니다, 아버지. 참으로 저입니다."

그 말을 듣자 랑슬로는 팔 벌려 달려가 그를 맞이했고, 두 사람은 서로 입 맞추며 이루 다 말할 수 없을 만큼 기뻐했다.

그러고는 서로 안부를 물으며 궁정을 떠난 후로 겪은 모험들을 이야기했고, 그렇게 대화를 나누는 동안 어느새 날이 밝아왔다. 맑고 환한 날빛 속에서 그들은 서로를 알아보았고, 더없는 기쁨으로 충만했다. 갈라아드는 배 안에 누워 있는 아가씨를 알아보고는 랑슬로에게 그녀가 누구인지 아느냐고 물었다.

"알다마다. 머리맡에 있는 서찰이 모든 것을 말해주었다네. 그런데 정말로 자네가 '이상한 검대의 검'의 모험을 완수했는가?"

"그렇습니다, 아버지. 그 검을 보신 적이 있는지요. 바로 이것입니다."

랑슬로는 그 검을 보고는 바로 그것이라고 생각했고, 검 자루를 잡고서 검두와 검신과 검집에 입 맞추었다. 그러고는 갈라아드에게 어디서 어떻게 그것을 발견했는지 말해달라고 청했다. 갈라아드는 그에게 그 옛날 솔로몬의 아내가 만든 배와 세 개의 방추 모양 목간에 대한 이야기, 그리고 인류의 첫 어머니인 이브가 심은 최초의 나무와 거기서 나온 본래부터 흰색, 녹색, 붉은색인 세 가지 빛깔 목재에 대한 이야기를 들려주었다. 그리고 배와 그 안에서 발견한 글귀들에 대해 이야기하자, 랑슬로는 일찍이 어떤 기사도 그보다 더 고귀한 모험은 만나지 못했으리라고 말했다.

랑슬로와 갈라아드는 반년 이상 그 배 안에 머물렀고, 두 사람 다 전심으로 창조주를 섬겼다. 사람의 발자취라고는 없이 들짐승만 사는 외딴섬에 이르기도 여러 번이었는데, 그런 곳에서도 그들은 놀라운 모험들을 만나 자신들의 용맹함뿐 아니라 어느 곳에서나 그들을 도우시는 성령의 은혜로 그 모험들을 완수했다. 하지만 성배의 이야기는 그것들을 일일이 말하지 않는다. 왜냐하면 그들에게 일어난 모든 일을 말하려면 너무나 지체하게 될 터이기 때문이다.

부활절이 지나, 만물이 녹색으로 치장하고 온 숲에 새들이 지저귀며 감미로운 계절의 시작을 알리는 새로운 때, 다른 어떤 때보다도 만물이 기쁨으로 넘치는 때에, 그들은 어느 날 정오경 어느 숲 가장자리의 십자가 앞에 이르렀다. 흰 무장을 한 기사 하나가 호화로운 말을 타고 오른손으로 백마 한 마리를 이끌며 숲에서 나왔다. 그는 배를 보자마자 다가와서 두 기사에게 높으신 주님의 이름으로 인사하며 갈라아드에게 말했다.

"기사님, 부친과 함께 충분히 오래 머무셨습니다. 이제 배에서 나와 이 백마를 타시고 모험이 이끄는 대로 가시면 로그르 왕국의 모험을 찾아내어 완수하십시오."

그 말을 듣자 갈라아드는 랑슬로에게 달려가 다정하게 입 맞추며 눈물에 젖어 말했다.

"다정하신 아버지, 다시 뵐 수 있을지 모르겠습니다. 예수 그리스도의 참되신 몸에 아버지를 맡깁니다. 아버지께서 내내 주님을 섬기도록 지켜주시기를!"

두 사람 다 눈물을 흘리기 시작했다. 갈라아드가 배에서 나와 말에 오르자, 한 음성이 그들에게 말했다.

"두 사람 다 각기 선을 행하기를 힘쓰라. 그대들은 우리 주님께서 각 사람을 행한 바에 따라 보상해주시는 크고 두려운 날,

심판의 그날이 이르기 전에는 다시 만나지 못하리라."

그 말을 들은 랑슬로는 눈물에 젖어 갈라아드에게 말했다.

"내 아들아, 이제 우리는 영영 헤어질 터이니, 나를 위해 높으신 주님께 기도해다오. 내가 그분을 떠나지 않도록, 그리고 나를 지켜주사 이 땅에서나 하늘에서나 그분의 종으로 있도록."

"아버지," 갈라아드가 대답했다. "어떤 기도도 아버지 자신의 기도만은 못할 것입니다. 그러니 부디 아버지 자신이 명심하십시오."

그러고는 헤어졌다. 갈라아드는 숲속으로 들어갔고, 크고 놀라운 바람이 배에 불어닥쳐 랑슬로를 물가에서 떼어놓았다.

그리하여 랑슬로는 아가씨의 시신과 함께 홀로 배 안에 남게 되었다. 그는 한 달 남짓 바다 위를 떠돌며 잠도 거의 자지 않고 자주 밤샘을 했고, 성배에 관해 조금이라도 볼 수 있는 곳으로 인도해주시기를 우리 주님께 눈물로 간구했다.

어느 날 밤, 자정 무렵 그는 터가 잘 잡힌 호화롭고 아름다운 성 앞에 이르렀다. 성 뒤에는 물가로 난 문이 하나 있어 밤낮으로 열려 있었다. 성 안 사람들은 그쪽은 지킬 필요가 없었으니, 사자 두 마리가 항상 입구를 지키고 있어서 그 사이를 지나지 않고는 문으로 들어올 수가 없었기 때문이다. 배가 그곳에 이르렀을 때는 달이 하도 밝아서 멀리서부터 볼 수 있었다. 그때 이렇게 말하는 한 음성이 들려왔다.

"랑슬로, 배에서 나와 저 성에 들어가거라. 거기서 네가 그토록 구하던 것, 그토록 보기 원하던 것의 상당 부분을 볼 수 있으리라."

그 말을 듣자 랑슬로는 무장을 둔 곳으로 달려가 그가 배에 가지고 왔던 것을 모두 가지고 나와 문을 향해 다가갔다. 두 마리 사자를 보자 그는 싸우지 않고는 지나가지 못하리라고 생각했다. 그래서 그는 자신을 지키기 위해 손을 검으로 가져갔다. 하지만 검을 뽑으려는 순간 하늘에서 불붙은 손이 내려와 그의 팔을 후려치는 바람에 검을 떨어뜨리고 말았다. 그러자 다시 한 음성이 들려왔다.

"아, 믿음이 적고 신실치 못한 자여, 어찌하여 너는 네 창조주보다 네 완력을 더 믿는 것이냐? 네가 섬기는 이가 네 무기보다 더 강하시지 않다고 생각하다니 참으로 가련한 자로구나."

랑슬로는 그 말과 자신을 후려친 손에 너무 놀라서 땅바닥에 쓰러진 채 혼비백산하여 밤인지 낮인지도 알 수 없었다. 하지만 삼시 후에 그는 다시 일어나며 말했다.

"오, 은혜로우신 아버지 예수 그리스도여, 제 잘못을 깨닫게 해주시니 감사하옵고 경배드리나이다. 이제 제 불신의 증거를 보여주시니, 당신이 저를 당신의 종으로 삼으신 것을 확실히 알겠나이다!"

랑슬로는 검을 집어 도로 검집에 넣고 이제 다시는 검을 빼지 않고 우리 주님의 은혜에만 자신을 맡기겠노라고 말했다.

"만일 내가 죽는 것이 그분의 뜻이라면, 그것은 내 영혼의 구원을 위해서일 것이다. 만일 내가 무사히 빠져나간다면, 그것은 크나큰 영광일 것이다."

그는 이마에 성호를 긋고 자신을 하느님께 맡긴 다음 사자들을 향해 갔다. 사자들은 그가 오는 것을 바라보면서 꼼짝도 하지 않았고 공격할 기미도 보이지 않았다. 그가 그들 사이를 다 지나가도록 사자들은 그를 건드리지 않았다. 그는 큰길을 따라 성을 향해 가다 성관에 이르렀다. 한밤중이라 모두 잠들어 있었다. 랑슬로는 무장을 한 채 계단을 올라가 홀로 들어섰다. 그곳에는 이리저리 둘러보아도 남자도 여자도 사람이라고는 없었다. 그렇게 아름다운 성관의 홀에 인기척이라고는 없다니 놀라운 일이라고 생각했다. 그는 그곳이 어디인지 말해줄 사람을 만나기까지 계속 더 들어가보기로 했다. 자신이 대체 어느 고장에 있는지조차 알 수 없었기 때문이다.

랑슬로는 그렇게 한참을 가다가 어느 방 앞에 이르렀는데, 문이 굳게 잠겨 있었다. 그는 문을 열려고 있는 힘을 다해보았지만 허사였다. 도저히 들어갈 수가 없었다. 귀를 기울여보니 노래하는 소리가 들리는데, 어찌나 감미로운지 사람이라기보다는 천사의 음성 같았다. 이런 노랫말이 들리는 듯했다.

"영광과 찬송과 존귀를 돌리나이다, 하늘 아버지께!"

그 말에 랑슬로는 마음이 감동되어 문 앞에 무릎을 꿇으며 그 방 안에 성배가 있으리라고 생각했다. 그는 눈물을 흘리며 기도했다.

"자비하신 아버지 예수 그리스도여, 일찍이 제가 당신을 기쁘시게 한 일이 단 하나라도 있다면, 부디 저를 긍휼히 여기사 저를 물리치지 마시고 제가 보고자 하는 것을 조금이나마 보여주소서."

그가 그렇게 기도하고 눈을 드니, 방문이 열린 것이 보였다.

그 열린 문으로 마치 태양이 그 안에 거하기라도 하는 것처럼 놀라운 광채가 쏟아져 나왔다. 그 빛 때문에 온 집이 세상의 모든 촛불을 다 켜놓은 것처럼 밝아졌다. 그 광경에 랑슬로는 크나큰 환희를 느끼며 그 빛이 어디에서 오는지 보고 싶은 마음에 다른 모든 것을 잊어버렸다. 그가 문간으로 다가가 방으로 들어서려 하자, 한 음성이 그에게 말했다.

"물러서라, 랑슬로. 들어가지 말라. 네게 허락되지 않은 일이니라. 만일 이 금지를 어겼다가는, 크게 후회하게 되리라."

랑슬로는 그 말에 물러서며 비통해했다. 너무나 들어가보고 싶었지만 자신에게 내려진 금지령을 감히 어길 수 없었다.

그는 방 안을 들여다보았다. 은탁자 위에 붉은 비단으로 덮인 거룩한 그릇이 놓여 있는 것이 보였다. 그 주위에는 그 거룩한 예식에 시중드는 천사들이 있어 몇몇은 은향로와 불 켜진 촛대를 들고, 또 몇몇은 십자가와 제단 장식들을 들고 있었으며, 아무 일도 하지 않는 천사는 없었다. 거룩한 그릇 앞에는 한 노인이 사제복을 입고 앉아 미사를 거행하는 것 같았다. 랑슬로가 보니, 성체를 받드는 손 위쪽에 세 사람이 보이는데, 그중 둘이 가장 젊은 이를 사제의 손에 올려놓았고, 그러자 사제는 회중에게 보이려는 듯 그를 들어 올렸다.

이를 본 랑슬로는 적잖이 놀랐다. 왜냐하면 사제는 그가 들고 있는 그 사람의 무게에 눌려 땅에 쓰러질 것만 같았기 때문이다. 그 광경을 보자 그는 달려가 돕고 싶었다. 사제와 함께 있는 이들 중에 아무도 그를 도와주려 하는 것 같지 않았기 때문이다. 그는 가서 돕기를 열망한 나머지, 방 안에 들어가지 말라는 금지령을 잊고 말았다. 그는 부리나케 문을 향해 가며 말했다.

"오, 자비하신 아버지 예수 그리스도여, 도움이 필요한 저 사제를 돕고자 한다고 해서 저를 벌하지 마옵소서!"

그는 안으로 들어가서 은탁자를 향해 갔다. 하지만 그가 다가가자 불길이 섞인 듯 뜨거운 바람이 그의 얼굴을 어찌나 세차게 후려치는지 얼굴이 타는 것만 같았다. 그는 온몸의 힘이 빠지고 보고 들을 힘도 잃어버린 듯, 사지를 꼼짝도 할 수 없게 되어 한 걸음도 더 내딛지 못했다. 이윽고 여러 개의 손이 그를 붙들어 내다가 방 밖에 던지는 것이 느껴졌다.

이튿날 날이 환히 새자 사람들이 일어나 방문 앞에 쓰러져 있는 랑슬로를 발견하고는 대체 무슨 일인지 의아해했다. 그들은 그를 깨워보았지만, 그는 아무 소리도 듣지 못한 듯 꼼짝도 하지 않았다. 그래서 그들은 그가 죽었나 하여 즉시 무장을 풀어주고는 숨이 붙어 있는지 두루 살폈다. 그는 죽지 않고 멀쩡히 살아 있었지만, 말할 능력도 없고 한마디도 하지 않는 것이 한 덩이 흙과도 같았다. 그들은 그를 날라다가 조용하고 외진 방 안의 호화로운 침상에 눕혔다. 시끄러우면 해가 될까 염려해서였다. 그러고는 온종일 정성껏 돌보며 혹시나 그가 대답을 할까 하고 종종 말을 걸어보았다. 하지만 그는 평생 말해본 적 없는 사람처럼 묵묵부답이었다. 그들은 맥을 짚어 맥박이 뛰는 소리도 들어보았지만 대체 이 기사가 살아서도 말하지 못하는 이유를 알 수 없었다. 어떤 이들은 그것이 우리 주님의 응징이거나 다른 무슨 징표가 아니고서는 있을 수 없는 일이라고 말하기도 했다.

그날 내내, 그리고 셋째 날과 넷째 날에도 그들은 그렇게 그의 곁을 지켰다. 어떤 이들은 그가 죽었다고 했고, 다른 이들은 아니라고 했다. 그러자 의술에 능통한 한 노인이 말했다.

"하느님께 맹세코 그는 죽은 것이 아니라고 단언할 수 있소. 우리 중 누구 못지않게 건강하게 살아 있지. 그러므로 우리 주님께서 그에게 이전 같은 건강을 되찾아주시기까지 잘 돌보기를 부탁하는 바이오. 그러면 그가 누구이며 어디서 왔는지 알 수 있을 거외다. 내가 짐작하는 바로는, 그는 세상에서 가장 뛰어난 기사 중 한 사람이었고, 우리 주님께서 허락하신다면 장차도 그러할 거요. 내 보기에 그는 죽을 우려가 있는 것 같지는 않지만, 지금 상태로 오래갈지도 모르겠소."

노인은 지혜로운 자답게 그렇게 말했고, 그가 말한 모든 것이 사실로 드러났다. 실제로 그들은 스무나흘 동안 밤낮으로 그를 지켜보았지만, 그는 먹지도 마시지도 않았고, 입에서는 한마디 말도 새어 나오지 않았으며, 손끝 하나 발끝 하나 움직이지 않았다. 도무지 살아 있는 기척이라고는 없었다. 하지만 조금이라도 불편하게 할 때마다 그가 살아 있음을 분명히 알 수 있었고, 그래서 남녀 할 것 없이 모두가 그를 딱하게 여겨 말했다.

"하느님께서 이렇게 준수하고 용맹해 보이는 기사를 이 지경으로 두시다니 애석한지고!"

사람들은 수차 그렇게 말하며 눈물을 흘렸지만, 그가 랑슬로임을 알아볼 만한 이를 찾아볼 생각은 하지 못했다. 그곳 기사들 중에는 전에 그와 자주 만난 이들도 꽤 있었으므로, 그를 알아볼 만도 했는데 말이다.

랑슬로는 스무나흘 동안 그런 상태로 누워 있었으므로, 사람들은 그가 결국 죽으리라고만 여겼다. 하지만 스무나흘째 되던 날 정오경에 그는 눈을 떴고, 사람들을 보자 탄식하기 시작했다.

"오, 하느님! 왜 저를 이렇게 일찍 깨우셨나이까? 저는 다시는 그런 복락을 맛보지 못할 것만 같습니다. 오, 은혜로우신 아버지 예수 그리스도여, 죄와 세상의 오욕으로 더럽혀진 제 눈이 멀어버렸던 그곳에서, 얼마나 복되고 의로운 자라야 당신의 크고 놀라운 신비를 밝히 볼 수 있겠나이까?"

랑슬로를 둘러싸고 있던 사람들은 그 말을 듣고 크게 기뻐하며 그에게 대체 무엇을 보았느냐고 물었다.

"제가 본 것은 너무나 크고 복된 신비이므로, 제 혀로는 여러분께 전할 수 없고, 제 마음으로도 그것이 얼마나 위대한 것인지 생각할 수도 없습니다. 그것은 이 땅의 것이 아니라 하늘에 속한 것이기 때문입니다. 제 죄와 불운이 아니었더라면 더 볼 수 있었을 텐데, 하느님께서 제 안에서 보신 불충함으로 인해 저는 눈과 몸의 힘을 잃었던 것입니다."

랑슬로는 그곳에 있던 사람들에게 말했다.

"여러분, 제가 어떻게 여기 있는지 모르겠습니다. 이곳에 온 기억이 없고, 어떻게 올 수 있었는지도 생각나지 않습니다."

그들은 그에게 자신들이 그에 대해 본 것과, 스무나흘 동안이나 그가 살았는지 죽었는지도 알 수 없었다는 것을 말해주었다. 그 말을 듣자 랑슬로는 자신이 그토록 오래 그런 상태로 있었던 것이 무슨 의미인지 곰곰이 생각하기 시작했다. 한참을 생각한 끝에 그는 자신이 24년 동안 원수를 섬겼으므로, 그에 대한 참회로 우리 주님께서 스무나흘 동안 그의 지체의 힘을 박탈하셨던 것이라고 생각했다. 이윽고 눈을 들어 그는 자신이 지난 반년 가까이 걸치고 있던 말총속옷이 벗겨져 놓여 있는 것을 발견했다. 그는 자신이 맹세를 어겼다는 생각에 괴로웠다. 사람들이 그에게 어떠냐고 묻자 그는 자신이 하느님 덕분에 무사하고 건강하다고 말했다.

"그런데 제가 있는 이곳이 대체 어디인지 말해주십시오."

그들은 그곳이 코르베닉 성이라고 대답했다.

이윽고 한 아가씨가 나타나 랑슬로에게 산뜻한 새 아마포 옷을 가져왔다. 하지만 그는 그 옷을 사양하고 말총속옷을 집어 들었다. 이를 보자 그를 둘러싼 사람들이 그에게 말했다.

"기사님, 이제 당신의 모험이 끝났으니 더는 말총속옷을 입지 않아도 됩니다. 성배를 찾으려고 더 이상 노력해봤자 헛수고입니다. 당신은 이미 본 것 이상은 보지 못할 것입니다. 하느님께서는 더 많이 볼 수 있는 이들을 데려오실 것입니다."

그런 말에도 불구하고 랑슬로는 말총속옷을 입고 그 위에 아마포 옷을 덧입은 다음, 사람들이 가져온 고운 천으로 된 겉옷을 걸쳤다. 그가 옷을 갖추어 입고 나자, 모든 사람이 그를 보고는 하느님께서 그를 얼마나 훌륭하게 만드셨는지 감탄했다. 그러고는 그제야 그를 알아보고 말했다.

"아, 랑슬로 경, 당신입니까?"

그는 그렇다고 말했고, 그들은 크게 기뻐했다. 그 소식은 곧 퍼져나가 펠레스 왕도 듣게 되었다. 한 기사가 왕에게 말했다.

"전하, 놀라운 소식이 있습니다."

"무슨 일인가?" 왕이 물었다.

"죽은 듯이 누워 있던 그 기사가 방금 거뜬히 일어났습니다. 그런데 그가 호수의 기사 랑슬로 경이랍니다."

왕은 그 말을 듣자 기뻐하며 그를 만나러 왔다. 랑슬로는 왕을 보자 일어나 맞이하며 기뻐했다. 왕은 그에게 자신의 딸, 갈라아드를 낳은 딸이 죽었다는 소식을 전했다. 그녀는 그처럼 현숙한 데다 고귀한 가문의 딸이었으므로, 랑슬로는 깊이 애도했다.

랑슬로는 나흘을 더 머물렀고, 왕은 오래전부터 그와 함께하고 싶어 했던 터라 그를 크게 환대했다. 닷새째 되던 날 만찬 자리에 앉았을 때에는 성배가 나타나더니 모든 식탁에 일찍이 생각할 수 있었던 것보다 더욱 풍성한 음식이 차려졌다. 그들이 식사를 하는 동안 놀라운 일이 일어났다. 아무도 손을 대지 않았는데 모든 문이 닫히는 것을 분명히 보았고 다들 얼떨떨해 있었다. 그때 무장한 기사 한 사람이 큰 말을 타고 정문에 나타나 소리치는 것이었다.

"문을 열어주시오!"

성 안 사람들은 문 열기를 거절했다. 그래도 그가 하도 소리치며 귀찮게 하는지라, 왕이 몸소 식탁에서 일어나 기사가 있는 쪽 창문으로 다가갔다. 그리고 기사가 문 앞에서 기다리는 것을 보자 말했다.

"기사님, 당신은 들어올 수 없습니다. 성배가 이곳에 있는 한, 당신처럼 당당히 말 탄 이는 들어올 수 없습니다. 당신 나라로 돌아가십시오. 당신은 성배 탐색의 동지가 아니라, 예수 그리스도를 떠나 원수를 섬기는 자들의 무리에 속하니 말입니다."

기사는 그 말을 듣자 괴로워하며, 비통한 나머지 어찌할 바를 몰랐다. 그가 돌아서자 왕이 그를 불러 세웠다.

"기사님, 이곳까지 오셨으니, 누구신지나 알려주십시오."

"저는 로그르 왕국에서 왔습니다. 제 이름은 엑토르 데 마르, 호수의 기사 랑슬로 경의 형제입니다."

"정녕 내가 아는 분이구려. 아까보다 한층 마음이 아픕니다. 아까는 그저 그러려니 했지만, 지금은 이곳에 있는 당신 형을 생각하니 말이오."

자신이 세상에서 가장 사랑하고 어려워하던 형이 그 안에 있다는 것을 알자 엑토르는 말했다.

"오, 하느님, 제 수치가 갈수록 더해집니다. 참된 기사라면 실패하지 않을 곳에서 실패하고 말았으니, 이제 감히 제 형 앞에 나설 수도 없습니다. 고뱅 경과 제게 꿈을 설명해주던 그 언덕 위 은자의 말이 사실이었습니다!"

엑토르는 뜰에서 나가 전속력으로 성을 가로질러 가버렸다. 사람들은 그가 그렇게 달아나는 것을 보자 등 뒤에서 소리치며 그가 태어난 시각을 저주하고 그야말로 악하고 게으른 기사라며 소리쳤다. 그는 너무나 괴로워서 죽고만 싶었다. 그렇게 그는 성에서 달아나 깊은 숲속으로 뛰어들었다.

펠레스 왕은 랑슬로에게 돌아가 그의 형제에 대해 말해주었다. 랑슬로는 상심한 나머지 어찌할 바를 몰랐다. 그런 마음을 사람들이 눈치채지 못하게 감출 수 없었으므로, 그들은 그의 얼굴에 눈물이 흐르는 것을 보고 말았다. 왕은 그에게 말한 것을 후회했다. 랑슬로가 그토록 상심할 줄 알았더라면 결코 말하지 않았을 것이었다.

식사가 끝나자 랑슬로는 왕에게 무장을 가져다달라고 청하며 자기도 로그르 왕국으로 돌아가겠노라고 말했다. 벌써 1년 넘게 궁정에 돌아가지 못한 터였다.

"기사님, 당신 형제의 소식을 전한 것을 용서해주시오." 왕이 말했다.

랑슬로는 기꺼이 용서한다고 말했다. 이윽고 왕은 무장을 가져오라고 명했다. 그가 준비를 마치자, 왕은 그를 위해 힘차고 날랜 말을 데려오게 했다. 랑슬로는 말에 올라 모두에게 작별을 고하고는 여러 날 동안 말을 달려 낯선 고장들을 가로질렀다.

어느 날 저녁 그는 흰 수도원에 묵게 되었다. 수도사들은 편력 기사인 그를 환대했다. 이튿날 아침 미사 후에, 그는 수도원을 나서다가 그 오른쪽에 갓 지은 듯 화려한 무덤을 발견했다. 누구의 무덤인가 보려고 가까이 다가간 그는 정교하게 다듬은 묘비가 왕자의 것임을 알아보았다. 그는 묘비명을 읽었다.

여기 아더 왕의 조카 고뱅의 손에 죽은 고르 왕 보드마귀가 누워 있노라.[226]

그는 보드마귀 왕을 무척 아끼던 터라 크게 슬퍼했다. 그를 죽인 자가 고뱅 경이 아닌 다른 사람이었다면 죽음을 면할 수 없을 것이었다. 랑슬로는 슬피 울면서 그것은 아더 왕의 궁정에

나 다른 많은 덕인들에게나 마음 아픈 손실이라고 말했다.

랑슬로는 그날 그 수도원에 머물며, 자신을 그토록 위해주던 보드마귀 왕을 기리고 애도했다. 이튿날 그는 무장을 갖추고 말에 올라 수도사들에게 작별을 고하고는 다시 길을 떠났다. 그리고 모험이 이끄는 대로 여러 날 동안 떠돌다가 검들이 서 있는 묘지[227]에 이르렀고, 말을 탄 채 그것들을 둘러보았다. 그러고는 그곳을 떠나 떠돌다가 마침내 아더 왕의 궁정에 도착했다. 모두들 그를 보자마자 크게 환영했다. 궁정에서는 그와 그의 동료들을 다시 보게 되기를 고대하던 터였다. 하지만 돌아온 이는 얼마 되지 않았고, 돌아온 이들은 탐색에서 아무것도 성취하지 못했으므로 수치스러워하고 있었다. 하지만 이야기는 그들에 대해 말하기를 그치고, 호수의 기사 랑슬로의 아들인 갈라아드에게로 돌아간다.

13. 코르베닉 성의 동지들

 이제 이야기가 전하는바, 갈라아드는 랑슬로와 헤어진 후 모험이 이끄는 대로, 때로는 전진하고 때로는 후퇴하면서, 여러 날 동안 길을 가다가, 마침내 모르드랭 왕이 있는 수도원에 이르렀다. 선한 기사를 기다린다는 그 왕에 대한 이야기를 듣자 그는 왕을 만나보리라 생각했고, 이튿날 미사를 마치자마자 왕이 있는 곳을 찾아갔다. 왕은 오래전부터 우리 주님의 뜻으로 눈이 멀고 지체를 움직일 힘도 잃어버렸던 터이지만, 그가 들어서는 즉시 분명히 보게 되었다. 그가 다가가자 왕은 일어나 앉으며 갈라아드에게 말했다.

 "갈라아드, 하느님의 종이며 참된 기사여, 나는 그대가 오기를 참으로 오래 기다렸다오. 이제 그대 품에서 숨을 거둘 수 있도록 나를 안아 그 가슴에 기대게 해주시오. 순결의 상징인 백합꽃이 다른 어떤 꽃보다 희듯이, 그대는 다른 어떤 기사보다 깨끗하고 순결하니 말이오. 그대는 순결하기로는 백합이요 또한 참된 장미이니, 이는 선한 미덕과 불의 빛깔을 지닌 꽃이라오.

그대 안에 성령의 불이 생생히 살아 있어 내 늙고 죽어가는 육신도 이렇게 소생하여 힘이 나는구려."

그 말에 갈라아드는 왕의 머리맡에 앉아서, 왕이 원했던 대로 쉴 수 있게끔 그를 자기 품에 안았다. 그러자 왕은 그에게 기대어 그의 옆구리를 부둥켜안으며 말했다.

"은혜로우신 아버지 예수 그리스도여, 제 소원이 이루어졌나이다. 이제 저를 데리러 오소서. 이보다 더 편안하고 아늑한 곳에서 죽을 수 없을 터이니, 제가 그토록 소망해온 이 환희는 온통 장미와 백합으로 넘치나이다."

그가 그 기도를 마치자, 우리 주님께서 그 기도를 들어주신 것이 분명했다. 그는 그토록 오랫동안 섬기어온 분께 자기 영혼을 드리고 갈라아드의 품에서 숨을 거두었다. 그 소식에 수도원 사람들이 달려왔다. 그들은 왕의 육신을 그토록 오랜 세월 동안[228] 고통스럽게 했던 상처들이 아문 것을 보고 큰 기적으로 여겼다. 그들은 왕에게 걸맞은 예를 갖추어 시신을 수도원에 묻었다.

갈라아드는 이틀 동안 그곳에 머문 뒤, 사흘째 되던 날 다시 길을 떠났다. 여러 날 길을 가다가 위험한 숲에 이르렀는데, 그곳에는 이야기가 이미 말했던바[229] 커다란 포말을 일으키며 끓는 샘이 있었다. 그가 그 샘에 손을 담그자마자, 물에서 모든 열기가 떠났으니, 그의 안에는 어떤 정욕의 불길도 없었기 때문이다. 그 고장 사람들은 물이 다시 시원해졌다는 소식에 크게 놀랐다. 이후로 샘은 이전의 이름[230] 대신 갈라아드의 샘이라고 불리게 되었다.

그 모험을 완수한 후, 갈라아드는 다시 모험이 이끄는 대로 고르 왕국에 들어가, 전에 랑슬로가 다녀갔던 수도원에 이르렀다.[231] 그곳에서 랑슬로는 아리마대 요셉의 아들로 오즐리스의 왕이었던 갈라아드의 무덤과 시므온의 무덤을 발견했는데, 시므온의 무덤에 얽힌 모험까지 완수하지는 못했었다. 갈라아드는 수도원 예배당 밑에 있는 지하 묘실을 들여다보았고, 신기하게 불타는 무덤을 보자 수도사들에게 저게 뭐냐고 물었다.

"기사님, 저것은 선함에 있어서나 기사도에 있어서나 원탁의 모든 기사를 능가하는 기사만이 완수할 수 있는 모험입니다." 그들이 대답했다.

"저를 저 안에 들어가는 문으로 데려다주십시오." 갈라아드가 말했다.

그들은 기꺼이 그러겠노라고 말했다. 그들은 그를 지하 묘실의 문으로 데려갔고, 갈라아드는 계단을 내려갔다. 그가 무덤 가까이 가자마자, 그렇게 오래전부터 타던 불길이 꺼졌으니, 그 안에 나쁜 열기라고는 없는 자가 다가갔기 때문이다. 그는 묘석을 들어 올리고 시므온[232]의 시신을 보았다. 열기가 가라앉자 이렇게 말하는 음성이 들려왔다.

"갈라아드여, 그대에게 이처럼 큰 은총을 주신 우리 주님께 감사하라. 그대가 살아온 선한 삶으로 인해 그대는 영혼들을 지상의 고통에서 끌어내어 낙원의 기쁨에 들어가게 하는도다. 나는 그대의 선조 시므온이니라. 나는 그대가 본 그 불길 속에서 354년[233] 동안이나 지냈으니, 이는 내가 아리마대 요셉에게 지은 죄 때문이니라. 내가 겪어온 그 모든 고통에 더하여 나는 영원히 멸망하고 저주를 받았을 터이나, 그대 안에서 지상의 기사도

보다 더욱 역사하시는 성령의 은혜가 그대의 겸손으로 인해 나를 긍휼히 여기사 나를 지상의 고통에서 끌어내시고 그대가 온 것만으로도 천국의 기쁨에 들어가게 하시었노라."

불길이 꺼지자마자 지하실로 내려와 있던 수도원 사람들은 그 말을 들었고 그 사건을 큰 기적으로 여겼다. 갈라아드는 시므온의 시신을 그가 오랫동안 누워 있던 무덤에서 꺼내 예배당 안으로 가져갔고, 수도사들이 기사에 걸맞은 예를 갖추어—그는 기사였으니까—시신을 수습한 다음 제단 아래 묻어주었다. 그런 다음 그들은 갈라아드에게 와서 자신들이 할 수 있는 최고의 대접을 하면서, 그가 누구이며 어디서 왔는지 물었고, 그는 사실대로 말했다.

이튿날 미사를 마친 후 갈라아드는 수도사들에게 작별을 고하고 다시 길을 떠났다. 불수의 왕의 집에 이르기까지 그는 그렇게 5년 꼬박 떠돌았다. 그 5년 동안 그가 어디에 가든 페르스발은 함께했으며,[234] 그동안 그들은 로그르 왕국의 수많은 모험들을 완수했으므로 이후로는 우리 주님의 기적적인 현현이 아니고서는 거의 모험을 볼 수 없게 되었다. 그들은 어떤 곳에 가더라도, 적이 아무리 수가 많다고 해도, 겁내지도 패배하지도 않았다.

어느 날 크고 경이로운 숲에서 나오다가, 그들은 혼자 길 가는 보오르를 만났다. 오랫동안 헤어져 지내면서 그토록 보고 싶어 하다가 다시 만났으니 얼마나 기뻤겠는지 묻지 말라. 그들은 그를 반가이 맞으며 명예와 성공을 빌어주었고, 그 역시 그들에게 같은 인사를 했다. 이윽고 두 사람의 청에 따라, 보오르는 자신의 이야기를 들려주었다. 지난 5년 동안 그는 침대나 사람들이 있는 집에서 잔 것은 단 네 번뿐이고 항상 외딴 숲이나 인적 없는 산에서 잤으며, 미사를 드릴 때마다 성령의 은혜가 힘과 양식을 주시지 않았더라면 이미 백번은 죽었으리라는 것이었다.

"우리가 찾던 것을 찾았습니까?" 페르스발이 물었다.

"아니, 전혀." 보오르가 대답했다. "하지만 이제 우리는 이 탐색의 목표를 성취하기 전에는 헤어지지 않을 것 같습니다."

"하느님께서 부디 그렇게 허락해주시기를!" 갈라아드가 말했다. "정녕 제게는 당신이 온 것보다 더 기쁜 일이 없습니다. 너무나 기다렸습니다."

그렇듯 모험은 갈라놓았던 세 동지를 다시 모이게 했다. 그들은 오랫동안 길을 가다가 어느 날 코르베닉 성에 이르렀다. 그들이 들어서자 왕은 그들을 알아보았고, 모두 크게 기뻐했다. 그토록 오랫동안 그 성에서 일어났던 모험들이 그들이 옴으로써 그치리라는 것을 잘 알기 때문이었다. 소식이 사방팔방 퍼져 나가 모두들 달려 나왔다. 손자[235]인 갈라아드를 보자 펠레스 왕은 눈물을 흘렸고, 그가 어린아이였을 때 그를 보았던 다른 사람들도 그러했다.

모두 무장을 풀자, 펠레스 왕의 아들인 엘리에제르가 부러진 검을 가져왔다. 이야기가 이미 언급했던바 요셉이 허벅지에 맞았던 검이다.[236] 그가 검을 검집에서 꺼내 어떻게 부러졌는가를 이야기하자, 보오르는 부서진 조각들을 다시 붙일 수 있을지 만져보았다. 하지만 허사였으므로, 그는 페르스발에게 검을 내밀며 말했다.

"경께서 이 모험을 완수할 수 있을지 시험해보십시오."

"기꺼이 해보겠습니다."

페르스발이 검을 받아 부서진 조각 둘을 맞춰보았지만, 도저히 붙일 수가 없었다. 그러자 그는 갈라아드에게 말했다.

"갈라아드 경, 우리 두 사람은 이 모험에 실패했습니다. 이제 당신이 시험해볼 차례입니다. 만일 당신도 실패한다면, 이 세상 그 누구도 성공하지 못하리라고 생각합니다."

갈라아드는 검의 두 조각을 받아 서로 맞추었다. 그러자 조각들은 놀랍도록 붙어서, 아무도 그 붙인 자리를 알아볼 수 없는 것은 물론이고 검이 부러진 적이 있다는 것도 알 수 없게 되었다.

이를 보자, 동지들은 하느님께서 그들에게 좋은 시작을 주셨으며, 이 모험을 완수했으니 필시 다른 모험들도 쉽게 완수할 수 있으리라고 말했다. 성 안 사람들도 부러진 검의 모험이 완수된 것을 보자 크게 기뻐했다. 그들은 검을 보오르에게 주면서, 그야말로 선한 기사요 덕인이니, 검이 그보다 더 훌륭한 주인을 만날 수 없으리라고 말했다.

만과 때가 되자, 날씨가 변하여 어둑해지더니, 크고 놀라운 바람이 일어 방 안에 불어닥치는데, 너무나 뜨거워서 어떤 이들은 데일 것만 같다고 하고 어떤 이들은 겁에 질려 쓰러졌다.[237] 이윽고 이렇게 말하는 음성이 들려왔다.

"예수 그리스도의 식탁에 앉아서는 안 되는 자들은 물러가라. 이제 참된 기사들에게 천상의 양식이 공급될 때이니라."

그 말을 듣자 모두 지체 없이 방에서 나갔고, 극히 거룩한 삶을 살아온 덕인인 펠레스 왕과, 그의 아들 엘리에제르, 그리고 왕의 질녀로 더없이 거룩하고 신심 깊은 처녀만이 남았다. 세 동지는 이 세 사람과 함께 남아서, 우리 주님께서 그들에게 어떤 현현을 허락하실지 보려고 기다렸다. 잠시 후, 무장한 기사 아홉 명이 문으로 들어와 투구와 무장을 벗고는 갈라아드에게 절하고는 이렇게 말했다.

"기사님, 저희는 당신과 함께 거룩한 양식을 나눌 식탁에 앉기 위해 서둘러 왔습니다."

갈라아드는 때맞춰 잘 왔다고, 자기들도 조금 전에 왔다고 대답했다. 모두 자리에 앉았고, 갈라아드는 그들에게 어디서 오는 길이냐고 물었다. 그중 세 사람은 골에서, 세 사람은 아일랜드에서, 세 사람은 덴마크에서 오는 길이었다.[238]

그렇게 이야기를 나누다가, 그들은 안쪽의 어느 방에서 네 명의 아가씨가 나무 침대를 하나 들고 오는 것을 보았다. 침대 위에는 머리에 금관을 쓴 이가 깊이 병든 듯 누워 있었다. 그녀들은 그를 방 한가운데 내려놓고 물러갔다. 병인은 고개를 들고 갈라아드에게 말했다.

"기사님, 잘 오셨소이다. 당신이 오기를 고대해왔다오. 그동안 고통과 괴로움이 얼마나 심했던지 다른 사람이라면 오래[239] 견디지 못했을 거외다. 하지만 하느님이 허락하사 오래전에 약속해주신 대로 내 고통이 덜어지고 이 세상을 하직할 때가 왔소이다."

그들이 그렇게 말하는데, 한 음성이 들려왔다.

"성배 탐색의 동지가 아닌 자들은 이곳에서 나가라. 그들은 더 이상 여기 머물러서는 안 된다."

그래서 펠레스 왕과 그의 아들 엘리에제르, 그리고 아가씨는 모두 방에서 나갔다. 이제 자신이 탐색의 동지라고 느끼는 자들만이 남았다. 그렇게 남은 자들에게는 이윽고 하늘에서 주교 차림의 한 사람이 손에는 홀笏을, 머리에는 주교관을 쓰고 내려오는 것이 보였다. 그가 앉은 보좌를 들고 있는 네 명의 천사는 그를 성배가 있는 탁자 곁에 내려놓았다. 주교로 보이는 그의 이마에는 이런 글이 적혀 있었다.

요세페, 우리 주님께서 사라즈 도성의 거룩한 궁전에서 축성하신 최초의 주교.

이를 본 기사들은 글은 읽을 수 있었지만, 그것이 대체 무슨 뜻인지 놀라서 자문했다. 그 글이 말하는 요세페는 죽은 지 3백 년도 더 되었으니 말이다. 그러자 그가 그들을 향해 말했다.

"우리 주님의 기사, 예수 그리스도의 종 된 자들이여, 내가 그대들 앞, 이 거룩한 그릇 곁에 서 있는 것을 본다고 해서 놀라지 말라. 내가 지상의 존재였을 때 섬겼던 것과 마찬가지로 이제도 영으로 섬기노라."

그는 은탁자로 다가오더니 제단 앞에서 무릎과 팔꿈치가 바닥에 닿게 꿇어 엎드렸다. 한참이 지나자 방문이 큰 소리를 내며 세차게 열리는 소리가 들려왔다. 그는 그쪽을 바라보았고, 모두 그렇게 했다. 요세페를 실어 왔던 천사들이 나타났다. 그

중 둘은 촛불을 들고 있었고, 세번째는 붉은 비단보를, 네번째는 피 흐르는 창[240]을 들고 있었다. 피가 어찌나 많이 흐르는지, 창끝에서 떨어지는 피를 다른 손에 든 함(函)에 받아 담고 있었다. 두 천사는 촛불을 탁자에 내려놓았고, 세번째 천사는 거룩한 그릇 곁에 비단보를 내려놓았으며, 네번째 천사는 거룩한 그릇 위쪽에 창을 똑바로 받쳐 들어 창 자루를 타고 흘러내리는 피가 그 안에 떨어지게 했다. 그들이 그 일을 마치자 요세페는 일어나 창을 거룩한 그릇 조금 위쪽으로 들어 올리고 그릇을 비단보로 덮었다.

이윽고 요세페는 미사를 시작하는 듯이 보였다. 잠시 후 그는 거룩한 그릇에서 빵 모양의 성체를 꺼냈다. 그가 그것을 들어 올리자, 하늘로부터 아이의 모습을 한 형상이 내려왔는데, 그 얼굴은 불에 달아오른 듯 붉었다. 아이가 빵 속으로 들어가자, 방 안에 있던 모두에게 빵이 인간의 몸의 형상을 띤 것이 분명히 보였다. 요세페는 그것을 한참 들고 있다가, 거룩한 그릇에 도로 담았다.[241]

요세페는 미사를 위해 사제가 해야 할 모든 일을 마치고 나자, 갈라아드에게 다가와 입 맞추더니 그에게 다른 형제들에게도 그렇게 하라고 명했다. 갈라아드는 그렇게 했다. 그러자 요세페가 말했다.

"예수 그리스도의 종 된 기사들이여, 성배의 신비를 일부나마 보기 위해 천신만고 해온 그대들이여, 이 탁자에 둘러앉으시오. 여기서 어떤 기사도 맛본 적 없는 가장 거룩하고 가장 훌륭한 양식을 당신들의 구세주 그분의 손에서 직접 받아 맛보게 될 것이오. 그대들의 수고가 헛되지 않았다고 말하게 될 터이니, 그것이야말로 이 세상에서 기사가 누릴 수 있는 가장 고귀한 보상이기 때문이오."

그렇게 말하더니 요세페는 사라져 어디로 갔는지 알 수 없었다. 그들은 두려운 마음으로 탁자 앞에 앉았고, 감동의 눈물로 얼굴이 온통 젖었다.

그러자 거룩한 그릇에서 한 사람이 벌거벗은 몸으로 나오는 것이 보였다. 그의 손과 발, 그리고 온몸에서 피가 흘렀다. 그는 그들에게 말했다.

"내 기사들이여, 나의 종이요 충성스러운 아들 된 자들이여, 그대들은 필멸의 삶 동안 영적인 존재가 되었을 뿐 아니라 그토록 나를 찾고 구하였으니, 내 더 이상 그대들의 눈에 나를 숨길 수 없도다. 그러므로 내 신비와 비밀의 일부를 그대들에게 보이노니, 그대들은 공을 세워 아리마대 요셉 이후로 어떤 기사도 앉아본 적 없는 내 식탁에 이르렀기 때문이라. 다른 사람들로 말하자면, 그들 또한 각자에게 마땅히 돌아갈 몫을 받았으니, 즉 이 성에 있는 기사들과 그밖에도 많은 자들이 거룩한 그릇의 은혜로 먹었노라. 그러나 그들은 그대들이 이제 누릴 것만큼 그렇게 직접적으로 누리지는 못하였노라. 이제 그대들이 그토록 오래전부터 갈망해온, 그리고 그것을 위해 그토록 수고해온 거룩한 양식을 받으라."

그는 거룩한 그릇을 들고 갈라아드에게 다가왔다. 갈라아드는 무릎을 꿇었고, 그가 주시는 성체를 두 손 모아 기쁘게 받았다. 다른 기사들도 차례로 그렇게 했고, 각자 자신의 입에 빵 모양의 성체가 들어오는 것을 느꼈다. 모두가 거룩한 양식을 받자 어찌나 감미롭고 경이롭던지, 그들은 자신의 몸 안에 마음으로 생각할 수 있는 모든 향미가 들어온 것만 같았다. 그렇듯 그들을 먹이신 이가 갈라아드에게 말했다.

"지상의 인간으로서 더없이 순결하고 깨끗하게 된 자여, 너는 내가 손에 든 것이 무엇인지 아느냐?"

"아니오, 말씀하시기 전에는 알 수 없습니다."

"이것은 예수 그리스도가 제자들과 함께 유월절 양을 먹은 그릇이니라.[242] 이것은 내가 신실하게 나를 섬긴 모든 자를 흡족하게 먹인 그릇이니라. 이것은 불충한 자가 보았다가는 해를 받는 그릇이니라. 그리고 이 그릇은 모든 선한 자들을 흡족하게a gre 먹이므로 거룩한 그라알(성배)Saint Graal이라 불리느니라.[243] 너는 네가 그처럼 보고 싶어 하던 것, 간절히 원하던 것을 보았느니라. 그러나 너는 아직 이것을 장차 보게 될 만큼 그렇게 밝히 보지는 못했느니라. 어디서 그런 일이 있을지 알겠느냐? 그것은 사라즈 도성의 거룩한 궁전에서이니라. 그러므로 너는 이 거룩한 그릇과 함께 그곳에 가야 하리라. 이 그릇은 오늘 밤 로그르 왕국에서 떠날 것이니, 이곳에서는 이것을 다시 보지 못할 것이며 더 이상 어떤 모험도 일어나지 않으리라. 이 그릇이 왜 이곳을 떠나는지 아느냐? 왜냐하면 이곳 사람들은 이것을 마땅히 높여야 할 바대로 높이지 않았기 때문이다. 그들은 이 거룩한 그릇의 은혜를 줄곧 누렸음에도 불구하고 악하고 세속적인 삶을 택했다. 그 배은망덕 때문에 나는 그들에게 한때 허락했던 영광을 박탈하노라. 그러므로 너는 내일 아침 바다로 나가거라. 거기서 너는 네가 이상한 검대의 검을 얻었던 그 배를 다시 만나리라. 네가 혼자가 아니게끔, 나는 네가 페르스발과 보오르를 데려가기를 원하노라. 그러나 네가 불수의 왕을 고치기 전에 이 나라를 떠나기를 원치 않으므로, 명하노니 이 창의 피를 취해 그의 다리에 바르라.[244] 오직 그것으로 그는 나을 것이며, 다른 어떤 것으로도 그를 낫게 할 수 없느니라."

"오, 주님," 갈라아드가 말했다. "왜 이 모든 사람이 저와 함께 가는 것을 허락지 않으십니까?"

"왜냐하면 내가 원치 않고, 또 내 사도들과 유비를 이루고자 하기 때문이다. 그들이 마지막 만찬 때에 나와 함께 먹었듯이, 너희도 오늘 성배의 식탁에서 나와 함께 먹는다. 그리고 사도가 열두 명이었듯이, 너희도 열둘이다. 나로 말하자면, 나는 열세번째이니, 너희의 주인이자 목자이니라. 내가 그들을 흩어 온 세상에 다니며 참된 율법을 전파하게 했듯이, 이제 내가 너희를 이리저리 흩어 보내노라. 너희 중 한 사람만을 제외하고는 모두 이 사역 동안에 죽으리라."

그러고는 그들에게 축복을 한 다음 사라져버렸으므로, 그들은 그가 하늘을 향해 오르는 것을 보았을 뿐 어디로 갔는지 알 수 없었다.

갈라아드는 탁자 위에 놓인 창으로 다가가 그 피를 가져다가 불수의 왕이 다리에 입은 상처에 발랐다. 그러자 왕은 곧 옷을 입고 건강한 몸으로 침상을 떠나 우리 주님께 자신을 긍휼히 여겨주신 데 대해 감사드렸다. 왕은 그 후에도 오래 살았지만, 세상에서 멀리 떠나, 흰 수도사들의 수도원에 칩거했다. 우리 주님께서는 그를 사랑하사 수많은 기적을 보여주셨으나 여기에서는 다 말할 필요가 없으므로 말하지 않는다.

자정 무렵에, 그들이 우리 주님께 그들이 어디에 가든 인도해주시고 그들의 영혼을 지켜주시기를 오래 기도하고 나자, 한 음성이 그들에게 말했다.

"내 아들이요 사생자가 아닌 자들이여, 내 벗이요 원수가 아닌 자들이여, 이곳에서 나가 모험이 그대들을 이끄는 대로, 그대들이 가장 잘 쓰이리라고 생각하는 곳으로 가거라."

그들은 한목소리로 대답했다.

"하늘 아버지여, 찬송받으소서. 저희를 아들이요 벗으로 여겨주시는 이여! 저희 노력이 헛되지 않은 것을 알겠나이다."

그들이 성관에서 나와 안뜰로 내려가 보니, 무장과 말이 준비되어 있었다. 그들은 곧 채비를 갖추고 말에 올랐다. 성을 떠나면서, 그들은 서로 알기 위해 어디서 왔는지 물었다. 그래서 골에서 온 세 사람 중에는 클로다스 왕의 아들 클로댕[245]이 있음을, 그리고 다른 여러 나라에서 온 사람들도 모두 고귀한 가문 출신들임을 알게 되었다. 헤어지기에 앞서 그들은 형제처럼 포옹했고, 다들 뜨거운 눈물을 흘리며 갈라아드에게 말했다.

"기사님, 당신과 함께하리라는 것을 안 그때보다 더 기뻤던 때가 없으며, 당신과 이렇게 일찍 헤어지게 되는 것보다 더 서운한 일이 없습니다. 하지만 이렇게 헤어지는 것이 우리 주님 뜻임을 아는 이상, 슬퍼하지 말고 헤어져야겠지요."

"기사님들, 여러분이 저와 함께하는 것을 기뻐하셨듯이, 저도 여러분과 함께하는 것이 기뻤습니다. 하지만 더 이상 함께 갈

수 없다는 것을 잘 아시겠지요. 여러분을 하느님께 맡깁니다. 만일 아더 왕의 궁정에 가시게 되거든 제 아버지 랑슬로와 원탁의 다른 모든 기사들에게 제 안부를 전해주시기를 부탁드립니다."

그들은 만일 그쪽으로 가게 되면 잊지 않겠노라고 대답했다.

14. 사라즈 성

 그들은 그렇게 헤어졌고, 갈라아드와 두 동지는 길을 가다가 나흘이 못 되어 바닷가에 이르렀다. 그들은 좀더 일찍 그곳에 도착할 수도 있었지만, 길을 잘 알지 못해 지름길로 갈 수가 없었다.
 그들이 바닷가에 이르니, 물가에 작은 배가 있는 것이 눈에 띄었다. 전에 이상한 검대의 검을 발견했던 배, 예수 그리스도를 굳건히 믿는 자가 아니면 타지 말라고 뱃전에 적혀 있는 그 배였다. 다가가 안쪽을 들여다보니 배 한복판의 침대 위에 그들이 불수의 왕의 궁정에 두고 온 은탁자가 놓인 것이 보였다. 그 위에는 성배가 붉은 비단으로 된 얇은 보에 덮여 있었다. 세 동지는 서로에게 그 모험을 가리켜 보이며, 여행하는 동안 내내 자신들이 세상에서 가장 사랑하고 가장 보고 싶어 하는 것과 함께하게 된 것을 기뻐했다. 그들은 성호를 그은 후 우리 주님께 자신을 맡기며 배에 올랐다. 그들이 승선하자 그때까지 잔잔하던 바람이 세차게 불어와 돛폭을 부풀렸으므로, 배는 물가를 떠나 난바다로 나아갔다. 바람이 점점 더 세차게 불어와 배는 빠른 속도로 나아가기 시작했다.

그들은 그렇게 오랫동안 하느님이 자신들을 어디로 이끄시는지 알지 못한 채 파도 위를 떠돌았다. 갈라아드는 자고 깰 때마다 우리 주님께 자신이 청하는 때에 이 세상에서 거두어 가주십사고 기도했다. 그는 이 기도를 아침저녁으로 거듭했고, 마침내 거룩한 음성이 그에게 말했다.

"염려하지 말라, 갈라아드. 우리 주님께서는 그대가 구하는 것을 주시리라. 그대가 육신의 죽음을 청하는 그 시각에, 그대는 죽음을 맞이하고 영혼의 삶과 영원한 기쁨을 얻으리라."

갈라아드의 그처럼 거듭되는 기도를 페르스발이 듣게 되었다. 그는 크게 놀라서, 그들을 연합시키는 동지애와 믿음의 이름으로 그에게 왜 그런 기도를 하는지 물어보았다.

"기꺼이 말씀드리지요." 갈라아드가 말했다. "일진에 우리가 주님께서 우리를 긍휼히 여기사 보여주신 성배의 신비 일부를 보았을 때, 저는 예수 그리스도의 일꾼[246]을 제외하고는 아무에게도 계시되지 않는 은밀한 것들을 보았고, 지상의 인간의 어떤 마음으로도 생각할 수 없고 말로 묘사할 수 없는 것을 보는 순간, 제 마음은 너무나 큰 환희와 열락으로 가득 차서, 만일 그 순간에 죽는다면 어떤 필멸의 존재도 그보다 더한 지복 가운데 죽지 못하리라는 것을 분명히 알았습니다. 제 앞에는 천사들의 큰 무리와 헤아릴 수 없이 신령한 것들이 있어, 영광스러운 순교자들과 우리 주님의 벗들이 기뻐하는 가운데, 저는 지상의 삶에서 천상의 삶으로 옮겨지는 것만 같았습니다. 그때와 같은,

아니 그때보다 더욱 큰 환희를 맛볼 수 있기를 바라는 마음으로, 당신이 들은 바와 같은 소청을 드리는 것입니다. 그리고 우리 주님께서 허락하신다면 그렇게 성배의 신비를 보는 가운데 이 세상을 떠나게 되기를 바라고 있습니다."

그렇게 갈라아드는 거룩한 음성의 대답이 그에게 알려준 대로, 페르스발에게 자신의 죽음이 다가오는 것을 알렸다. 그리고 내가[247] 이미 여러분에게 말했듯이, 로그르 왕국 사람들은 그토록 자주 그들에게 양식과 원기를 공급해주었던 성배를 자신들의 죄로 인해 잃어버렸다. 우리 주님께서는 갈라아드[248]와 요셉과 그들의 후손들의 선함을 보시고 그들에게 성배를 보내주셨듯이, 악한 후손들의 악함과 허탄함을 보시고는 그것을 그들로부터 박탈하신 것이다. 이는 덕인들이 덕으로 인해 얻은 것을 악한 후손들은 자신들의 악으로 인해 잃어버린다는 것을 분명히 보여준다.

동지들이 바다 위를 떠돈 지도 오래되었던 어느 날 그들은 갈라아드에게 말했다.

"기사님, 이 침대는 여기 적힌 글에 따르면[249] 당신을 위해 마련된 것인데, 당신은 이 침대 위에 한 번도 눕지 않았습니다. 글로 적힌바, 당신이 거기서 쉬리라 하였으니, 그렇게 해야 합니다."

그는 그 말에 동의하고 거기에 누워 오래 잤다.[250] 그가 깨어나자, 그의 앞에 사라즈 도성이 보였다. 그리고 한 음성이 말했다.

"배에서 내리라. 예수 그리스도의 기사들이여. 너희 셋이 은

탁자를 들어 저 도성으로 나르라. 하지만 우리 주님께서 요세페를 최초의 주교로 축성하셨던 저 거룩한 궁전에 이르기 전에는 내려놓지 말라."

그들이 은탁자를 들어내던 중에 물 건너편을 보니, 오래전에 페르스발의 누이를 실었던 배가 파도에 실려 오는 것이 보였다. 그래서 그들은 서로 말했다.

"정녕코 아가씨는 우리와 한 약속을 지켜, 여기까지 우리를 따라왔군요."

그들은 은탁자를 들어 배 밖으로 날랐다. 그리고 보오르와 페르스발이 앞에 서고 갈라아드가 뒤에서, 도성을 향해 걷기 시작했다. 하지만 성문에 이르러 갈라아드는 탁자의 무게에 힘이 빠졌다. 그래서 보니 목발을 짚은 한 남자가 성문 아래서 적선을 기다리고 있었다.[251] 행인들이 이따금 그리스도의 이름으로 적선을 해주는 것이었다. 갈라아드는 그에게 다가가서 불렀다.

"이보시오, 와서 우리가 이 식탁을 저 궁전까지 나르도록 나를 좀 도와주시오."

"아, 기사님, 그게 무슨 말씀입니까? 저는 10년 전부터 다른 사람의 부축을 받지 않고는 걷지 못합니다."

"염려 말고 일어나 의심하지 마시오. 당신은 이미 치유되었습니다."

갈라아드의 말에 그 사람은 일어날 수 있을지 시험해보았고, 그러자 평생 불구였던 적이 없는 것처럼 힘이 나는 것을 느꼈다. 그래서 그는 탁자로 달려와 갈라아드의 맞은편 한 귀퉁이를 들었다. 그는 도성에 들어가자 만나는 모든 사람에게 하느님께서 자신에게 베풀어주신 기적에 대해 이야기했다.

그들은 궁전에 올라가 우리 주님께서 옛적에 요세페를 위해 마련하신 좌석을 보았다. 한편 성내의 많은 사람들은 불구였던 사람이 치유받은 것을 보러 모여들었다. 세 동지는 자신들이 명령받은 일을 하고는 물가로 돌아가 페르스발의 누이가 있는 배에 올랐다. 그들은 그녀를 침상째 들어 궁전으로 날라다가, 왕의 딸에게 걸맞은 극진한 예우를 하여 묻었다.

그 도성의 왕은 에스코랑이라는 이름이었는데, 세 동지를 보자 그들이 누구이며 그 은탁자 위에 무엇을 가져왔느냐고 물었다. 그들은 그에게 사실대로 말하고, 성배의 신비와 하느님께서 거기에 두신 권능에 대해 전했다. 그러나 왕은 저주받은 이교도의 후손인지라 비열하고 잔인함을 드러냈다. 그는 그들의 말을 믿기를 거부하며 그들이 못된 사기꾼이라고 말했다. 그래서 그들이 무장을 풀기를 기다렸다가 자기 부하들을 시켜 그들을 붙잡아 옥에 가두게 하고는, 1년 동안이나 내보내지 않았다. 하지만 그들이 옥에 갇히자마자 우리 주님께서는 그들을 잊지 않으시고 그들에게 성배를 보내사 함께하시고 그들이 갇혀 있는 동안 날마다 은혜로 먹여주셨다.[252]

1년이 지난 어느 날 갈라아드는 우리 주님께 이렇게 탄원했다.

"주여, 저는 이만하면 이 세상에 충분히 머무른 것 같습니다. 만일 허락하신다면, 저를 속히 이 세상에서 데려가주소서."

그런데 그날, 에스코랑 왕은 죽을병이 들어 병석에 누웠다. 그러자 그는 그들을 불러다가 그처럼 부당하게 대접한 것을 사죄하며 자비를 청했다. 그들은 그를 용서해주었고, 그는 이내 숨을 거두었다.

왕을 매장하고 나자, 도성 사람들은 누구를 왕으로 삼을 수 있을지 알지 못해 곤경에 빠졌다. 그들은 오래 의논하던 중에 한 음성이 이렇게 말하는 것을 들었다.

"세 기사 중 가장 젊은 자를 왕으로 삼으라. 그는 그대들을 보호할 것이고 그대들 가운데 사는 동안 그대들을 이끌어주리라."

그들은 음성의 명령에 순종하여 갈라아드를 데려다가 그가 원하든 원하지 않든 그를 자신들의 주군으로 삼고 그의 머리에 관을 씌웠다. 그는 몹시 괴로웠지만, 어쩔 수 없이 받아들였다. 그러지 않았다면, 그들은 그를 죽였을 것이었다.

갈라아드는 그 나라의 주인이 되자, 은탁자 위의 거룩한 그릇을 덮을 황금과 보석으로 된 천개天蓋[253]를 만들었다. 그리고 아침마다 자리에서 일어나면 그는 두 동지와 함께 성배 앞에 가서 기도를 드렸다.

갈라아드가 왕관을 쓴 지 꼭 1년이 되던 날 그는 동지들과 함께 아침 일찍 일어났다. 그리고 거룩한 궁전에 가서 거룩한 그릇 쪽을 바라보았다. 그들이 보니, 주교 차림의 한 사람이 은탁자 앞에서 무릎을 꿇고서 자기 가슴을 치고 있었다. 그의 둘레에는 천사들이 마치 그가 예수 그리스도 자신이기나 한 것처럼 에워싸고 있었다. 오랫동안 그렇게 무릎을 꿇고 있던 그는 일어나 영광스러운 성모의 미사를 시작했다. 봉헌 기도에 이르자 그는 거룩한 그릇 위에서 성반聖盤을 들어 올리더니,[254] 갈라아드를 부르며 이렇게 말했다.

"오라, 예수 그리스도의 군사여, 그대가 그토록 보기 원하던 것을 보리라."

갈라아드는 다가가 거룩한 그릇 안을 들여다보았다. 그는 그 안을 들여다보자마자 온몸을 떨기 시작했다. 그의 죽을 육신이 신령한 것을 보았기 때문이다. 그는 하늘을 향해 두 손을 뻗으며 말했다.

"주여, 제 소망을 이루어주신 데 대해 영광과 감사를 드리나이다. 어떤 말로도 형언할 수 없고 마음으로 생각할 수 없는 것을 밝히 보았나이다. 크나큰 위업의 시작과 용맹함의 원천을 보았나이다. 저는 여기서 모든 신비 중의 신비를 보나이다. 그러하오니, 은혜로우신 주여, 제가 항상 원했던 것을 보도록 허락하셨사오니, 이제 저를 이런 상태, 지금 있는 이 환희 가운데서 지상의 삶으로부터 천상의 삶으로 옮겨가게 해주소서."

갈라아드가 우리 주님께 그 소청을 드리자마자 주교 차림으로 제단 앞에 서 있던 이가 탁자 위에서 성체를 들어 갈라아드에게 내밀었고, 그는 크나큰 겸손과 흠숭 가운데 그것을 받았다. 그가 배령을 마치자, 그 사람이 그에게 말했다.

"너는 내가 누구인지 아느냐?"

"말씀해주시기 전에는 알 수 없나이다."

"나는 아리마대 요셉의 아들 요세페이니라. 우리 주님께서 나를 보내 너와 함께하게 하셨느니라. 왜 다른 사람이 아닌 나를 네게 보내셨는지 아느냐? 왜냐하면 너는 두 가지 점에서 나와 비슷하기 때문이다. 너도 나처럼 성배의 신비를 보았고, 너도 나처럼 순결을 지켰기 때문이다. 순결한 자가 순결한 자와 함께

하는 것이 마땅하기 때문이다."

요세페가 말을 마치자, 갈라아드는 페르스발과 보오르에게로 가서 그들을 차례로 포옹하고는 말했다.

"보오르, 제 아버지 랑슬로 경을 만나시면 제 소식을 전해주십시오."

그는 탁자 앞으로 돌아가 무릎과 팔꿈치를 땅바닥에 대고 꿇어 엎드렸다. 그러고는 곧 얼굴을 궁전 바닥에 떨구었다. 그의 영혼이 육신을 떠난 것이었다. 천사들이 기뻐하고 우리 주님께 영광을 돌리며 그의 영혼을 실어갔다.

갈라아드가 죽자 놀라운 기적이 일어났다. 그의 두 동지는 하늘에서 손이 내려오는 것을 분명히 보았지만, 손이 달려 있는 몸은 보이지 않았다. 손은 곧장 거룩한 그릇을 향해 가더니 그것과 창을 집어 들고는 하늘로 올라가버려, 이후로는 어떤 인간도 감히 성배를 보았다고 할 수 없게 되었다.

페르스발과 보오르는 갈라아드가 죽은 것을 보고 더없이 슬퍼했다. 그들이 그렇게 믿음이 깊고 신실한 자들이 아니었다면, 그에 대한 깊은 사랑 때문에 낙심에 빠질 수도 있었을 것이었다. 그 나라 사람들도 깊이 애도하며 슬퍼했다. 그가 죽은 바로 그 자리에 묘혈을 파고 그를 묻어주었다. 그런 다음 페르스발은 성 밖에 있는 암자에 들어가 수도사가 되었다. 보오르도 그와 함께했지만, 세속의 옷을 벗지는 않았다. 그는 여전히 아더 왕의 궁정으로 돌아가기를 원했기 때문이다. 페르스발은 1년 사흘을 암자에서 살다가 세상을 떠났다. 보오르는 그를 그의 누이와 갈라아드와 함께 거룩한 궁전에 묻어주었다.

보오르는 바빌론만큼이나 머나먼 그 땅에 홀로 남게 되자, 무장을 갖추고 사라즈를 떠나 바다로 가서 배에 올랐다. 항해는 순조로워 얼마 지나지 않아 로그르 왕국에 이르렀다. 그는 여러 날 말을 달려 아더 왕이 있는 카말로트에 이르렀다. 일찍이 어떤 사람도 그렇게 열렬한 환영을 받지는 못했을 것이다. 그는 그 나라를 떠난 지가 너무 오래되어 다들 그가 죽은 줄로만 여기고 있었기 때문이다.

  식사를 마친 후, 왕은 문사들을 불러와 그곳에 있는 기사들의 모험담을 글로 쓰게 했다. 보오르가 자신이 본 대로 성배의 모험들을 이야기하자, 그것은 글로 적혀 솔즈베리[255]의 도서관에 간직되었다. 문사 고티에 맙[256]은 거기서 그 기록을 꺼내 주군인 헨리 왕을 위해 성배의 책을 썼고, 왕은 그 이야기를 라틴어에서 프랑스어로 옮기게 했다. 성배의 모험에 대해 더 할 말이 없으므로, 여기서 이야기는 끝을 맺는다.

옮긴이 주註

1 '성령강림절'로 옮긴 Pentecoste는 '오순절'이라고도 한다. 이는 '50번째'를 뜻하는 헬라어로, 유대력에서 유월절 후 첫 안식일 다음 날부터 50일째 되는 날인 '칠칠절'을 번역할 때 사용된 말이다. 신약 시대에는 유월절에 죽으신 예수께서 부활하신 날(안식일 다음 날)부터 50일째 되는 날 즉 오순절에 성령께서 강림하셨고, 그래서 이를 성령강림절이라고 한다. 아더 왕 소설들에서는 성령강림절을 비롯해 중요한 그리스도교 절기에 궁정에 기사들이 소집되곤 하며, 이는 중세 제후들의 관행과도 일치한다.

2 아더 왕의 주 거처인 도성은 작가 및 작품에 따라 이름이 달라진다. 아너 왕 이야기의 중요한 출전인 『브리튼 왕들의 역사』의 저자 조프리 오브 몬머스는 칼리언Caerleon(웨일스 남동부의 소읍)을 아더 왕이 궁정을 연 장소로 이야기한다. 아더 왕 이야기를 소설로 꽃피운 크레티앵 드 트루아는 대개 카르두엘Carduel을 그 장소로 이야기하나, 그가 『수레의 기사 랑슬로』(『죄수마차를 탄 기사』, 문학과지성사, 2016)의 서두에서 카말로트Camaalot라는 이름을 사용한 이래 '불가타 연작'에서 아더 왕 세계의 중심은 카말로트(카멜롯)로 불리게 되었다. 카말로트는 정확한 위치를 알 수 없는 상상 속의 도성이다.

3 중세의 시간은 성무일도聖務日禱에 따른다. 수도원에서는 하루 일곱 번 예배를 드렸는데, 한밤중의 조과(早課, matines), 동틀 때의 찬과(讚課, laudes)에 이어 1시과(prime: 오전 6시), 3시과(tierce: 오전 9시), 6시과(sexte: 정오), 9시과(none: 오후 3시)를 드렸고, 저녁에 만과(晚課, vêpres: 오후 5시경), 자기 전에 종과(終課, complies: 일몰 후)를 드리게 되어 있었다. '1시과 무렵' 또는 '제1시'로 옮긴다.

4 왕에 대한 호칭이나 기사들 간의 호칭이나 모두 대등하게 Sire, 경우에 따라서는(친밀감이나 존경을 표하여) Beau Sire이므로, 맥락에 따라 '전하' '기사님' 등으로 옮긴다. 왕에 대한 호칭으로 '폐하'가 아니라 '전하'를 쓴 것은 아더 왕이 이른바 '대등한 자 중의 일인자primus inter pares'라는 이상적인 군주로 그려지고 있어 '폐하votre majesté'라는 말이 갖는 절대 군주의 느낌과 거리가 멀기 때문이다. 실제로 서양에서 왕의 호칭으로 majesté라는 말이 쓰이기 시작한 것은 훨씬 나중의 일이다. 여성에 대한 호칭인 dame, demoiselle 등은 맥락에 따라 '(왕비)마마' '(수녀)원장님' '아가씨' 등으로 옮긴다.
5 종종 이름 앞에 Messire가 붙는 경우에는 '~경'이라고 옮기지만, 그렇지 않은 경우에는 굳이 '~경'을 쓰지 않고 원문대로 '랑슬로'라고 이름으로 부르는 것으로 한다.
6 펠레스 왕에 대해서는 주 13, 14, 27 참조.
7 escuier(écuyer; squire)는 기사가 되기 전에 기사의 방패écu를 들거나 말을 준비하고 기사가 무장을 입고 벗는 것을 거드는 역할을 하는 자, 즉 종기사從騎士를 가리키는 말이다. 하지만 실제로 이 말은 상당히 유동적으로 사용되어, 단순히 말을 돌보며 주인을 시중드는 자, 즉 종자를 가리키기도 한다. 일일이 구별하기 어려우므로 좀더 흔한 말인 '종자'로 통일하여 옮긴다. 주 10, 70 참조.
8 '마장'으로 옮긴 lieue(영어로는 league)는 성인 남자가 걸어서 한 시간 가는 거리, 약 4.5킬로미터에 해당한다. 우리말의 '마장'은 5리나 10리가 채 못 되는 거리를 말하니 얼추 비슷할 것이다.
9 랑슬로는 베노익 왕 방Ban de Bénoic의 아들로, 곤 왕 보오르Bohort de Gaunes의 아들들인 보오르와 리오넬과 사촌간이며 그들의 주군이다(리오넬이 보오르의 형이므로 대개 '리오넬과 보오르'로 이야기되지만, 보오르가 형보다 나은 인물로 이야기되는 『성배 탐색』에서는 '보오르와 리오넬'이라고 하는 것이 보통이다). 베노익 왕국과 곤 왕국은 흔히 아르모리카(브르타뉴 반도의 옛 이름)에 있었다고 알려져 있다. 아더 왕과 그의 궁정에 관한 이야기는 브리튼 설화에서 유래한 것이지만 랑

슬로는 그 이야기가 프랑스 시인들에 의해 발전 심화되는 과정에서 생겨난 인물이다.
10 vaslet(valet)란 대체로 20세 이전의 귀족 자제를 가리킨다. 영주의 가내에서 심부름을 하거나 기사를 따라다니며 돕는 역할을 하며, escuier(주 7 참조)와 비슷하지만 escuier는 말을 타는 데 비해 vaslet는 아직 말을 타지 않는다는 점에서 한 급 아래로 여겨지기도 한다. 두 용어는 혼용되기도 하며, 예컨대 43쪽에서는 수도원의 '종자escuier'로 언급된 인물이 44쪽부터는 '시동vaslet'으로 일컬어지며 뒤이어 기사로 서임 받는 것을 볼 수 있다. '소년' 또는 '시동'으로 옮긴다.
11 기사 서임을 받기 전에 지원자는 철야 기도를 드리는 것이 관행이었다.
12 박차와 검에 대한 내용도 기사 서임 때의 관행이다.
13 부자 어부왕le Riche Roi Pescheor(the Rich Fisher King)이라는 인물은 그라알 소설들에서 전면에 등장하는 일이 많지 않음에도 불구하고 핵심적인 인물이다. 크레티앵 드 트루아의 『그라알 이야기』에서 그는 그라알 성의 주인으로 등장하는데, 전쟁에서 부상을 입고 불수의 몸이 되어 기동을 못하는 터라 사냥 대신 낚시를 한다고 해서 '어부왕' 또는 불수不隨의 왕(le Roi Méhaignié, the Maimed King)으로 불린다. 그에게는 거동이 불편하여 방에서 나오지 못한다는 부왕이 있는데, 이 신비에 싸인 늙은 왕도 또 다른 불수의 왕이라고 할 만하다. 그래서 그라알 소설들에서 이 두 왕은 거의 늘 함께 언급되고 혼동되며, 이 두 왕과 주인공 기사(페르스발 또는 갈라아드)의 계보도 조금씩 달라진다. 즉 『그라알 이야기』에서는 어부왕이 불수의 왕으로 불리지만, 『성배 탐색』에서는 어부왕 펠레스의 부친인 파를랑이 불수의 왕으로 어부왕과 불수의 왕은 별개의 인물이 된다.
14 『랑슬로』 본편에 나오는 일화를 시사한다. 즉 어부왕 펠레스는 묘석의 모험을 완수한 자와 자신의 딸 사이에서 최고의 기사가 태어나리라는 예언을 알고, 랑슬로에게 미약을 먹여 취하게 한 뒤 자신의 딸을 그니에브르 왕비인 양 속여 동침시킨다.
15 랑슬로를 가리킨다. 보오르 및 리오넬과의 관계에 대해서는 주 9 참조.

16 '위험한 좌석'이란 켈트 설화에서 유래한 것인데, 로베르 드 보롱의 3부작 『그라알 사화』 중 제1부 『요셉』은 최후의 만찬 때 그리스도 또는 유다의 자리를 기념하여 아리마대 요셉이 만든 그라알 식탁에도 빈자리를 두었다고 이야기한다. 제2부 『메를랭』은 마법사 메를랭이 아더 왕의 부왕인 우터 펜드라곤의 명에 따라 '세번째 식탁'을 만들면서, 50명의 기사가 앉을 수 있게 하되 빈자리를 하나 남겨 언젠가 성배 탐색을 완수할 기사만이 앉을 수 있게끔 했다고 한다. 제3부 『페르스발』에서는 페르스발이 그 자리에 앉자 지진이 나면서 '브리튼 땅의 마법enchantement de Bretagne'이 시작된다. 『성배 탐색』에서는 『메를랭』에서의 예언대로 갈라아드가 그 자리에 앉게 된다.

17 아더 왕은 5~6세기에 잉글랜드를 침략자 색슨족으로부터 지키기 위해 싸웠다는 역사적 인물에서 유래했다고 하며, 조프리 오브 몬머스는 그가 22년을 다스린 후 542년에 죽었다고 하나, 이후 아더 왕 소설들은 딱히 연대를 말하지 않는다. 『성배 탐색』만이 독보적으로 그리스도 수난 후 454년(즉 487년)이라는 연대를 제시하고 있다.

18 merveilleuse aventure: 흔히 aventure는 '모험'이라고 옮겨지지만, 우리말의 '모험'이 '위험을 무릅쓰고 어떠한 일을 함. 또는 그 일'이라는 뜻인 반면, 프랑스어의 aventure는 '뜻밖의 일'이라는 뜻이 강하다. 특히 아더 왕 이야기에서 '모험'은 상궤를 벗어난 경이로운 일로, '다른 세상l'Autre Monde,' 즉 요정의 세계에서 보내오는 메시지로 여겨지는데, 『성배 탐색』에서는 그 '다른 세상'이 영적인 세계가 됨에 따라 모험의 의미도 달라진다. merveille는 놀랍고 경이로운 일을 말하는데, 중세 프랑스어에서 merveille는 miracle과 같은 의미로 쓰여 '신기한 일' '기이한 일' '이사異事'로 옮기는 것이 나을 때도 있다.

『성배 탐색』에는 merveille, merveilleux, se merveiller 등의 말이 2백 번 남짓 나오는데, 대체로 '이사異事' '신비' '신기한/기이한/놀라운/경이로운/기적적인 (일)' '놀라다' '기이하게 여기다' '감탄하다' 등으로 옮겼지만 때로는 단순히 강조나 최상급의 표현으로 또는 상용구처럼 쓰인 곳도 있어서 그럴 때는 문맥에 맞도록 적당한 말로 바꾸었다.

19 이는 크레티앵 드 트루아의 첫 작품 『에렉과 에니드』에서부터 이야기 되는 관습이다.
20 perron이란 궁전 근처에 잠시 앉거나 말을 타고 내릴 때 발판으로 쓰는 디딤돌, 즉 섬돌을 가리켰다. 간혹 아더 왕 이야기들에서 이것이 '바위'로 옮겨지기도 하나, 아더 왕이 돌에서 검을 뽑는 일화가 처음으로 이야기되는 로베르 드 보롱의 『메를랭』에서부터 이 돌은 "네모나게 다듬은 석단"이라고 명시된다.
21 아더 왕이 '석단에 박힌 검'을 얻음으로써 왕위 계승자, 주권자로 선택되었음을 입증했던 일화를 상기시킨다.
22 랑슬로가 이날 성배의 모험이 시작되리라는 것을 알다니 좀 이상해 보일 수도 있는데, 이는 『랑슬로』 본편에서 그가 불타는 무덤 속의 시므온으로부터 그 자신은 불륜으로 인해 최고의 기사가 되지 못하며 그의 가장 가까운 혈육이 최고의 기사가 되어 성배의 모험을 완수하리라는 예언을 들은 바 있고, 또한 이날 아침 '위험한 좌석'에 나타난 글을 보고 바로 그날 그 최고의 기사가 나타나리라는 것을 알았기 때문일 터이다.
23 원탁은 웨이스의 『브뤼트 이야기』에 처음 등장하는데, 이내 원탁은 기사들 간의 평등을 위해 상석과 말석을 없앤 것이라고 이야기되며, 그 원탁에 아더 왕이 함께 앉았는지 여부는 말해지지 않는다. 중세 삽화 중에는 아더 왕이 원탁에 기사들과 함께 앉은 것으로 그려진 예도 있지만, 『성배 탐색』의 이 대목은 아더 왕의 식탁이 단상에 따로 차려졌음을 보여준다.
24 중세 관습으로는 왕이나 귀족의 식사 때 바로 아래 계급이 시중을 들었다고 한다. 아더 왕의 식사 자리에서 네 명의 왕관 쓴 왕이 시중을 들었다는 것은 아더 왕이 다른 왕들의 주군이었음을 보여준다.
25 모든 문이 닫힌 가운데 홀연히 나타난 이가 평화의 인사를 하는 장면은 부활하신 예수께서 제자들에게 나타나시는 장면(「요한복음」 20:19-20)을 상기시킨다.
26 갈라아드가 아리마대 요셉의 가문에서 났다는 것은 『성배 탐색』만으

로 보면 갈라아드의 외조부 펠레스 왕이 아리마대 요셉의 매부인 브롱의 후손이고, 부친 랑슬로는 아리마대 요셉의 아들 요세페가 개종시킨 에발락(모르드랭) 왕의 처남인 나시앵 왕의 후손이기 때문이다(『랑슬로』본편에서는 간단히 랑슬로가 아리마대 요셉의 후손이라고 이야기되기도 한다). 한편, 갈라아드가 다윗의 가문에서 났다는 것은 『랑슬로』본편에서 랑슬로의 모친이 다윗 왕의 후손으로 이야기된다는 데서 단서를 찾을 수도 있지만, 『성배 탐색』에서는 그런 세부에 대해 언급하지 않은 채 훗날 갈라아드가 '솔로몬의 후손'으로 이야기될 것을 이렇게 예고한다.

27 앞에서 설명했듯이(주 14 참조) '불가타 연작' 중 『랑슬로』본편에서 펠레스는 곧 어부왕이며 그의 딸 엘렌과 랑슬로 사이에서 태어난 갈라아드의 조부가 된다. 이 대목에서 펠레스를 '숙부'로, 어부왕을 '조부'라고 하는 것은, 어부왕과 불수의 왕의 동일성에 관한 혼선과 일부 작품에서 펠레스가 어부왕의 형제로 등장하는 데서 비롯된 착오로 보인다. 『성배 탐색』의 문맥에서는 그저 "조부이신 부자 어부 펠레스 왕에게"라고 하면 될 것이다.

28 preudome이란 지혜와 덕망이 높은 사람을 뜻하므로 '현자' '유덕자' '덕인' '대인' 정도로 옮길 수 있을 것이다. 그러나 실제로 preudome이라는 말은 상당히 폭넓게 쓰여서, 단순히 풍채가 점잖은 이를 가리키기도 하고, 적극적으로 '덕 있는 사람' 또는 무용이 뛰어난 자, '용사'를 가리키기도 한다.

29 원문에는 la Grant Bretaingne. 이는 브르타뉴 반도la Petite Bretagne와 구별하여 브리튼섬을 가리키는데, 오늘날의 Great Britain과는 다른 명칭이므로, 그냥 '브리튼' 또는 '브리튼섬'으로 옮긴다.

30 주 13 참조.

31 난데없이 나타난 아가씨가 영예로운 기사를 질타하는 한편 온 궁정을 향한 예언을 하는 것은 『그라알 이야기』에서 기이하게 추한 아가씨가 나타나 페르스발을 꾸짖고 궁정 기사들에게 탐색할 모험의 목표들을 제시하는 장면을 상기시킨다.

32 성배가 나타나리라는 예고를 전하는, 그리고 곧이어 성배 탐색에 나서는 기사들에게 아내나 애인을 데려갈 수 없다는 엄명을 전하는 전령들을 보내오는 은자 나시앵이란 어떤 인물인지 알 수 없다. 모험에 나선 기사들이 숲속에서 만나는 은자 나시앵과는 다른 인물이다. 주 169 참조.

33 서두에 언급되었듯이, 때는 성령강림절이고, 왕과 기사들, 왕비와 귀부인들이 모두 예배당에 모여 저녁 예배를 드리는 것이다.

34 「사도행전」 2:1-4의 성령 강림을 상기시키는 장면이다.

35 거룩한 그릇le Saint Vessel이란 성배le Saint Graal를 가리키는 말이다. 대문자로 표시할 수가 없어서 곤란하기는 하나, 앞으로도 계속 원문에 나오는 대로 '성배' 또는 '거룩한 그릇'이라고 옮기기로 한다.

36 『그라알 이야기』에서 그라알은 보이지 않는 방 안의 누군가를 공궤하는 것으로만 이야기된다. 그라알이 각 사람에게 그가 원하는 음식을 베풀어준다는 이야기는 켈트 설화에서 각 사람의 입맛대로 음식을 내주는 '풍요의 그릇'에 관한 이야기에서 비롯되는데, '그라알'이 그렇게 한다는 내용은 『그라알 이야기』의 운문 속편 중 『제1속편』에 처음 나오며, 로베르 드 보롱의 『요셉』은 이를 바탕으로 그 그릇이 각 사람을 '흡족케gréer' 하므로 그라알Graal이라고 한다는 설명을 전개한다.

37 고뱅이 이런 말을 하는 것은 『랑슬로』 본편에서 고뱅 자신도 불수의 왕의 성에서 성배의 은혜로 풍성한 식탁이 차려지는 것을(비록 그 자신 앞에는 아무 음식도 나오지 않았지만) 본 적이 있기 때문이다.

38 성배 탐색의 출발을 알리는 이 맹세는 『그라알 이야기』에서 추한 아가씨가 나타나 페르스발을 꾸짖고 오만한 성, 에스클레르산 등에서의 모험을 알리자 기사들이 이구동성 모험을 떠나겠다고 맹세하는 대목을 상기시킨다. 다만 『그라알 이야기』에서는 페르스발만이 그라알의 신비를 알아내겠다고 맹세하고, 고뱅과 다른 기사들은 다른 모험을 위해 맹세한다.

39 errer를 '편력하다'로, chevalier errant은 '편력 기사'로 옮긴다. 우리말의 '편력遍歷'이란 '이곳저곳을 널리 돌아다님'이라는 뜻이지만, 아더 왕

이야기에서 편력은 좀더 구체적으로 '모험을 찾아 떠돌아다님'을 뜻한다.

40 아더 왕 세계의 몰락이 예고되는 대목이다.

41 "인간의 마음으로 생각할 수 없고 인간의 혀로 말할 수 없다"라는 것은 사도 바울이 "낙원으로 이끌려 가서 말로 표현할 수 없는 말을 들었으니 사람이 가히 이르지 못할 말이로다"(「고린도후서」 12:4)라고 한 고백을 상기시키는 표현으로, 성배의 신비에 대해 언급할 때마다 반복되는 것을 볼 수 있다.

42 로그르Logres 왕국이란 아더 왕의 왕국을 가리키는 또 다른 이름이다. 유음을 이용하여 '오그르들의 나라la terre as ogres'라고 해석하기도 하나, 실제 로그르의 어원인 '로에기르lloegyr'는 브리튼섬 내지 잉글랜드를 가리키는 웨일스어로, '사라진 나라lost country'라는 뜻으로 추정된다. 조프리 오브 몬머스에 따르면 전설적인 왕 로크리누스에서 유래한 말이라고도 하는데, 정확한 의미나 어원은 확인되지 않는다.

43 원탁의 모든 동지가 선서했는데 150명이라니, 이때 원탁은 로베르 드 보롱의 『메를랭』에서 50명이 앉을 수 있었던 것보다 훨씬 더 커진 듯하다. 13세기의 한 작가는 원탁에 1,600명 이상이 앉을 수 있었다고도 이야기한다.

44 이제 이야기는 여러 갈래로 나뉘어 이른바 교직交織entrelacement 기법에 따라 짜여나가게 된다.

45 '흰 수도원'이란 흰 석조 건물을 말할 수도 있지만, 여기서는 그보다는 흰 수도복을 입는 시토Cîteaux회의 수도원을 가리킨다고 보는 것이 보통이다.

46 이뱅 리 아볼트르Yvain li Avoltre, 즉 '사생자私生子 이뱅'은 흔히 '이뱅 경'이라고 일컬어지는 인물, 다시 말해 크레티앵 드 트루아의 『사자의 기사 이뱅』의 주인공인 '우리앵 왕의 아들 이뱅'과는 다른 인물이다. '사생자'라는 별명으로 보아 이뱅의 이복형제로 추정되기도 한다.

47 방패 안쪽에는 손으로 쥘 수 있는 끈과 목에 걸 수 있는 긴 끈이 달려 있어, 싸울 때는 손으로 들지만 평소에는 목에 걸고 다니게 되어

있다.

48 '붉은 십자가가 그려진 흰 방패'는 성전기사단의 방패로 유명하다. 시토 수도회와 성전기사단은 긴밀한 관계를 맺고 있었다.

49 '암자'로 옮긴 말은 ermitage, 즉 은자의 집, 은자암이다. '암자'란 주로 불교에서 쓰는 말이지만, '수도자가 거하는 작은 집'이라는 뜻으로 차용하기로 한다.

50 이렇게 어떤 모험이 일어난 후 그에 대한 해석자가 나타나는 것이 『성배 탐색』의 독특한 전개 방식이다.

51 아리마대 요셉의 이야기를 『그라알 이야기』에 최초로 접목시킨 로베르 드 보롱의 『요셉』에 따르면, 요셉은 그리스도의 시신을 감추었다는 혐의를 받아 감옥에 유폐되나 그라알의 은혜로 생명을 보전하며, 예수 그리스도에 힘입어 나병이 나은 베스파시아누스 황제에 의해 석방된다. 그는 자신을 따르는 무리, 특히 누이 및 매부 브롱의 가족과 함께 신앙 공동체를 이루어 살다가, 세상을 떠나기 전에 브롱(어부왕)에게 그라알을 물려주어 두번째 그라알 지기gardien du Graal로 삼으며, 서쪽 땅에 가서 살면서 그라알을 물려줄 손자를 기다리라고 명한다. 브롱에게는 열두 아들이 있는데, 그중 막내인 알랭이 뎅세들을 이끌고 낯선 땅을 다니며 복음을 전하다가 브리튼섬에 이르게 되며, 그의 아들이 『그라알 이야기』의 주인공인 페르스발이다. 그러니까 로베르 드 보롱의 『요셉』에서 요셉은 살던 땅을 떠나지 않으며 그라알을 물려받는 것은 그의 누이의 가계이다.

반면 『성배 탐색』에서 요셉은 아들인 요세페와 함께 사라즈로, 그리고 나중에는 브리튼으로까지 이주하며, 사라즈의 에발락(모르드랭) 왕과 그의 처남 세라프(나시앵) 등의 인물이 등장하고, 랑슬로의 자기 계보에 관한 꿈에서 보듯 나시앵의 아들 셸리두안의 8대손이 랑슬로, 9대손이 갈라아드가 된다(갈라아드의 외조부인 펠레스 왕이 어부왕이 되고). 이는 요셉의 시대와 아더 왕의 시대 사이 약 400년의 세월을 좀더 개연성 있게 설명하려고 한 것으로, 『성배 탐색』보다 나중에 쓰여 불가타 연작의 제1부가 된 『성배 사화』는 이런 단서들을 더욱 발전시켜 아리마대 요셉 이후 수많은 인물이 등장하는 길고 복잡한 이야기를 전개한다. 주 154 참조.
52 아리마대 요셉의 아들은 로베르 드 보롱의 『요셉』에는 나오지 않으며, 『성배 탐색』에 처음 등장하는 인물이다. 현대프랑스어 역본에서는 Josephé, 영역본에서는 Josephus로 표기되는데, 우리 성경에 알려진 이름인 '아리마대 요셉'과 발음상 비슷한 '요세페'로 옮긴다.
53 구약의 율법에 비해 그리스도의 복음을 '새로운 법'이라고 한다.
54 예수 그리스도를 가리킨다.
55 이 나시앵Nascien은 에발락의 처남으로, 세례 전 이름은 세라프Séraph이다.
56 주 51 참조.
57 모르드랭Mordrain은 에발락이 세례받은 후의 이름이다. 앞의 Nascien이 naître(태어나다)라는 말을 연상시키는 반면, Mordrain은 mourir(죽다)라는 말을 연상시킨다. 두 사람의 세례명은 세례가 죽고 거듭나는 것임을 시사한다.
58 주 26, 51 참조.
59 무덤뿐 아니라 무덤을 덮은 돌도 tombe라고 한다. 우리 식의 세우는 비석과 구별하기 위해 '묘석'으로 옮긴다.
60 다윗의 「시편」에 딱히 이런 구절들은 없으나, 그리스도의 수난을 예언하는 시편들에서는 고독과 버림받음의 주제가 자주 발견된다(「시편」 22, 38, 69, 88 등). 「마태복음」 26:38에서처럼 십자가 수난을 앞둔 예수 그리스도의 심경에서도 비슷한 내용을 볼 수 있을 것이다.
61 베스파시아누스Vespasianus(9~79)는 로마 장군으로 66년에 일어난 유대 반란을 진압하기 위해 파견되었으나, 68년 네로 황제가 급서한 후의 정치적 혼란을 수습할 적임자로 선택되어 황제가 되었다. 그 후, 유대에 남아 있던 그의 아들 티투스가 반란을 진압하고 예루살렘을 함락시킨 후 성전을 파괴했다. 예수께서 예루살렘 성전을 가리켜 "돌 하나도 돌 위에 남지 않고 다 무너뜨려지리라"(「마태복음」 24:2)고 하신 것은 말세의 예언인 동시에 주후 70년 티투스에 의한 예루살렘 성

전 훼파를 예언한 것으로 해석된다. 로베르 드 보롱의 『요셉』은 예루살렘 파괴의 주역을 티투스가 아니라 베스파시아누스라고 이야기하며, 『성배 탐색』도 이를 따르고 있다(주 51 참조).

62 「마태복음」 27:25.

63 죽어가는 자가 받는 종부성사를 말한다.

64 이 수도사의 입을 통해 처음으로 천상의 기사도chevalerie celestiel/céleste와 지상의 기사도chevalerie seculer/terrestre가 언급된다.

65 vavasseur란 vassal의 vassal, 즉 봉신의 봉신으로, 이를 배신陪臣,arrière-vassal이라고 한다. 하지만 반드시 그런 위계적 의미보다는 '시골 기사' '처사處士' 정도로 낮추는 말로 쓰일 때도 많다.

66 이 황무함의 모티프는 처녀들의 성에서 모험에 승리한 후 불어지는 나팔의 모티프와 연관된다. 즉 나팔Cor을 불어 궁정의 기쁨Joie de la Cour 곧 황무함의 회복을 알리는 것이다.

67 세번Severn강─잉글랜드와 웨일스를 흘러 브리스톨 해협으로 흘러드는 긴 강─을 가리키는 듯하지만, 프랑스에서 쓰인 아더 왕 소설들에서 지명은 실제 지명과 일치하지 않는 상상적인 것일 때가 많다.

68 갈라아드가 등장하는 성배 이야기는 『성배 탐색』이 최초이므로, 여기서 '성배의 이야기'란 구체적인 작품을 가리키는 것이 아니다. 이미 있는 이야기를 진실의 근거로 드는 것은 중세 문학 특유의 문학적 장치이다.

69 주 66 참조.

70 serjant이란 '하인, 종'이라는 뜻 외에, 귀족이지만 충분한 재력이 없거나 평민 출신이라 기사가 되지 못한 하급 무사를 가리키기도 한다. 후자의 뜻으로는 escuier(주 7 참조)와 혼용되기도 한다는데, 전투력의 일부로 언급된다는 점에서 '종사從士'로 옮긴다.

71 공작의 딸이 한 예언 중 '당신들 일곱 명이 단 한 명 기사의 손에 나가떨어질 것'이라는 말은 갈라아드에 의해 성취되지만, '한 여자로 인해 이 성을 차지했듯이 또 한 여자로 인해 빼앗기게 될 것'이라는 말은 수수께끼로 남는다. 뒤에 나올 은자의 해석에 비추어보면, 이 말은

인류가 이브의 원죄로 인해 타락했고 성모 마리아에게서 나신 예수 그리스도로 인해 구원된 사실을 가리킨다고 볼 수 있다.
72 고뱅은 아더 왕의 누나인 모르고즈와 오크니 왕 로트 사이에 태어났으며, 아그라뱅, 가에리스, 가레스 등의 형제가 있다. (아더 왕을 죽이게 될 모르드레드는 아더 왕과 모르고즈 사이의 근친상간에서 태어난 사생자로, 고뱅과 이부형제간이 된다.) 가에리스와 가레스는 이름이 비슷하여 자주 혼동되는데, 『성배 탐색』에서는 가에리에트Gaheriet라는 형태가 쓰이고 있다.
73 성배 탐색의 모험은 영적인 것이니, 곧 하느님께서 보내주시는 것이 된다. 모험의 원천이 경이로운 딴 세상l'Autre Monde merveilleux에서 하느님으로 바뀐 것이다.
74 갈라아드가 처음 당도한 수도원은 그를 위해 예비된 방패가 보관되어 있는 수도원이었다. 그는 '길이 이끄는 대로' 가다가 멜리앙이 다친 곳에 이르며, '음성'의 지시에 순종하여 처녀들의 성의 모험을 만난다. 그렇듯 성배 탐색의 영적인 도정에 오른 기사들은 성령의 인도를 받는 반면, 회개하기를 거부하는 이들 세속 기사들은 '운fortune이 이끄는 대로' 가며 이렇다 할 모험, 즉 영적인 의미가 있는 일들을 거의 만나지 못한다.
75 그리스도교 사회에서 기사도는 약자를 보호하고 신의 정의를 수호하며 그리스도의 평화를 수립한다는 일반적 사명을 갖기는 하나, 이렇게 "창조주를 섬기고 〔……〕 영혼을 하느님께 바치기 위해서"라는 것은 거기서 한 걸음 더 나아간 '천상의 기사도'에 해당하는 내용이다.
76 곧이어 일곱 가지 대죄를 나타낸다고 해석될 이 일곱 형제가 이처럼 회개할 여지가 있는 영혼을 가진 인간들로 이야기되는 것은 『성배 탐색』이 단순한 언어적 알레고리가 아니라 실제의 사실이 또 다른 의미를 지니는 사실적 알레고리allegoria in factis를 재현한 것임을 보여주는 일례이다.
77 고뱅이 모험의 숨은 의미를 알고자 하는 것은 기사로서 바른 길에 들어서기 위해서가 아니라 궁정에 돌아가 이야기하기 위해서이니, 그는

어디까지나 세속의 인간임을 보여주는 대목이다.
78 초기 그리스도교 시절부터 인간의 모든 죄는 일곱 가지 죄악(교만, 인색, 질투, 분노, 음욕, 탐욕, 나태), 곧 칠죄종七罪宗의 발로인 것으로 여겨졌다.
79 아글로발은 페르스발의 세 형 중 한 사람의 이름이다.『그라알 이야기』에서 페르스발의 형들은 일찍 죽은 것으로 이야기되나, '불가타 연작'에서는 라모락, 아글로발, 도르나르 등의 이름으로 등장하는데, 뒤에서 페르스발의 백모인 은둔수녀는 페르스발의 형들이 만용을 부리다 죽었다고 이야기한다.
80 지르플레/기플레/조프레는 아더 왕 이야기에서 조역으로 자주 등장하는 인물이다.『아더 왕의 죽음』에서 왕을 마지막으로 본, 즉 왕이 아발롱으로 떠나는 것을 본 인물이기도 하다.
81 '황무한 숲'은『그라알 이야기』에서 페르스발이 어머니와 함께 살던 곳이고, 뒤이어 페르스발이 그라알 성에서 해야 할 질문을 하지 않았기 때문에 땅이 황무해지리라고 예언되기도 한다(역자는 전에『그라알 이야기』의 민역에서 '거친 숲'이라는 역어를 사용하기도 했으나, 황무지의 회복이라는 주제를 살리기 위해서는 자구적으로 '황무한 숲'이 나으리라고 생각된다). 이처럼 '황무한 숲' '황무한 땅' 등은 그라알 소설들에서 자주 반복되는 모티프로,『성배 탐색』에서도 '황무한 숲' '황무한 땅' 등이 수차 등장하는데, 모두 동일한 장소를 가리키지는 않는다. '황무한 숲'은 딱히 페르스발의 모친(또는 백모)이 살던 특정 장소의 이름이라기보다 막연히 모험의 숲을 말할 때가 많다. 주 100참조.
82 투구 밑에 쓰는 두건, 즉 주모胄帽를 말한다.
83 『랑슬로』본편에서 랑슬로가 어부왕의 코르베닉 성에 갔던 일을 가리킨다. 주 14 참조.
84 여기서는 '브리튼'이나 '로그르 왕국'이 아니라 잉글랜드Engleterre라는 말을 쓰고 있다.
85 랑슬로는 성배의 모험에서도 '지상의 영예'를 찾으리라 기대하고 있었음을 볼 수 있다.

86 성직자의 예복을 가리킨다.
87 「마태복음」 25:14-30.
88 원문에는 besant, 즉 십자군 시대의 비잔틴 금화로 되어 있다.
89 성경에 딱히 이런 구절은 없으나, 성령을 불과 연관시킨 대목은 『신약성서』에서 많이 찾아볼 수 있다.
90 「마태복음」 7:13-14.
91 「요한복음」 14:6.
92 「요한복음」 6:37.
93 여기서 랑슬로는 이른바 궁정풍 사랑 amour courtois의 골자를 말하고 있다. 즉 기사는 여인에 대한 사랑으로 분발하여 무훈을 성취한다. 한편 그 여인이란 대개의 경우 주군의 아내로, 기사는 그녀를 통해 물질적 보상 또한 얻게 된다.
94 「누가복음」 6:49.
95 「누가복음」 8:5-6.
96 굳은 마음과 부드러운 마음의 대비는 『구약성서』에서부터 나온다(「에스겔」 11:19).
97 「민수기」 20:10.
98 「마태복음」 21:18-21, 「마가복음」 11:12-14, 20-23.
99 '르 갈루아 le Gallois'란 '웨일스 사람'이라는 뜻이다. 『그라알 이야기』에서부터 페르스발은 이 별명으로 불리는데, 당시 웨일스는 덜 문명화된 지역이라 '웨일스 촌놈' 정도의 뉘앙스가 있다.
100 『그라알 이야기』에서는 페르스발의 어머니가, 『그라알 사화』의 제3부 『페르스발』에서는 페르스발의 누이가 황무한 숲속에 산다. 페르스발에게는 황무한 숲(땅)에 사는 여자 친족이 있다는 것이 정형화된 모티프였던 모양이다. 이 '황무한 땅'은 뒤에 나올 어부왕의 '황무한 땅'과는 다른 곳이다.
101 이 "세 개의 식탁"에 관한 이야기는 로베르 드 보롱의 『요셉』에서 시작되어 그것을 발전시킨 3부작 『그라알 사화』의 기본 틀이 되는데, 『성배 탐색』에서도 그 틀은 유지되나 세부사항들까지 일치하지

는 않는다.
102 「시편」 133:1.
103 로베르 드 보롱의 『요셉』에서 요셉은 일행의 죄로 인해 땅의 소산이 그치자 그라알의 식탁을 제정하라는 명령을 받으며, 그 후 요셉이 아니라 그의 매부 브롱이 브리튼 땅으로 떠난다. 반면 『성배 탐색』에서는 브리튼 땅에 그리스도교 복음을 전파한 것이 아리마대 요셉 본인이라고 이야기된다. 주 51 참조.
104 로베르 드 보롱의 『요셉』에서는 일행이 굶주림을 겪는 것이 음욕의 죄 때문이며, 요셉이 식탁을 차려 그라알을 올려놓자 그라알의 은혜를 받은 자들은 배불리 먹게 된다. 『성배 탐색』의 이 대목에서는 성배의 은혜로운 양식 공급이 예수 그리스도께서 보리떡 다섯 덩이와 물고기 두 마리로 5천 명을 먹이신 일(「마태복음」 14:15-21)이나 떡 일곱 개로 4천 명을 먹이신 일(「마태복음」 15:32-38)을 상기시키는 이야기로 전개된다.
105 로베르 드 보롱의 『요셉』에서는 성배의 식탁에 앉는 은혜를 누리지 못한 무리 중에 '모이즈(모세)'라는 자가 금지된 좌석에 앉으려다 종적 없이 삼켜지고 만다. 『성배 탐색』에서 이 이야기는 친족의 시기심 때문이라는 점에서 「민수기」 16장에 나오는 고라 자손의 반역 사건과 좀더 비슷하다.
106 원탁에 대한 이런 해석은 이전에 없던 새로운 것이다. 『그라알 사화』 중 『메를랭』에서 메를랭은 성만찬의 식탁과 그라알의 식탁에 이어 "성삼위의 이름으로" 세번째 식탁을 만들자고 할 뿐이다.
107 로베르 드 보롱의 『메를랭』에서 메를랭은 원탁의 한 기사가 지상 최고의 기사가 된 후 부자 어부왕의 궁정에 가서 그라알에 관한 질문을 함으로써 왕을 치유하고 우리 주님께서 알려주신 비밀한 말을 전수받으며 그라알을 지키는 자가 되리라고, 그리고 그럼으로써 브리튼 땅의 이사異事가 그치리라고 예언한다.
108 이런 예언도 로베르 드 보롱의 『메를랭』에는 나오지 않는 새로운 것이다.

109 주 1 참조. 아직 성령이 임하시기 전의 시점을 기준하여 이야기되고 있으므로 '오순절'로 옮긴다.
110 성령강림절에 갈라아드가 아더 왕의 궁정의 모든 문과 창문이 닫힌 가운데 나타나는 것은 부활하신 예수께서 제자들에게 나타나시는 장면(「요한복음」 20:19)을, 그날 만찬 자리에 성배가 나타나는 것은 오순절에 성령이 불길처럼 내려와 각 사람에게 임하시는 장면(「사도행전」 2:1-13)을 각각 환기한다. 그런데 이 대목에서, 그리고 뒤에서도 종종 이 두 사건은 하나처럼 이야기되며, 이는 성배가 성령과 성자를 모두 나타낸다고 보는 해석과도 일치한다. 한편 갈라아드의 붉은 무장이란 『그라알 이야기』의 서두에서 페르스발이 아더 왕의 궁정을 모욕한 붉은 기사로부터 무장을 빼앗아 입고 스스로 '붉은 기사'가 된 것을 상기시키는데, 이는 기존의 모티프를 재해석하는 작가의 솜씨를 보여주는 일례이다.
111 '창의 진실을 아는 것'은 『성배 탐색』의 서두에서 기사들이 맹세하는 탐색의 목표에 들어 있지 않았다. 창이 성배(그라알)와 함께 탐색에서 밝혀내야 할 의문의 물건으로 언급되는 것은 『그라알 이야기』에서인데, 이때의 창이란 페르스발이 어부왕의 성에서 본 그라알 행렬 중의 '피 흐르는 창'을 가리킨다. 페르스발은 "그라알에 관해, 그것으로 누구에게 음식을 가져가는지 알기 전에는, 그리고 피 흐르는 창을 발견하고 창에 왜 피가 흐르는지 진실을 듣게 되기까지는" 탐색을 멈추지 않겠다고 맹세한다. 하지만 『그라알 이야기』에서는 그라알에 관한 진실이 숲속의 은자를 통해 어느 정도 알려지는 반면, 창에 관한 진실은—그것이 언젠가 로그르 왕국을 멸망시키리라고 예언되기는 하지만—끝내 알려지지 않는다. 『성배 탐색』에서는 탐색의 여정이 거의 끝나갈 무렵 코르베닉 성에서 성배의 행렬에 '피 흐르는 창'이 등장하는데, 역시 그 내력은 설명되지 않으며 다만 그 피로 불수의 왕이 치유를 얻는 데서 그리스도의 보혈과 롱기누스의 창을 연상할 수 있을 뿐이다. '피 흐르는 창'을 십자가에 달린 예수 그리스도의 옆구리를 찌른 롱기누스의 창과 최초로 동일시한 것은 『제1속편』이

며, 『그라알 사화』의 제3부에 해당하는 산문 『페르스발』도 이를 따르고 있다. 주 189, 195, 240 참조.

112 갈라아드의 친사촌 누이는 달리 등장하지 않는다. 뒤에 나오는 펠레스 왕의 경건한 질녀와 동일 인물이라 볼 수도 있겠으나, 확실치 않다.

113 『그라알 이야기』에는 그라알 성의 이름이 명시되지 않으나, '불가타 연작'에서는 '코르베닉Corbenic'이라 불린다. 이 이름은 칼데아 말로 '거룩한 그릇,' 곧 성배를 뜻한다고 허구적으로 설명되는데, 굳이 칼데아 말을 들먹이지 않더라도 이 이름은 cor benoit, '복되신 몸,' 곧 그리스도의 몸을 뜻한다. 또는 이 cor를 켈트 설화의 풍요의 '뿔'을 가리키는 것으로 해석하기도 한다.

114 포필레 판본에는 이 왕의 이름이 명시되어 있지 않으나, 보그다노프 판본에 따르면 '팔라스le rois Pallas'이다.

115 이미 『그라알 이야기』에서부터 어부왕은 페르스발과 친척간인 것으로 이야기되며, 그것이 그가 그라알 모험의 주인공인 이유와 무관하지 않을 것으로 추정되나 작품의 미완성으로 인해 그 사정이 충분히 설명되지 못한 채로 남았다. 『성배 탐색』에서는 성배 탐색의 주역이 어부왕의 외손자 갈라아드로 바뀌지만, 페르스발도 여전히 어부왕과 친족 관계가 있는 것으로 이야기된다.

116 주 41에서 지적했듯이 "…말할 수 없고…. 생각할 수 없는"이란 성배의 신비에 대해 언급할 때마다 반복되는 표현인데, 이 대목에서는 이 어구가 성배의 신비를 수식하는 형용사절이 아니라 "다가가 있었고"를 수식하는 부사절이라 다소 어색한 감이 있다.

117 갈라아드는 모르드랭 왕의 처남 나시앵의 아들(셀리두안)의 9대손이므로 모르드랭/나시앵의 대부터 세면 10대손이다(주 51, 154 참조).

118 『그라알 이야기』에서는 어부왕의 부왕이 열두 해(사본에 따라서는 열다섯 해) 동안 그라알에 담긴 성체만으로 연명한다고 이야기된다. 그런데 모르드랭이 성배의 신비에 감히 접근하다가 이처럼 치명상을 입었다는 이야기와 앞서 갈라아드가 얻는 방패의 유래에 나오는 이야기, 즉 요세페의 임종 시에 모르드랭이 방패를 가져다가 피의 십자

가 표지를 얻었다는 이야기는 선후가 잘 이어지지 않는다.
119 「누가복음」 2:25-35.
120 effreement은 '두려워하며' 또는 '두렵게 하며' 두 가지 뜻이 다 되는 부사인데, 우리말의 '두려운 음성으로'라고 하면 양쪽 모두의 뜻으로 (페르스발과의 이어지는 대화로 보면 역시 후자에 가까워 보이지만) 해석될 수 있을 것이다.
121 이어지는 내용을 보면 이 뱀은 날개가 달렸을 뿐 아니라 불을 뿜는 '공중의 짐승', 말하자면 '용龍'이다. 성경에는 「이사야」 14:29와 30:6의 '날아다니는 불뱀'을 비롯하여 「신명기」 8:15, 「민수기」 21:6에도 '불뱀'에 대한 언급이 있거니와, 중세 문학에는 용이 심심치 않게 등장하고, 도상圖像에서도 뱀의 몸뚱이에 박쥐의 날개가 달린 괴물을 종종 볼 수 있다.
122 중세 동물지에서 사자는 그리스도의 상징일 때가 많다. 요한계시록에서도 그리스도를 "유다 지파의 사자"(5:5)라고 지칭하고 있다.
123 페르스발은 웨일스 출신이다. 주 99 참조.
124 페르디낭 로는 웨일스 풍속에 관한 이 해괴한 이야기가 고티에 맙의 『궁정 소화笑話』의 한 대목에서 와전되었을 가능성을 지적하나, 실제로 『궁정 소화』는 그리 널리 읽힌 작품이 아니었으므로 단정하기는 어렵다고 한다. 그가 인용하는 대목을 옮겨보면 다음과 같다. "웨일스인의 영광은 도둑질과 강도질에 있다. 그들은 그 어느 쪽이나 좋게 여겨, 아비가 상처 없이 죽게 되면 아들에게 모욕이 될 정도이다. 그래서 백발이 될 만큼 오래 사는 이가 별로 없다. 그곳에는 '젊어서 죽든가 늙어서 가난해지든가'라는 속담도 있으니, 누구든 늙어서 비럭질을 하지 않으려고 서둘러 죽음에 뛰어드는 것이 분명하다."(Ferdinand Lot, *Étude sur le* Lancelot *en prose*, p. 128, n. 3).
125 「요한복음」 10:11-14.
126 「마태복음」 18:12-13.
127 「마태복음」 16:18.
128 에녹과 엘리야는 성경에서 산 채로 하늘로 들려 올라갔다고 이야기

되는 인물들이다. 그들이 마지막 심판 때 돌아와 원수(사탄)와 싸우게 된다는 것은 위경인 니고데모 복음서에 나오는 이야기이다. 즉 그들은 마지막 때에 예루살렘에 돌아와 적그리스도와 싸우다 순교하며, 적그리스도는 하늘에서 천사가 던지는 번개에 맞아 죽는다고 한다.

129 「마태복음」 7:7, 「누가복음」 11:9.

130 '보리술'로 옮긴 말은 cervoise인데, 이는 홉houblon 대신 약초와 향신료를 섞은 그뤼트gruit를 써서 만든다. 고대부터 중세에 이르기까지 대중적 음료로, 위생상의 이유로 물보다 선호되었다.

131 Biax douz peres Jhesucrist. 직역하면 '아름답고 다정하신 아버지 예수 그리스도.' 성부와 성자를 이렇게 동일시하는 것이 이상하게 들릴 수도 있지만, 『성배 탐색』에서는 자주 성삼위가 동일시되는 것을 볼 수 있다.

132 단순무지한/어리숙한 페르스발Perceval le Nice이란 『그라알 이야기』 이후 변치 않는 페르스발의 특징인데, 『성배 탐색』에서는 그 어리숙함, 단순함을 전적인 은혜에 대한 의존이라는 신앙의 태도로 변용해 간다.

133 「에스겔」 28:17.

134 「이사야」 14:12-15.

135 「요한복음」 6:41. 페르스발은 어리숙하여 번번이 악마의 간계에 빠지지만, 그의 순수한 영혼은 그리스도의 음성을 알아듣는다(「요한복음」 10:27).

136 "구원되었느니라"로 옮긴 gariz(guéri)는 직역하면 '치유되었느니라'가 되겠지만, '치유'라고 하면 넓적다리의 상처에서 치유되었다는 말로만 들릴 수 있는데 이 대목에서는 좀더 넓은 의미에서 영적 상태의 회복을 말하는 것이므로 "구원되었느니라"로 옮긴다.

137 랑슬로가 내내 비밀로 간직해오다 오직 은자에게만 고백한 그니에브르 왕비와의 사랑에 대해 시동이 이렇게 말하는 것은 일견 이상해 보일 수도 있으나, 『성배 탐색』의 기사들이 은자, 은둔수녀를 비롯해

숲속에서 만나는 이들은 예전의 브리튼 설화에서라면 '경이로운 딴 세상'에 속했을 인물들로, 모험의 이면에 있는 진실을 알고 있을 때가 많다.

138 서양 중세 사회에서 귀족 계급의 대부분은 기사였으나, 그 일부는 성직자나 수도사가 되었고, 기사였다가 성직자나 수도사가 되는 이들도 적지 않았다. 이어지는 문장에서 "이전으로 돌아가 무기를 들었다"라고 하는 것으로 보아 이 은자의 동료도 그런 사람이었던 모양이다.

139 이어지는 내용은 아들 갈라아드에게서 발견되는 선한 자질들이 랑슬로 자신에게도 있었음을 말해준다. 『랑슬로』본편에 따르면 랑슬로의 세례명이 갈라아드였다. 은자가 꼽는 순결, 겸손, 인내, 정의, 자비 등의 덕목은 그런 덕목들을 분석하는 데 탁월했던 당시의 종교적 분위기를 보여주는데, 특히 순결을 으뜸으로 꼽는 것은 시토를 위시한 수도원 영성에서 그것이 하느님에 대한 흠 없는 사랑의 징표로 여겨졌기 때문이다.

140 「누가복음」 18:10-13.

141 『성배 탐색』의 저자는 이 예화의 배경인 유대 회당에는 신상이 허락되지 않았음을 잊고 있는 듯하다. 「누가복음」의 세리는 "감히 눈을 들어 하늘을 쳐다보지도" 못한다.

142 「마태복음」 10:28.

143 '애덕'이라 옮긴 charité는 하느님과 이웃에 대한 사랑을 말한다.

144 사랑이 눈(시선)을 통해 상대방의 마음에 화살을 날려 치명상을 입힌다는 것은 트루바두르들의 시에 흔히 등장하는 비유이다.

145 이 대목에서는 성배와 예수 그리스도가 동일시되고 있다.

146 「마태복음」 22:1-14.

147 「고린도전서」 3:16-17.

148 「고린도전서」 13:12.

149 주 122 참조.

150 면갑ventaille이란 얼굴 아랫부분, 즉 코끝에서부터 턱까지를 보호하는 장비로 시대에 따라 변형되었다. 뒤에서 "투구와 사슬갑옷을 벗고

면갑을 내렸다"든가 하는 것으로 보아 투구에 장착된 형태는 아니고, 투구 안에 쓰는 두건의 아랫부분인 듯하다.
151 앞에서 갈라아드가 방패를 얻는 모험에서는 아리마대 요셉의 아들 요세페가 에발락 왕에게 조언한 것으로 이야기되나, 여기서는 아리마대 요셉 자신이 조언했고 세례를 준 것이 요세페라고 한다.
152 갈라아드가 랑슬로의 사생자로 태어난 것을 가리킨다.
153 에발락 왕의 세례명.
154 셀리두안부터 이사이까지는 스코틀랜드 왕이었다고 하니, 셀리도인, 나르푸스, 나시엔, 엘리안 더 팻, 아이자이아[이사야] 등으로 적어야 할지도 모르지만, 일관성을 위해 셀리두안, 나르퓌스, 나시앵, 엘리앙르 그로, 이자이 등으로 적는다. 다시 정리하자면, 랑슬로가 꿈에서 본 "별들로 둘러싸인 사람" 또는 모르드랭 왕이 꿈에서 본 "호수"가 셀리두안으로, 모르드랭 왕의 처남 나시앵이 주님의 보내심을 받아 브리튼에 와서 낳은 아들이다. 그에게서 일곱 왕과 두 기사 또는 아홉 줄기 강이 나온 것이다. 이 계보가 자칫 혼선을 빚을 수 있는 것은 랑슬로의 조상으로 셀리두안을 제외한 "일곱 왕"만을 꼽고 있기 때문이다. 앞서 페르스발이 들은 모르드랭 왕의 이야기에서 왕이 갈라아드를 "자기 혈통의 9대손"이라 말하는 것도 셀리두안을 빠뜨린 계산으로 보인다. 주 51, 117 참조.
155 아더 왕 이야기의 다른 기사들과 달리, 랑슬로가 프랑스 출신임을 말해주는 대목이다(주 9 참조).
156 이 모험은 『랑슬로』 본편에 나오는 것으로, 랑슬로는 위험한 숲에서 사자 두 마리가 지키는 끓는 샘을 발견한다. 그는 사자들을 죽이고 샘에서 자기 선조인 흰 땅의 왕 랑슬로의 머리를 꺼낸다. 후일 갈라아드가 이곳에 이르러 샘을 정화하게 된다.
157 『랑슬로』 본편에서 랑슬로의 부친 방 드 베노익은 클로다스 왕과 대결하던 중 믿었던 신하에게 배신을 당해 영토를 잃고 죽는데, 죽음을 앞두고 깊은 신앙에서 우러나는 기도를 드리는 것으로 이야기된다.
158 「에스겔」 18:20.

159 「마태복음」 25:31-46.
160 은둔수녀 또는 봉쇄수녀recluse는 예배당에 딸린 집이나 방에 평생 '갇혀recluse' 사는 수녀로, 앞에서 페르스발도 백모인 은둔수녀의 '작은 창문fenêtre'을 두드리는 장면이 나오지만, 랑슬로가 만난 이 은둔수녀는 '작은 창구voiete; boete'를 통해 제단을 바라본다는 것을 보면 아마 예배당 안의 작은 방에서 봉쇄 수도 생활을 하는 것 같다.
161 『성배 탐색』의 의미 체계를 단적으로 노정해주는 대목이다. 즉 현실은 현실인 동시에 그 이상의 의미가 있다(주 76 참조). 특히 이 경우는 독특하여, 현실(무술시합)이 마치 계시적인 꿈과도 같이 해석되어야 할 기표인 동시에 다른 현실(랑슬로의 탐색 여정)의 기의가 되는 것을 볼 수 있다.
162 이 인물은 나중에 탐색의 세 동지(갈라아드, 페르스발, 보오르)가 당도하는 코르베닉 성에서 다시 등장하겠지만, 이 대목과 별 관계는 없어 보인다.
163 『성배 탐색』에 나오는 날들을 엄밀한 달력에 맞출 수는 없을 듯하다. 랑슬로는 무술시합이 있기 전날 은자의 집에서 빵을 먹고 보리술을 마셨는데, 전날도 그 전날도 아무것도 먹지 못했다니 말이다.
164 '마르쿠아즈강'이란 앞에서 페르스발을 유혹하는 아가씨가 그를 절망시키기 위해 거짓말로 선한 기사를 만났다고 하는 '황무한 숲의 한복판을 흐르는 큰 강'의 이름이기도 하다. 하지만 꼭 같은 강을 가리키는 것은 아닐 수도 있고, 이에 상응하는 실제 지명은 확인되지 않는다.
165 성경에서 말은 인간적인 힘을 상징할 때가 많다. 정체 모를 기사가 랑슬로의 말을 죽여버렸다는 것은 그가 더 이상 자기 힘에 의지할 수 없게 되었음을 말해준다. 그는 이제 자신의 한계에 이르러 더는 나아갈 수 없는 곳에서 신의 손길을 기다릴 수밖에 없다.
166 성령강림절은 대체로 6월 초이고 막달라(마들렌) 축일은 7월 중순이다.
167 랑슬로의 부친인 방 드 베노익 왕이 메를랭의 장난으로 아그라바댕

왕의 딸에게서 낳은 아들, 즉 랑슬로의 이복동생이다.

168 오른쪽 가슴 앞에 창을 받치기 위한 장치.

169 나시앵이라는 이름의 인물은 이미 세 사람이 나왔다. 즉 탐색이 시작되기 전 아더 왕의 궁정에 전령들을 보내왔던 은자도 나시앵이고, 에발락 왕의 처남 세라프의 세례명이 나시앵이며, 그의 고손자 역시 그를 기려 같은 이름이다. 여기서 등장하는 네번째 나시앵은 탐색이 시작되었다는 것을 "소문으로 들었다"는 것으로 보아, 앞서 나왔던 은자 나시앵과 다른 인물일 것이다. 주 32 참조.

170 보오르는 마법에 걸려 고르(또는 에스트랑고르)의 브랑구아르 왕의 딸에게서 아들 엘랭 르 블랑을 낳은 바 있다. 이때 순결을 잃은 것이 그의 유일한 흠결이라고 이야기된다.

171 원탁의 기사들이 실제로 맹세한 것은 성배를 더 분명히 보는 것, 즉 성배의 진실을 아는 것으로, '방금 자신들이 맛본 것처럼 감미로운 양식이 날마다 차려지는 고귀한 식탁에 앉기 전에는 편력을 그만두지 않겠다'라고 했었다. 이 맹세를 '세상의 명예와 성배의 양식'을 얻겠다는 말로 해석하는 은자는 그들이 세상적인 명예욕에서 벗어나지 못한 채 영적인 은혜를 얻으려는 자가당착에 빠져 있었음을 보여준다.

172 원탁의 기사들은 출행 전에 "아무도 고해를 하고 죄 사함을 받지 않고서는 이 탐색에 나설 수 없으니, 모든 패역함과 죄악에서 씻김을 받고 정결해지기 전에는 아무도 그처럼 고귀한 과업을 수행할 수 없기 때문"이라는 권고를 듣기는 했지만 진심으로 따르지는 않았던 모양이다.

173 고뱅이 꾼 꿈의 마지막 부분은 "다들 꼴 시렁으로 돌아오자 큰 다툼이 일어나 식량이 부족해져서 뿔뿔이 흩어져야 하게 되었다"는 것으로, 『아더 왕의 죽음』을 예고한다.

174 함께 출행한 모든 기사가 바강의 성에서 헤어진 후 보오르와 랑슬로가 만난 일에 대해서는 아무 이야기가 없으므로, 그때 헤어진 일을 가리키는 것일 터이다. 나중에 수도원장이 보오르에게 그가 탐색을 떠나 "그리 멀리 가지 않았을 때" 펠리컨이 죽어가는 광경을 보았다

고 말하는 데서도 이를 확인할 수 있다.
175 「마태복음」 7:17-18.
176 원문의 escarlate는 흔히 자구적으로 '붉은 천'이라 풀이되는 말인데, 실은 고운 모직 또는 비단 천으로 반드시 붉은색은 아니라고 한다. 하지만 이 대목에서는 escarlate vermeille라고 명시되어 있으므로 '붉은 천'으로 옮긴다. 이 말은 뒤에서 랑슬로가 코르베닉 성에서 받아 입는 겉옷으로 한 번 더 나오는데, 그때는 그냥 '고운 천'으로 옮기기로 한다.
177 주 3에서 설명한 것과는 달리, 『성배 탐색』에는 날이 샌 후 조과 matines를 드렸다는 대목이 더러 있는데, 이는 실제로 철야과vigiles를 드린 후 잠시 사이를 두었다가 날이 샐 무렵에 조과를 드리기도 했으며, 여름이면 이미 날이 밝아 있기도 했다는 정도로 설명할 수 있을 것이다.
178 보오르가 여성주를 demoiselle이 아니라 dame이라고 부르는 것은 경칭인데, 적당한 역어가 없어 '아가씨' 대신 '부인'으로 옮긴다. 가신이나 하인들이 여성주를 부를 때는 '아씨'라는 호칭을 사용했다.
179 「아가」 1:5-6.
180 원문은 '사슬갑옷의 사슬.' 투구를 벗기고 머리를 내리쳤는데 갑옷의 사슬이 파고들었다니 좀 이상하게 여겨질지도 모르지만, 투구 아래 쓰는 '사슬두건'까지 포함하여 사슬갑옷이라 한 것으로 보인다.
181 '흰 수도사'란 흰 수도복을 입었던 시토회 수도사를 가리키곤 했다. 주 45 참조.
182 이런 해석은 중세 동물지에 나오는 펠리컨의 생태에 관한 해석과 일맥상통한다. 즉 펠리컨의 새끼들이 자라면 제멋대로 날개를 치므로 어미 새의 반격에 죽고 만다. 사흘 후, 어미 새는 자기 가슴을 쪼아 그 피로 새끼들을 적셔서 새끼들을 되살려낸 다음 자신은 죽는다. 이것이 그리스도의 대속적 죽음을 예표한다는 것이다.
183 아망Amant은 '사랑하는 자'라는 뜻.
184 크레티앵 드 트루아의 『사자의 기사 이뱅』 첫머리에서 원탁의 기사

들이 모인 가운데 브로셀리앙드 숲에서 겪은 경이로운 모험 이야기를 들려주는 기사로, 그 자신이 실패한 이 모험에 그의 사촌인 이뱅이 나서게 된다. '불가타 연작'에서도 그는 아더 왕 치세 초기부터 원탁의 기사 중 비중 있는 인물로 자주 등장한다.

185 엑토르는 랑슬로와 이복형제지간이니, 갈라아드는 그에게 조카가 된다. 주 167 참조.

186 고뱅의 homme courtois(궁정풍 예모를 갖춘 사람)으로서의 면모를 잘 보여주는 대목이다. '외부 사람'이란 아더 왕의 궁정에 속하지 않았다는 의미이다.

187 칼데아란 유프라테스강과 티그리스강의 비옥한 삼각주 일대의 바빌로니아 지방을 가리키는 그리스 이름이다. 『성배 탐색』에서는 종종 고유명사의 신비한 어원을 칼데아어에서 찾는데, 솔로몬 왕 시대의 언어, 아리마대 요셉 시대의 언어를 모두 칼데아어라고 하여 히브리어, 아람어 등을 통틀어 가리키는 것으로 보인다.

188 펠르앙Pellehan이 페르스발의 부친의 이름이라는 것은 『성배 탐색』에서뿐이다. 펠르앙이란 대개 불수의 왕의 이름으로(『성배 탐색』에서는 파를랑 또는 펠리노르, 『성배 사화』에서는 펠르앙), 페르스발의 부친이 이 이름으로 거명되는 것은 본래 그라알 이야기의 주인공이 페르스발이었음을 엿보게 한다.

189 아더 왕 이야기, 특히 그라알 소설들에서 거듭 나타나는 이른바 '고통의 일격Coup Douloureux' 또는 '배신의 일격Coup Félon'의 모티프이다. 켈트 설화에서 중요한 이 모티프는 주인공이 '다른 세상'을 방문하여 그곳 왕이 치명상을 입었고(그 상처를 입힌 무기인 창이나 검도 부러졌고) 이 '고통의 일격'의 결과로 왕국 전체가 황무지가 되었다는 사연을 접하며, 그 무기를 복구하고 상처를 고침으로써 황무한 땅에 풍요를 되찾아준다는 것이다. 『그라알 이야기』 역시 이 모티프를 원용하고 있는데, 불수의 왕에게 타격을 입힌 무기가 무엇인지 말해지지 않고, 피 흐르는 창, 위기의 순간에 주인을 배신하고 부러져버리는 검 등 내력을 알 수 없는 신비한 무기들이 의문으로 남아

이후 『속편』들에서 복잡한 전개 양상을 보이게 된다. 『성배 탐색』에서는 '고통의 일격'이라 할 만한 치명타가 몇 번 더 이야기되며 배신의 검, 난데없이 날아든 창, 피 흐르는 창 등 신비한 무기들이 모두 등장한다. 주 111, 195, 240 참조.
190 말로는 "이 검을 뒤집어봅시다"지만, 실제로 검은 아직 검집에서 뽑지 않은 상태이니 뒤집어본 것은 검이 꽂힌 상태의 검집이고, 검집 앞뒷면의 바탕색이 모두 붉다는 것을 알 수 있다.
191 이런 예언은 『그라알 이야기』에서 페르스발이 그라알 성에서 얻은 검에 대한 예언과 같다. 그가 그라알에 관해 아무것도 묻지 못하고 성에서 나온 후에 만난 사촌 누이는 그 검이 위기의 순간에 그를 배반하고 산산이 부서져버리리라고 경고하며, 만일 그럴 경우 검을 고칠 방법에 대해 수수께끼 같은 조언을 해준다. 『성배 탐색』에 나오는 다윗의 검은 이처럼 검이 부러지는 것과 그것을 도로 붙이는 이야기를 모두 담고 있다. 주 236 참조.
192 '투르누아양 섬Île Tournoyante', 즉 '회전하는 섬'이나 '회전하는 성 Château Tournoyant'은 브리튼 설화에 흔히 등장하는 요정 나라의 모티프이다. 참고로, 『성배 탐색』의 이 '회전하는 섬'에 대해서는 『성배 사화』에서 좀더 자세히 이야기된다. 즉, 그것은 창조주가 4원소를 분리할 때 남은 찌꺼기로 이루어진 섬으로, 해저의 자석 위에 정착하여 그 자기력 때문에 회전한다고 한다.
193 '위험한 항구'라는 뜻이다.
194 '말을 탈 수 있었을 때는'이라는 말은 『그라알 이야기』에서 어부왕이 부상으로 인해 말을 탈 수 없어서 사냥 대신 낚시로 소일한다는 대목에서 보듯, 아직 그를 불수의 상태로 만든 부상을 입기 전이라는 뜻이 될 터이다. 주 13 참조.
195 검을 가지려다 입은 타격이지만 타격을 가한 무기는 창인데, 무슨 창인지에 대해서는 설명이 없다. 뒤에서 갈라아드는 '피 흐르는 창'의 피를 불수의 왕에게 발라 치유를 가져오게 되는데, 그 '피 흐르는 창'이 왕에게 상처를 입힌 창이라고 명시되지는 않는다. 다만 맥락

상―'고통의 일격'이라는 신화적 모티프를 참조할 때―그런 연관성을 추정할 수 있을 뿐이다. 주 111, 189, 240 참조.

196 중세 프랑스어에서 fuissel, fuseau라는 말은 '나뭇조각morceau de bois,' 또는 '방추紡錘fuseau'를 가리키는데, 이는 라틴어 fustis(막대기)의 축소형인 fusticulus와 fusus(방추)의 축소형인 fusellu가 일찍부터 혼동된 결과이다. 뒤에 가서 솔로몬의 왕비가 그것들을 만들어 침대에 박게 하는 대목을 보면, 찍어낸 나무를 가져다가 방추 모양으로(유선형으로) 다듬었음을 알 수 있다. 현대불역본 중 베갱은 un morceau de bois, 베리는 une petite pièce de bois en forme de fuseau, 봄가르트네르는 une petite pièce de bois semblable à un fuseau, 마타라소의 영역본은 post로 옮기고 있다. 솔로몬의 왕비가 길이에 대해 별다른 지시사항을 내리지 않았던 것으로 미루어 세 개의 길이가 모두 같다고 본다면, 모두 침대 폭만 한 길이는 될 것이고, 그렇다면 '나뭇조각'보다는 마타라소처럼 긴 기둥 같은 모양으로 보아야 하리라 생각되어 '목간木竿'으로 옮기고 필요한 경우 '방추 모양'을 명시하기로 한다. 마타라소는 "가느다란 가로장cross-piece이 두 개의 똑바른 기둥post에 박혀" "그것들을 머리 위에서overhead 연결하고 있었나"라고 옮기고 있으며, 봄가르트네르는 이 침대의 닫집dais과 같은 구조물이 얼추 십자가 모양을 이루고 있다고 보기도 한다. 하여간 이 '(방추 모양의) 목간'들은 단순한 목간이 아니라 운명의 여신 파르카Parca들이 실을 잣는 '방추'를 시사한다는 해석이 일반적이다.

197 「창세기」 3장 선악과 사건을 이야기하면서, 작가는 선악과가 붙어 있던 '가지'에 대해 언급함으로써 성경 본문에는 없는 이야기를 이어붙인다. 이런 방식은 로베르 드 보롱이 그리스도께서 최후의 만찬에서 쓰신 '잔'에 주목하여 '성배'와 아리마대 요셉에 관한 이야기를 지어내는 방식과도 비슷하다.

198 virginité와 pucelage를 구별하고 전자가 후자보다 나은 것임을 말하는데, 우리말로는 pucelage를 단순히 '동정'이라고 옮길 경우 '동정녀 마리아Vierge Marie'라는 통상적인 호칭과 상충되므로, 본문의 맥락에서

는 '육체적 동정'이라고 풀어 옮긴다.

199 앞 문단 끝부분부터 원문대로 옮기면 다음과 같다. "하지만 그 후에 하느님께서는 아담에게 아내를 알도록, 즉 그녀와 육신적으로 결합하도록 **명하셨으니**, 자연이 요구하는바 남자는 아내와 결합하고 아내는 자기 주인과 결합하게끔 **되었다**. 그리하여 이브는 순결을 **잃었고**, 이후로 그들은 육체적 결합을 갖게 **되었다.**/ **그렇듯 그가 그녀를 알게 된 후 오랜 세월이 지나**, 두 사람은 그 나무 아래 앉게 되었다." 즉 아담과 이브의 육신적 결합이 이미 이루어진 다음을 이야기하는 것이다. 하지만 그래서는 뒤에 가서 다시 하느님께서 두 사람의 육신적 결합을 명하셨고, 그 후 나무가 녹색이 되었다고 하는 내용과 맞지 않으므로, 이 문단 서두의 밑줄 친 부분을 '낙원으로부터 추방된 후'로 바꾸고 앞 문단 끝부분의 과거 시제를 '…하게 된다'라고 이후에 일어날 일을 말하는 것으로 손질하여 혼동이 없게 했다.

200 이 '생명의 나무'는 그러니까 선악과나무의 가지에서 자라난 것으로, 에덴동산 중앙에 선악과나무와 함께 있던 생명나무와는 다른 것이다.

201 지옥에 떨어진 천사들의 열번째 군단을 재건하기 위해 인류가 창조되었다는 설은 고대로부터 내려오는 것으로, 정통 그리스도교의 시각은 아니지만, 일찍이 성 아우구스티누스도 『신국론 De civitate Dei』 제22권에서 비슷한 견해를 시사한 바 있다.

202 이 대목과 이어지는 몇 군데에서는 마치 아벨이 아담과 이브의 첫자식인 것처럼 말하고 있으나, 성경에 따르면 아벨에게는 카인이라는 형이 있었다(「창세기」 4:1-2). 『성배 탐색』은 형제간 서열을 딱히 명시하지 않지만, '형제'라고만 옮기기에는 어색한 대목들이 있으므로, 널리 알려진 대로 카인을 '형'으로, 아벨을 '아우'로 옮긴다.

203 형제를 죽이기에 이르는 증오심, 곧 살인자의 바르지 못한 마음이 굽은 칼로 형상화되고 있다. 카인의 이 일격이 말하자면 최초의 '배신의 일격'일 것이다.

204 '참되신 입'이란 성경 말씀을 가리킨다. 하지만 아벨이 그리스도처럼 금요일에 죽임을 당했다는 것은 성경에는 없는 세부로, 뒤이어 말하

는 아벨의 죽음과 그리스도의 죽음 사이의 예표적 관계를 강화하려는 의도에서 지어낸 것일 터이다.
205 「시편」 50:20-21.
206 「창세기」 4:10-12.
207 『우의서 Paraboles』란 불가타 성경에서 「잠언」을 가리키는 말이다. "이스라엘 왕 다윗의 아들 솔로몬의 우의라 parabolae Salomonis filii David regis Israhel." 본문에 인용된 것은 「잠언」 31:10을 가리키는 듯한데, 역시 솔로몬이 썼다고 알려져 있는 「전도서」 7:28에도 비슷한 대목이 있다.
208 성모 마리아가 솔로몬의 후손이라는 말은 성경에 없으며, 이 대목에 관해서는 『성배 탐색』의 면밀한 연구자 포필레도, 다른 현대어 역본들도 딱히 언급하고 있지 않다. 주 26 참조.
209 이 여호수아란 성경에 나오지 않는 허구적인 인물이다. 모세의 후계자 여호수아가 뛰어난 군사 지도자였다는 데서 연상된 이름인 듯하다.
210 여기서도 '방추'를 만들 만큼의 나무를 찍어냈다고 하면, 보통 생각하는 방추는 뒤에서 묘사되는 것처럼 침대의 폭을 가로지를 만큼 길지 않으니 이상해진다. 하지만 마타라소처럼 아예 'post(침대)기둥'라고 옮길 경우 방추의 상징성은 배제되고 만다. E. 봄가르트네르 역본에는 그 상징성에 대해 이런 주석이 달려 있다. "여기서 운명의 실을 잣는 여신들의 상징인 방추와 생명의 나무 사이의 관계가 명백히 수립된다. G. 뒤랑이 말했듯이 '방추는 그것이 시사하는 회전 운동으로 인해 운명에 맞서는 부적이다. 그것은 인간과 신을 연결하는 실의 연속성을 나타내는 표지이자 대속 및 잃어버린 낙원으로의 회귀에 대한 약속으로 해석될 수 있다.'"(봄가르트네르, 주 87). 주 196 참조.
211 앞서 뱃전에 적힌 글로 인용되었던 것과 문면이 똑같지는 않다.
212 이상 선악과나무가 '생명의 나무'가 되는 이야기, 그리고 솔로몬의 배 이야기는 중세의 십자가 전설에서 유래한 것이다. 이 전설의 가장 흔한 형태는 포필레의 연구서(A. Pauphilet, *Étude sur la Queste del Saint Graal attribué à Gautier Map*, 1921)에 소개되어 있다. 즉 하느님

은 에덴동산에서 아담과 이브를 추방하실 때, 아담에게 그의 생애가 끝날 때 '자비의 기름'을 주시겠다고 약속하셨다. 세월이 흐른 후, 아담은 아들 셋Seth을 에덴으로 보내 약속된 것을 받아오게 했고, 천사는 셋에게 선악과나무 꼭대기의 갓난아기를 가리켜 보여주며 저것이 '자비의 기름'이라고 일러주고는, 그 나무의 씨앗 세 개를 주었다. 그 씨앗들에서 성삼위를 상징하는 세 가지 다른 나무가 나왔고, 이 나무들로 만든 모세의 지팡이를 다윗이 다시 심었으며, 솔로몬은 그 나무들에서 얻은 목재로 성전의 대들보를 만들려 했으나 뜻대로 되지 않았다. 그래서 성전 안에 따로 보관되어온 그 목재가 우여곡절 끝에 십자가를 만드는 데 쓰이게 되었다는 것이다.

『성배 탐색』은 셋이 에덴에 가서 나무의 씨앗을 가져오는 대신 이브가 추방될 때 자기도 모르게 그 나무의 가지를 들고 나왔다고 이야기를 단순화하는 한편, 성삼위를 상징하는 세 가지 나무 대신 동일한 나무가 인간의 상태에 따라 흰색, 녹색, 붉은색으로 변했다(원나무에서 번식한 나무들은 원나무가 그때그때 띠었던 색깔대로 자라났다)고 이야기한다. 그리고 그 나무들에서 얻은 목재가 성전 대신 배를 짓는 데 쓰였다고 하는데, 그리스도교 전통에서 배는 곧 교회를 상징한다. 이런 맥락에서 세 가지 빛깔의 목재로 장식된 침대는 곧 십자가에 상응한다고 볼 수 있다. 주 249~50 참조.

213 이상한 검대의 검l'Espee as estrange renges은 『그라알 이야기』에서도 모험에 성공하여 최고 영예를 누리는 기사가 차게 되리라고 이야기되었던 검이다. 즉, 아더 왕의 궁정에 추한 아가씨Demoiselle Hideuse가 나타나 페르스발이 그라알 모험에 실패한 것을 꾸짖는 한편, 궁정 전체에 새로운 모험을 고하며 "그 [모험에 성공하는 기사]는 온갖 칭송을 받게 될 것이며 […] 저 이상한 검대의 검을 두려움 없이 찰 권리 또한 갖게 될 것"이라고 말하는 것이다. 다시 말해 『그라알 이야기』에서는 페르스발이 그라알 성에서 얻은 '배신의 검'과 페르스발 이외의 기사들에게 목표로 제시되는 '이상한 검대의 검'이 별개인 반면, 『성배 탐색』에서는 '배신의 검'처럼 부러졌다 도로 붙여진 다윗

의 검이 새롭게 명명되어 '이상한 검대의 검'이 된다. 주 236 참조.
214 앞에서 솔로몬의 아내는 솔로몬에게 "어느 모로 보나 검에 걸맞은" 검집을 만들라고 할 뿐, '생명의 나무'가 검집의 재료가 되었다는 말은 없다. 또한 그라알의 세 동지도 배 안에서 처음 검집을 보았을 때 "그것이 뱀 가죽이 아니라면 무엇으로 만들어졌는지 알 수 없었다"고 한다. 그러나 솔로몬의 배 이야기를 듣고 난 이제 그들은 검집 앞뒷면의 장미꽃처럼 또는 피처럼 붉은 바탕—그 위에 금색과 청색 글자들이 새겨진—이 아벨의 피로 물든 '생명의 나무'에서 나왔음을 안다.
215 성작calice, calix은 포도주를 담는 용기이므로, 성체가 담긴 용기라면 성합聖盒ciboire이나 성반聖盤이라야 하지 않을까 싶지만, 원문대로 옮긴다. 주 242 참조.
216 즉, 사제복을 입고.
217 이 문장을 직역하면—departir를 해석하기에 따라—"모험이 닥치는 즉시 (이곳을) 떠나십시오" 또는 "모험이 닥치는 즉시 서로 헤어지십시오"가 된다. 전자의 해석은 동지들이 카르슬루아 성을 떠나기 전에 다른 모험이 일어나지 않으니 맞지 않고, 후자의 해석은 그들이 실제로 헤어지는 것이 '흰 사슴의 모험'과 '처녀들의 성'에서의 모험을 겪은 후이므로 역시 맞지 않는다. 앞뒤 맥락에 무리가 없게끔 "되도록 빨리 출발하십시오" 정도로 해둔다. 탐색의 세 동지에게 각기 헤어져 가라는 주님의 명령과 그들이 불수의 왕의 집에서 다시 만나게 되리라는 예언은 뒤에서 페르스발의 누이도 전하게 되므로 꼭 이 대목에서 필요하지는 않을 것이다.
218 흰 사슴은 켈트 설화에서 중요한 모티프로, '다른 세상' 즉 요정 세계의 표지로 간주된다. 페르스발이 흰 사슴을 만났다는 이야기는 『성배 탐색』에서는 앞서 언급된 바 없다. 이전 작품들 중에서는 『제2속편』과 그것을 바탕으로 한 산문 『페르스발』에 나온다.
219 말 그대로 성령께 드리는 미사이다. 당시 신앙심의 변화 양상은 종교사가 셀리니의 책에서 찾아볼 수 있다. "11세기부터는 종교적 감수성

과 경건생활의 새로운 형태들이 힘차게 나타났다 […] 13세기에는 관심이 좀더 직접적으로 그리스도의 수난으로 옮겨졌다 […] 13세기의 신심은 그리스도 중심적이었고 법리적·이성적이라기보다는 감성적인 요소들에 호소했다 […] 믿음은 우선 그리스도의 모방이요 사도들의 모방이었다. 사도들의 생활 방식은 그들의 스승이 생활 방식보다 따르기 더 쉬웠으므로, 사도적 삶이 모든 사람이 따르고자 하는 모범이 되었다. 그런데, 구약이 성부 하느님을 주연 배우로 삼았듯이 복음서가 그리스도의 역사 속 등장을 알렸다면, 「사도행전」부터는 삼위일체의 제3위격인 성령이 신성의 주된 표현이 되었다 […] 그리하여, 성령은 신자들의 신앙생활과 신학자들의 주의를 끌게 되었다."(J. Chélini, *Histoire religieuse de l'Occident médiéval*, Paris: Colin, 1968; réimp. Hachette, 1997, pp. 402~403).

220 '봉헌 기도'로 옮긴 말은 secré/secrète이다. 이는 미사 때 빵과 포도주의 봉헌offertoire 후에 사제가 낮은 소리로 드리는 기도인데, 회중에 들리지 않기 때문에 그렇게 불린다고 한다.

221 그리스도교 성화의 전통에서는 네 명의 복음서 기자(마태, 마가, 누가, 요한)를 네 생물(인간, 사자, 황소, 독수리)로 그리는데, 이는 「에스겔」 1장 및 「요한계시록」 4장의 환시 가운데 하느님의 병거 내지 보좌를 둘러싸고 있는 네 생물에서 유래하는 상징으로, 예수 그리스도의 네 가지 면모를 나타내는 것으로 해석된다.

222 마상 대결에서는 먼저 창으로 가격하며 대개 그때 창 자루가 부러진다. 그러니 '창 자루를 부러뜨리기도 전'이라는 것은 '제대로 싸워보기도 전'이라는 뜻이다.

223 사라즈는 아리마대 요셉 일행이 예루살렘을 떠나 처음으로 당도했던 이방인들의 도성으로, 이곳의 왕인 에발락이 개종하여 모르드랭이 된다. 사라즈에서 요세페는 주교로 서임되며 성배의 신비를 보는 것을 허락받는다. 그러므로 사라즈는 성사의 예루살렘에 버금가는 허구적인 '거룩한 도성'이라 할 수 있다. 후일 갈라아드 일행이 그곳에 당도할 때, 사라즈는 이전의 불신 상태로 돌아가 있지만, 갈라아드가

왕이 되어 다스리면서 영적 회복을 얻는다. 주 51 참조.
224 아더 왕 이야기에 자주 등장하는 난쟁이는 요정 세계에 속하는 인물 중 하나로, 대개 악의 편이다.
225 '새벽'이라는 뜻.
226 보드마귀 왕은 탐색이 시작된 직후 흰 수도원에서 방패의 모험에 나섰다가 흰 갑옷의 선한 기사에게 심한 부상을 입고 살아날지 어떨지 알 수 없다는 상태로 이야기에서 사라졌었다. 그가 고뱅에게 죽임을 당했다는 것은 이 대목에서 처음으로 이야기되는 사실이다. 앞에서 고뱅에게 죽임당한 기사는 이뱅 리 아볼트르였다.
227 이는 『랑슬로』 본편에 나오는 일화와 연결된다. 즉 고뱅과 엑토르는 무덤마다 검이 서 있는 묘지를 지나게 되는데, 그것은 "음욕의 죄 때문에 성배의 모험을 완수하는 데 실패할 가련한 기사"의 몫이 될 모험으로, 고뱅 일행이 들어가려고 하면 검들이 공격해오기 때문에 들어가지 못한다. 이 묘지를 둘러봄으로써 랑슬로는 성배의 모험에 실패한 것을 확인하는 셈이다.
228 모르드랭(에발라) 왕은 아리마대 요셉 및 그의 아들 요세페와 동시대, 즉 주후 1세기부터 성배 탐색의 시대인 5세기 중반까지 살았으니 400년 가까이 살았던 셈이다. 앞에서 페르스발이 이 수도원을 방문했을 때, 모르드랭 왕은 "(치명상을 입은 후) 400년 동안 성체 말고는 다른 지상의 음식을 입에 대지 않은 채 살았다"고 이야기된다.
229 주 156 참조.
230 플레야드 판의 원문에는 "이전에 가졌던 랑슬로의 샘이라는 이름"이라 되어 있다. 즉 랑슬로의 세례명을 가진 갈라아드는 랑슬로가 잃어버린 순수성을 상징하는 인물로, 랑슬로가 실패한 모험들을 차례로 수행해나가는 것이다. 주 139 참조.
231 랑슬로가 이 수도원에 갔던 이야기는 『랑슬로』 본편에 나온다. 즉 그는 거룩한 묘지에서 봉인된 무덤을 덮은 묘석을 들어 올리고 오즐리스 왕 갈라아드의 시신을 발견하지만(오즐리스Hoselice 일명 소를리스Sorelice는 웨일스의 옛 이름으로, 아리마대 요셉의 아들 갈라아드

Galaad de Galefort는 오즐리스 최초의 그리스도인 왕이었던 것으로 이야기된다), 지하 묘실에 있는 시므온의 불타는 무덤에는 다가가지 못한다. 주 22, 248 참조.

232 이 시므온이 누구이며 아리마대 요셉에게 무슨 죄를 지었는지는 『랑슬로』본편에서도 『성배 탐색』에서도 자세히 이야기되지 않으며, 『성배 사화』에서 좀더 발전된 이야기를 찾아볼 수 있다.

233 이렇게 정확한 연수를 말하는 것은 특이하다. 굳이 따져보자면, 성배 탐색이 시작된 것이 그리스도 수난 후 454년이라고 하니, 시므온이 아리마대 요셉에게 죄 지은 것은 수난 후 100년이었던 셈이다. 『성배 탐색』에 따르면 아리마대 요셉은 그리스도 수난 후 42년, 즉 주후 75년에 예루살렘을 떠났다니, 시므온의 사건은 그 후 25년 만에 일어났다고 볼 수 있을 것이다. 하지만 『성배 탐색』에 언급된 연대들은 꼭 그렇게 정확하지는 않고, 354년이라는 연수에 특별한 의미가 있어 보이지도 않는다.

234 갈라아드와 페르스발이 언제 어떻게 다시 만났는지에 대한 이야기는 없다.

235 이미 이야기되었던 대로, 갈라아드는 어부왕 펠레스의 외손자이다. 원문에는 neveu(조카)라 되어 있는데, 중세 프랑스어에서 neveu는 손자를 뜻하기도 한다.

236 이는 『성배 탐색』이 아니라 『랑슬로』본편에 나오는 일화이다. 즉 한 사라센인이 아리마대 요셉의 허벅지를 쳤을 때 두 조각으로 부러진 검을 고뱅과 그의 일행이 도로 붙여보려 하지만 실패한다는 것이다. 허벅지에서 검을 빼낸 요셉은 이렇게 예언했다. "아, 검이여, 너는 성배의 고귀한 모험을 완수할 자가 너를 손에 들기 전에는 도로 붙지 못하리라."

앞서도 지적했듯이 『그라알 이야기』에는 두 개의 검이 등장하는데—페르스발이 그라알 성에서 얻지만 위기의 순간에 그를 배신하리라고 예언되는 검과, 페르스발 이외의 기사들에게 모험의 목표로 제시되는 '이상한 검대의 검'—검이 부러지는 이야기도 이상한 검대의 검을 만나는 장면도 실제로 나오지는 않는다. 『그라알 이야기』의 운문 속편들은 모두 부러진 검에 대해 이야기하지만 '이상한 검대의 검'에 대해서는 언급하지 않으며, 로베르 드 보롱은 어느 검에 대해서도 말하지 않는다. 반면 『성배 탐색』의 저자는 두 개의 검에 대해 모두 이야기하는데, 앞에서는 솔로몬의 배 안에 간직되어오던 다윗의 검이 부러졌다 다시 붙여진 검으로 '이상한 검대의 검'이라는 새로운 이름을 얻은 데 이어, 이제 그라알 성(=코르베닉 성)에서도 또 다른 부러진 검이 등장하여 그것을 도로 붙이는 모험이 이야기된다. 주 191, 213 참조.

237 「사도행전」 2장에서 성령이 "급하고 강한 바람"처럼 불어닥쳐 각 사람 위에 "불의 혀처럼" 임했던 것을 재연하는 장면이다.

238 이는 열두 사도의 수를 채우기 위한 것으로 풀이되기도 하지만, 성배 탐색이 비단 아더 왕국뿐 아니라 다른 여러 나라에서도 이루어진 일임을, 말하자면 탐색의 보편성─비록 무대는 제한되었을망정─을 말해준다.

239 아리마대 요셉과 동시대인 모르드랭 왕이 400년 동안 고통당하며 기다린 것에 비하면, 갈라아드의 증조부인 불수의 왕의 기다림은 상대적으로 짧게 느껴지기도 한다. 하지만 로베르 드 보롱의 3부작에서는 어부왕 브롱 역시 아리마대 요셉과 동시대인이며, 아마 그 때문에 어부왕/불수의 왕도 초자연적으로 나이가 많다는 느낌이 남아 있었던 듯하다.

240 '피 흐르는 창'은 앞서 설명했듯이 『그라알 이야기』에서 처음 등장하는데, 그 유래는 설명되지 않은 채 그에 관한 '진실을 아는 것'이 페르스발의 탐색의 목표 중 하나로 천명된다. 『제1속편』 이후 '피 흐르는 창'은 롱기누스의 창과 동일시되는 것이 보통인데, 산문 『페르스발』에서는 불수의 왕을 치유하는 것이 그라알에 관한 질문이며, '피 흐르는 창'은 그 내력이 말해질 뿐 별다른 역할을 하지 않는다. 『성배 탐색』은 새삼스러운 설명 없이 그 창의 피가 불수의 왕을 낫게 한다고 이야기한다. 즉 그리스도의 보혈의 권능이니, 문제의 창이 롱

기누스의 창임을 알 수 있다. 주 111, 189, 195 참조.

241 창에서 흐르는 피가 '거룩한 그릇'에 떨어져 담기며 그 그릇에서 성체가 나온다는 것은 성배가 그리스도의 피와 살을 모두 담는, 즉 성작과 성반의 역할을 동시에 하고 있음을 보여준다. 주 254 참조.

242 『그라알 이야기』에서 처음으로 등장하는 그라알은 꽤 큰 생선이 담길 만한 그릇으로 이야기된다. 로베르 드 보롱의 『요셉』에서 그라알은 그리스도의 마지막 만찬 때 쓰인, 그리고 아리마대 요셉이 예수의 피를 받아 담은 그릇이라고 이야기되는데, 이 그릇의 형태에 대한 단서는 제공되지 않는다. 『성배 탐색』의 이 대목에서 '그릇'으로 옮긴 escuele은 '사발, 접시' 등을 가리키는 말로, "유월절 양을 먹은 그릇"이라고 하는 것으로 보아 꽤 큰 접시일 것이다. 하지만 후일 사라즈 성의 성배 전례 때 "거룩한 그릇 위에서 성반을 들어 올렸다"라는 말은 성배를 성작의 형태로 그리는 것으로 보이고(주 254 참조), 『랑슬로』 본편에서 랑슬로가 목격한 성배 역시 성작의 형태로 보였다고 이야기된다. 『성배 탐색』에서는 성작과 성반의 역할이 명확히 구분되지 않는다. 주 215 참조.

243 크레티앵 드 트루아가 처음으로 사용한 graal이란 유래를 정확히 알 수 없는 말이다. 그 어원을 '기분에 맞다, 흡족하게 하다'라는 뜻의 agréer에서 찾는 것은 로베르 드 보롱의 해석이다.

244 『그라알 이야기』나 이후 『속편』들 및 산문 『페르스발』에서는 모두 '해야 할 질문을 하는 것'이 치유의 조건이다. 직접 피를 발라 낫게 함으로써 상처를 치유하는 것은 『성배 탐색』에서뿐이다. 주 240 참조.

245 『랑슬로』 본편에서 골의 클로다스 왕은 랑슬로의 부친인 방 왕 및 보오르와 리오넬의 부친인 보오르 왕과 전쟁하여 그들을 죽이고 왕국을 빼앗은 자이다. 보오르와 리오넬은 그의 궁정에서 자란 후 그의 큰아들 도랭을 죽이고, 호수 여왕에게 가 있는 랑슬로와 합류한다. 클로댕은 클로다스의 작은아들이다. 『성배 탐색』의 이 대목에서 굳이 클로다스와 그 아들들의 이름이 언급되는 것은 성배의 신비에 참예하도록 선택된 기사들(주 238 참조)이 그런 인간적인 은원恩怨을

넘어서 있음을 시사한다.
246 '그리스도의 일꾼'으로 옮긴 말은 ministre Jhesucrist이다. 앞에서 '그리스도의 종'이라 할 때는 줄곧 serjant Jhesucrist라는 말이 쓰였으나, 여기서만 구별된 말이 쓰이고 있다. ministre 역시 어원으로 볼 때는 '섬기는 자'라는 대동소이한 뜻이지만, 다른 기사들에게는 허락되지 않는 신비를 보도록 선택된 자이므로 역어를 달리했다. 신약성경에서는 대개 '일꾼'으로 번역되며, '사역자', '섬기는 자'로 옮겨지기도 한다.
247 지금까지 내내 화자는 '이야기'라는 주어 뒤에 숨어 있었으나 여기서 문득 실수인 듯 '나'라고 말한다. 아니면 이야기가 자신을 가리켜 '나'라고 하는 것이라 볼 수도 있을 것이다.
248 이 갈라아드는 성배 탐색의 주인공 갈라아드가 아니라 그의 선조 갈라아드, 즉 아리마대 요셉의 아들로 오즐리스의 왕이었던 갈라아드를 가리킨다고 보아야 할 것이다. 주 231 참조.
249 앞에서는 갈라아드가 이 침상에 누우리라는 것을 솔로몬에게 천상의 음성이 말해주었다고 이야기된다. "솔로몬아, 네 혈통의 마지막 기사는 네가 만든 이 침상에서 쉬며, 너에 대해 알게 되리라."
250 갈라아드의 이 오랜 잠에 대해서는 상이한 해석들이 있다. 포필레는 그것이 예수 그리스도의 십자가 죽음의 모형이라고 보았다. 침상에 박힌 세 개의 목간이 그리스도의 십자가를 만든 목재와 같은 나무에서 나왔다는 사실이 이를 뒷받침한다. 반면 마타라소, 질송 등은 갈라아드가 그 오랜 잠에서 깨어나 새로운 예루살렘에 해당하는 거룩한 도성 사라즈에 도착한다는 점에서, 솔로몬의 침상 위 잠이란 영적인 환시와 희열의 상태를 나타낸다고 본다.
251 이어지는 이야기는 예수께서 십자가를 지고 골고다로 가는 길에 지쳐 쓰러지자 로마 병정들이 구레네 사람 시몬을 불러 대신 십자가를 지게 하는 장면이나 「사도행전」 3장에서 베드로와 요한이 성전 문 앞의 앉은뱅이를 고치는 장면 등을 상기시키지만, 동시에 그것은 『그라알 이야기』에서 경이의 성 입구에 앉아 있는 외다리 인물을 생각

나게도 한다. 외다리는 신체 일부가 (썩어) 없어졌다는 점에서 죽음을 상징하는데, 그의 의족이 금은보석으로 장식한 화려한 것이라는 점에서는 저세상의 신비한 인물임을 시사한다. 작가는 이런 옛 신화의 모티프를 자연스럽게 성경의 맥락 가운데 재현하고 있다.

252 옥에 갇힌 자에게 성배를 보내 은혜로 먹이셨다는 것은 로베르 드 보롱의 『요셉』에서와 같다.

253 '천개天蓋'로 옮긴 말은 arche인데, 이는 '아치(arch)' 또는 '방주(ark, 교회를 상징)'를 뜻한다. 어느 쪽이든 실제로는 작은 원형 지붕 같은 것일 터이다.

254 "거룩한 그릇(성배) 위에서 성반을 들어 올렸다"는 말은 성배가 성작과 같은 '잔'의 형태로 생각되었음을 보여준다.

255 솔즈베리Salisbury는 잉글랜드의 윌트셔 지방에 있는 성당 도시이다. 인근의 솔즈베리 평원에 있는 스톤헨지Stonehenge는 일찍이 아더 왕국 초기에 마법사 메를랭이 마법을 써서 아일랜드에서 실어 왔다고 하며, 아더 왕과 모르드레드의 결전이 벌어지는 곳도 솔즈베리 평원이다. 솔즈베리 성당은 『성배 탐색』의 집대성과 비슷한 시기인 1220~58년에 걸쳐 축조되었다.

256 고티에 맙/월터 맙Walter Map(1140경~1209경): 웨일스 출신의 문사로 『궁정소화笑話De nugis Curialium』의 저자이다. 그는 아더 왕 문학과는 무관한 인물로, 글의 진실성을 담보하기 위해 라틴어 원전을 전거로 드는 서술적 관행에 동원되었을 뿐이다.

옮긴이 해설

지상의 기사도에서 천상의 기사도로
— 소설의 영적 독해로서의 소설

『성배 탐색 *La Queste del Saint Graal*』은 중세 아더 왕 문학의 완결판이라 할 『랑슬로-그라알 *Lancelot-Graal*』 연작의 제4부에 해당한다. 작자 미상의 이 5부 연작은 12세기 중후반 프랑스 문학의 새로운 소재로 등장한 아더 왕 이야기가 나름대로의 시초와 종말을 갖는 한 세계의 역사로 발전한 것으로, 반세기 이상에 걸친 그 문학적 재창조 과정은 문학사에서 가장 흥미로운 대목 중 하나이다.

옛 설화에서 허구적 역사로의 이 같은 변용에서 출발점이 되는 것은 '그라알'의 등장이다. 즉 크레티앵 드 트루아 Chrétien de Troyes의 미완성 유작 『그라알 이야기 *Perceval ou le Conte du Graal*』가 풀리지 않는 질문들을 남기고 중단된 이래, '그라알'이라는 미지의 성물聖物이 그 모든 질문의 구심점이 되는 것이다. 이 수수께끼 같은 이야기를 완성하기 위해 그라알의 신비를 풀어보려는 여러 시도 가운데, 근본적인 연결고리가 생겨난다. '그라알'이 예수 그리스도의 최후의 만찬의 그릇이자 십자가 수난의 성혈聖血

을 받아 담았다는 그릇, 즉 성배聖杯와 동일시됨으로써, 아더 왕국의 연대기가 그리스도교 성사聖史에 편입되는 것이다. 미지의 기호이던 그라알graal은 성배Saint Graal(Holy Grail)로 자리 잡아가고, 그와 더불어 이야기는 차츰 영적으로 해석되면서 아더 왕국은 멸망을 향해 가게 된다. 그리하여 성배의 기원으로부터 아더 왕국의 종말에 이르는 역사를 집대성한 작품이 아더 왕 이야기의 가장 널리 읽히고 영향력 있는 버전이라는 의미에서 현대 연구자들이 '불가타 연작le cycle Vulgate'이라 부르기도 하는 『랑슬로-그라알』이다.

『성배 사화史話L'Estoire del Saint Graal』『메를랭Merlin』『랑슬로Lancelot』『성배 탐색』『아더 왕의 죽음La Mort Artu』[1]으로 이루어지는 이 장대한 연작은 기사 사회의 세속적 가치관과 그것을 지양하는 그리스도교적 가치관을 대비시킨, 프랑스 중세 문학의 역작으로 손꼽힌다.[2] 그중에서도 『성배 탐색』은 아더 왕 문학의 관건이 된 그라알/성배의 모험을 완결로 이끌면서, 연작 전체의 향방을 주도하는 중요한 작품이다. 여러 세대에 걸친 모색의 산물이니만큼, 그것을 제대로 이해하기 위해서는 그 시대적 배경과 작품의 맥락을 알아볼 필요가 있다. 왜 이 시대 프랑스에서 아더 왕 문학이 그처럼 발전했는지, 『그라알 이야기』가 남긴 의

---

[1] 직역하면 『아더의 죽음』이지만 대체로 『아더 왕의 죽음』이라 일컬어진다. 맬러리의 제목도 마찬가지이다.

[2] 영국 아더 왕 문학의 고전인 15세기 토머스 맬러리Thomas Malory의 『아더 왕의 죽음Le Morte Darthur』도 '불가타 연작' 및 그 언저리의 이야기들에 바탕을 둔 것이다.

문들이란 무엇인지, 그 후속 작품들은 어떻게 전개되어 연작이라는 형태를 취하게 되었는지, 작가의 이름은 왜 익명인지, 성배 이야기가 어떻게 랑슬로의 이야기와 연결되며 어떻게 아더 왕국의 종말을 가져오게 되는지 하는 것들을 대강 짚어보고 작품의 의미를 생각해보기로 한다.

1. 시대적 배경

12세기는 서구 그리스도교 세계가 경제 발전, 인구 증가, 정치적 안정, 교회 개혁 등을 바탕으로 문화적 정체성을 확립해가는 시기였다. 동방과의 교역 확대로 고대 그리스 및 아랍 서적들이 번역됨에 따라 이른바 '12세기의 르네상스'로 불리는 학문적 부흥이 일어나는 한편, 교회 개혁과 더불어 그리스도교가 좀더 심층적으로 수용되고 신앙의 내면화가 이루어졌다. 대성당들이 건축되고 교회음악이 발달하여 대위법이 창안되는 것도 이 시기이다. 정치·사회적으로도 카롤링거 시대 후기의 혼란기를 거치면서 '세 위계'의 질서가 자리 잡아감에 따라 기사들은 귀족 계급으로 안정되어가고 궁정 문화가 발달하기 시작했다. 자신들이 고전 고대 문화의 계승자라는 자부심, 이른바 '문예의 전수translatio studii'라는 개념의 구가는 이 시기의 자신감을 잘 보여준다.

프랑스 문학에서는 이런 시대적 분위기의 소산으로 나타난 것이 소설이다. 라틴어 원전을 프랑스어, 즉 속어인 로망어로 옮겼다는 뜻에서 비롯된 명칭인 '소설roman'은 먼저 고대 역사서의 번안에서 시작되었다. 테베 이야기, 트로이 이야기, 아이네이아스 이야기, 알렉산드로스 대왕 이야기 등을 로망어 운문으로 개작한 이른바 고대 소설roman antique들은 중세 사회를 세계사의 연속성 가운데서 파악하려는 시도로, 이는 소설의 탄생이 과거 역사나 문화와의 관계 속에서의 자기의식과 직결됨을 시사한다. 물론, 아직 역사와 허구의 경계가 분명치 않았던 터라, 그 옛이야기들은 어느 정도 중세인들 자신의 모습이 투영되는 상상의 장場이 되기도 했다.

고대 소설은 1150~70년대의 전성기를 지나면 소재의 제약 및 역사 개념의 점진적 변화로 인해 퇴조하게 되는데, 그러면서 새로운 유행으로 대두한 것이 브리튼 설화matière de Bretagne(matter of Britain)이다. 아더 왕 이야기를 중심으로 하는 이 설화의 출전은 12세기 웨일스 출신 작가 조프리 오브 몬머스Geoffrey of Monmouth의 『브리튼 왕들의 역사*Historia Regum Brittaniae*』(1136년경) 및 이를 노르망디 출신 작가 웨이스가 프랑스어 운문으로 옮긴 『브뤼트*Brut*』(1155) 등 반半허구적 역사서들이리라 추정된다. 하지만 브리튼 설화는 이런 역사서들 외에도 그 무렵 널리 회자되던 트리스탕(트리스탄)과 이죄(이졸데)의 이야기를 비롯해 영불해협을 넘나드는 음유시인들에 의해 전해졌을 좀더 폭넓은 전승, 아마도 옛 켈트 신화의 잔재였으리라 여겨지는 전승을 포함하는 것이었다. 그러니만큼 그것은 다분히 환상적인 요소들을 지니고 있어, 이전보다 한층 자유로운 상상과 변용을 가능케 하는 소재였다. 프랑스 시인들은 고대 역사 및 신화 못지않게 브리튼 설화 또한 자기 독해 내지 자기표현의 장으로 삼았으니, 이미 조프리의 책에서부터 아더 왕의 궁정이 궁정 문화의 본산으로 일컬어졌던 것도 그런 재창조를 돕는 또 한 가지 요소였을 것이다. 이제 프랑스 시인들은 아더 왕의 궁정과 그것을 둘러싼 경이로운 모험의 세계에 자신들의 사회를 투영하면서 자유로운 상상을 펼쳐갈 수 있게 된 것이다.

물론, 아더 왕의 궁정에서 12~13세기 중세 궁정의 모습 그대로를 찾으려 한다면 오산이다. 당시 기사 계급은 하나의 위계로 자리 잡기는 했지만, 왕을 위시한 대제후로부터 말단 기사에 이르기까지 계층 간의 위화감이 생겨나고, 부상하는 개인주의로 인해 개인과 공동체 간의 갈등도 배태되는 상황이었다. 왕과 기사들이 원탁을 둘러싼 대등한 입장에서 관후함과 충성과 의리로 맺어지는 아더 왕의 세계는 다분히 회고적으로 미화된 것이었다. 아더 왕 소설은 그처럼 기사도를 드높일 뿐 아니라 궁정풍 예절courtoisie로 대변되는 새로운 가치를 고취했으니, 궁정풍이라는 말은 궁정cour 곧 주군主君의 궁정을 가리키는 말에서 생겨났다. 즉, 당시 사회에서는 궁정에 어울리는 예절과 관행이 규범화되어, 귀부인에 대한 경애, 세련되게 말하고 노래하는 기술, 예법, 관대함 등이 전사들의 난폭한 행동과 대비되면서 귀족 계급의 식별 표지가 되었다. 말하자면, 아더 왕의 궁정을 무대로 하는 기사도 소설은 당시 기사 계급의 문화적 이상을 구현한 것으로, 전사 사회의 거친 현실을 순화하려는 노력의 소산이었다고 할 수 있다.

한편, 그런 순화의 노력이 일어난 것은 세속 문화의 영역에서만이 아니었으니, 교회 역시 일찍이 10~11세기부터 기사 집단의 폭력을 다스리기 위해 진력해온 터였다. 11세기 말에 시작된 십자군 운동이 고조되어가는 것과 더불어 기사들이 '그리스도의 군사miles Christi'로 재정의되고 기사도 교단이 창설되는 등의 움직임은 세속 기사 사회의 기풍이 그리스도교 신앙의 맥락 안에 동화되어가는 시대적 흐름을 보여준다. 아더 왕 문학이 그라알이라는 미지의 기호를 성배로 해석하면서 그리스도교적 가치를 추구하게 되는 것 또한 그런 시대적 추세의 일환이라 하겠다.

2. 그라알 이야기의 시발

크레티앵 드 트루아는 브리튼 설화를 소설로 발전시킨 대표적인 작가이다. 그는 1160~70년경에 마리 드 샹파뉴[3]의 궁정에서 활동하기 시작하여 1180~90년경에 사망했을 것으로 추정되며, 주요 작품으로 『에렉과 에니드Erec et Enide』 『클리제스Cligès』 『수레의 기사 랑슬로Lancelot ou Le Chevalier de la charrette』[4] 『사자의 기사 이뱅Yvain ou Le Chevalier au lion』 그리고 미완성 유작인 『그라알 이야기』[5](이상 추정 연대순) 등이 전해진다. 이런 작품들에서 그는 조프리나 웨이스의 역사서가 다루었던 내용, 즉 아더 왕의

---

3 프랑스 왕 루이 7세와 왕비 알리에노르 다키텐(후일 영국 왕 헨리 2세의 왕비) 사이에서 태어나 샹파뉴 백작의 아내가 되었다. 모후 알리에노르와 마찬가지로 궁정 문화를 이끌었다.

4 『죄수마차를 탄 기사』, 유희수 옮김(문학과지성사, 2016).

5 『그라알 이야기』, 최애리 옮김(을유문화사, 2009).

출생과 즉위, 수많은 전쟁, 왕의 죽음과 왕국의 몰락 등은 다루지 않는다. 대신에 그는 아더 왕의 궁정을 출발점이자 귀착점으로 하되 기사들이 궁정 밖의 세계에서 겪는 모험들을 이야기하며, 그의 손에서 브리튼 설화의 '경이로운 다른 세상'은 인간의 내면을 보여주는 심리적 공간으로 변용된다.

크레티앵의 소설들은 대체로 결혼과 계승이라는 오래된 주제를 통해 개인의 행복과 사회 구성원으로서의 의무 사이의 조화를 추구했다고 볼 수 있다. 즉, 『클리제스』에서는 개인을 공동체로부터 고립시키고 파멸시키는 파괴적인 힘으로서의 사랑에 반대하여 반反 트리스탕의 패러디를 제시하며, 『에렉과 에니드』에서는 사랑에 탐닉하여 소홀히 했던 사회적 의무를, 『사자의 기사 이뱅』에서는 사회적 의무로 인해 소홀히 했던 사랑을 되찾아가는 과정을 통해 사회적·개인적인 자기실현의 이상적인 균형을 보여준다.

그런데 마리 드 샹파뉴의 의뢰로 쓴 『수레의 기사 랑슬로』는 이런 맥락에서 다소 벗어나는 작품이다. 아더 왕의 왕비 그니에브르에 대한 랑슬로의 사랑은 귀부인에 대한 사랑의 봉사에서 기사도의 원천을 찾는다는 점에서 후세 학자들이 '궁정풍 사랑amour courtois(courtly love)'이라 일컫는 것의 대표적인 예로 꼽힌다. 그것은 트리스탕의 숙명적이고 반사회적이며 육욕에 매인 사랑과는 달리, 자발적이고 사회적 준칙을 따르며 성애적인 면이 없지는 않되 좀더 정신적이라는 특징을 갖는다. 하지만 엄밀히 말해 혼외의 관계이기는 마찬가지가 아닌가? 크레티앵은 『에렉』이나 『클리제스』에서 보듯 결혼의 가치를 수호하는 작가로서, 궁정풍 사랑의 그 미묘한 자가당착을 어떻게 생각했을는지? 그가 『수레의 기사』를 끝까지 쓰지 않고 다른 작가에게 마무리를 맡긴 채 『사자의 기사 이뱅』으로 결혼의 이상을 재확인한 사정은 그런 맥락에서 짐작해볼 수도 있다.

크레티앵의 유작이 된 『그라알 이야기』는 이런 이야기들에서 훨씬 멀리 나아간다. 외딴 숲속에서 자신의 근본(이름)을 모르고 자란 주인공 페르스발이 아더 왕의 궁정에 가서 기사가 되고 일련의 모험을 거쳐 아름다운 신부를 얻게 된다는 전반부는 이전 작품들과 비슷하지만, 후반부는 전혀 다른 전개를 보인다. 결혼에 앞서 고향에 두고 온 어머니를 찾아가던 페르스발은 난데없이 나타난 듯한 호화로운 성에서 그라알의 행렬을 만나게 되는 것이다. 창끝에서 피가 방울져 흘러내리는 창, 휘황하게 불 켜진 촛대들, 불빛보다 더 찬란한 빛을 발하는 그라알, 은쟁반 등을 받쳐 든 소년소녀들이 줄지어 그의 식탁 앞을 왕래하는데, 그는 '창에서 왜 피가 흐르는지' '그라알로 누구에게 음식을 가져가는지' 궁금해하면서도 끝내 묻지 못한 채 이튿날 아침 텅 빈 성에서 깨어나게 된다. 뒤늦게 알려진 바에 따르면, 만일 그가 마땅히 해야 할 질문을 했더라면 불수不隨의 어부왕을 치유하고 그의 왕국을 구할 수 있었을 터인데 말이다. 사태를 알게 된 그는 그라알과 피 흐르는 창에 대한 진실을 알아내겠다고 뒤늦게 맹세하고 탐색의 길에 오르지만, 이어지는 이야기는 이런 탐색의 목표와는 무관한 방향으로 전개되어가다가 미완성으로 끝나고 만다.

물론, 여러 해 동안의 방황 끝에 그는 숲속의 은자로부터 어느 정도의 진상을 듣게 되기는 한다. 즉, 그가 피 흐르는 창에 대해 묻지 못한 것은 자신의 죄 때문이며, 그라알은 어부왕의 부친에게 가져가는 것이고 그 안에는 단 하나의 성체聖體가 담겨 있다고 말이다. 방 안의 노왕老王은 열두 해 동안이나 그 성체만으로 강건하게 생명을 보전하고 있다는 것이다. 그러나 이 야기가 불러일으킨 의문들은 이런 부분적인 답만으로는 해소되지 않는다. 대체 '그라알'이란 무엇인가?[6] 그라알에 관한 질문이 왕과 왕국을 구한다는 것은 무슨 뜻인가? 그라알 성의 성주인 어부왕이나 그의 부왕이라는 신비에 싸인 인물은 누구이며, 창에서 왜 피가 흐르는지 묻지 못한 것이 주인공의 죄 때문이라니 이 모든 모험은 주인공과 무슨 관계가 있는가? 뿐만 아니라 어부왕이 주인공에게 준 검劍에 관한 이상한 예언, 로그르 왕국(아더 왕국의 다른 이름)의 멸망에 관한 예언도 제대로 해명되지 않기는 마찬가지이다.

『그라알 이야기』가 남긴 이런 의문들은 후속 작가들에게 다

---

[6] 크레티앵 이전에는 그라알이라는 말이 쓰인 예를 찾기 힘들지만, 그에 상응하는 어형들의 드문 용례에서는 일종의 그릇, 아마도 큰 그릇을 가리키는 보통명사였던 것으로 보인다. 이 점은 『그라알 이야기』에서도 확인된다. 즉, 어부왕의 성에서 신비한 행렬 중에 처음으로 등장하는 그라알은 부정관사를 수반하는 보통명사이며, 훗날 숲속의 은자는 "그 안에 곤들매기나 칠성장어, 연어가 들어 있었으리라고 생각하지 말라"라고 하는 것이다. 그러나 그것은 "순금으로 만들어졌고" "땅과 바다에서 나는 가장 귀하고 값진 보석들이 여러 가지 모양으로 박혀 있다" "그것이 나타나자 하도 환한 빛이 퍼져서 촛불은 빛을 잃었다" 등의 묘사로 보아 더 이상 여느 그릇이 아님을 알 수 있다. 다시 말해 그라알은 보통명사로부터 신비에 싸인 미지의 성물을 가리키는 말로 바뀌어 간 것이다.

양한 해석의 가능성을 제공하여, 이후 약 반세기 동안 수많은 그라알 소설들이 나오게 된다. 그러면서 아더 왕 이야기 전체가 그라알을 중심으로 재편성되는데, 특기할 만한 것은 그런 이야기를 랑슬로의 이야기와 연결시킨 『랑슬로-그라알』 연작의 탄생이다. 요컨대 아더 왕 문학은 크레티앵이 미진하게 남긴 『수레의 기사 랑슬로』와 『그라알 이야기』를 각기 발전시키고 연결시킨 다음 『아더 왕의 죽음』에 이르는 셈이다. 그렇게 해서 아더 왕국이 몰락한 이후 더 이상의 전개가 불가능해진 이야기는 막연히 아더 왕 시대의 전설적인 시간 속에 머물면서 비슷비슷한 인물과 사건들을 반복하거나 아니면 그 이전의 시간으로 거슬러가게 된다.

3. 그라알 소설들 — 『그라알 사화』

『그라알 이야기』의 후속작들은 크게 두 방향으로 전개되었다. 한편으로는 크레티앵이 완성하지 못한 이야기를 계속하면서 그가 남긴 수수께끼들을 브리튼 설화의 맥락에서 풀어보려 한 일련의 운문 『속편 Continuation』들이 있고, 다른 한편으로는 『그라알 이야기』에서 이미 '죄'니 '성체'니 하는 언급이 시사하는 바 이야기의 그리스도교적 해석을 추구한 산문 작품들이 있다. 두 방향 중 주류를 이루었던 것은 후자로, 그중에서도 그라알이 성배로 변용되는 과정에서 근본적인 역할을 한 작품은 『그라알 이야기』보다 약 20년 후에 쓰인 것으로 추정되는 로베르 드 보롱

Robert de Boron의 3부작이다. 그가 내놓은 그라알의 성유물적 정의는 이후 대부분의 그라알 소설들에서 받아들여질 뿐 아니라,[7] 그라알의 기원에 관해 그가 엮어낸 성사적 이야기나 연작 구도는 이후 『랑슬로-그라알』 연작의 토대가 되기 때문이다.

로베르의 3부작이란 『요셉 Joseph』 『메를랭』 『페르스발』[8]을 가리키는데, 사본들의 상태로 보아 작품의 저자 관계나 구성이 명백하지는 않다. 즉, 로베르의 이름이 담긴 『요셉』의 유일한 운문 사본에 『메를랭』 서두의 짧은 부분이 역시 운문으로 실려 있을 뿐 나머지 사본들은 모두 저자 미상의 산문으로 되어 있고, 『페르스발』은 『요셉』과 『메를랭』이 함께 실린 사본 중 두 개에만 실려 있는 것이다. 이런 사본의 상태가 야기하는 여러 가지 의문은 대체로 두 가지로 정리된다. 첫째, 로베르에게 연작의 의도가 있었다는 것, 둘째, 앞의 두 작품은 로베르의 것이지만, 『페르스발』은 연작의 의도를 반영하기는 했으되 실제로 그가 쓴 작품으로 보기 어렵다는 것. 그러므로 현존 사본으로는 불완전한 이 3부작을 『그라알 사화史話 L'Estoire dou Graal』라고 일컫는 것은 애초에 로베르가 의도했던 연작의 제목으로서이다.[9]

『요셉』의 주인공은 『신약성서』의 복음서들에서 예수 그리스도의 시신을 수습했다고 이야기되는 아리마대 요셉이다. 그가

---

[7] 그리스도교와 무관한 모험 이야기들인 운문 『속편』들에서도 그라알의 성유물적 정의가 받아들여짐에 따라 관련 모티프들은 점차 그리스도교화된다.

[8] 크레티앵의 『그라알 이야기』를 『페르스발』이라 부르기도 하므로, 이 3부작의 『페르스발』은 '산문 『페르스발』'이라고 구별하는 것이 보통이다.

[9] 자세한 내용은 『그라알 사화』(최애리 옮김, 나남, 2022) 참조.

십자가에서 예수의 시신을 내릴 때 다시 터진 피를 받아 담은 잔이자 예수께서 마지막 만찬에서 사용하셨던 잔이 곧 '그라알'이며, 그의 친족인 어부왕 브롱이 이 잔을 가지고 먼 서방 땅으로 가서 그것을 계승할 후손을 기다린다는 것이다. 아직 '성배'라는 말은 쓰이지 않지만 '그라알'의 이 성유물적 정의는 이후로 정설이 되고, 아리마대 요셉, 어부왕 브롱 등의 이야기도 『랑슬로-그라알』 연작의 배경으로 작용하며 『성배 탐색』에서 더욱 발전하게 된다. 이런 성사적 이야기에 『브리튼 왕들의 역사』에 등장하는 마법사 메를랭을 주인공으로 하는 『메를랭』이 더해지고, 여기에 『그라알 이야기』의 주인공 페르스발에 관한 이야기가 더해져 3부작을 이루는 것이다.

로베르와 더불어, 그라알 문학에는 일련의 형식적 변화가 일어난다. 우선, 그의 작품이 불완전한 운문 사본 하나 외에는 모두 산문 사본으로 전해지는 데서도 그 추세를 엿볼 수 있듯이, 그리스도교적 해석을 추구하는 그라알 소설들은 산문으로 쓰이게 된다. 즉, 운문 소설이 지니는 오락성을 떠나 주로 종교 저작에 쓰이던 산문을 택함으로써 이야기의 진실성을 담보하게 되는 것이다. 또한, 이 같은 내용의 초월성으로 인해 그라알/성배의 이야기는 일종의 계시 내지는 기존의 '책'에 의거한 이야기로 제출되며, 따라서 작가의 익명화라는 현상이 일어나게 된다. 같은 시기에 운문 속편들은 여전히 작가의 이름을 명시하는 반면 운문 사본에 실려 있던 로베르의 이름이 산문 사본들에서 나타나지 않는 것이나 이후 산문 그라알 소설들에서 작가의 이름이 사라지는 것도 그런 추세에 비추어 이해할 수 있다.

로베르가 그라알 문학에 가져온 또 다른 중요한 변화는 이야기의 역사화이다.『요셉』에서 그는 성서 및 위경僞經들을 바탕으로 하는 성인전적 이야기를 전개하며, 성사에서 발원하는 이 이야기는『메를랭』에서 브리튼 야사野史의 연대기적 맥락으로 이어진다. 나아가, 단순한 모험 이야기 같은『페르스발』도 그 결말에서는 연대기적 맥락을 도입함으로써 아더 왕 이야기를 세계사 내지 성사에 합류시키고 있다. 이런 역사화는 연작화라는 또 다른 형식적 변화와 맞물린다. 즉 성사와 브리튼 야사와 아더 왕 이야기가 각기 독립성을 유지하면서 하나의 커다란 이야기로 이어지는 것이다. 이 같은 연작 형식 또한 그라알에 관한 이야기가 일개 작가의 창작을 넘어서는 성스러운 역사임을, 낱낱의 이야기는 그 큰 이야기의 일부에 지나지 않음을 보여주려는 장치라 할 수 있다.

로베르는 이처럼 그라알 문학의 내용 및 형식에 획기적인 변화를 일으켰지만, 3부작의 세번째 이야기로 전해지는 산문『페르스발』은 그 자신의 작품일 가능성이 적으므로, 그가『그라알 이야기』를 구체적으로 어떻게 해석하고 완성했을지는 알 수 없다. 그럼에도 산문『페르스발』은 그라알 모험의 완수와 뒤이은 아더 왕 세계의 종말을 그림으로써 3부 연작의 구도를 완성하고 있다는 점에서『요셉』및『메를랭』과 함께 검토되곤 한다. 특히, 그러한 완결을 가능케 하는 것은 그라알 모험이 끝나자 모든 모험이 사라졌다는 다소 놀라운 등식인데, 이는 기사들이 겪은 모험들이 사실상 그라알 모험의 일환이었다는 말이 된다. 따라서 모험은 영적인 의의를 띠게 되며, 이처럼 창검의 전투에 영적인 의의를 부여하는 시각은 이후 그라알 소설들에서 더욱 발전하게 된다.

4. 불가타 연작 『랑슬로-그라알』

그라알 모험을 영적으로 해석한 대표적인 예는 비슷한 시기에 쓰인 『페를레스보스 *Perlesvaus*』와 『성배 탐색』에서 찾아볼 수 있다. 두 작품 모두 기사들의 모험은 단순한 창검의 싸움이 아니라 영적인 의미를 지니는 것이라는 해석에 의거해 있는데, 『페를레스보스』에서는 그런 해석이 아직 단속적이며 알레고리적인 차원에 머무른다. 성배의 탐색이 작품 전체를 주도하고 모험들이 일관되게 영적 해석을 얻으며 그런 가운데 그라알의 의미가 한층 심화되는 것은 『성배 탐색』에서이다. 말하자면, 『성배 탐색』은 브리튼 설화의 그리스도교적 독해가 전면화된 작품으로, 『그라알 이야기』의 최종적이고 가장 완성된 속편이라 할 수 있다. 이 작품이 그라알/성배의 모험을 재해석함으로써 노정한 세속 기사도와 영적 기사도라는 양대 가치관의 대비야말로 『랑슬로-그라알』의 핵심이 되는 것이다.

20세기 초까지만 해도 이 연작은 그 방대함과 다양성으로 인해 여러 시기, 여러 작가의 작품들이 산만하게 묶인 것으로 간주되었고, 따라서 작가의 개성도 문학적 정취도 없는 것으로 평가절하되었다. 그러나 새로운 판본들과 그에 따른 연구들이 나오게 되면서부터 연작의 구성에 대한 재검토와 더불어 각 작품에 대한 심도 있는 논의가 이루어졌다.[10] 연작의 구성이 특히 문제되는 것은, 그것이 동일한 작가에 의한 것이라 보기에는 너무나 이질적인 부분들을 포함하는 동시에,[11] 상이한 작가들에 의해 독립적으로 쓰여졌다고 보기에는 연작의 각 부분이 너무나 구체적으로 연결되기 때문이다. 그래서 이 작품들의 저자 문제에 대해서는 간단치 않은 논의가 벌어졌다.

즉, 『성배 탐색』의 그리스도교적 이야기와 『랑슬로』의 세속적 이야기의 대위對位야말로 연작의 통일성을 시사하는 것이라 보아 대부분 동일한 작가에 의한 것이리라는 주장도 있고, 연작의 여러 부분이 상호 관련을 가지고 쓰였으리라는 것은 인정한다 해도 처음부터 통일된 구상을 지닌 일관된 정신의 소산이라

---

[10] '불가타 연작'은 20세기 초에 H. O. Sommer에 의해 전 7권의 *The Vulgate Version of Arthurian Romances*(1908~16)로 출간되었으나, 내셩빅뮬관 시본에 기초한 이 방대한 판본은 불만족스러운 것으로 평가되었다. 새로운 판본이 가장 먼저 확립된 것은 『성배 탐색』으로, 그에 앞서 본격적인 연구서가 상재된 바 있다(*La Queste del Saint Graal*, éd. A. Pauphilet, Paris: Champion, 1923; A. Pauphilet, *Étude sur la Queste del Saint Graal attribué à Gautier Map*, Paris: Champion, 1921). 그밖에 『랑슬로』『아더 왕의 죽음』『메를랭』 등에 관한 연구서 및 판본들이 20세기 전반에 걸쳐 앞서거니 뒤서거니 선을 보였고, 21세기에 들어서는 연작 전체의 중세본 및 현대불역본의 대역판이 플레야드 총서로 간행되었다(*Le Livre du Graal* tome I, II, III, Paris: Gallimard, col. Pléiade, 2001~09; 2017~19).

[11] 무엇보다도, 연작을 이루는 다섯 작품의 분량이 너무 크게 차이 난다. 『랑슬로』가 연작 전체 분량의 반 이상을 차지하며—이를 *Lancelot propre* 즉 『랑슬로』 본편이라 한다—, 로베르 드 보롱의 『메를랭』에 그 세 배 분량의 속편이 더해진 『메를랭』 파트가 4분의 1, 그리고 『성배 사화』『성배 탐색』『아더 왕의 죽음』이 나머지 4분의 1을 차지하는데, 그중에서도 추후서문 격인 『성배 사화』가 『성배 탐색』이나 『아더 왕의 죽음』보다 훨씬 더 길다.

보기는 어렵다는 반론도 있다. 그래서 마치 중세 성당의 건축에서처럼 동일한 건축가의 구상을 따르되 여러 시기에 걸쳐 여러 작가가 공동으로 작업했으리라는 가설이 일반적인 설득력을 얻는다. 연작 전체의 연대를 1215~35년,『성배 탐색』의 연대를 1225~30년경으로 추정하는 것도 그런 견지에서이다. 그밖에, 그라알 문학 전체가 당대의 상반된 가치관 간의 대립이 허구문학의 형식으로 표출된 것으로, 30~40년간 계속된 양 진영 간의 경쟁적 공동 작업의 소산이리라는 대담한 가설도 있고, 연작 이전에 독립적인『랑슬로』가 존재했으며 여기에『성배 탐색』을 결합시킨 데서『아더 왕의 죽음』에 이르는『랑슬로-그라알』연작이 탄생했으리라는 설도 있다.

이 모든 논의에서 재확인되는 것은, 동일한 작가에 의한 것이든 아니든 간에, 연작의 다양성을 관류하는 일관된 정신이 있다는 사실이다. 즉『랑슬로』가 구가하는 궁정풍 사랑 및 세속 기사도의 이상은『성배 탐색』이 구현하는 그리스도교적 이상과 정면으로 대립하지만, 다른 한편으로 그 두 작품은 그처럼 상반된 가치관의 대비를 통해 유기적으로 연결되는 것이다. 요컨대,『랑슬로』에『성배 탐색』을, 다시 말해 궁정풍 사랑 이야기에 성배 이야기를 연결시킴으로써 양대 가치관이 마주하는 세계를 창출한 것이야말로 연작의 진가라고 할 수 있다.

이런 작품을 구상하고 집필에 옮긴 작가들은 어떤 사람들이었을까?『성배 탐색』은 그 말미에서 다음과 같은 내력을 밝히고 있다.

보오르가 자신이 본 대로 성배의 모험들을 이야기하자, 그것은 글로 적혀 솔즈베리의 도서관에 간직되었다. 문사 고티에 맙은 거기서 그 기록을 꺼내 주군인 헨리 왕을 위해 성배의 책을 썼고, 왕은 그 이야기를 라틴어에서 프랑스어로 옮기게 했다.(360쪽)

즉, 보오르의 진술을 받아 적은 라틴어 원본을 고티에 맙(월터 맵)이 로망어로 옮겼다는 것인데, 『랑슬로』 및 『아더 왕의 죽음』에서는 이 이름이 역자가 아니라 곧바로 원작자의 이름으로 제출된다. 하지만 영국 왕 헨리 2세의 측근이었던 실존 인물 월터 맵은 1209년에 세상을 떠났으니 연작의 저자도 역자도 될 수가 없다. 아마도 그는 옛 웨일스 습속을 잘 알며 라틴어를 아는 작가라는 점에서, 작품의 진정성을 보증하는 원전이 되어줄 가상의 '라틴어 책'을 시사하기 위해 거명되었을 것이다.

『성배 탐색』의 실제 저자에 대해 확실히 알 수 있는 것은 없다. 그의 출신지나 사회적 신분에 관한 모든 추정은 작품 자체에 의거해 있다. 즉, 그는 언어적 특성으로 보아 아마도 크레티앵 드 트루아와 마찬가지로 샹파뉴 출신일 것으로 추정되며, 세속 사회에 대한 소상한 지식으로 미루어보아 세속 문사clerc였으리라고 짐작된다. 작품 곳곳에서 드러나는 시토Citeaux 수도회의 영향이 지적된 이래 그는 시토와 연관을 갖는 인물이었으리라는 것이 정설이 되었지만, 한 평자의 말대로 "시토 수도사들은 소설이라고는 쓰지 않았다는 이유만으로도" 그가 수도사였을 가능성은 별로 없다. 그래서 그가 아마도 시토에서 교육을 받은 후 세속에서 살게 된 인물 내지 세속 성직자이리라는 추정도 있으나, 이 또한 가설의 영역에 속할 뿐이다. 하지만 『성배 탐색』을 차근히 읽어가노라면 그 익명 작가의 모습을 어렴풋이나마 그려볼 수 있을 것이다. 누구보다도 아더 왕 이야기를 속속들이 아는 동시에 시토의 영성에 깊이 공감하는 인물, 브리튼 설화의 모티프들을 너무나 자연스럽게 성서의 맥락으로 옮겨 변용할 줄 아는 인물, '고전'이라 불리기에 손색이 없는 작품의 완성도를 성취했으되 이야기의 거룩한 근원 뒤에 자신을 감춘 인물, 그는 대체 어떤 사람이었을까?

5. 『성배 탐색』─지상의 기사도에서 천상의 기사도로

『성배 탐색』은 그 서두에서부터 상반된 이념들 간의 대비를, 가치관의 일대 전복을 보여준다. 『그라알 이야기』의 구도에 비추어보자면, 무명기사 페르스발이 여러 기사들과의 대결에서 승리와 명성을 거두고 아더 왕의 궁정에서 환영을 받던 중에 난데없이 나타난 인물로부터 그라알 성에서의 실패에 대해 질타당하고 그라알 탐색에 나설 것을 선언하는 그 변곡점에서 시작하는 것이 『성배 탐색』이다. 즉, 이전 이야기인 『랑슬로』에서 가장 화려한 성취를 거두었던 랑슬로가 더 이상 최고의 기사가 아니라고 공공연히 선포되며, 새로운 주인공 갈라아드가 석단의 검을 뽑음으로써 대망의 기사로 등장하는 것이다. 랑슬로가 왕비의 사랑에 고취되어 수많은 무훈을 세운 기사도의 꽃인데 비해, 바로 그날 새벽에 기사로 서임된 갈라아드는 신의 선택을 받은 기사이다. 한마디로, 이전의 기사도가 지상의 기사도 chevalerie terrienne였다면 이제 노정되는 것은 천상의 기사도chevalerie céleste이다.

이전의 아더 왕 소설들에서 아더 왕의 궁정을 찾아오는 모험이란 '경이로운 다른 세상'으로부터의 기별이며 그 경이로움이란 아더 왕 세계의 질서로 순치되지 않는 어떤 것(가령, 운명적인 사랑)으로, 그 이질성과 드잡이하여 왕의 궁정에 통합시키는 것이 예외적 주인공인 기사의 몫이었다. 그럴 때 모험의 목표는 기존 질서의 재정립이요, 그 과정 가운데 선양되는 기사도는 궁정이 구가하는 세속적 가치를 넘어서지 않는다. 그러나 『성배탐색』에서 성배의 모험은 예외적인 주인공만이 아니라 원탁 기사들 모두가 참여하는 모험이 되며, 그 성패는 더 이상 이전과 같은 기사의 무용武勇에 달려 있지 않다. 오히려 기존 기사도에서 칭송되던 미덕들이 이제는 질타의 대상이 되고, 이전에 최고의 기사로 손꼽히던 이들이 실패를 맛보게 된다. 모험의 목표가 달라진 만큼, 가치관의 전면적인 전복이 일어나는 것이다. 이러한 전복은 탐색의 서두에서부터 선포된다.

아무도 고해를 하고 죄 사함을 받지 않고서는 이 탐색에 나설 수 없으니, 모든 패역함과 죄악에서 씻김을 받고 정결해지기 전에는 아무도 그처럼 고귀한 과업을 수행할 수 없기 때문이오. 이 탐색은 지상의 것들이 아니라 우리 주님의 위대한 비밀과 신비를 찾는 일이 될 것이오. 높으신 주님께서는 모든 지

상의 기사들 중에서 자신의 종으로 택하신 복된 기사에게 그 신비를 밝히 보이실 터이니.(30쪽)

모험의 목표는 "우리 주님의 위대한 비밀과 신비를 찾는 일"이고 '그 신비를 밝히 보게 될 자'는 '주님께서 택하신 자'이니, 이제 모험의 성패를 결정하는 것은 각 사람의 영적인 상태이다. 『성배 탐색』은 모든 기사가 성배를 찾아나서는 탐색이라는 큰 구도 속에서 일련의 병행적인 전기들의 교직交織entrelacement을 통해 여러 부류의 인간들이 처해 있는 상이한 영적 상태들을 그려내며, 그럼으로써 세속적 가치관과 영적 가치관이 대비될 뿐 아니라 영적인 성숙의 장광長廣이 드러나는 세계, 나아가 아더 왕 세계의 질서를 넘어서는 영적인 세계를 가리켜 보인다.

그러나 실제에 있어 그 두 가지는 무엇이 다른가? 지상적 기사도이든 천상적 기사도이든 창검의 싸움이기는 마찬가지가 아닌가? 『성배 탐색』은 이 점에서 이전의 그라알 소설들을 넘어선다. 즉, 성배 탐색의 모험에서 병기兵器의 싸움은 영적 싸움의 은유로 해석되는 것이다. 경이로운 모험을 겪은 기사에게 그 모험의 연유를 알려주는 인물이 나타나는 것은 아더 왕 소설에서 흔한 방식으로, 『그라알 이야기』에서도 페르스발에게 은자가 나타나 그가 그라알 모험에 실패한 이유를 알려주고 영적인 각성을 촉구하는 것을 볼 수 있다. 『성배 탐색』에서는 그런 해석이 일반화되며, 그래서 그것은 모험 이야기(에피소드)가 절반, 그 해석이 절반인 작품이라 일컬어지기도 한다. 기사들은 여전히 경이로운 숲속에서 모험을 찾아다니지만, 그 모험은 의미를 찾는 모험이기도 한 것이다. 성배의 모험은 무엇보다도 앎의 모험이다. 애초에 『그라알 이야기』에서부터도 모험의 핵심은 '해야 할 질문'을 하는 데 있었으니, 그 목표는 질문의 답을 알아내는 것일 수밖에 없다.

하지만 그렇다 해도 『성배 탐색』은 흔히 생각하는 알레고리 작품은 아니다. 일반적인 알레고리, 즉 언어적 알레고리 allegoria in verbis와는 달리, 『성배 탐색』의 모험들은 그 해석으로 수렴되지 않기 때문이다. 예컨대, 갈라아드가 무찌른 일곱 기사는 일곱 가지 대죄를 의미한다고 해석되는 동시에, 그들 또한 회개하고 구원받을 수 있었을 인간들로 이야기된다. 이것은 성서의 의미 방식, 즉 신만이 역사로써 다른 역사를—이스라엘 백성의 역사를 통해 그리스도의 구속사를—쓸 수 있다는, 이른바 사실적 알레고리 allegoria in factis의 방식을 재현한 것이라 할 수 있다. 다시 말해, 『성배 탐색』의 모험들은 그 자체로서 현실인 동시에 영적 현실로 해석되며, 현실과 그런 해석의 차원이 어느 한쪽으로 환원되지 않는 채 나란히 제시된다는 것이 이 작품의 독특한 점이다.

작품은 크게 세 부분으로 나누어볼 수 있다. 즉, 탐색이 시작되기까지의 도입부에 이어, 등장인물들이 저마다 자신의 길을 가며 실패와 좌절과 회심과 승리를 맛보는 이야기들이 전체의 반 이상을 차지한다. 그리고 이 시험 과정을 통해 인물들은 각기 진면목을 드러내고 평가되어 그 분깃을 받게 된다. 에피소드와 그 해석이 병행하는 것은 주로 두번째 부분에서인데, 도입부에서는 아직 해석의 차원이 명백히 드러나지 않으며, 마지막 부분에서는 해석이 자명한 것이 되므로 굳이 말해지지 않기 때문이다. 시험 과정을 거치는 동안 기사들은 선택된 기사인 갈라아드와 성배의 동지들, 세속적인 가치들에 갇혀 방황하는 고뱅과 그 밖의 기사들, 그리고 고된 참회의 길을 가는 랑슬로 등 여러 부류로 갈리게 된다. 이는 각기 천상 기사도와 지상 기사도, 그리고 지상 기사도로부터 천상 기사도로의 회심에 해당하는 것으로, 이는 그리스도교 신앙에 대한 다양한 태도들을 나타낸다고 할 수 있다.

6. 다양한 군상—영적인 사건으로서의 모험

『성배 탐색』은 이전 아더 왕 소설들에서 친숙하게 보던 인물들을 그대로 등장시키면서 그들에게서 엿보이는 특징적 면모들을 그들의 영적 분깃으로 발전시킨다. 가령, 아더 왕의 조카 고뱅은 원탁의 기사들 중 으뜸으로, 이전의 아더 왕 소설들에서는 그와 대등해지는 것이 완전한 기사가 된다는 것을 의미할 정도로, 기사도의 전범典範에 해당하는 인물이었다. 『성배 탐색』의 도입부에서 그는 원탁 기사들의 우두머리로서 모두 성배를 찾아 나설 것을 주동하지만, 이내 그 모험으로부터 소외된다. 성배의 연이은 모험들이 이야기되는 동안, 고뱅, 엑토르를 위시한 많은 기사들은 평소의 10분의 1의 모험도 만나지 못하는 것이다. 그들은 영적으로 죽은 것이나 다름없으니, 그들이 모험을 만나지 못하는 것은 그 진정한 의미를 깨닫지 못하기 때문이다.

그런가 하면, 랑슬로는 고뱅을 능가하는 무예와 준수함을 갖춘 데다 궁정풍 사랑의 주인공으로 "기사도의 꽃"이라 칭송되던 인물이지만, 『성배 탐색』에서는 서두에서부터 실추를 통보받는다. 그는 탐색의 첫걸음에서부터 미지의 기사(갈라아드)에게 패하고, 성배의 출현을 바라보면서도 무력한 반수半睡 상태에 사로잡혀 그 은혜를 누리지 못한다. 그의 영혼의 상태는 고뱅과 크게 다르지 않은 것으로 계시되며, 무엇보다도 그의 큰 죄는 아더 왕의 왕비 그니에브르와의 사랑이다. 그는 자신이 누리는 모든 것이 그녀에게서 왔다고 말하지만, 은자는 그의 비범한 장점들이 다 하느님의 선물이라면서 그가 그 선물로 원수를 섬겼던 것을 책망하고 회개를 촉구한다. 전에는 기사로서의 덕목의 원천으로 간주되던 궁정풍 사랑이 이제 영락없는 불륜으로 정죄되는 것이다. 고뱅과는 달리, 그는 죄를 자복自服하고 통회하며 은혜를 구함으로써, 지상 기사도에서 천상 기사도로의 회심을 보여준다.

그런데, 고뱅과 랑슬로의 여정에서는 모험 자체가 드물다고 이야기될 뿐 아니라 '영적 싸움'이라 할 만한 것이 그다지 눈에 띄지 않는다. 랑슬로는 여정의 처음에, 고뱅은 맨 나중에, 각기 정체를 알지 못하는 기사(갈라아드)에게 패함으로써 더는 자신이 최고의 기사가 아님을 확인하는 외에는, 두 사람 다 창검의 싸움이 갖는 의미를 알지 못한 채 나중에 가서야 불필요한 살상을 했다거나 잘못된 편에서 싸웠다거나 하는 사실을 알게 될 뿐이다. 꿈이나 이상한 사건, 은자와의 만남 등도 그들이 처한 영적 상태를 보여주고 회개를 촉구하거나 격려하는 데 그치며, 고뱅은 물론이고 랑슬로도 영적인 모험의 입구에까지 이르기는 하나 본격적인 영적 싸움에는 들어서지 못한 채 여정을 접게 된다.

하지만 선택된 기사들은 다르다.『성배 탐색』에서는 처음부터 성배의 모험을 완수할 대망의 기사로 등장하는 갈라아드와 함께, 본래 그라알 이야기의 주인공이었던 페르스발과 랑슬로의 사촌으로 성실하고 의리 있는 인물인 보오르가 선택된 기사임이 드러나는데, 이 '성배의 동지들'은 각기 영적 싸움을 통해 성장해간다.

페르스발과 보오르의 모험은 영적 싸움의 상이한 양상을 보여준다. 대조적인 성격의 두 사람을 선택한 것은 신앙생활의 다양한 태도를 보여주려는 시도로, 한 평자의 말을 빌리자면, 페르스발은 '순진한 성자'요 보오르는 '성실한 성자'라 할 것이다. 페르스발은 크레티앵 이래 모든 그라알 소설의 주인공으로, 어부왕과 그의 친족관계는 그라알의 신비라는 것이 다분히 가문의 내력에 얽힌 것인 듯한 인상마저 준다. 하지만, 그의 중요한 특성은 그런 가문의 배경보다도 특유의 어리숙함에 있다.『성배 탐색』에서도 그는 많은 실수와 어리석음에도 불구하고 어린아이와 같이 단순한 마음 덕분에 선택된 소수에 든다. 반면, 보오르는 실수로 동정童貞을 잃은 지난날의 허물이 있는 것으로 이야기되나, 그가 그것을 극복하고 시련을 이겨내는 것은 부단한 고행으로 자신을 낮추는 겸손과 인내 덕분이다.

흥미로운 것은 그들의 영적 모험들이 해석되는 방식이다. 그들에게도 모험의 의미는—랑슬로나 고뱅의 경우와 마찬가지로—먼저 꿈으로 계시된 후 해석자에 의해 해석되지만, 차츰 그들 자신이 그 의미를 깨닫도록 촉구되는 것을 볼 수 있다. 즉, 페르스발이 본 사자와 뱀은 꿈속에서 그에 대한 권리를 놓고 다투는 젊은 여자와 늙은 여자로 나타난 후, 흰옷의 노인에 의해 새로운 법과 옛 법으로 해석된다. 하지만, 그가 유혹에 넘어가기 직전에 성호聖號를 그음으로써 정욕의 시험을 이겨낸 후, 다시 그를 찾아온 흰옷의 노인은 시험의 의미를 설명해주면서 그가 그녀의 정체를 알아차리지 못한 어리숙함을 나무란다. 보오르의 경우, 그는 여성주를 위해 폐적당한 언니의 수호 기사와 싸우기에 앞서 까마귀와 백조의 꿈을 꾸는데, 이어지는 꿈속에서 다음 모험을 상징하는 썩은 나무둥치와 백합을 보게 된다. 다시 말해, 꿈속에서 미리 계시를 받은 후에 실제로 일을 겪고 그 후에 해석을 듣게 되는 것으로, 이럴 때 꿈속의 계시는 모험에서 옳은 선택을 할 수 있게 하는 지침이 된다.

그런 과정 가운데, 두 사람 모두 거짓 해석자를 만나기도 한다. 페르스발에게는 아름다운 장막의 아가씨가, 보오르에게는 검은 말을 탄 수도사가, 모험의 의미를 정반대로 해석해주는 것이다. 그러므로 옳은 해석의 기준은 무엇인가 하는 문제가 생겨나게 된다. 물론, 해석의 일반적 기준은 성경이며, 해석자도 때로는 모험의 당사자도 성경을 인용하여 의미를 설명하고 납득해가는 것이 보통이다. 또는 빛과 어둠, 흑과 백의 대비처럼, 성경에서 비롯된 명백한 상징성이 그 기준이 되기도 한다. 가령 페르스발이 탔던 검은 말은 그대로 마귀를 나타내고 보오르를 속인 수도사 역시 검은 말을 타고 나타나는 반면, 흰옷의 노인,

흰옷의 수도사는 선한 인물로 이야기된다. 랑슬로가 만났던 무술시합에서 흑백의 기사들도 마찬가지이다. 하지만, 까마귀와 백조의 경우처럼 그 기준이 역전될 때도 있다. "내가 검다고 해서 나쁘게 생각하면 안 된다"라는 말 역시 성경(아가 1:5-6)에 그 전거가 있는 것이다. 그러므로 옳은 해석의 기준은 어떤 정해진 코드라기보다는 매 순간 하느님께 대한 전적인 믿음과 순종이니, 늘 새로이 닥치는 모험에서 차츰 스스로 옳은 해석을 발견해가는 데서 그들의 영적 성장을 볼 수 있다.

7. 갈라아드, 그리스도의 모형

『성배 탐색』에서 최고의 기사로 등장하는 갈라아드는 전래의 아더 왕 이야기에 없던 인물로, 『랑슬로』본편에 그 출생에 관한 이야기가 나온다. 즉, 어부왕 펠레스가 자신의 딸 엘렌과 랑슬로 사이에서 태어날 자가 최고의 기사가 되리라는 예언을 이루기 위해 랑슬로에게 미약媚藥을 먹이고 엘렌을 그니에브르 왕비로 속여 동침시켰다는 것인데, 『랑슬로』본편은 서두에서 랑슬로의 세례명이 갈라아드라고 밝힌 바 있다. 다시 말해 갈라아드는 랑슬로가 왕비와의 불륜으로 인해 잃어버린 도덕적 영적 순결을 상징하는 인물이다. 그는 "지상의 인간으로서 더없이 순결한 자"이며, 성배 탐색을 완수할 다른 두 동지와는 달리 아예 정욕의 시험조차 겪지 않는다. 그의 이름은 성서에서 유래한 것으로,[12] 일단은 웨일스 즉 갈르Pays de Galles와 음이 비슷하기 때문에 채택되기도 했겠지만, 동시에 그것은 그리스도를 가리키는 신비어 중의 하나이다. 즉, 교부 시절 이래로 이어져오는 성서 주석에 따르면, 「창세기」(31:47-48)에서 최초로 언급된 갈라아드는 '증거의 무더기'를 뜻하는바, 이는 그리스도를 가리킨다고 한다. 랑슬로의 아들에게 그리스도를 가리키는 이름을 붙이고, 랑슬로가 상실한 가치를 그 아들이 회복하게 한다는 설정은 첫 아담의 원죄로 인한 인류의 타락과 마지막 아담인 그리스도에 의한 그 대속을 모방한 서사이다.

갈라아드가 겪는 모험은 다른 기사들의 모험과 양상이 다르다. 아더 왕의 궁정에 처음 나타나 원탁의 '위험한 좌석'에 앉을 때나 석단石段에 박힌 검을 빼어 들 때나 그는 미리부터 선택된 자로서 예정된 뜻에 순종할 따름이다. 석단의 검도 아리마대 요셉의 아들 요세페가 자기 피로 십자가를 그렸다는 방패도 애초에 그를 위해 마련되어 있던 것이다. 그가 싸워 이기는 모든 적들은 처음부터 그에 의해 그리고 오직 그에 의해서만 패하게끔 정해져 있다. 다시 말해, 그의 모험은 이미 귀추가 정해져 있는, 예정된 순서를 따라 진행되는 제의와도 같으며, 이 제의성은 그가 그리스도의 모형으로 제시됨으로 해서 더욱 두드러진다.

중세의 4중 의미론에 따르면 성서에는 문자적 의미 외에 교

---

12 우리말 성경에서는 「창세기」 31:47-48에 나오는 '증거의 무더기'는 '갈르엣'이고 그 밖의 인명이나 지명은 '길르앗'이다. 영어나 프랑스어 성경에서도 Galeed/Gilead, Galed/Galaad로 구분되지만, 중세인들이 사용했던 불가타 성경에서는 모두 Galaad이다.

훈적tropologique, 예표(모형)적typologique, 내세(미래)적anagogique인 세 가지 의미 차원이 있다고 한다. 모형type이라는 것은 성서 해석에서 흔히 '예표'로 번역되는 말로, 예컨대 구약의 아벨, 이삭, 요셉, 모세, 여호수아, 다윗 등이 그리스도를 '예표'하는 인물로 여겨진다. 『성배 탐색』에서 다른 기사들의 모험이 교훈적 의미를 지니는 데 비해, 갈라아드의 모험은 대부분 모형적 의미를 지닌다. 처음 등장하는 장면에서부터 그는 부활하신 그리스도께서 제자들을 찾아오신 장면을 환기하며, 그의 모험들은 거듭 그리스도의 생애를 환기한다. 탐색 초입에서 방패를 얻은 그가 무덤 속에서 괴성을 지르는 원수를 물리친 것은 죄로 인해 완악해진 백성을 구하기 위해 그리스도가 오신 일에 견주어지고, 뒤이어 처녀들의 성에서 일곱 기사를 물리친 것은 지옥에 갇힌 선한 영혼들을 일곱 가지 대죄로부터 해방한 일로 해석된다. 마치 그리스도께서 구약의 예언들을 성취하시듯 그도 일찍부터 전해져 오는 예언들을 성취하면서 메시아적인 역할을 수행하는 것이다. 그는 이런 모험을 통해 그리스도의 모형으로 제시된 후에는 이렇다 할 모험의 주인공으로 등장하지 않는다. 다른 기사들이 시험을 겪는 동안 '선택된 선한 기사'는 이따금 스치듯 지나가며 그들을 쓰러뜨리거나 구해주거나 할 따름이다. 또한 다른 기사들의 내적 상태는 꿈이나 환시를 통해 알려지지만, 갈라아드에 대한 작가의 시선은 외부에 머물러 그의 신비감을 더한다. 페르스발과 보오르가 각기 시험을 마치고 배로 인도되어 기다릴 때에야, 갈라아드는 비로소 다시 나타나 일행과 합류, 솔로몬의 배에 오른다.

하지만 그렇다고 해서 갈라아드의 이야기가 그리스도의 생애를 예시하는 일관된 알레고리로 전개되지는 않는다. 위에서 그리스도의 예표로 든 구약의 인물들도 그들의 삶의 특정 국면이 그리스도의 생애에 대응할 뿐이다. 갈라아드 역시 죄에 빠질 가능성이 있는 불완전한 인간임이 지적되며, 그의 모험이 대부분 제의적이라고는 하나, 그 역시 카르슬루아 성에서 처음으로 살육을 행하고는 자신이 행한 일이 과연 옳았던가에 대해 회의하기도 한다. 『성배 탐색』에는 이렇듯 모형적 의미와 교훈적 의미가 공존하는데, 갈라아드가 그리스도의 모형인 동시에 그리스도를 추구하는 인간이라는 모순은 성도의 삶에 비추어보면 이상할 것이 없다. 성도가 지향하는 바는 그리스도의 모방이니, 목표에 가까워질수록 그의 삶은 그리스도의 대속적 삶을 환기하게 된다. 갈라아드는 그리스도를 추구하는 성도의 이상형으로, 그 가능성의 극한에서 그리스도의 모형이 된다. 다시 말해, 교훈적 차원은 그 한끝에서 모형적 차원과 이어지는 것이다.

『성배 탐색』은 갈라아드를 그리스도의 모형으로 제시할 뿐 아니라, 이야기 자체를 모형적 관계 위에 수립하는데, 이를 잘 보여주는 예가 페르스발의 백모가 설명하는 세 개의 식탁이다. 즉, 그리스도께서 주재하신 최후의 만찬 식탁, 아리마대 요셉의 아들 요세푸스가 주재한 그라알 식탁, 그리고 아더 왕의 원탁이 그것으로, 이 세 개의 식탁 사이의 모형적 관계는 일찍이 로베르 드 보롱이 의도했던 3부작에서 비롯된다. 『성배 탐색』은 세 번째 식탁의 빈자리를 채울 인물로 페르스발이 아닌 갈라아드를 등장시킬 뿐 아니라, 성사의 시대와 아더 왕의 시대를 잇는 중간 시대의 이야기를 한층 더 발전시킨다. 로베르의 3부작은 아리마대 요셉의 매제인 어부왕 브롱으로부터 아들 알랭, 손자 페르스발까지 3대에 걸쳐 있는 데 비해,『성배 탐색』은 그 중간 시대를 요세페가 그리스도인으로 개종시킨 모르드랭 왕의 처남 나시앵의 10대손인 갈라아드에 이르기까지 11세대에 걸친 것으로 확장함으로써 역사적 시공을 확보한다.『성배 탐색』에서 모험의 해석적 배경으로 간간이 이야기되는 이 허구적 역사는 '불가타 연작'의 추후서문 격인『성배 사화』로 정리되려니와, 마치『신약성서』의 그리스도가『구약성서』의 예언들을 성취하듯이 갈라아드 역시 선조들로부터 전해져온 예언을 성취한다는 점에서, 일종의 허구적 '구약'에 해당하는 셈이다.

나아가,『성배 탐색』은 이 허구적 '구약'을 솔로몬의 시대와 그 너머 아담과 이브의 시대로까지 소급시킨다. 즉, 중세 고유의 '십자가 전설'을 도입한 것인데, 그리스도께서 못 박히실 십자가의 나무가 원죄의 나무에서 나왔다는 이 이야기는 원죄로 인한 타락과 구세주에 의한 대속이라는 두 사건이 결부되어 있다는 사고를 반영한다. 이 전설에 따르면, 원죄의 나무가 솔로몬이 성전을 건축할 때 벌목되었으나 쓰이지 않은 채 내려오다가 결국 십자가로 만들어졌다고 한다.『성배 탐색』은 이를 다소 변용하여, 에덴동산에서 추방될 때 이브의 손에 들려 있던 그 나뭇가지가 이 땅에 뿌리를 내려 흰색-녹색-붉은색으로 변했다고 이야기하며, 솔로몬이 자신의 마지막 후손이 가장 훌륭한 기사가 될 것을 알게 되자 자신이 그 사실을 이미 알고 있었음을 그 후손에게 전하기 위해 썩지 않을 나무로 배를 만들고 그 안에 저 세 가지 빛깔의 나무로 만든 침상을 두었다고 한다. 요컨대 '십자가 전설'은 인류의 원죄와 구속에 대한 예언의 이야기로, 『성배 탐색』은 이를 더욱 발전시킨 '솔로몬의 배' 이야기를 통해 그리스도와 갈라아드의 모형적 관계를 재확인하는 것이다.

8. 『성배 탐색』과 여성의 역할

'솔로몬의 배'에 얽힌 이야기는 성배의 세 동지와 페르스발의 누이에게, 그리고 독자들에게, 인류의 구속사 전체를 펼쳐 보인다. 그 가운데 특기할 점은 여성에게 부여되는 역할이다. 『성배 탐색』은 온통 기사들의 이야기로, 성배를 찾아 나서는 기사들에게 여성 동반자를 금하거나 랑슬로가 타락한 것이 그니에브르 왕비와의 사랑 때문이라고 정죄하는 데서 보듯 여성에게 소극적이고 부정적인 역할을 부여하는 것처럼 보이기도 한다. 이브의 원죄에 대한 이야기나 솔로몬이 아내로 인해 괴로움을 겪는다는 이야기도 마찬가지이다. 하지만 '솔로몬의 배' 이야기에 따르면, 선악과나무의 가지 곧 장차 십자가로 만들어질 나뭇가지를 "낙원에서 가지고 나온 것이 여자라는 사실은, 생명이 여자에 의해 상실되었다가 여자에 의해 회복됨을 의미한다. 즉, 그때에 잃었던 유업이 동정녀 마리아를 통해 되찾아지리라는 뜻이다."(278쪽) 뿐만 아니라, 솔로몬이 자신에게 계시된 바를 예언된 마지막 후손에게 알릴 방도를 고심할 때, 배를 짓게 하고 배 안의 여러 상징물을 통해 그의 뜻을 전하게 하는 지혜는—

그 자신보다 더한 총기로 그를 역정 나게 하는—왕비의 몫이다. 솔로몬의 배 이야기는 이처럼 여성의 부정적인 면과 긍정적인 면을 함께 제시하면서, 그녀들 간의 모형적 관계를 수립한다. 즉, 솔로몬의 왕비는 자신을 삼가 다윗의 검에 어울리지 않는 초라한 검대劍帶를 만들고는, 장차 한 순결한 처녀가 검에 어울릴 검대를 만들리라고 예언한다. 이브가 상실한 것이 동정녀를 통해 회복되듯이 솔로몬 왕비의 부족함은 페르스발의 누이에 의해 채워질 터이니, 솔로몬 왕비에 대한 페르스발의 누이의 관계는 말하자면 이브에 대한 동정녀의 관계와도 같다.

갈라아드가 대망의 기사라면 페르스발의 누이는 대망의 처녀이다. 그녀 역시 자신에 관한 예언들을 성취하며, 죄로 타락한 세상에서 구원자의 역할을 한다. 갈라아드를 솔로몬의 배로 안내하는 것도, 자신의 가장 소중한 머릿단을 바쳐 검대를 만들고 그 이름을 짓는 것도, '성배의 동지들'의 인도자 역할을 하는 것도 모두 그녀이다. 랑슬로가 그니에브르 왕비로부터 검을 받음으로써 기사가 되었듯이 갈라아드가 페르스발의 누이로부터 다윗의 검('이상한 검대의 검')을 받음으로써 비로소 완전한 기사가 된다는 것은, 기사를 고취하는 여성의 사랑을 불륜에서 순결한 사랑으로 승화시키는 대목이다. 이처럼 순결함으로 정욕의 죄를 씻는다는 발상은 그녀가 목숨을 바쳐 흘린 피로 카르슬루아 성의 죄 많은 여성주를 치유하는 대목에서도 재확인된다. 여성주의 병을 고치기 위해 수많은 처녀들이 피 흘리며 죽었다는 이 성은 탐색 초입에 갈라아드가 해방시킨 '처녀들의 성'에 상응하며, 갈라아드가 구원자로서 예언되어 왔듯이 페르스발의 누이 역시 여성주를 치유할 자로 예언되어온 터이다. 솔로몬 왕비에 대해, 그니에브르에 대해, 나병 든 여성주에 대해, 페르스발의 누이는 '구원자'의 역할을 하는 것을 볼 수 있다.

그녀는 '성배의 동지들'과 함께 선택된 자로서 흰 사슴의 모험에 동참하여 그리스도의 성육신의 신비를 목도하는 영광을 얻으며, 여성주를 위해 목숨을 바친 후에는 자기 시신을 배에 실어 떠나보내달라고 부탁한다. 순결한 처녀의 시신이 실린 작은 배가 랑슬로에게 발견되는 장면은 랑슬로를 사모하다 목숨을 끊은 에스칼로(샬로트)의 처녀의 시신이 실린 배를 상기시키거니와, 이제 이 배는 이루지 못한 사랑의 회한이 아니라 거룩한 사연을 담고서 랑슬로를 코르베닉 성으로 인도한다. 그리고 마침내 성배의 동지들이 거룩한 성 사라즈에 당도할 때 배는 그녀의 예언대로 함께 그곳에 도착하여, 그녀는 그곳에 묻히게 된다. 훗날 갈라아드 또한 그 옆자리에 묻히게 되니, 이전에 죽어서 나란히 묻힌 연인들—트리스탕과 이죄—과는 사뭇 대비되는 한 쌍이라 할 것이다.

9. 그라알 이야기의 완성

성배 탐색이 시작된 후 기사들의 여러 갈래 모험담을 교직해오던 이야기는 성배의 동지들과 페르스발의 누이가 만나는 데서 하나로 합쳐졌다가, 그녀가 죽으면서 지시한 대로 세 동지가 헤어져 가면서 다시 나뉜다. 이어지는 이야기는 랑슬로가 갈라아드와 잠시 동행하다가 코르베닉 성에서 미완의 탐색을 접고 아더 왕의 궁정에 돌아가기까지를 다룬 후, 갈라아드가 동지들과 재합류하여 코르베닉 성에서 성배의 전례에 참예하고 거룩한 도성 사라즈에서 성배의 모험을 완수하는 데서 끝나게 된다. 랑슬로와 갈라아드라는 대조적인 두 인물의 만남에서 시작한 이야기를 그들 각기의 결말로 마무리 짓는 구성이다.

『성배 탐색』의 이런 마무리는 그라알 이야기의 완성이라는 견지에서 정리해볼 수 있다. 즉, 애초의 『그라알 이야기』에서 페르스발이 맹세한 탐색의 목표는 그라알(과 창)에 관한 진실을 알아내는 것뿐이지만, 만일 그가 그라알에 대해 해야 할 질문을 했더라면 불수의 왕이 치유되고 황폐한 땅이 소생했으리라는 말은 그라알 모험에 내포된 또 다른 과제, 즉 황무지의 회복이라는 과제를 시사한다. 여러 속편들이 그라알의 성유물적 정의를 받아들인 것만으로는 이야기의 미진함을 해소하지 못하고 해야 할 질문이나 부러진 검, 피 흐르는 창 등을 제각기 달리 등장시키며 해답을 찾아 헤매는 것은 그 때문이다. 『성배 탐색』은 이 황무지 회복의 모티프에서 그리스도의 구원 역사를 보고 성배 탐색의 주인공으로 하여금 이를 재현하게 함으로써 이전의 그라알 소설들이 해결하지 못한 수수께끼를 풀어낸다. 이는 『그라알 이야기』의 감탄할 만한 완성이라 볼 수 있다. 무엇인가 알 수 없는 과오로 인한 왕의 불수 상태와 황무해진 땅, 그것을 회복시킬 대망의 주인공과 그가 개입해야 할 신비한 전례, 희생의 상징물 등 이미 거기 있었음에도 아무도 시원히 연결시키지 못했던 요소들을 『성배 탐색』의 작가는 그리스도의 구속사라는 견지에서 한달음에 엮어내는 것이다.

이야기는, 성배 탐색이 목표에 가까워지는 것과 나란히, 갈라아드가 겪는 일련의 모험을 통해 불수의 왕의 치유 내지 황무지의 회복이라는 과제의 수행을 보여준다. 즉, 그는 주후 1세기부터 400년 가까이 그를 기다려온 모르드랭 왕에게 안식을, 불타는 무덤 속의 시므온에게 해방을, 그리고 마침내 코르베닉에서 불수의 왕에게 치유를 가져다준다. 이처럼 오랜 기다림의 응답이라는 모티프는 물론 구세주에 대한 기다림을 나타내는 것으로, 같은 모티프가 반복되는 것은 위에서 말했듯 모형적 중첩이라 볼 수 있을 것이다. 그리하여 그는 구세주를 재현하는 기사로서 "로그르 왕국의 수많은 모험들을 완수했으므로, 이후로는 우리 주님의 기적적인 현현이 아니고서는 거의 모험을 볼 수 없게 되었다"(341쪽)고 이야기된다. 이것이 이른바 브리튼 땅의 탈脫-마법désenchantement이다. 그라알 모험의 종식과 더불어 일체의 모험이 사라져버린다는 것은 산문『페르스발』에서 이미 이야기되었던바, 아더 왕 세계의 경이로운 모험들이 그라알로 인해 생겨났다는 말로 환언될 수 있다. 하지만 산문『페르스발』은 마법의 종식을 말할 뿐 그 이유를 분명히 밝히지 않는 반면,『성배 탐색』에서 모험은 악한 마법과의 싸움으로 제시되며 모험을 완수한다는 것은 악의 세력을 정복하고 진압하는 것이 된다. 대망의 기사 갈라아드는 자신에 대한 예언을 성취하고 악한 마법을 종식시킴으로써 황무지를 회복하는 구세주가 되는 것이다.

탐색 본연의 목표, 즉 '성배의 신비를 좀더 밝히 보는 것'이라는 목표는 랑슬로가 코르베닉 성에서 목도하는, 세 동지가 코르베닉 성에서 참예하는, 그리고 마침내 거룩한 도성 사라즈에서 베풀어지는, 세 차례의 성배 전례를 통해 차츰 가까워진다. 즉, 랑슬로는 성배의 전례를 문밖에서 들여다볼 뿐 참예를 허락받지 못하며, 열의가 지나쳐 금령을 어기고 접근하려 한 벌로 일정 기간 잠든 상태로 꿈속에서 그 신비를 경험한다. 세 동지는 각국에서 온 다른 기사들과 함께 성배의 식탁에 앉아 그 전례에 참예하며, 예수 그리스도께서 친히 베푸시는 성찬을 맛본다. 그리고 마침내 사라즈의 거룩한 궁전에서 갈라아드는 성배 안에서 "어떤 말로도 형언할 수 없고 마음으로 생각할 수 없는 것" "신비 중의 신비"를 보는 황홀경 가운데 필멸의 삶을 마감하고 영원한 삶으로 들어가게 된다.

성배가 계시하는 "신비 중의 신비"란 과연 어떤 것일까? 성배는 성찬의 유물인 동시에 십자가 수난의 유물로 그 두 사건은 겹칠 수밖에 없으니, 성찬 때 그리스도께서 떡과 포도주를 나눠주시며 "이는 내 몸이요 내 피라"고 하신 것은 곧 십자가 수난을 예고하는 말씀이다. 성배는 전례에서 성작聖爵 내지 성반聖盤의 역할을 하며,[13] 랑슬로는 "성체를 받드는 손 위쪽에 세 사람이 보이는데, 그중 둘이 가장 젊은 이를 사제의 손에 올려 놓는"(329쪽) 것을 본다. 즉, 성삼위께서 성자를 성체로 허여하시는 장면이다. 그런가 하면 성배의 동지들은 "하늘로부터 아이의 모습을 한 형상이 내려와"(346쪽) 거양된 성체 안으로 들어갔다가 "벌거벗은 몸으로 나와, 손과 발, 온몸에 피 흘리는

---

[13] 본문 주 215, 242, 254 등 참조.

것"(347쪽) 을 본다. 그가 곧 예수 그리스도이니, 애초에 "성배의 탐색은 우리 주님의 위대한 비밀과 신비를 찾는 일"(30쪽) 이라고 천명되었던 대로, 그리스도의 성육신과 수난의 신비야말로 성배의 동지들이 간절히 찾고 구하던 신비와 비밀이요, 장차 갈라아드가 더욱 분명히 보게 될 것의 일부이다.

그렇다면 성배는 곧 예수 그리스도의 발현인가? 아니, 그것은 성급한 결론이 될 것이다. "성배는 하느님의 소설적 구현"이라고 포괄적인 정의를 내린 평자가 있는가 하면,[14] "성배, 곧 성령의 은혜"라는 작품 내적 정의를 상기시키면서—"이 샘은 결코 마르지 않으며, 아무도 그 물을 다 길어낼 수 없습니다. 그것은 바로 성배, 곧 성령의 은혜입니다. 그 샘은 감미로운 비요 복음의 감미로운 말씀입니다."(206쪽) —"하느님의 은혜와 하느님은 같은 말이 아니다"라고 반박한 이도 있다.[15] 인간이 하느님을 알고 사랑하고 추구할 수 있는 것은 성령의 은혜로만 가능한 일이니, 성배는 바로 이를 가리킨다는 것이다. 하지만 성령과 성자는 배타적일 수가 없다.『성배 탐색』의 서두에서 성배가 등장하는 장면, 즉 오순절 성령 강림을 재현하는 장면은 그에 앞서 갈라아드가 궁정에 도착하는 장면, 즉 부활하신 예수께서 제자들을 찾아오신 사건을 재현하는 장면과 자주 동일시된다.[16] 다시 말해 성령과 성자는 늘 함께하며, '아름답고 다정하신 아버지

---

14 A. Pauphilet, *La Queste del Saint Graal,* Paris: Champion, 1923.

15 E. Gilson, "La Mystique de la Grâce dans la *Queste du Graal*," *Les Idées et les lettres*, Paris: Vrin, 1932, pp. 59~91.

16 본문 주 110 참조.

예수 그리스도여'라는 호칭에서 보듯 성자와 성부 또한 동일시된다. 그러므로 『성배 탐색』은 '성삼위Trinity의 소설'이라 일컬어지기도 한다.[17] 그렇게 본다면 성배의 정의는 다소의 부연을 거쳐 원점으로 돌아간다. 성배는 하느님의 세계 내적 현현, 신성의 임재의 기호라 할 것이다.

『그라알 이야기』는 이렇게 완성되었다. 자기 이름도 확실히 알지 못하는 어리숙한 기사가 영문 모르는 채 목도했던 그라알의 행렬, 그가 미처 하지 못했던 질문으로부터 『성배 탐색』이라는 해답에 이르기까지 반세기에 걸쳐 이어진 글쓰기는 문학이 경험한 가장 뜻깊은 탐색 중 하나일 것이다. 그것에 관해 해야 할 질문을 하지 않았기 때문에 온 땅이 황무지가 되었다거나, 그 질문을 하기만 하면 황무지가 풍요의 땅으로 회복되리라거나 하는 그것, 그라알은 말하자면 세계 존망의 비밀을 푸는 열쇠였다. 다시 말해, 크레티앵에게 아더 왕의 궁정을 둘러싼 세계는 더 이상 궁정의 질서로는 순치되지 않는 세계가 되었고, 불가해한 세계 앞에서 그 궁극적 의미에 대한 질문으로 나타난 것이 그라알이었다고 할 수 있다. 후속 작가들은 그라알을 성배로 해석함으로써 그 질문에 답하기 시작했고, 『성배 탐색』은 그 대답을 끝까지 밀고 나가 성배와 황무지의 회복이라는 서사에서 그리스도의 희생적 죽음을 통해 이루어진 인간의 구속사를

---

17 P. Matarasso, *The Redemption of Chivalry, A Study of the* Queste del Saint Graal, Genève: Droz, 1979.

읽어내기에 이른다. 그리고 그런 독해의 과정에서 기사들의 모험은 영적인 의미를 지닌 것으로 해석되었으니, 성도의 삶을 영적 전투로 제시하는 성서의 비유가 거꾸로 기사 이야기를 성도의 삶에 대한 비유로 만든 셈이다.

『성배 탐색』은 여러 인간 유형과 그들의 여정을 보여준다. 성령강림절에 아더 왕의 궁정을 찾아온 성배는 좌중의 모든 사람에게 흡족한 양식을 베풀며 그것을 맛본 이들은 모두가 성배 탐색을 맹세한다. 즉, 만인에 대한 하느님의 은혜로의 초대이다. 그리하여 성배의 모험에 들어선 자에게는 지상에서 겪는 모든 일이 영적인 의미를 지닌 사건들이 되어 하느님께 이르는 여정을 이루게 된다. 하지만 그렇지 못한 자들, 성배 탐색의 전제 조건인 회개를 거치지 못한 자들은 진정한 모험에 들어설 수 없으니, 그들에게 지상의 삶은 무의미한 방황일 뿐이다. 『성배 탐색』은 그처럼 기사들의 모험에 영적인 자원을 부여할 뿐 아니라, 좀 더 근본적으로는 그런 '모험-해석'의 의미 체계 자체를 부각시킴으로써 지상적인 것이 영적인 것을 의미한다고 보는 그리스도교적 세계관을 그려내고 있다. 당대인들에게 세계는 영적인 의미들로 짜인 텍스트, 곧 '신의 손가락으로 쓰인' 책으로까지 비유되었다. 그라알 소설들의 익명 작가들이 의거하는 '책'이란 어떤 가상의 원전이라기보다 바로 이런 '세계-책'일 것이다.

***

번역 대본으로는 A. Pauphilet, *La Queste del Saint Graal*

(Champion, 1923)을 기본으로 하고, 중세본과 현대어역의 대역본인 *La Queste del Saint Graal*, texte établi et présenté par Fanni Bogdanow, traduit par Anne Berrie(Le Livre de Poche, 2006)를 참조했다(본문 역주에서 포필레 판본, 보그다노프 판본, 베리 역본이라는 것은 이 두 책을 가리킨다). 영역본인 *The Quest of the Holy Grail*, translated by P. M. Matarasso(Penguin Books, 1969)도 도움이 되었다. 그밖에 중세본과 현대어역의 대역본인 *La Queste del Saint Graal*(*Le Livre du Graal*, tome III, éd. et trad. par Gérard Gros, Paris: Gallimard, 2009; 2018), 현대 불역본인 *La Quête du Saint-Graal*, trad. par Emmanuèle Baumgartner(Champion, 1983)과 *La Quête du Graal*, trad. par A. Béguin(Seuil, 1965) 등도 간간이 참고했다.

번역에 관해 독자의 양해를 구하고 싶은 점들은 연전에 출간된 『그라알 사화』(나남, 2022)에서와 같다. 즉, 원문의 표현이 다소 어색하더라도 가능하면 그대로 살리고, 단조로운 표현이나 간간이 지루하게 반복되는 부분도 그대로 두었다. 고유명사의 표기는, 영국식 발음과 프랑스식 발음 중 어느 한쪽으로 통일하기 어렵다. 인명의 경우 대체로 프랑스식 발음을 따랐다. '아더' '랑슬로' '갈라아드'를 '아서' '랜슬럿' '갤러해드'라 적는다면 프랑스 작품이 아니라 영국 작품 같은 느낌이 들 것이다. 중세 원전에서 '아더'는 Arthur가 아니라 Artu, Artur, Artus로 쓸 때가 많으니, '아르튀르'까지는 아니라도 '아더' 정도면 좋으리라 본다. 또한 '랑슬로'나 '갈라아드'는 프랑스 작품들에서 비롯된 인명들이니 프랑스 작품에서까지 굳이 영국식으로 적을 필요는 없을 것이다. 지명의 경우 '카말로트' '마르쿠아즈' 같은 허구적

지명이나 '사베른'처럼 실제 소재가 확인되지 않은 지명은 프랑스식 발음으로, '스코틀랜드'나 '솔즈베리' 같은 실제 지명은 영국식 발음으로 적었다. 브리튼 배경의 설화를 소재로 하여 프랑스에서 쓰인 작품이다 보니 실제의 영국 지명이라 하더라도 그 위치 등은 다분히 상상에 속했다는 점을 감안하면 좋을 것이다. 성경 인명의 표기도 대체로 널리 알려진 쪽을 택했다. 개신교의 '하나님'보다는 일반적으로 쓰이는 '하느님'을, '하와' '가인'보다는 '이브' '카인'을, 가톨릭식 표기인 '아리마태아 요셉'보다 '아리마대 요셉'을 따른 것이 그런 예이다. 또한, 본문 중에 인용된 성경은 대개 등장인물의 입을 통해 구어적으로 옮겨진 것이므로 특정 역본보다 본문의 문면을 따랐고, 직접 인용이 아니더라도 시사하는 성경 대목이 있을 때는 주석에 참조 성구를 밝혀두었다.

단락 구분은 대체로 포필레 판본을 따르되 챕터로 나누어 제목을 붙이고, 챕터 안에서 장면 전환이 이루어지는 곳은 행간을 띄어 표시했다. 대화문이나 인용문은 지문과 구분되도록 행갈이를 하여 읽기 편하게 했다. 주석은 이야기를 읽는 데 방해가 되지 않도록 각주가 아니라 미주로 실었다. 옛이야기를 읽듯 읽어가면서, 의문이 나는 곳에서만 찾아보면 좋을 것이다.

2017년 말에 마친 원고가 늦게야 빛을 보게 되었다. "모든 일의 때와 기한을 정하시는" 분께 감사드린다.

기획의 말

세계문학과 한국문학 간에 혈맥이 뚫려, 세계-한국문학의 공진화가 개시되기를

 21세기 한국에서 '세계문학'을 읽는다는 것은 무엇을 뜻하는가? 자국문학 따로 있고 그 울타리 바깥에 세계문학이 따로 있다는 말인가? 이제 한국문학은 주변문학이 아니며 개별문학만도 아니다. 김윤식·김현의 『한국문학사』(1973)가 두 개의 서문을 통해서 "한국문학은 주변문학을 벗어나야 한다"와 "한국문학은 개별문학이다"라는 두 개의 명제를 내세웠을 때, 한국문학은 아직 주변문학이었다. 한데 그 이후에도 여전히 한국문학은 주변문학이었다. 왜냐하면 "한국문학은 이식문학이다"라는 옛 평론가의 망령이 여전히 우리의 의식을 장악하고 있었기 때문이다. 그렇게 생각하고 그렇게 읽고, 써온 것이었다. 그리고 얼마간 그런 생각에 진실이 포함되어 있는 것도 사실이었다. 그러나 천천히, 그것도 아주 천천히, 경제성장이나 한류보다는 훨씬 느리게, 한국문학은 자신의 '자주성'을 세계에 알리며 그 존재를 세계지도의 표면 위에 부조시키고 있었다. 그런 와중에 반대 방향에서 전혀 다른 기운이 일어나 막 세계의 대양에 돛을 띄운 한국문학에 위협적인 격랑을 밀어붙이고 있었다. 20세기 말부터 본격화된 '세계화'의 바람은 이제 경제적 재화뿐만이 아니라 어떤 나라의 문화물도 국가 단위로만 존재할 수 없게 하였던 것이니, 한국문학 역시 세계문학의 한 단위라는 위상을 요구받게 되었던 것이다.

그러니 21세기 한국에서 세계문학을 읽는다는 것은 진정 무엇을 뜻하는가? 무엇보다도 세계문학이라는 개념을 돌이켜 볼 때가 되었다. 그동안 세계문학은 '보편문학'의 지위를 누려왔다. 즉 세계문학은 따라야 할 모범이고 존중해야 할 권위이며 자국문학이 복종해야 할 상급 문학이었다. 그리고 보편문학으로서의 세계문학의 반열에 올라간 작품들은 18세기 이래 강대국의 지위를 누려온 국가의 범위 안에서 설정되기가 일쑤였다. 이렇게 해서 세계 각국의 저마다의 문학은 몇몇 소수의 힘 있는 문학들의 영향 속에서 후자들을 추종하는 자세로 모가지를 드리워왔던 것이다. 이제 세계문학에게 본래의 이름을 돌려줄 때가 되었다. 즉 세계문학은 보편문학이 아니라 세계인 모두가 향유할 수 있도록 전 세계 방방곡곡에서 쓰여져서 지구적 규모의 연락망을 통해 배달되는 지구상의 모든 문학이라고 재정의할 때가 되었다. 이러한 재정의에는 오로지 질적 의미의 삭제와 수량적 중성화만 있는 게 아니다. 모든 현상학적 환원에는 그 안에 진정한 가치를 향해 나아가고자 하는 지향성이 움직이고 있다. 20세기 막바지에 불어닥친 세계화 토네이도가 애초에는 신자유주의적 탐욕 속에서 소수의 대국 기업에 의해 주도되었으나 격심한 우여곡절을 겪으며 국가 간 위계질서를 무너뜨리는 평등한 교류로서의 대안-세계화의 청사진을 세계인의 마음속에 심게 하였듯이, 오늘날 모든 자국문학이 세계문학의 단위로 재편되는 추세가 보편문학의 성채도 덩달아 허물게 되어, 지구상의 모든 문학들이 공평의 체 위에서 토닥거리는 게 마땅하다는 인식이 일상화까지는 아니더라도 최소한 정당화되고 잠재적으로 전망되는 여건을 만들어내게 되었던 것이다.

또한 종래 세계문학의 보편문학적 지위는 공간적 한계만을 야기했던 게 아니다. 그 보편문학이 말 그대로 보편성을 확보했다기보다는 실상 협소한 문학적 기준에 근거한 한정된 작품 집합에 머무르기 일쑤였다. 게다가, 문학의 진정한 교류가 마음의 감동에서 움트는 것일진대, 언어의 상이성은 그런 꿈을 자주 흐려왔으니, 조급한 마음은 그런 어둠 사이에 상업성과 말초적 자극성이라는 아편을 주입하여 교류를 인공적으로 촉진시키곤 하였다. 이제 우리는 그런 편법과 왜곡을 막기 위해서, 활짝 개방된 문학적 관점을 도입하여, 지금까지 외면당하거나 이런저런 이유로 파묻혀 있던 숨은 걸작들을 발굴하여 널리 알리고 저마다의 문학을 저마다의 방식으로 감상할 수 있는 음미의 물관을 제공해야 할 것이다. 실로 그런 취지에서 보자면 우리는 한국에 미만한 수많은 세계문학전집 시리즈들이 과거의 세계문학장을 너무나 큰 어둠으로 가려오고 있었다는 것을 절감한다.

이와 같은 인식하에 '대산세계문학총서'의 방향은 다음으로 모인다. 첫째, '대산세계문학총서'의 기준은 작품의 고전적 가치이다. 그러나 설명이 필요하다. 이 고전은 지금까지 고전으로 인정된 것들에 갇히지 않는다. 우리가 생각하는 고전성은 추상적으로는 '높은 문학성'을 가리킬 터이지만, 이 문학성이란 이미 확정된 규칙들에 근거한 문학성(그런 문학성은 실상 존재하지 않거니와)이 아니라, 오로지 저만의 고유한 구조를 통해 조직되는데 희한하게도 독자들의 저마다의 수용 기관과 연결되는 소통로의 접속 단자가 풍요롭고, 그 전류가 진해서, 세계의 가장 많은 인구의 감성을 열고 지성을 드높일 잠재적 역능이 알차게 채워진 작품의 성질을 가리킨다. 이러한 기준은 결국 작품의 문학성이 작품이나 작가에 의해 혹은 독자에 의해 일방적으로 결정되는 것이 아니라, 세 주체의 협력에 의해 형성되며 동시에 그 형성을 통해서 작품을 개방하고 작가의 다음 운동을 북돋거나 작가를 재인식시키며, 독자의 감수성을 일깨워 그의 내부에 읽기로부터 쓰기로의 순환이 유장하도록 자극하는 운동을 낳는다는 점을 환기시키고 또한 그런 작품에 대한 분별을 요구한다.

이 첫번째 기준으로부터 두 가지 기준이 덧붙여 결정된다.

둘째, '대산세계문학총서'는 발굴하고 발견한다. 모르거나 잊힌 것을 발굴하여 문학의 두께를 두텁게 하고, 당대의 유행을 따라가기보다는 또한 단순히 미래를 예측하기보다는 차라리 인류의 미래를 공진화적으로 개방할 수 있는 작품을 발견하여 문학의 영역을 확장할 것을 목표로 한다. 이는 또한 공동선의 실현과 심미안의 집단적 수준의 진화에 맞추어 작품을 선별한다는 것을 뜻한다.

셋째, '대산세계문학총서'가 지구상의 그리고 고금의 모든 문학작품들에게 열려 있다면, 그리고 이 열림이 지금까지의 기술 그대로 그 고유성을 제대로 활성화시키는 방식으로 진행되는 것이라면, 이는 궁극적으로 '가장 지역적인 문학이 가장 세계적인 문학'이라는 이상적 호환성을 추구한다는 것을 가리킨다. 이는 또한 '대산세계문학총서'의 피드백에도 그대로 적용될 것이다. 즉 '대산세계문학총서'의 개개 작품들은 한국의 독자들에게 가장 고유한 방식으로 향유될 터이고, 그럴 때에 그 작품의 세계성이 가장 활발하게 현상되고 작용할 것이다.

이러한 기준들을 열린 자세와 꼼꼼한 태도로 섬세히 원용함으로써 우리는 '대산세계문학총서'가 그 발굴과 발견을 통해 세계문학의 영역을 두텁고 넓게 하는 과정 그 자체로서 한국 독자들의 문학적 안목과 감수성을 신장시키는 데 기여할 것을 기대하며, 재차 그러한 과정이 한국문학의 체내에 수혈되어 한국문학의 도약이 곧바로 세계문학의 진화로 이어지게끔 하기를 희망한다. 이는 우리가 '대산세계문학총서'를 21세기의 한국사회에서 수행하는 근본적인 소이이다. 독자들의 뜨거운 호응을 바라마지않는다.

'대산세계문학총서' 기획위원회

대산세계문학총서

001-002 소설 트리스트럼 샌디 (전 2권) 로렌스 스턴 지음 | 홍경숙 옮김
003 시 노래의 책 하인리히 하이네 지음 | 김재혁 옮김
004-005 소설 페리키요 사르니엔토 (전 2권)
          호세 호아킨 페르난데스 데 리사르디 지음 | 김현철 옮김
006 시 알코올 기욤 아폴리네르 지음 | 이규현 옮김
007 소설 그들의 눈은 신을 보고 있었다 조라 닐 허스턴 지음 | 이시영 옮김
008 소설 행인 나쓰메 소세키 지음 | 유숙자 옮김
009 희곡 타오르는 어둠 속에서/어느 계단의 이야기
          안토니오 부에로 바예호 지음 | 김보영 옮김
010-011 소설 오블로모프 (전 2권) I. A. 곤차로프 지음 | 최윤락 옮김
012-013 소설 코린나: 이탈리아 이야기 (전 2권) 마담 드 스탈 지음 | 권유현 옮김
014 희곡 탬벌레인 대왕/몰타의 유대인/파우스투스 박사
          크리스토퍼 말로 지음 | 강석주 옮김
015 소설 러시아 인형 아돌포 비오이 까사레스 지음 | 안영옥 옮김
016 소설 문장 요코미쓰 리이치 지음 | 이양 옮김
017 소설 안톤 라이저 칼 필립 모리츠 지음 | 장희권 옮김
018 시 악의 꽃 샤를 보들레르 지음 | 윤영애 옮김
019 시 로만체로 하인리히 하이네 지음 | 김재혁 옮김
020 소설 사랑과 교육 미겔 데 우나무노 지음 | 남진희 옮김
021-030 소설 서유기 (전 10권) 오승은 지음 | 임홍빈 옮김
031 소설 변경 미셸 뷔토르 지음 | 권은미 옮김
032-033 소설 약혼자들 (전 2권) 알레산드로 만초니 지음 | 김효정 옮김
034 소설 보헤미아의 숲/숲 속의 오솔길 아달베르트 슈티프터 지음 | 권영경 옮김
035 소설 가르강튀아/팡타그뤼엘 프랑수아 라블레 지음 | 유석호 옮김
036 소설 사탄의 태양 아래 조르주 베르나노스 지음 | 윤진 옮김

037	시	시집 스테판 말라르메 지음	황현산 옮김
038	시	도연명 전집 도연명 지음	이치수 역주
039	소설	드리나 강의 다리 이보 안드리치 지음	김지향 옮김
040	시	한밤의 가수 베이다오 지음	배도임 옮김
041	소설	독사를 죽였어야 했는데 야샤르 케말 지음	오은경 옮김
042	희곡	볼포네, 또는 여우 벤 존슨 지음	임이연 옮김
043	소설	백마의 기사 테오도어 슈토름 지음	박경희 옮김
044	소설	경성지련 장아이링 지음	김순진 옮김
045	소설	첫번째 향로 장아이링 지음	김순진 옮김
046	소설	끄르일로프 우화집 이반 끄르일로프 지음	정막래 옮김
047	시	이백 오칠언절구 이백 지음	황선재 역주
048	소설	페테르부르크 안드레이 벨르이 지음	이현숙 옮김
049	소설	발칸의 전설 요르단 욥코프 지음	신윤곤 옮김
050	소설	블라이드데일 로맨스 나사니엘 호손 지음	김지원·한혜경 옮김
051	희곡	보헤미아의 빛 라몬 델 바예-인클란 지음	김선욱 옮김
052	시	서동 시집 요한 볼프강 폰 괴테 지음	안문영 외 옮김
053	소설	비밀요원 조지프 콘래드 지음	왕은철 옮김
054-055	소설	헤이케 이야기(전 2권) 지은이 미상	오찬욱 옮김
056	소설	몽골의 설화 데. 체렌소드놈 편저	이안나 옮김
057	소설	암초 이디스 워튼 지음	손영미 옮김
058	소설	수전노 알 자히드 지음	김정아 옮김
059	소설	거꾸로 조리스-카를 위스망스 지음	유진현 옮김
060	소설	페피타 히메네스 후안 발레라 지음	박종욱 옮김
061	시	납 제오르제 바코비아 지음	김정환 옮김
062	시	끝과 시작 비스와바 쉼보르스카 지음	최성은 옮김
063	소설	과학의 나무 피오 바로하 지음	조구호 옮김
064	소설	밀회의 집 알랭 로브-그리예 지음	임혜숙 옮김
065	소설	붉은 수수밭 모옌 지음	심혜영 옮김
066	소설	아서의 섬 엘사 모란테 지음	천지은 옮김
067	시	소동파사선 소동파 지음	조규백 역주
068	소설	위험한 관계 쇼데를로 드 라클로 지음	윤진 옮김

069	소설	거장과 마르가리타 미하일 불가코프 지음	김혜란 옮김
070	소설	우게쓰 이야기 우에다 아키나리 지음	이한창 옮김
071	소설	별과 사랑 엘레나 포니아토프스카 지음	추인숙 옮김
072-073	소설	불의 산(전 2권) 쓰시마 유코 지음	이송희 옮김
074	소설	인생의 첫출발 오노레 드 발자크 지음	선영아 옮김
075	소설	몰로이 사뮈엘 베케트 지음	김경의 옮김
076	시	미오 시드의 노래 지은이 미상	정동섭 옮김
077	희곡	셰익스피어 로맨스 희곡 전집 윌리엄 셰익스피어 지음	이상섭 옮김
078	희곡	돈 카를로스 프리드리히 폰 실러 지음	장상용 옮김
079-080	소설	파멜라(전 2권) 새뮤얼 리처드슨 지음	장은명 옮김
081	시	이십억 광년의 고독 다니카와 슌타로 지음	김응교 옮김
082	소설	잔지바르 또는 마지막 이유 알프레트 안더쉬 지음	강여규 옮김
083	소설	에피 브리스트 테오도르 폰타네 지음	김영주 옮김
084	소설	악에 관한 세 편의 대화 블라디미르 솔로비요프 지음	박종소 옮김
085-086	소설	새로운 인생(전 2권) 잉고 슐체 지음	노선정 옮김
087	소설	그것이 어떻게 빛나는지 토마스 브루시히 지음	문항심 옮김
088-089	산문	한유문집—창려문초(전 2권) 한유 지음	이수웅 옮김
090	시	서곡 윌리엄 워즈워스 지음	김숭희 옮김
091	소설	어떤 여자 아리시마 다케오 지음	김옥희 옮김
092	시	가원 경과 녹색기사 지은이 미상	이동일 옮김
093	산문	어린 시절 나탈리 사로트 지음	권수경 옮김
094	소설	골로블료프가의 사람들 미하일 살티코프 셰드린 지음	김원한 옮김
095	소설	결투 알렉산드르 쿠프린 지음	이기주 옮김
096	소설	결혼식 전날 생긴 일 네우송 호드리게스 지음	오진영 옮김
097	소설	장벽을 뛰어넘는 사람 페터 슈나이더 지음	김연신 옮김
098	소설	에두아르트의 귀향 페터 슈나이더 지음	김연신 옮김
099	소설	옛날 옛적에 한 나라가 있었지 두산 코바체비치 지음	김상헌 옮김
100	소설	나는 고故 마티아 파스칼이오 루이지 피란델로 지음	이윤희 옮김
101	소설	따니아오 호수 이야기 왕정치 지음	박정원 옮김
102	시	송사삼백수 주조모 엮음	이동향 역주
103	시	문턱 너머 저편 에이드리언 리치 지음	한지희 옮김

104	소설	충효공원 천잉전 지음	주재희 옮김
105	희곡	유디트/헤롯과 마리암네 프리드리히 헤벨 지음	김영목 옮김
106	시	이스탄불을 듣는다
		오르한 웰리 카늑 지음	술탄 훼라 아크프나르 여·이현석 옮김
107	소설	화산 아래서 맬컴 라우리 지음	권수미 옮김
108-109	소설	경화연(전 2권) 이여진 지음	문현선 옮김
110	소설	예피판의 갑문 안드레이 플라토노프 지음	김철균 옮김
111	희곡	가장 중요한 것 니콜라이 예브레이노프 지음	안지영 옮김
112	소설	파울리나 1880 피에르 장 주브 지음	윤 진 옮김
113	소설	위폐범들 앙드레 지드 지음	권은미 옮김
114-115	소설	업둥이 톰 존스 이야기(전 2권) 헨리 필딩 지음	김일영 옮김
116	소설	초조한 마음 슈테판 츠바이크 지음	이유정 옮김
117	소설	악마 같은 여인들 쥘 바르베 도르비이 지음	고봉만 옮김
118	소설	경본통속소설 지은이 미상	문성재 옮김
119	소설	번역사 레일라 아부렐라 지음	이윤재 옮김
120	소설	남과 북 엘리자베스 개스켈 지음	이미경 옮김
121	소설	대리석 절벽 위에서 에른스트 윙거 지음	노선정 옮김
122	소설	죽은 자들의 백과전서 다닐로 키슈 지음	조준래 옮김
123	시	나의 방랑—랭보 시집 아르튀르 랭보 지음	한대균 옮김
124	소설	슈톨츠 파울 니종 지음	황승환 옮김
125	소설	휴식의 정원 바진 지음	차현경 옮김
126	소설	굶주린 길 벤 오크리 지음	장재영 옮김
127-128	소설	비스와스 씨를 위한 집(전 2권) V. S. 나이폴 지음	손나경 옮김
129	소설	새하얀 마음 하비에르 마리아스 지음	김상유 옮김
130	산문	루테치아 하인리히 하이네 지음	김수용 옮김
131	소설	열병 르 클레지오 지음	임미경 옮김
132	소설	조선소 후안 카를로스 오네티 지음	조구호 옮김
133-135	소설	저항의 미학(전 3권) 페터 바이스 지음	탁선미·남덕현·홍승용 옮김
136	소설	신생 시마자키 도손 지음	송태욱 옮김
137	소설	캐스터브리지의 시장 토머스 하디 지음	이윤재 옮김
138	소설	죄수 마차를 탄 기사 크레티앵 드 트루아 지음	유희수 옮김

139	자서전	2번가에서 에스키아 음파렐레 지음	배미영 옮김
140	소설	묵동기담/스미다 강 나가이 가후 지음	강윤화 옮김
141	소설	개척자들 제임스 페니모어 쿠퍼 지음	장은명 옮김
142	소설	반짝이끼 다케다 다이준 지음	박은정 옮김
143	소설	제노의 의식 이탈로 스베보 지음	한리나 옮김
144	소설	흥분이란 무엇인가 장웨이 지음	임명신 옮김
145	소설	그랜드 호텔 비키 바움 지음	박광자 옮김
146	소설	무고한 존재 가브리엘레 단눈치오 지음	윤병언 옮김
147	소설	고야, 혹은 인식의 혹독한 길 리온 포이히트방거 지음	문광훈 옮김
148	시	두보 오칠언절구 두보 지음	강민호 옮김
149	소설	병사 이반 촌킨의 삶과 이상한 모험 블라디미르 보이노비치 지음	양장선 옮김
150	시	내가 얼마나 많은 영혼을 가졌는지 페르난두 페소아 지음	김한민 옮김
151	소설	파노라마섬 기담/인간 의자 에도가와 란포 지음	김단비 옮김
152-153	소설	파우스트 박사(전 2권) 토마스 만 지음	김륜옥 옮김
154	시, 희곡	사중주 네 편 T. S. 엘리엇의 장시와 한 편의 희곡 T. S. 엘리엇 지음	윤혜준 옮김
155	시	귈뤼스탄의 시 배흐티야르 와합자대 지음	오은경 옮김
156	소설	찬란한 길 마거릿 드래블 지음	가주연 옮김
157	전집	사랑스러운 푸른 잿빛 밤 볼프강 보르헤르트 지음	박규호 옮김
158	소설	포옹가족 고지마 노부오 지음	김상은 옮김
159	소설	바보 엔도 슈사쿠 지음	김승철 옮김
160	소설	아산 블라디미르 마카닌 지음	안지영 옮김
161	소설	신사 배리 린든의 회고록 윌리엄 메이크피스 새커리 지음	신윤진 옮김
162	시	천가시 사방득, 왕상 엮음	주기평 역해
163	소설	모험적 독일인 짐플리치시무스 그리멜스하우젠 지음	김홍진 옮김
164	소설	맹인 악사 블라디미르 코롤렌코 지음	오원교 옮김
165-166	소설	전차를 모는 기수들(전 2권) 패트릭 화이트 지음	송기철 옮김
167	소설	스너프 빅토르 펠레빈 지음	윤서현 옮김
168	소설	순응주의자 알베르토 모라비아 지음	정란기 옮김

169	소설	오렌지주를 증류하는 사람들 오라시오 키로가 지음	임도울 옮김
170	소설	프라하 여행길의 모차르트/슈투트가르트의 도깨비
		에두아르트 뫼리케 지음	윤도중 옮김
171	소설	이혼 라오서 지음	김의진 옮김
172	소설	가족이 아닌 사람 샤오훙 지음	이현정 옮김
173	소설	황사를 벗어나서 캐런 헤스 지음	서영승 옮김
174	소설	들짐승들의 투표를 기다리며 아마두 쿠루마 지음	이규현 옮김
175	소설	소용돌이 호세 에우스타시오 리베라 지음	조구호 옮김
176	소설	사기꾼―그의 변장 놀이 허먼 멜빌 지음	손나경 옮김
177	소설	에리옌 향타고드 오손보독 지음	한유수 옮김
178	소설	캄캄한 낮, 환한 밤―나와 생활의 비허구 한 단락
		옌롄커 지음	김태성 옮김
179	소설	타인들의 나라―전쟁, 전쟁, 전쟁 레일라 슬리마니 지음	황선진 옮김
180	자서전	자유를 찾은 혀―어느 청춘의 이야기
		엘리아스 카네티 지음	김진숙 옮김
181	소설	어느 페르시아인의 편지 몽테스키외 지음	이자호 옮김
182	소설	오후의 예항/짐승들의 유희 미시마 유키오 지음	박영미 옮김
183	소설	왕은 없다 응우옌후이티엡 지음	김주영 옮김
184	소설	죽음의 가시 시마오 도시오 지음	이종은 옮김
185	소설	세레나데 줄퓌 리바넬리 지음	오진혁 옮김
186	소설	트리스탄 고트프리트 폰 슈트라스부르크 지음	차윤석 옮김
187	소설	루친데 프리드리히 슐레겔 지음	박상화 옮김
188	시	서 있는 여성의 누드/황홀 캐럴 앤 더피 지음	심지아 옮김
189	소설	연기 이반 투르게네프 지음	이항재 옮김
190	소설	세 인생 거트루드 스타인 지음	이윤재 옮김
191	시	당시삼백수 1 손수 엮음	임도현 역해
192	시	당시삼백수 2 손수 엮음	임도현 역해
193	소설	M/T와 숲의 신비한 이야기 오에 겐자부로 지음	심수경 옮김
194	소설	여덟 마리 말 그림 선충원 지음	강경이 옮김
195	소설	메인 스트리트 싱클레어 루이스 지음	이미경 옮김
196	소설	성배 탐색 최애리 옮김